滿文原檔

《滿文原檔》選讀譯注

太祖朝（二）

莊 吉 發譯注

滿 語 叢 刊
文史哲出版社印行

國家圖書館出版品預行編目資料

滿文原檔《滿文原檔》選讀譯注：太祖朝（二）/
莊吉發譯注. -- 初版. -- 臺北市：文史哲
出版社，民 110.01
面 ：公分 --（滿語叢刊；41）
ISBN 978-986-314-542-4（平裝）

1.滿語 2.讀本

802.918　　110000477

滿語叢刊 41

滿文原檔《滿文原檔》選讀譯注

太祖朝（二）

譯注者：莊吉發
出版者：文史哲出版社
http:// www.lapen.com.tw
e-mail:lapen@ms74.hinet.net
登記證字號：行政院新聞局版臺業字五三三七號
發行人：彭正雄
發行所：文史哲出版社
印刷者：文史哲出版社
臺北市羅斯福路一段七十二巷四號
郵政劃撥帳號：一六一八〇一七五
電話886-2-23511028・傳真886-2-23965656

實價新臺幣七〇〇元

二〇二一年（民一一〇）二月初版

ISBN 978-986-314-542-4　　65141

滿文原檔

《滿文原檔》選讀譯注

太祖朝（二）

目　　次

附　錄

《滿文原檔》選讀譯注
導　讀

內閣大庫檔案是近世以來所發現的重要史料之一，其中又以清太祖、清太宗兩朝的《滿文原檔》以及重抄本《滿文老檔》最為珍貴。明神宗萬曆二十七年（1599）二月，清太祖努爾哈齊為了文移往來及記注政事的需要，即命巴克什額爾德尼等人以老蒙文字母為基礎，拼寫女真語音，創造了拼音系統的無圈點老滿文。清太宗天聰六年（1632）三月，巴克什達海奉命將無圈點老滿文在字旁加置圈點，形成了加圈點新滿文。清朝入關後，這些檔案由盛京移存北京內閣大庫。乾隆六年（1741），清高宗鑒於內閣大庫所貯無圈點檔冊，所載字畫，與乾隆年間通行的新滿文不相同，諭令大學士鄂爾泰等人按照通行的新滿文，編纂《無圈點字書》，書首附有鄂爾泰等人奏摺[1]。因無圈點檔年久濌舊，所以鄂爾泰等人奏請逐頁托裱裝訂。鄂爾泰等人遵旨編纂的無圈點十二字頭，就是所謂的《無圈點字書》，但以字頭釐正字蹟，未免逐卷翻閱，且無圈點老檔僅止一分，日久或致擦損，乾隆四十年（1775）二

1 張玉全撰，〈述滿文老檔〉，《文獻論叢》（臺北，臺聯國風出版社，民國五十六年十月），論述二，頁 207。

月，軍機大臣奏准依照通行新滿文另行音出一分，同原本貯藏[2]。乾隆四十三年（1778）十月，完成繕寫的工作，貯藏於北京大內，即所謂內閣大庫藏本《滿文老檔》。乾隆四十五年（1780），又按無圈點老滿文及加圈點新滿文各抄一分，齎送盛京崇謨閣貯藏[3]。自從乾隆年間整理無圈點老檔，托裱裝訂，重抄貯藏後，《滿文原檔》便始終貯藏於內閣大庫。

近世以來首先發現的是盛京崇謨閣藏本，清德宗光緒三十一年（1905），日本學者內藤虎次郎訪問瀋陽時，見到崇謨閣貯藏的無圈點老檔和加圈點老檔重抄本。宣統三年（1911），內藤虎次郎用曬藍的方法，將崇謨閣老檔複印一套，稱這批檔冊為《滿文老檔》。民國七年（1918），金梁節譯崇謨閣老檔部分史事，刊印《滿洲老檔祕錄》，簡稱《滿洲祕檔》。民國二十年（1931）三月以後，北平故宮博物院文獻館整理內閣大庫，先後發現老檔三十七冊，原按千字文編號。民國二十四年（1935），又發現三冊，均未裝裱，當為乾隆年間托裱時所未見者。文獻館前後所發現的四十冊老檔，於文物南遷時，俱疏遷於後方，臺北國立故宮博物院現藏者，即此四十冊老檔。昭和三十三年（1958）、三十八年（1963），日本東洋文庫譯注出版清太祖、太宗兩朝老檔，題為《滿文老檔》，共七冊。民國五十八年（1969），國立故宮博物院影印出版老檔，精裝十冊，題為《舊滿洲檔》。民國五十九年（1970）三月，廣祿、

2 《清高宗純皇帝實錄》，卷 976，頁 28。乾隆四十年二月庚寅，據軍機大臣奏。

3 《軍機處檔・月摺包》（臺北，國立故宮博物院），第 2705 箱，118 包，26512 號，乾隆四十五年二月初十日，福康安奏摺錄副。

李學智譯注出版老檔，題為《清太祖老滿文原檔》。昭和四十七年（1972），東洋文庫清史研究室譯注出版天聰九年分原檔，題為《舊滿洲檔》，共二冊。一九七四年至一九七七年間，遼寧大學歷史系李林教授利用一九五九年中央民族大學王鍾翰教授羅馬字母轉寫的崇謨閣藏本《加圈點老檔》，參考金梁漢譯本、日譯本《滿文老檔》，繙譯太祖朝部分，冠以《重譯滿文老檔》，分訂三冊，由遼寧大學歷史系相繼刊印。一九七九年十二月，遼寧大學歷史系李林教授據日譯本《舊滿洲檔》天聰九年分二冊，譯出漢文，題為《滿文舊檔》。關嘉祿、佟永功、關照宏三位先生根據東洋文庫刊印天聰九年分《舊滿洲檔》的羅馬字母轉寫譯漢，於一九八七年由天津古籍出版社出版，題為《天聰九年檔》。一九八八年十月，中央民族大學季永海教授譯注出版崇德三年（1638）分老檔，題為《崇德三年檔》。一九九〇年三月，北京中華書局出版老檔譯漢本，題為《滿文老檔》，共二冊。民國九十五年（2006）一月，國立故宮博物院為彌補《舊滿洲檔》製作出版過程中出現的失真問題，重新出版原檔，分訂十巨冊，印刷精緻，裝幀典雅，為凸顯檔冊的原始性，反映初創滿文字體的特色，並避免與《滿文老檔》重抄本的混淆，正名為《滿文原檔》。

二〇〇九年十二月，北京中國第一歷史檔案館整理編譯《內閣藏本滿文老檔》，由瀋陽遼寧民族出版社出版。吳元豐先生於「前言」中指出，此次編譯出版的版本，是選用北京中國第一歷史檔案館保存的乾隆年間重抄並藏於內閣的《加圈點檔》，共計二十六函一八〇冊。採用滿文原文、羅馬字母轉寫及漢文譯文合集的編輯體例，在保持原分編函冊的特點和聯繫的前提下，按一定厚度重新分冊，以滿文原文、羅馬字母轉寫、漢文譯文為序排列，合編成二十冊，其中第一冊至第十六冊為滿文原文、第十七冊至十八冊為羅馬字母轉寫，第十九冊至二十冊為漢文譯文。為了存真起見，滿文原文部分逐頁掃描，仿真製版，按原本顏色，以紅黃黑三色套印，也最大限度保持原版特徵。據統計，內閣所藏《加圈點老檔》簽注共有 410 條，其中太祖朝 236 條，太宗朝 174 條，俱逐條繙譯出版。為體現選用版本的庋藏處所，即內閣大庫；為考慮選用漢文譯文先前出版所取之名，即《滿文老檔》；為考慮到清代公文檔案中比較專門使用之名，即老檔；為體現書寫之文字，即滿文，最終取漢文名為《內閣藏本滿文老檔》，滿文名為"dorgi yamun asaraha manju hergen i fe dangse"。《內閣藏本滿文老檔》雖非最原始的檔案，但與清代官修史籍相比，也屬第一手資料，具有十分珍貴的歷史研究價值。同時，《內閣藏本滿文老檔》作為乾隆年間《滿文老檔》諸多抄本內首部內府精寫本，而且有其他抄本沒有的簽注。《內閣藏本滿文老檔》首次以滿文、羅馬字母轉寫和漢文譯文合集方式出版，確實對清朝開國史、民族史、東北地方史、滿學、八旗制度、滿文古籍版本等領域的研究，提供比較原始的、系統的、基礎的第一手資料，其次也有助於準確解讀用老滿文書寫《滿文老檔》原本，以及深入系統地研究滿文的創制與改革、滿語的發展變化[4]。

臺北國立故宮博物院重新出版的《滿文原檔》是《內閣藏本

4　《內閣藏本滿文老檔》（瀋陽，遼寧民族出版社，2009 年 12 月），第一冊，前言，頁 10。

滿文老檔》的原本，海峽兩岸將原本及其抄本整理出版，確實是史學界的盛事，《滿文原檔》與《內閣藏本滿文老檔》是同源史料，有其共同性，亦有其差異性，都是探討清朝前史的珍貴史料。為詮釋《滿文原檔》文字，可將《滿文原檔》與《內閣藏本滿文老檔》全文併列，無圈點滿文與加圈點滿文合璧整理出版，對辨識費解舊體滿文，頗有裨益，也是推動滿學研究不可忽視的基礎工作。

以上節錄：滿文原檔：《滿文原檔》選讀譯注導讀 — 太祖朝（一）全文 3-38 頁。

一、足智多謀

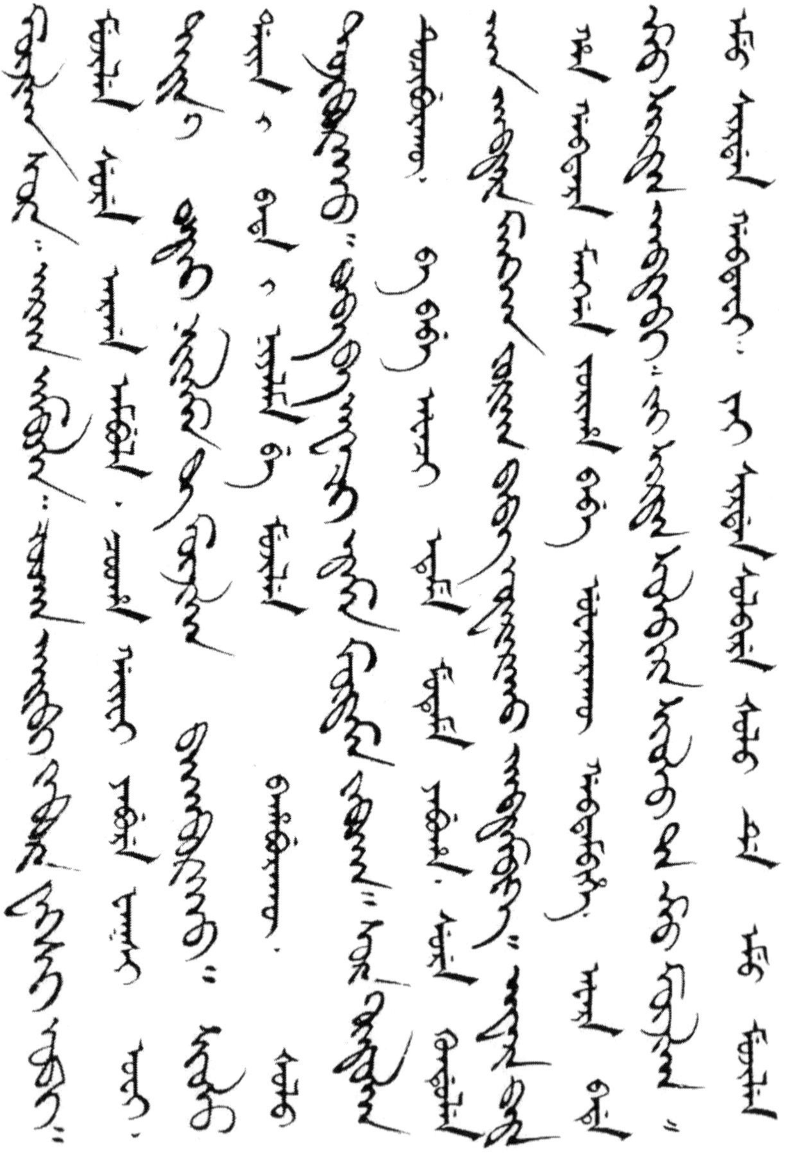

mujilen sure, arga ambula, cooha gaifi yabure faksi ofi, dain i bata i niyalma be mujilen bahaburakū, šolo tuciburakū, baba be afaci eteme muteme yabuha. sure kundulen han gabtara mangga joriha babe ufararakū gabtambihe, afara bade emu sirdan gabtafi, jai sirdan solbire šolo de emu mujilen

---

由於心聰謀多，善於帶兵行軍，故每出陣中敵人意料之外，措手不及[5]，處處攻無不勝。聰睿恭敬汗善射，所指之處，箭無虛發。在戰場時，一箭射出，於第二箭搭扣間隙，心生一計，

由于心聪谋多，善于带兵行军，故每出阵中敌人意料之外，措手不及，处处攻无不胜。聪睿恭敬汗善射，所指之处，箭无虚发。在战场时，一箭射出，于第二箭搭扣间隙，心生一计，

---

[5] 措手不及，《滿文原檔》寫作“siolo tujiburako”，《滿文老檔》讀作“šolo tuciburakū”，意即「不留閒空」。按此為無圈點滿文“sio”拼讀作“šo”，及“ji”與“ci”、“ko”與“kū”的混用現象。

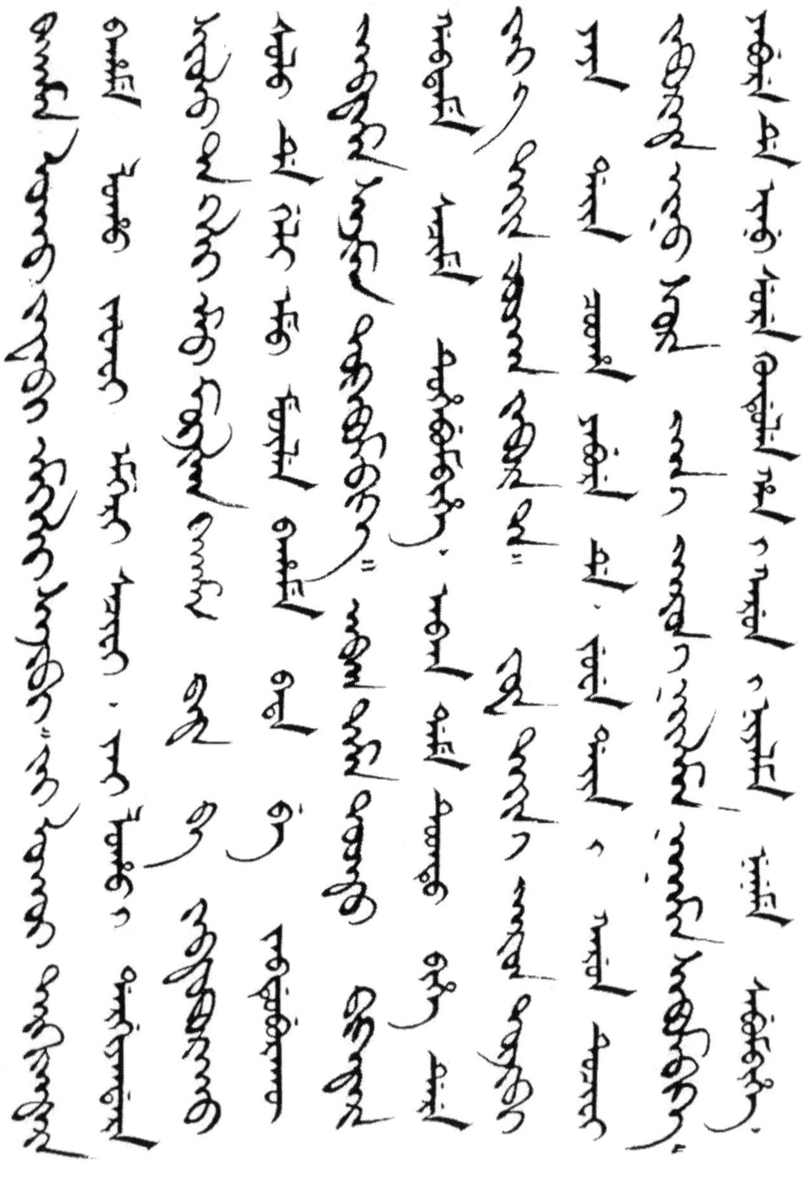

bahame, loho jafafi emgeri sacifi, jai lohoi dargiyandara šolo de geli emu mujilen bahame, bata be jabduburakū gabtame sacime tuhebumbihe, abka dame tuttu bihedere. yaya dain cooha yabure de, juwe dain i karun tucifi yabure de inu sure kundulen han i karun i niyalma neneme sabumbihe,

---

舉刀一砍[6]，於再次揮刀間隙，又生一計，使敵人措手不及，被砍射倒地，想是天助之故也。凡征戰行軍時，兩軍所派出之哨探，亦為聰睿汗哨探之人先行探知[7]，

举刀一砍，于再次挥刀间隙，又生一计，使敌人措手不及，被砍射倒地，想是天助之故也。凡征战行军时，两军所派出之哨探，亦为聪睿汗哨探之人先行探知，

---

[6] 舉刀一砍，句中「一」，《滿文原檔》讀作"emgeli"，《滿文老檔》讀作"emgeri"。意即「一次」。

[7] 聰睿汗，《滿文原檔》讀作"sure han"，係汗號簡稱；《滿文老檔》讀作"sure kundulen han"，意即「聰睿恭敬汗」，係汗號全稱。清太祖"sure han"汗號與清太宗年號"sure han"（「天聰」）易混淆，宜甄別。

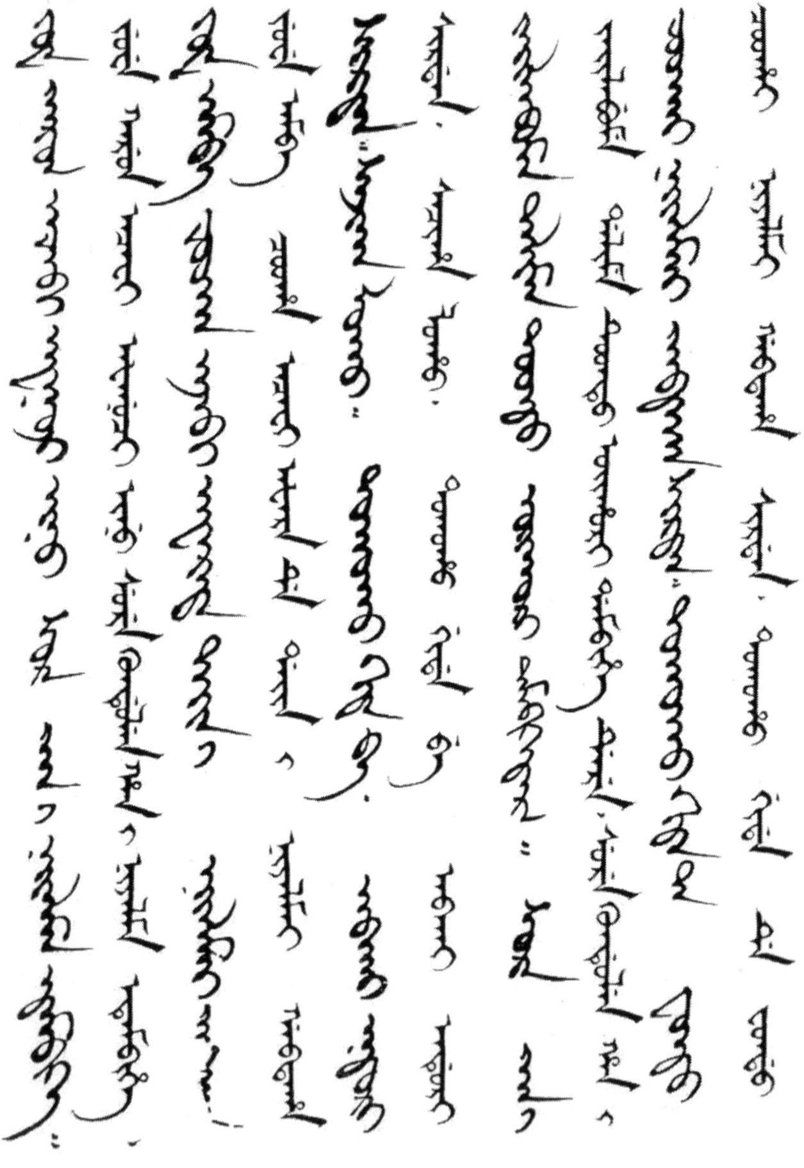

juwe karun acafi afanuci inu sure han i niyalma etembihe, juwe amba cooha acafi afarade dain i niyalmai gabtaha sirdan, saciha loho, tokoho gida be abkai enduri jailabume dalime tuttu oihori dambihedere, sure han i coohai niyalmai gabtaha sirdan, tokoho gida de fondo

兩軍哨探相遇交戰時，亦是聰睿汗之人得勝也。雙方大軍相遇交戰時，敵人所射之箭，砍殺之刀，扎刺之矛，猶如天神相助皆被輕易遮避擋住[8]。聰睿汗士兵所射之箭，所刺之矛，

两军哨探相遇交战时，亦是聪睿汗之人得胜也。双方大军相遇交战时，敌人所射之箭，砍杀之刀，扎刺之矛，犹如天神相助皆被轻易遮避挡住。聪睿汗士兵所射之箭，所刺之矛，

[8] 天神，句中「神」，《滿文原檔》寫作“en̲duri” ，《滿文老檔》讀作“enduri”。按此即無圈點滿文字首音節尾輔音“n̲”（加點）與隱形“n”（不加點）混用現象。

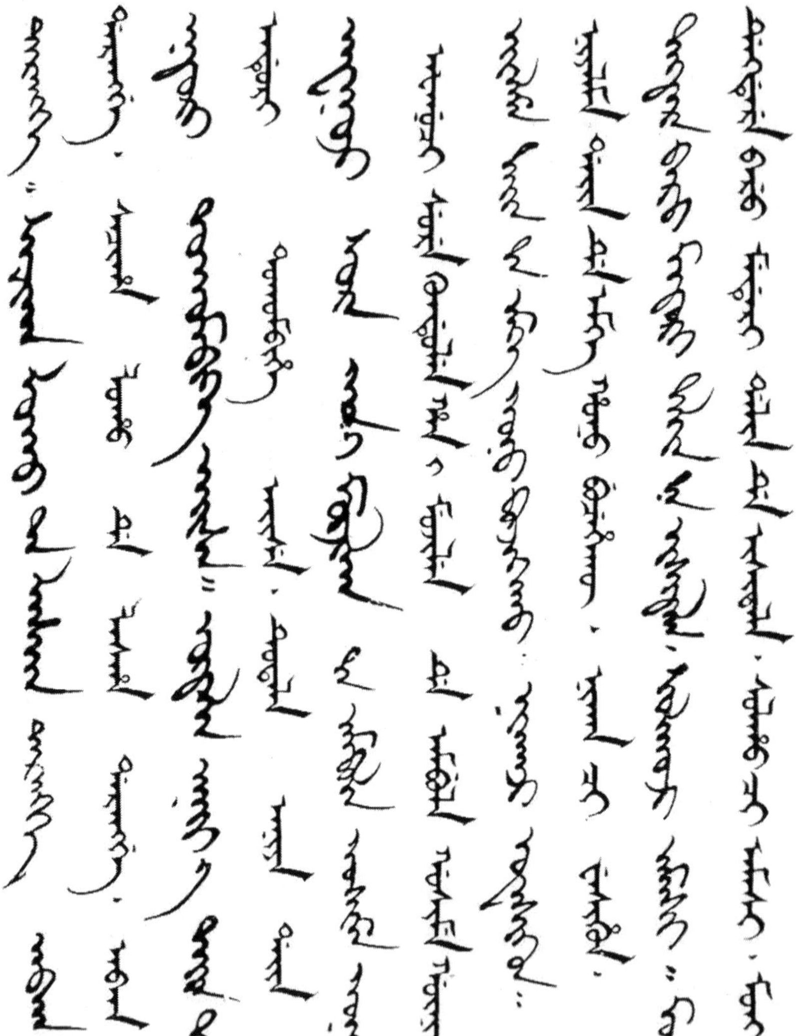

darangge, saciha loho de lasha darangge abka dafi enduri tokombihe aise, tutala aniya dain dailame afanuci sure han i mujilen de ambula gosime gūnire sain niyalma dain de emke hono bucehekū, nikanci wesihun, šun dekdere baru mederi dalin de isitala, solhoci amasi, monggoci

---

皆能穿透，刀砍輒斷，或許是天助神刺也。雖頻年征戰[9]，聰睿汗心中所思念之善人卻無一陣亡。自明以東直至東海之岸，自朝鮮以北至蒙古

皆能穿透，刀砍辄断，或许是天助神刺也。虽频年征战，聪睿汗心中所思念之善人却无一阵亡。自明以东直至东海之岸，自朝鲜以北至蒙古

---

[9] 頻年，《滿文原檔》讀作 "ūtala aniy-a"（同 utala aniya），意即「這些年」，《滿文老檔》讀作 "tutala aniya"，意即「那些年」。按無圈點滿文"aniy-a"，尾音節的「分寫左撇」（蒙文稱作"čačulγ-a"）係受老蒙文書寫規則影響，規範滿文則無。

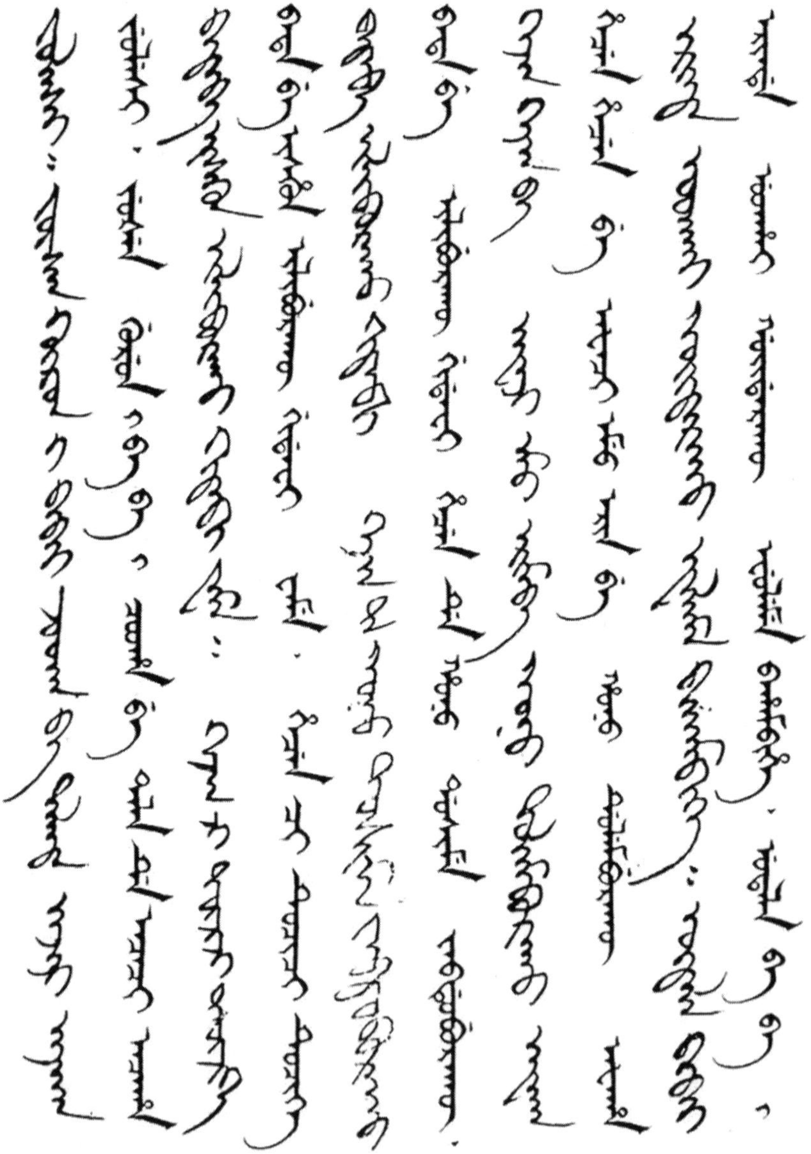

julesi, jušen gurun i ba ba i cooha be tala de acaci acaha batabe ishun iliburakū gidafi wame, hecen ci tucici tucike batabe iliburakū gidafi hecen de hono dosime jabduburakū, hecen hecen be afaci emu erimbe hono dulemburakū afaha erinde uthai goidarakū efuleme bahambihe, utala babai

---

迤南諸中國各處之兵，遇敵於郊野時，從不令所遇之敵人立穩，必迅即擊敗殺之。敵人若從城中出來，亦不令出來之敵人站穩，必立即擊敗之，使之來不及入城。每攻一城，皆不逾一時，必即時攻破取得，

迤南诸中国各处之兵，遇敌于郊野时，从不令所遇之敌人立稳，必迅即击败杀之。敌人若从城中出来，亦不令出来之敌人站稳，必立即击败之，使之来不及入城。每攻一城，皆不逾一时，必实时攻破取得，

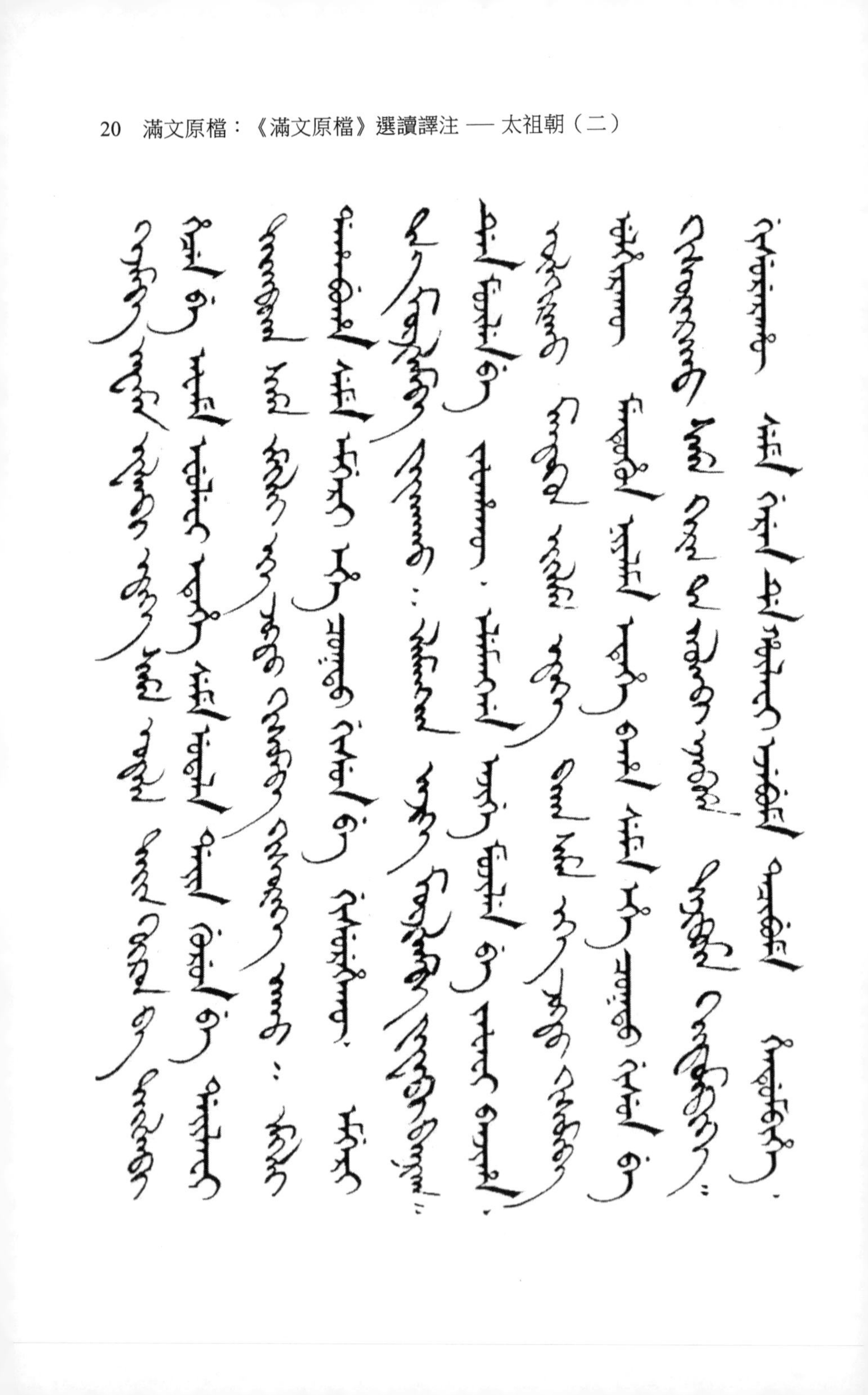

hecembe afame efulefi etehe seme utala dain gurun be dailafi dahabuha seme emgeri ehe cokto gisumbe gisurehe akū, emgeli den mujilen be jafahakū, elemangga ajige mujilen be jafafi banjiha. ulhirakū mentuhun niyalma etehe baha seme ele cokto gisun be gisurerahū seme geren de hūlafi ejebume tacibume hendumbihe.

雖乘勝攻破各路諸城，征服許多敵國然而未嘗一次口出狂妄惡言，未嘗一存高傲之心，反而更加小心度日。深恐愚昧無知之人因獲勝而口出狂言，乃曉諭衆人記之。

虽乘胜攻破各路诸城，征服许多敌国然而未尝一次口出狂妄恶言，未尝一存高傲之心，反而更加小心度日。深恐愚昧无知之人因获胜而口出狂言，乃晓谕众人记之。

二、愛惜道統

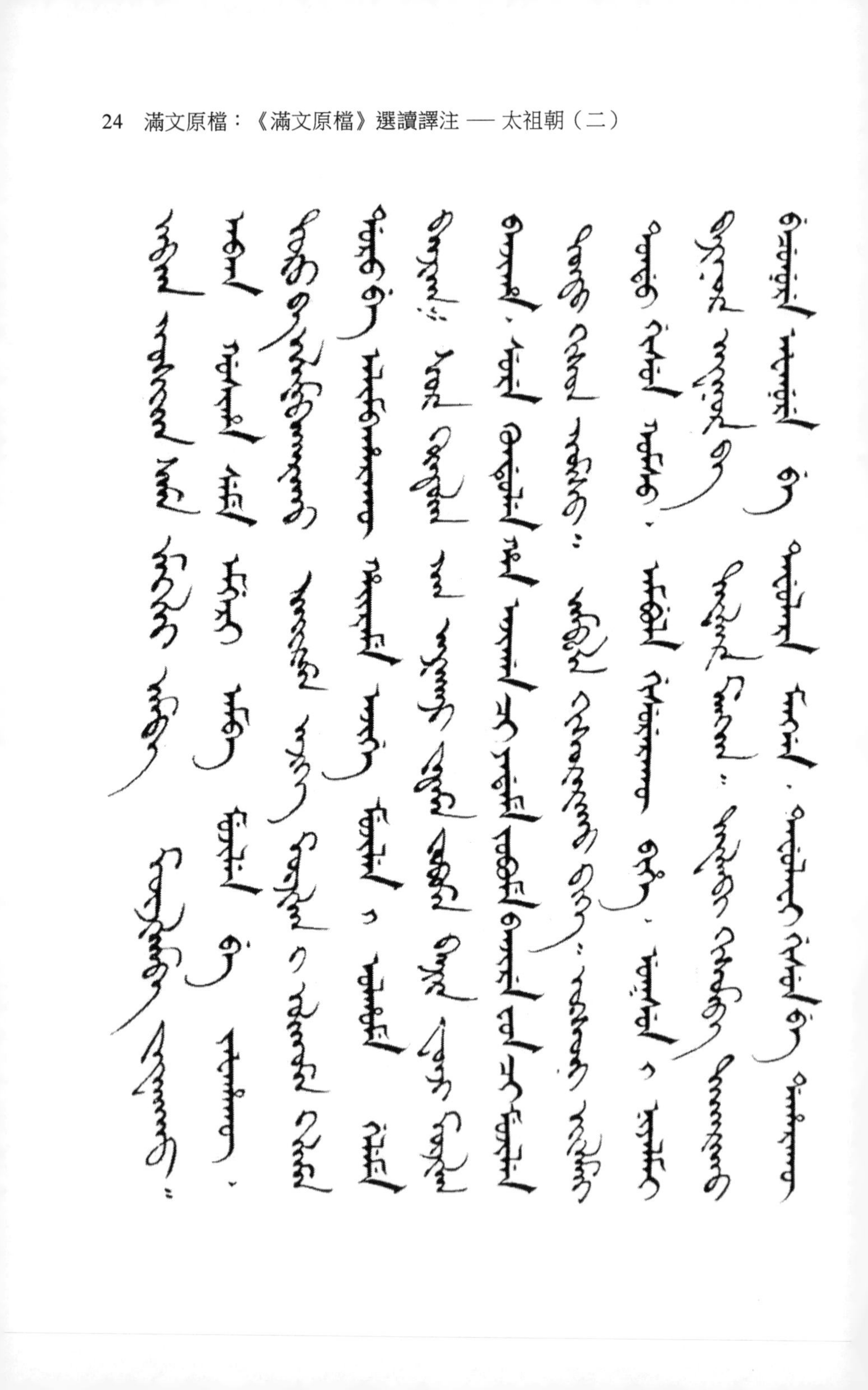

abka gosiha seme emgeli amba mujilembe jafahakū, doro be alimbaharakū hairame ajige mujilen i olhome geleme banjiha.sure kundulen han ajigan ci yadame jobome banjire fonci mujilen tondo gisun komso, ambula gisurerakū bihe, uksuni niyalmai becunure afanure be tafulara mangga, tafulafi gisumbe daharakū

天雖憐愛，卻未嘗一存大意輕心，十分愛惜道統，小心謹慎兢兢業業生活。聰睿恭敬汗自幼生活貧苦，自幼就心存公正，寡言少語，善於勸諫族人毆鬥[10]。若勸諫不從，

天虽怜爱，却未尝一存大意轻心，十分爱惜道统，小心谨慎兢兢业业生活。聪睿恭敬汗自幼生活贫苦，自幼就心存公正，寡言少语，善于劝谏族人殴斗。若劝谏不从，

---

10 善於勸諫，《滿文原檔》讀作“tafalara mangga”，《滿文老檔》讀作“tafulara mangga”。

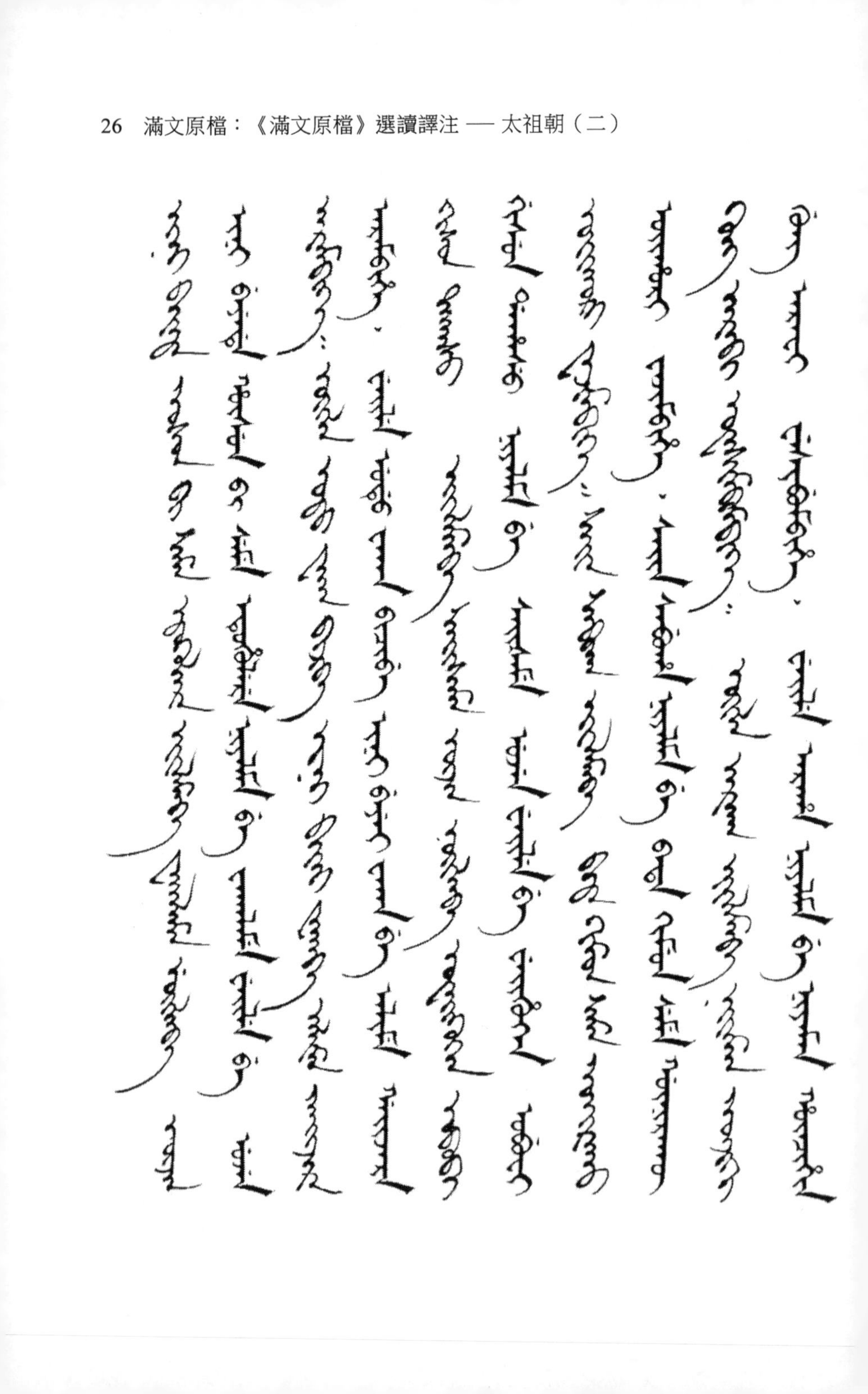

ini beyede hūsun bi seme etuhulere niyalmabe wakalame weile be ujen arambihe, weile udu waka bicibe ini beyei wakabe alime gaijara gisun dahasu niyalmabe saišame ujen weilebe weihuken obufi oihori wajimbihe. sain sabuha niyalmabe bata kimun seme gūnirakū gung arafi wesibumbihe, weile araha niyalmabe niyaman hūncihi

---

則以其一己之力譴責逞強之人，治以重罪[11]。其知錯認錯聽從勸諫之人，則加以嘉獎，重罪從輕發落[12]。其見善之人，不念仇敵，即論功擢之。其犯罪之人，

则以其一己之力谴责逞强之人，治以重罪。其知错认错听从劝谏之人，则加以嘉奖，重罪从轻发落。其见善之人，不念仇敌，即论功擢之。其犯罪之人，

---

11 治以重罪，句中「罪」字，《滿文原檔》讀作“ūile”，《滿文老檔》讀作“weile”。 按“ūile”與蒙文“üile”同音義，故滿文“weile”與蒙文“üile”為同源詞，俱作「罪」字解。

12 從輕發落，句中「輕」字，《滿文原檔》讀作“uweihuken”，《滿文老檔》讀作“weihuken”。按無圈點滿文“uwe”常拼讀作“we”。

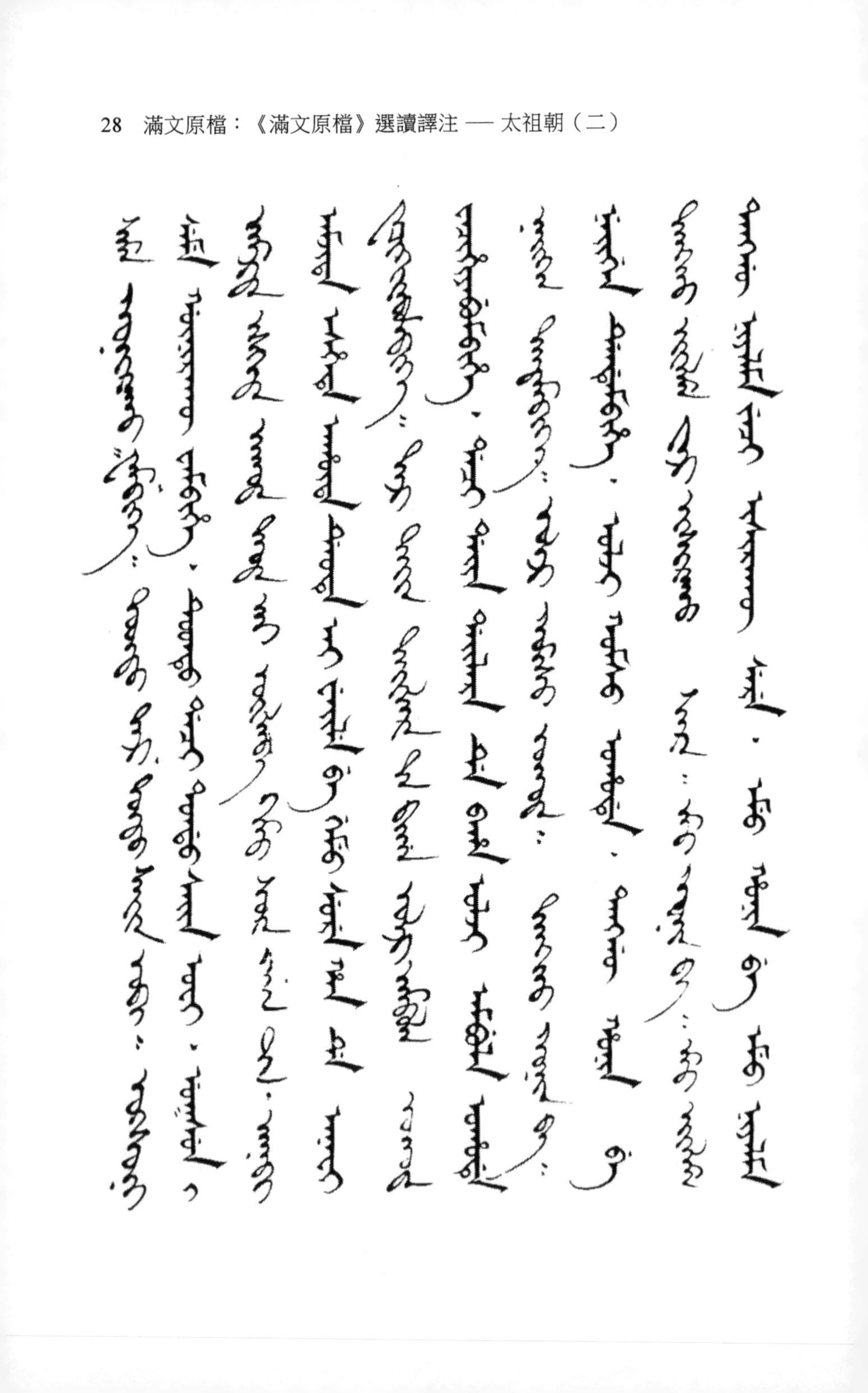

seme gūnirakū wambihe, tuttu daci tondo sain ofi, uksuni amjita eshete ahūta deote ai weilebe gemu sure han de anafi wacihiyabumbihe, daci dain dailara de baha olji ambula ohode neigen dendembihe, olji komso ohode, tanggū honin be tanggū niyalma jeci isirakū sere, emu honin be emu niyalma

---

不念親戚，亦必殺之。因原本公正善良，故族中叔伯兄弟無論何事，俱推委聰睿汗予以完結。向來於征戰時，若俘獲多，則均分之，若俘獲少，則百人食百羊而不足，一人食一羊

不念亲戚，亦必杀之。因原本公正善良，故族中叔伯兄弟无论何事，俱推委聪睿汗予以完结。向来于征战时，若俘获多，则均分之，若俘获少，则百人食百羊而不足，一人食一羊

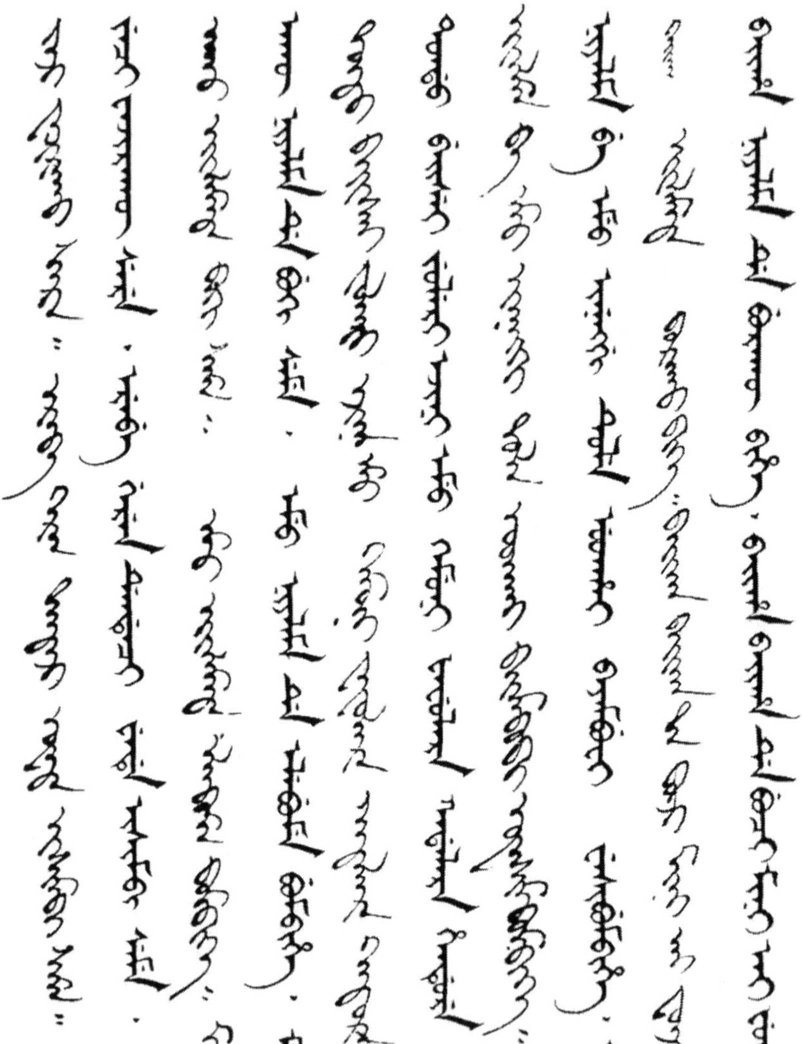

jeci wajirakū sere, erebe geren dendeci wede isimbi seme, emu akū niyalmade buki seme, emu niyalmade elebume bumbihe. mujilen tondo beisei juleri ejini emu kemuni fafulara kadalara hendure sain niyalma be emu inenggi tule uthai bayambufi wesibumbihe, daci baiha niyalmade burakū bihe, baiha baiha de buci mini ai funcembi.

則吃不完。將之由衆人共分，則誰能足耶？遂給與一貧者，以供一人食用。凡心術公正，於諸貝勒前後[13]，善於管理，善於直陳者，即日陞遷，俾其富足。向來需求之人，概不給與；若需求者，俱皆給與，則我有何餘？

则吃不完。将之由众人共分，则谁能足耶？遂给与一贫者，以供一人食用。凡心术公正，于诸贝勒前后，善于管理，善于直陈者，即日升迁，俾其富足。向来需求之人，概不给与；若需求者，俱皆给与，则我有何余？

---

13 於諸貝勒前後，句中「前後」，《滿文原檔》讀作"juleri ejine"，《滿文老檔》讀作"juleri ejini"，意即「面前背後」。按滿文"ejine"係蒙文"ečin-e"借詞，意即「背後、暗中」。

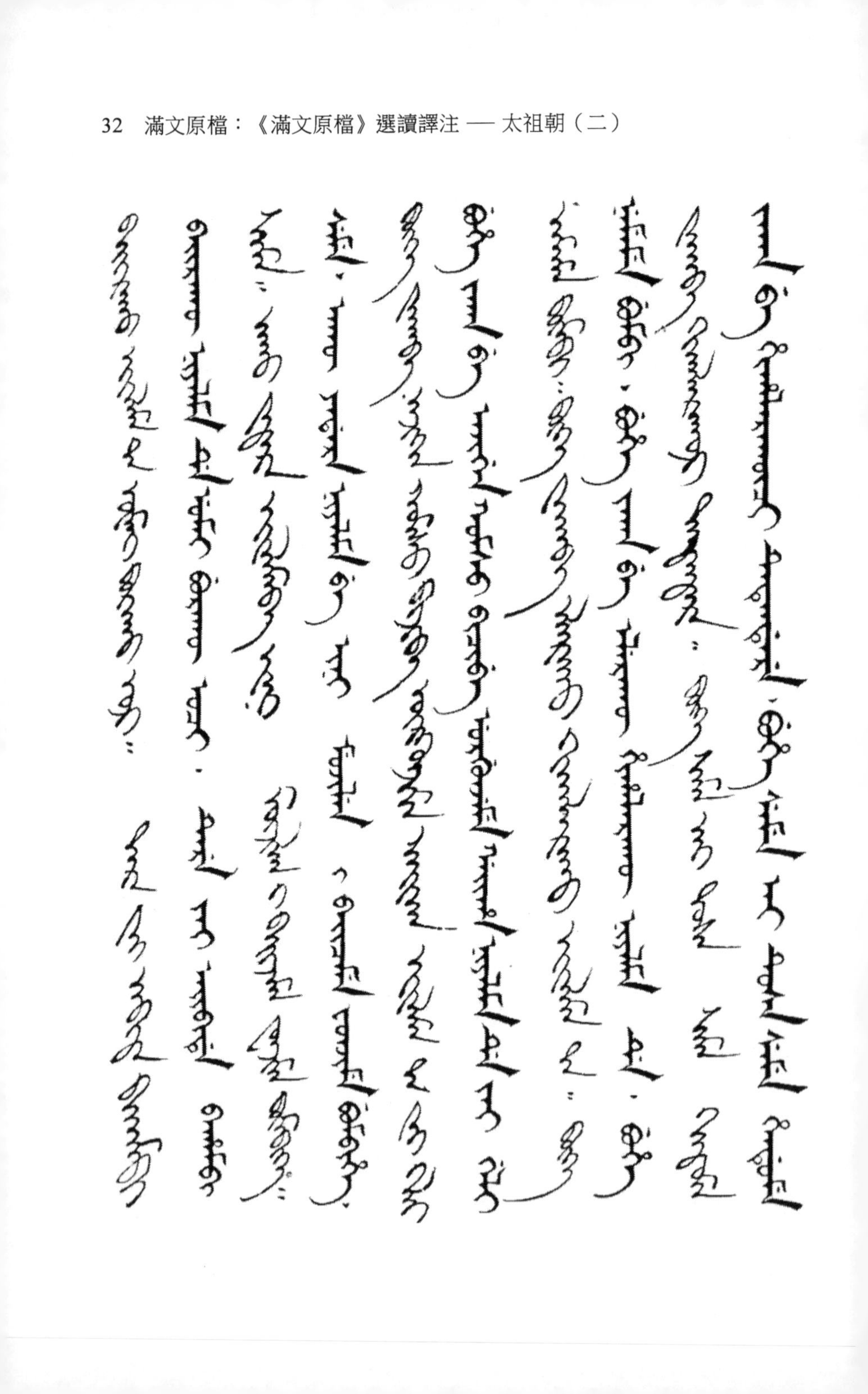

bairakū niyalma de umai burakū oci, tere jai aibide bahambi seme, akū yadara niyalmabe ini mujilen i baicame fonjime bumbihe, buhe jakabe ajigen komso bicibe urgunjeme gaiha niyalma de, jai geli nememe bumbi. buhe jakabe elerakū hihalarakū niyalma de, buhe jakabe hihalarakūci tetendere, buhe seme ai tusa seme hendume

---

不來需求之人，若不給與，則彼又於何處得之？若自行查問貧窮一無所有之人而給與，所給與之物，雖然甚少，而受者喜悅，又可再加給。謂給與之物貪得無厭之人曰：既不希罕所給之物，雖然給與何益？

不来需求之人，若不给与，则彼又于何处得之？若自行查问贫穷一无所有之人而给与，所给与之物，虽然甚少，而受者喜悦，又可再加给。谓给与之物贪得无厌之人曰：既不希罕所给之物，虽然给与何益？

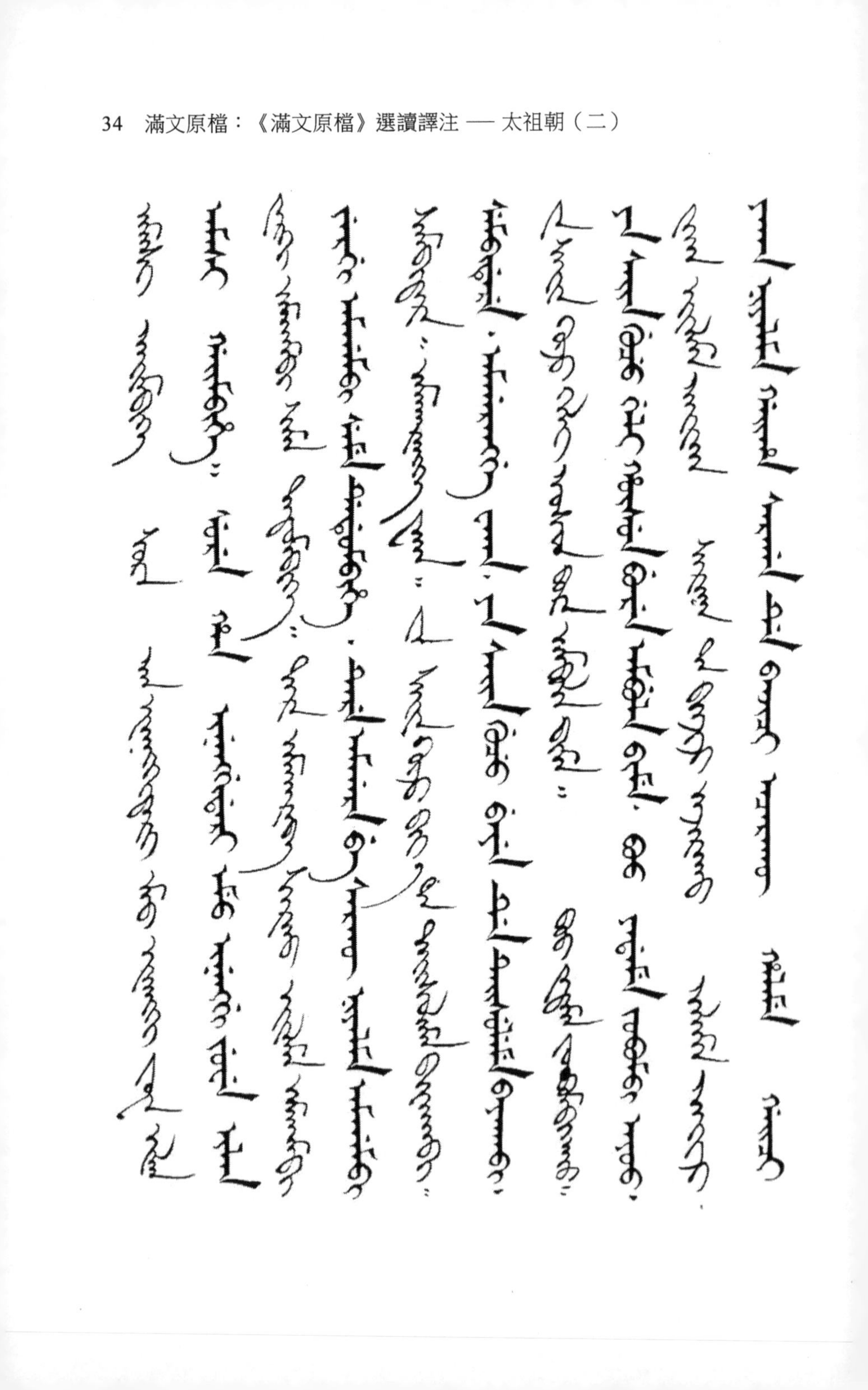

amasi gaimbihe. sure han inenggidari emu inenggi juwe ilan jergi amgambi seme dedumbihe, tere amgarabe sarkū niyalma amgambi sembidere, amgarangge waka, ya sain gucu beye de teisuleme bayakabi, ya sain gucu geli hūsun bure ambula bime, boo yadame jobombi ayoo, yaka niyalma gaiha sargan de banjici acarakū halame gaici

---

遂令收回。聰睿汗每日雖日寢二、三次，其寢也，不知之人，或以為睡眠，實非睡眠，乃臥思也。哪個賢良僚友已漸趨富裕？惟恐哪個賢良僚友雖曾付出大力而家道貧寒？哪個人娶妻後而彼此不和，

遂令收回。聪睿汗每日虽日寝二、三次，其寝也，不知之人，或以为睡眠，实非睡眠，乃卧思也。哪个贤良僚友已渐趋富裕？惟恐哪个贤良僚友虽曾付出大力而家道贫寒？哪个人娶妻后而彼此不和，

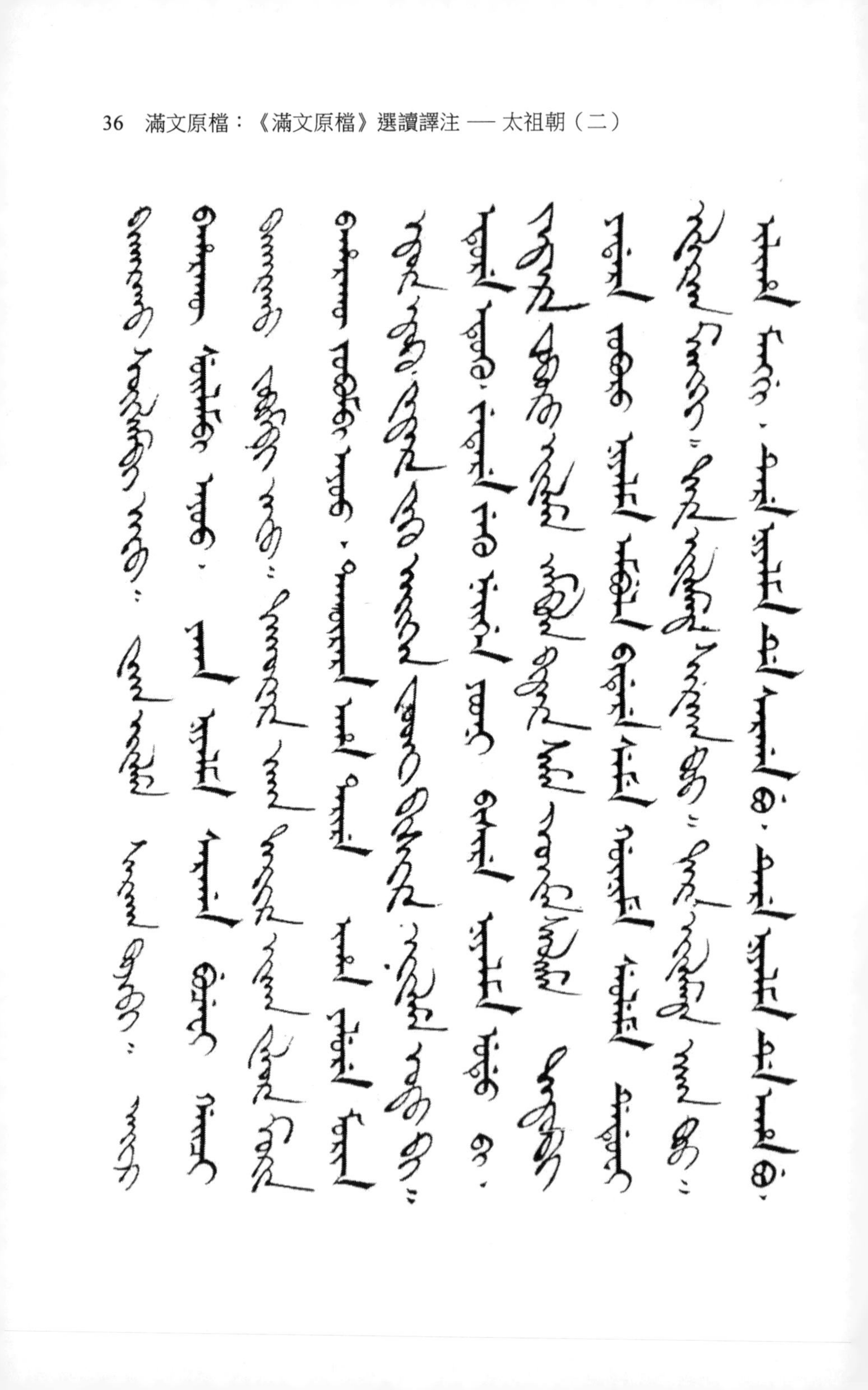

baharakū suilambi ayoo, yaka niyalma sargan bucefi gaici baharakū jobombi ayoo, takūrara aha tarire ihan yalure. morin eture etuku, jetere jeku neigen yooni bisire niyalma udu bi, yadara joboro niyalma ambula bidere seme gūnime seoleme dedufi iliha manggi, tere niyalmade sargan bu, tere niyalma de aha bu,

---

而苦於無力更換？惟恐哪個人喪偶後而苦於無力再娶？念及所差遣之奴僕、耕牛、乘騎馬匹、衣服、食物悉皆俱備之人有多少？或貧困之人為數仍然衆多也。起身後，即給那人妻子，給那人奴僕，

而苦于无力更换？惟恐哪个人丧偶后而苦于无力再娶？念及所差遣之奴仆、耕牛、乘骑马匹、衣服、食物悉皆俱备之人有多少？或贫困之人为数仍然众多也。起身后，即给那人妻子，给那人奴仆，

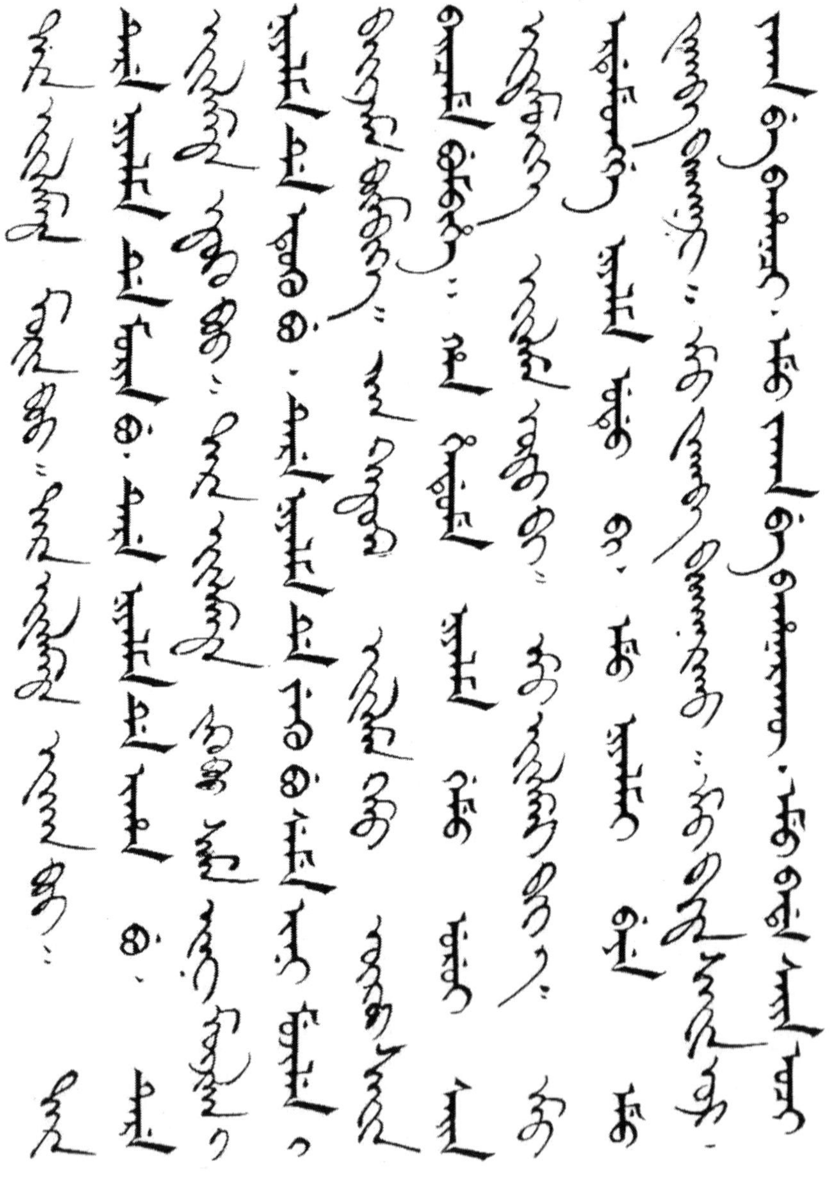

tere niyalmade morin bu, tere niyalmade ihan bu, tere niyalmade etuku bu, tere niyalmade jeku bu seme ini mujilen i baicame bumbihe. han hendume, niyalma gemu urui sain erdemungge niyalma udu bi, emu niyalmai beye emu jakabe bahanaci, emu jakabe bahanarakū, emu bade sain oci

---

給那人馬匹，給那人牛隻，給那人衣服，給那人穀物，如此在他心中盤查給與。汗曰：人皆全才者有幾？人有所能，即有所不能，有所長，

给那人马匹，给那人牛只，给那人衣服，给那人谷物，如此在他心中盘查给与。汗曰：人皆全才者有几？人有所能，即有所不能，有所长，

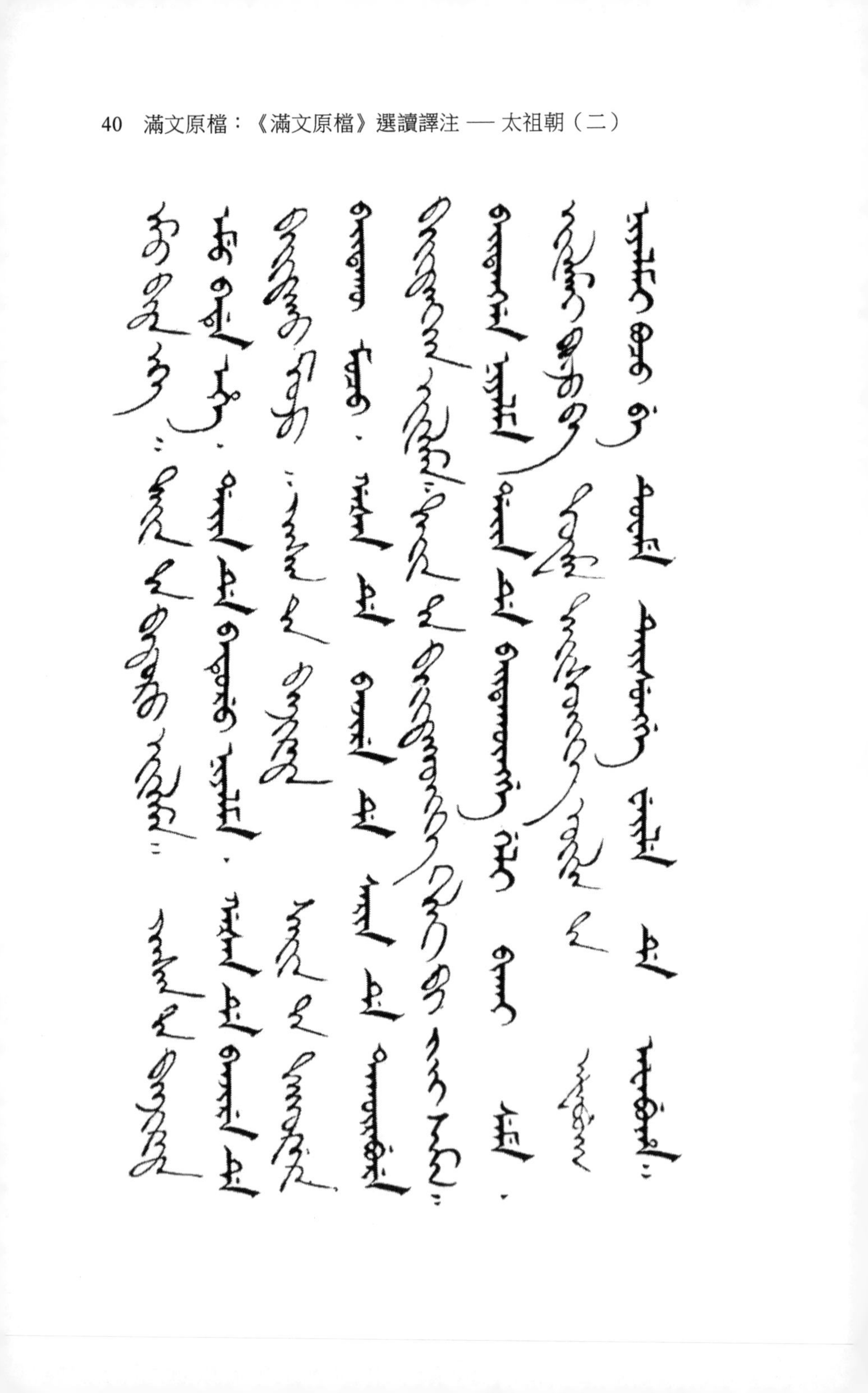

emu bade ehe. dain de baturu niyalma, gašan de banjirede baitakū moco, gašan de banjirede sarin de takūrare baitangga niyalma, dain de baitakūngge geli bi kai seme, niyalmai boco be tuwame teisungge weile de afabuha.

即有所短。臨陣勇敢之人，即拙於村居生活，善於村居宴饗差遣有用之人，臨陣時又未必有用也，故當視各人之所長用之[14]。

即有所短。临阵勇敢之人，即拙于村居生活，善于村居宴飨差遣有用之人，临阵时又未必有用也，故当视各人之所长用之。

14 各人之所長，《滿文原檔》寫作“niyalmai būjo”，《滿文老檔》讀作“niyalmai boco”，意即「各人之顏色（貨色）」。

三、天命建元

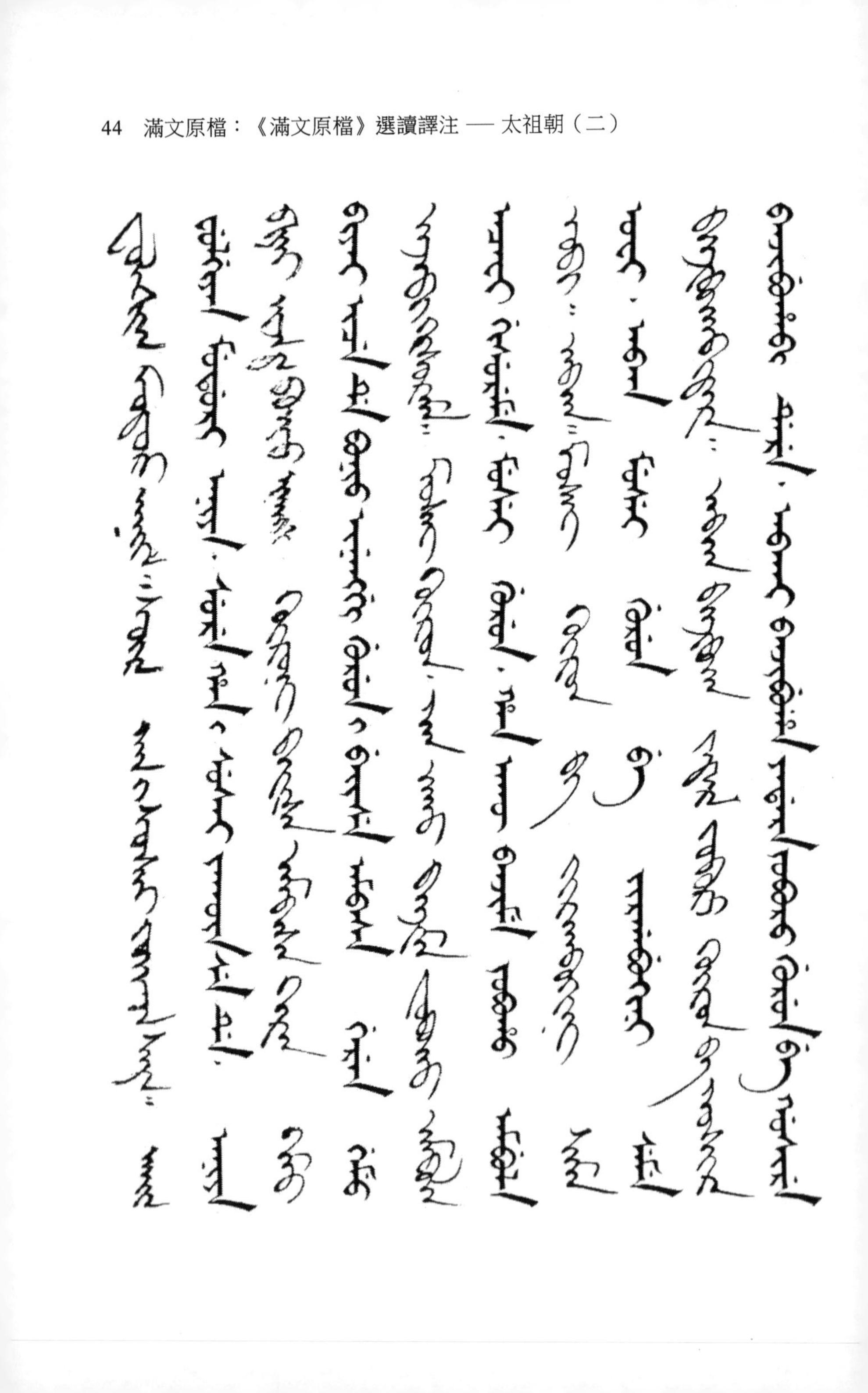

fulgiyan muduri aniya, sure han i susai jakūn sede, aniya biyai icede bonio inenggi guruni beise ambasa, geren gemu acafi gisureme, musei gurun han akū banjime joboho ambula ofi, abka musei gurun be jirgabukini seme banjibuhabidere, abka banjibuha yadara joboro gurun be gosire

---

丙辰年，聰睿汗五十八歲。正月初一日申日朔，國中貝勒大臣衆人會議曰：「我國因無汗，生活深受其苦。想是天欲使我國生活安逸，憐愛天所生貧苦國人，

丙辰年，聪睿汗五十八岁。正月初一日申日朔，国中贝勒大臣众人会议曰：「我国因无汗，生活深受其苦。想是天欲使我国生活安逸，怜爱天所生贫苦国人，

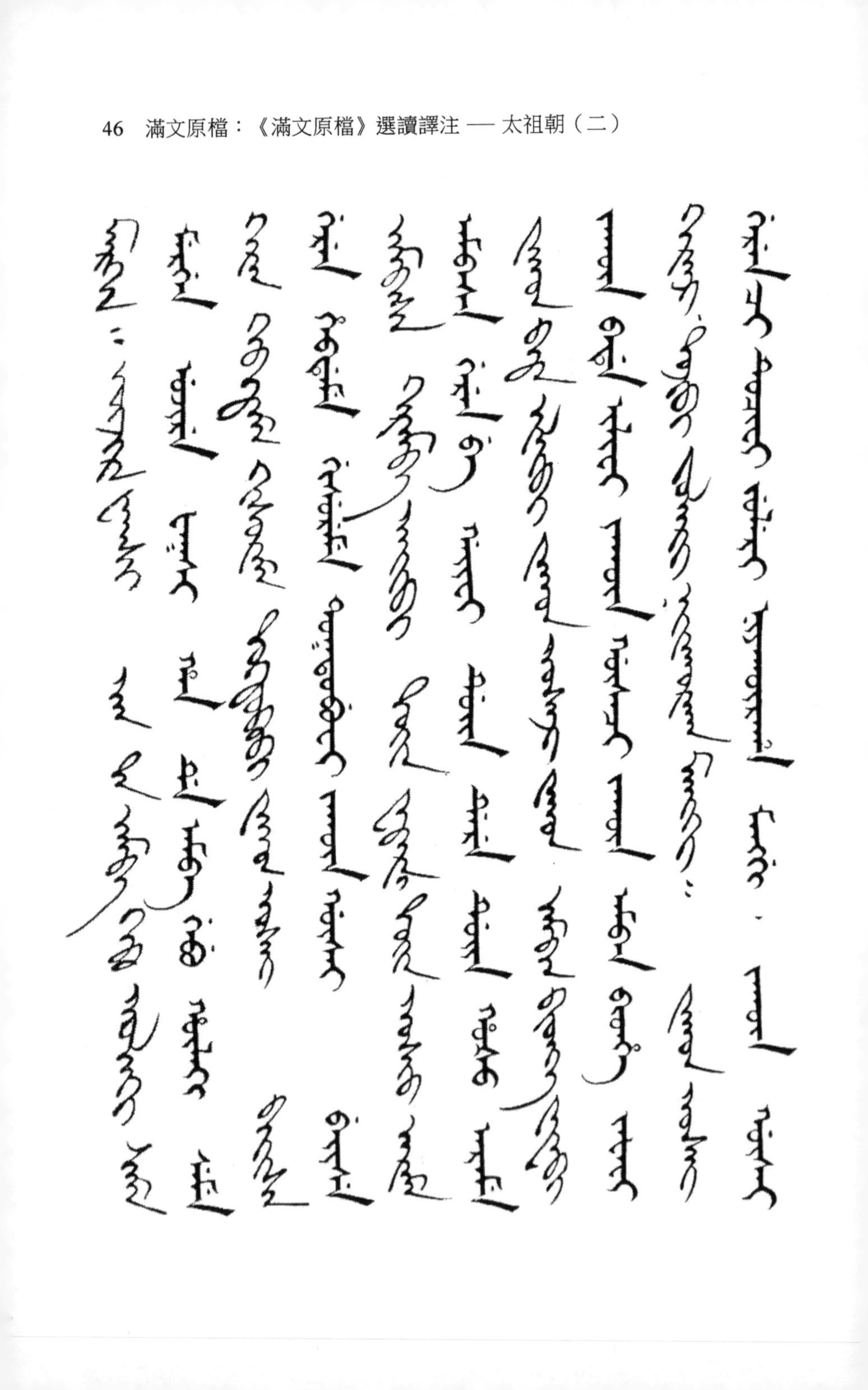

mergen, ujire faksi han de amba gebu hūlaki seme geren hebdeme gisureme toktobufi jakūn gūsai beise ambasa gerembe gaifi duin derei duin hošo arame jakūn bade ilifi, jakūn gūsaci jakūn amban bithe jafafi, geren ci tucifi juleri niyakūraha manggi, jakūn gūsai

---

豢養賢達，欲為汗上尊號。衆人如此議定後，八旗諸貝勒大臣率領衆人分列四面四隅，立於八處，由八旗八大臣持書，自衆人中出班跪於前方後，八旗

豢养贤达，欲为汗上尊号。众人如此议定后，八旗诸贝勒大臣率领众人分列四面四隅，立于八处，由八旗八大臣持书，自众人中出班跪于前方后，八旗

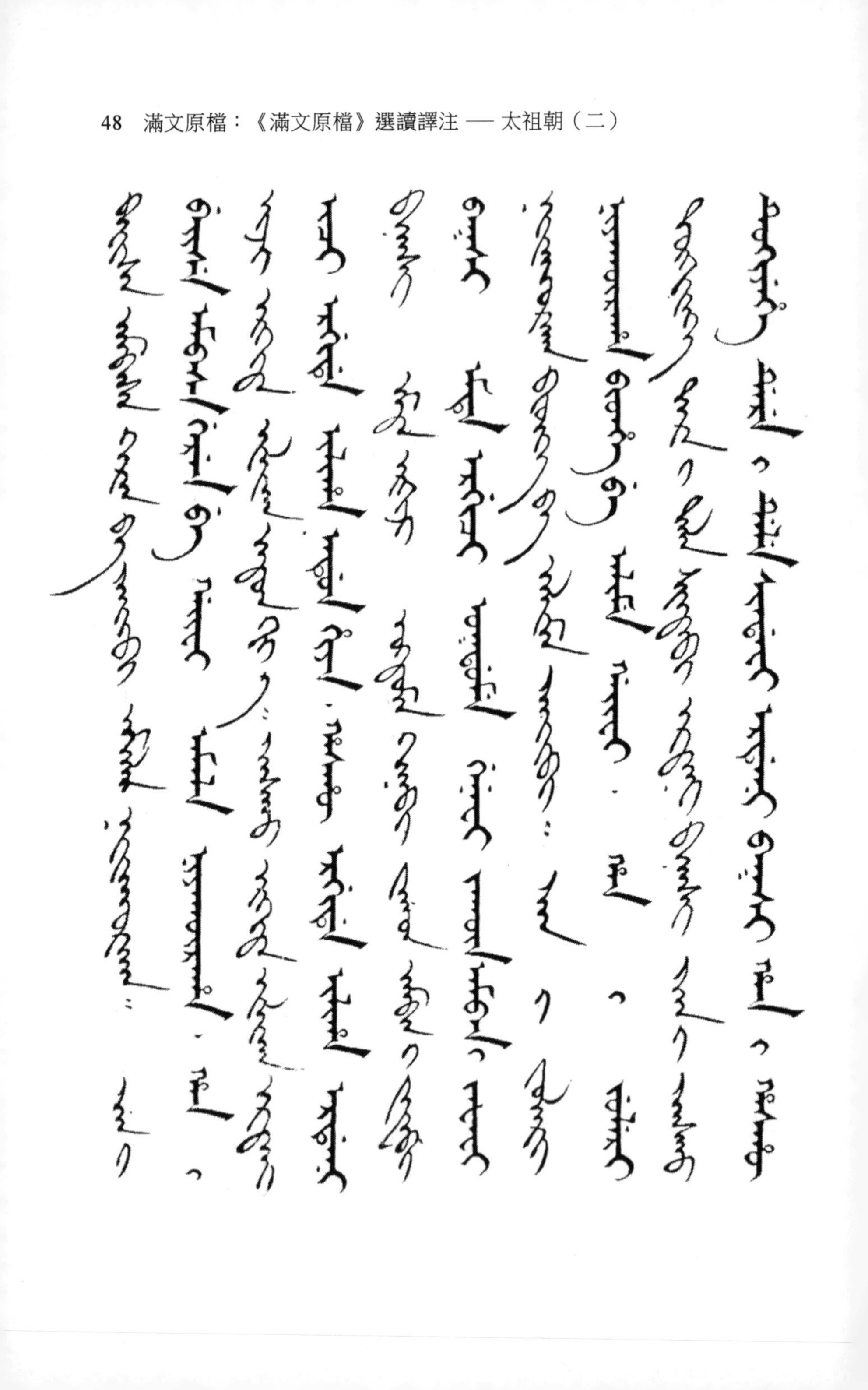

[illegible]

beise ambasa geren be gaifi amala niyakūraha, han i ici ergide iliha adun hiya, hashū ergide iliha erdeni baksi emte ergici okdome genefi jakūn amban i jafafi niyakūraha bithe be alime gaifi, han i juleri tukiyehe dere i dele sindafi erdeni baksi han i hashū

諸貝勒大臣率領衆人跪於後方。立於汗右側之侍衛阿敦及立於左側之巴克什額爾德尼，各由一側出迎，接受八大臣跪呈之書，捧放於汗前案上，巴克什額爾德尼

诸贝勒大臣率领众人跪于后方。立于汗右侧之侍卫阿敦及立于左侧之巴克什额尔德尼，各由一侧出迎，接受八大臣跪呈之书，捧放于汗前案上，巴克什额尔德尼

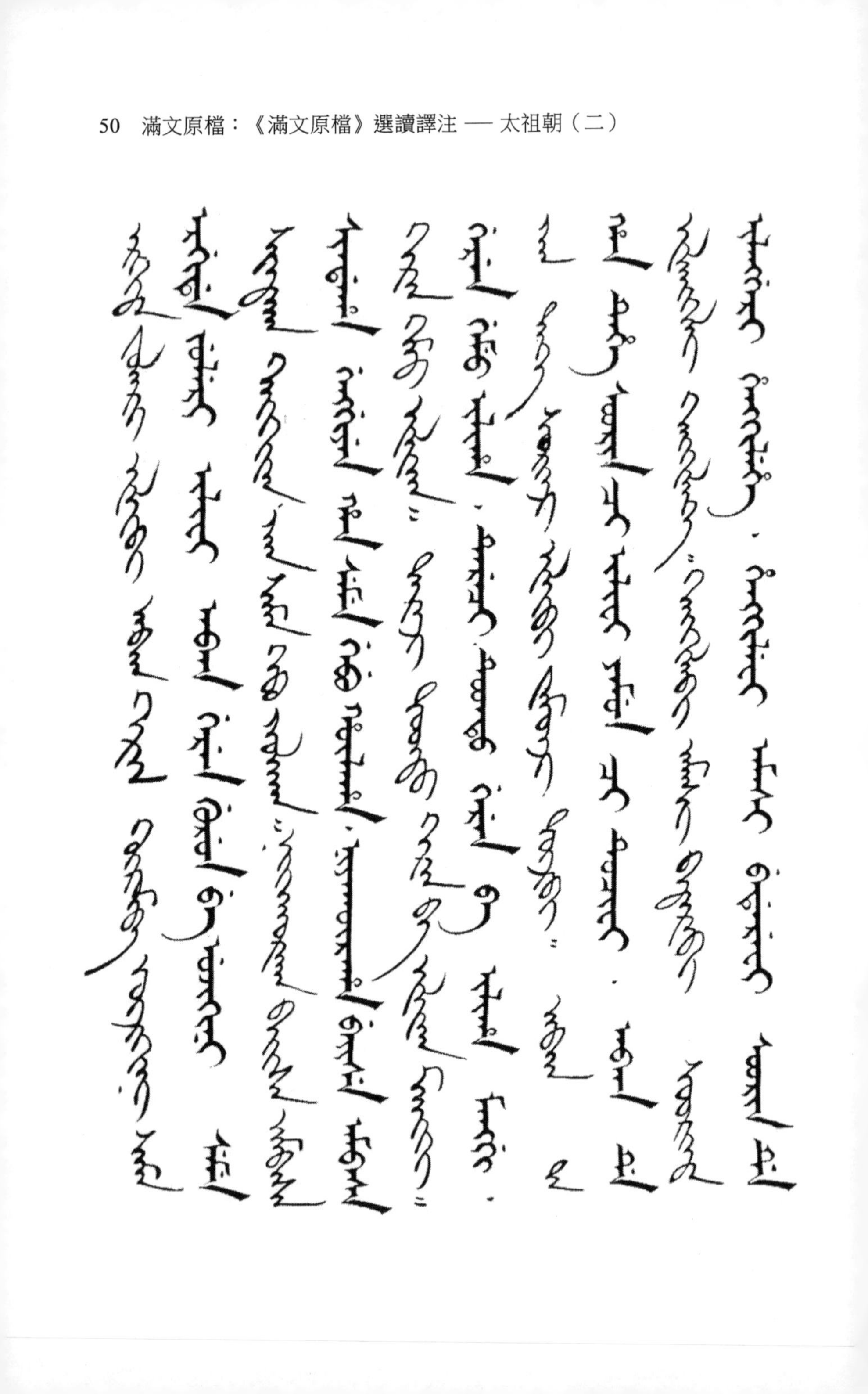

[illegible]

ergide juleri ilifi abka geren gurumbe ujikini seme sindaha genggiyen han seme gebu hūlaha, niyakūraha beise ambasa geren gemu iliha, tereci tuttu geren ba iliha manggi, han tehe soorin ci ilifi yamun ci tucifi, abka de ilanggeli hengkilehe, hengkilefi amasi bederefi soorinde

---

立於汗之左前方，頌曰：天任覆育列國英明汗。頌畢，下跪之諸貝勒大臣衆人皆起立，繼而各處之人起立後，汗自座位起立出衙門，對天三叩首，叩畢，返回座位

立于汗之左前方，颂曰：天任覆育列国英明汗。颂毕，下跪之诸贝勒大臣众人皆起立，继而各处之人起立后，汗自座位起立出衙门，对天三叩首，叩毕，返回座位

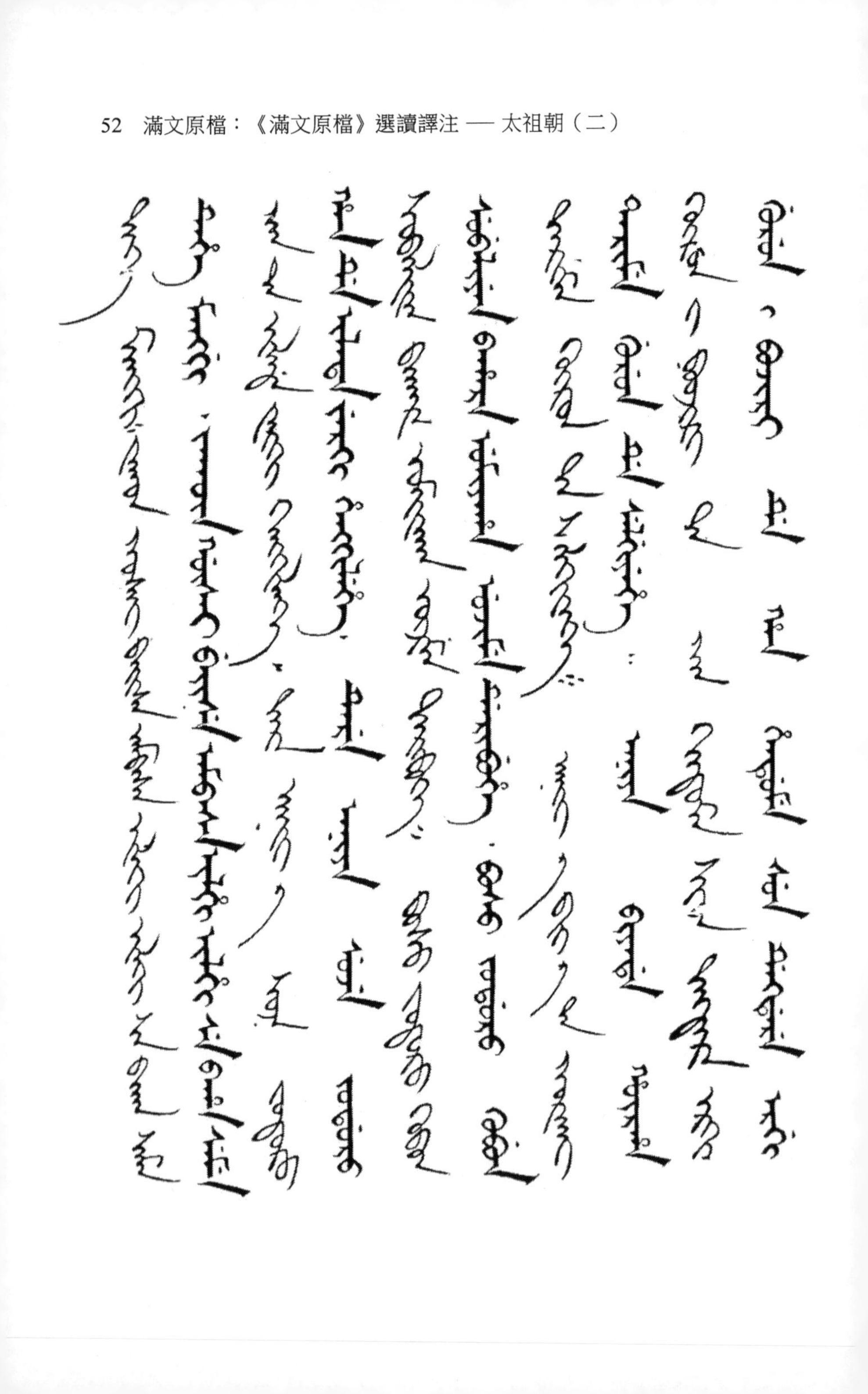

tehe manggi, jakūn gūsai beise ambasa ilhi ilhi se baha seme han de ilata jergi hengkilehe. tere aniya suje jodoro subeliyen bahara umiyaha ujime deribuhe, boso jodoro kubun tarime gurun de selgiyehe. aniya biyade hūrhai gurun i bojiri de han hendume, šun dekdere ergi

---

坐定後，八旗諸貝勒大臣依次按長幼之序，各向汗三叩首。是年，始行養蠶紡織綢緞，種棉織布，傳諭國人。正月，汗謂虎爾哈國博濟哩曰：「東方[15]

坐定后，八旗诸贝勒大臣依次按长幼之序，各向汗三叩首。是年，始行养蚕纺织绸缎，种棉织布，传谕国人。正月，汗谓虎尔哈国博济哩曰：「东方

---

[15] 東方，《滿文原檔》讀作“šiun dekdere ergi”，《滿文老檔》讀作“šun dekdere ergi”，意即「日升方向」，與“dergi ergi”同義。

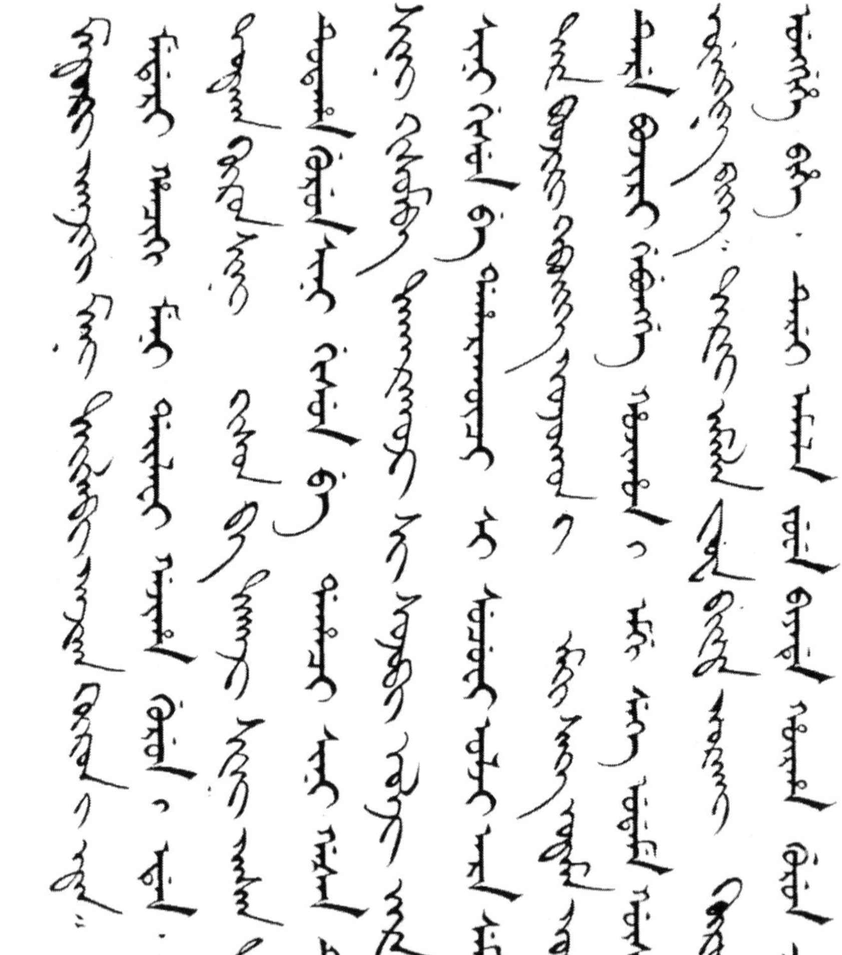

mederi hanciki meni dailafi gajiha gurun i eden, funcehe tutaha gurun sini gisun be dahaci sini gašan de bargiya, sini gisun be daharakūci si sucufi olji ara seme henduhe, tere bojiri gebungge hojihon i emgi seke udame gūsin niyalma unggihe bihe. terei amala juwe biyade hūrhai gurunci dahame

---

近海處，經我征取各國殘留之人，若順從爾言，可收入爾村中，若不從爾言，爾可襲取為俘。」遂遣三十人偕同那名曰博濟哩之婿往購貂皮[16]。其後於二月中，自虎爾哈國來歸之

近海处，经我征取各国残留之人，若顺从尔言，可收入尔村中，若不从尔言，尔可袭取为俘。」遂遣三十人偕同那名曰博济哩之婿往购貂皮。其后于二月中，自虎尔哈国来归之

---

[16] 名曰博濟哩之婿，句中「婿」，《滿文原檔》寫作 “kojokon”，《滿文老檔》讀作 “hojihon”。

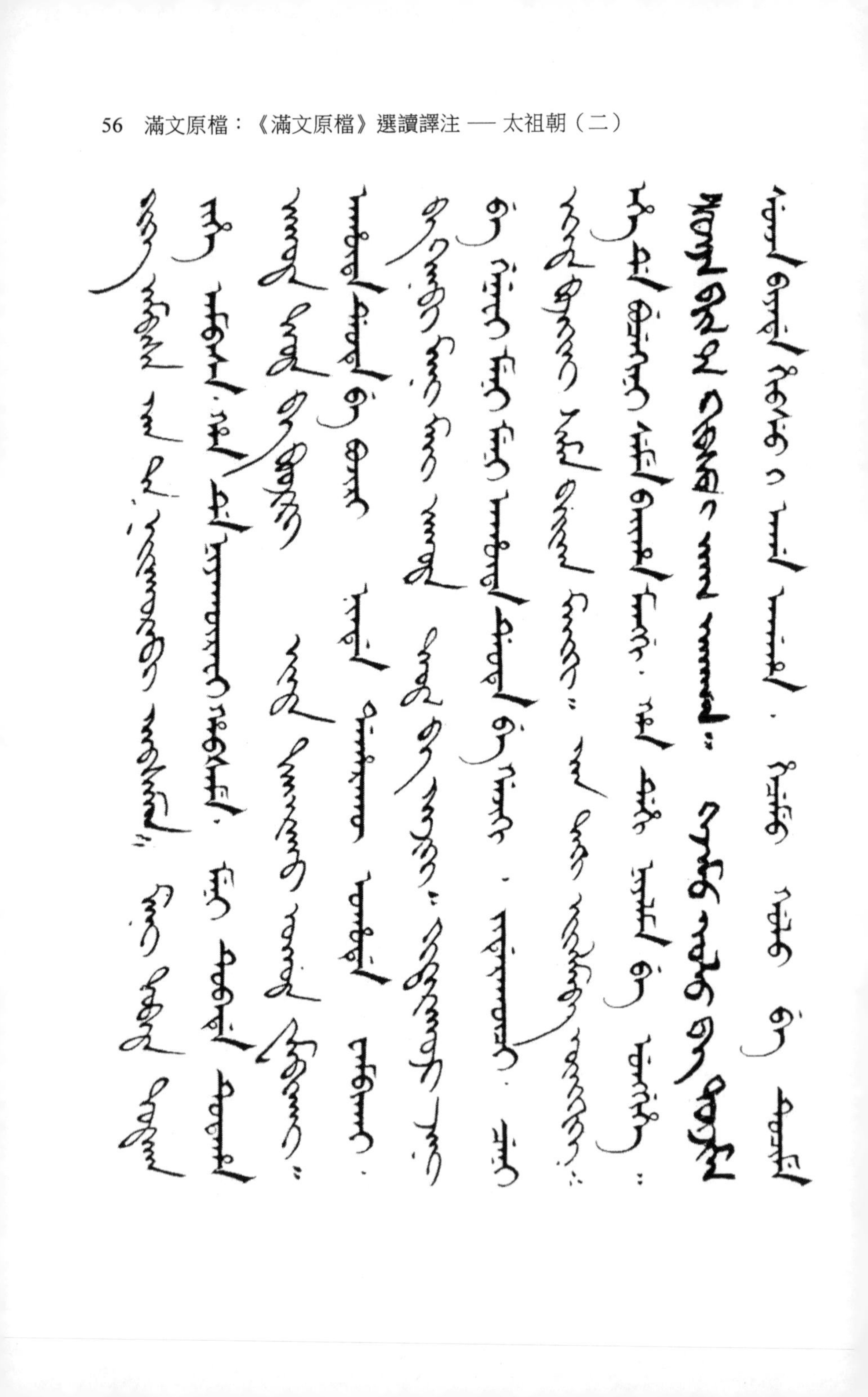

jihe ambasa han de niyakūrafi habšame, meni tubade tutaha ahūta deote be bojiri inde daharakū ohode wambikai, be genefi meni meni ahūta deote be gajiki, jiderakūci ceni ehe de bucekini seme baiha manggi, han dehi niyalmabe unggihe. sunja biya de hibsu i aga agaha, hecemu golo be tucime

---

諸大臣向汗跪訴云：「我等留住於彼處之諸兄弟，若不從博濟哩，則將被殺害，我等欲前往將我等各自兄弟攜來，若拒絕不來，彼等死有餘辜。」如此請求後，汗遂派遣四十人前往。五月，降下蜂蜜雨。出赫徹穆路，

诸大臣向汗跪诉云：「我等留住于彼处之诸兄弟，若不从博济哩，则将被杀害，我等欲前往将我等各自兄弟携来，若拒绝不来，彼等死有余辜」如此请求后，汗遂派遣四十人前往。五月，降下蜂蜜雨。出赫彻穆路，

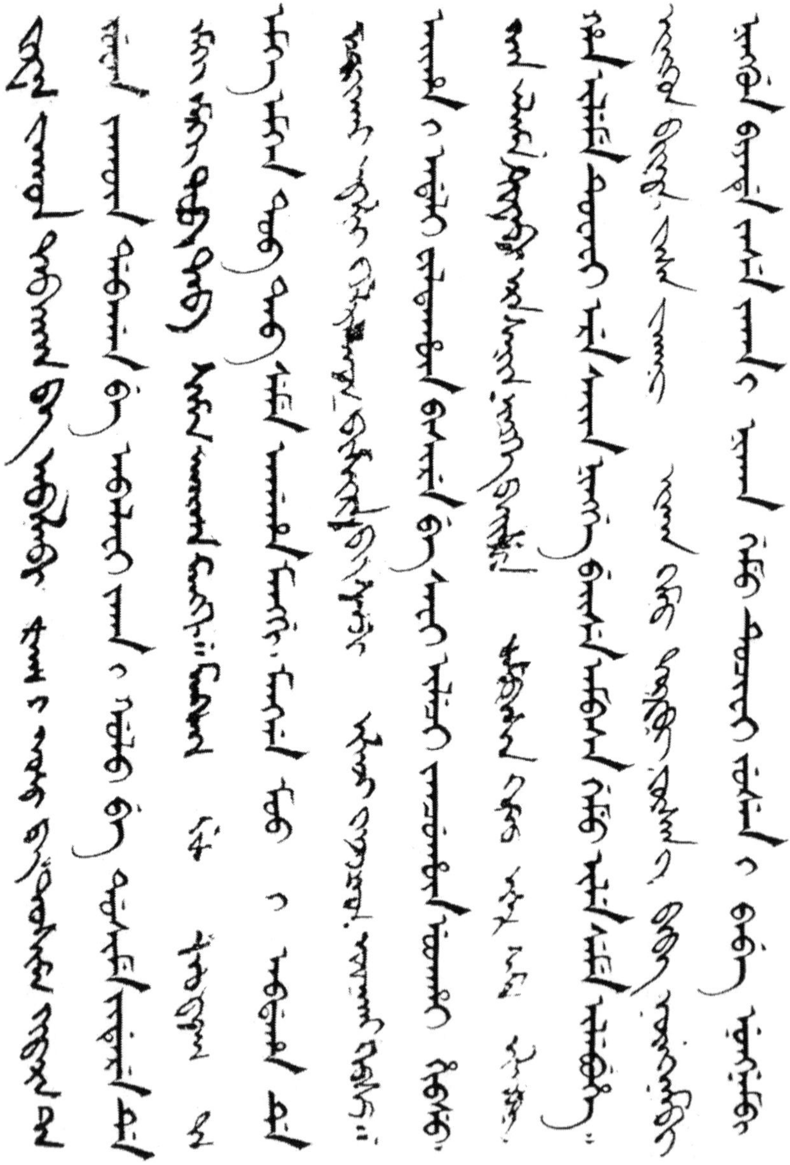

juwan jakūn dabagan be abalafi jaka i golo be dosime jidere de emke emken tob tab seme agaha manggi, mangga moo i abdaha de aihai adali filtahūn bisire be safi ileci jancuhūn uthai hibsu, han ileme tuwafi ere sain ningge beise ambasa gemu ile seme ilebuhe. ninggun biyade jase jakai nikan gemu tucifi jušen i babe nungnembi

---

往十八嶺行獵，進入扎喀路而來時，點點滴滴降雨後，見柞樹葉上有光如瑠璃[17]，舔之甘甜，就是蜂蜜，汗舔試之，以此物為上好之品，命諸貝勒大臣皆舔之。六月，聞沿邊明人皆越境擾害諸申地方，

往十八岭行猎，进入扎喀路而来时，点点滴滴降雨后，见柞树叶上有光如瑠璃，舔之甘甜，就是蜂蜜，汗舔试之，以此物为上好之品，命诸贝勒大臣皆舔之。六月，闻沿边明人皆越境扰害诸申地方，

---

[17] 有光如瑠璃，句中「有光」，《滿文原檔》寫作"biltakon" ，《滿文老檔》讀作"filtahūn"，意即「晶瑩剔透」。按此為無圈點滿文"bi"與"fi"的混用現象。

四、負約出邊

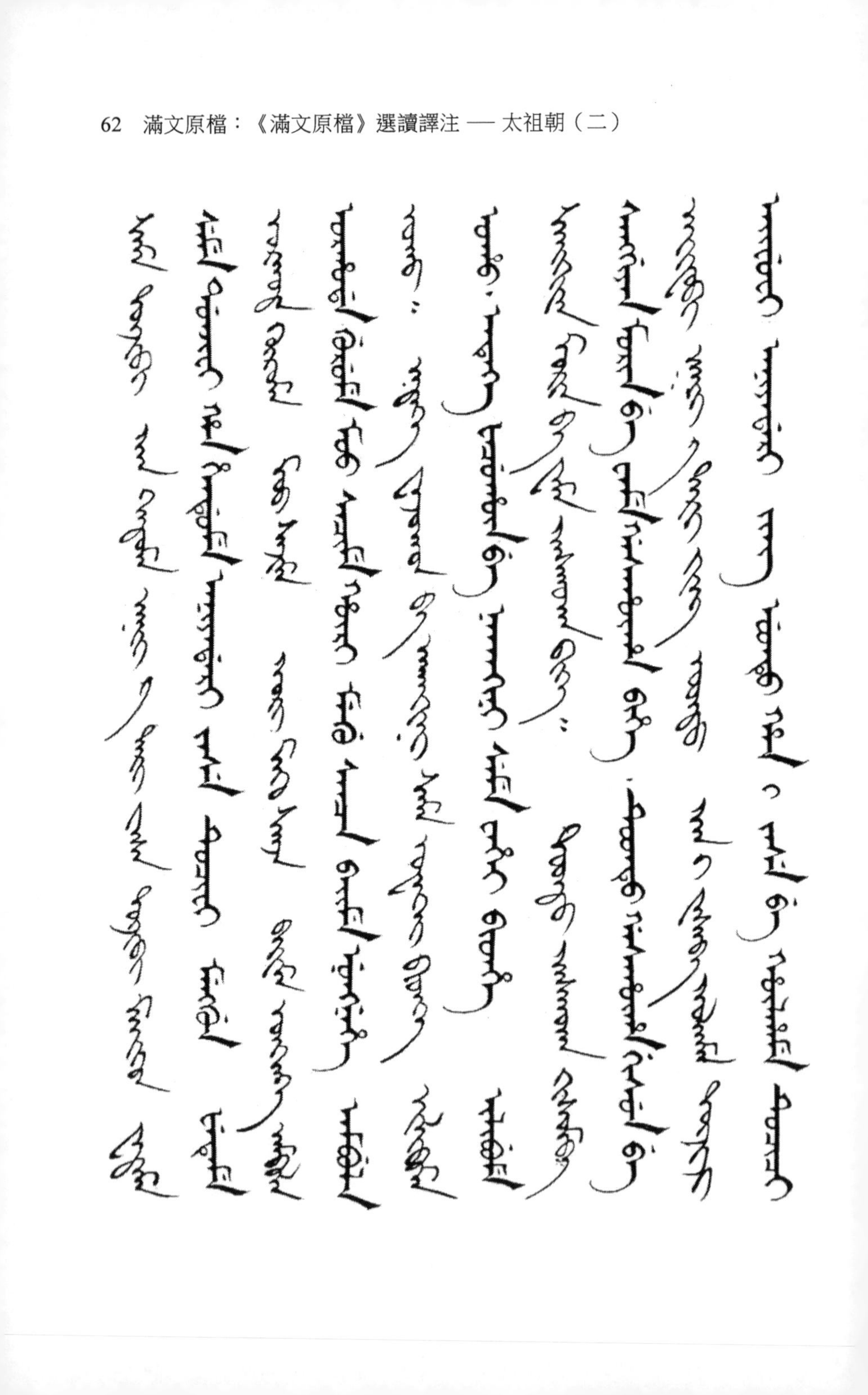

seme donjifi han hendume, aniya dari jase tucifi menggun feteme orhoda gurume moo sacime hūri, megu, sanca baime nungnehe ambula oho, enteke facuhūn be nakakini seme wahei〔wehei〕bithe ilibume šanggiyan morin be wame gashūha bihe, tuttu gashūha gisumbe aifufi aniya dari jing uttu han i jasebe hūlhame tucici

---

汗曰：「每歲出邊掘銀採參，砍伐樹木，尋覓松子、蘑菇、木耳，擾害無已，曾立石碑，刑白馬盟誓，然而食言負約，仍然每歲偷出皇帝之邊境，

汗曰：「每岁出边掘银采参，砍伐树木，寻觅松子、蘑菇、木耳，扰害无已，曾立石碑，刑白马盟誓，然而食言负约，仍然每岁偷出皇帝之边境，

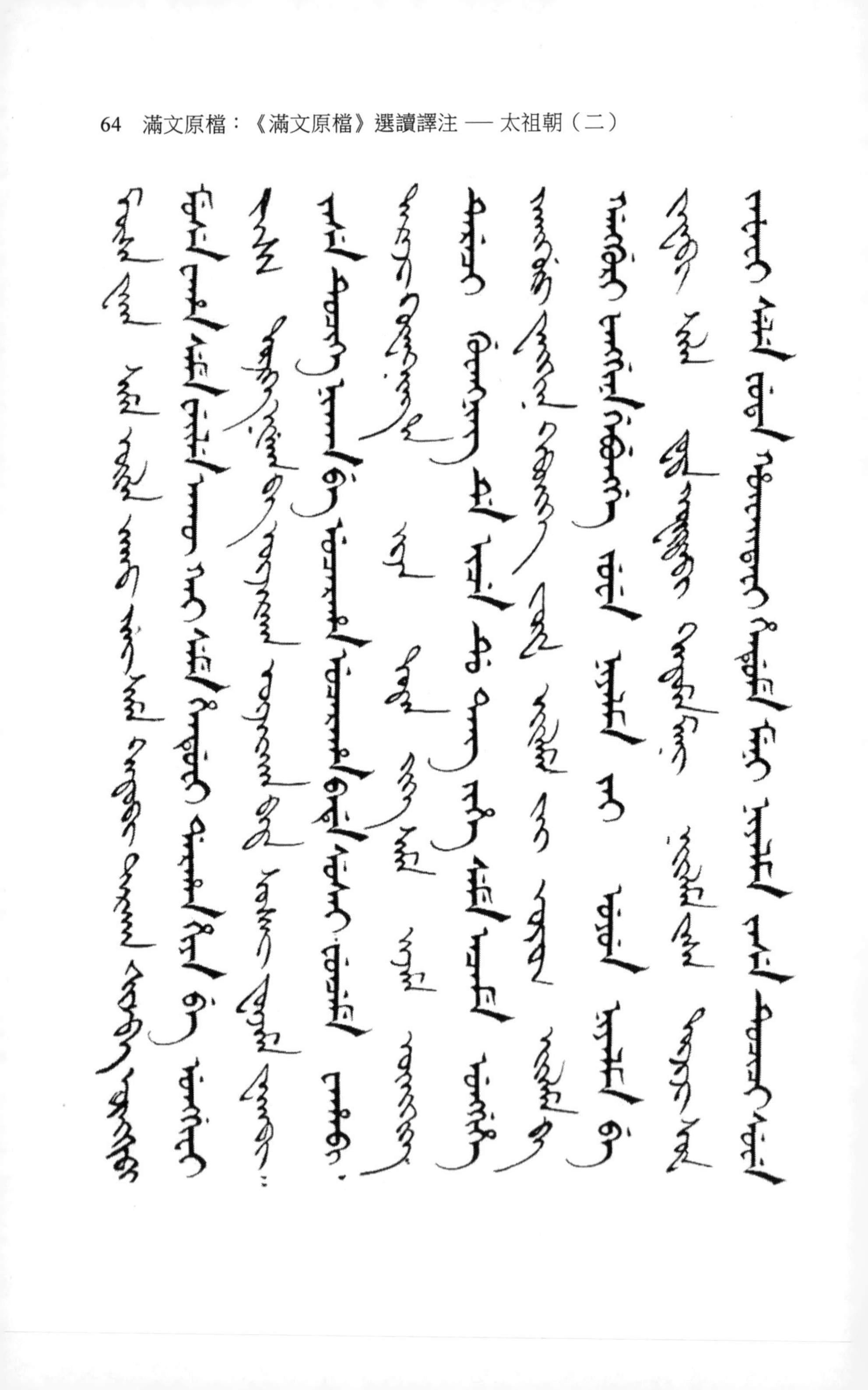

muse waha seme weile akū kai seme hendufi, darhan hiyabe unggifi jase tucike nikan be ucaraha ucaraha bade susai funceme wahabi. tereci guwangning de ice du tan jihe seme acame unggihe gangguri, fanggina gebungge juwe niyalma jai uyun niyalma be jafafi sele futa hūwaitafi hendume, meni niyalma jase tucici suwe

---

我即殺之，亦不為罪也。」言畢，遂遣侍衛達爾漢將遇見出邊之明人五十餘人即於遇見之處殺之。其後聞廣寧新任都堂至，卻將所遣前往會見名曰綱古里、方吉納二人及從者九人執而繫以鐵索，並遣通事來告曰[18]：「吾民出邊，汝

我即杀之，亦不为罪也。」言毕，遂遣侍卫达尔汉将遇见出边之明人五十余人即于遇见之处杀之。其后闻广宁新任都堂至，却将所遣前往会见名曰纲古里、方吉纳二人及从者九人执而系以铁索，并遣通事来告曰：「吾民出边，汝

---

[18] 遣通事來告，《滿文原檔》、《滿文老檔》俱讀作 “jala takūrame gisureci”，意即「差媒人說事」；滿漢文義略有出入。

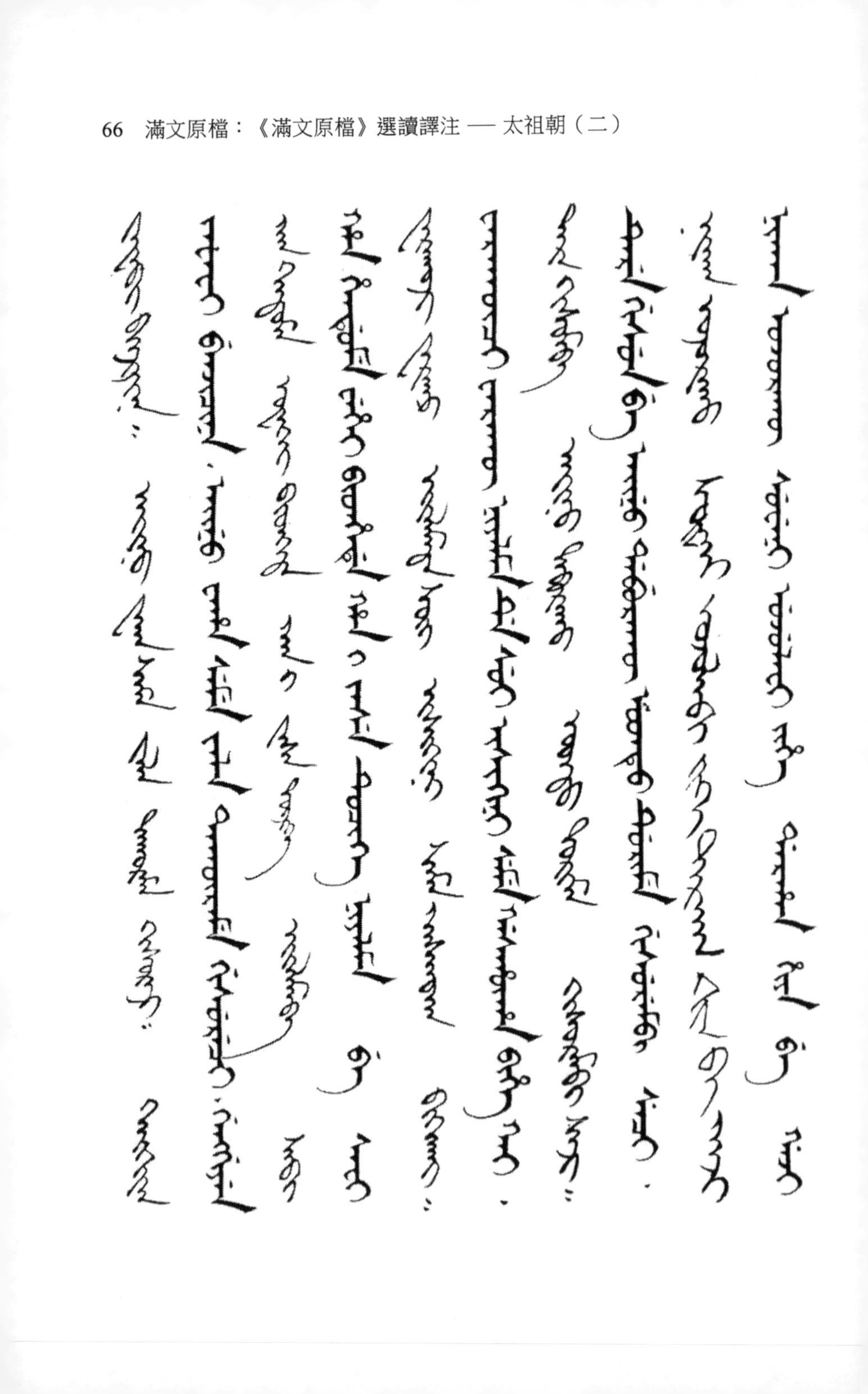

jafafi benjicina, ainu waha seme jala takūrame gisureci, genggiyen han hendume, wehei bithede han i jase tucike niyalma be safi warakūci warakū niyalmade sui isikini seme gashūha bihekai, tere gisumbe ainu daburakū uttu durime gisurembi seci, nikan ojorakū, suweni ujulafi jihe darhan hiya be gaji

---

當捉拏解還，何故殺之？」英明汗曰：「昔立碑盟誓，若見出帝邊之人而不殺，則殃及不殺之人也，今何負前盟而如此強詞奪理？」明人不然，曰：「但將前來為首之侍衛達爾漢執以解來

当捉拏解还，何故杀之？」英明汗曰：「昔立碑盟誓，若见出帝边之人而不杀，则殃及不杀之人也，今何负前盟而如此强词夺理？」明人不然，曰：「但将前来为首之侍卫达尔汉执以解来

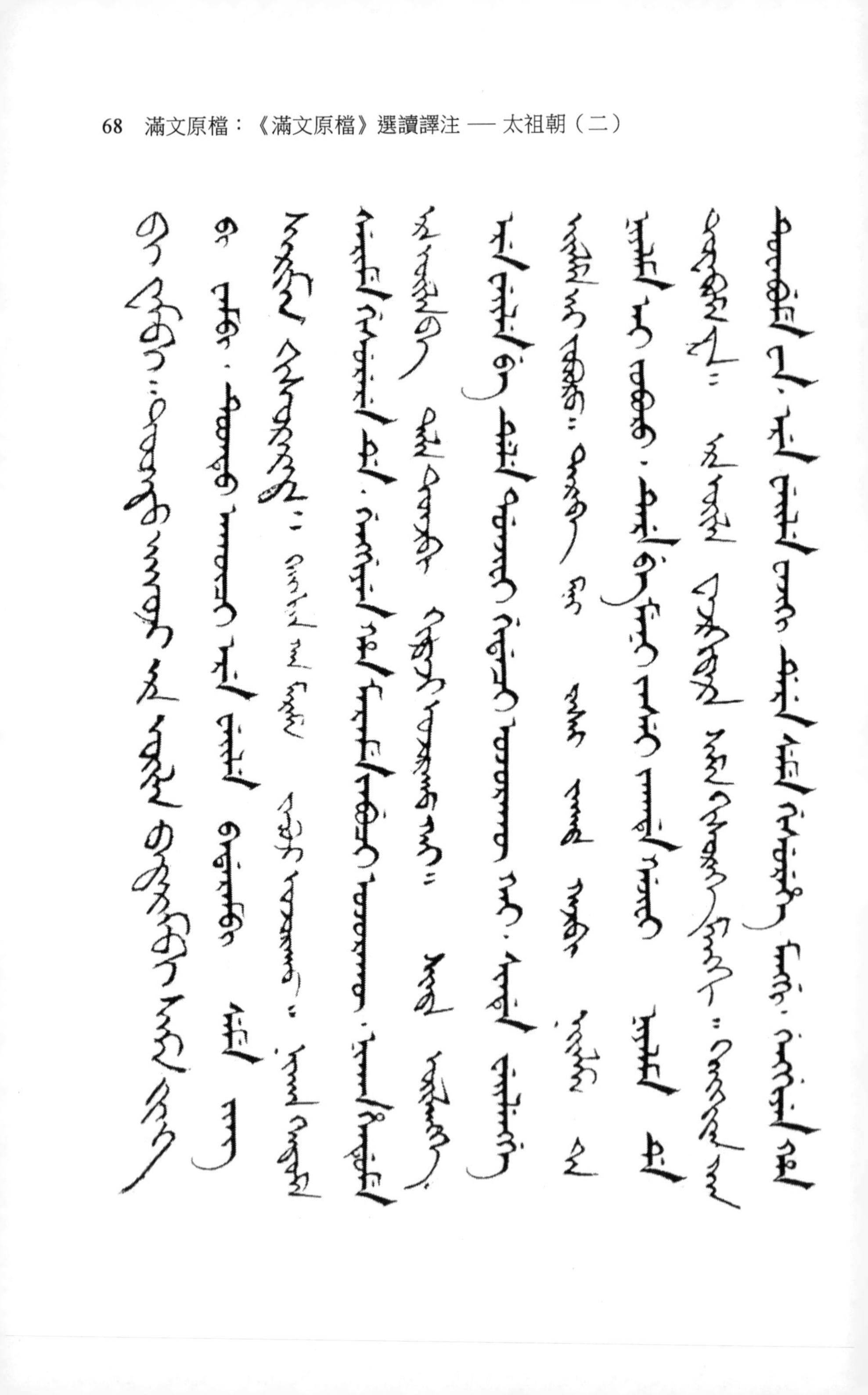

bi wambi, tuttu akūci ere weile badarambi seme jing šerime gisurerede, genggiyen han marame jabuci ojorakū. nikan hendume, ere weile be dele donjifi gidaci ojorakū kai, sinde weilengge niyalma ai joboro, terebe meni jasei jakade gajifi niyalma de tuwabume wa, ere weile wajikidere seme gisurehe manggi, genggiyen han

---

我殺之抵罪則已，否則從此多事。」堅以此言相要挾。英明汗加以拒絕，答以不可。明人曰：「此事已聞於上，乃不容隱者也，汝國豈無有罪之人，何不執之於我邊上殺以示衆，則此事可息矣。」言畢，英明汗

我杀之抵罪则已，否则从此多事。」坚以此言相要挟。英明汗加以拒绝，答以不可。明人曰：「此事已闻于上，乃不容隐者也，汝国岂无有罪之人，何不执之于我边上杀以示众，则此事可息矣。」言毕，英明汗

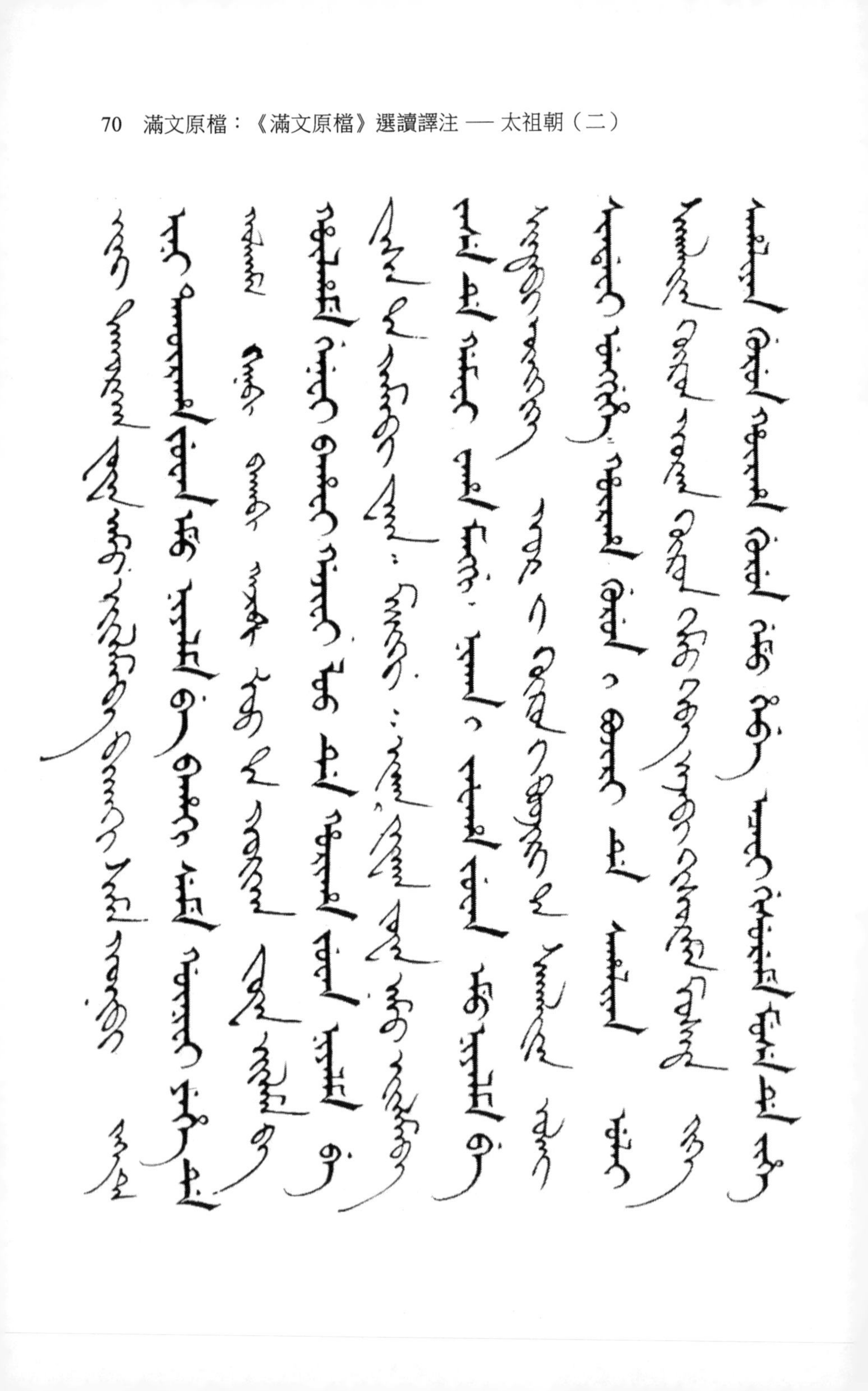

ini takūraha juwan emu niyalmabe bahaki seme gūnifi yehe de hūlhame genefi bahafi gajifi loo de horiha juwan niyalma be jase de gamafi waha manggi, nikan i jafaha juwan emu niyalma be sindafi unggihe. hūrhai gurun i bojiri de sahaliyan ulai sahaliyan gurun hūrha gurun gemu hebe acafi gisureme, musede jihe

---

欲令所遣被拘十一人還，即將偷往葉赫被執囚於獄中之十人解至邊境殺之，明人遂將所拘十一人放歸。薩哈連江之薩哈連國與虎爾哈國皆於虎爾哈國之博濟哩處會議曰：「我等將來此

欲令所遣被拘十一人还，即将偷往叶赫被执囚于狱中之十人解至边境杀之，明人遂将所拘十一人放归。萨哈连江之萨哈连国与虎尔哈国皆于虎尔哈国之博济哩处会议曰：「我等将来此

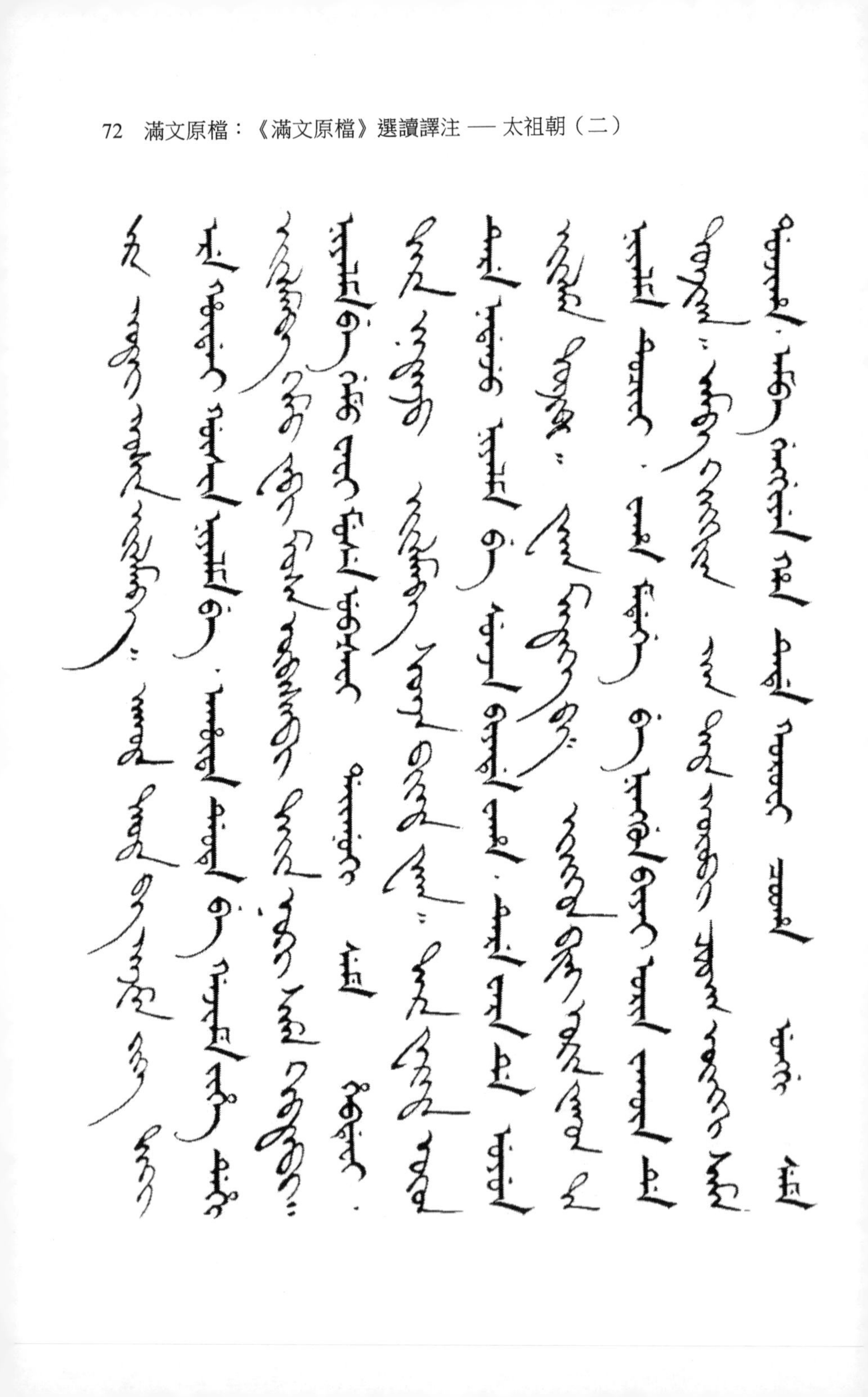

ere hūdai gūsin niyalmabe, ahūta deote be gajime jihe dehi niyalmabe gemu wafi muse ubašafi dain nuki seme hebdefi, tere nadanju niyalmabe sunja biyade waha, tere warade uyun niyalma tucifi, waha medege be ninggun biyai orin jakūn de donjiha, amba genggiyen han tede korofi cooha unggi seme

---

貿易之三十人及前來領回其兄弟之四十人，皆殺之，然後我等叛而征之。」如此議定後，於五月中殺害其七十人時，有九人逃出。六月二十八日，聞知殺害信息後，大英明汗對此甚為憤恨，說要發兵，

贸易之三十人及前来领回其兄弟之四十人，皆杀之，然后我等叛而征之。」如此议定后，于五月中杀害其七十人时，有九人逃出。六月二十八日，闻知杀害信息后，大英明汗对此甚为愤恨，说要发兵，

五、獨排眾議

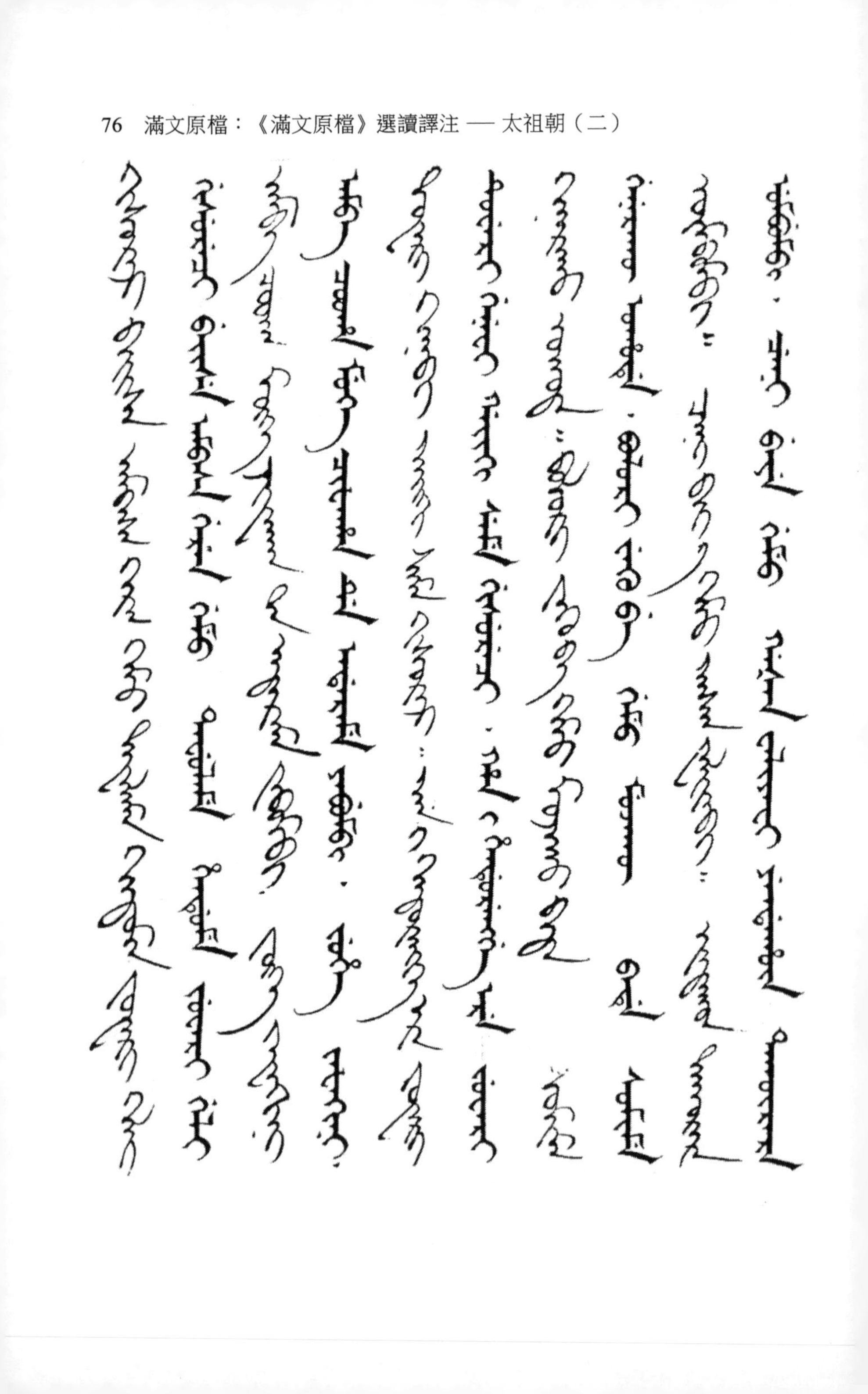

gisureci beise ambasa geren gemu tafulame hendume. juwari geli amba cooha muke cifahan de adarame yabumbi, juhe jafakini tuweri genefi gaiki seme gisureci, han i hendurengge ere juwari generakū ohode, bolori jeku be gemu mujakū bade somime umbumbi, ceni beye gemu gašan waliyafi yendahūn takūrara

---

諸貝勒大臣及衆人皆諫曰：「正值夏季，泥濘多水，大兵如何行走？可俟冬季結冰後往取。」汗曰：「今夏不往，彼必處處埋藏秋糧，其人皆棄寨往投使犬國[19]，

诸贝勒大臣及众人皆谏曰：「正值夏季，泥泞多水，大兵如何行走？可俟冬季结冰后往取。」汗曰：「今夏不往，彼必处处埋藏秋粮，其人皆弃寨往投使犬国，

---

[19] 使犬國，句中「犬」，《滿文原檔》讀作“indahūn”，《滿文老檔》讀作“yendahūn”。按規範滿文讀作“indahūn”。

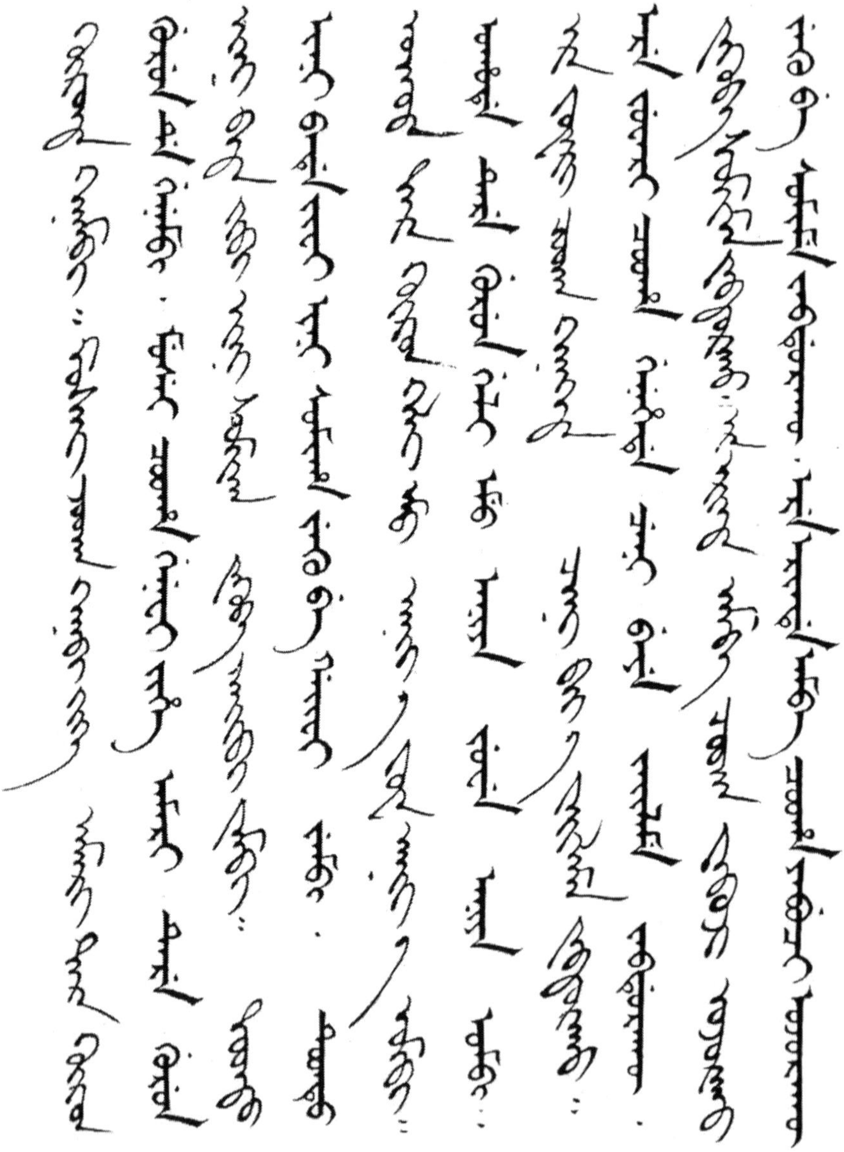

gurunde genembi, musei cooha genefi jihe amari tere gurun ini bade jifi ini somiha jekube gaifi jembi, tuttu ohode tere gurun geli emu aniya juwe aniya ombi, ere juwari cooha genehede ceni beye jailame jabdurakū, jekube somime jabdurakū, ere erinde amba cooha yabuci ojorakū

我兵前往返回後，其國人回至原地，取食其所藏之糧，則其國又可苟延一年、二年。若今夏發兵，則其人不遑躲避，其糧來不及隱藏。彼等以為此時大兵不可行走，

我兵前往返回后，其国人回至原地，取食其所藏之粮，则其国又可苟延一年、二年。若今夏发兵，则其人不遑躲避，其粮来不及隐藏。彼等以为此时大兵不可行走，

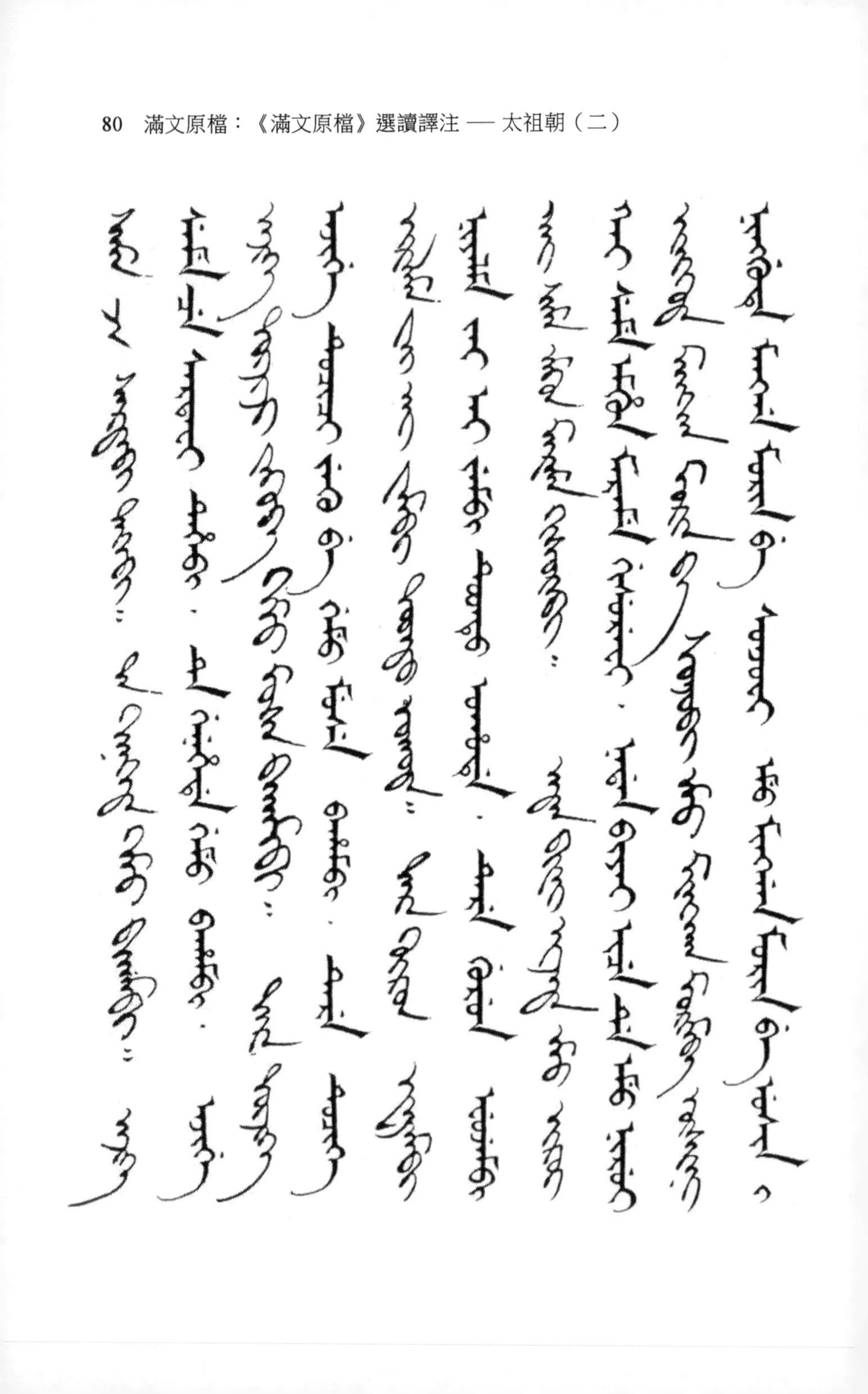

seme ce sartafi tehebi, te genehede gemu bahambi, ajige ajige tucici jekube gemu muse bahambi, tere tucike niyalma jai ai jembi tuttu ohode, tere gurun efujembi kai seme emhun marame gisurefi, nadan biyai icede emu nirui ninggute mangga morin be sonjofi emu minggan morimbe usin i

---

則彼等逍遙閒居，今若前往，皆可俘獲，縱有少數幾人逃出，其糧食皆為我所得，逃出之人何以為食？如此，則其國必破也。」遂獨排衆議，於七月初一日命每一牛彔挑選壯馬各六匹，將一千匹馬

则彼等逍遥闲居，今若前往，皆可俘获，纵有少数几人逃出，其粮食皆为我所得，逃出之人何以为食？如此，则其国必破也。」遂独排众议，于七月初一日命每一牛录挑选壮马各六匹，将一千匹马

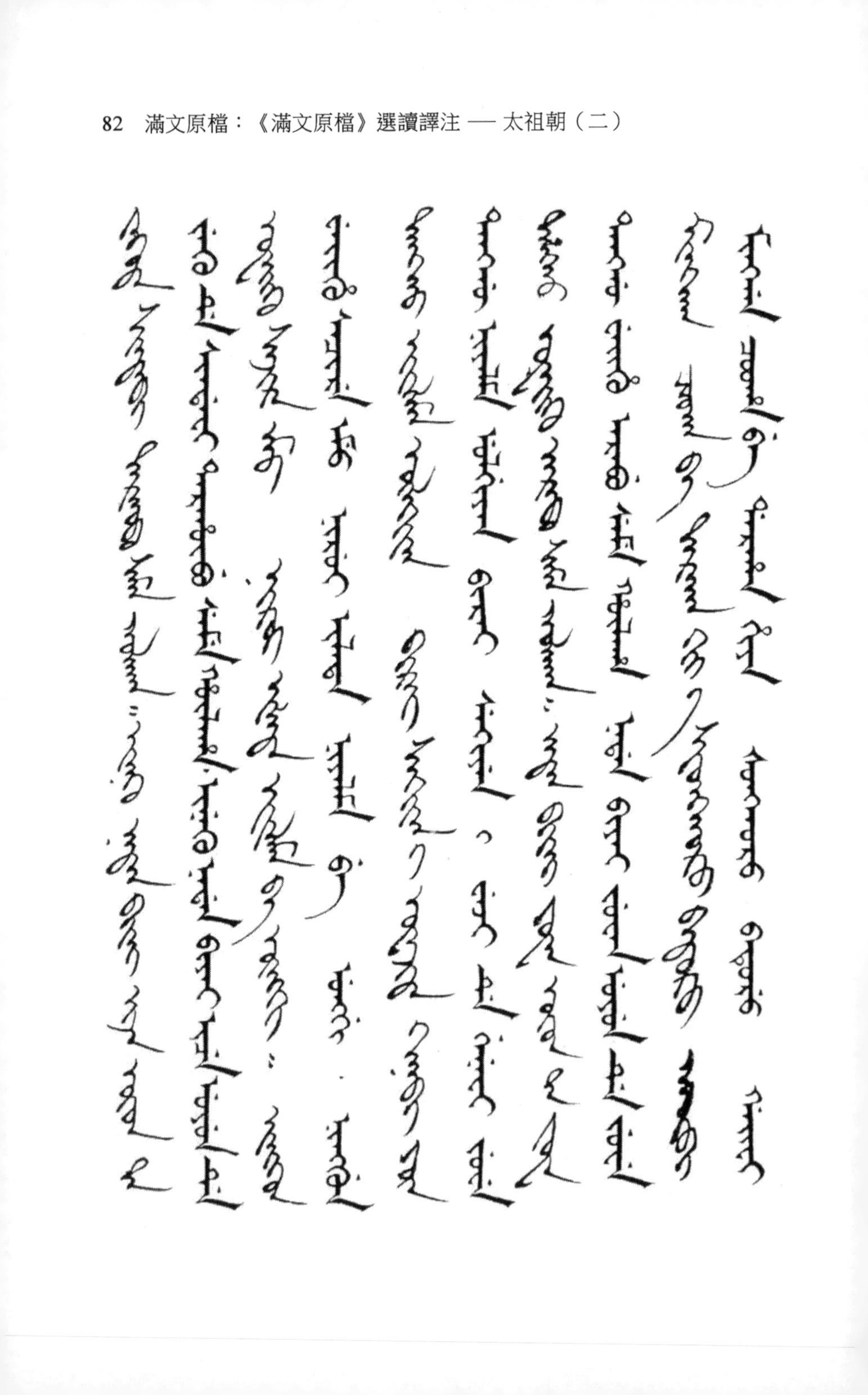

jekude sindafi tarhūbu seme hūlaha. ineku nadan biyai ice uyun de weihu sacire emu nirui ilata niyalma be unggi, ninggun tanggū niyalma ulgiyan birai sekiyen i wejide genefi juwe tanggū weihu arabu seme hūlaha, nadan biyai juwan uyun de juwe minggan cooha be darhan hiya šongkoro baturu gaifi

---

牧放於田間，以糧食餵養使其肥壯。本七月初九日，命每牛彔各派刳舟人各派三名，共六百人，前往兀爾簡河源密林中造舟二百[20]。七月十九日，命侍衛達爾漢、巴圖魯碩翁科羅率兵二千人，

牧放于田间，以粮食喂养使其肥壮。本七月初九日，命每牛彔各派刳舟人各派三名，共六百人，前往兀尔简河源密林中造舟二百。七月十九日，命侍卫达尔汉、巴图鲁硕翁科罗率兵二千人，

---

[20] 兀爾簡河，《滿文老檔》讀作“ulgiyan bira”，意即「豬河」。

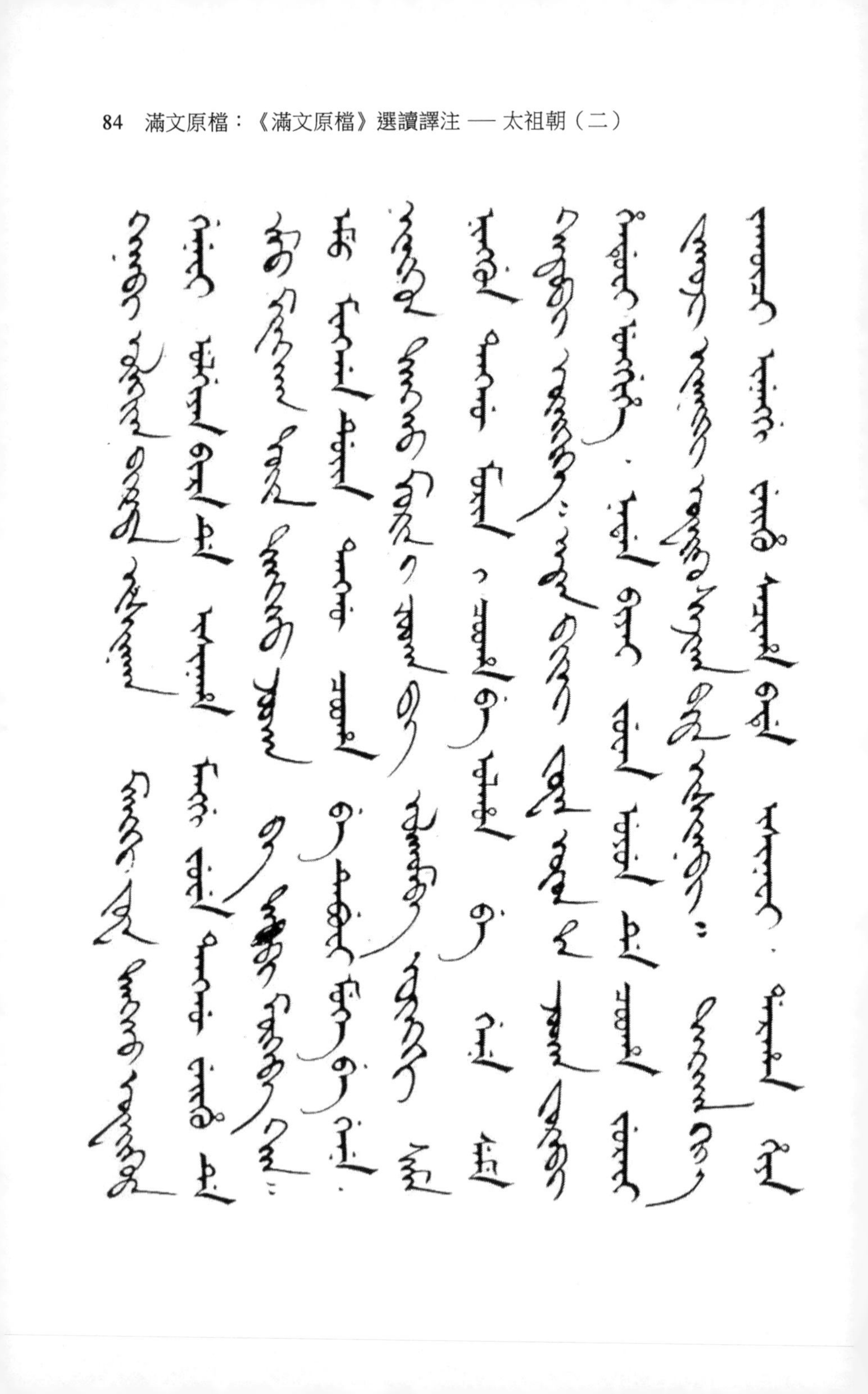

genefi ulgiyan birade isinaha manggi juwe tanggū weihude emu minggan duin tanggū cooha be tebufi mukebe gene, ninggun tanggū morin i cooha be olhombe unggiki seme hendufi unggihe. nadan biyai juwan uyun de cooha jurafi jakūci inenggi weihu saciha bade isinafi, darhan hiya

---

前往，抵達兀爾簡河後，命一千四百兵乘坐二百隻舟走水路，六百名騎兵走陸路[21]，如此派遣後，於七月十九日兵出發，第八日抵達刳舟處，侍衛達爾漢、

前往，抵达兀尔简河后，命一千四百兵乘坐二百只舟走水路，六百名骑兵走陆路，如此派遣后，于七月十九日兵出发，第八日抵达刳舟处，侍卫达尔汉、

---

[21]「走水路」、「走陸路」二句中，「水路」、「陸路」，滿文應讀作"muke jugūn"、"olhon jugūn"，此處作 "muke"、"olhon"，俱缺漏"jugūn"。

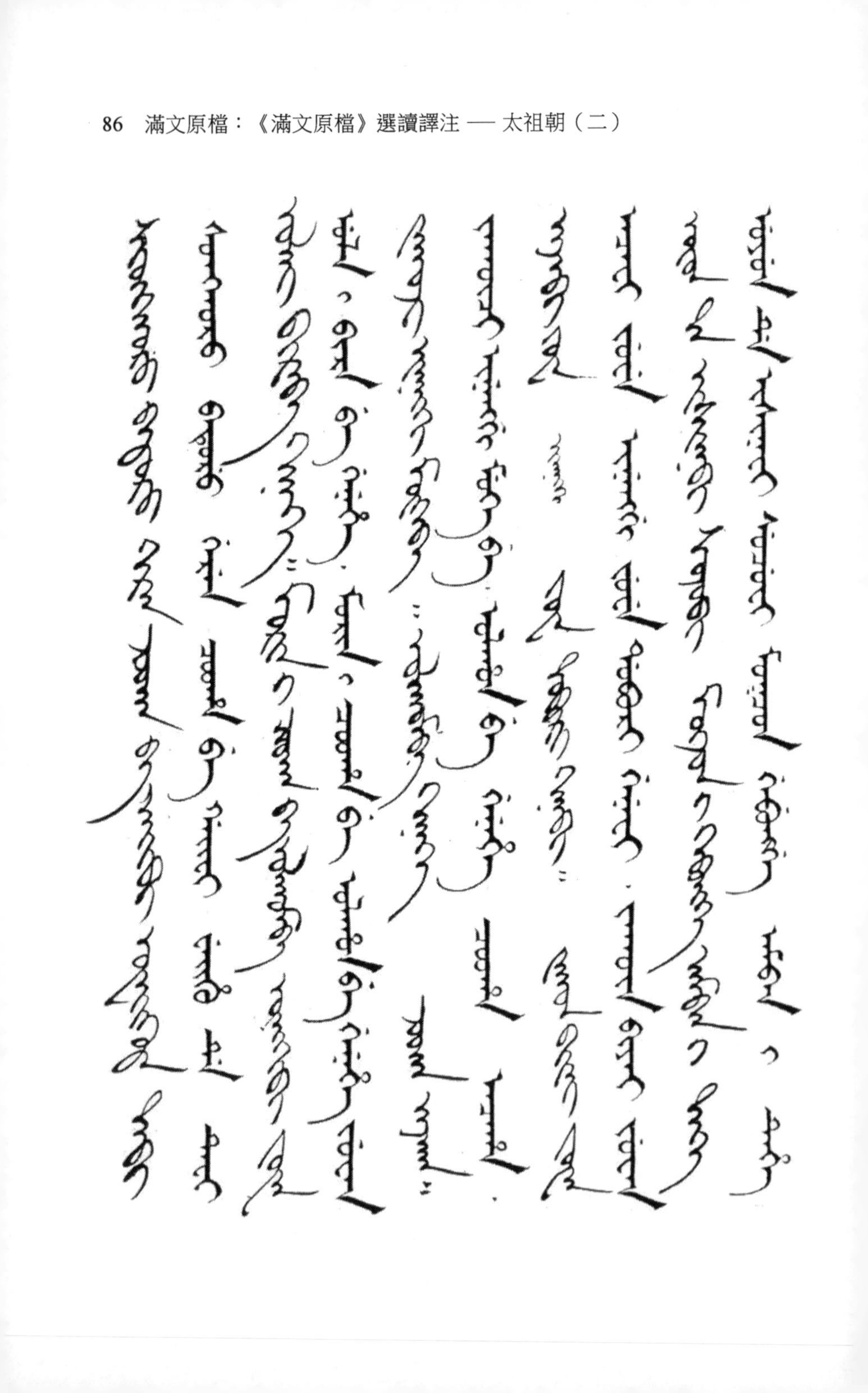

šongkoro baturu geren cooha be gaifi weihude tefi ulai birabe genehe, morin i cooha be olhombe unggifi juwan jakūci inenggi mukebe, olhombe genehe cooha acaha, acafi juwe inenggi juwe dobori genefi, jakūn biyai juwan uyun de isinafi sucufi mokcon i gebungge amban i tehe

---

巴圖魯碩翁科羅率衆兵乘舟由烏拉河前往，騎兵由陸路前往。第十八日，水陸兵會師，兼行二日二夜。於八月十九日抵達，襲擊名叫莫克春大臣所駐

巴图鲁硕翁科罗率众兵乘舟由乌拉河前往，骑兵由陆路前往。第十八日，水陆兵会师，兼行二日二夜。于八月十九日抵达，袭击名叫莫克春大臣所驻

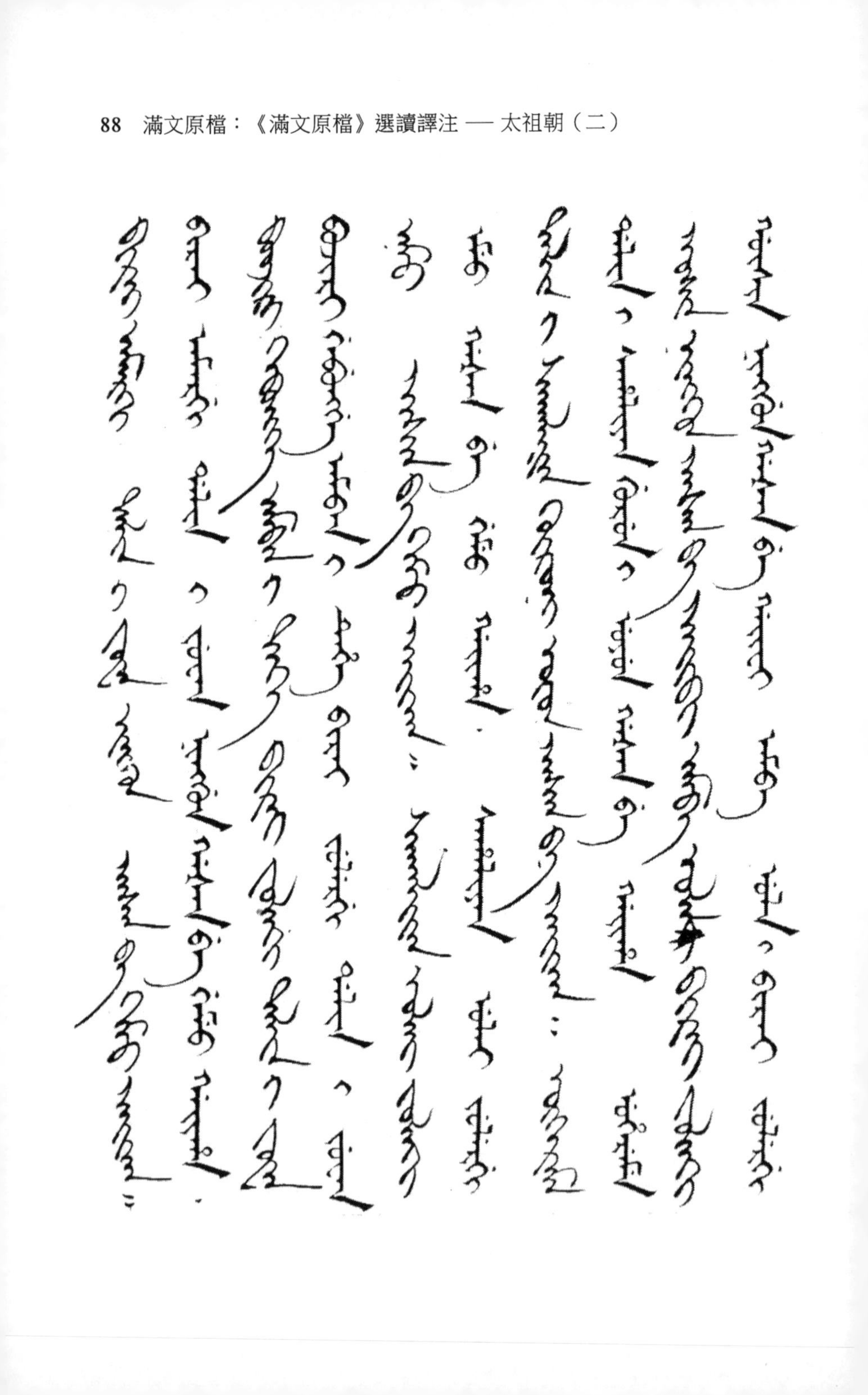

birai amargi dalin i juwan ninggun gašan be gemu gaiha, bojiri gebungge amban i tehe birai julergi dalin i juwan emu gašan be gemu gaiha, sahaliyan ulai julergi dalin i sahaliyan guruni uyun gašan be gaiha, uhereme gūsin ninggun gašan be gaifi amba ula birai julergi

---

河北岸十六寨皆攻取，名叫博濟哩大臣所駐河南岸十一寨皆攻取，薩哈連國九寨亦攻取，共取三十六寨，

河北岸十六寨皆攻取，名叫博济哩大臣所驻河南岸十一寨皆攻取，萨哈连国九寨亦攻取，共取三十六寨，

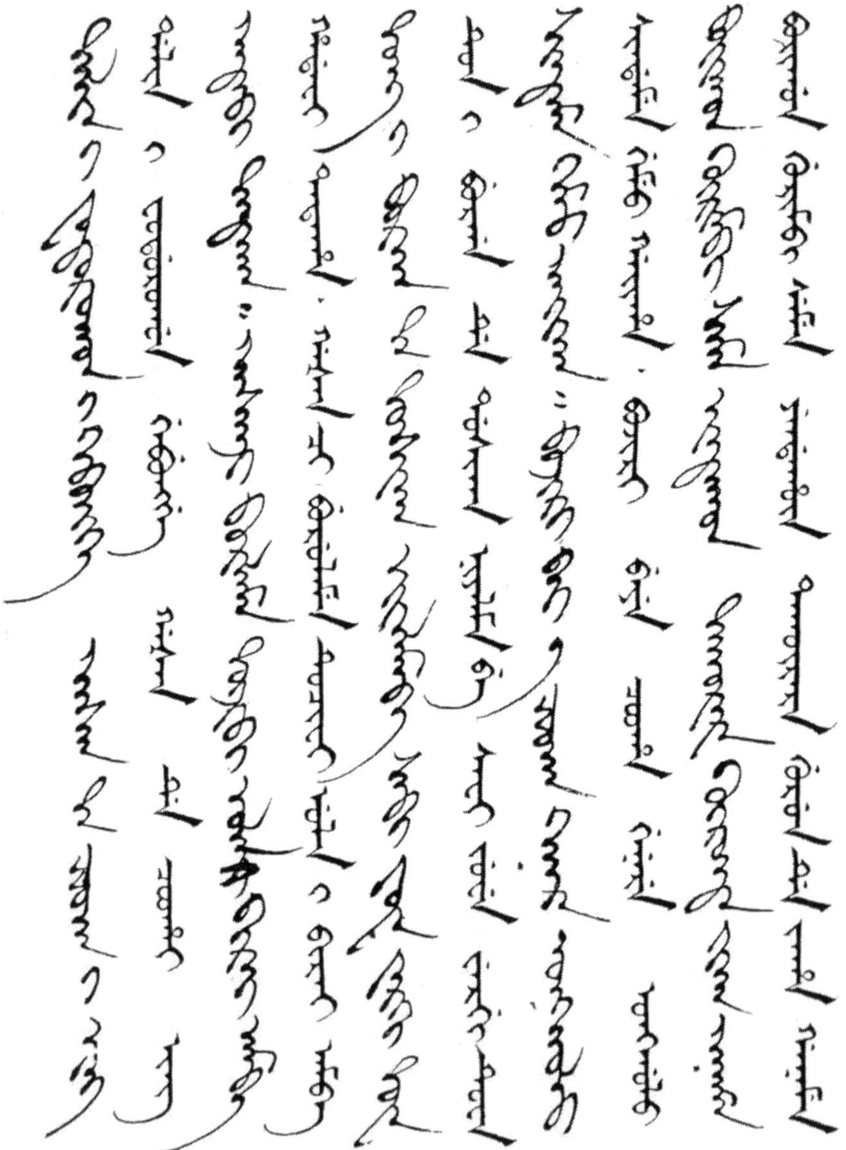

dalin i fodorogon i gebungge gašan de cooha i ing hadafi tataha, gašanci burulame tucifi ula birai amba tung i burga de dosika niyalmabe safi juwe jergi tuwa sindame gemu gaiha, bojiri beye cooha genere onggolo boigon gurimbi seme yendahūn takūrara gurunde jaha ganame

---

紮營於大烏拉河南岸名叫佛多羅袞寨駐宿，自寨中逃出之人進入烏拉河大島柳條被發現後[22]，兩次放火，皆攻取之。博濟哩本人在兵至之先為遷移戶口前往使犬國借取刀船

扎营于大乌拉河南岸名叫佛多罗衮寨驻宿，自寨中逃出之人进入乌拉河大岛柳条被发现后，两次放火，皆攻取之。博济哩本人在兵至之先为迁移户口前往使犬国借取刀船

---

[22] 烏拉河大島，句中「島」，《滿文原檔》讀作"tung"，《滿文原檔》讀作"tun"。

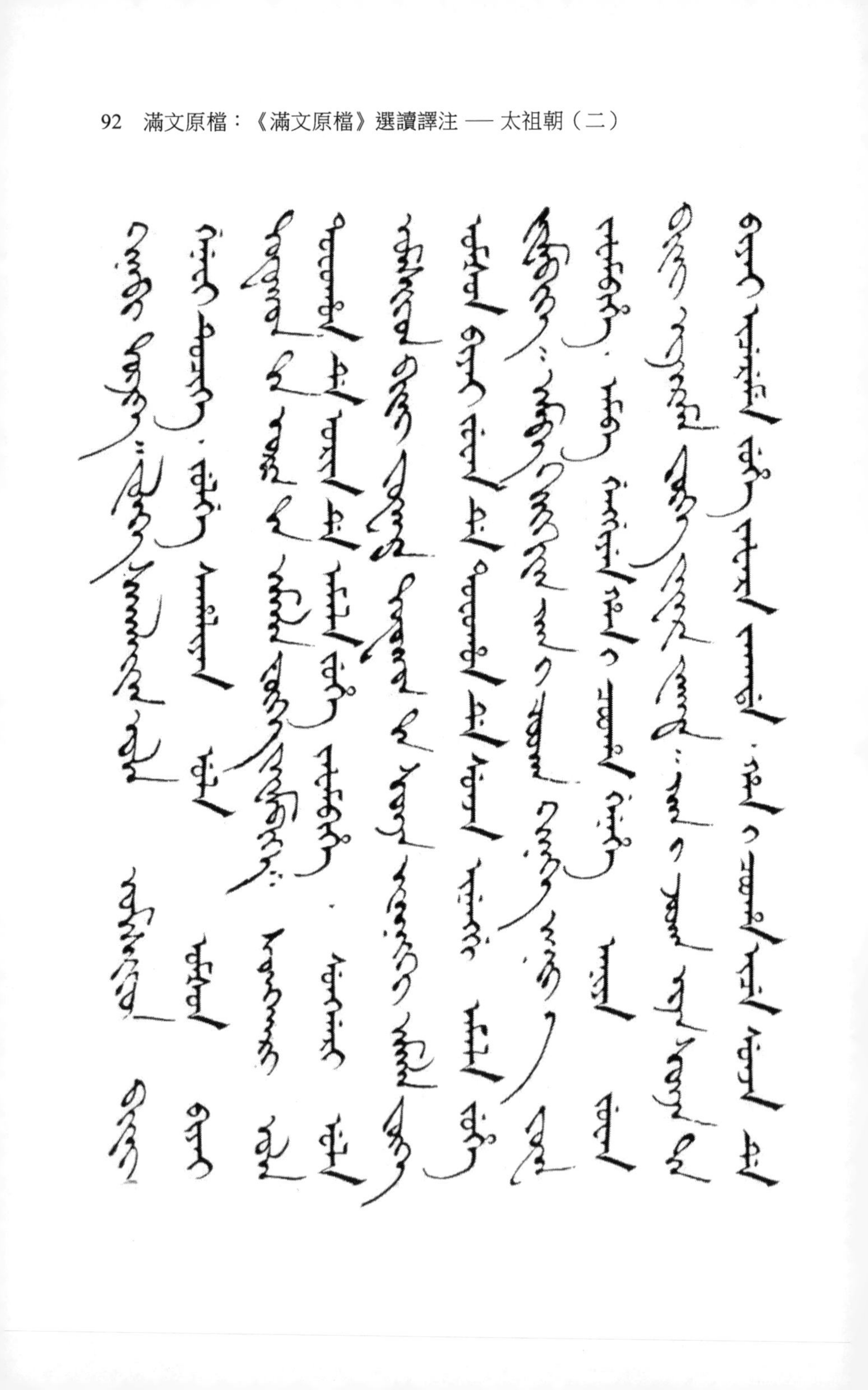

genefi tucike, julge sahaliyan ula omšon biyai tofohon de orin de amala juhe jafambihe, sunggari ula omšon biyai juwande tofohon de sunja inenggi amala juhe jafambihe. amba genggiyen han i cooha genehe aniya juwan biyai icereme juhe jafara jakade, han i cooha ice sunja de

---

而得以逃出。往昔，黑龍江每歲十一月十五日至二十日後方結冰[23]，松花江於十一月初十日至二十日五日後方結冰。大英明汗出兵之年，因十月初即已結冰，所以汗之兵於初五日

而得以逃出。往昔，黑龙江每岁十一月十五日至二十日后方结冰，松花江于十一月初十日至二十日五日后方结冰。大英明汗出兵之年，因十月初即已结冰，所以汗之兵于初五日

---

23 十一月，《滿文原檔》讀作“omsiyon biya”，《滿文老檔》讀作“omšon biya”。

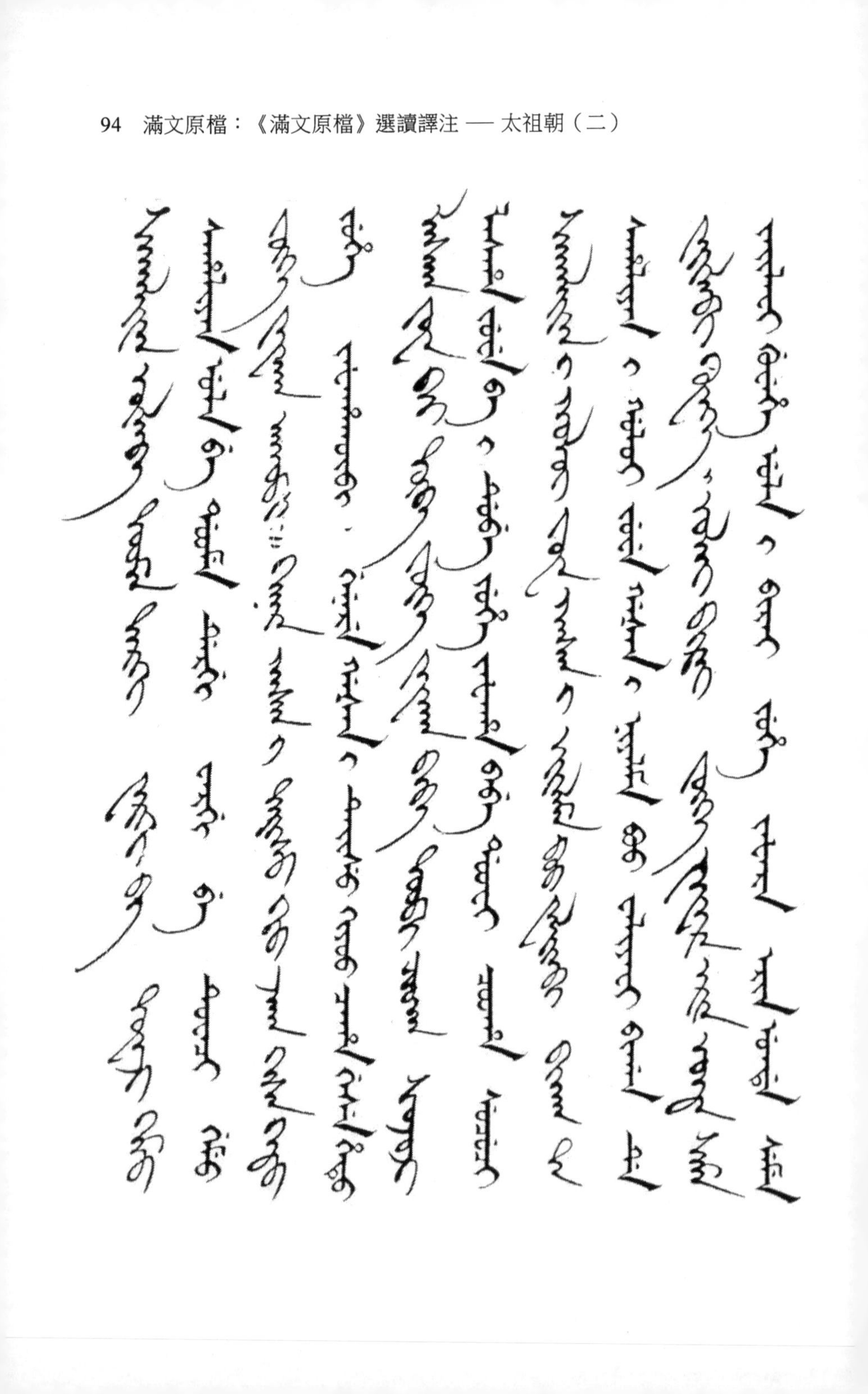

sahaliyan ulabe doome dergi wargi be tuwaci gemu juhe jafaha akūbi, genere gašan i teisu kiyoo caha gese hetu lasha juwe bai dube juhe jafaha babe doofi cooha sucuci sahaliyan i goloi juwe gašan i niyalma boo waliyafi bigan de jailafi guwehe i ulai birai juhe jafara erin unde seme

---

渡黑龍江，見東西河水皆未結冰，獨前往村寨之處結冰如架橋，寬二里許，橫跨江中，於結冰處渡過之兵前往襲擊，薩哈連路二寨之人，棄家躲避於野外，始得幸免。倚恃江中河水結冰時節未至

渡黑龙江，见东西河水皆未结冰，独前往村寨之处结冰如架桥，宽二里许，横跨江中，于结冰处渡过之兵前往袭击，萨哈连路二寨之人，弃家躲避于野外，始得幸免。倚恃江中河水结冰时节未至

六、招服諸路

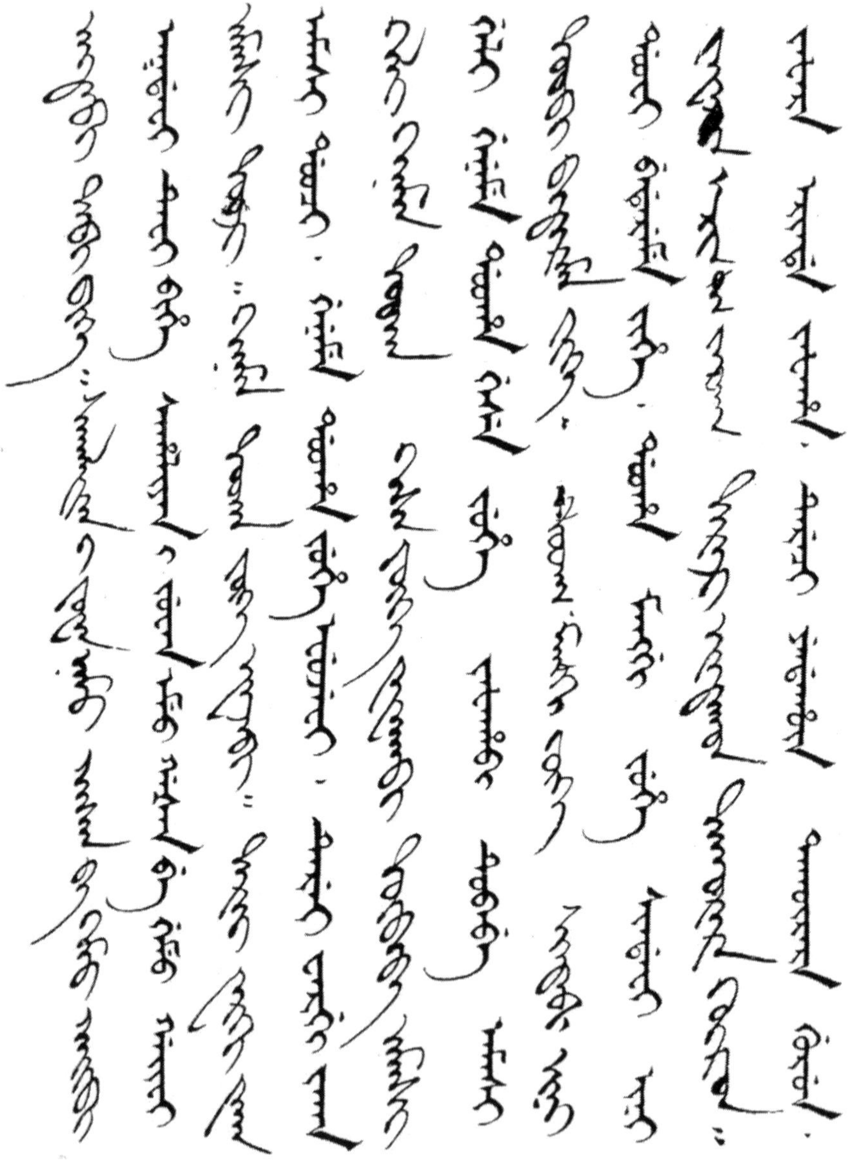

akdafi tefi bihe, sahaliyan i juwan emu gašan be gemu gaifi amasi dooci, geneme dooha juhe efujefi, terei wargi jaka geli geneme dooha gese juhe jafahabi tubabe amasi doofi bedereme jihe, dooha manggi juhe sindafi ini jafara erinde jafaha, tereci yendahūn takūrara gurun,

---

安居之薩哈連十一寨皆攻取。回兵渡江時，前往渡江處之冰已溶解，此西又如前結冰，乃由此渡江回來，既已渡過，冰又盡解，仍應時始結凍。繼之又招服使犬國、

安居之萨哈连十一寨皆攻取。回兵渡江时，前往渡江处之冰已溶解，此西又如前结冰，乃由此渡江回来，既已渡过，冰又尽解，仍应时始结冻。继之又招服使犬国、

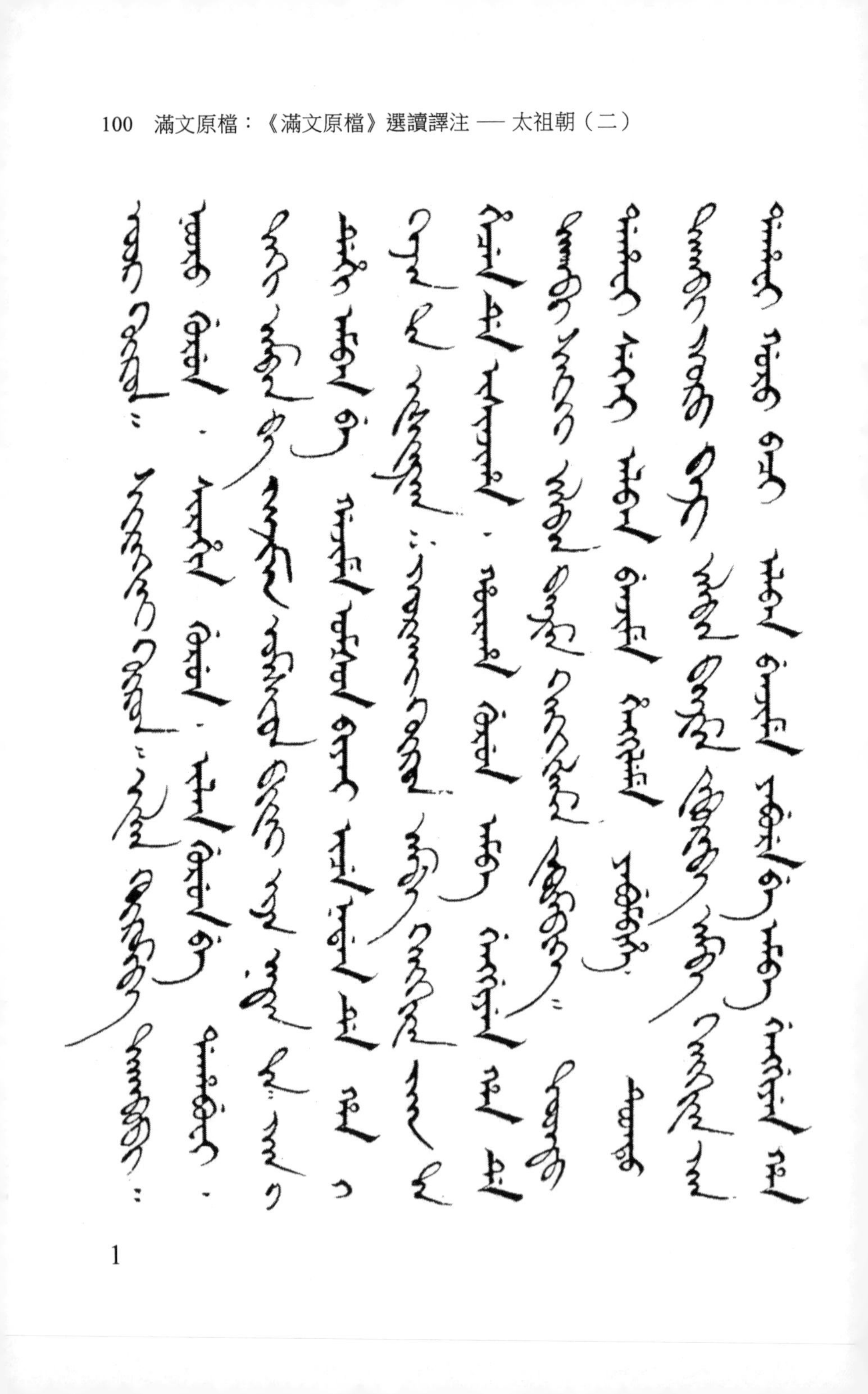

1

nooro gurun, sirahini gurun, ilan gurumbe dahabufi dehi amban be gajime omšon biyai ice nadan de han i hecen de isinjiha, hūrhai gurun amba genggiyen han de dahafi sekei alban benjime hengkileme yabumbihe, tuttu dahafi goro baci alban benjime yaburebe amba genggiyen han

---

諾洛國、石拉忻國等三國，收服大臣四十人而回兵。十一月初七日，返抵汗城。先是虎爾哈國大臣歸順大英明汗，前來叩見，進貢貂皮。大英明汗念其歸順後遠道前來進貢，

诺洛国、石拉忻国等三国，收服大臣四十人而回兵。十一月初七日，返抵汗城。先是虎尔哈国大臣归顺大英明汗，前来叩见，进贡貂皮。大英明汗念其归顺后远道前来进贡，

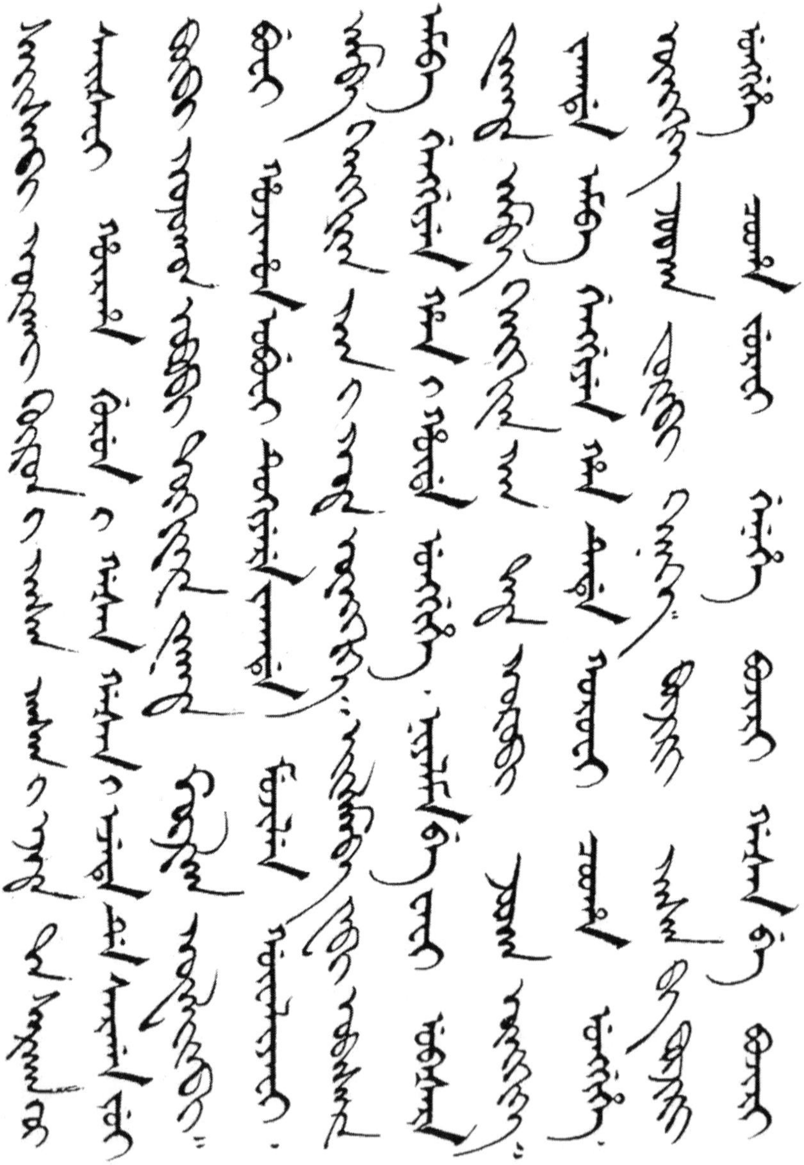

saišafi hūrhai gurun i gašan gašan i ejete de sargan jui bufi hojihon obufi tukiyere jakade mujilen gūwaliyafi, amba genggiyen han i hūda unggihe niyalmabe wafi ubašara jakade amba genggiyen han tede korofi cooha unggihe, unggihe cooha jurafi genehe bojiri gašan be bojiri

---

甚為嘉許，虎爾哈國各寨主各給以女子，舉以為婿。因變心背叛，殺害大英明汗所遣商人，大英明汗為此憤恨而派兵，所派之兵出發前往博濟哩寨及博濟哩

甚为嘉许，虎尔哈国各寨主各给以女子，举以为婿。因变心背叛，杀害大英明汗所遣商人，大英明汗为此愤恨而派兵，所派之兵出发前往博济哩寨及博济哩

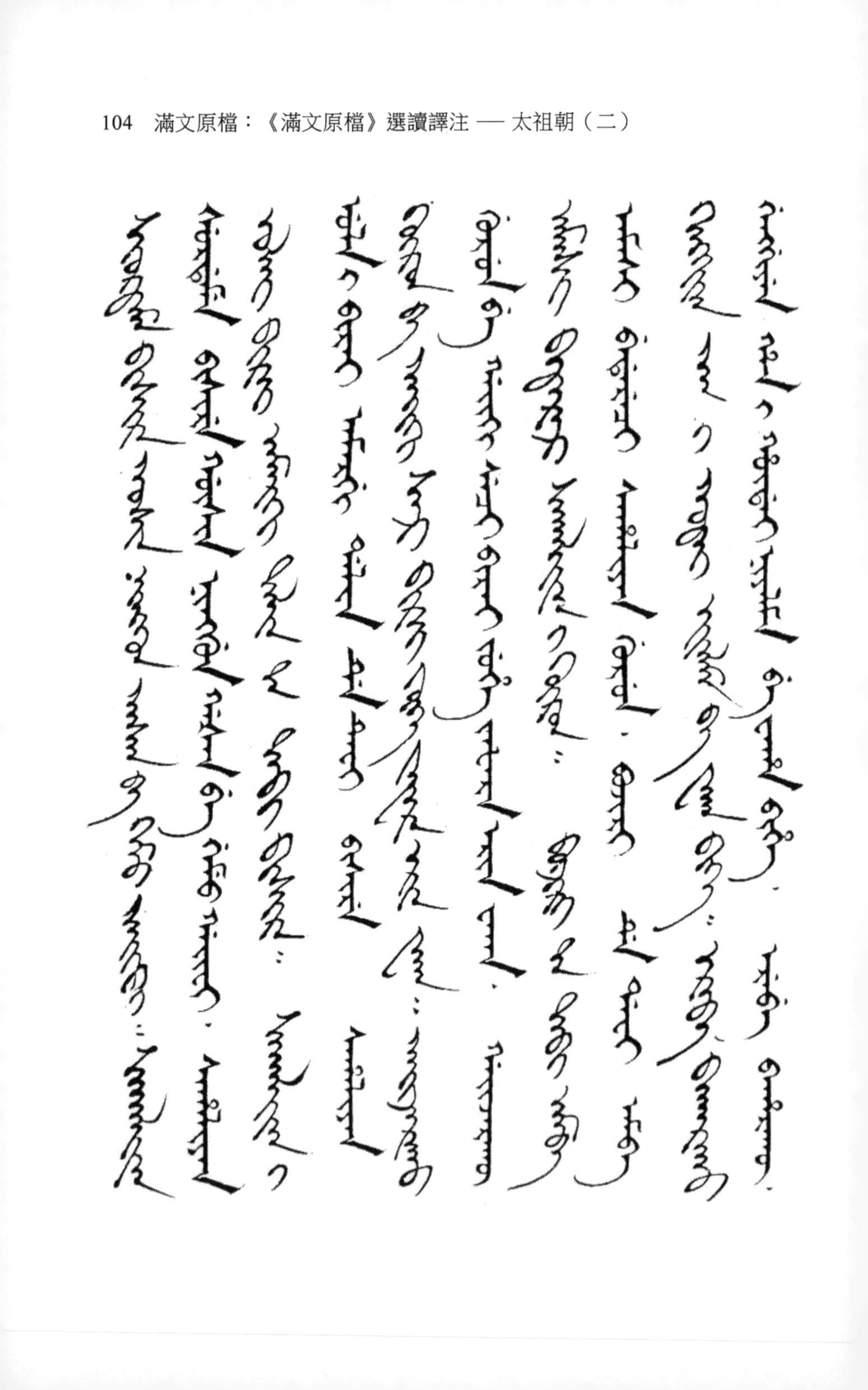

šurdeme bisire gūsin ninggun gašan be gemu gaifi, sahaliyan ulai birai amargi dalin de tefi bisire sahaliyan i gurun be gaiki seci birai juhe jafara erin waka, gaijarakū amasi bedereci sahaliyan i gurun, bojiri de dafi amba genggiyen han i hūdai niyalma be waha bihe, erebe baharakū

周邊三十六寨皆攻取。欲攻取黑龍江河水北岸那裡居住之薩哈連國，然並非河水結冰時節，若不攻取而回兵，薩哈連國曾助博濟哩殺害大英明汗之商人，不攻取此國

周边三十六寨皆攻取。欲攻取黑龙江河水北岸那里居住之萨哈连国，然并非河水结冰时节，若不攻取而回兵，萨哈连国曾助博济哩杀害大英明汗之商人，不攻取此国

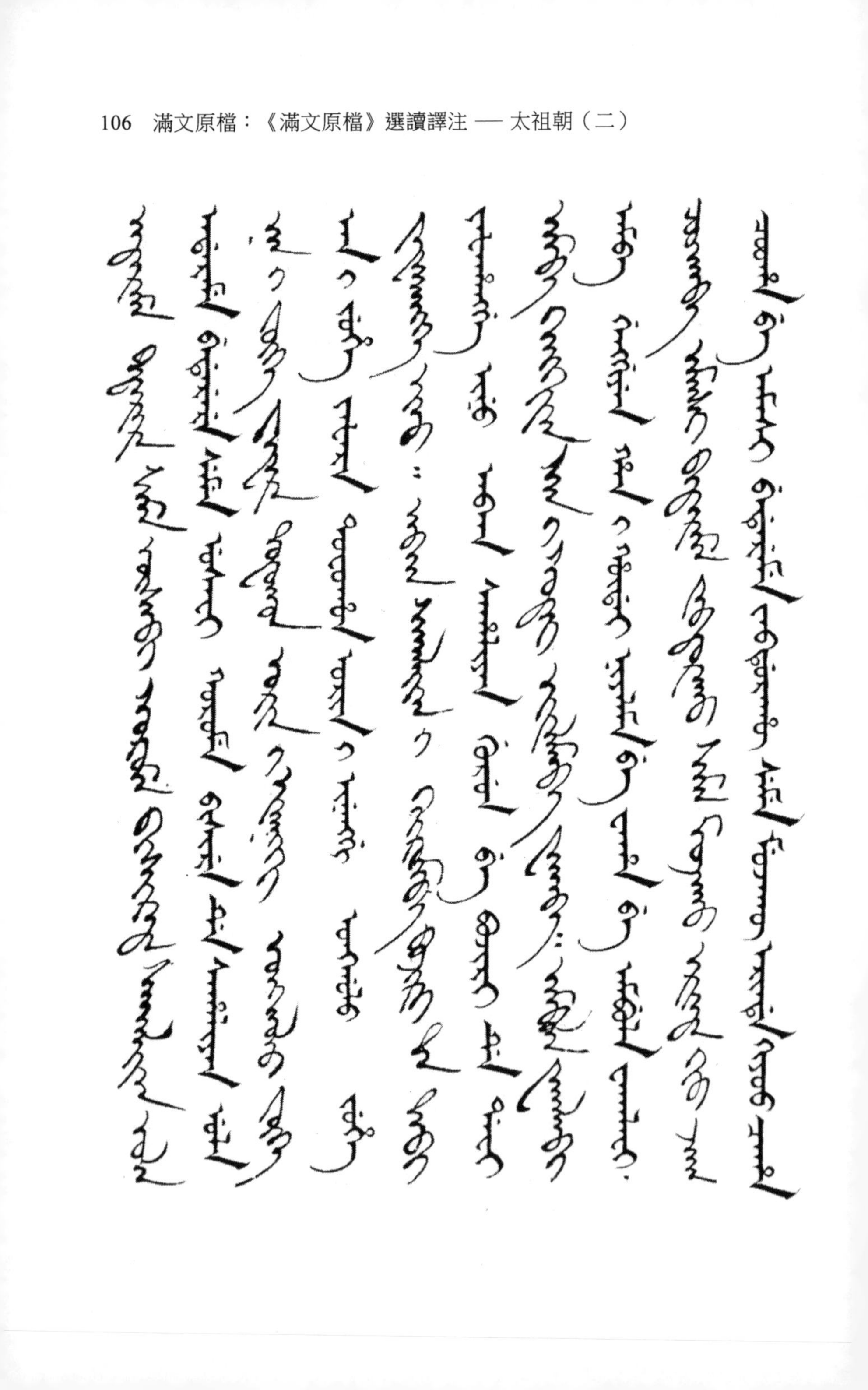

adarame bederere seme usafi korome bisirede sahaliyan ula an i juhe jafara tofohon orin i inenggi onggolo juhe jafahangge inu abka sahaliyan i gurumbe bojiri de dafi amba genggiyen han i hūdai niyalmabe wahabe ambula wakalafi coohabe amasi bedereme jabdurahū seme mujakū erinde kiyoo caha

---

如何還師？在如此失望憤恨之際，黑龍江在平常結冰之十五、二十日前結冰者，實乃上天深深譴責薩哈連國助博濟哩殺害大英明汗商人，又恐大兵來不及返回而提早結冰如架橋

如何还师？在如此失望愤恨之际，黑龙江在平常结冰之十五、二十日前结冰者，实乃上天深深谴责萨哈连国助博济哩杀害大英明汗商人，又恐大兵来不及返回而提早结冰如架桥

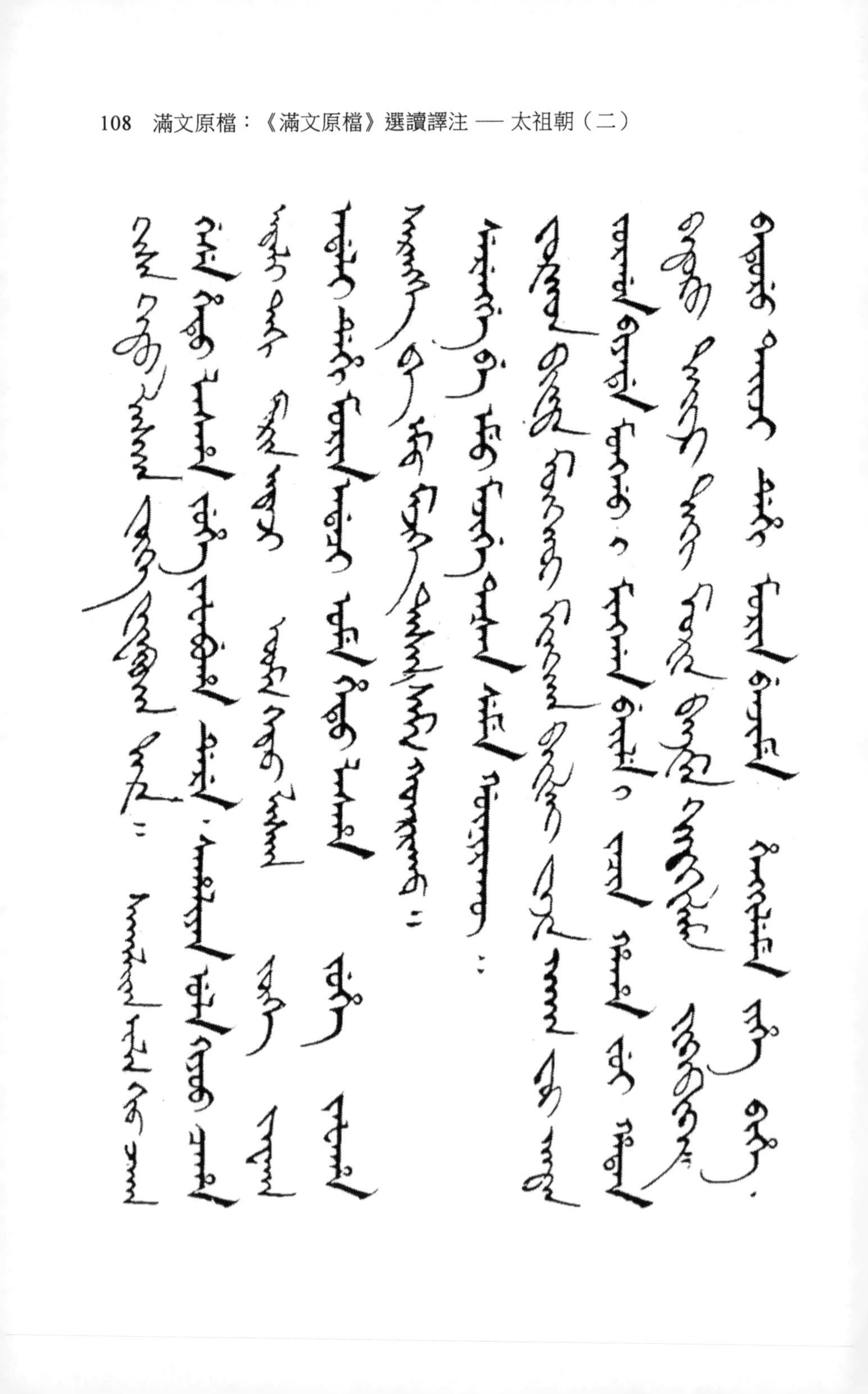

gese hetu lasha juhe jafabuha dere, sahaliyan ula kiyoo caha adali dehi morin adaci ome hetu lasha juhe jafaha serengge be emu majige tašan seme gūnirakū. jorgon biyade monggoi minggan beilei jacin haha jui hatan baturu taiji, dehi morin benjime hengkileme jihebihe,

---

橫跨也。黑龍江如架橋四十匹馬可排列行走橫跨結冰之說，並無絲毫虛假。十二月，蒙古明安貝勒之次子哈坦巴圖魯台吉獻馬四十匹前來叩拜，

横跨也。黑龙江如架桥四十匹马可排列行走横跨结冰之说，并无丝毫虚假。十二月，蒙古明安贝勒之次子哈坦巴图鲁台吉献马四十匹前来叩拜，

七、滿蒙聯婚

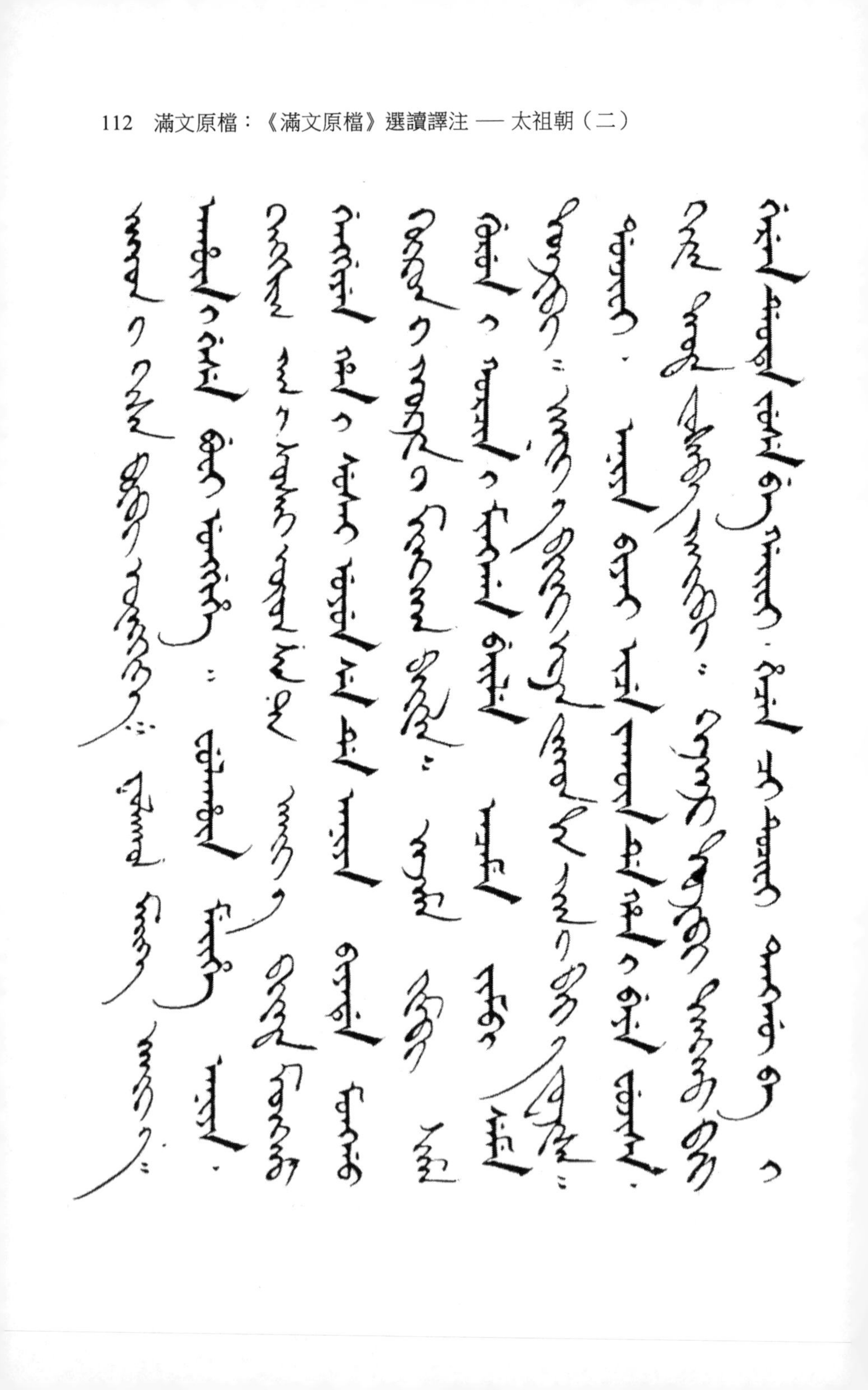

ahūn i gese bufi unggihe. fulahūn meihe aniya, genggiyen han i susai uyun se de aniya biyade monggo gurun i korcin i minggan beile acame jimbi seme donjifi, aniya biyai ice jakūn de han i beye, fujisa, geren deote juse be gaifi, hecenci tucifi tanggū bai

---

如其兄例賞賜遣還。丁巳年，英明汗五十九歲。正月，聞蒙古國科爾沁明安貝勒來見，於正月初八日，汗親率衆福晉及諸弟兒子們出城，

如其兄例赏赐遣还。丁巳年，英明汗五十九岁。正月，闻蒙古国科尔沁明安贝勒来见，于正月初八日，汗亲率众福晋及诸弟儿子们出城，

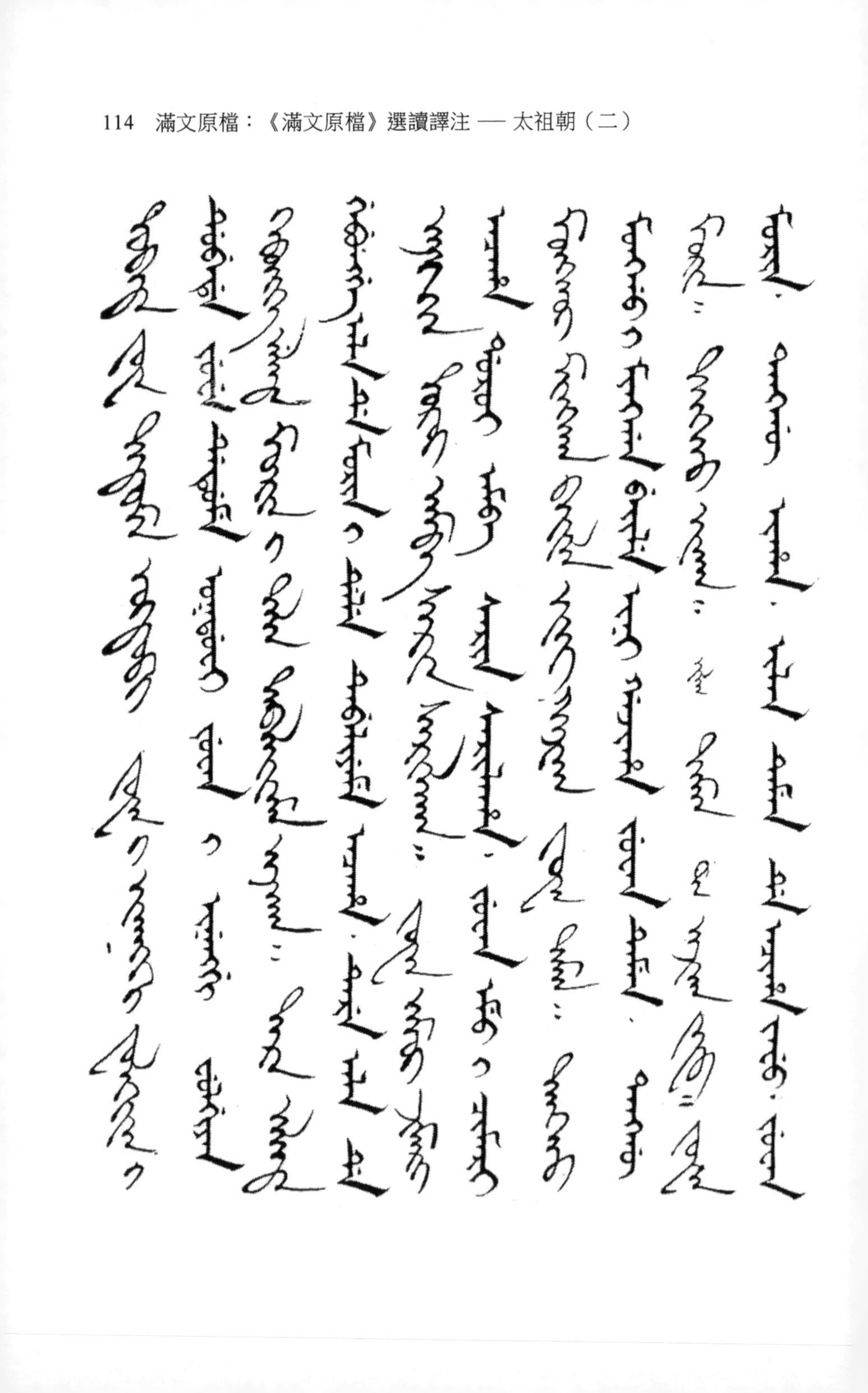

dubede juwe dedume okdofi juwan i inenggi fulgiyan i gebungge alade morin i dele tebeliyeme acaha, tere alade acaha doroi amba sarin sarilaha. juwan emui cimari monggoi minggan beile ini gajiha juwan temen, tanggū morin, tanggū ihan, ilan temen de aciha jafu, juwan

---

迎至百里外，住二宿。初十日，於富爾簡崗在馬上抱見，即於崗上擺設接見禮大宴。十一日晨，蒙古明安貝勒將其所携來之駱駝十隻、馬百匹、牛百頭、三隻駱駝所馱氈子、

迎至百里外，住二宿。初十日，于富尔简岗在马上抱见，即于岗上摆设接见礼大宴。十一日晨，蒙古明安贝勒将其所携来之骆驼十只、马百匹、牛百头、三只骆驼所驮毡子、

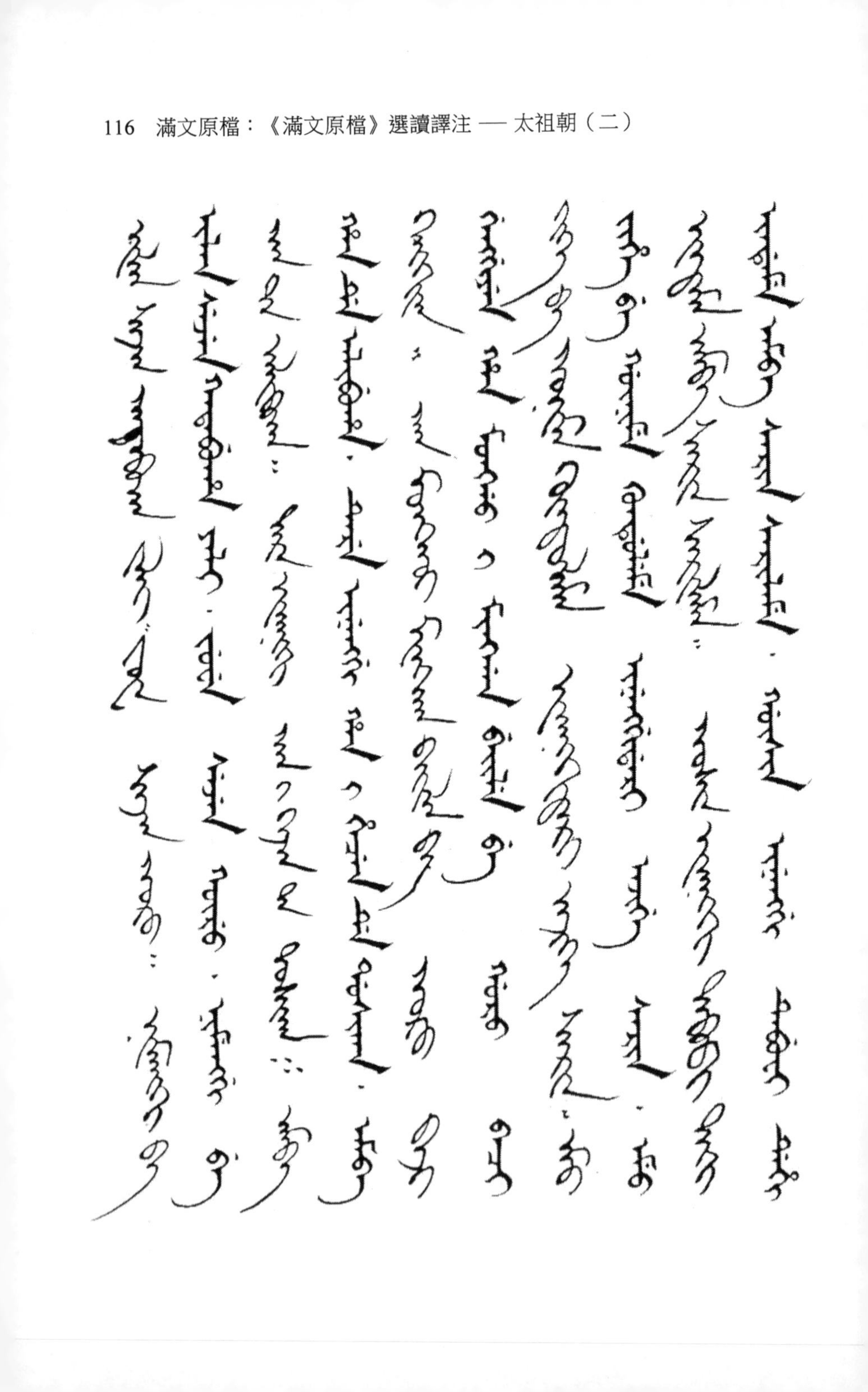

ilan sejen katabuha yali, juwe sejen kūru, nimenggi be han de alibuha. tere inenggi han i hecen de dosika. amba genggiyen i han monggoi minggan beile be goro baci jihe be gūnime kunduleme inenggidari ajige sarin, emu indeme amba sarin sarilame, gūsin inenggi tebufi dehi

---

肉乾十三車、奶餅子[24]、油二車，獻給汗。是日，進入汗城。大英明汗念蒙古明安貝勒遠道而來，加以款待，每日小宴，隔日大宴，留宿三十日，

肉干十三车、奶饼子、油二车，献给汗。是日，进入汗城。大英明汗念蒙古明安贝勒远道而来，加以款待，每日小宴，隔日大宴，留宿三十日，

---

[24] 奶餅子，《滿文原檔》寫作"koro"，《滿文老檔》讀作"kūru,"。按滿文"kūru"係蒙文"qurud"借詞，意即「熟奶豆腐」。

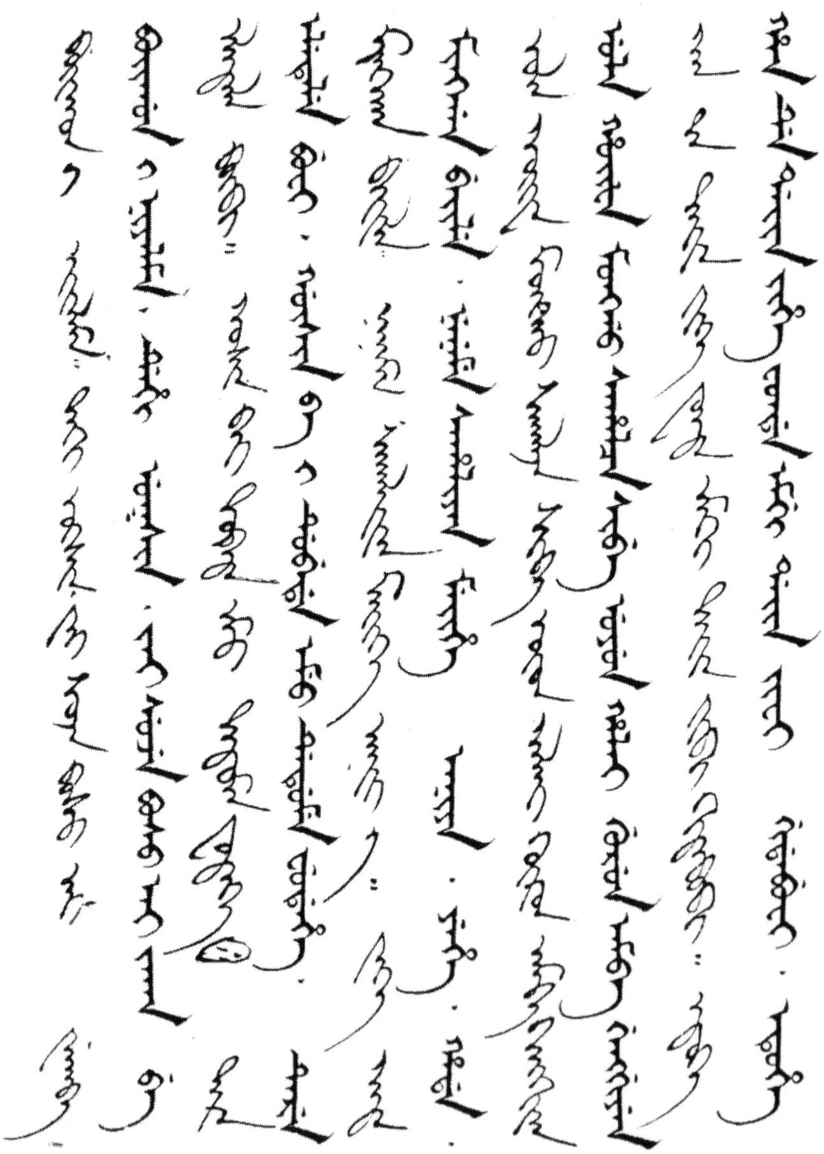

boigon i niyalma, dehi uksin, jai suje boso ai jakabe eletele bufi, gūsin bai dubede emu dedume fudehe. tere minggan beile neneme sahaliyan meihe aniya, yehe, hada, ula, hoifa, monggo, sahalca, sibe uyun halai gurun amba genggiyen han de dain jihe fonde emgi dain jifi gidabufi etuhe

---

厚賜人口四十戶，甲四十副及綢緞布疋等物，送行至三十里外，住一宿。該明安貝勒先前於壬巳〔癸巳〕年同葉赫、哈達、烏拉、輝發、蒙古、薩哈爾察、錫伯九姓之國來犯大英明汗時[25]，於陣上被敗，

厚赐人口四十户，甲四十副及绸缎布疋等物，送行至三十里外，住一宿。该明安贝勒先前于壬巳〔癸巳〕年同叶赫、哈达、乌拉、辉发、蒙古、萨哈尔察、锡伯九姓之国来犯大英明汗时，于阵上被败，

---

25 九姓之國來犯大英明汗，該事件繫於萬曆二十一年（1593），歲在癸巳，滿文讀作“sahahūn meihe”，此處滿文作“sahaliyan meihe”（壬巳），訛誤。

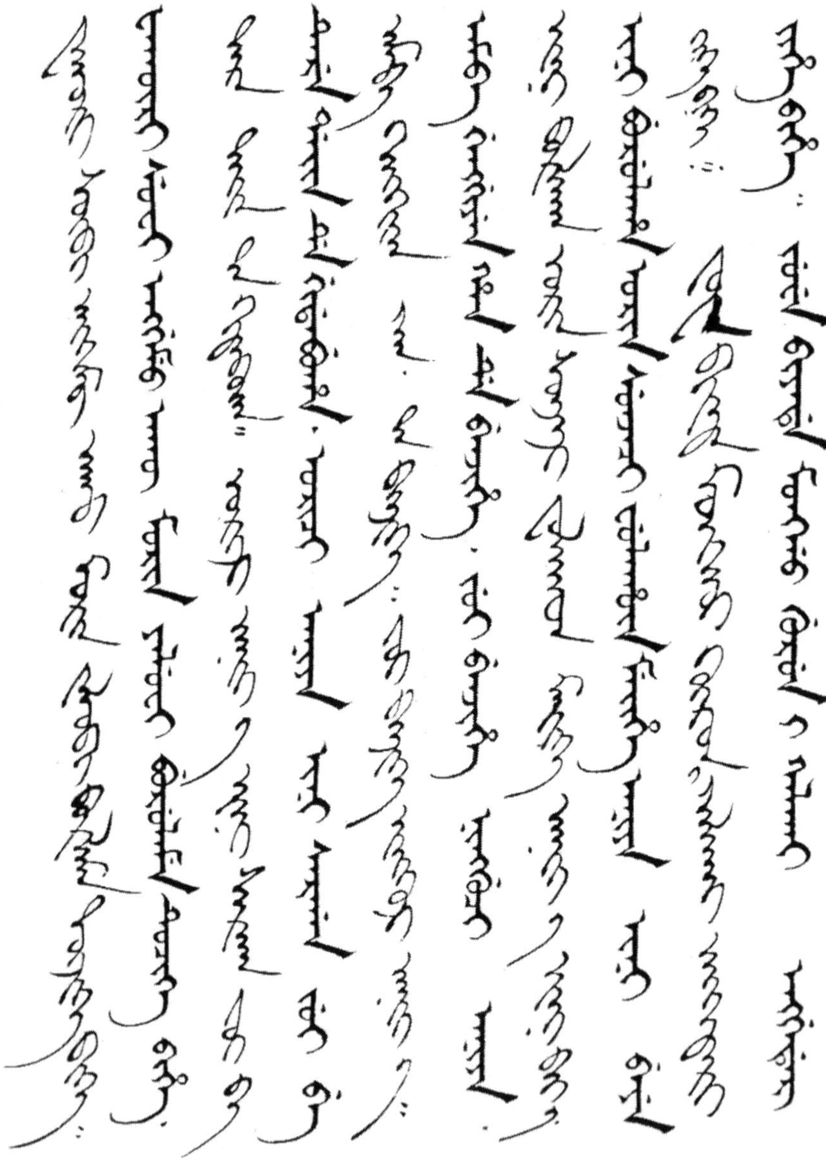

fakūri sufi enggemu akū morin yalufi burulame tucike bihe, tere dain de gidabuha orici aniya, ini sargan jui be amba genggiyen han de benjihe, jui benjihe ningguci aniya, ini burulaha orin sunjaci fulahūn meihe aniya ini beye jihe bihe. juwe biyade monggoi gurun i kalkai enggederi

---

脫去褲子，乘騎無鞍之馬逃出，於此次戰役被擊敗後第二十年，曾將其女送給大英明汗，送女之第六年，即其敗逃後第二十五年丁巳年，彼親自前來。二月，

脱去裤子，乘骑无鞍之马逃出，于此次战役被击败后第二十年，曾将其女送给大英明汗，送女之第六年，即其败逃后第二十五年丁巳年，彼亲自前来。二月，

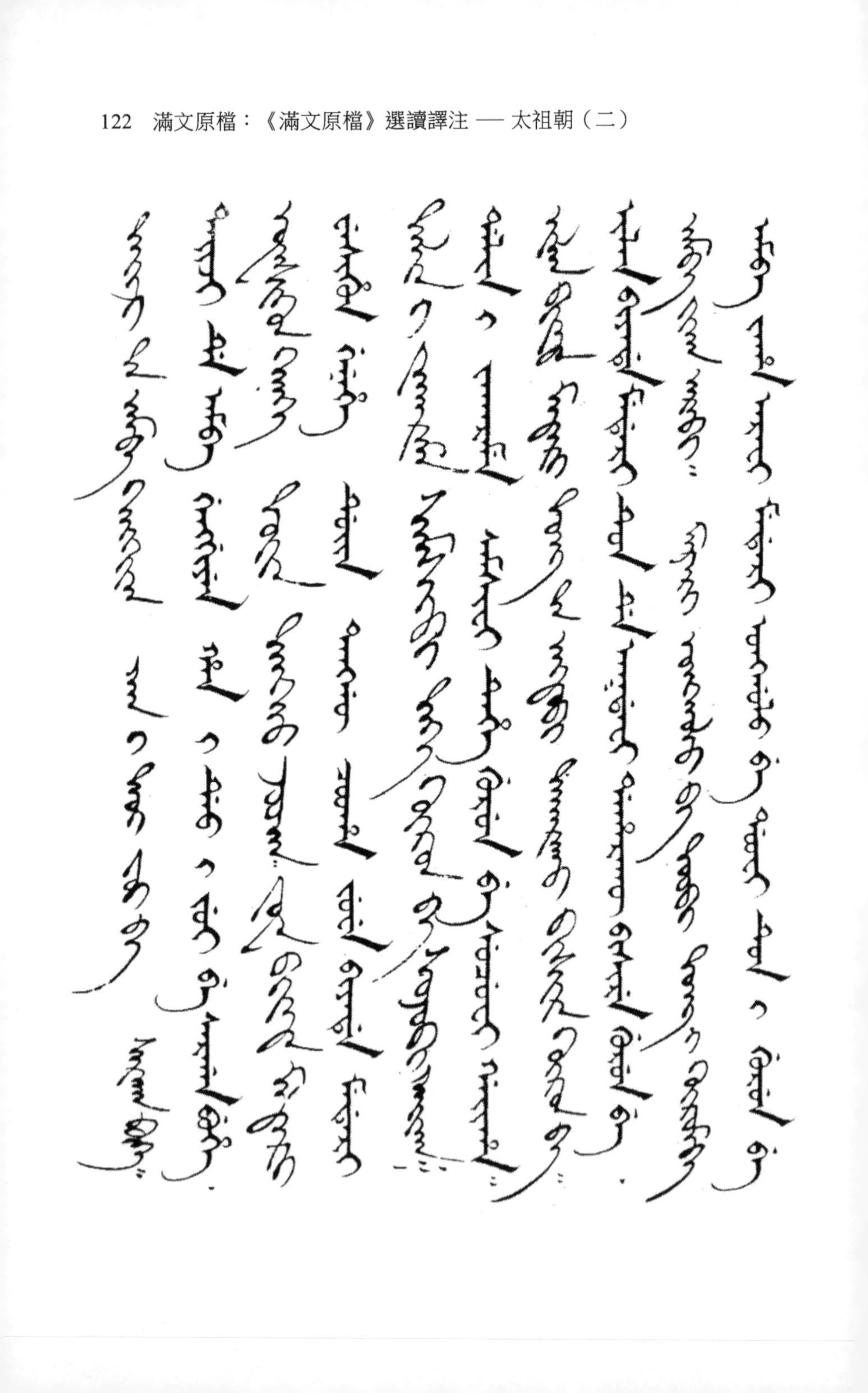

taiji de amba genggiyen han i deoi jui be sargan buhe. wesihun genehe duin tanggū cooha, juwe biyade mederi dalin i jakarame samsifi tehe gurun be sucufi gaiha. ilan biyade mederi tung de akdafi daharakū bisire gurun be, amba jaha arafi mederi onggolo be doofi tung i gurumbe

---

大英明汗以弟之女給蒙古國喀爾喀恩格德爾台吉為妻。東征之四百兵，於二月襲取沿海岸散居之國人。三月，因有倚恃海島不降之國人，造大刀船渡過海灣將島中國人

大英明汗以弟之女给蒙古国喀尔喀恩格德尔台吉为妻。东征之四百兵，于二月袭取沿海岸散居之国人。三月，因有倚恃海岛不降之国人，造大刀船渡过海湾将岛中国人

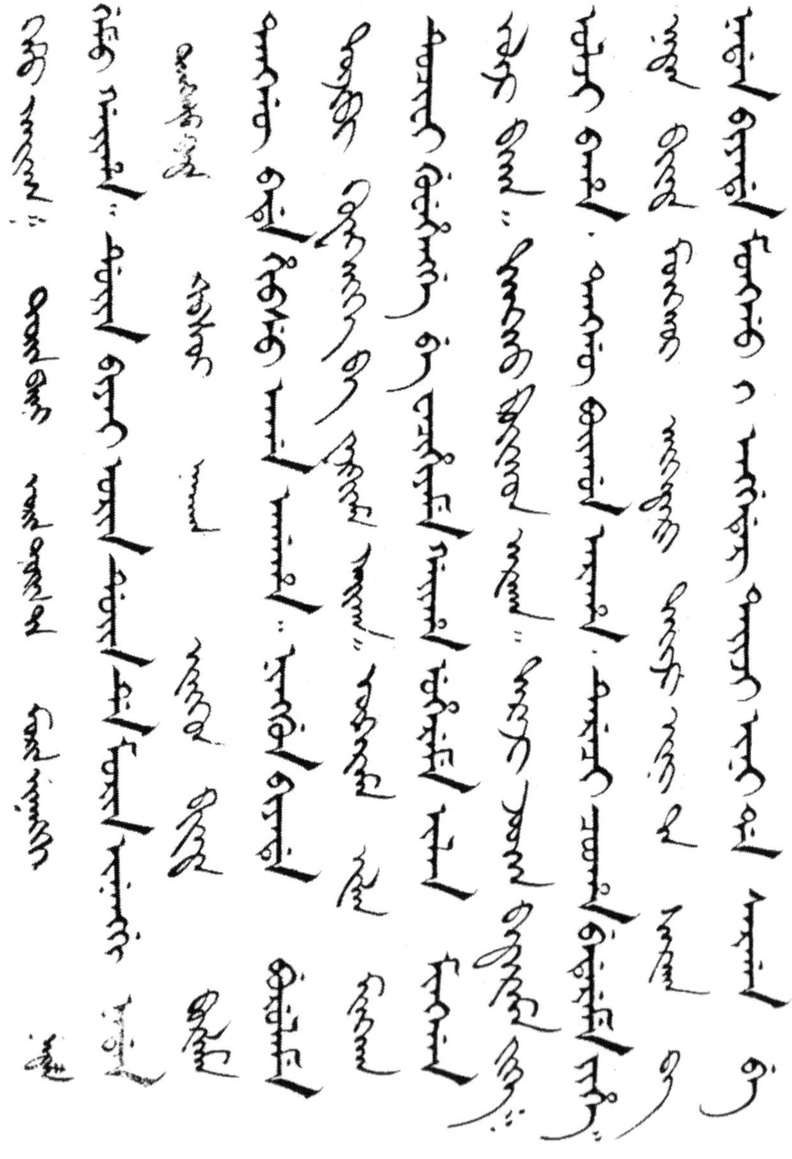

gemu gaiha. duin hibsui orin duin de morin inenggi, nadan tanggū bade hibsui aga agaha. ninggun biyade burulame tucifi guwehengge be wacihiyame gaiha, uhereme ilan minggan olji baha, tanggū boigon araha, tereci cooha bedereme jihe. nadan biyade monggoi enggederi taiji ini da sargan be

---

俱攻取。四月二十四日，午日，天降蜜雨，廣七百里。六月，將逃脫者盡取之，共獲俘三千，編為百戶，由此班師。七月，蒙古恩格德爾台吉將其原配之妻

俱攻取。四月二十四日，午日，天降蜜雨，广七百里。六月，将逃脱者尽取之，共获俘三千，编为百户，由此班师。七月，蒙古恩格德尔台吉将其原配之妻

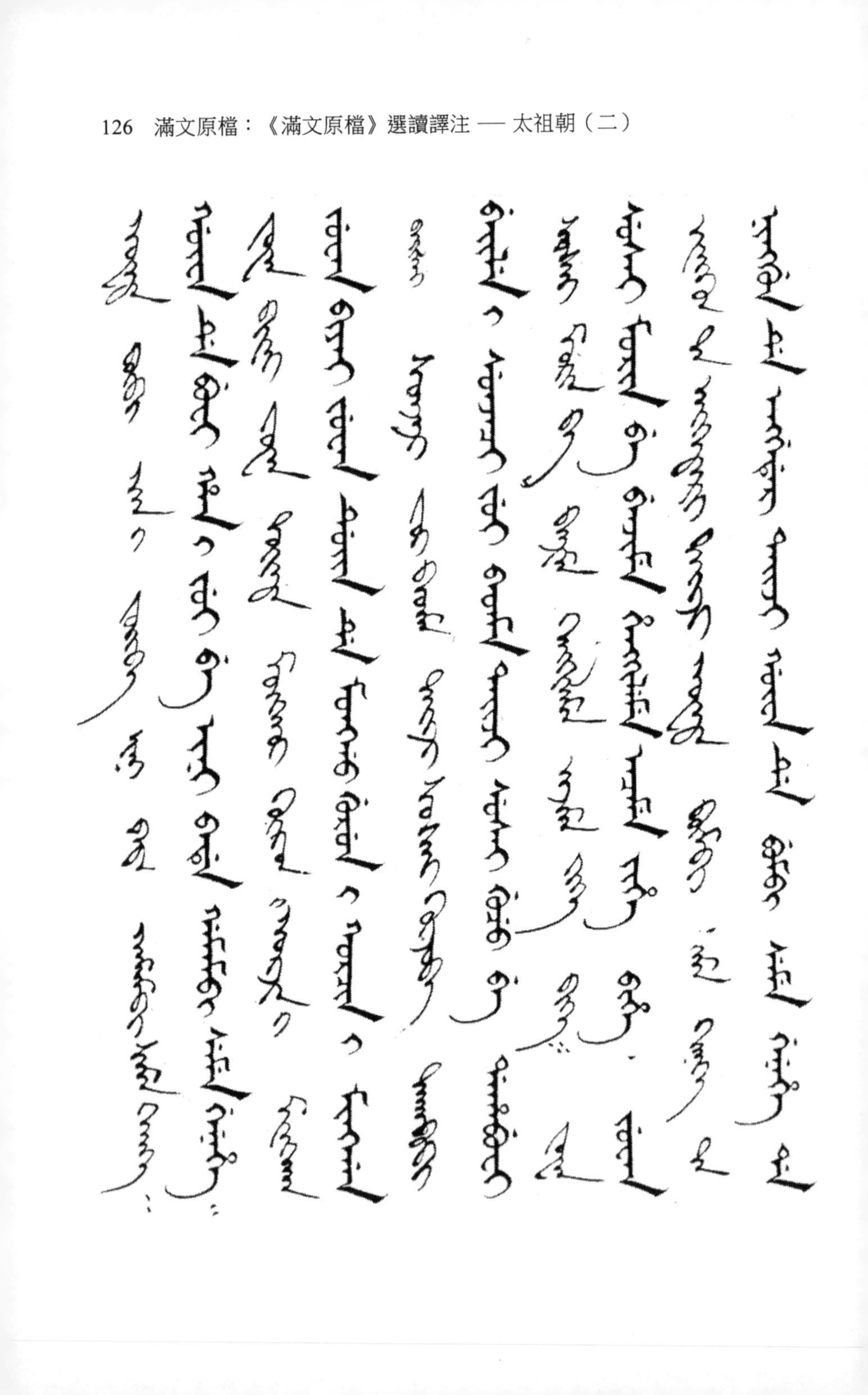

gūwade bufi han i juibe ini bade gamambi seme genehe. juwan biyai juwan duinde monggoi gurun i korcin i minggan beilei sunjaci jui batma taiji susai gucube dahabufi susai morin be benjime hengkileme acame jihe bihe, juwan ninggun de enggederi taiji gūwade bumbi seme genehe da

---

改適他人，往迎汗女至其地。十月十四日，蒙古國科爾沁明安貝勒第五子巴特瑪台吉率領僚友五十人前來叩見，送馬五十匹。十六日恩格德爾台吉改適他人之原配

改适他人，往迎汗女至其地。十月十四日，蒙古国科尔沁明安贝勒第五子巴特玛台吉率领僚友五十人前来叩见，送马五十匹。十六日恩格德尔台吉改适他人之原配

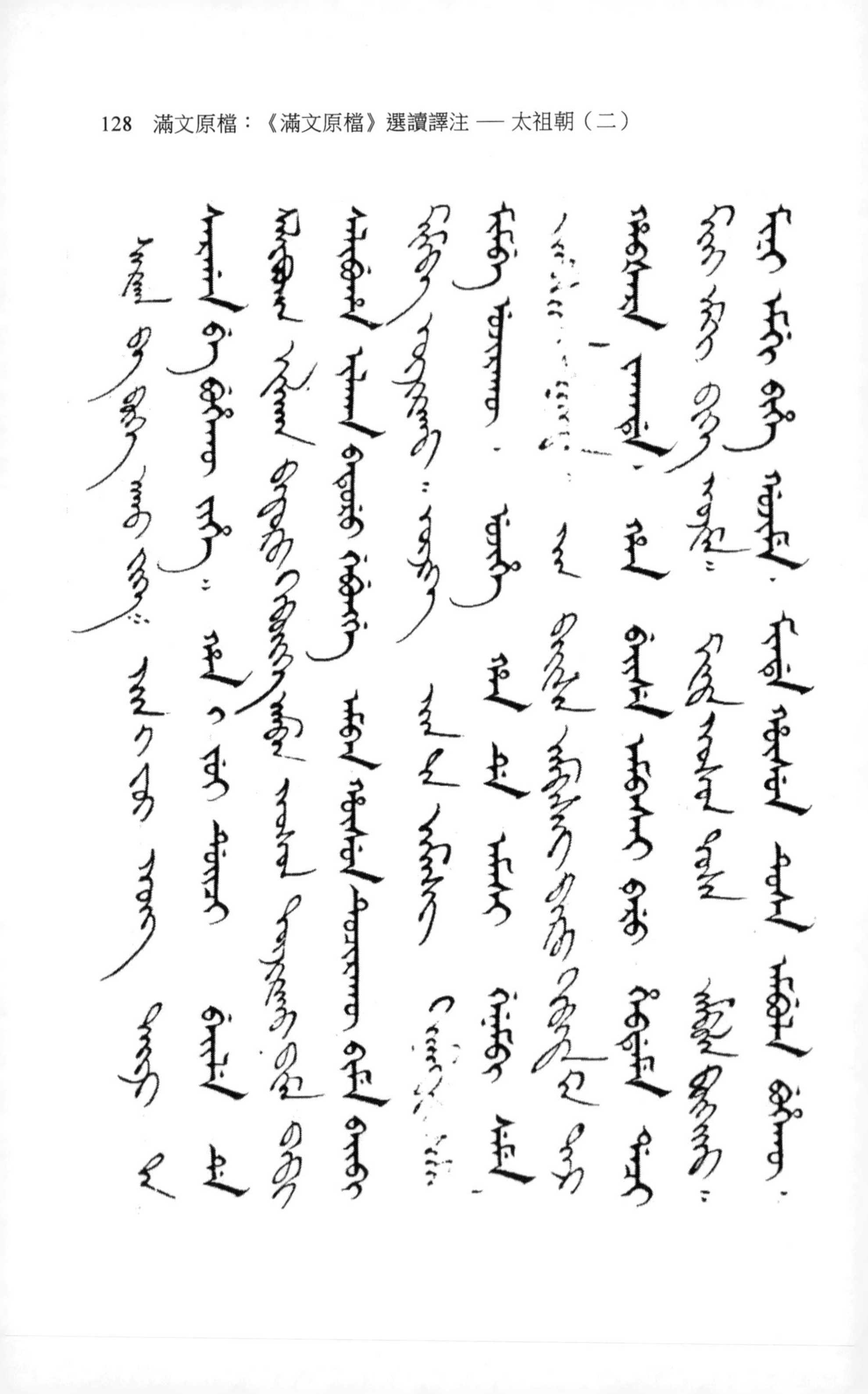

sargan be buhe akū jihe. han i jui hong taiji de salibuha ilaka baturu gebungge amban hūsun tucirakū bime baibi mimbe ujirakū, ujihe han de amasi genembi seme habšara jakade, han beise ambasai baru hebdeme daci mini emgi bihe gojime, minde hūsun tusa ambula buhekū,

回來未給。因汗子洪台吉處專擅名叫伊拉喀巴圖魯大臣不肯出力[26]，反而上訴說：無端不受撫養，欲回到曾撫養他之汗處。汗與諸貝勒大臣商議曰：「昔日雖與我在一處，但對我未多盡力，並無益處，

回来未给。因汗子洪台吉处专擅名叫伊拉喀巴图鲁大臣不肯出力，反而上诉说：无端不受抚养，欲回到曾抚养他之汗处。汗与诸贝勒大臣商议曰：「昔日虽与我在一处，但对我未多尽力，并无益处，

26 洪台吉，即清太宗皇太極，清太祖第四子。《滿文原檔》讀作“hong taiji”，《滿文老檔》讀作“duici beile”，意即「四貝勒」。

八、諸申一體

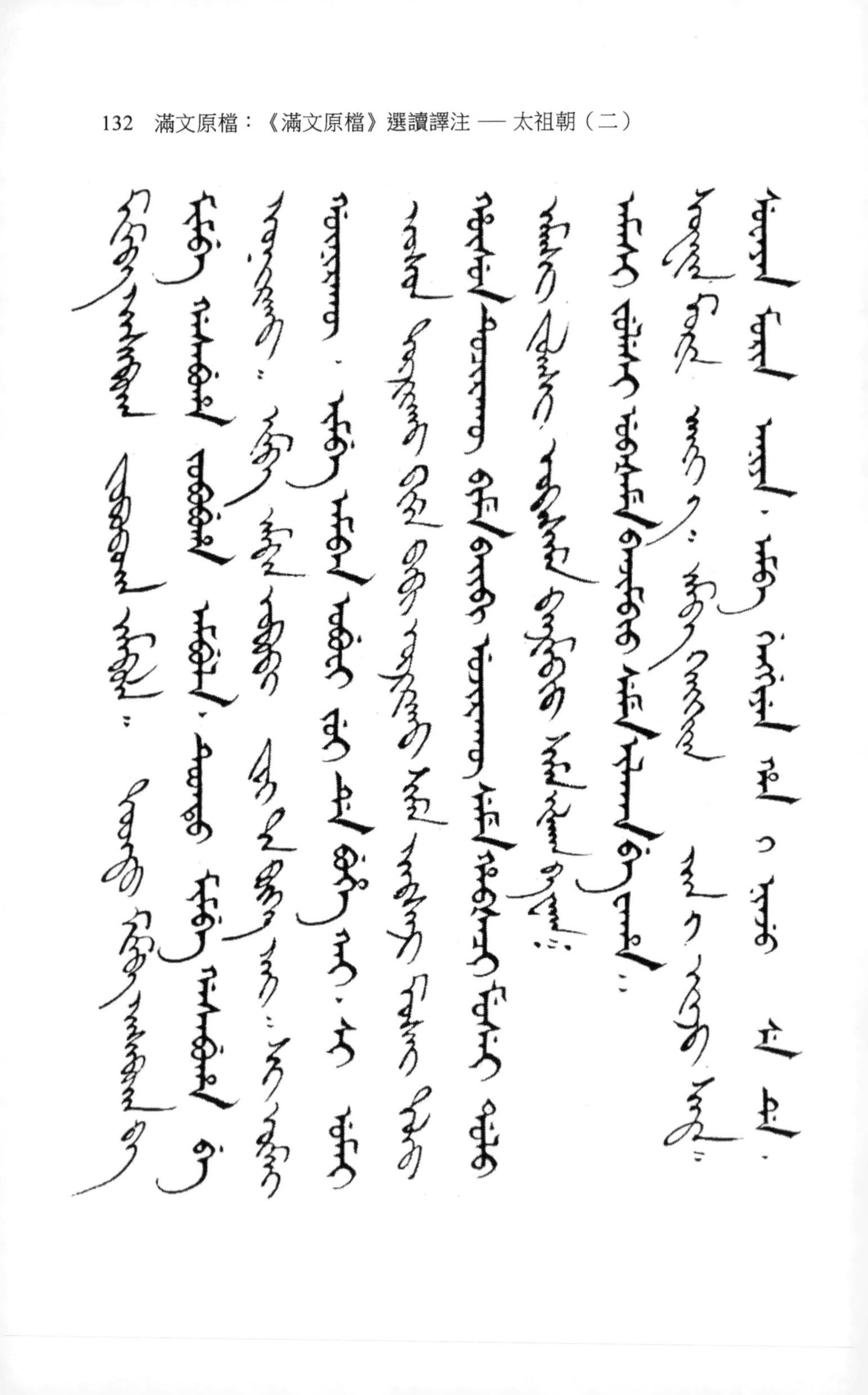

mimbe gasabuha jobobuha ambula, tuttu mimbe gasabuha be gūnirakū, imbe amban obufi jui de buhe kai, si umai hūsun tucirakū bime baibi ujirakū seme habšaci musei dolo amasi julesi ubašame banjimbio seme ilaka be waha. suwayan morin aniya, amba genggiyen han i ninju sede,

---

對我頗多怨恨擾害，我不計其怨惡，仍令為大臣，給與兒子也。爾並不出力，卻申訴無端不養，是否想在我等之間往返滋生叛亂耶？」遂將伊拉喀殺之。戊午年，大英明汗六十歲。

对我颇多怨恨扰害，我不计其怨恶，仍令为大臣，给与儿子也。尔并不出力，却申诉无端不养，是否想在我等之间往返滋生叛乱耶？」遂将伊拉喀杀之。戊午年，大英明汗六十岁。

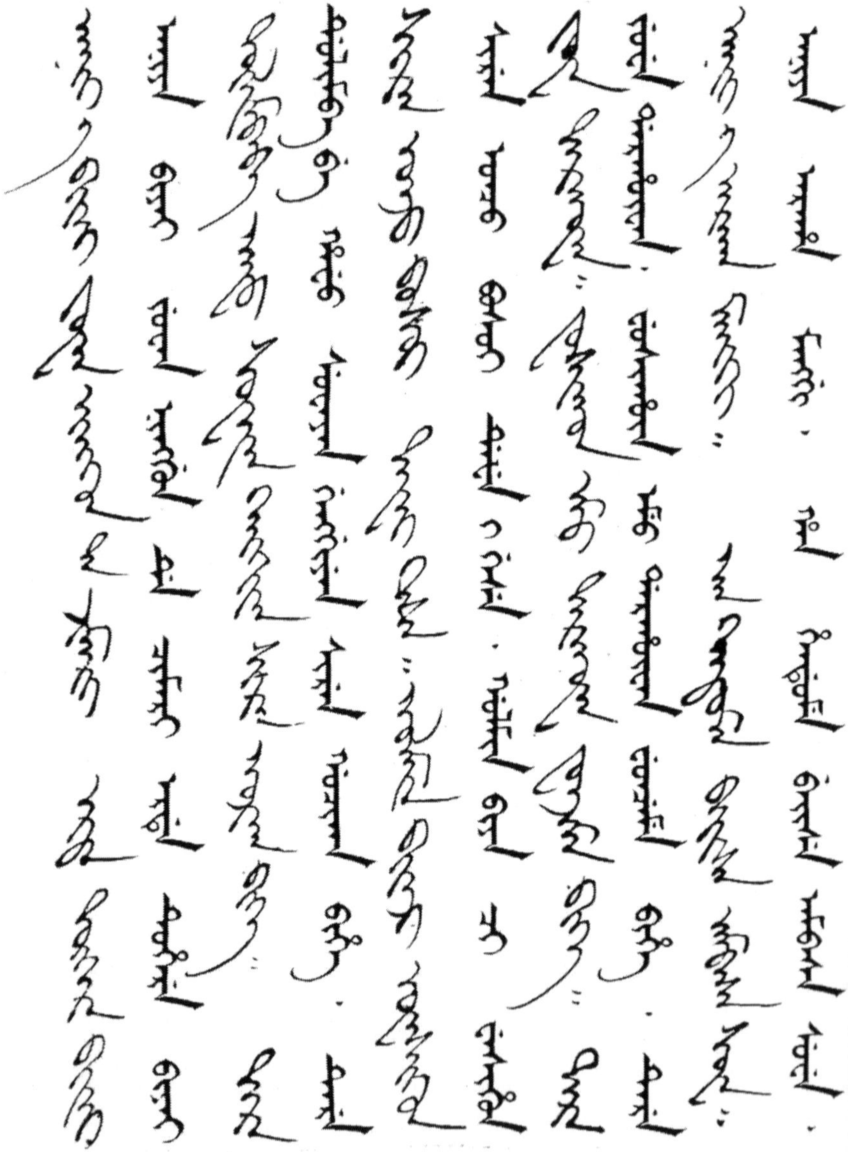

aniya biyai juwan ninggun de cimari erde tuhere biyai dulimbabe hafu suwayan genggiyen siren gocika bihe, tere siren onco bosoi defei gese, golmin biyaci wesihun juwe darhūwan, fusihūn emu darhūwan funceme bihe. tere aniya araha manggi, han hendume, beise ambasa suwe

---

正月十六日晨，月將落時，有黃光貫月中[27]，其光寬如布幅，月之上長約二竿，月之下長約一竿餘。是歲新年過後，汗曰：「諸貝勒大臣，

正月十六日晨，月将落时，有黄光贯月中，其光宽如布幅，月之上长约二竿，月之下长约一竿余。是岁新年过后，汗曰：「诸贝勒大臣，

---

27 黃光，《滿文原檔》、《滿文老檔》俱作“suwayan genggiyen siren”， 意即「黃色明亮的氣脈」。

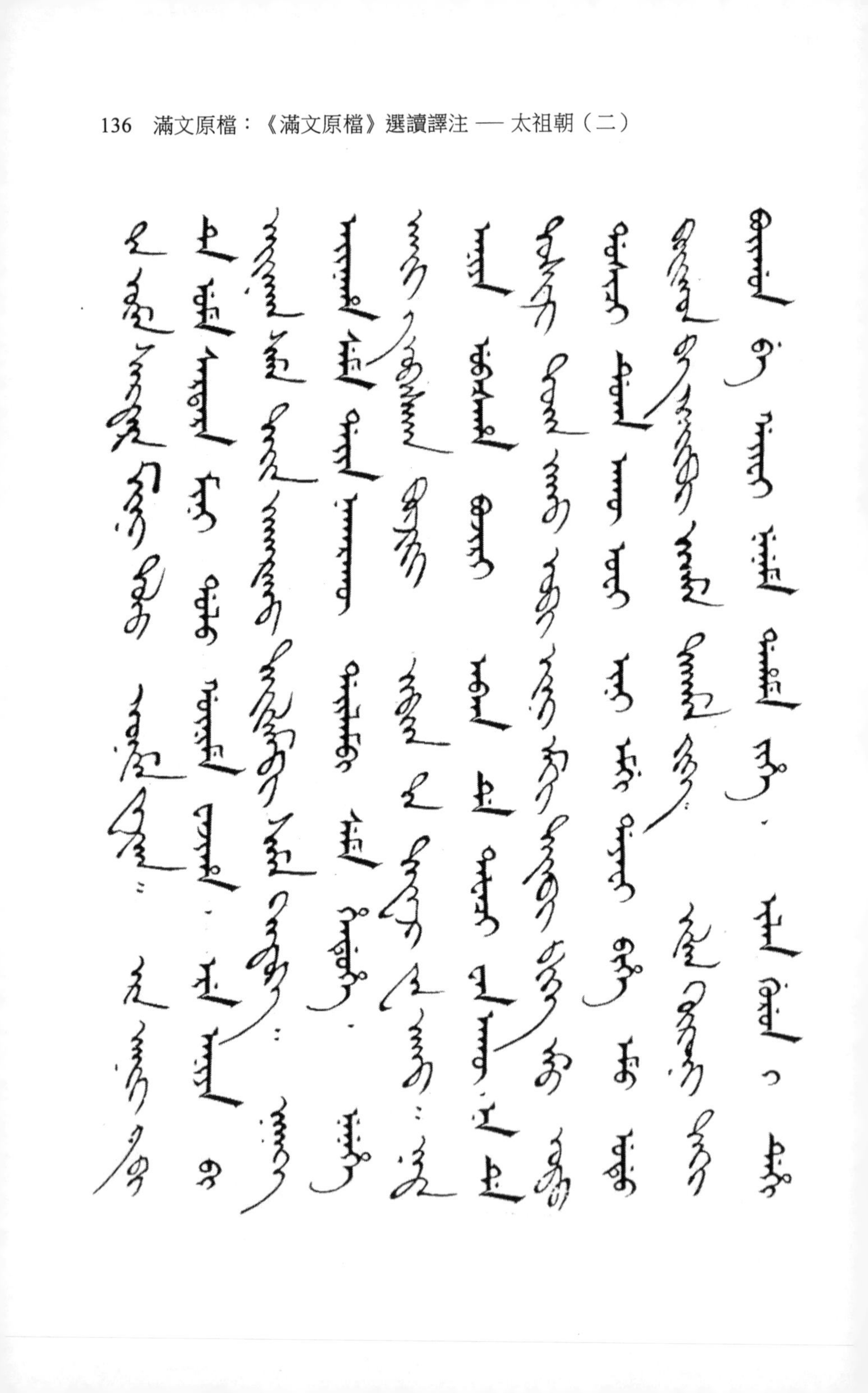

te ume sartara mini dolo gūnime wajiha, ere aniya bi ainaha seme dain nakarakū dailambi seme henduhe. nenehe aniya ubašaha bojiri abka de tafaci wan akū, nade dosici duka akū ofi ini emgi dayafi bihe emu udu boigon be gaifi neneme dahame jihe ilan guruni dehi

---

汝等今勿疑，吾意已決。今歲吾必不停興兵征戰。」聞先年叛逃之博濟哩，因上天無梯，入地無門，而率依附於彼之數戶，前來依附先前已降服之三國四十

汝等今勿疑，吾意已决。今岁吾必不停兴兵征战。」闻先年叛逃之博济哩，因上天无梯，入地无门，而率依附于彼之数户，前来依附先前已降服之三国四十

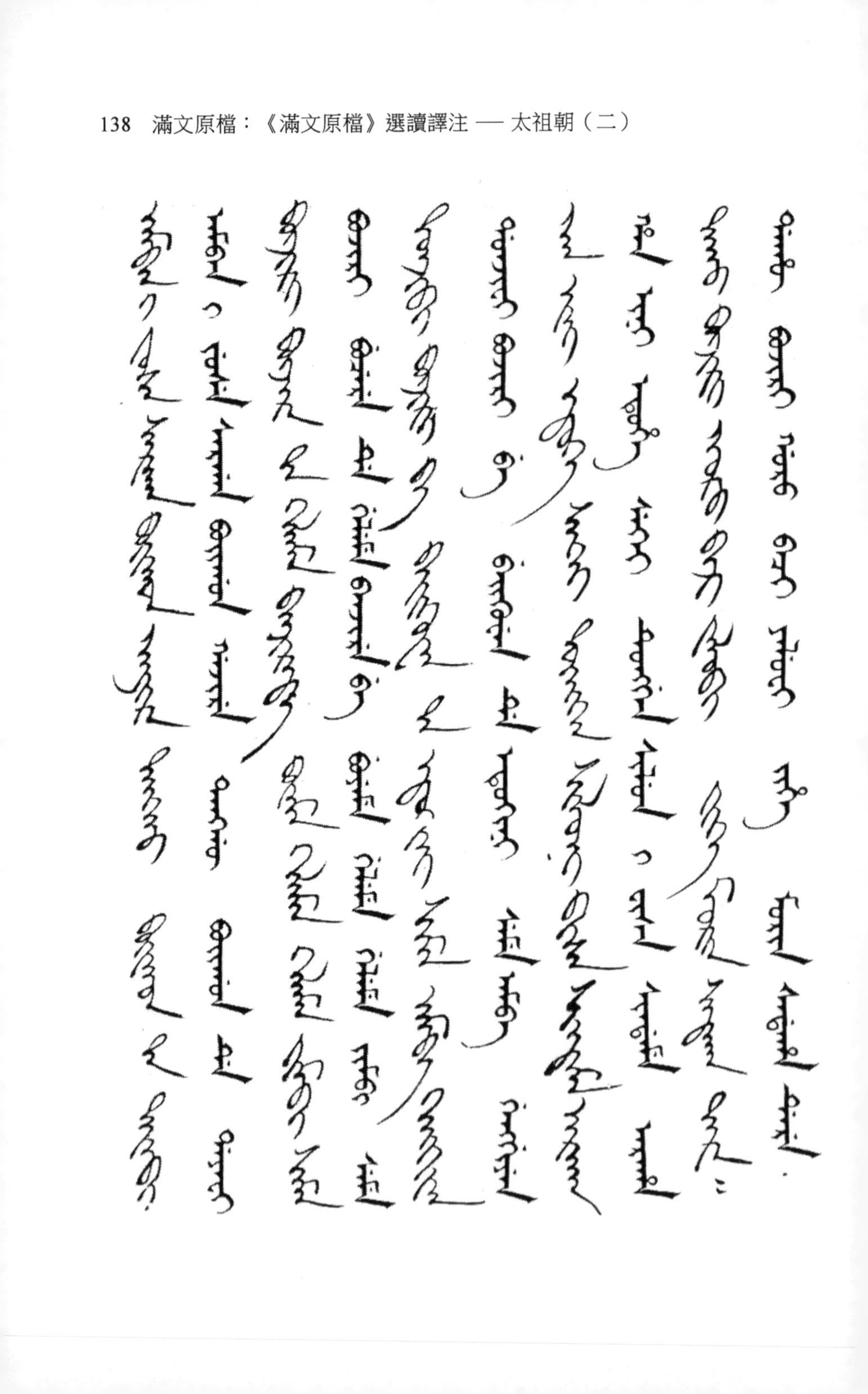

amban i juse sargan boigon gajire tanggū boigon de dayafi bojiri bucere de geleme banjirebe buyeme geleme geleme jimbi seme donjifi bojiri be beikuwen de etukini seme amba genggiyen han ini etuhe sekei tunggen siluni fisa sindame araha dahū bojiri goro baci yalufi jihe morin šadaha dere,

大臣之妻孥及依附之人百戶。博濟哩貪生怕死，惶恐而來。大英明汗念及博濟哩需御寒穿著，而將所穿前胸為貂皮，後背為猞猁猻之皮端罩賜博濟哩[28]。又恐博濟哩遠道乘騎而來之馬疲乏，

大臣之妻孥及依附之人百户。博济哩贪生怕死，惶恐而来。大英明汗念及博济哩需御寒穿着，而将所穿前胸为貂皮，后背为猞猁狲之皮端罩赐博济哩。又恐博济哩远道乘骑而来之马疲乏，

[28] 後背，句中「背」，《滿文原檔》寫作"bisa"，《滿文老檔》讀作"fisa"，按此為無圈點滿文"bi"與"fi"的混用現象。

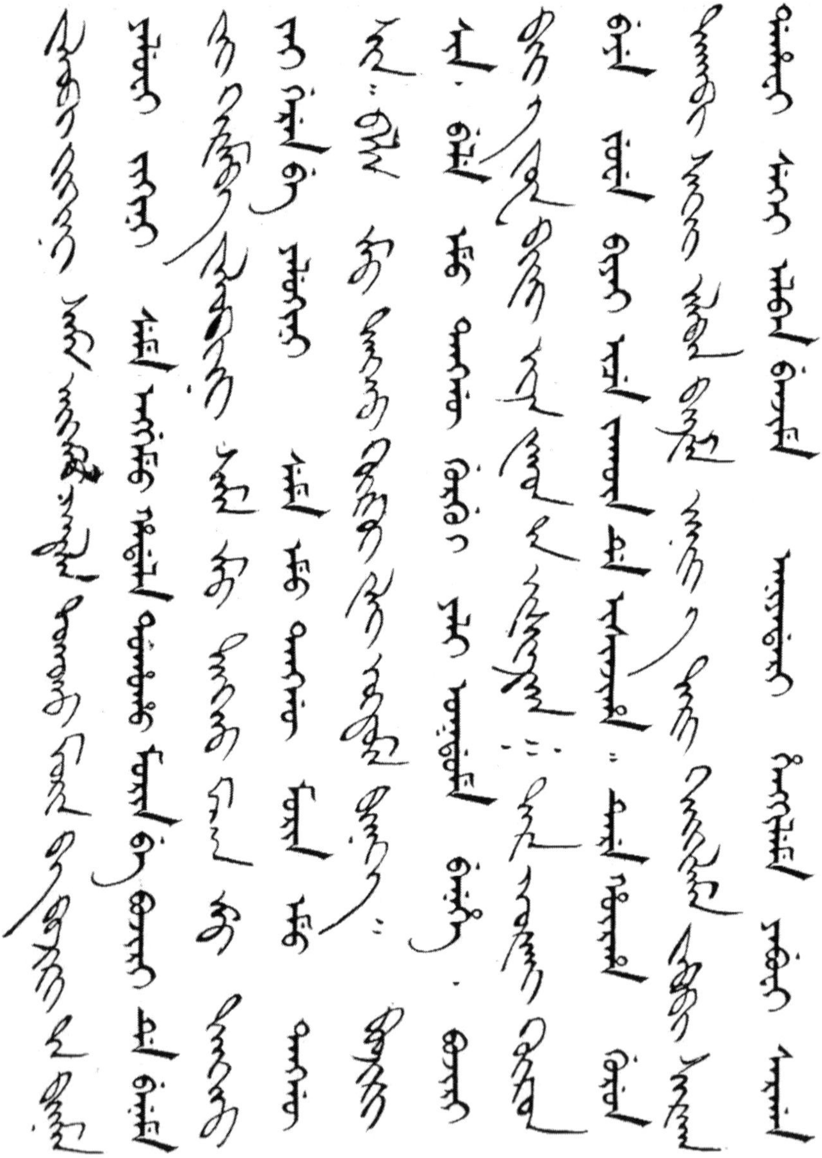

yalufi jikini seme enggemu hadala dohoho morin be bojiri de beneme jai gerembe yalukini seme, emu tanggū morin emu tanggū sin, bele emu tanggū gurgui yali okdome benehe. bojiri beye juwe biyai ice jakūn de isinjiha. tere hūrhai gurun dahafi sekei alban benjime aniya dari hengkileme yabufi sargan

---

而將套有鞍轡之馬送給博濟哩，令其乘騎前來。又賜馬百匹，令衆人乘騎，並賜米百金斗及獸肉百隻，遣人送去相迎。博濟哩本人於二月初八日到來。該虎爾哈國歸順後，每歲貢貂前來叩頭，

而将套有鞍辔之马送给博济哩，令其乘骑前来。又赐马百匹，令众人乘骑，并赐米百金斗及兽肉百只，遣人送去相迎。博济哩本人于二月初八日到来。该虎尔哈国归顺后，每岁贡貂前来叩头，

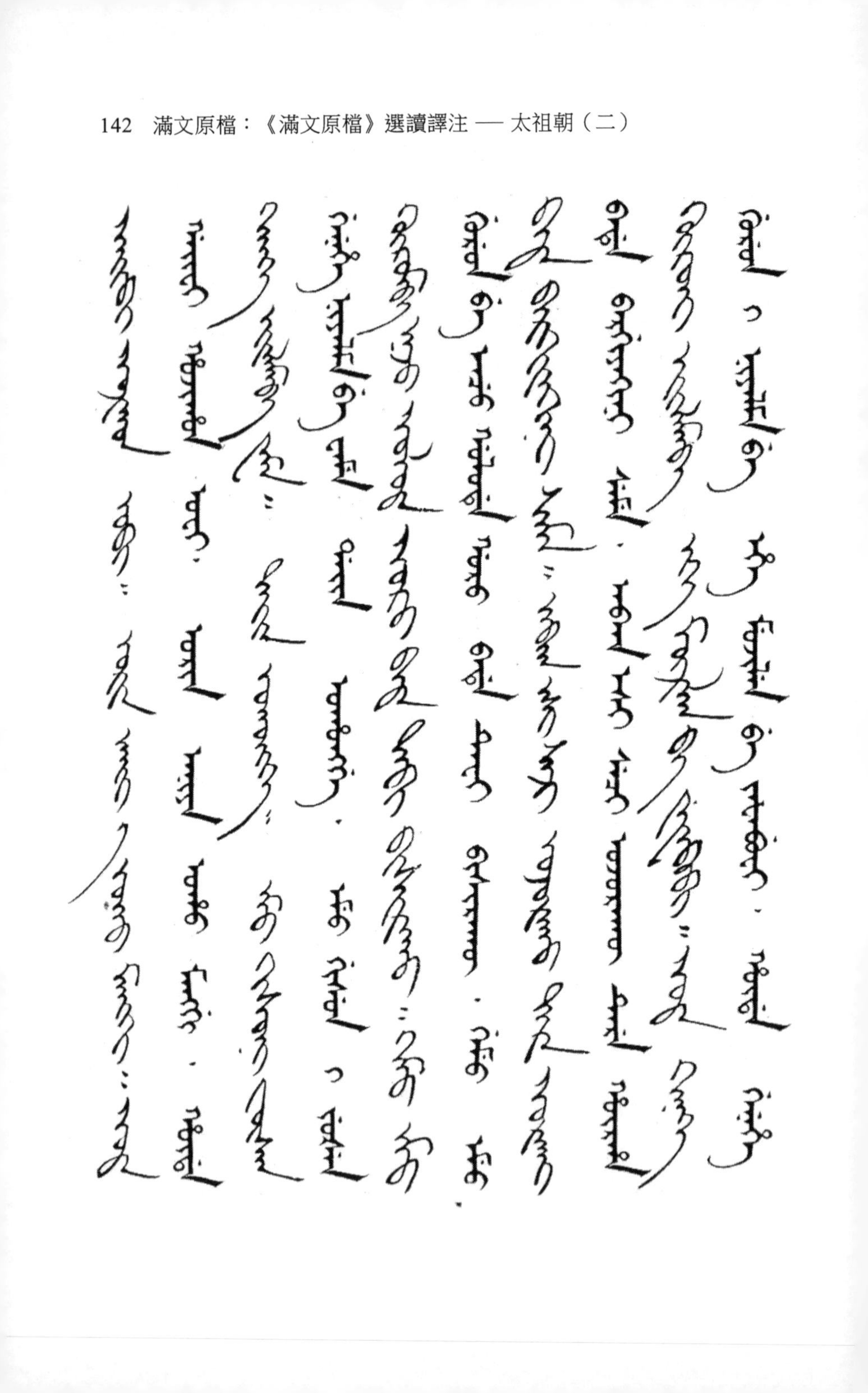

gaifi hojihon ofi, orin aniya oho manggi, hūda genehe niyalmabe wame dain ohongge. emu gisuni jušen gurumbe encu golode goro bade tefi bisirakū, gemu emu bade bargiyakini seme, abka esi seci ojorakū tere hūrhai guruni niyalmabe ehe mujilen be jafabufi, hūda genehe

---

娶妻為婿。二十年後，殺害前往貿易之人而引發戰爭。上天為使同一語言之諸申國不再遠居他路，令其皆聚居一處，該虎爾哈國心懷惡念，

娶妻为婿。二十年后，杀害前往贸易之人而引发战争。上天为使同一语言之诸申国不再远居他路，令其皆聚居一处，该虎尔哈国心怀恶念，

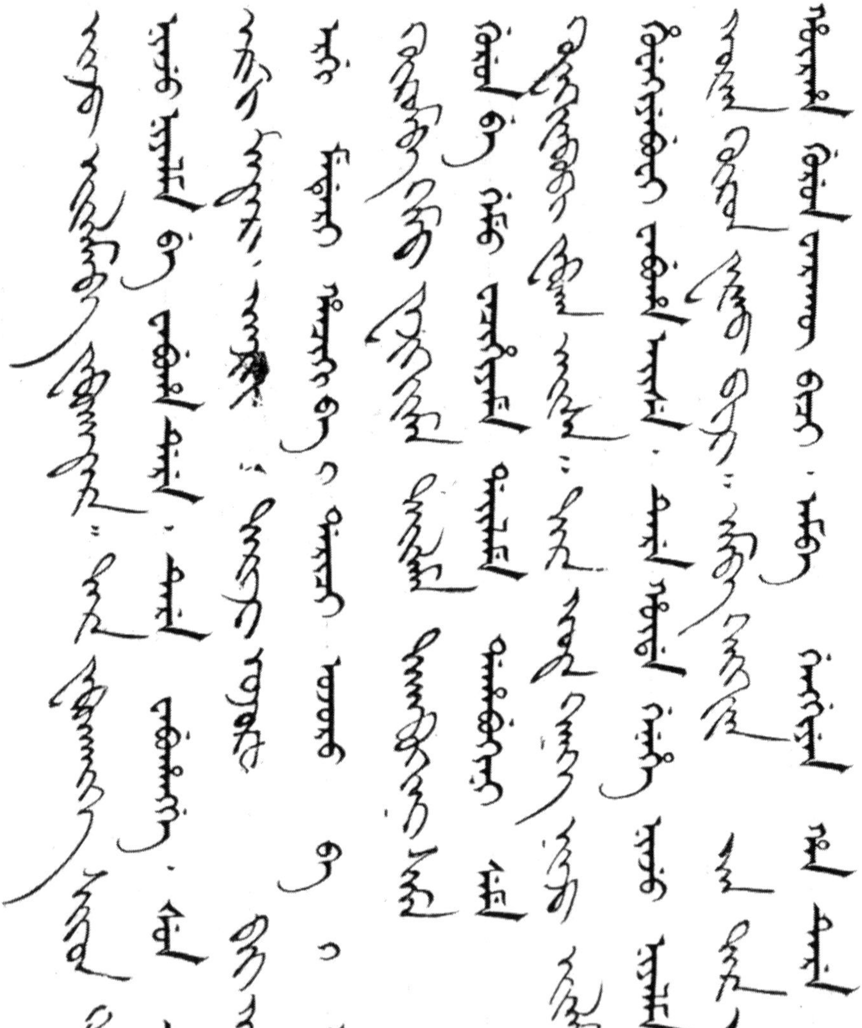

ninju niyalmabe wabuha dere. tere wabuhangge, šun dekdere ergi mederi hanciki ba i darici ojoro bai hūrhai gurumbe gemu wacihiyame dailame dahabukini seme abka huwekiyebufi wabuha aise, tere hūda genehe ninju niyalmabe hūrha gurun warakū bici, amba genggiyen han tere hūrhai

---

殺害前往貿易之六十人也。使之殺害者，或上天因我征服東方近海可耕地方之虎爾哈國，而激令殺害耶？虎爾哈國若不殺害該前往貿易之六十人，則大英明汗

杀害前往贸易之六十人也。使之杀害者，或上天因我征服东方近海可耕地方之虎尔哈国，而激令杀害耶？虎尔哈国若不杀害该前往贸易之六十人，则大英明汗

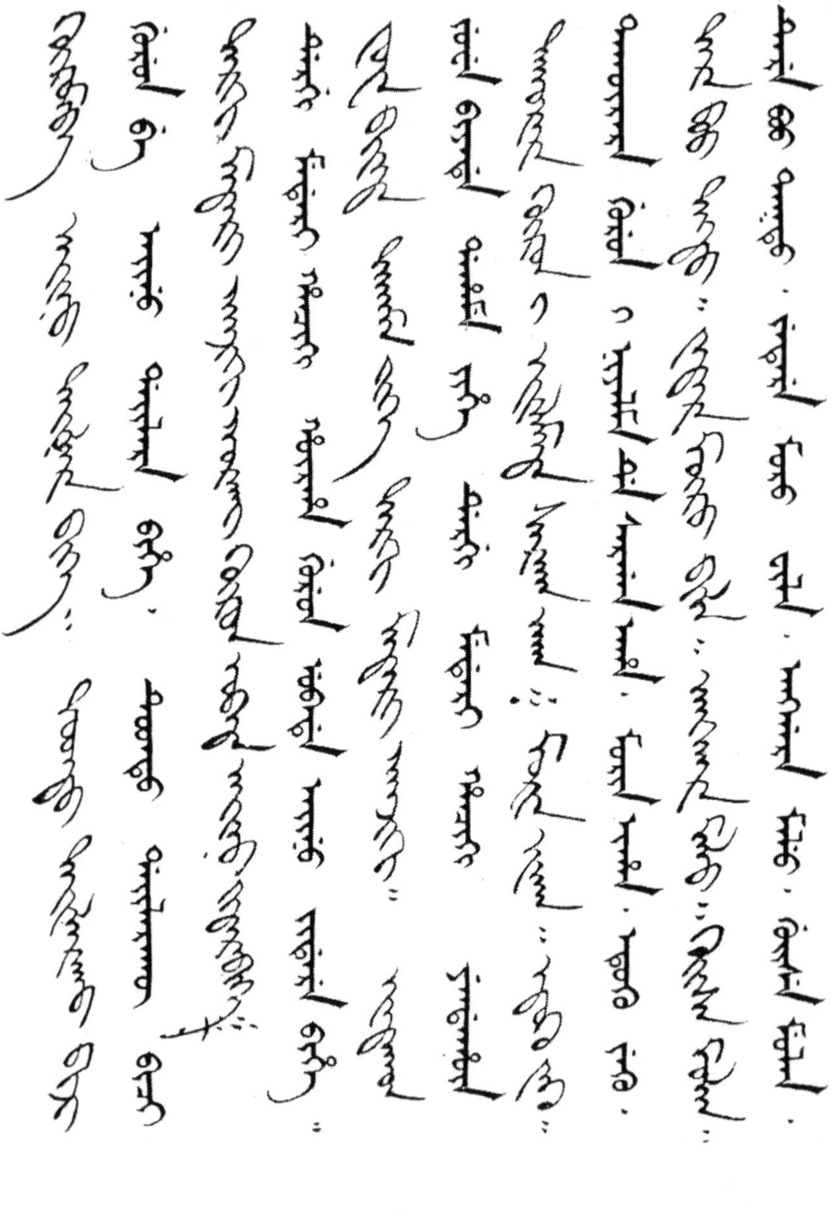

gurumbe ainu dailara bihe. tuttu dailarakū bici dergi mederi hanciki hūrhai gurun ubade ainu jiderebihe. juwe biyade dahame jihe dergi mederi hanciki yendahūn takūrara gurun i niyalmade sargan aha, morin ihan, etuku jeku, tere boo taktu, jetere moro fila, anggara malu, guise mulan,

---

為何征討該虎爾哈國耶？若不征討，則附近東海之虎爾哈國為何歸順來此耶？二月，厚賞來降附近東海使犬國之人以妻、奴、馬、牛、衣、糧食、居住之房屋樓閣、食用之碗碟、缸瓶、櫃子、凳子，

为何征讨该虎尔哈国耶？若不征讨，则附近东海之虎尔哈国为何归顺来此耶？二月，厚赏来降附近东海使犬国之人以妻、奴、马、牛、衣、粮食、居住之房屋楼阁、食用之碗碟、缸瓶、柜子、凳子，

九、用兵之道

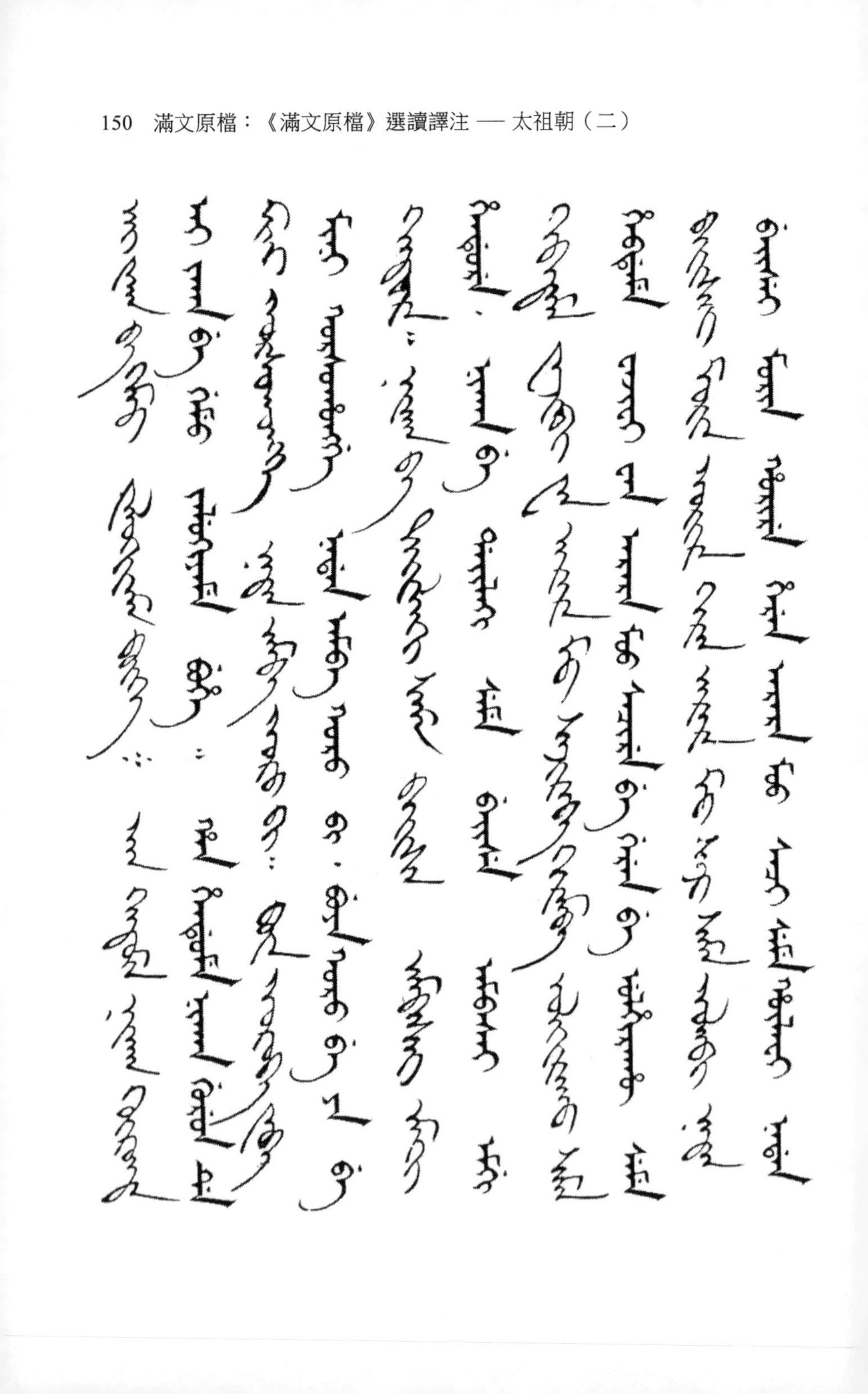

ai jaka be gemu jalukiyame buhe. han hendume, nikan gurunde mini korsohongge, nadan amba koro bi, buya korobe ya be hendure. nikan be dailaki seme beise ambasai emgi hebdeme wajifi wan arara moo secirebe gerembe ulhirahū seme beisei morin horire heren arara moo saci seme hūlafi nadan

---

等一應物件，皆充足給之。汗曰：「我與明國成釁，有七大恨，小恨難舉。」因欲征明，而與諸貝勒大臣商議。議畢，欲伐木造雲梯，恐為眾所覺，遂以伐木繕治諸貝勒馬廄為名[29]，

等一应物件，皆充足给之。汗曰：「我与明国成衅，有七大恨，小恨难举。」因欲征明，而与诸贝勒大臣商议。议毕，欲伐木造云梯，恐为众所觉，遂以伐木缮治诸贝勒马厩为名，

---

[29] 馬廄，《滿文原檔》、《滿文老檔》俱作"morin horire heren"，同"morin horire guwan"。

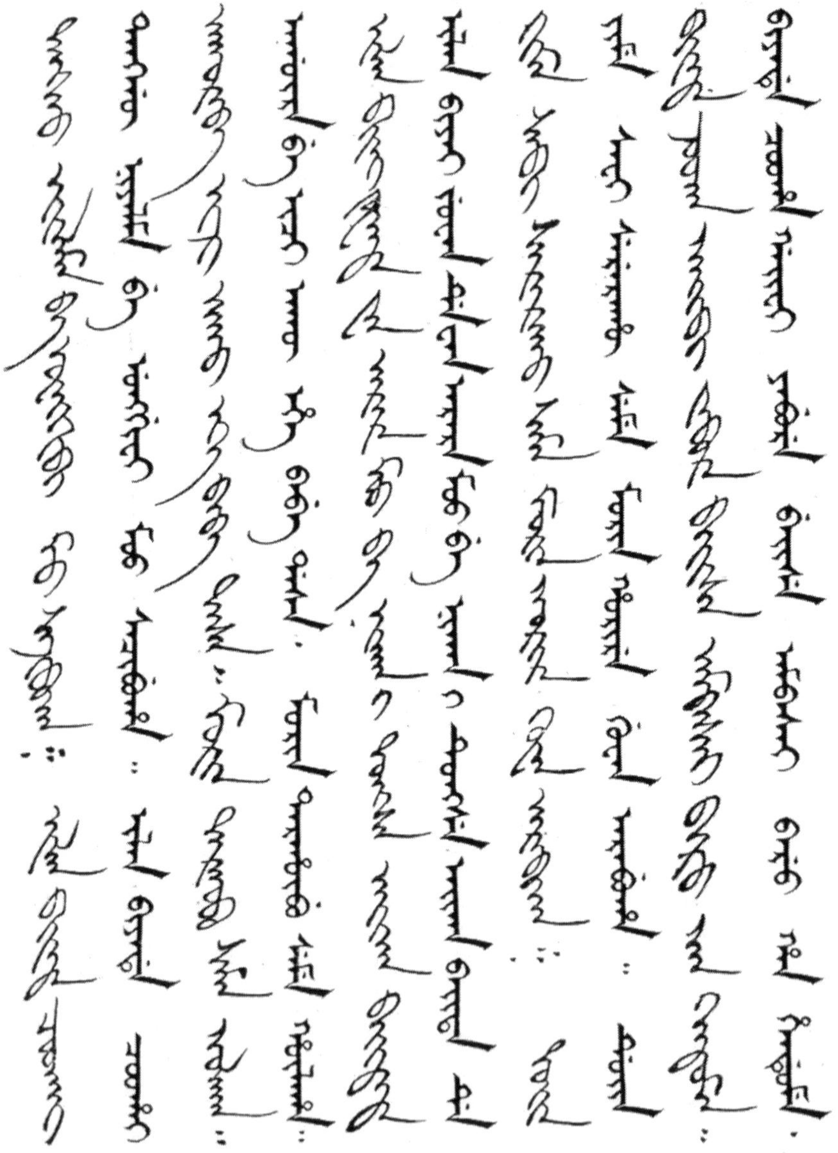

tanggū niyalma be unggifi moo sacibuha. ilan biyade, coohai agūrabe ici akū ehe babe dasa, morin tarhūbu seme hūlaha. ilan biyai juwan de wan arara moo be nikan i tungse aika baitade jime safi sererahū seme morin horire guwan arabuha. duin biyade cooha gaifi yabure beise ambasai baru han hendume,

---

遣七百人伐木。三月，傳諭整修不應手兵器損壞之處，餵肥馬匹。三月初十日，其建造雲梯之木，恐明通事或以事前來發覺，而令蓋馬廄。四月，汗諭領兵諸貝勒大臣：

遣七百人伐木。三月，传谕整修不应手兵器损坏之处，喂肥马匹。三月初十日，其建造云梯之木，恐明通事或以事前来发觉，而令盖马厩。四月，汗谕领兵诸贝勒大臣：

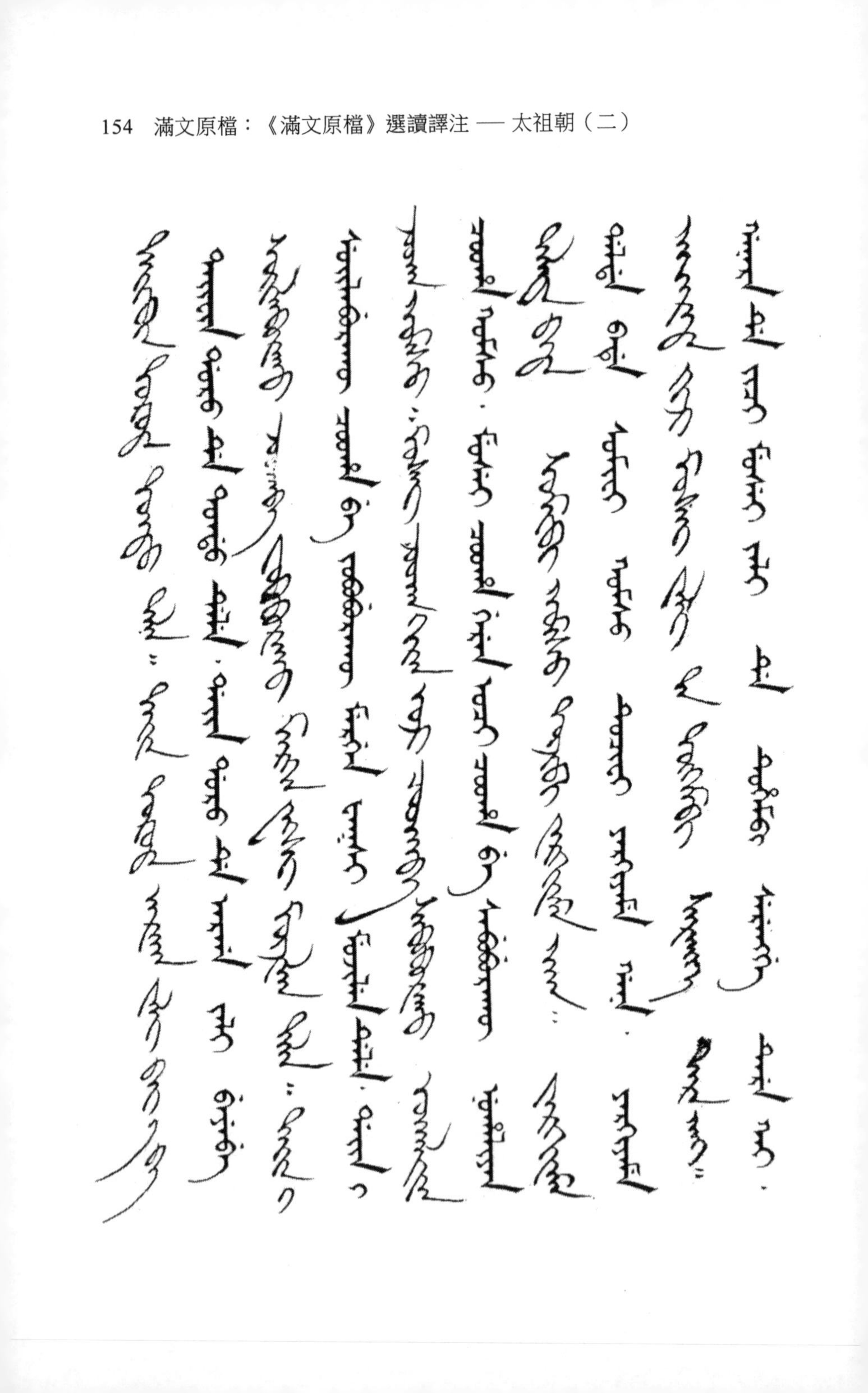

taifin dorode tondo dele, dain dorode arga jali beye be suilaburakū coohabe joboburakū mergen faksi mujilen dele. dain i cooha komso, musei cooha geren oci coohabe sabuburakū nuhaliyan dalda bade somifi komso tucifi yarkiyame gana, yarkiyame ganarade jici, musei jali de tuhembi serengge tere kai.

「太平之道[30]，以公正為上；用兵之道，以謀略不自身勞苦、不使士兵疲乏，以智巧為上[31]。」若敵兵少，我兵衆，則不令見我兵，須潛伏於隱僻低窪之處，少遣兵誘之。若誘之而來，是中我計者也。

「太平之道，以公正为上；用兵之道，以谋略不自身劳苦、不使士兵疲乏，以智巧为上。」若敌兵少，我兵众，则不令见我兵，须潜伏于隐僻低洼之处，少遣兵诱之。若诱之而来，是中我计者也。

---

30 太平，《滿文原檔》寫作"taibin"，《滿文老檔》讀作"taifin"。按此為無圈點滿文"bi"與"fi"的混用現象。

31 智巧為上，句中「巧」，《滿文原檔》寫作"waksi（陰性 k）"，《滿文老檔》寫作"faksi（陽性 k）"。按此為無圈點滿文"wa"與"fa"及音節字尾 k 陰性（舌根音）與陽性（小舌音）的混用現象。

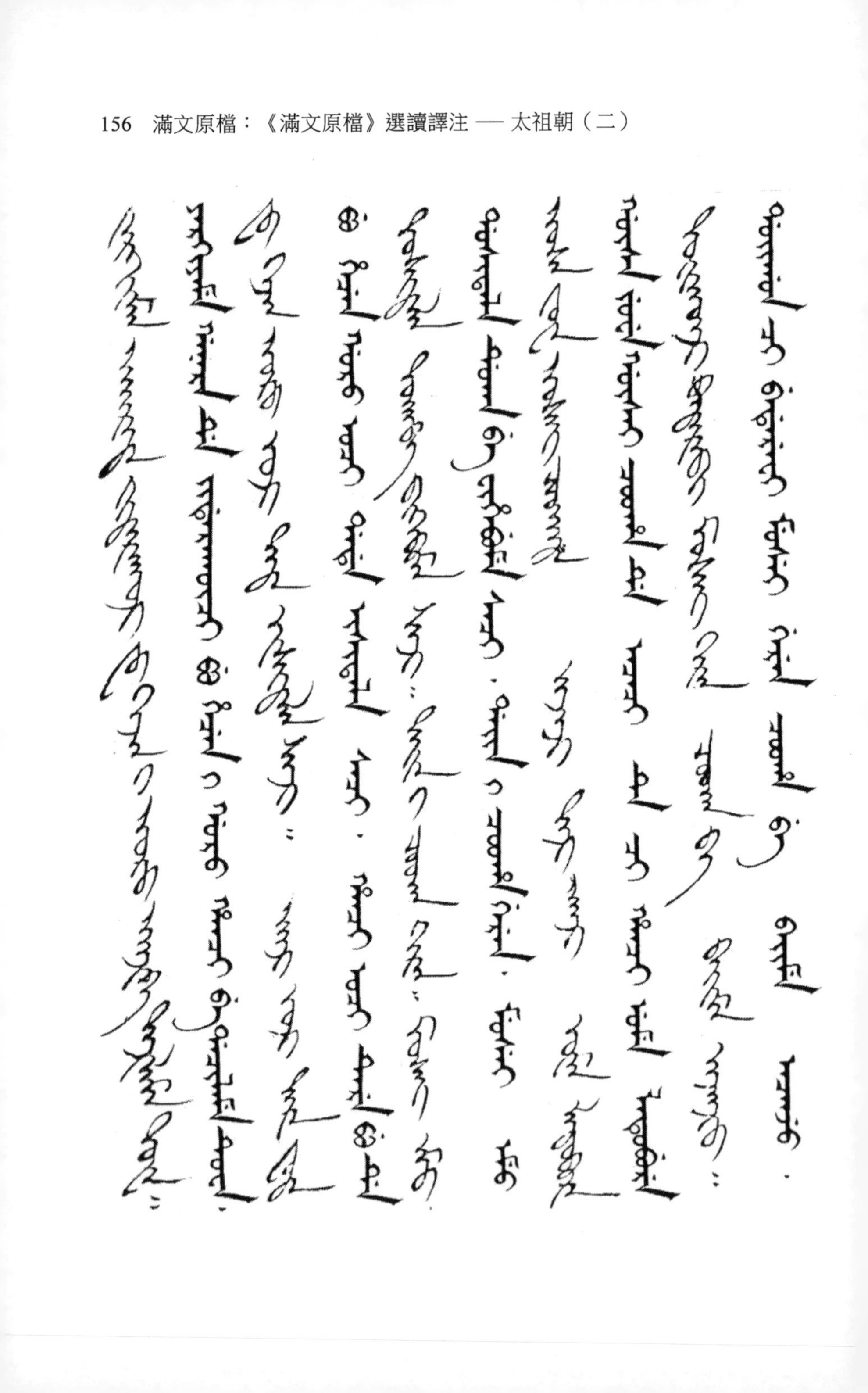

yarkiyame ganarade jiderakūci pu hecen i goro hancibe dacilame tuwa. pu hecen goro oci dade isitala saci, hanci oci tere pude dositala dukabe fihebume saci. dain i cooha geren, musei emu gūsa juwe gūsai coohade acaci teci hanci ume latubure doigonci bederefi musei geren cooha be baime acanju.

若誘之而不來，則詳察其城堡之遠近[32]。城堡若遠，則追擊至城下砍殺；近則直薄其堡壅塞於門砍殺。倘敵兵衆多，遇我一旗或二旗之兵，則勿遽近前，須先行後退，回覓以待我大軍來會。

若诱之而不来，则详察其城堡之远近。城堡若远，则追击至城下砍杀；近则直薄其堡壅塞于门砍杀。倘敌兵众多，遇我一旗或二旗之兵，则勿遽近前，须先行后退，回觅以待我大军来会。

---

[32] 城堡，《滿文原檔》寫作"fu kejen"，《滿文老檔》讀作"pu hecen"。按此為無圈點滿文"fu"與"pu"、"ke"與"he"、"je"與"ce"的混用現象。

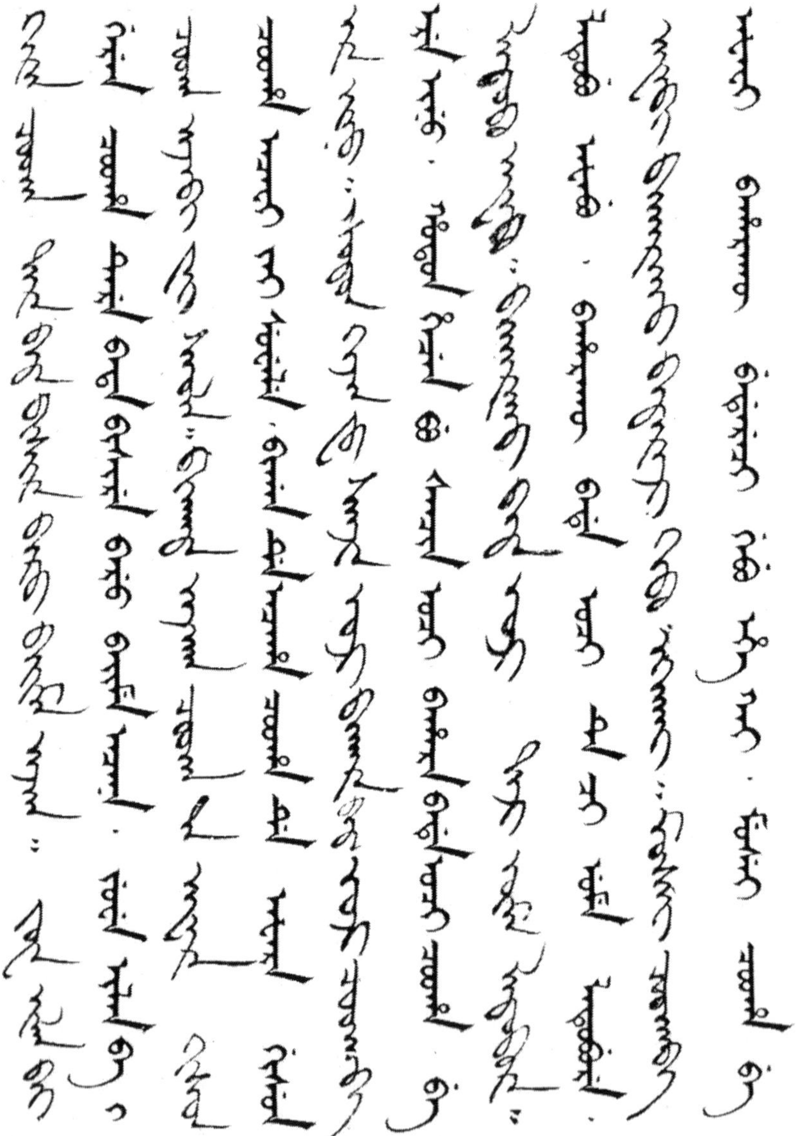

geren cooha tere bata bisire baru baime acana, juwe ilan bai cooha acafi jai suwele, bigande acaha cooha de afara gisun ere inu. hoton hecen pu šancin oci bahara bade oci, coohabe latubu afabu, baharakū bade oci teci ume latubure. afafi baharakū bedereci gebu ehekai. musei coohabe

---

尋覓敵之所在，俟二、三處之兵會合後，再行搜尋，此乃遇敵野戰之法也。至於城堡山寨，若有可以攻取之處，則令接近攻取，若無可以攻取之處，則勿令接近，倘攻之不克而退，反損名矣。

寻觅敌之所在，俟二、三处之兵会合后，再行搜寻，此乃遇敌野战之法也。至于城堡山寨，若有可以攻取之处，则令接近攻取，若无可以攻取之处，则勿令接近，倘攻之不克而退，反损名矣。

十、牛彔額眞

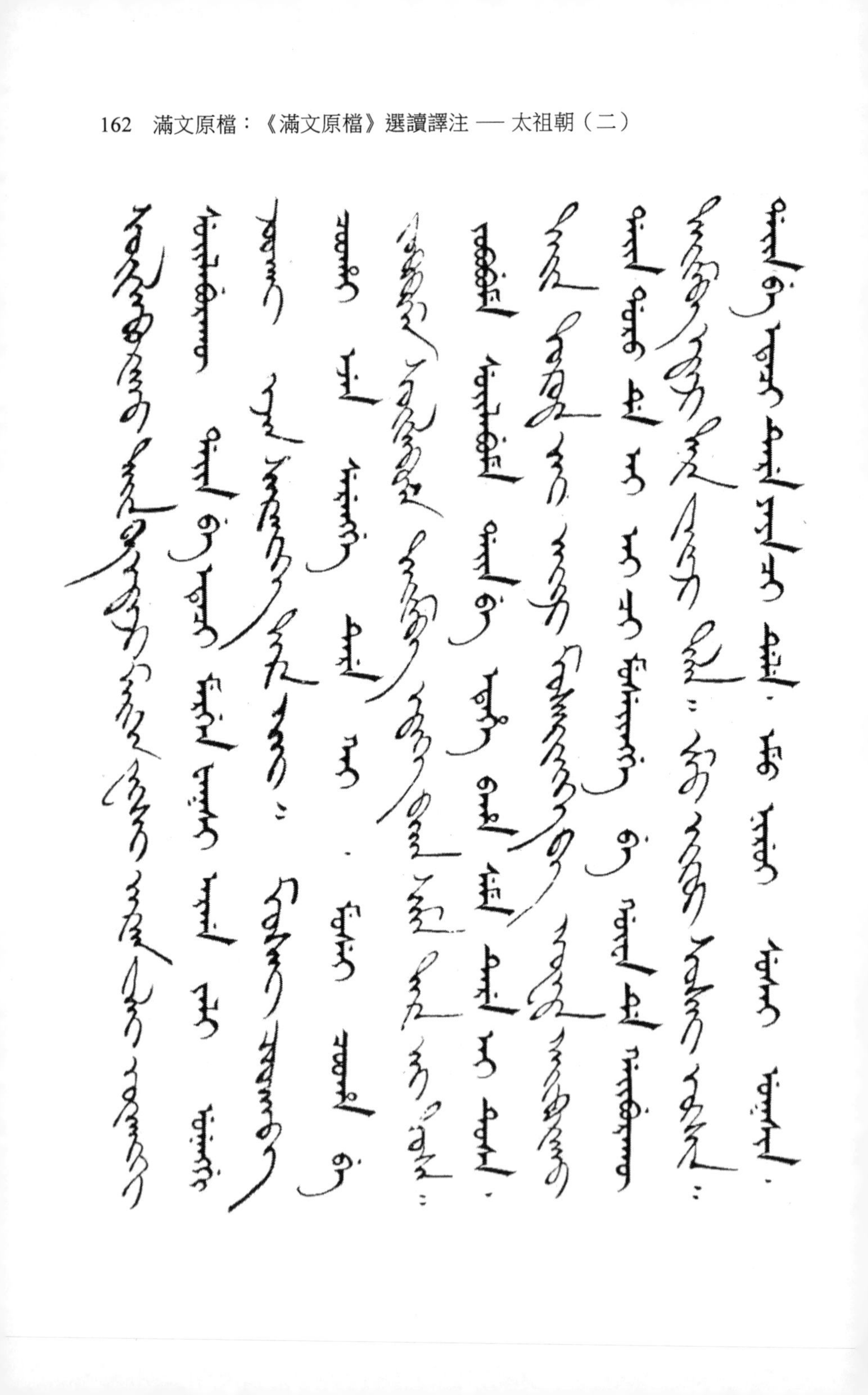

suilaburakū dain be eteci mergen faksi arga jali unenggi coohai ejen serengge tere kai. musei coohabe jobobume suilabume daimbe etehe baha seme tere ai tusa. dain dorode ai aici museingge be gūwade gaiburakū daimbe eteci tere yayaci dele. emu nirui susai uksin,

---

若不勞我兵而克敵者，誠為智巧謀略軍中之主帥也。若苦勞我兵，雖然獲勝，又有何益？用兵之道，莫過於不損己兵而能勝敵，此為最上者，善之善者也。每牛彔五十甲，

若不劳我兵而克敌者，诚为智巧谋略军中之主帅也。若苦劳我兵，虽然获胜，又有何益？用兵之道，莫过于不损己兵而能胜敌，此为最上者，善之善者也。每牛彔五十甲，

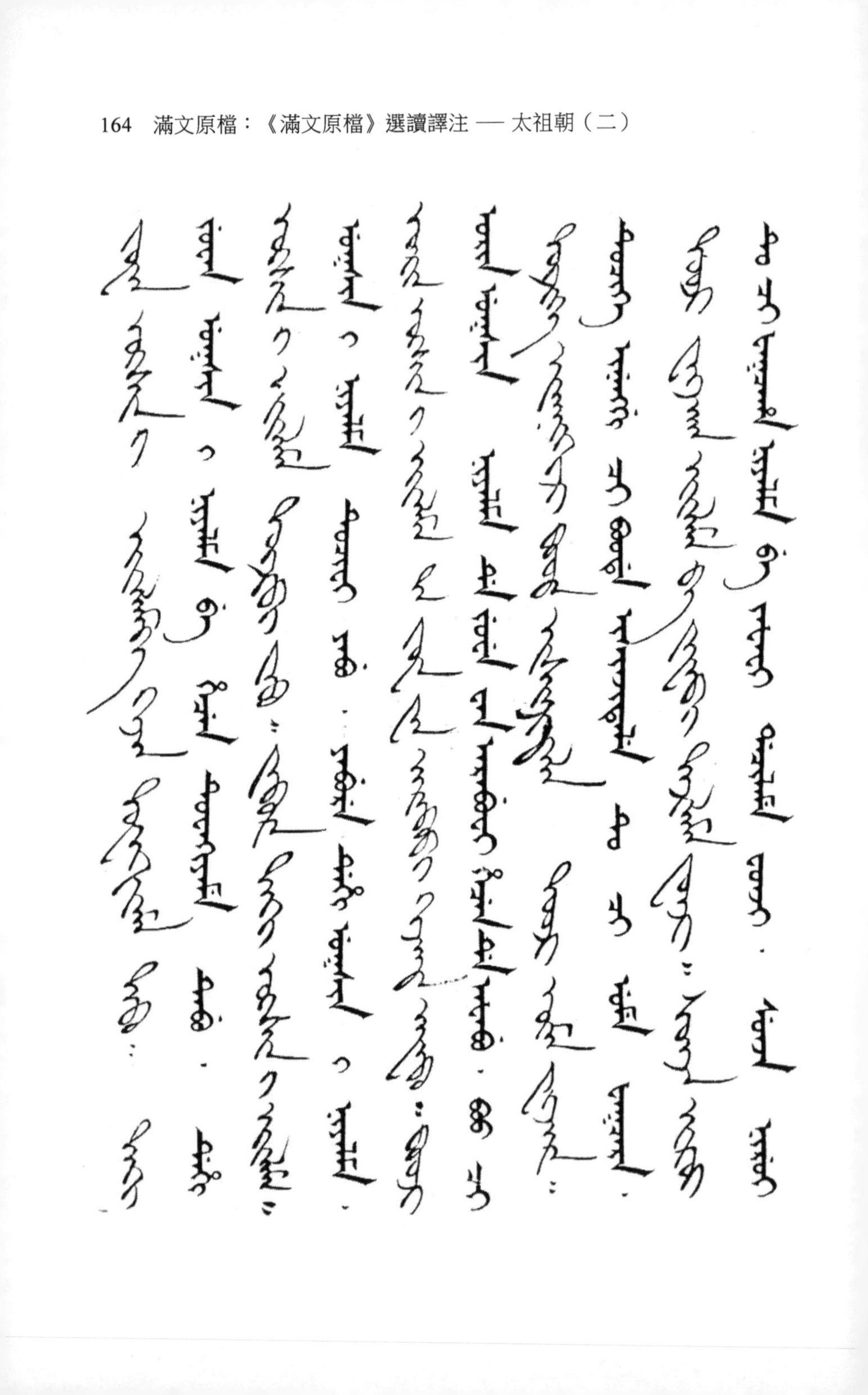

juwan uksin i niyalmabe hecen tuwakiyame tebu, dehi uksin i niyalma tucifi yabu, yabure dehi uksin i niyalma, orin uksin i niyalma de juwe wan arabufi hecende afabu. booci tucike ineggici boode isinjitele tuci ume fakcara. tuci fakcaha niyalma be jafafi dacilame fonji. sunja nirui

留十甲之人守城，四十甲出征之人，令出征二十甲之人製作雲梯二副，以備攻城。自出征之日至班師之日[33]，不得離纛[34]，離纛之人，執而詳訊之。

留十甲之人守城，四十甲出征之人，令出征二十甲之人制作云梯二副，以备攻城。自出征之日至班师之日，不得离纛，离纛之人，执而详讯之。

[33] 自出征之日至班師之日，《滿文老檔》讀作“boo ci tucike inenggi ci boode isinjitele”，句中“boo”指代“gurun boo”（國家），該句意即「自出國之日至回國之日」。

[34] 不得離纛，句中「纛」，《滿文原檔》讀作“too”，《滿文老檔》讀作“tu”。

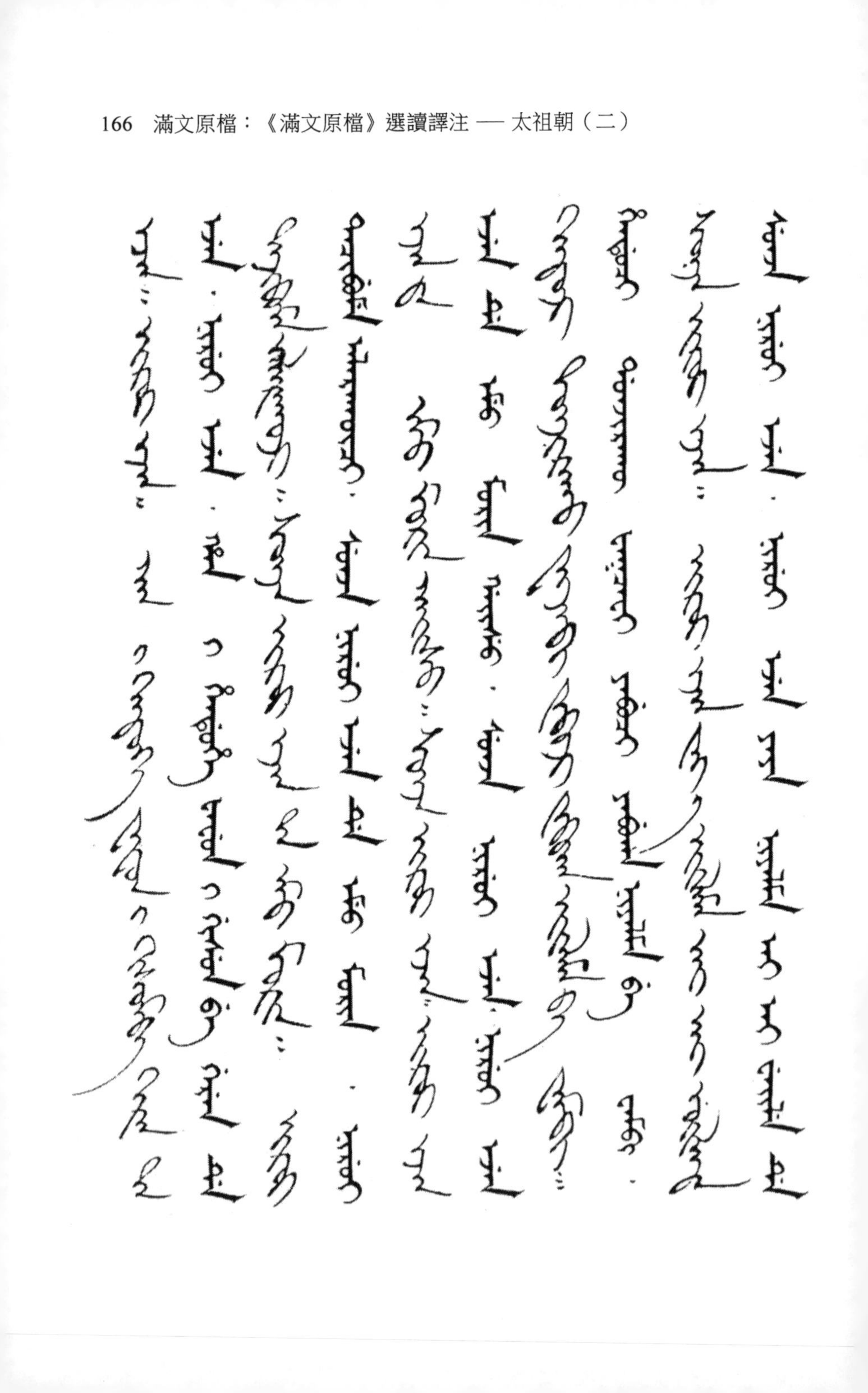

ejen, nirui ejen, han i henduhe fafun i gisumbe geren de tacibume alarakūci, sunja nirui ejen de emu morin, nirui ejen de emu morin gaisu. sunja nirui ejen, nirui ejen henduci donjirakū fakcafi yabuci yabuha niyalma be wambi. sunja nirui ejen, nirui ejen, yaya niyalma ai ai weilede

---

若五牛彔額真、牛彔額真不以汗所頒法令宣諭於衆，則罰五牛彔額真馬一匹、牛彔額真馬一匹；若五牛彔額真、牛彔額真諭之不從，擅離行走，則殺行走之人。五牛彔額真、牛彔額真及所有之人，

若五牛录额真、牛录额真不以汗所颁法令宣谕于众，则罚五牛录额真马一匹、牛录额真马一匹；若五牛录额真、牛录额真谕之不从，擅离行走，则杀行走之人。五牛录额真、牛录额真及所有之人，

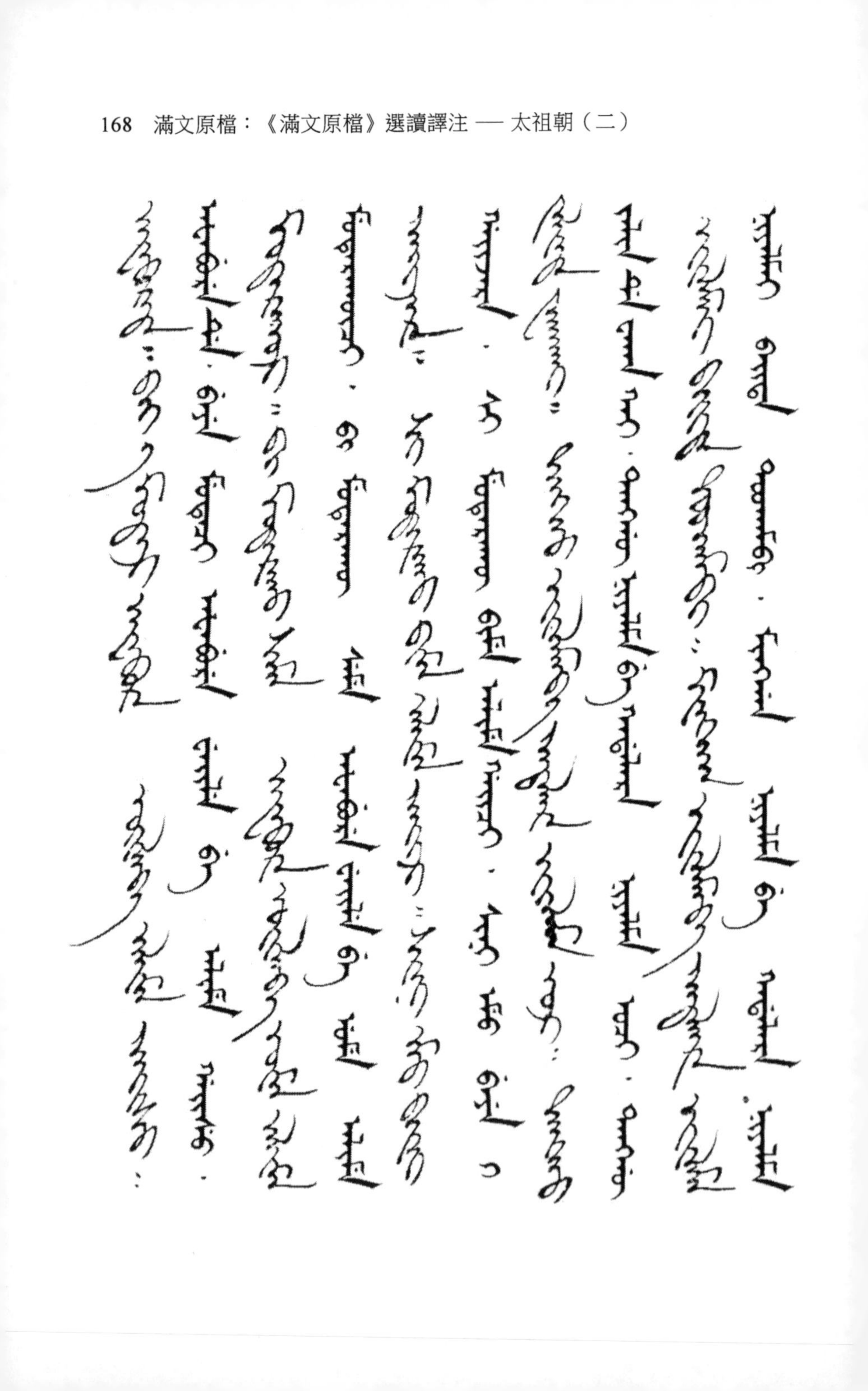

afaburede, beye muteci afabure weilebe alime gaisu, muterakūci, bi muterakū seme afabure weilebe ume alime gaijara. si muterakū bime alime gaici, sini emu beyei jalinde wakakai. tanggū niyalmabe kadalara niyalma oci, tanggū niyalmai baita tookambi, minggan niyalmabe kadalara niyalma

---

凡有委任之事，自度果能勝任所委任之事，則受之；若不能，則以我不能而不接受所委任之事。若你不能而接受，則非止為你一己之事也。若係管理百人之人，則誤百人之事；若係管理千人之人，

凡有委任之事，自度果能胜任所委任之事，则受之；若不能，则以我不能而不接受所委任之事。若你不能而接受，则非止为你一己之事也。若系管理百人之人，则误百人之事；若系管理千人之人，

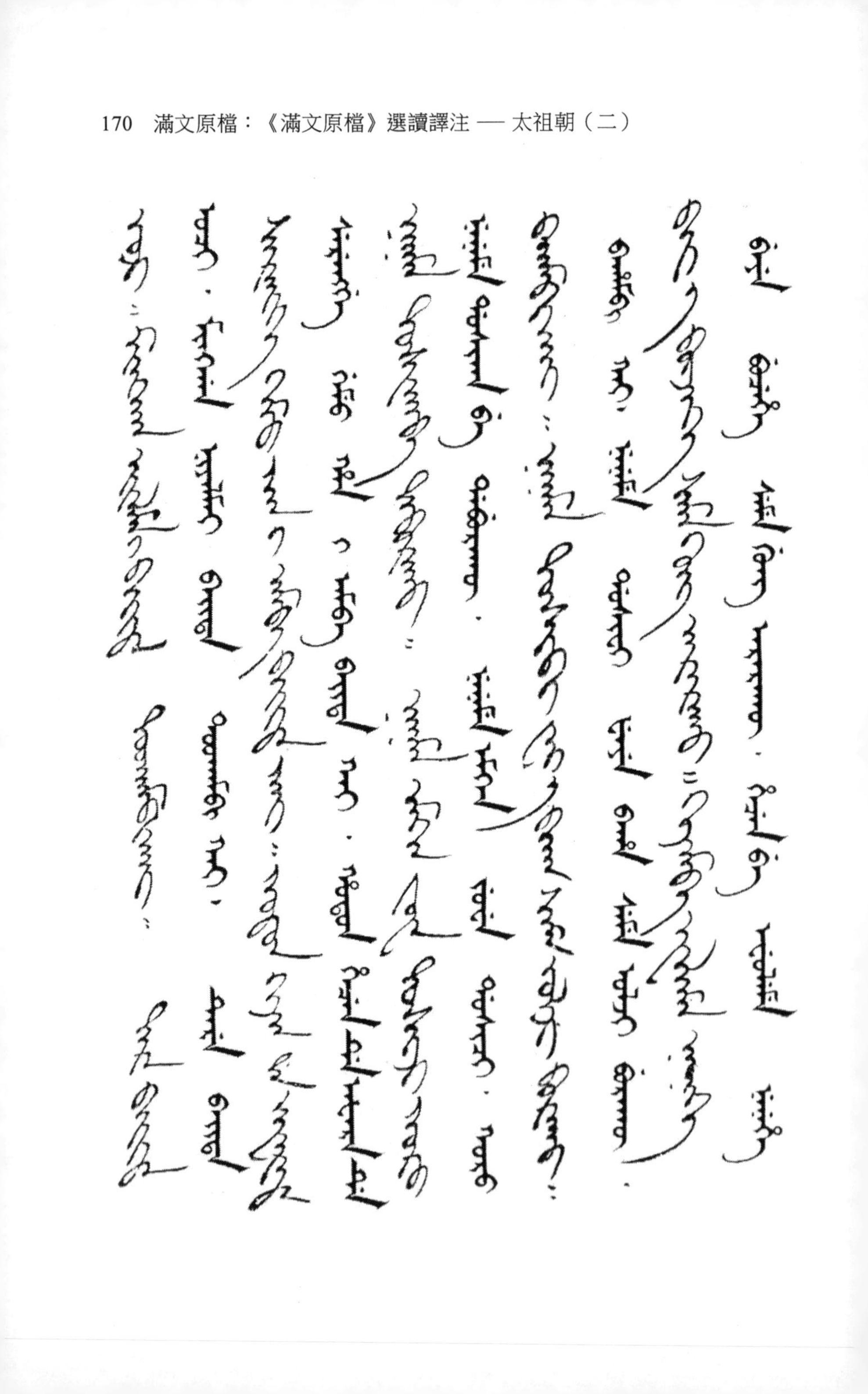

oci, minggan niyalma i baita tookambikai. tere baita serengge gemu han i amba baita kai. hoton hecen de afarade neneme dosikabe daburakū, neneme emken juwe dosici koro bahambikai. neneme dosifi feye baha seme olji burakū, beye bucehe seme gung ararakū. hecembe efuleme nenehe

---

則誤千人之事也。其事，皆汗之大事也。攻取城郭時，先進者不足算，一、二人先進，必致損傷也。先進雖受傷，亦不給俘虜，縱然身死，亦不為功。其先毀城

则误千人之事也。其事，皆汗之大事也。攻取城郭时，先进者不足算，一、二人先进，必致损伤也。先进虽受伤，亦不给俘虏，纵然身死，亦不为功。其先毁城

十一、興兵七恨

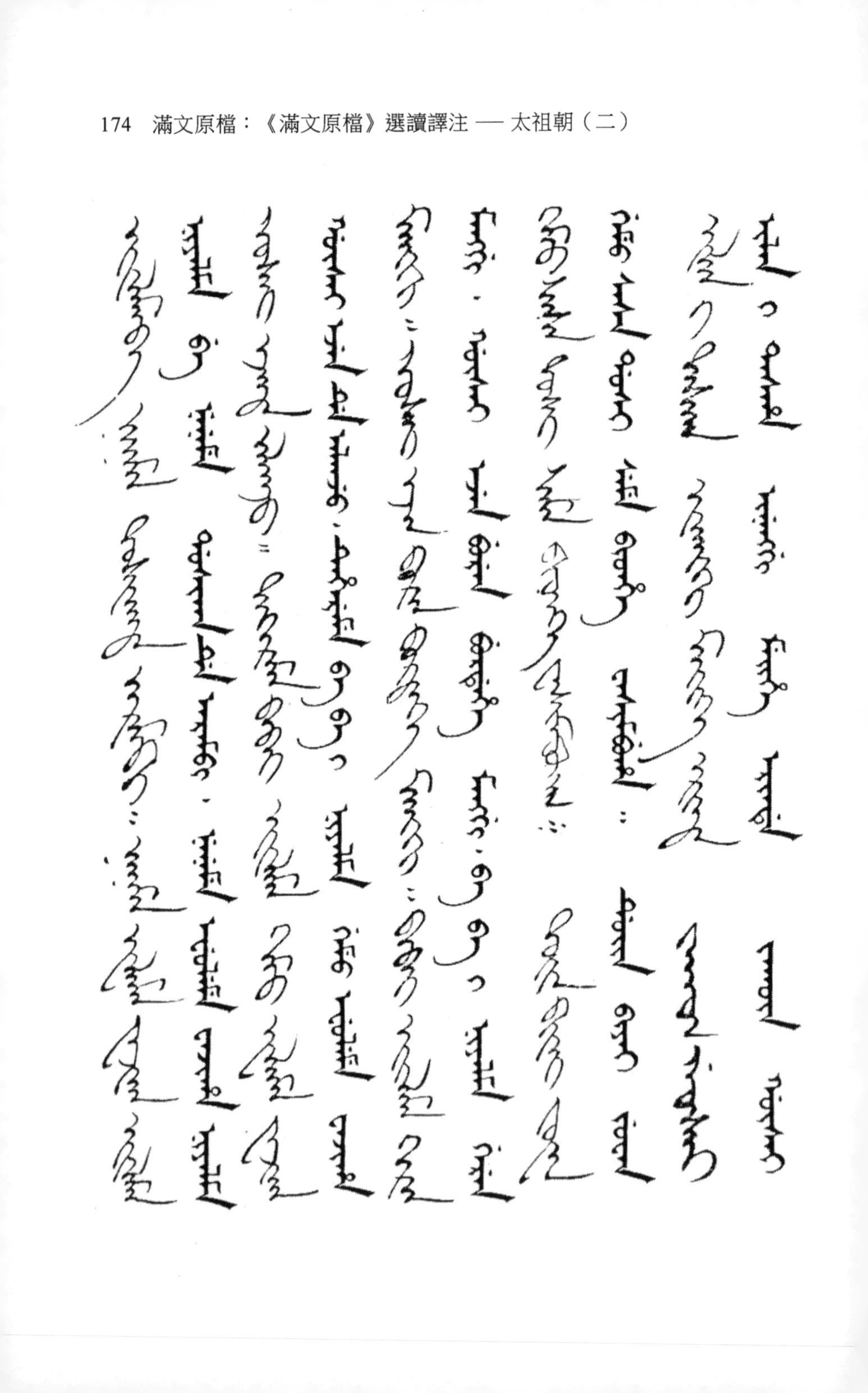

[illegible]

niyalmabe neneme dosikade arambi. neneme efuleme wajiha niyalma gūsai ejende alanju, tehereme babai niyalma gemu efuleme wajiha manggi, gūsai ejen buren burdehe manggi, babai niyalma geren gemu sasa dosi seme bithe wasimbuha. duin biyai juwan ilan i tasha inenggi meihe erinde jakūn gūsai

---

之人，方錄其先進之功。其先毀壞之人，來報固山額真，待各處環攻之俱毀壞後，固山額真吹海螺後，令各處人眾同時並進，此諭。」四月十三日，寅日巳時，

之人，方录其先进之功。其先毁坏之人，来报固山额真，待各处环攻之俱毁坏后，固山额真吹海螺后，令各处人众同时并进，此谕。」四月十三日，寅日巳时，

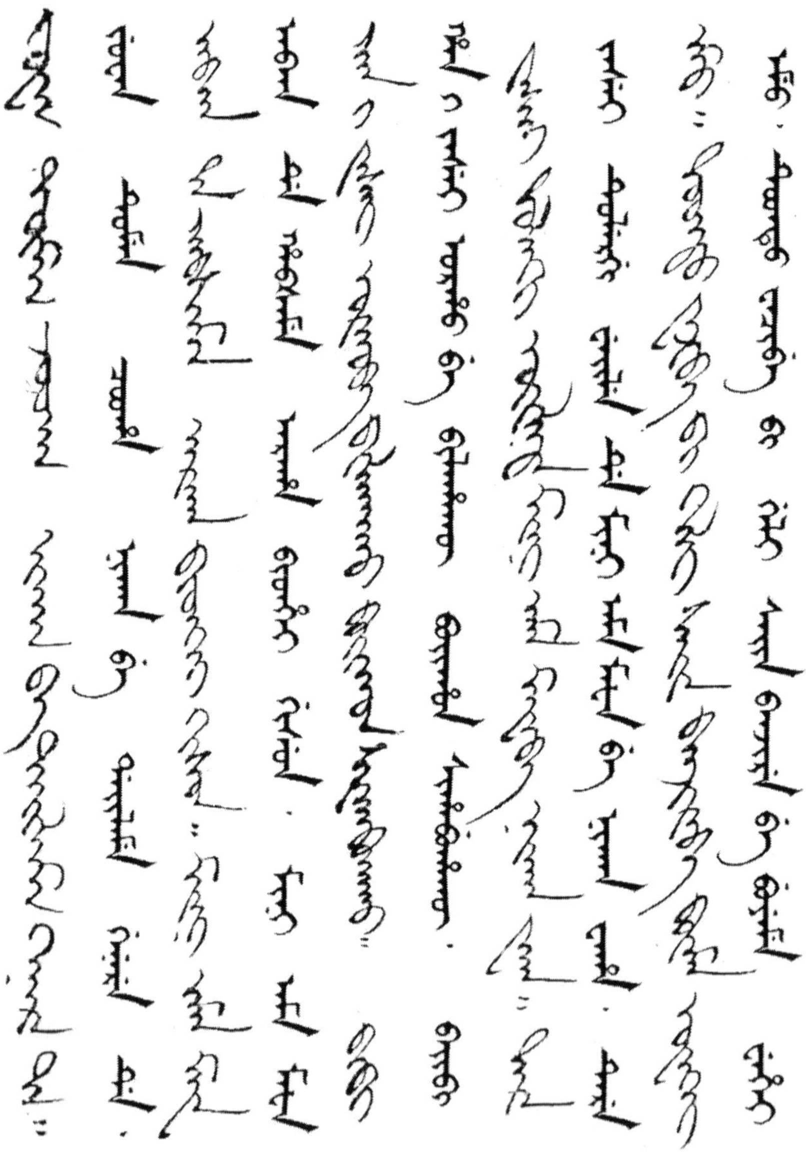

juwan tumen cooha nikan be dailame genere de, abka de habšame araha bithei gisun. mini ama mafa han i jasei orhobe bilahakū boihon sihabuhakū, baibi jasei tulergi weilede mini ama mafabe nikan waha, tere emu（koro）. tuttu wacibe bi geli sain banjirebe buyeme wehei

---

發八旗兵十萬征明。臨行，繕寫告天書曰：「我之父祖於明邊境未折一草，未損寸土。明無故生事，殺我父祖，此其一也。雖如此殺害，我仍欲修好，

发八旗兵十万征明。临行，缮写告天书曰：「我之父祖于明边境未折一草，未损寸土。明无故生事，杀我父祖，此其一也。虽如此杀害，我仍欲修好，

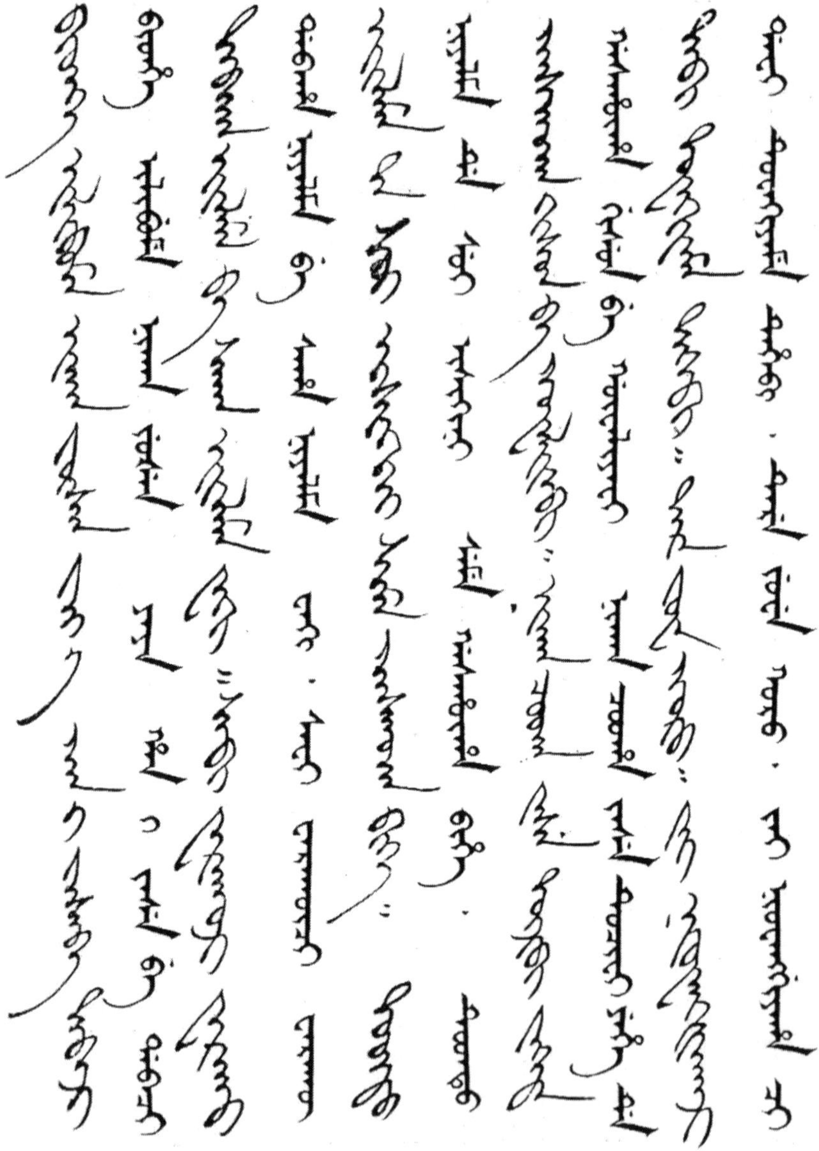

bithe ilibume, nikan, jušen yaya han i jasebe dabaci dabaha niyalma be saha niyalma waki, safi warakūci warakū niyalma de sui isikini seme gashūha bihe. tuttu gashūha gisun be gūwaliyafi, nikan cooha jase tucifi yehede dafi tuwakiyame tehebi, tere juwe koro, jai niowanggiyaha ci

---

曾立石碑盟誓曰：『凡明、諸申人等，若越帝邊，見者即殺越邊之人。若見而不殺，罪及不殺之人。』然明兵渝誓言出邊，助葉赫駐守，其恨二也。自清河[35]

曾立石碑盟誓曰：『凡明、诸申人等，若越帝边，见者即杀越边之人。若见而不杀，罪及不杀之人。』然明兵渝誓言出边，助叶赫驻守，其恨二也。自清河

---

[35] 清河，《滿文老檔》讀作“niowanggiyaha”，此為滿漢合成詞，亦即“niowanggiyan”（青、綠）與“ha”（河）所合成。

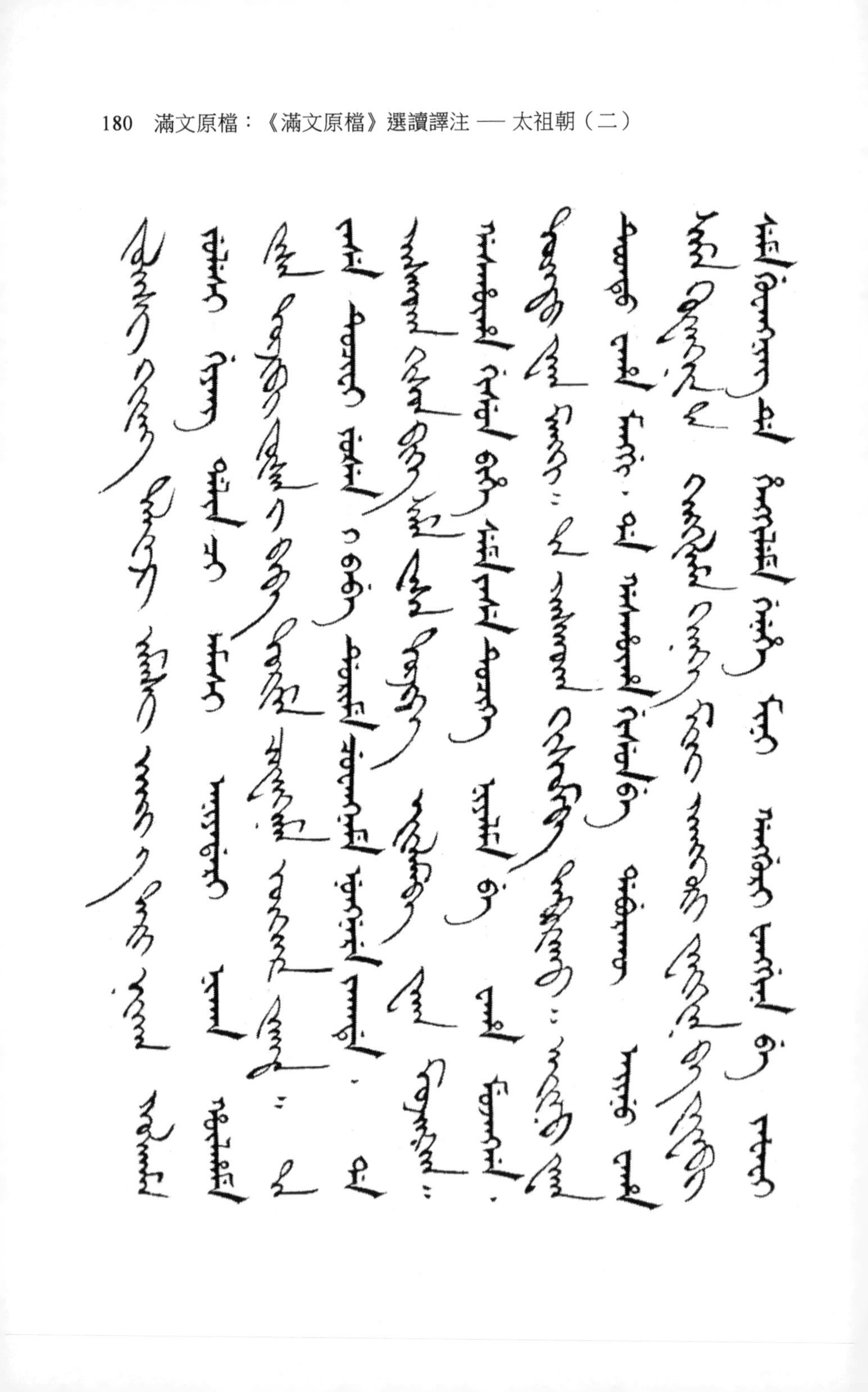

julesi, giyang dalinci amasi, aniya dari nikan hūlhame jase tucifi, jušen i babe durime cuwangname nungnere jakade, da gashūha gisun bihe seme, jase tucike niyalma be waha mujangga. tuttu waha manggi, da gashūha gisumbe daburakū ainu waha seme guwangnin de hengkileme genehe mini gangguri, fanggina be jafafi

---

以南，江岸以北，明人每歲偷出邊境，劫掠攘奪諸申地方，我遵前盟，殺其出邊之人是實。如此殺之後，明負前盟，責以擅殺，而拘我前往廣寧叩謁之綱古里、方吉納，

以南，江岸以北，明人每岁偷出边境，劫掠攘夺诸申地方，我遵前盟，杀其出边之人是实。如此杀之后，明负前盟，责以擅杀，而拘我前往广宁叩谒之纲古里、方吉纳，

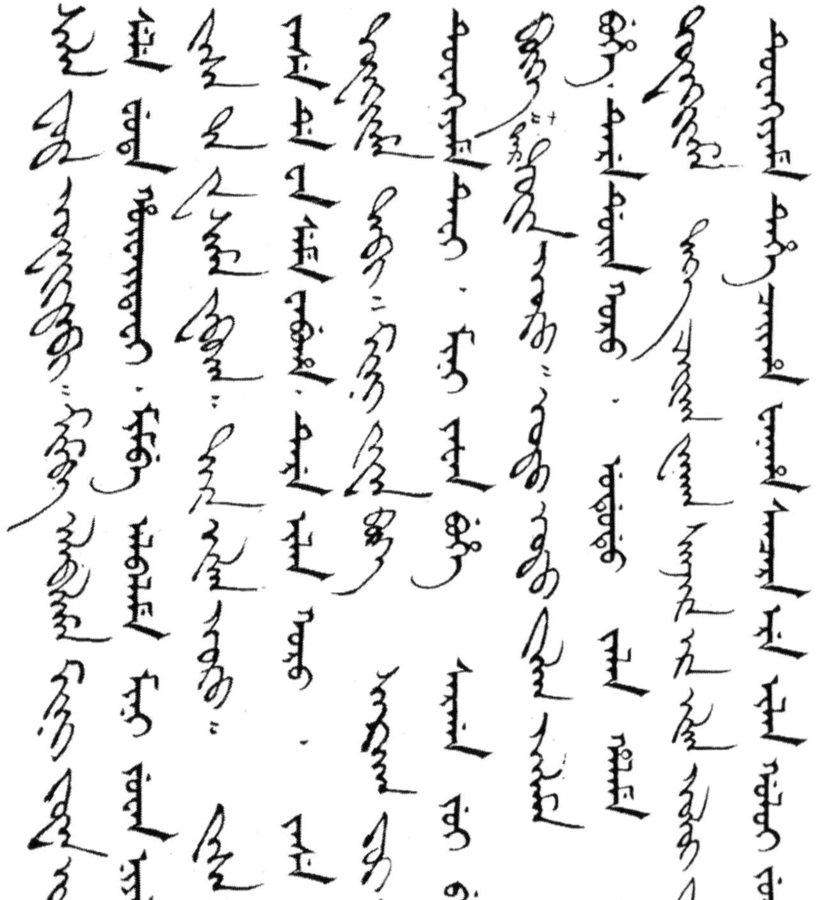

sele futa hūwaitafi, mimbe albalame mini juwan niyalmabe gamafi jase de wa seme wabuha, tere ilan koro. jase tucifi cooha tuwakiyame tefi, mini jafan buhe sargan jui be monggode buhe, tere duin koro. udu udu jalan halame han i jase tuwakiyame tehe caiha, fanaha, sancara ere ilan goloi jušen i tarifi

---

並繫以鐵索，逼我執十人，殺之於邊境，其恨三也。遣兵出邊駐守，以致我已聘之女[36]，改適蒙古，其恨四也。累世駐守帝邊之柴河、法納哈[37]、三岔三路諸申耕耘

并系以铁索，逼我执十人，杀之于边境，其恨三也。遣兵出边驻守，以致我已聘之女，改适蒙古，其恨四也。累世驻守帝边之柴河、法纳哈、三岔三路诸申耕耘

---

[36] 已聘之女，句中「聘」，《滿文原檔》寫作"jawan"，《滿文老檔》讀作"jafan"，意即「聘禮」。按此為無圈點滿文"wa"與"fa" 之混用現象。

[37] 法納哈，《滿文原檔》寫作"wanaka"，《滿文老檔》讀作"fanaha"。按滿蒙漢三體《滿洲實錄》卷四，滿文"fanaha"，漢文為「撫安」。

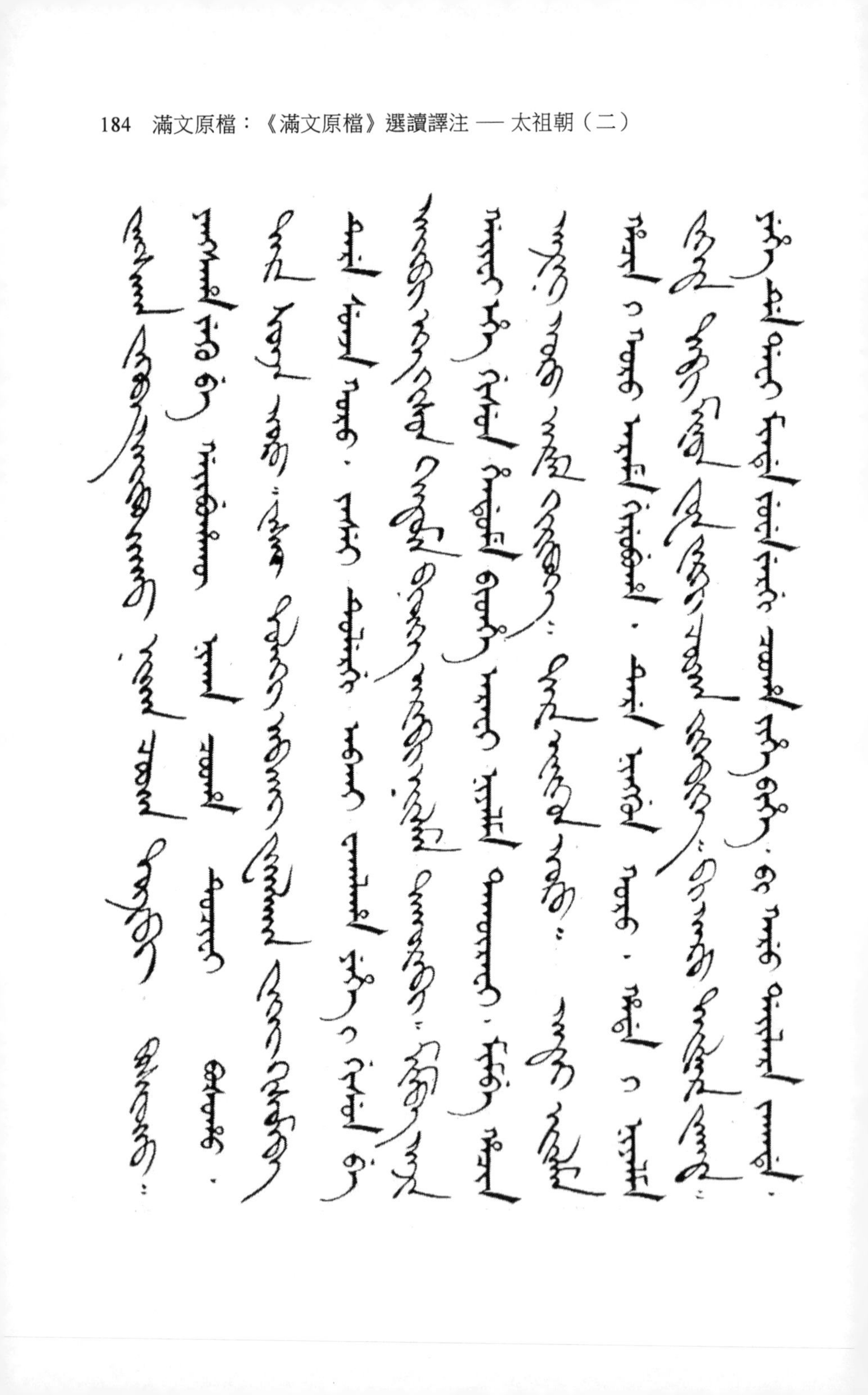

yangsaha jekube gaibuhakū, nikan cooha tucifi bošoho, tere sunja koro. jasei tulergi abkai wakalaha yehei gisumbe gaifi, ehe gisun hendume bithe arafi niyalma takūrafi mimbe hacin hacin i koro arame girubuha, tere ninggun koro. hadai niyalma yehede dafi, minde juwe jergi cooha jihebihe, bi karu dailara jakade,

---

田穀，不容刈穫，明兵出來驅逐，其恨五也。偏信邊外天譴葉赫之言，遣人持來繕寫惡言之書。書中以種種惡語傷我辱我，其恨六也。因哈達曾助葉赫，兩次派兵來侵，故我返征之，

田谷，不容刈获，明兵出来驱逐，其恨五也。偏信边外天谴叶赫之言，遣人持来缮写恶言之书。书中以种种恶语伤我辱我，其恨六也。因哈达曾助叶赫，两次派兵来侵，故我返征之，

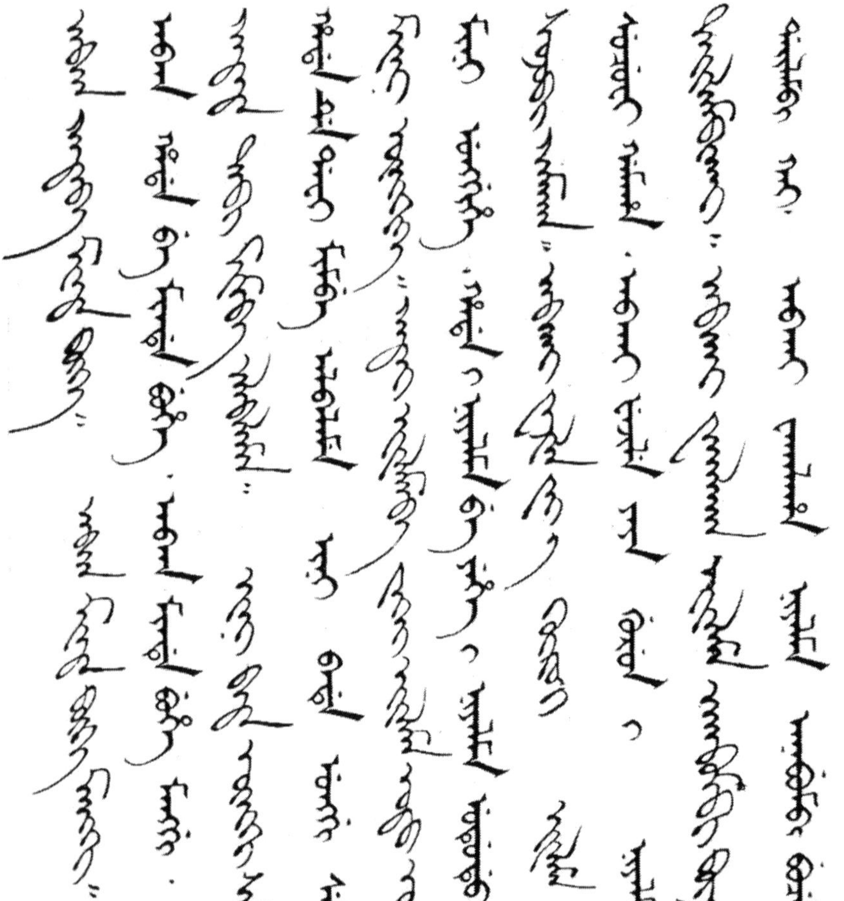

abka hadabe minde buhe, abka minde buhe manggi, nikan han, geli hadade dafi, mimbe albalame, ini bade unggi seme unggibufi, mini unggihe hadai niyalmabe, yehei niyalma udu udu jergi cooha sucufi gamaha. abkai fejile yaya guruni niyalma ishun de dailambikai, abkai wakalaha niyalma anabumbi bucembi, abkai

---

天遂以哈達授我。天既授我後，明帝又助哈達逼我釋還其地。葉赫之人數次出兵襲擊擄掠我所釋還哈達之人。天下列國之人，相互征伐，天非之人敗而亡，

天遂以哈达授我。天既授我后，明帝又助哈达逼我释还其地。叶赫之人数次出兵袭击掳掠我所释还哈达之人。天下列国之人，相互征伐，天非之人败而亡，

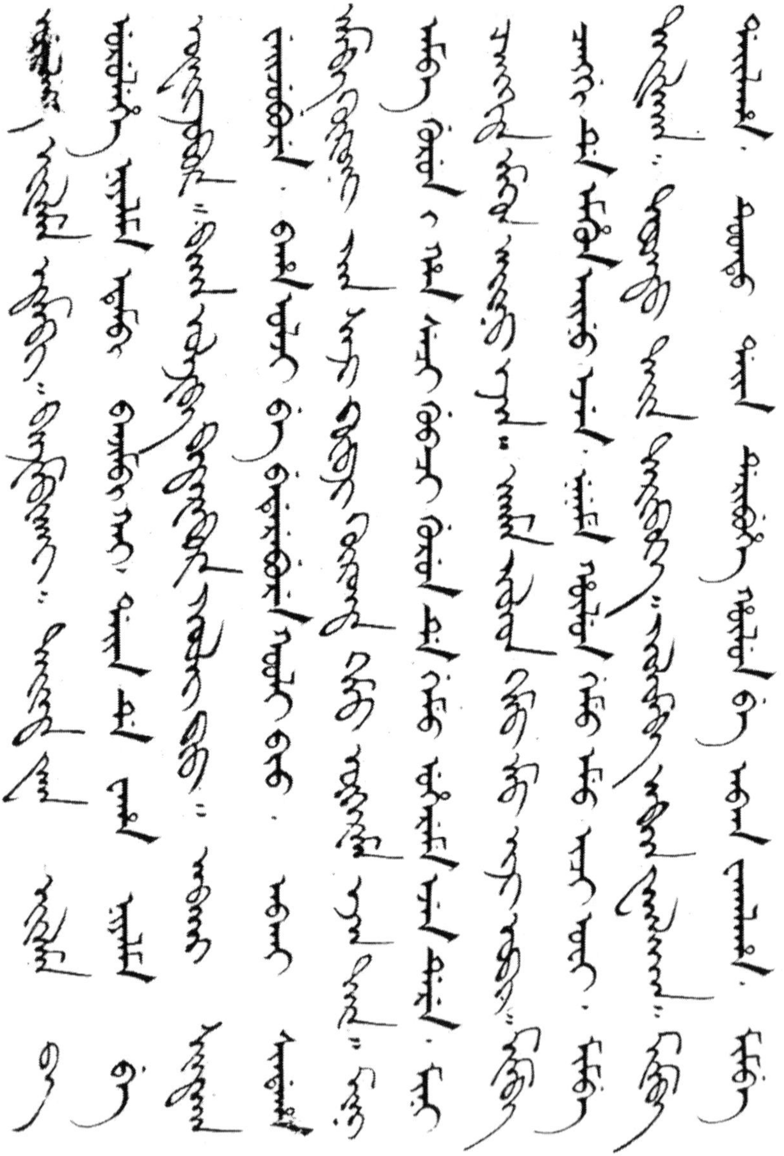

urulehe niyalma etembi, banjimbikai. dainde waha niyalma be weijubure, baha oljibe bederebure kooli bio. abkai sindaha amba guruni han seci, gubci gurunde gemu uhereme ejen dere, mini canggide emhun ainu ejen. neneme hūlun gemu emu ici ofi, mimbe dailaha, tuttu dain deribuhe hūlumbe abka wakalaha, mimbe

---

天是之人勝而存。豈有於戰陣中被殺之人使之復生，既得之人畜令其復還之理？天授大國之帝，宜為列國之共主，何獨為我一身之主耶？先前扈倫皆站在一邊合兵侵我，我始興兵。天譴扈倫，

天是之人胜而存。岂有于战阵中被杀之人使之复生，既得之人畜令其复还之理？天授大国之帝，宜为列国之共主，何独为我一身之主耶？先前扈伦皆站在一边合兵侵我，我始兴兵。天谴扈伦，

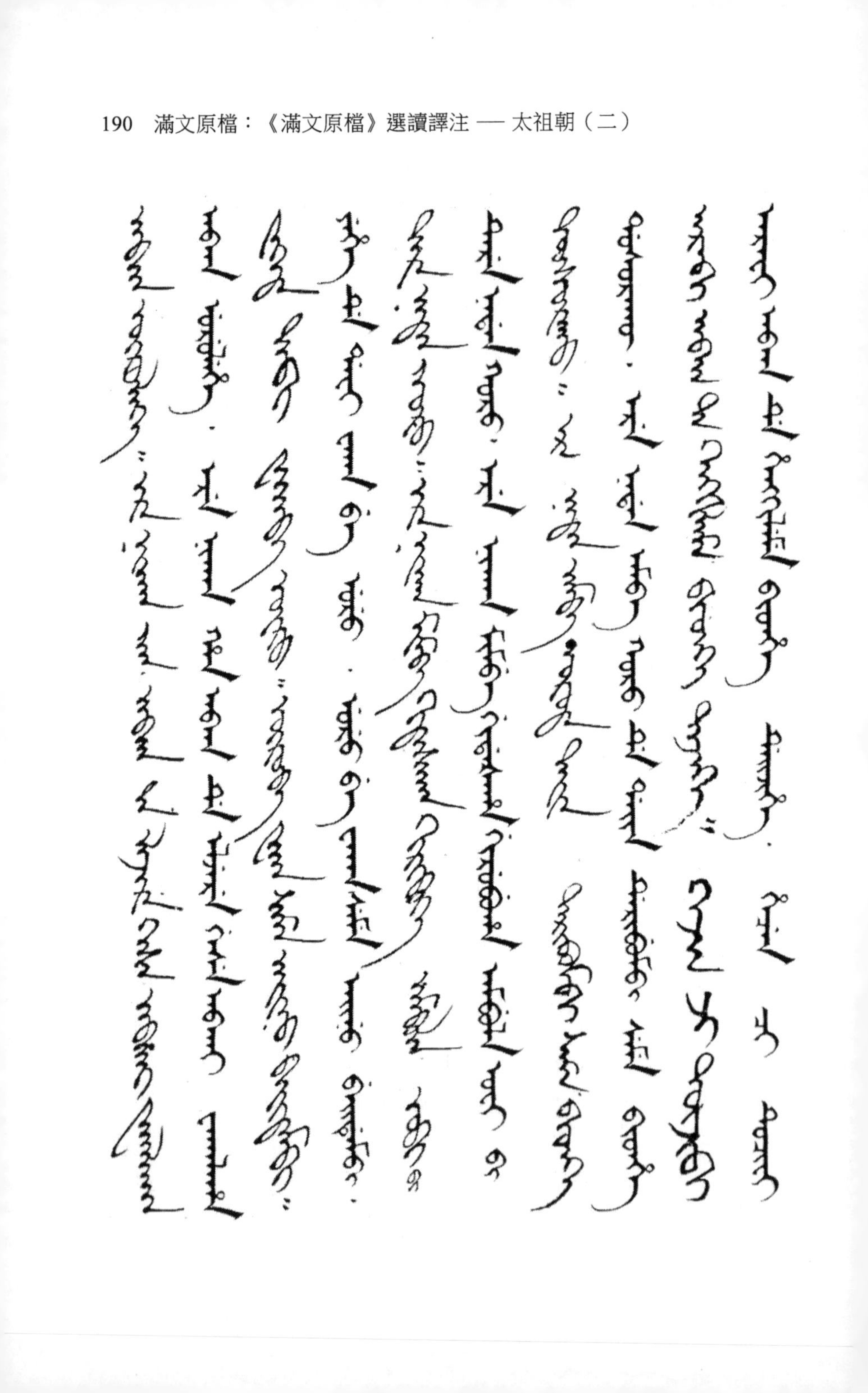

abka urulehe, ere nikan han, abka de eljere gese abkai wakalaha yehede dafi, wakabe uru, urube waka seme ainu beidembi, tere nadan koro. ere nikan mimbe gidašaha girubuha ambula ofi, bi dosorakū, ere nadan amba korode dain deribumbi seme bithe arafi, abka de hengkileme bithe deijihe. hecen ci tucifi

---

天以我為是，明帝如抗天一樣，助天譴之葉赫，以非為是，以是為非，妄為剖斷，其恨七也。因明欺我辱我至極，我實難容忍[38]，故以此七大恨興兵。」遂拜天焚書。出城

天以我为是，明帝如抗天一样，助天谴之叶赫，以非为是，以是为非，妄为剖断，其恨七也。因明欺我辱我至极，我实难容忍，故以此七大恨兴兵。」遂拜天焚书。出城

---

[38] 難容忍，《滿文原檔》讀作“doosorakū”，《滿文老檔》讀作“dosorakū”。

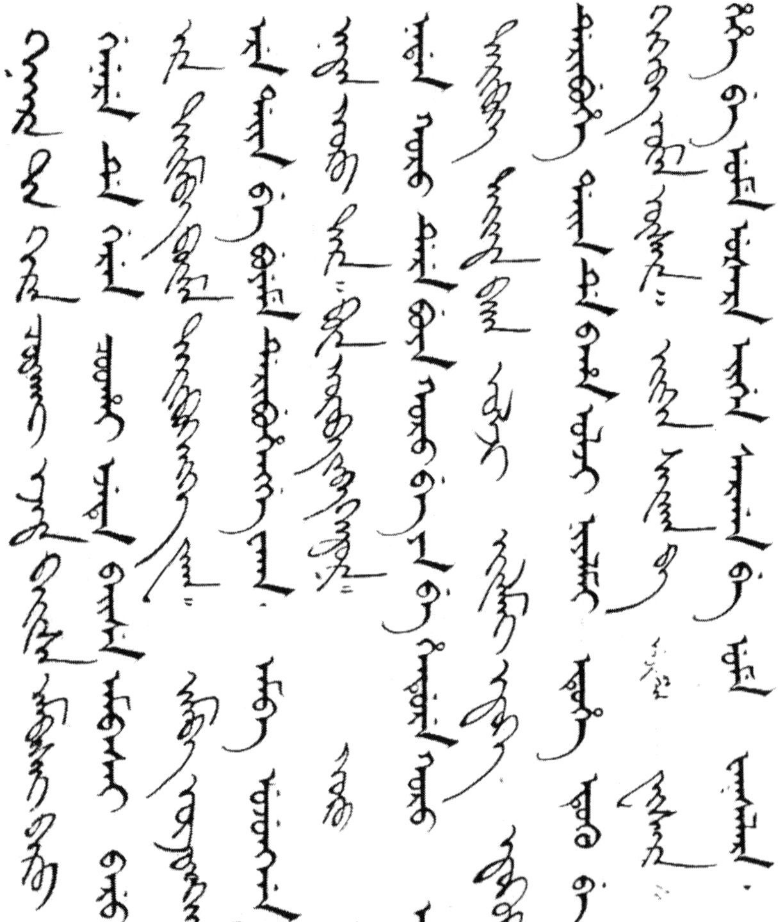

genere de, geren coohai ejete beise ambasai baru hendume, bi ere daimbe buyeme deribuhengge waka, amba ujungga koro tere nadan koro dere, buya korobe yabe hendure, koro ambula ofi deribuhe. dainde baha olji niyalmai etuhe etukube ume sure, hehebe ume ušara, eigen sargan be ume faksalara, iselerede

---

啟行時，謂各軍主帥諸貝勒大臣曰：「此兵吾非樂舉，首因七大恨，其餘小忿，不可殫述。因忿憤已極，故興此兵。凡陣中俘獲之人，勿剝其衣，勿淫其婦，勿離其夫妻，

启行时，谓各军主帅诸贝勒大臣曰：「此兵吾非乐举，首因七大恨，其余小忿，不可殚述。因忿愤已极，故兴此兵。凡阵中俘获之人，勿剥其衣，勿淫其妇，勿离其夫妻，

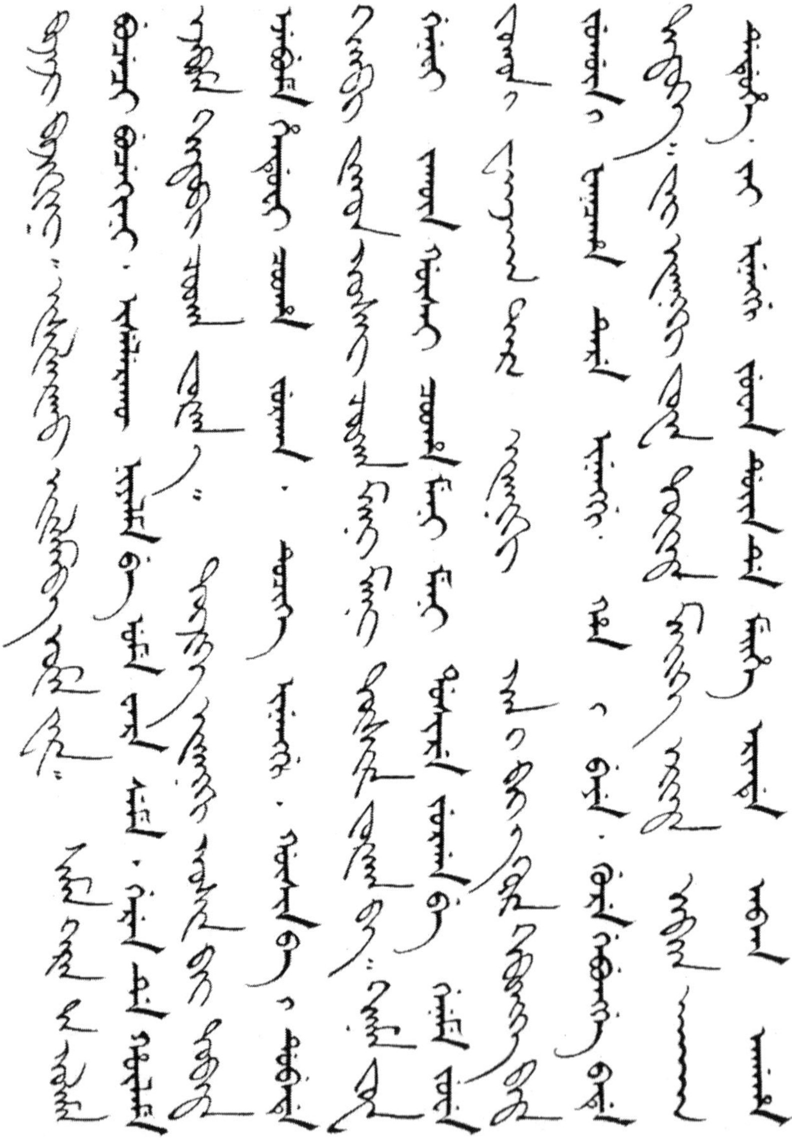

buceci bucekini, iselerakū niyalmabe ume wara seme, geren de hūlame ejebume hendufi, cooha juraka, tucike inenggi, gūsin bai dubede genefi, jakūn gūsai cooha meni meni dosire jurgan be geneme juwe jugūn i fakcaha. tere inenggi han i beye, gure gebungge bade deduhe. jai inenggi juwan duinde meihe erinde abka agaha,

---

抗拒而死者，聽其死；不抗拒之人，勿妄殺。」並宣諭衆人牢記之。諭畢，大兵啟行[39]，出兵當日，行三十里，八旗兵各自進入分二路按序而行。是日，汗本人宿營於名叫古勒地方。次日十四日巳時，天雨。

抗拒而死者，听其死；不抗拒之人，勿妄杀。」并宣谕众人牢记之。谕毕，大兵启行，出兵当日，行三十里，八旗兵各自进入分二路按序而行。是日，汗本人宿营于名叫古勒地方。次日十四日巳时，天雨。

---

[39] 大兵啟行，句中「啟行」，《滿文原檔》寫作"jurak-a"《滿文老檔》讀作"juraka"。按此為無圈點滿文遺留蒙文字末音節「分寫左撇」規則之影響。

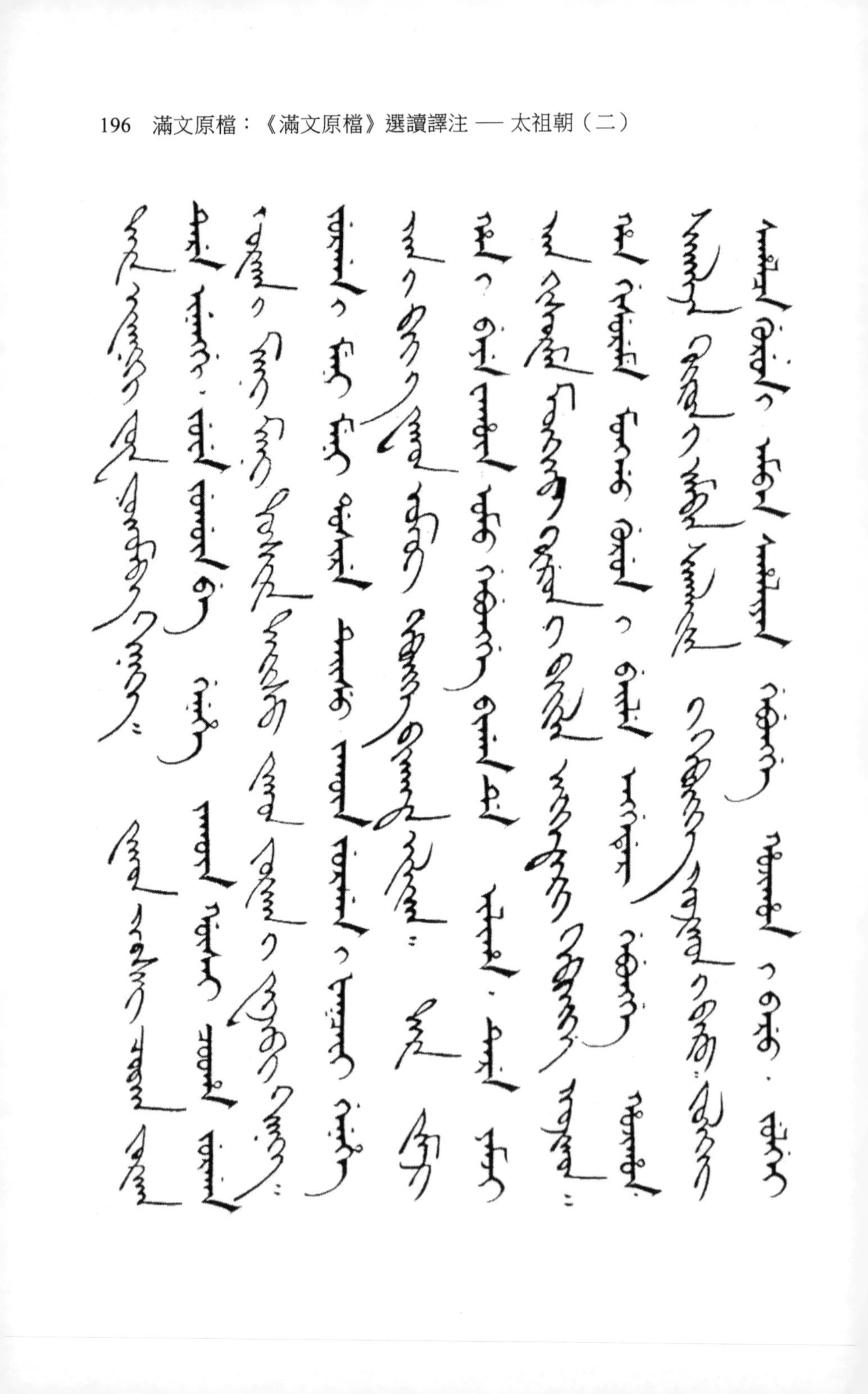

tere inenggi juwe jugūmbe genehe jakūn gūsai cooha jurgan jurgan i meni meni dosire, teisu jakūn jurgan i fakcafi genehe. han i beye, wahūn omoi gebungge bigande iliha. tere yamji han gisureme, monggo gurun i beile enggederi gebungge hojihon, sahalca gurun i amban sahaliyan i gebungge hojihon i baru, julgei

---

是日，分二路行進之八旗兵按序各自進入，又分八路前進。汗本人於名叫瓦琿鄂謨之野駐營。是夕，汗對蒙古國貝勒名叫恩格德爾女婿、薩哈爾察國大臣名叫薩哈連女婿，

是日，分二路行进之八旗兵按序各自进入，又分八路前进。汗本人于名叫瓦珲鄂谟之野驻营。是夕，汗对蒙古国贝勒名叫恩格德尔女婿、萨哈尔察国大臣名叫萨哈连女婿，

十二、兵臨撫順

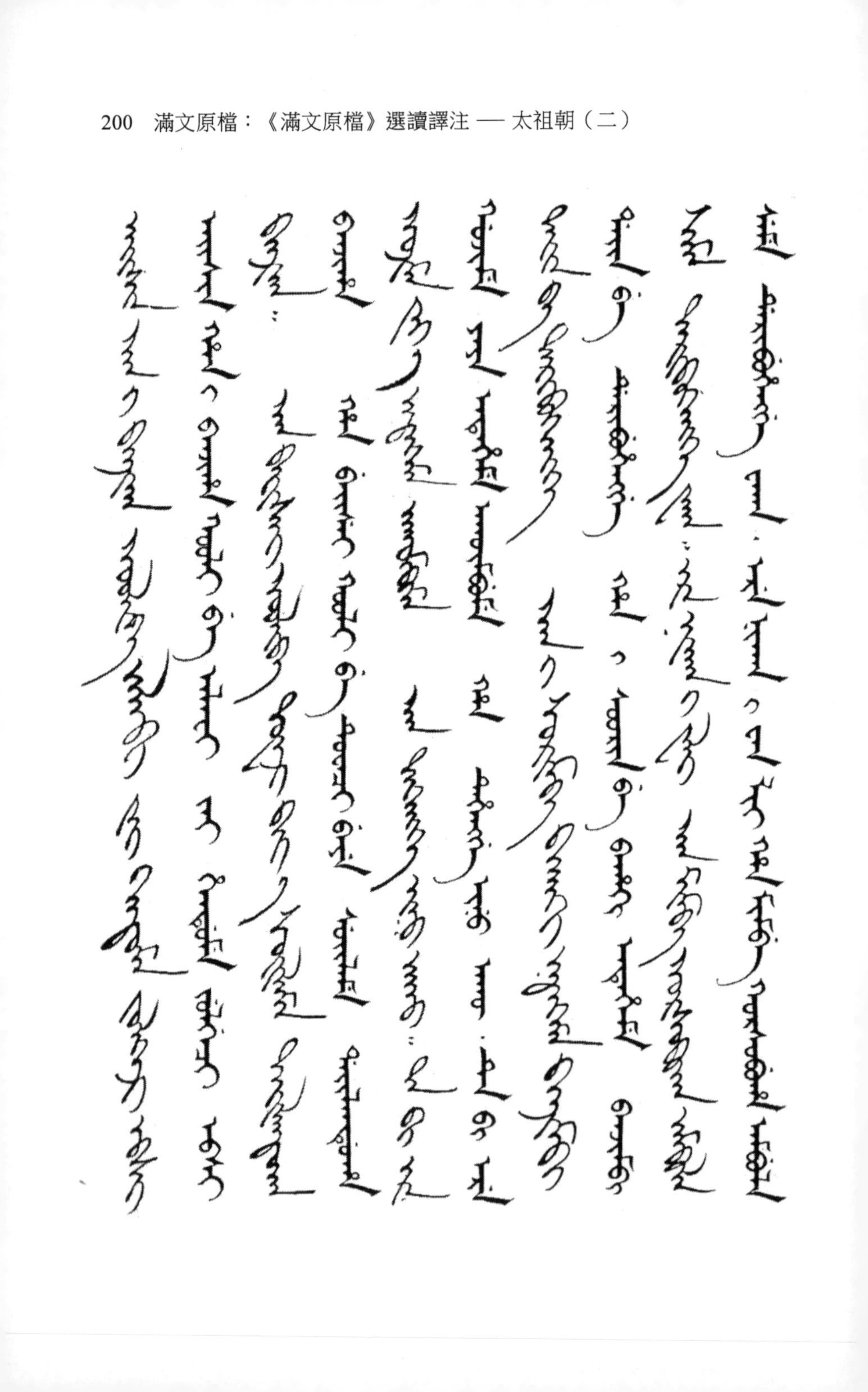

[illegible]

aisin han i banjiha koolibe alafi, jai hendume, julgeci ebsi banjiha han beisei koolibe tuwaci, beye suilame dailanduha gojime, yaya enteheme akūmbume han tehengge inu akū. te bi ere dain be deribuhengge, han i soorin be bahaki, enteheme banjimbi seme deribuhengge waka. ere nikan i wali han mimbe korsobuha ambula

---

講述昔日金帝之歷史[40]。又曰：「縱觀自古帝王雖身經征戰勞瘁，卻未得永享帝位之尊。今我興此兵，非欲圖帝位永享之也[41]。惟因明萬曆帝欺我過甚，

讲述昔日金帝之历史。又曰：「纵观自古帝王虽身经征战劳瘁，却未得永享帝位之尊。今我兴此兵，非欲图帝位永享之也。惟因明万历帝欺我过甚，

---

40 歷史，《滿文原檔》、《滿文老檔》俱讀作“banjiha kooli”，意即「生存則例」。
41 帝位，《滿文原檔》讀作“sorin”《滿文老檔》讀作“soorin”。按滿文“soorin”係蒙文“saγurin”借詞，意即「基座」。

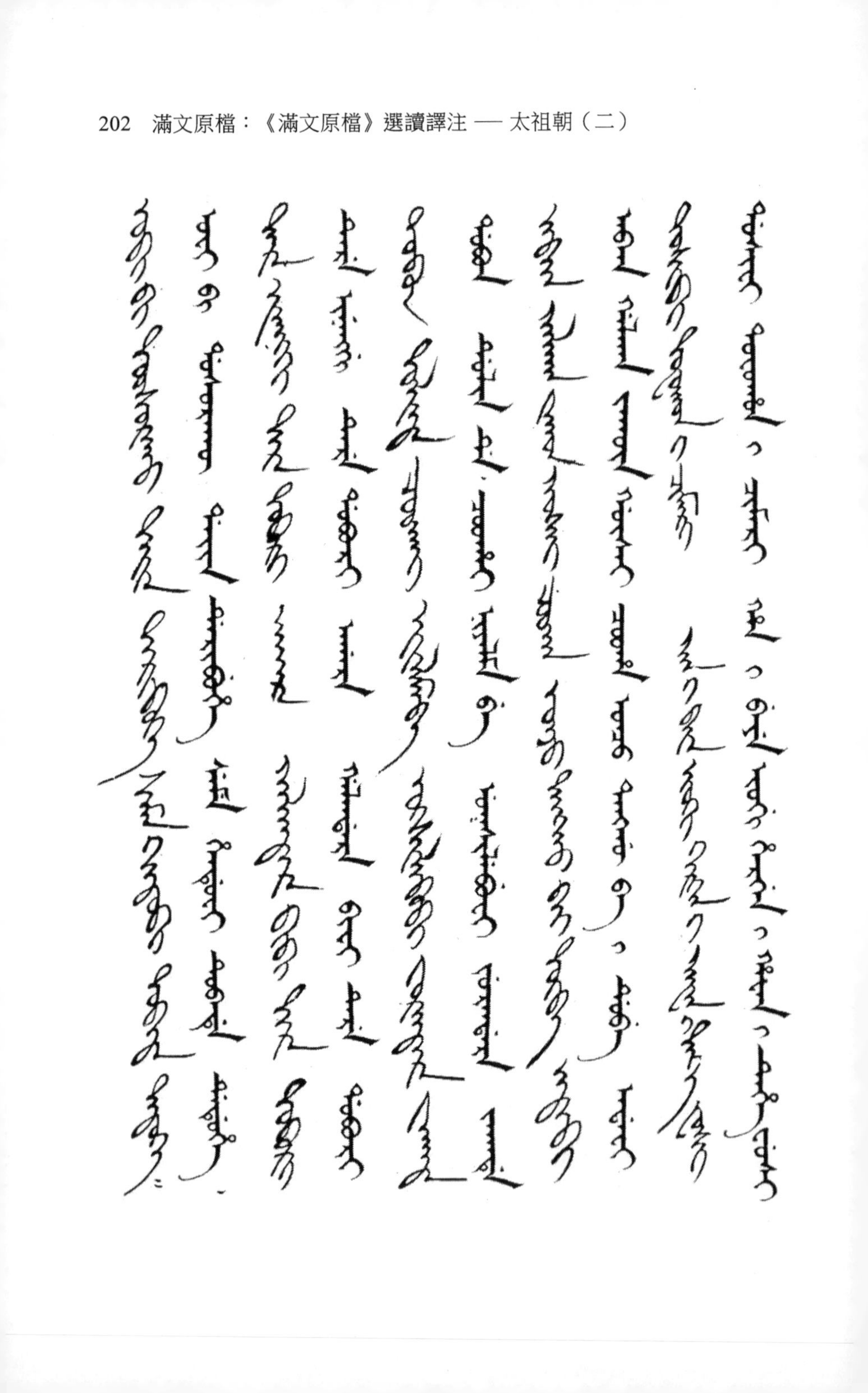

ofi, bi dosorakū dain deribuhe seme hendufi tubade deduhe. tere inenggi tere dobori agara galandara bifi, tere dobori dobon dulinde coohai niyalmabe uksilebufi jurandara jakade, abka galaka, jakūn gūsai cooha, onco tanggū bai dube adafi dosifi, tofohon i cimari han i beye, iogi hergen i hafan i tehe fusi

---

我容忍不過，無可奈何興師耳。」諭畢，即宿於彼處。是日夜，忽雨忽晴。夜半傳令軍士穿甲啟行，天忽晴霽，八旗兵綿亘百里，列隊而進。十五日晨，汗親自率兵往圍遊擊官職所駐之撫順城，

我容忍不过，无可奈何兴师耳。」谕毕，即宿于彼处。是日夜，忽雨忽晴。夜半传令军士穿甲启行，天忽晴霁，八旗兵绵亘百里，列队而进。十五日晨，汗亲自率兵往围游击官职所驻之抚顺城，

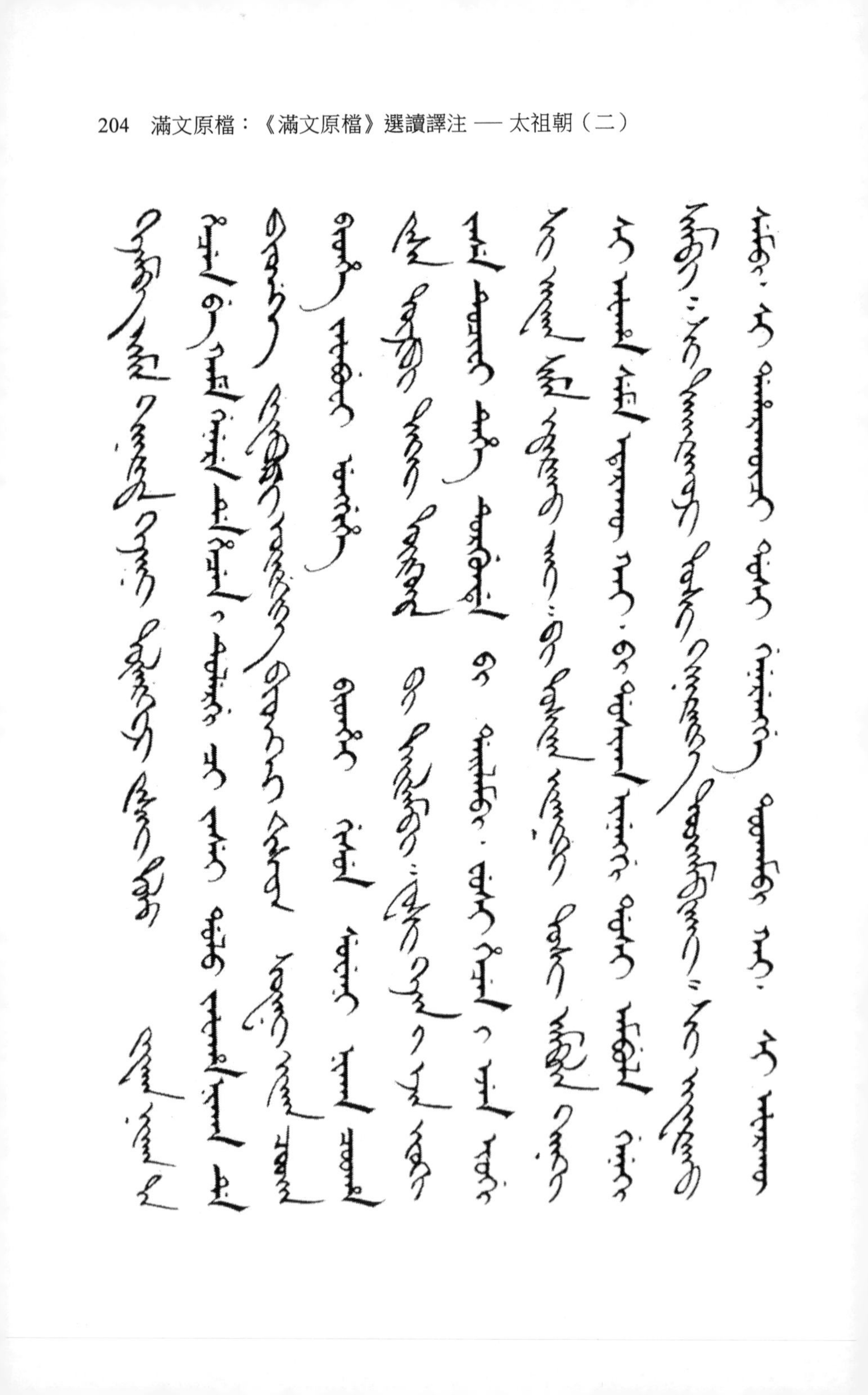

hecen be kame genere de, heceni tulergici jasei dolo jafaha nikan de bithe jafabufi unggihe bithei gisun, suweni nikan cooha jase tucifi tehei turgunde, bi dailambi, fusi hecen i ejen iogi si afaha seme eterakū kai, bi dosika inenggi dosi ambula geneki sembi, si daharakūci, dosi generengge tookambikai. si afarakū

於城外遣邊內所擒明人齎書往諭。書曰：「因爾明兵出邊駐守，我乃興師而來，量爾一撫順城主遊擊耳。縱戰，亦必不勝，我進兵之日即欲深入。爾設不降，是誤我深入也。倘若爾不戰

于城外遣边内所擒明人赍书往谕。书曰：「因尔明兵出边驻守，我乃兴师而来，量尔一抚顺城主游击耳。纵战，亦必不胜，我进兵之日即欲深入。尔设不降，是误我深入也。倘若尔不战

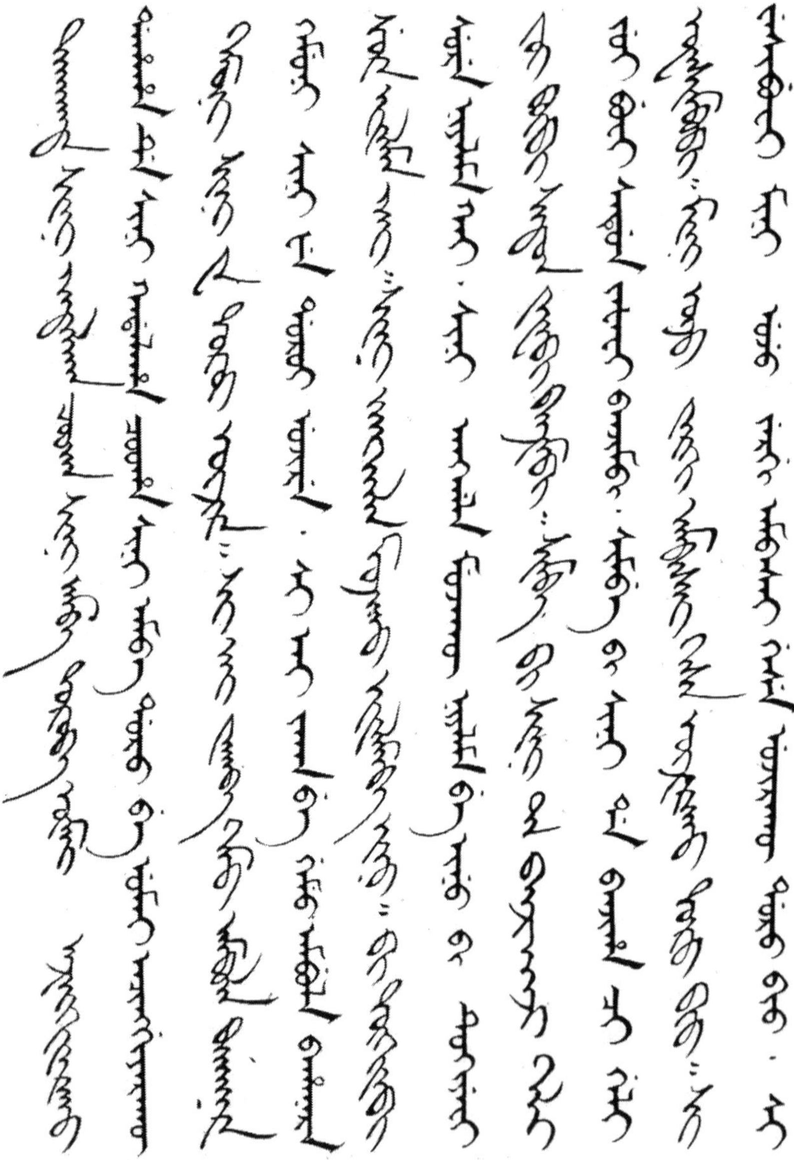

dahahade, sini kadalaha cooha, sini amba dorobe umai acinggiyarakū, kemuni sini fe doroi ujire. si ai jakabe gemu ambula bahanara sure niyalma kai, sini anggala, mujakū niyalmabe inu, bi tukiyefi jui bufi, sadun jafafi banjimbi. simbe bi sini da banjihaci geli wesibufi, mini uju jergi ambasai gese ujirakū doro bio. si

---

而降時，則不擾爾所屬兵衆，職守如故，仍照原禮豢養。爾乃多才智識見之人也，不特爾，雖至微之人，我亦擢拔之，以女妻之，結為親家。爾於照舊度日外，豈有不超陞爾職如同我頭等大臣相齊豢養之理乎？

而降时，则不扰尔所属兵众，职守如故，仍照原礼豢养。尔乃多才智识见之人也，不特尔，虽至微之人，我亦擢拔之，以女妻之，结为亲家。尔于照旧度日外，岂有不超升尔职如同我头等大臣相齐豢养之理乎？

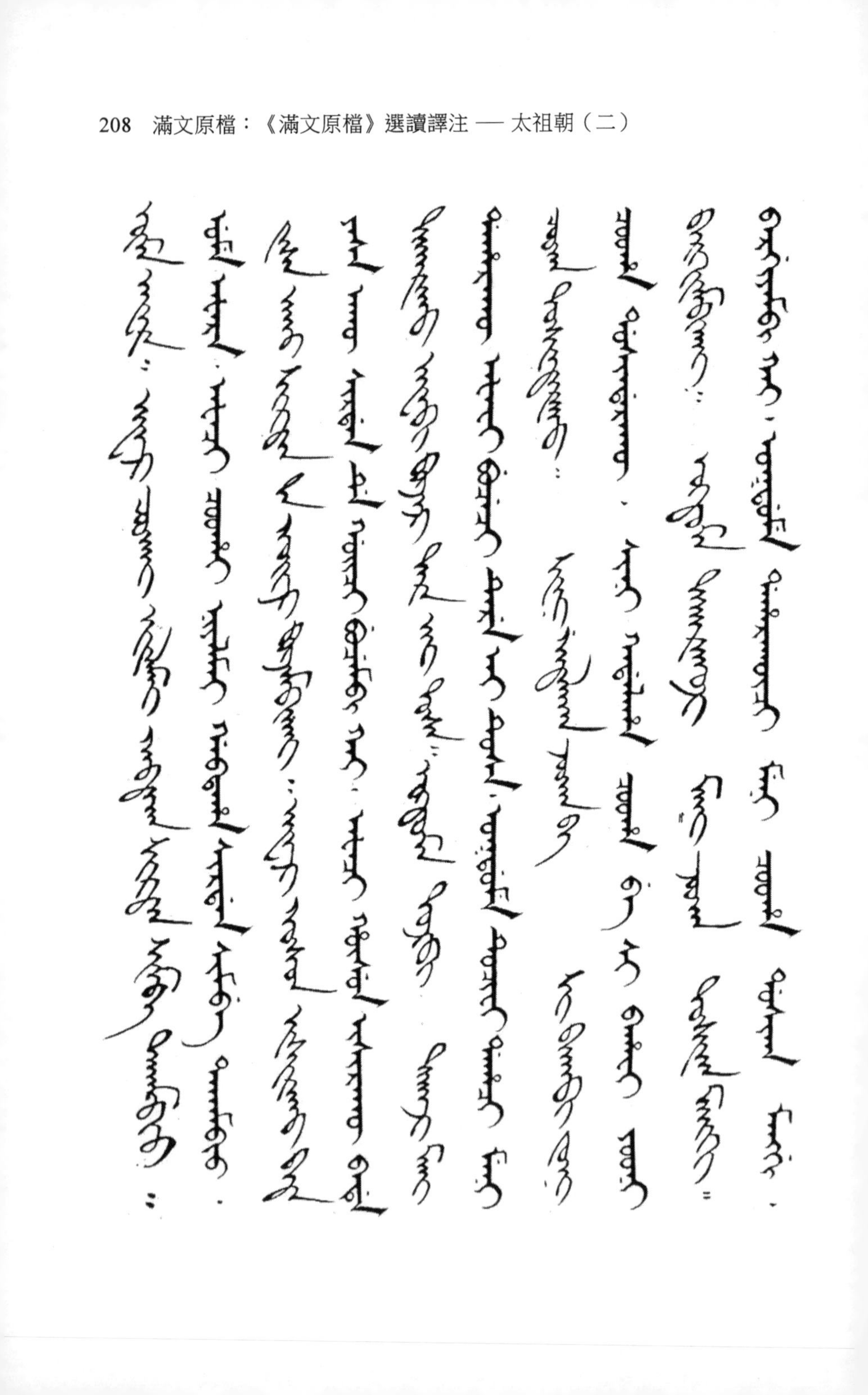

ume afara afaci coohai niyalmai gabtaha sirdan simbe takambio. yasa akū sirdan de goici, bucembikai, afaci hūsun isirakū bade, daharakū afafi buceci, tere ai tusa, okdome tucifi dahaci, meni cooha dosindarakū, sini kadalaha cooha be si bahafi yooni bargiyambikai. okdome daharakūci meni cooha dosika manggi,

---

爾勿戰，若戰，兵丁所射之矢豈能認識爾？若為無目之矢所中，則必死矣。若戰，力既不支，不降而戰死，那又有何益？若出城迎降，我兵亦不入城，爾所屬之兵，爾俱得保全也[42]。若不迎降，我兵進入後，

尔勿战，若战，兵丁所射之矢岂能认识尔？若为无目之矢所中，则必死矣。若战，力既不支，不降而战死，那又有何益？若出城迎降，我兵亦不入城，尔所属之兵，尔俱得保全也。若不迎降，我兵进入后，

---

42 俱得保全，句中「俱」，《滿文原檔》寫作“joni”，《滿文老檔》讀作“yooni”。按此為無圈點滿文“jo”與“yo”的混用現象。

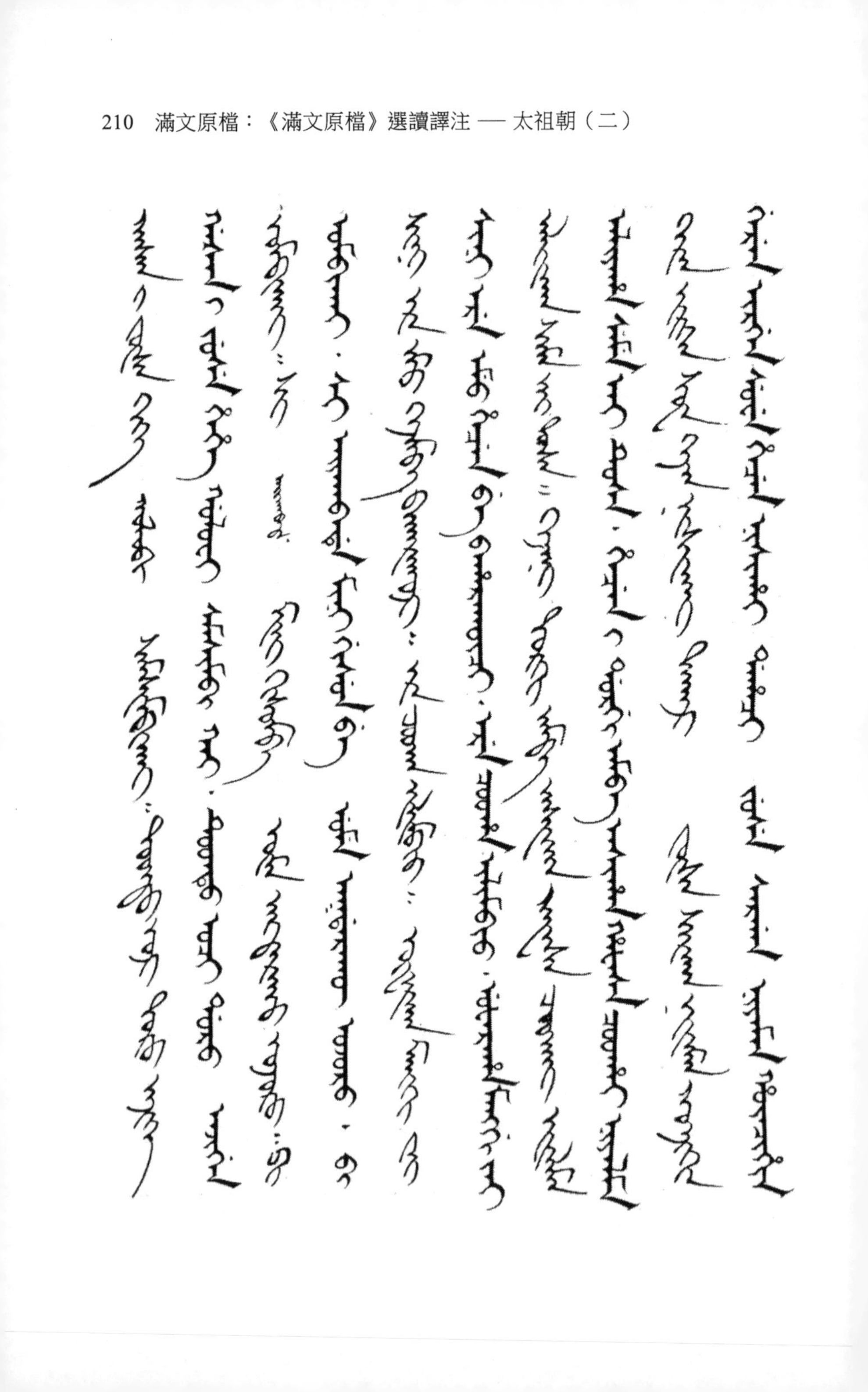

gašan i juse hehe golofi samsimbikai, tuttu oci, doro ajige ombikai, si aikabade mini gisumbe ume akdarakū ojoro, bi sini ere emu hecembe baharakūci, ere cooha ilimbio. ufaraha manggi, jai aliyaha seme ai tusa. heceni dorgi amba asihan hafasa, coohai niyalma, geren irgen suwe hecen nisihai dahaci, juse sargan, niyaman hūncihin

---

村中婦孺，必致驚散。爾之祿位亦更卑微也，爾勿以我言為不足信。爾此一城，我若不能攻取，我豈能罷兵耶？失此機會後，雖悔之何益？倘若城中大小官員及軍民人等舉城納降，則婦孺親族

村中妇孺，必致惊散。尔之禄位亦更卑微也，尔勿以我言为不足信。尔此一城，我若不能攻取，我岂能罢兵耶？失此机会后，虽悔之何益？倘若城中大小官员及军民人等举城纳降，则妇孺亲族

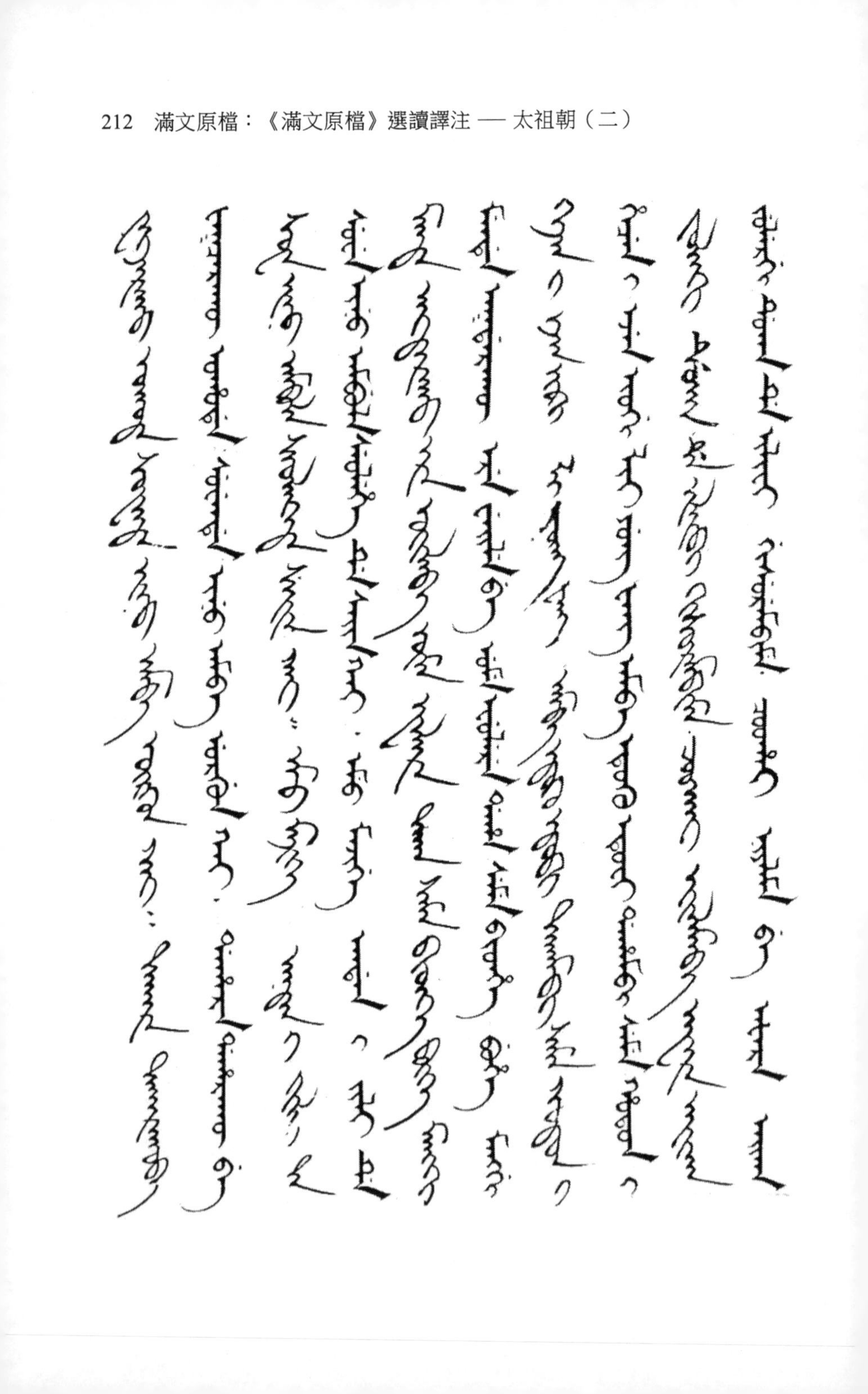

fakcarakū ohode, suwende inu amba urgun kai. dahara daharakūbe suwe inu ambula seolehede sain kai. emu majige andan i jili de mende akdarakū, ere weilebe ume efulere, daha seme bithe buhe manggi, hecen i ejen iogi lii yung fang, amba etuku etufi dahambi seme, hoton i julergi duka de ilifi gisurembime, coohai niyalmabe afara aika

---

俱無離散，是亦爾等之大幸也。降或不降，爾等亦應熟思，豈不善哉！慎勿以一時之忿，而不信於我，遂失此事機，宜降可也。」致書後，城主遊擊李永芳冠服立城南門上言納降，卻又令軍士

俱无离散，是亦尔等之大幸也。降或不降，尔等亦应熟思，岂不善哉！慎勿以一时之忿，而不信于我，遂失此事机，宜降可也。」致书后，城主游击李永芳冠服立城南门上言纳降，却又令军士

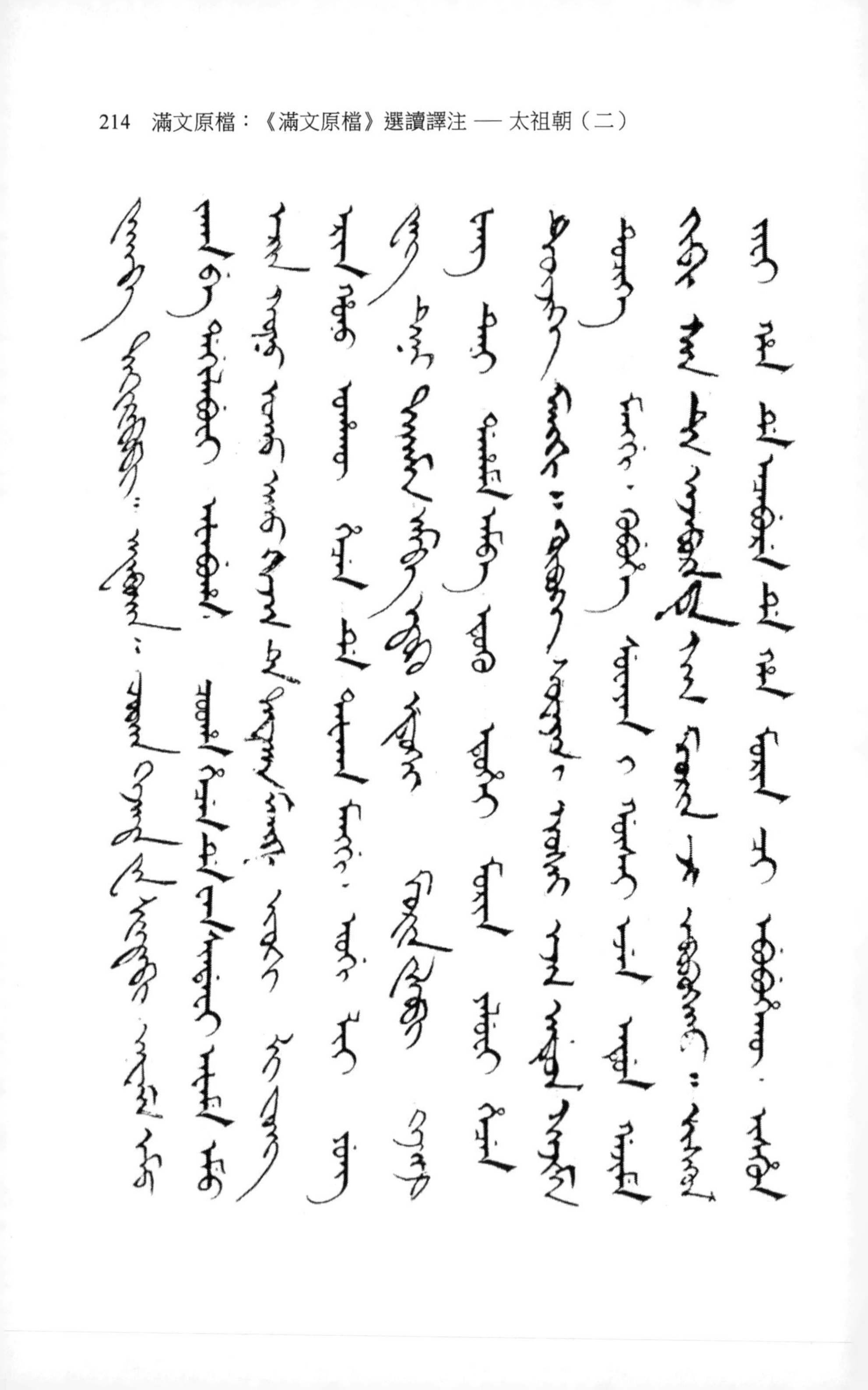

jakabe dagilabufi afabuha. cooha hecende wan sindafi afame emu erin hono ohakū hecen de tafaka manggi, iogi lii yung fang teni dahame amba etuku etuhei morin yalufi hecen tucike manggi, kubuhe suwayan i gūsai ejen adun gajime jifi han de acabure de, han morin ci ebubuhekū, ishun

---

備攻具[43]而戰。我兵遂樹雲梯攻城，不移時即登城。遊擊李永芳始降，着衣冠乘馬出城。鑲黃旗固山額真阿敦引之來見汗時，汗未令下馬，

备攻具而战。我兵遂树云梯攻城，不移时即登城。游击李永芳始降，着衣冠乘马出城。镶黄旗固山额真阿敦引之来见汗时，汗未令下马，

---

43 備攻具，句中「備」，《滿文原檔》寫作"takirabobi"，《滿文老檔》讀作"dagilabufi"，意即「準備」。按此即無圈點滿文"ta"與"da"、"ki"與"gi"、"bi"與"fi"的混用現象。

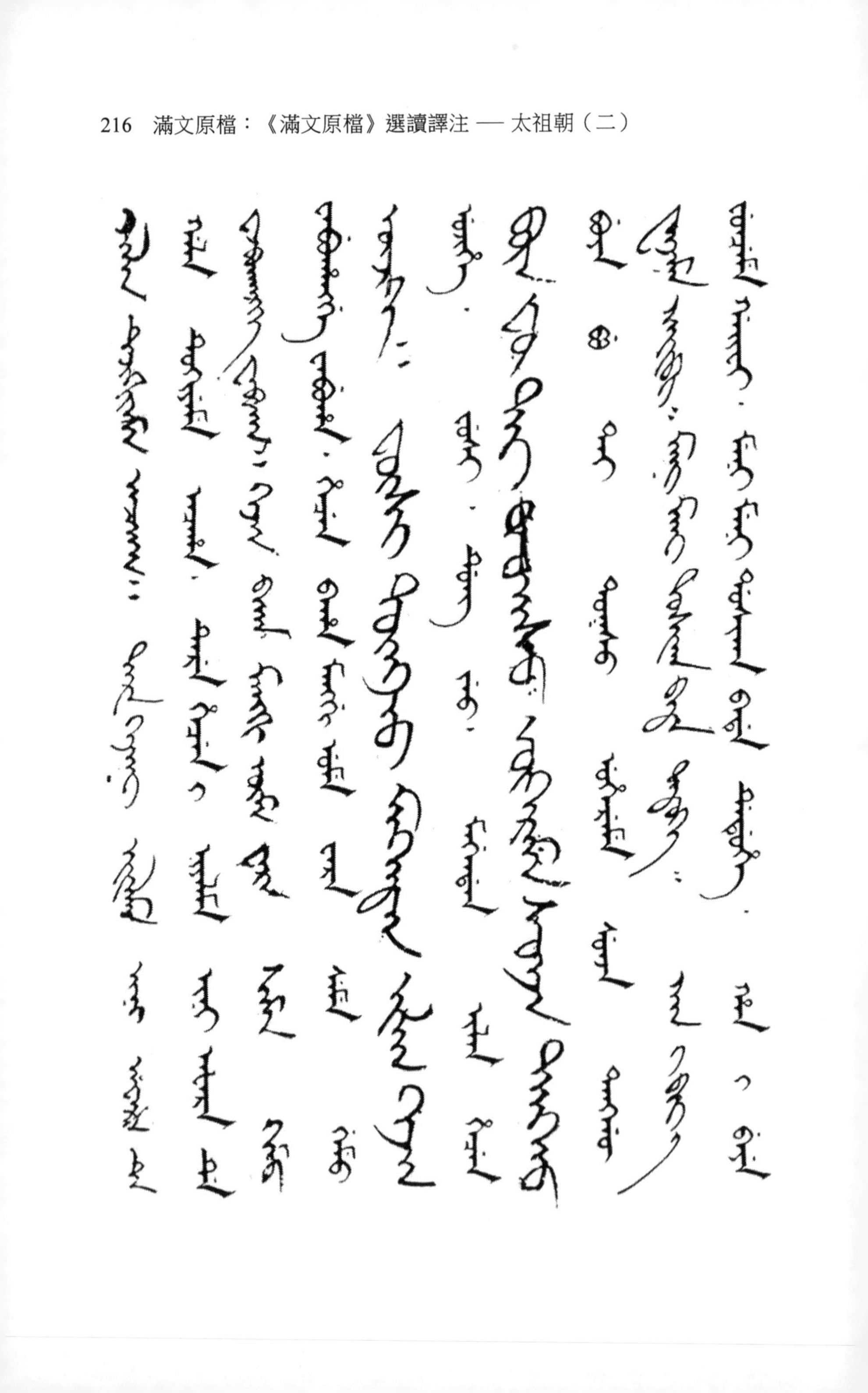

gala tukiyeme acaha. tere heceni niyalma ini afara de wabuhangge wabuha, hecen baha manggi, ume wara seme gemu ujihe, fusi dungjeo, magendan ilan hecen, buya pu, tai tokso uhereme sunja tanggū funceme gaifi, meni meni dosika bade deduhe, han i beye,

---

拱手相見。傳令城中之人，於攻戰時被殺者已被殺，城既尅後勿殺，皆撫輯之。於是撫順、東州、馬根丹三城，小堡、臺、寨，共五百餘悉攻取，各營於所進入之處駐宿，汗本人

拱手相见。传令城中之人，于攻战时被杀者已被杀，城既克后勿杀，皆抚辑之。于是抚顺、东州、马根丹三城，小堡、台、寨，共五百余悉攻取，各营于所进入之处驻宿，汗本人

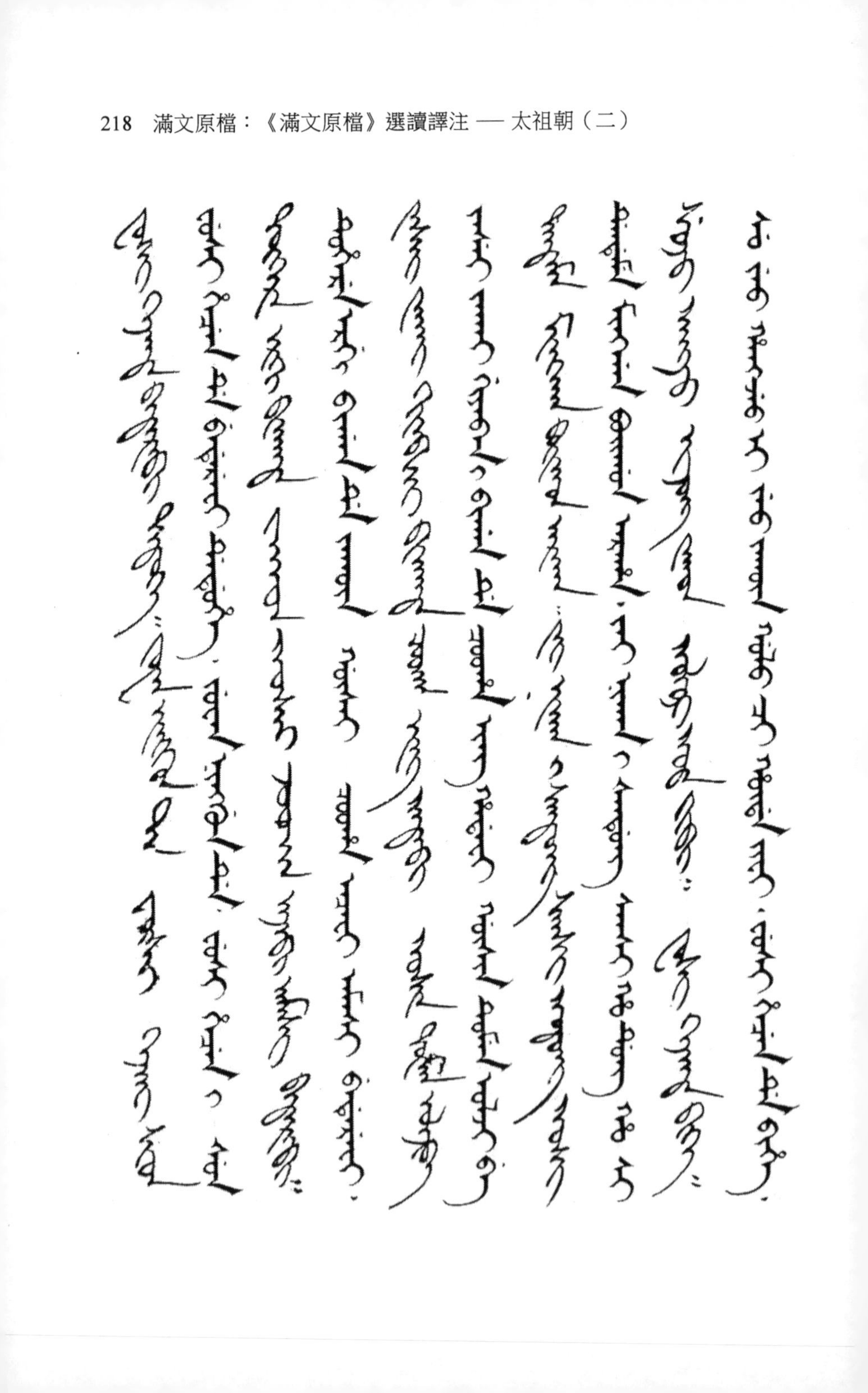

fusi hecende bederefi deduhe. juwan ninggun de, fusi heceni šun tuhere ergi bigande, jakūn gūsai cooha acafi amasi bederefi, jasei jakai giyabani bigande cooha ing hadafi, gūsin tumen oljibe dendeme minggan boigon araha, jai nikan i šandung, sansi, hodung, hosi, sujeo, hangjeo, ijeo jakūn goloci hūda jifi, fusi hecende bihe,

---

回至撫順城宿營。十六日，還至撫順城之西野會八旗兵[44]，出邊至甲版之野安設兵營，將俘獲人口三十萬分給衆軍，其歸降人民編為一千戶。又自明之山東、山西、河東、河西、蘇州、杭州、易州八路前來撫順城貿易之商人，

回至抚顺城宿营。十六日，还至抚顺城之西野会八旗兵，出边至甲版之野安设兵营，将俘获人口三十万分给众军，其归降人民编为一千户。又自明之山东、山西、河东、河西、苏州、杭州、易州八路前来抚顺城贸易之商人，

---

[44] 撫順城之西野，句中「西」，《滿文老檔》讀作“šun tuhere ergi” 意即「日落方向」，同“wargi ergi”。

十三、論功行賞

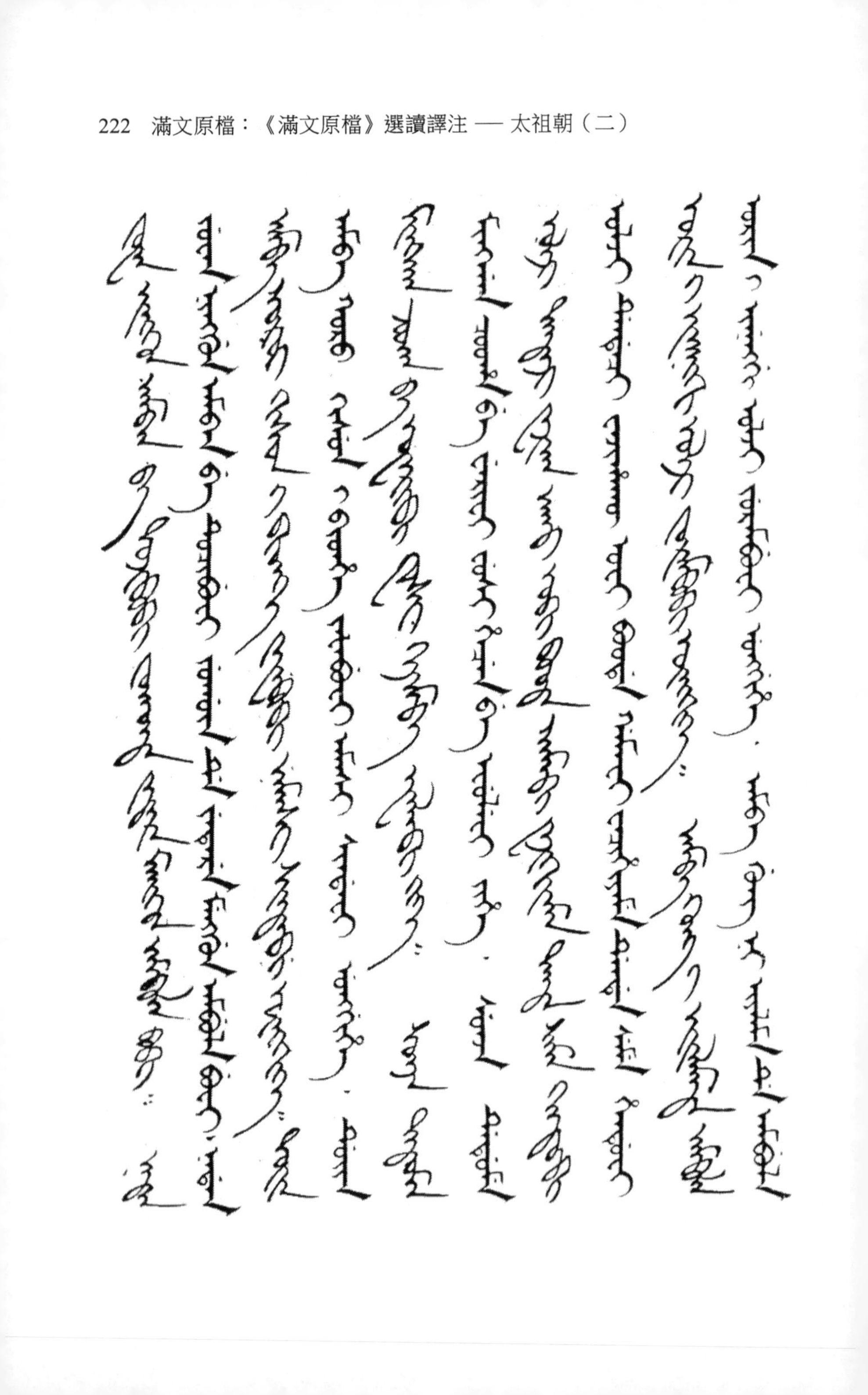

jwan ninggun amban be tucibufi, jugūnde jetere menggun ambula bufi, nadan amba koroi gisun i bithe jafabufi amasi sindafi unggihe. duin minggan cooha be werifi fusi hecembe efulefi jihe. sunja dedume olji dendeci wajiha akū ofi, boode gamafi wacihiyame dende seme hendufi, orin i inenggi olji jurambufi unggihe, amba gung i niyalmade ambula

---

派出十六大臣，厚給路途中食用銀兩，令齎七大恨之書遣還。其留下拆毀撫順城之兵四千亦至。駐五宿，因分俘虜未完，遂諭令攜歸再盡分。二十日，遣送俘虜出發。有大功之人

派出十六大臣，厚给路途中食用银两，令赍七大恨之书遣还。其留下拆毁抚顺城之兵四千亦至。驻五宿，因分俘虏未完，遂谕令携归再尽分。二十日，遣送俘虏出发。有大功之人

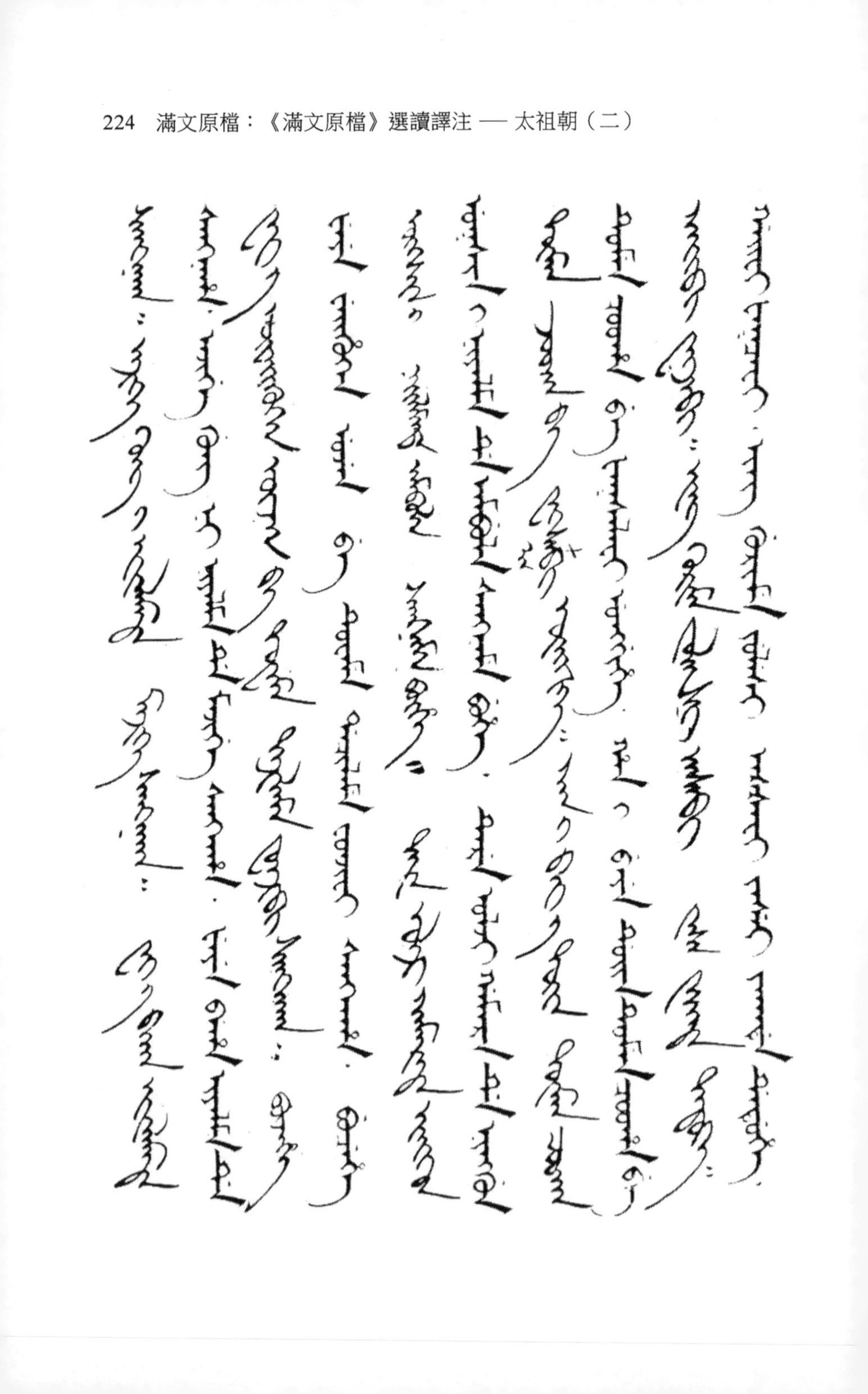

šangnaha, ajige gung i niyalmade majige šangnaha, feye baha niyalmade feye weihuken ujen be tuwame dacilame fonjifi šangnaha, bucehe uksin i niyalmade ambula šangname buhe. tere olji gamarade, ninggun tumen cooha be faksalafi unggihe. han i beye duin tumen cooha be gaifi, fakcafi ing gurime julesi aššafi jasei jakade deduhe.

多賞，有小功之人少賞。負傷之人，視傷勢輕重詢問後行賞[45]，陣亡甲兵多賞。分遣兵六萬護送俘虜。汗本人親率四萬兵移營前進，於邊境前駐宿。

多赏，有小功之人少赏。负伤之人，视伤势轻重询问后行赏，阵亡甲兵多赏。分遣兵六万护送俘虏。汗本人亲率四万兵移营前进，于边境前驻宿。

---

[45] 傷勢輕重，句中「輕」，《滿文原檔》讀作“uweikuken”《滿文老檔》讀作“weihuken”。按此為無圈點滿文字首““uwe”拼讀“we”及“ku”與“hu”的混用現象。

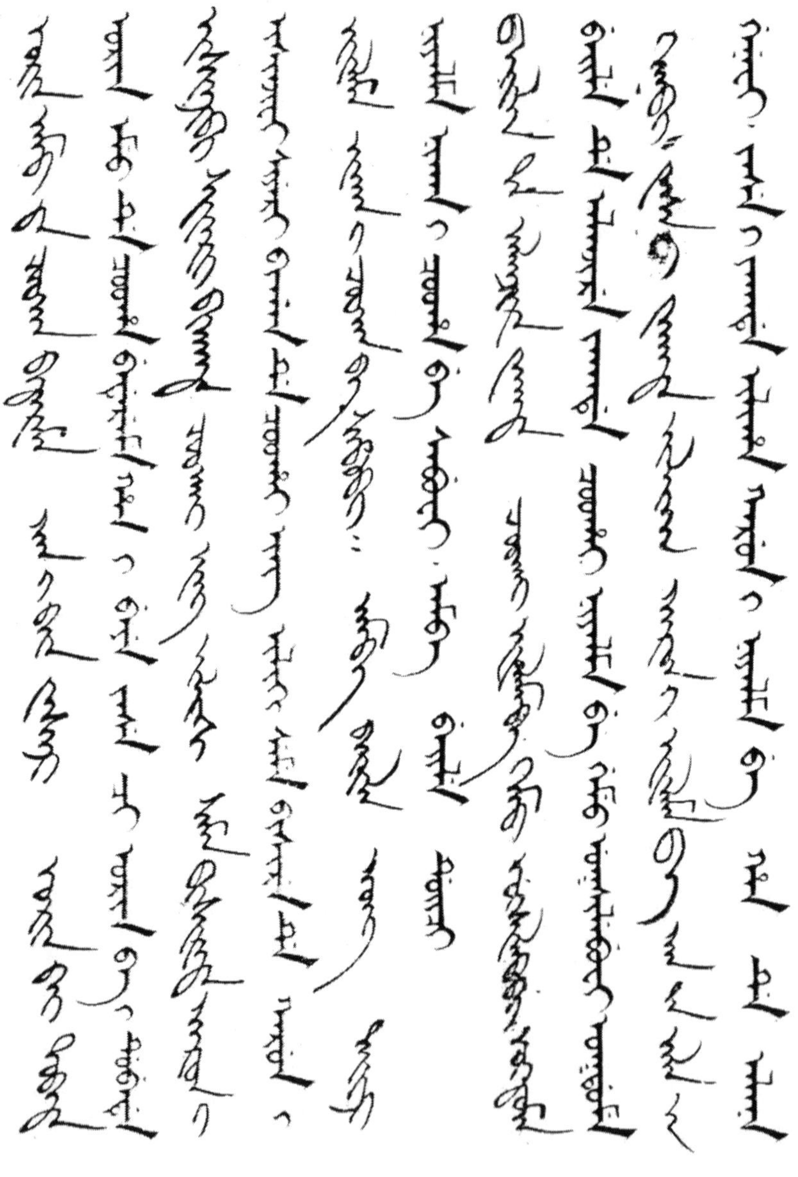

orin emu de cooha bedereme han i beye jase ci orin bai dubede isinjifi, siyeri bigande coohai ing iliki seme bisirede, karun i niyalma nikan i cooha be sabufi, amba beile hong taiji beile de alanjire jakade coohai niyalmabe gemu uksilebufi okdome genefi, jase i jakade iliha karun i niyalma be han de ala na

---

二十一日，回兵，汗本人至距邊二十里，方欲駐營謝里甸時，哨卒見明兵，報知大貝勒、洪台吉貝勒，令軍士皆着甲至邊迎之，並遣哨卒報知汗，

二十一日，回兵，汗本人至距边二十里，方欲驻营谢里甸时，哨卒见明兵，报知大贝勒、洪台吉贝勒，令军士皆着甲至边迎之，并遣哨卒报知汗，

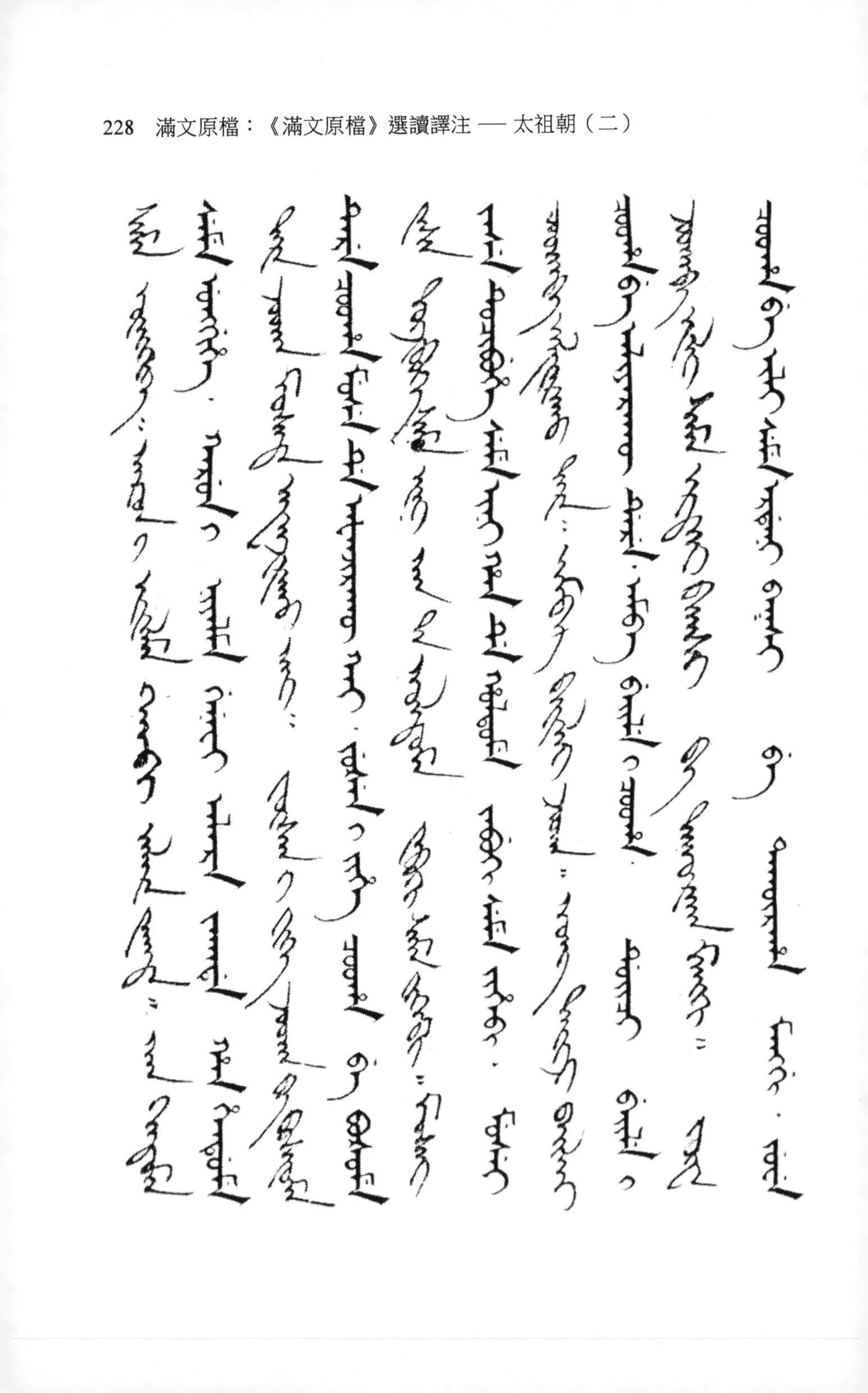

seme unggihe, karun i niyalma genefi alara jakade, han hendume, tere cooha musede afanjirakū kai, jušen i jihe cooha be bošome jase tucibuhe seme, ini han de holtome jabuki seme jihebi, musei coohabe aliyarakū dere. amba beilei cooha, hong taiji beilei coohabe ili seme erdeni baksi be takūraha manggi, juwe

---

哨卒前往報知時，汗遣額爾德尼巴克什往諭曰：此兵非來攻擊我等也，乃是欲向其帝謊報已將諸申來兵驅逐出邊而來也[46]，想是不待我兵也。大貝勒之兵，洪台吉貝勒之兵停止勿進。

哨卒前往报知时，汗遣额尔德尼巴克什往谕曰：此兵非来攻击我等也，乃是欲向其帝谎报已将诸申来兵驱逐出边而来也，想是不待我兵也。大贝勒之兵，洪台吉贝勒之兵停止勿进。

---

[46] 驅逐，《滿文原檔》讀作“bosiome”，《滿文老檔》讀作“bošome”。按此為無圈點滿文“sio”拼讀“šo”之現象。

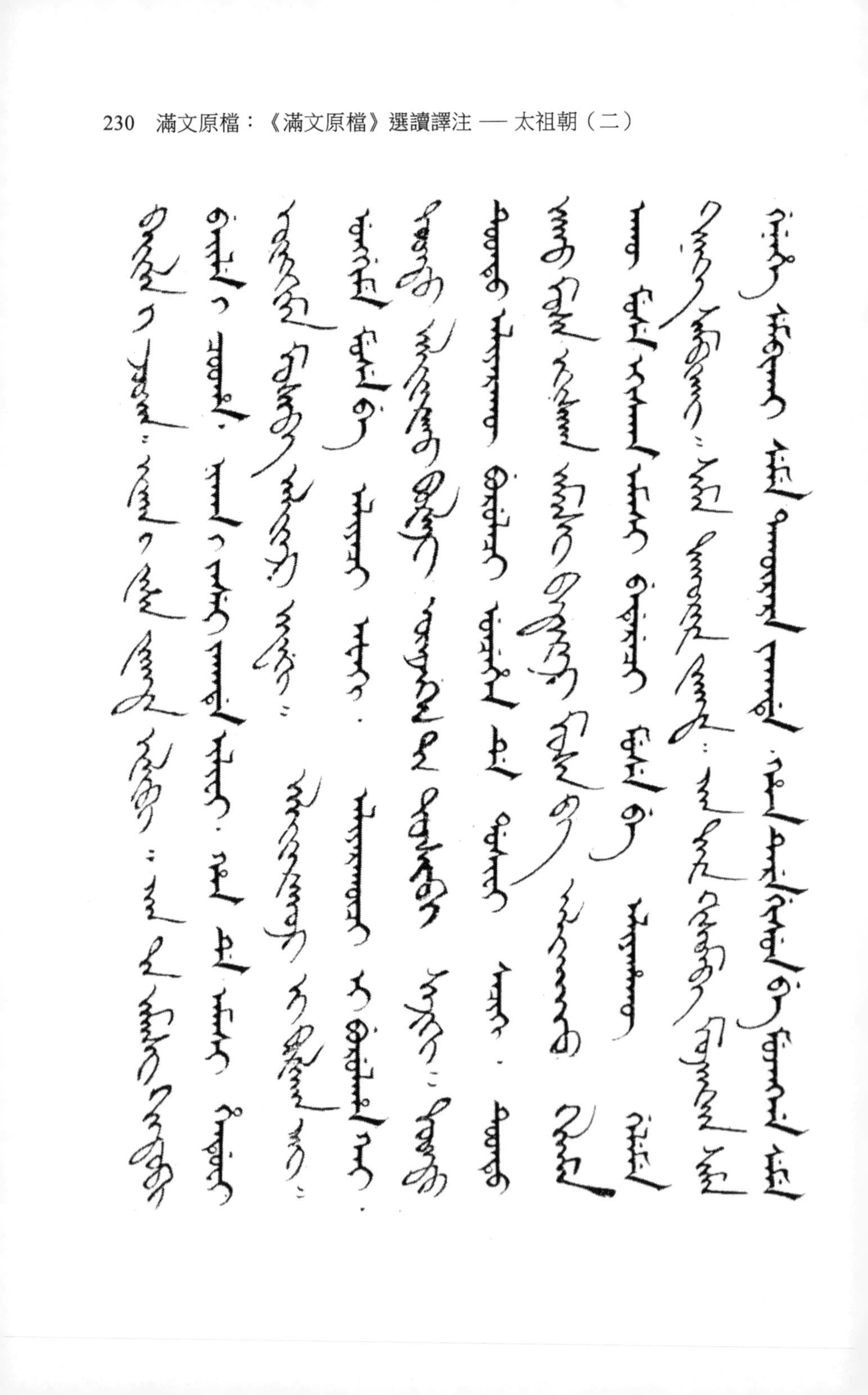

beile i cooha, nikan i jasei jakade ilifi, han de amasi hendufi unggime, musebe aliyaci afaki, aliyarakūci i burulaha kai. tuttu aliyarakū burulaci, uncehen de dosifi saciki, tuttu akū muse ekisaka amasi bedereci muse be aliyahakū geleme genehe sembikai, seme takūrara jakade, han tere gisumbe mujangga seme

---

二貝勒之兵，奉命屯於明邊之前，遣人回報於汗曰：「若待我兵，則戰；若不待，彼必自走矣。若不待而走，我兵當乘勢進入追殺其尾兵；否則我兵悄然而回，彼必以我未待怯而不敢戰也。」汗然其言，

二贝勒之兵，奉命屯于明边之前，遣人回报于汗曰：「若待我兵，则战；若不待，彼必自走矣。若不待而走，我兵当乘势进入追杀其尾兵；否则我兵悄然而回，彼必以我未待怯而不敢战也。」汗然其言，

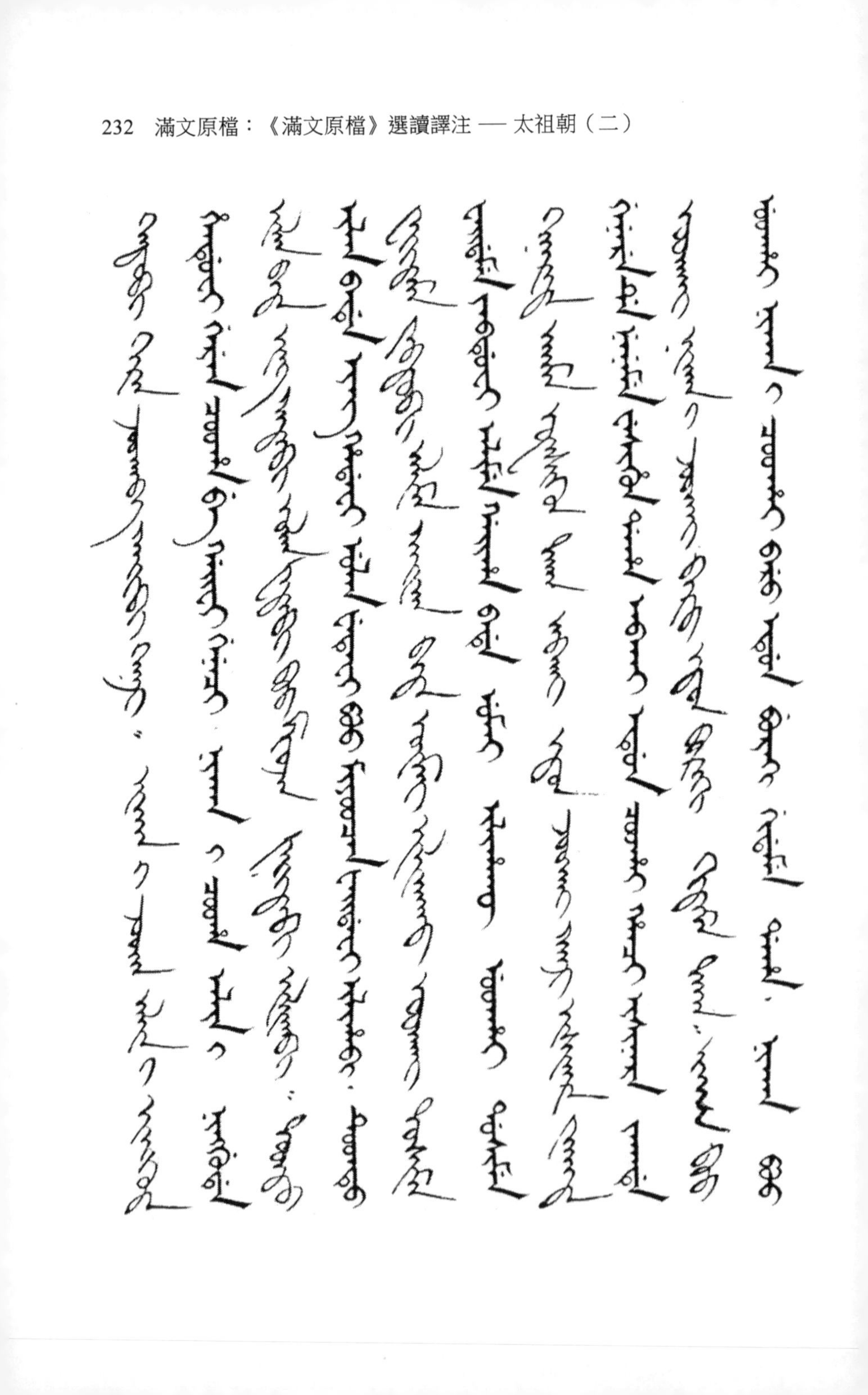

hendufi geren coohabe gaifi geneci, nikan i cooha alin i ninggude ilan bade ing hadafi ulan fetefi poo miyoocan faidafi ilihabi, tuttu faidame jabdufi alime gaiha bade umai ilihakū, uthai dosime generede, neneme wesihun daha abkai edun coohai hanci isinara jakade, uthai nikan i coohai baru edun buraki gidame daha, nikan, poo

遂率大兵前進，明兵於山上分三處立營，掘壕布列鎗礮以待[47]，如此布陣，我兵全然不顧，立即進攻。先前天上風自西起，及兵臨近時，其風塵驟反轉向明兵，

遂率大兵前进，明兵于山上分三处立营，掘壕布列鎗炮以待，如此布阵，我兵全然不顾，立即进攻。先前天上风自西起，及兵临近时，其风尘骤反转向明兵，

47 布列鎗礮，句中「鎗」，《滿文原檔》讀作“miojan”，《滿文老檔》讀作“miyoocan”。按《清文總彙》“miyoocan”條，釋作「鳥槍」。其造字過程擬為 niyoociyang＞miyoociyang＞miyoocan。

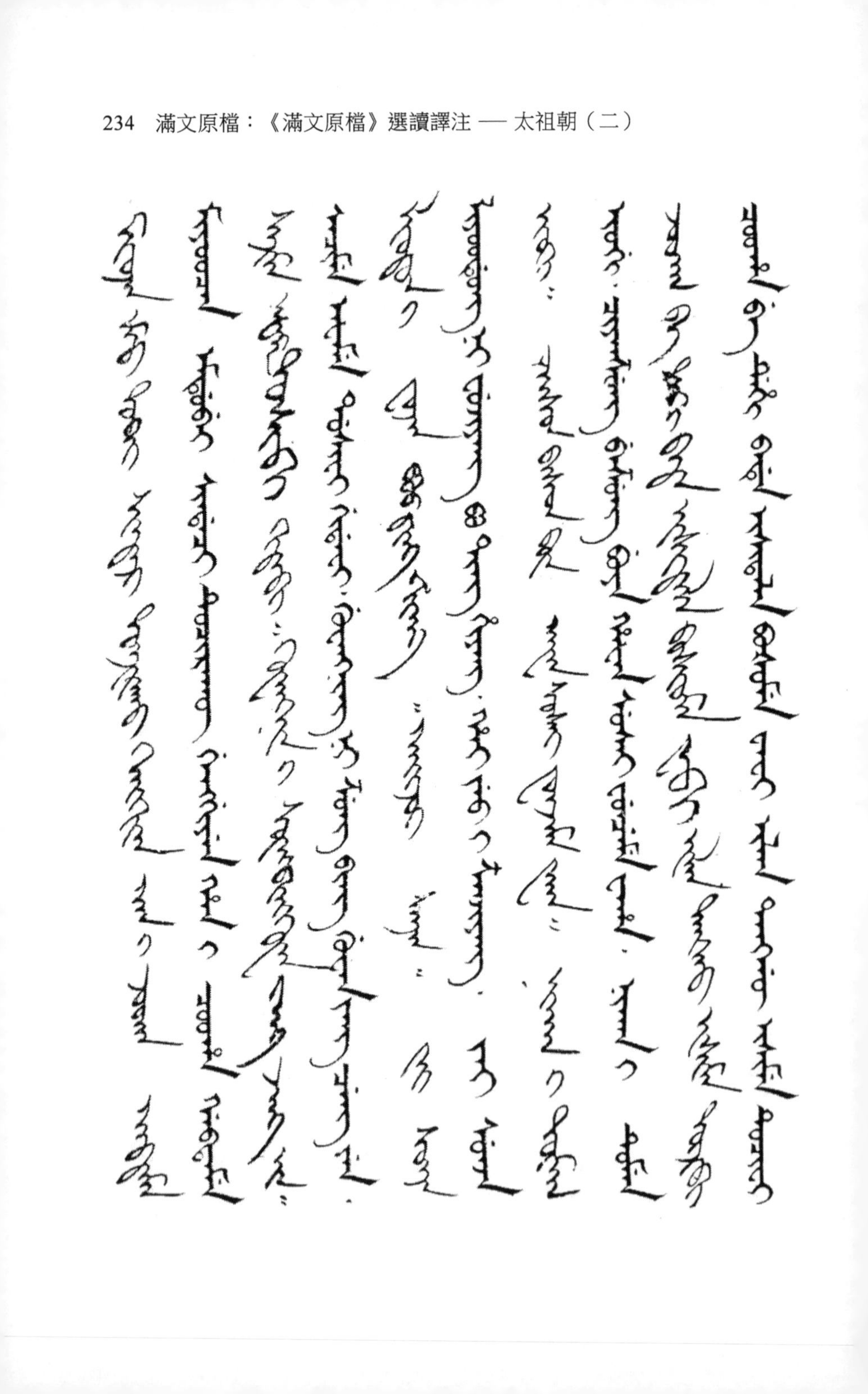

miyoocan emu dubei sindaci tucirakū, genggiyen han i cooha gabtame sacime afame dosifi gidafi, guwangnin i dzungbingguwan jang ceng in, liyoodun i fujan po ting hiyang, haijeo i ts'anjan, jai sunja iogi, ciyandzun bedzun buya hafan susai funceme waha, nikan i tumen cooha be dehi bade isitala bošome wafi, ilan tanggū isime tucifi

---

明人連放鎗礮，鎗礮難施。英明汗之兵射殺進攻，敗之，殺廣寧總兵官張承蔭、遼東副將頗廷相、海州參將及五遊擊、千總、百總、小官等五十餘員，追殺四十里，將近三百人脫出，

明人连放鎗炮，鎗炮难施。英明汗之兵射杀进攻，败之，杀广宁总兵官张承荫、辽东副将颇廷相、海州参将及五游击、千总、百总、小官等五十余员，追杀四十里，将近三百人脱出，

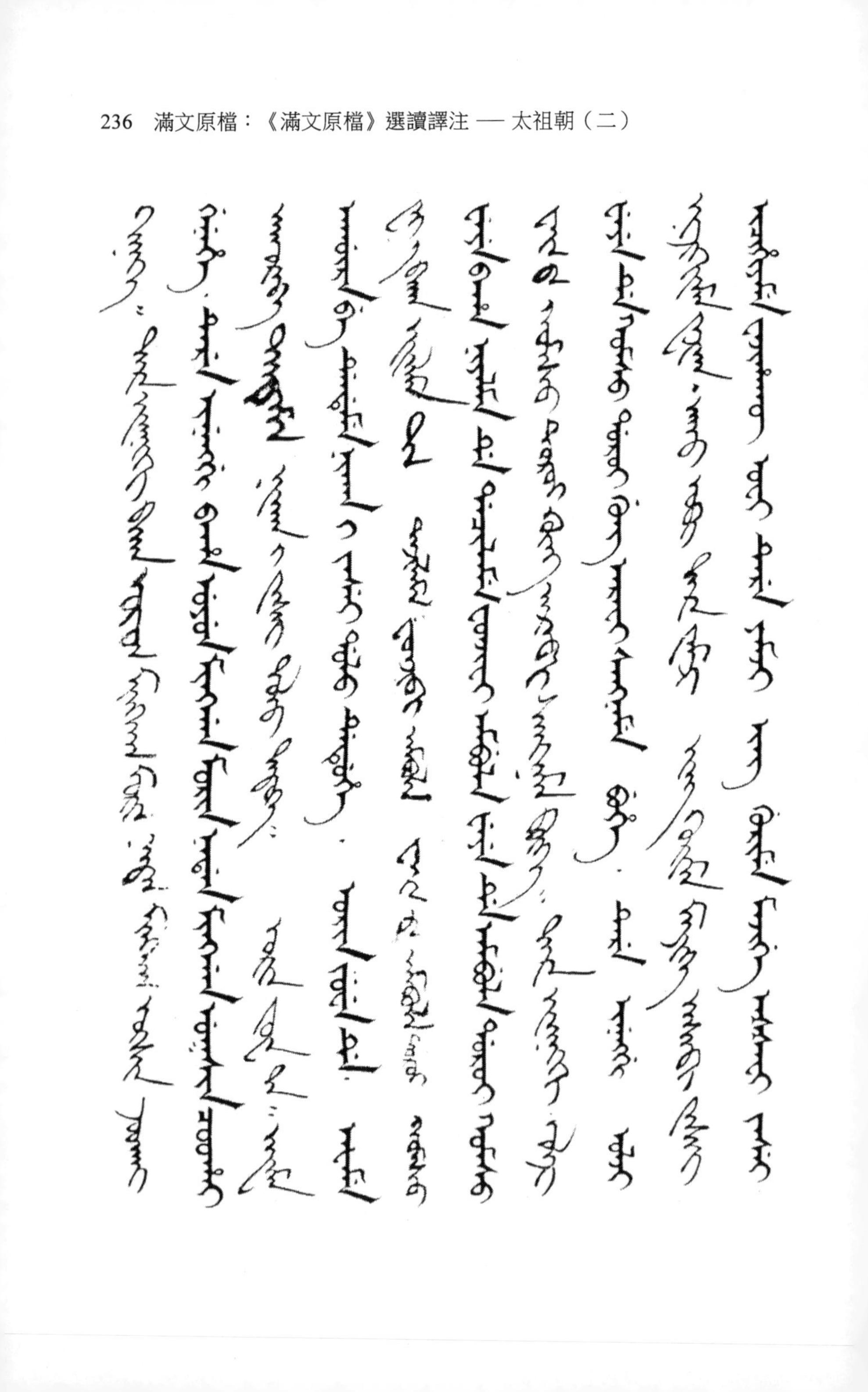

genehe, tere inenggi baha uyun minggan morin nadan minggan uksin, coohai agūrabe dendeme nikan i jasei dolo deduhe. orin juwe de, afame feye baha niyalma de dacilame fonjifi ambula feye de ambula doroi komso feye de komso doroi gung arafi šangname buhe. tere inenggi olji icihiyame wajiha akū ofi tere yamji ing gurime majige aššafi, jasei

---

是日，分賞所獲馬九千匹、甲七千副及兵器，還駐明邊內。二十二日，詢問征戰負傷之人，重傷多禮，輕傷少禮，論功行賞。是日，因處理俘虜之事未竣，故於當日晚將軍營稍加移動，

是日，分赏所获马九千匹、甲七千副及兵器，还驻明边内。二十二日，询问征战负伤之人，重伤多礼，轻伤少礼，论功行赏。是日，因处理俘虏之事未竣，故于当日晚将军营稍加移动，

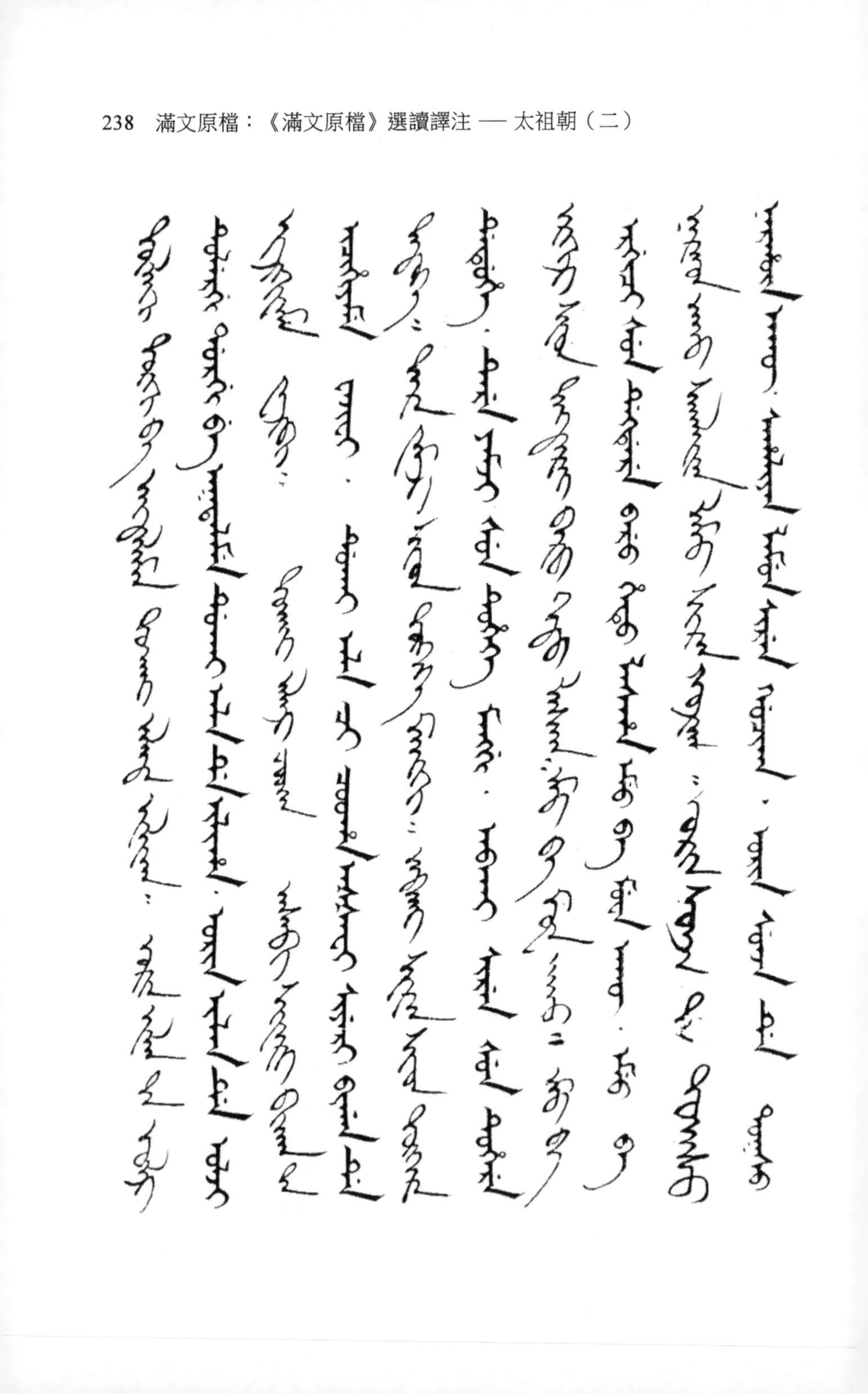

tulergi dorgi be aktalame dukai alade iliha. orin ilan de olji icihiyame wajifi, dukai alaci cooha aššafi siyeri bigan de deduhe. tere yamji šun tuheke manggi, abkai siren šun tuhere ergici šun dekderi baru hetu lasha, emu ba muwa akū, emu ba narhūn akū, sahaliyan lamun siren gocika. orin sunja de tokso

---

立營於橫跨邊境內外之都喀阿拉。二十三日，俘虜處理完竣，自都喀阿拉移兵至謝里甸宿營。是晚日落後，自西向東有黑藍二道粗細不等之天光橫亙於天。二十五日，

立营于横跨边境内外之都喀阿拉。二十三日，俘虏处理完竣，自都喀阿拉移兵至谢里甸宿营。是晚日落后，自西向东有黑蓝二道粗细不等之天光横亘于天。二十五日，

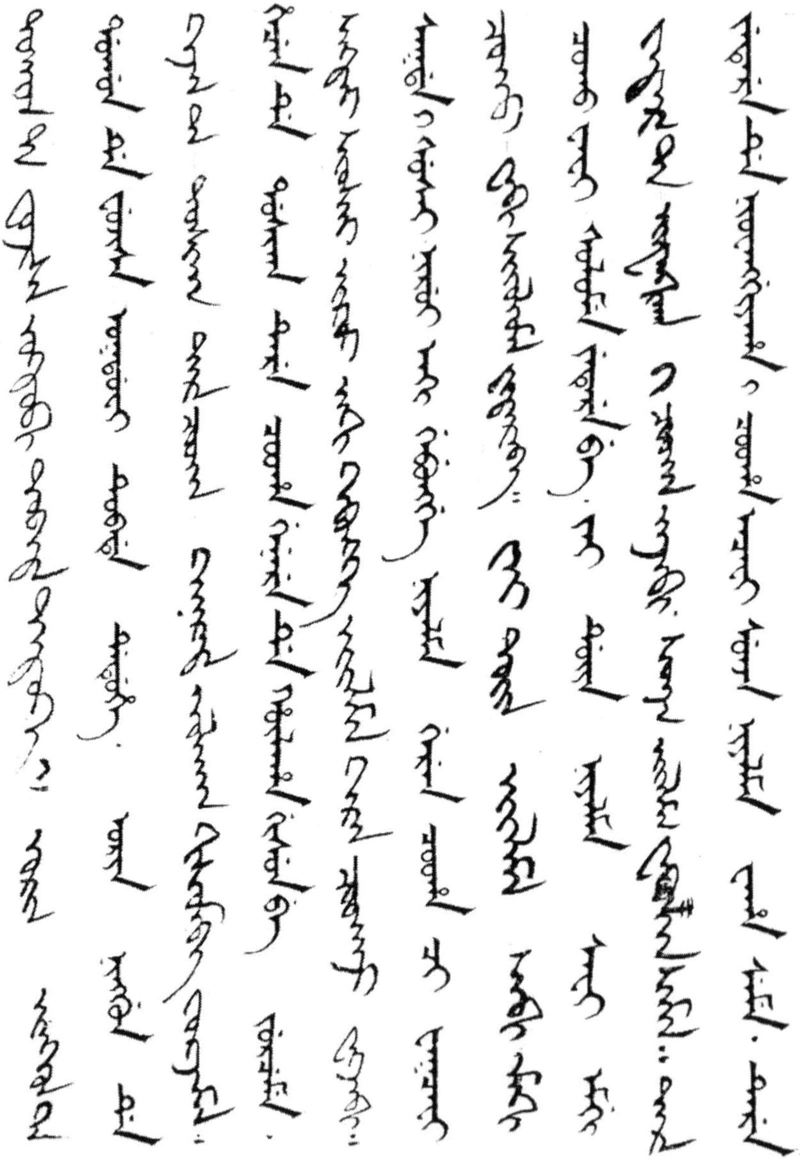

dogon de fujisa okdofi tubade deduhe. orin ninggun de, hecen de dosika tere cooha generede hūlaha gisumbe jurceme, sakdai šusai nirui aki gebungge niyalma geren coohaci fakcafi, coko wafi šolome jeterebe, jai duin niyalma safi emgi jetere de niowanggiyaha i cooha acafi sunja niyalma waha seme, tere

---

眾福晉迎於拖克索渡口，即宿營於此。二十六日，入城。其兵出征時，有違悖軍令薩克達舒賽牛彔名叫阿齊之人，擅離大軍，殺雞燒食，另有四人見而同食，遇清河明兵，殺五人，

众福晋迎于拖克索渡口，即宿营于此。二十六日，入城。其兵出征时，有违悖军令萨克达舒赛牛录名叫阿齐之人，擅离大军，杀鸡烧食，另有四人见而同食，遇清河明兵，杀五人，

十四、軍紀嚴明

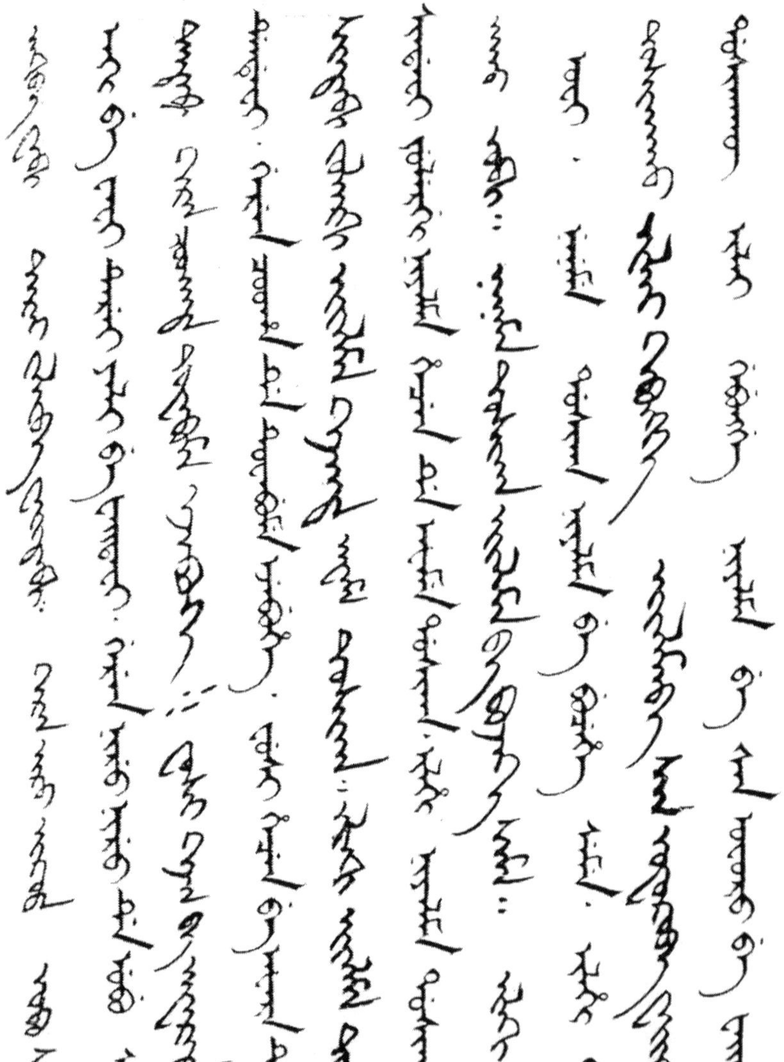

akibe wafi terei yalibe faitafi, geren niru nirude ubu sindame dendefi, geren coohade tuwabume ejebuhe. fusi hecen be afarade, wan sindafi julergi niyalma hecende afame dosika, ilhi niyalma dosika akū ofi, neneme dosika niyalma be bucehe seme, ilhi bifi dosikakū ilai gebungge niyalmabe šan oforobe faitafi

---

遂斬阿齊，切割其肉，分置各牛彔，以儆諸軍。進攻撫順城時，樹雲梯在前之人，首先攻入城中，其後有未依次進入之人，先行進入之人殞命。其未依次進入名叫伊賴之人，割去耳鼻，

遂斩阿齐，切割其肉，分置各牛录，以儆诸军。进攻抚顺城时，树云梯在前之人，首先攻入城中，其后有未依次进入之人，先行进入之人殒命。其未依次进入名叫伊赖之人，割去耳鼻，

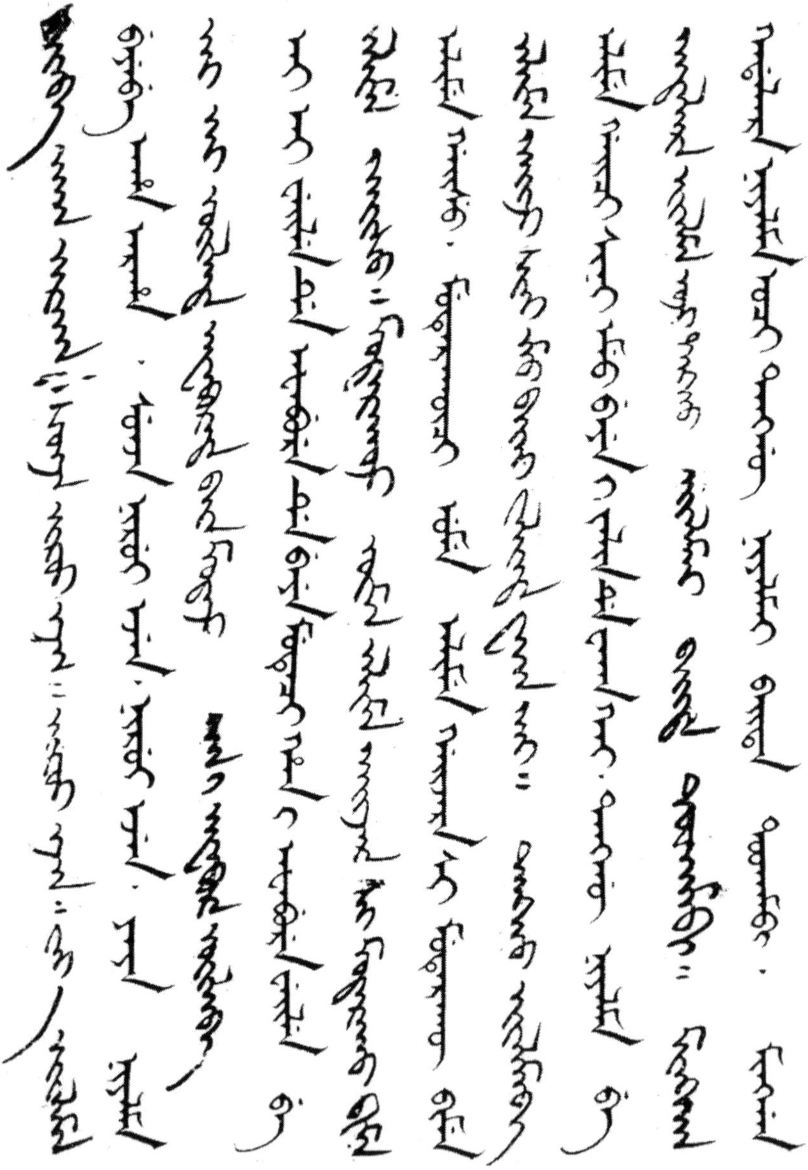

beyebe aha araha. sunja nirui ejen, nirui ejen, yaya niyalma ai ai weilede afaburede, beye muteci, han i afabure weilebe alime gaisu, muterakūci ume alime gaijara si muterakū bime alime gaici sini emu beyei jalinde waka kai. tanggū niyalmabe kadalara niyalma oci tanggū niyalmai baita tookambi, minggan

---

身充奴僕。五牛彔額真、牛彔額真人人凡有委任之事，自身若能勝任，則接受汗所委任之事；若不能勝任，則勿接受。若汝不能勝任而接受，則非止為汝一己也。若管轄百人之人，則誤百人之事，

身充奴仆。五牛录额真、牛录额真人人凡有委任之事，自身若能胜任，则接受汗所委任之事；若不能胜任，则勿接受。若汝不能胜任而接受，则非止为汝一己也。若管辖百人之人，则误百人之事，

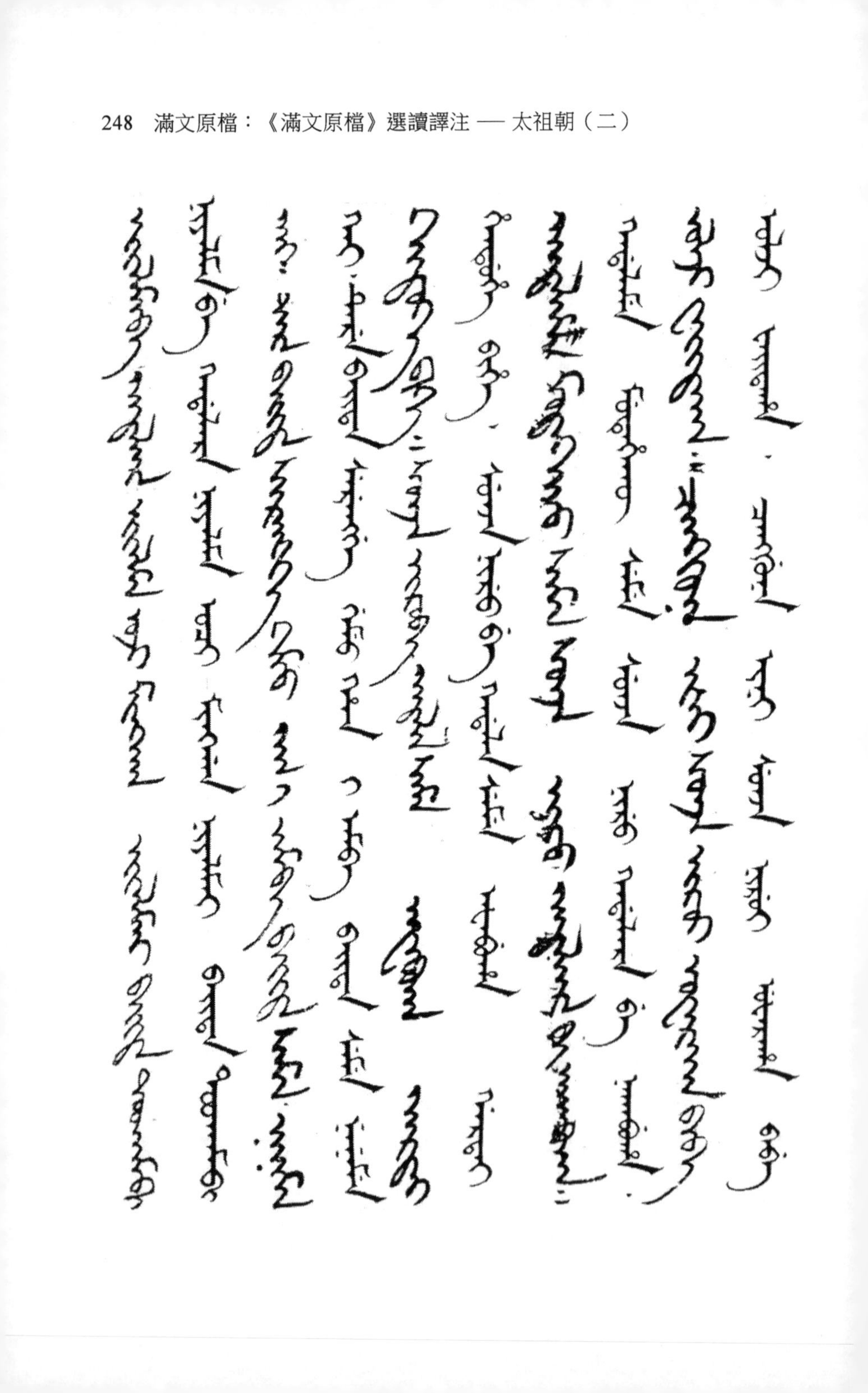

niyalmabe kadalara niyalma oci, minggan niyalmai baita tookambi kai. tere baita serengge gemu han i amba baita seme neneme henduhe bihe. sunja nirube kadala seme afabuha gartai, kadalame mutehekū seme sunja niru kadalara be nakabuha, olji faitaha, cangguna ini sunja nirui ufaraha babe

---

若管轄千人之人，則誤千人之事。其事，皆汗之大事，有言在先也。委任管轄五牛彔之葛爾泰，因不能管轄而革去管轄五牛彔之職，沒收俘虜。常古納五牛彔失利之處，

若管辖千人之人，则误千人之事。其事，皆汗之大事，有言在先也。委任管辖五牛彔之葛尔泰，因不能管辖而革去管辖五牛彔之职，没收俘虏。常古纳五牛彔失利之处，

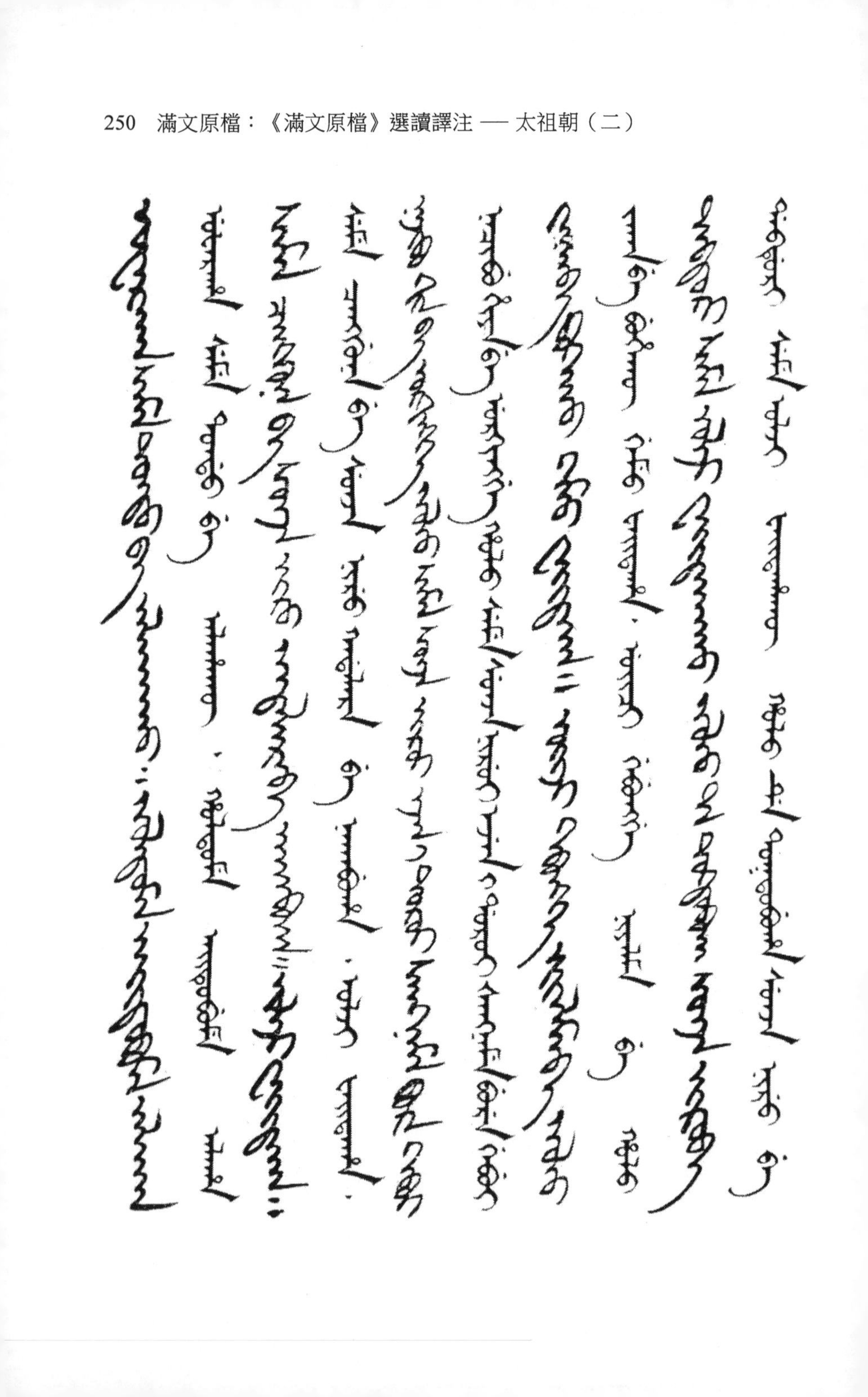

ufaraha seme tondo be alahakū, holtome aitubume alaha seme cangguna be sunja niru kadalarabe nakabuha, olji faitaha. nacibu hiya be urkingge holo seme sunja nirui ejen i doroi šangname bure gebui jakabe buhekū, gemu faitaha. uici gebungge niyalmabe holo dabduri seme olji faitahakū. holo de toktobuha. sunja nirube

---

失利而未實說，揑詞謊報[48]，而革去常古納管轄五牛彔之職，沒收俘虜。以侍衛納齊布虛張聲勢，而將擬賞五牛彔額真名分物品未給而沒收之。以名叫衛齊之人虛偽急躁，未沒收俘虜，定以虛偽之罪。

失利而未实说，捏词谎报，而革去常古纳管辖五牛彔之职，没收俘虏。以侍卫纳齐布虚张声势，而将拟赏五牛彔额真名分物品未给而没收之。以名叫卫齐之人虚伪急躁，未没收俘虏，定以虚伪之罪。

---

[48] 揑詞謊報，《滿文原檔》、《滿文老檔》俱讀作“holtome aitubume alaha seme”，句中“aitubume”（拯救），訛誤，應更正為“eiterebume”（欺騙）。

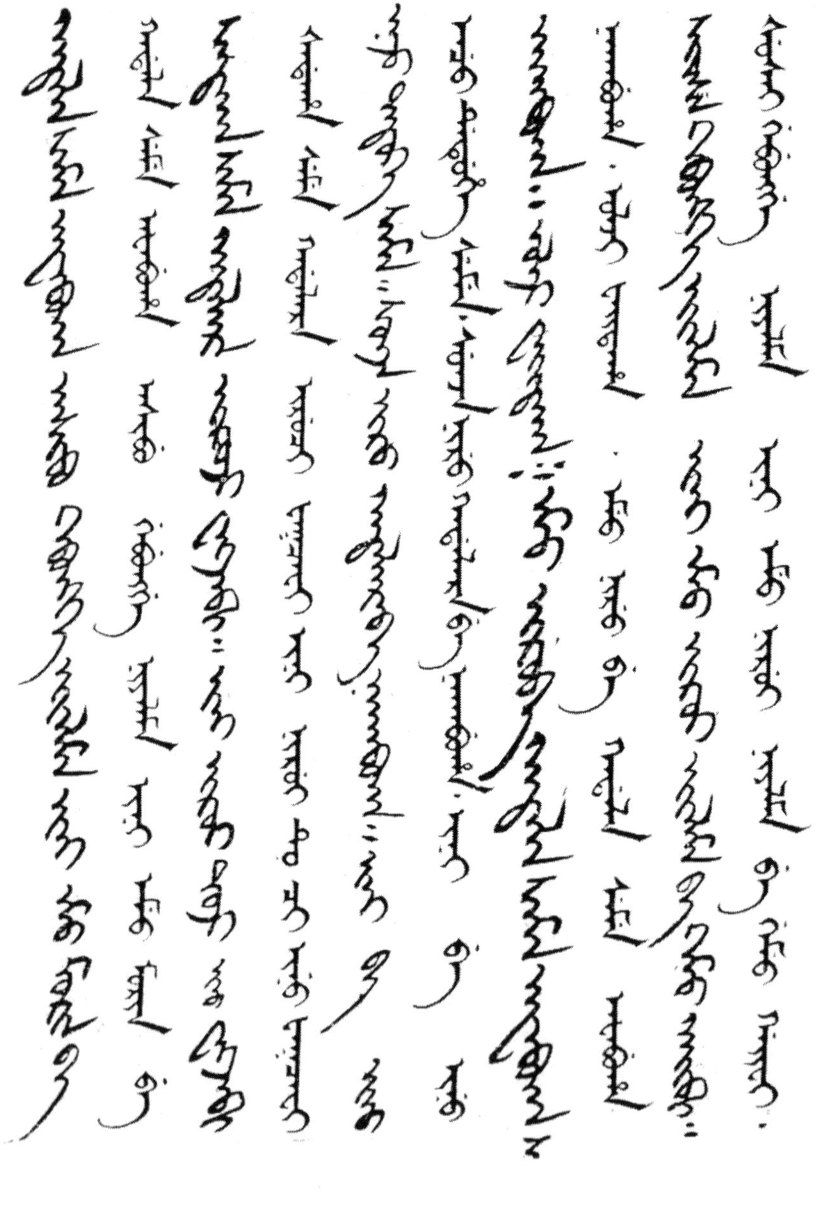

kadala seme afabuha asibu gebungge niyalma ini emu morin be šadaha seme kadalara niruci fakcafi, ini nirui tuci inu fakcafi encu deduhe seme, sunja niru kadalarabe nakabuha, ini (nirui tu) be inu nakabuha, olji faitaha. emu nirube kadala seme afabuha, šusai gebungge niyalma ini emu nirui niyalma be gemu gaifi,

---

委任管轄五牛彔名叫阿希布之人，因其一馬疲羸，離其牛彔，亦離其牛彔旗纛，宿於他處，革去管轄五牛彔之職，其旗纛亦革去，沒收俘虜。委任管轄一牛彔名叫舒賽之人，統領其一牛彔之人，

委任管辖五牛录名叫阿希布之人，因其一马疲羸，离其牛录，亦离其牛录旗纛，宿于他处，革去管辖五牛录之职，其旗纛亦革去，没收俘虏。委任管辖一牛录名叫舒赛之人，统领其一牛录之人，

十五、天助諸申

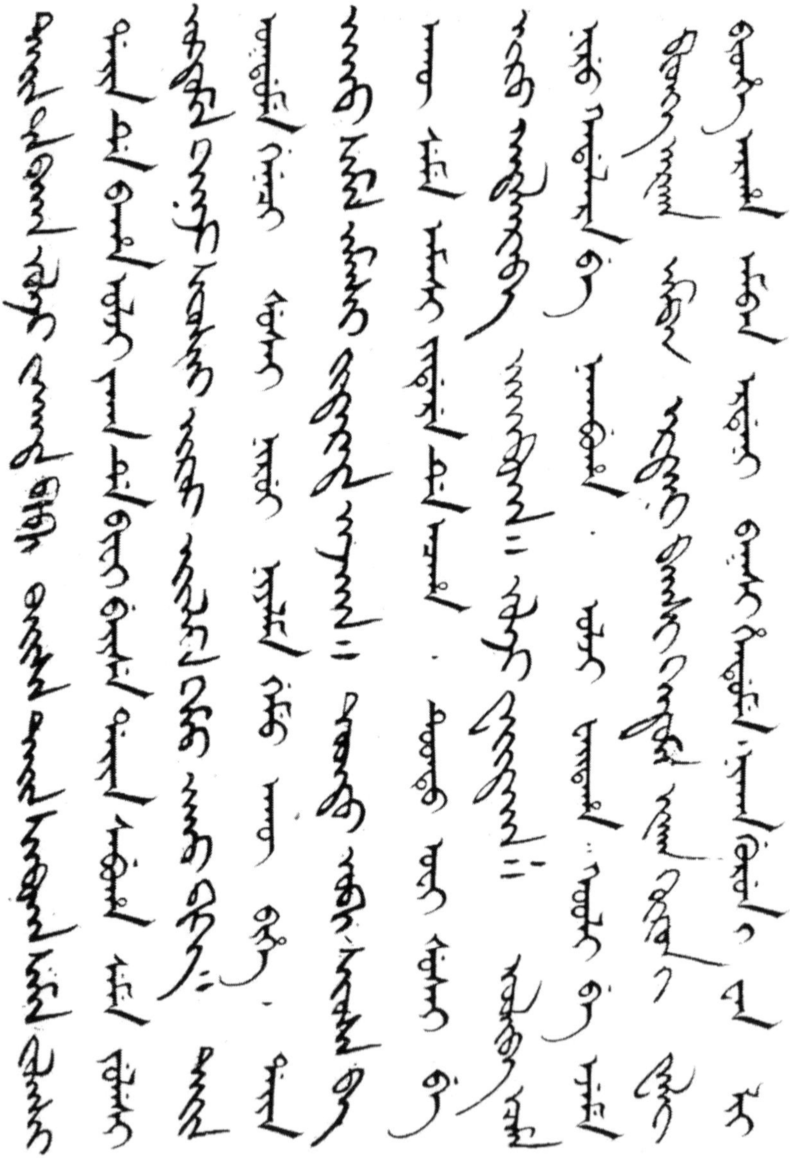

dain de baha olji jakade bifi beise dain sabuha seme julesi okdome geneci, šusai nirui niyalma gemu akū bihe, dain akū seme amasi jiderede acaha, tuttu ofi šusai be niru kadalarabe nakabuha, olji faitaha. koolibe ejeme bithe araha amban erdeni baksi hendume, nikan gurun i wan lii

---

於陣上獲得俘虜物品。貝勒見敵人即向前迎去，舒賽牛彔之人皆不知去向，無敵人時始回來相會，故革去舒賽管轄牛彔之職，沒收俘虜。將法典紀錄纂書之大臣額爾德尼巴克什曰：「明國萬曆

于阵上获得俘虏物品。贝勒见敌人即向前迎去，舒赛牛彔之人皆不知去向，无敌人时始回来相会，故革去舒赛管辖牛彔之职，没收俘虏。将法典纪录纂书之大臣额尔德尼巴克什曰：「明国万历

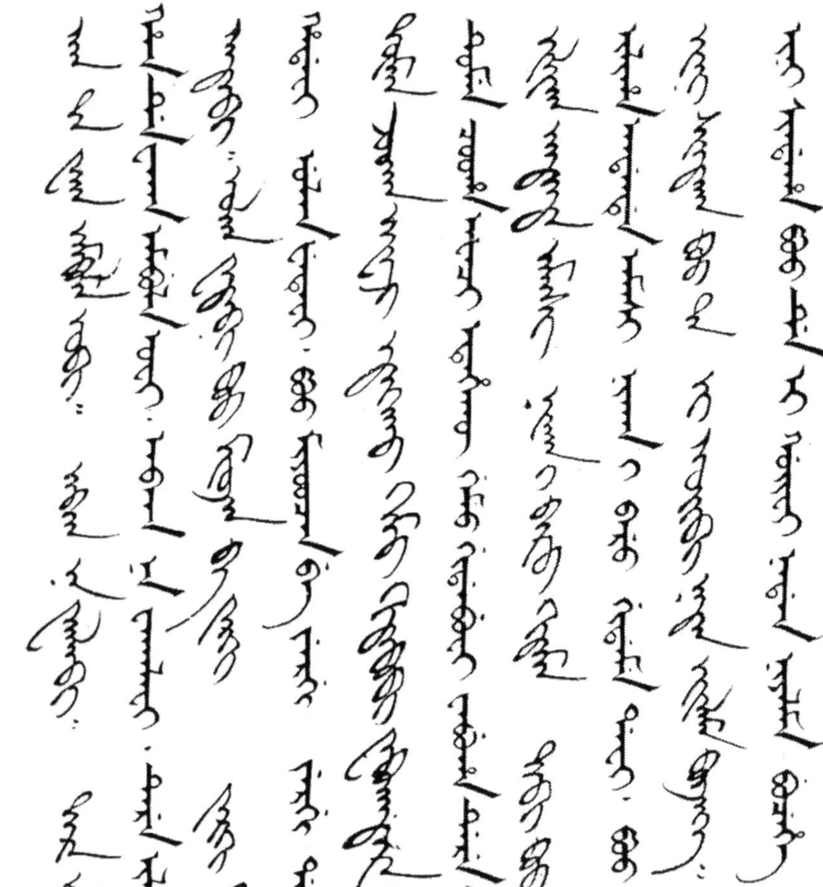

han de waka ambula ofi, abka na wakalafi, tere ilan bade ing hadafi, ulan fetefi, poo miyoocan be jergi jergi dasame jabduha tumen cooha afaci etehekū gemu gidabufi wabuhadere. abkai edun iliha andande amasi nikan i baru gidame dafi, poo sindara niyalma ini sindaha poo de i goifi nadan niyalma bucehe. jušen gurun i

---

帝因過失甚多，故天地譴責之。於三處立營掘壕，層層布列鎗礮，穩妥之萬兵戰而未勝，俱被擊敗殺戮，天風瞬間轉回吹向明兵，放礮之人為其所放之礮擊中後有七人死亡。諸申國之

帝因过失甚多，故天地谴责之。于三处立营掘壕，层层布列鎗炮，稳妥之万兵战而未胜，俱被击败杀戮，天风瞬间转回吹向明兵，放炮之人为其所放之炮击中后有七人死亡。诸申国之

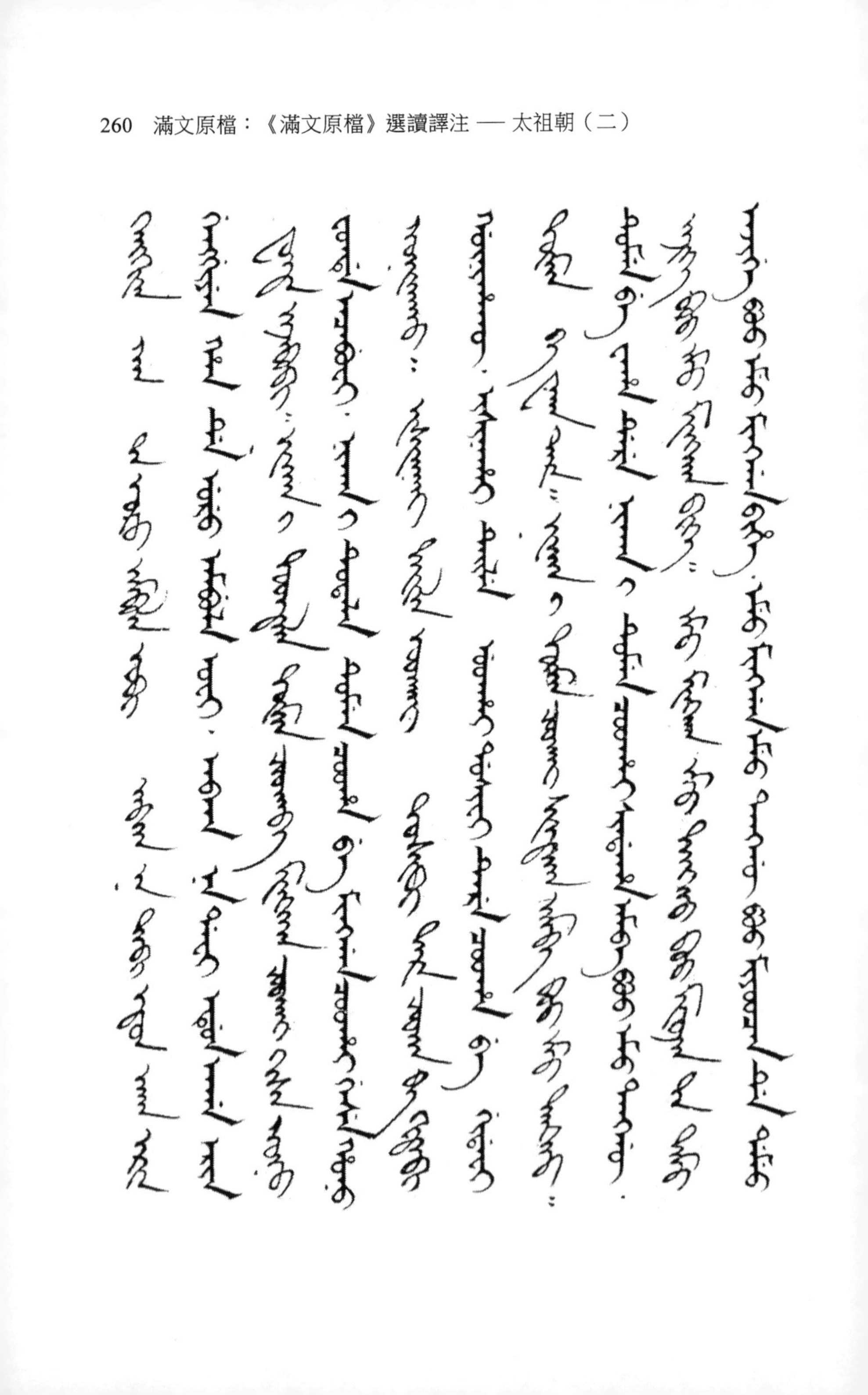

genggiyen han de uru ambula ofi, abka na dafi edun aga erin fonde acabufi, nikan i tutala tumen coohabe minggan coohai gese hono gūnihakū, isinahai teile uthai dosifi, tere cooha be gidafi, tumen be waha dere. nikan i tumen coohai sindaha amba poo emu tanggū, ajige poo emu minggan bihe, emu minggan emu tanggū poo miyoocan de damu

---

英明汗因是處有理甚多，故得天地之助，風調雨順，視明之萬兵猶不及千兵[49]。我兵既至即進攻，擊敗其兵，殺其萬人。明萬兵布列大礮一百，小礮一千。此一千一百鎗礮，

英明汗因是处有理甚多，故得天地之助，风调雨顺，视明之万兵犹不及千兵。我兵既至即进攻，击败其兵，杀其万人。明万兵布列大炮一百，小炮一千。此一千一百鎗炮，

---

[49] 明之萬兵，《滿文老檔》讀作"nikan i tutala tumen cooha"，句中"tutala"，《滿文原檔》讀作"tuttala"，意即「那麼多」。

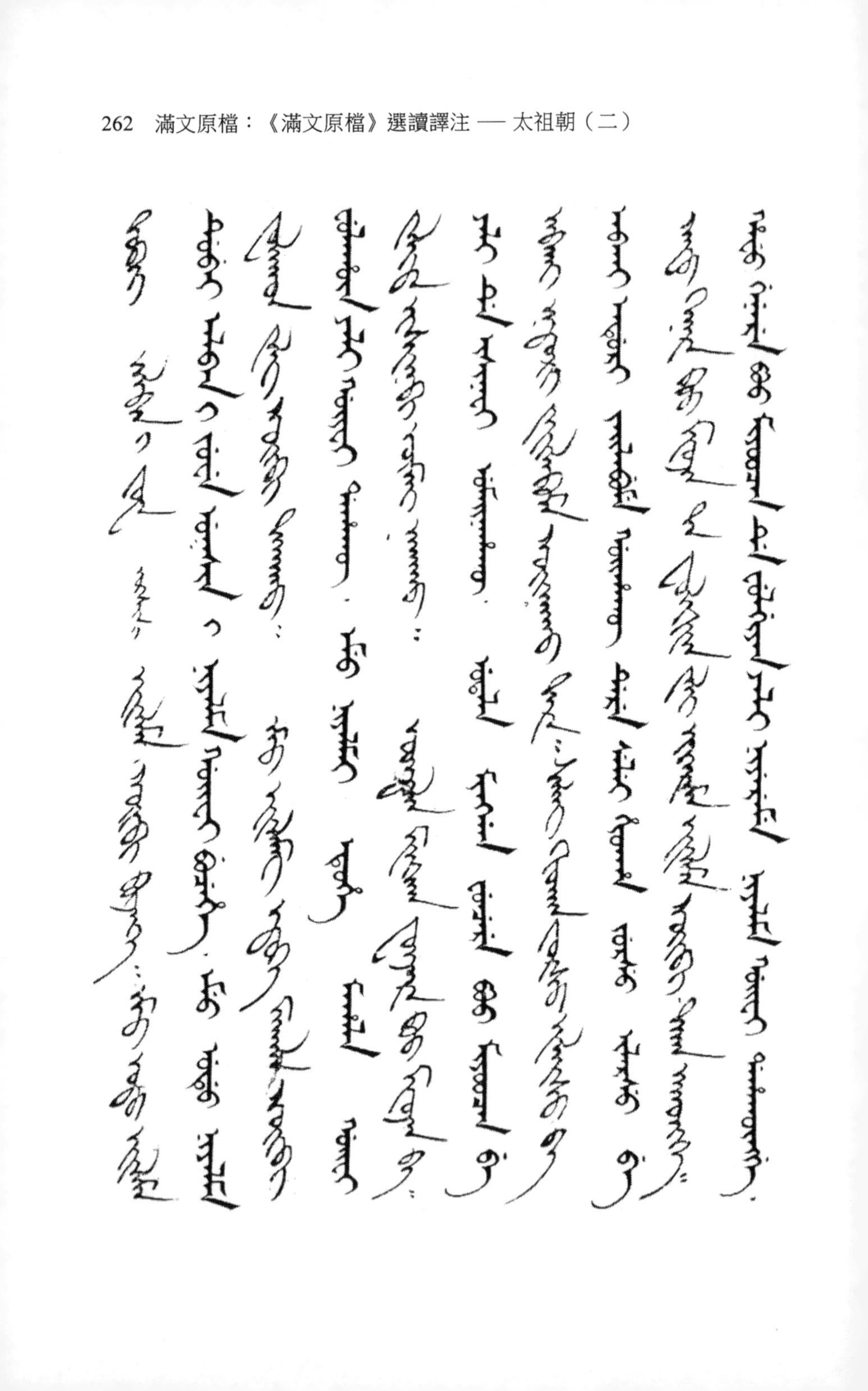

dubei alban i juwe uksin i niyalma goifi bucehe, emu udu niyalma fulahūn yali goifi dahakū, emu niyalmai etuhe mahala goifi yalide isinafi umai nahakū. utala minggan funcere poo miyoocan be abkai enduri jailabume goihakū dere. selei hitha jursu ilarsu be hafu genere poo miyoocan de, fulgiyan yali niyereme niyalma goifi daha akūngge,

---

僅後勤甲兵二人中礮殞命，有數人赤身被擊中而未傷，有一人所戴暖帽被擊中而未傷及皮肉。數至千餘之鎗礮，想是天神庇佑避之未擊中。能穿透二、三層鐵甲之鎗礮擊中不穿甲赤身之人而未受傷者，

仅后勤甲兵二人中炮殒命，有数人赤身被击中而未伤，有一人所戴暖帽被击中而未伤及皮肉。数至千余之鎗炮，想是天神庇佑避之未击中。能穿透二、三层铁甲之鎗炮击中不穿甲赤身之人而未受伤者，

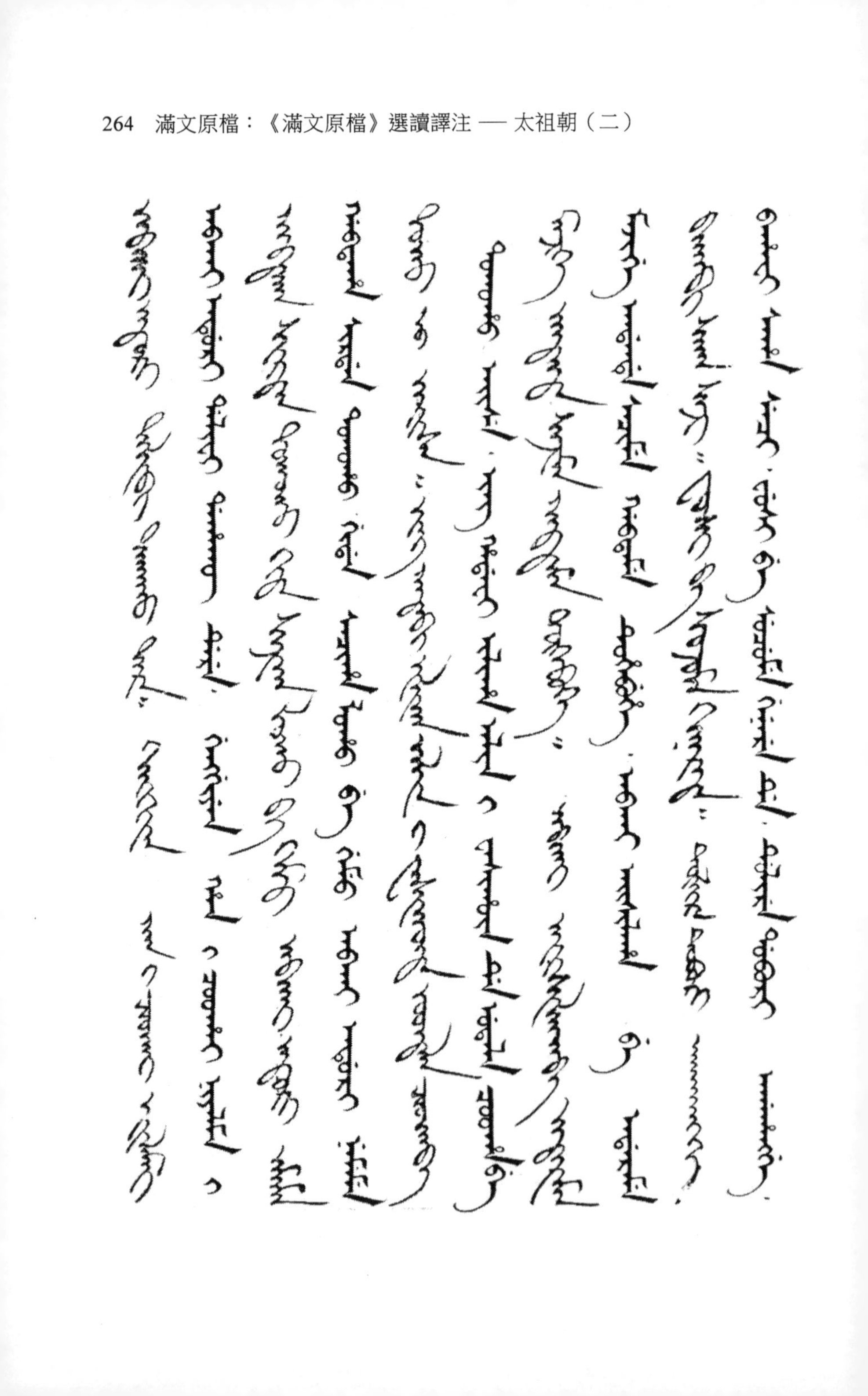

[illegible]

abkai enduri dalifi dahakū dere. genggiyen han i coohai niyalmai gabtaha sirdan tokoho gida saciha loho be, gemu abkai enduri nememe tokoho aise. ing hadafi iliha alin i wasihūnde, utala coohabe majige andande sacime gabtame tuhebuhe. abkai aisilahabe adarame bahafi saha seci. fusi be sucume generede, dulire dobori agahangge,

---

想是天神遮擋未傷也。英明汗軍士所射之箭，所刺之槍，所砍之刀，皆天神相助而愈增其力耶？其立營於山下之許多兵轉瞬間被砍殺倒斃。何以得知天助耶？前往襲擊撫順時，連夜天雨，

想是天神遮挡未伤也。英明汗军士所射之箭，所刺之枪，所砍之刀，皆天神相助而愈增其力耶？其立营于山下之许多兵转瞬间被砍杀倒毙。何以得知天助耶？前往袭击抚顺时，连夜天雨，

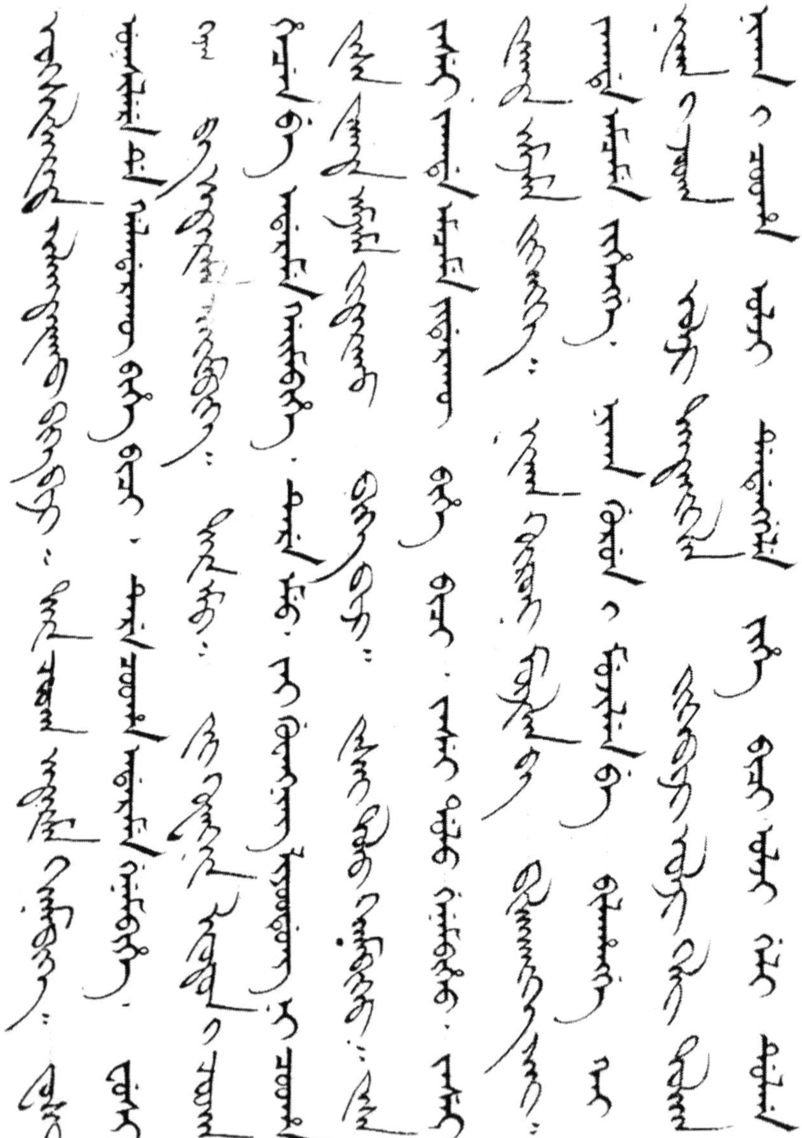

uksilerede galandarakū bihe bici, tere cooha adarame genembihe. fusi hecen be adarame gaimbihe. tere emu. jai guwangnin, liyoodun i cooha, jasei jakade amcame jiderakū bihe bici, jasei dolo genembiheo. jase jakade amcame jihengge, nikan guruni mujilen be bilahangge kai. nikan i cooha olji dendenggele jihe bici, olji geli dulga

---

倘若着甲時天未放晴，我兵如何前往？又如何攻取撫順城？此其一。再者，倘若廣寧、遼東之兵不來追至邊境前，又如何進來邊境之内？前來追至邊境前，乃是以挫明國之銳氣也。倘若明兵於分俘之先前來，則俘虜

倘若着甲时天未放晴，我兵如何前往？又如何攻取抚顺城？此其一。再者，倘若广宁、辽东之兵不来追至边境前，又如何进来边境之内？前来追至边境前，乃是以挫明国之锐气也。倘若明兵于分俘之先前来，则俘虏

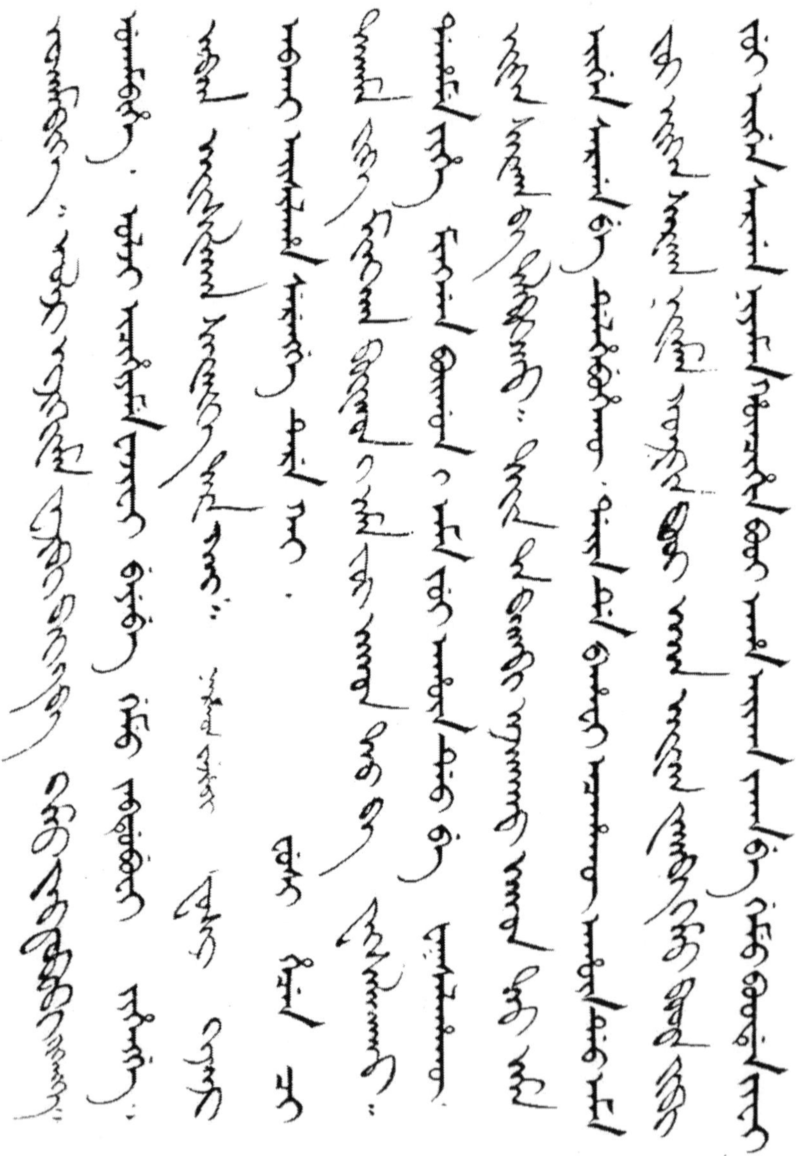

ukambihe, olji icihiyame wajifi beyebe gemu jabdubufi jihengge, abkai aisilaha serengge tere kai. narhūn wajimbi fusi hecenci dahame jihe minggan boigon i ama jui, ahūn deo be faksalahakū, eigen sargan be delhebuhekū, dain de bahafi acahakū ahūn deo ama jui eigen sargan niyaman hūncihin, booi aha aika jaka be gemu boode jifi

---

將逃失一半，俘虜處理完竣後，我皆有備，明兵始至，所謂天助者此也。（細字寫完）自撫順城來降之千戶，未分散其父子、兄弟，未離散其夫妻，征戰陣中所獲失散不見之兄弟、父子、夫妻、親戚、家奴及一應品物，俱返回家中，

将逃失一半，俘虏处理完竣后，我皆有备，明兵始至，所谓天助者此也。（细字写完）自抚顺城来降之千户，未分散其父子、兄弟，未离散其夫妻，征战阵中所获失散不见之兄弟、父子、夫妻、亲戚、家奴及一应品物，俱返回家中，

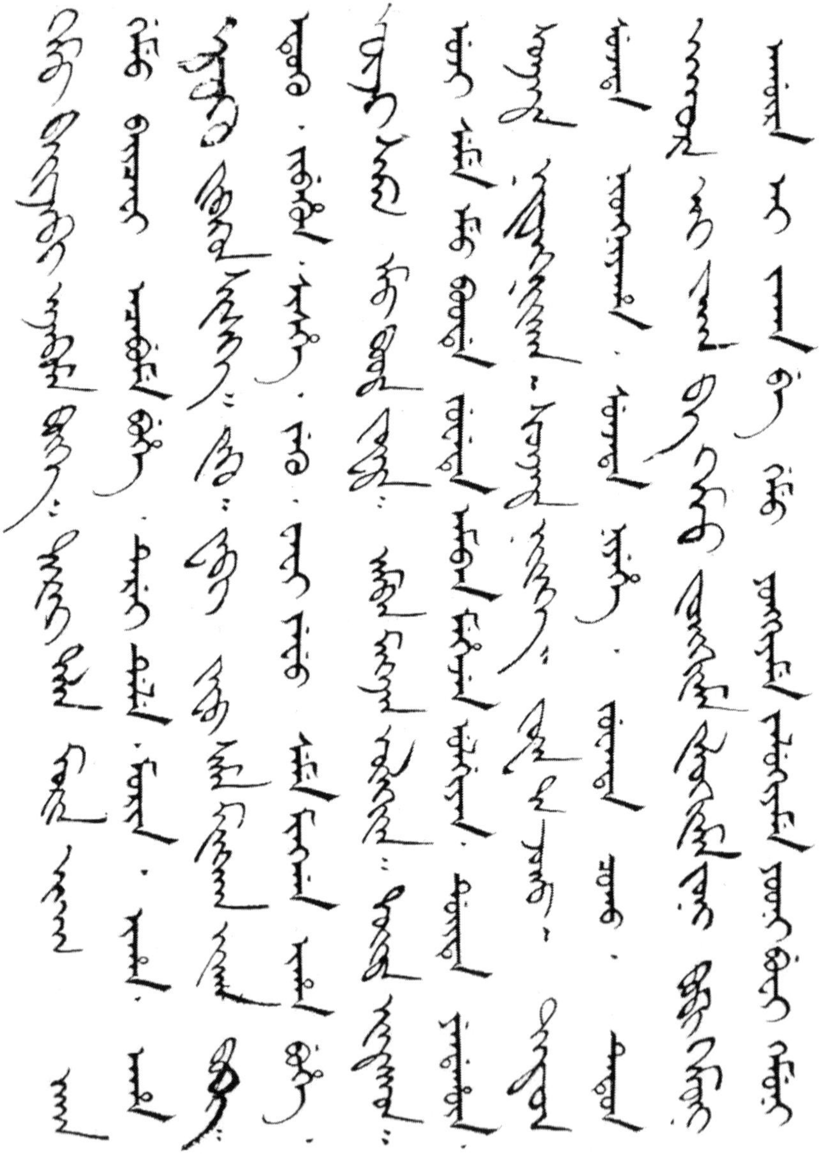

gemu baicafi acabume buhe, terei dele morin ihan aha etuku jibehun sishe jeku wafi jefu seme minggan ihan buhe, uji seme emu boode juwete amban mehejen ulgiyan, duite yendahūn, sunjata niongniyaha, sunjata niyehe, juwan ta coko, tetun agūra ai jaka be gemu yongkiyame jalukiyame yooni bufi, kemuni

---

皆詳查使其相會，此外又給以馬、牛、奴僕、衣服、被子、褥子、糧食等。又給牛一千，以供宰殺食用。每戶各給大老母豬二隻、犬各四隻、鵝各五隻、鴨各五隻、雞各十隻，以供飼養，又器具等一應物件，俱充足悉數給之。

皆详查使其相会，此外又给以马、牛、奴仆、衣服、被子、褥子、粮食等。又给牛一千，以供宰杀食用。每户各给大老母猪二只、犬各四只、鹅各五只、鸭各五只、鸡各十只，以供饲养，又器具等一应对象，俱充足悉数给之。

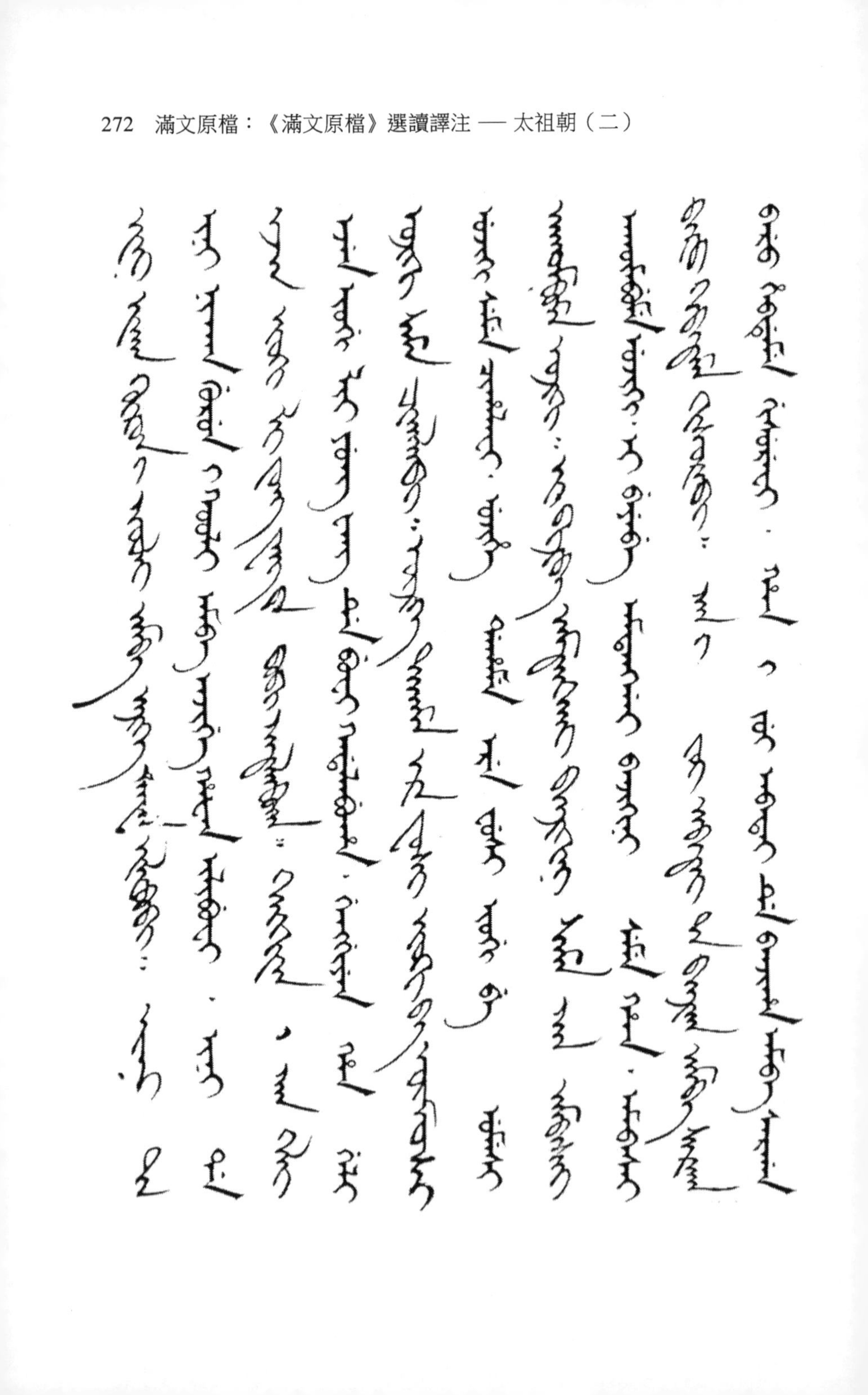

ini nikan gurun i kooli amba ajige hafan ilibufi, ini da ejen iogi lii yung fang de bufi kadalabuha. genggiyen han geli ujiki seme cihalafi, ujihe dahame ere fusi iogi be umesi akūmbume ujiki, i beyebe amtanggai banjikini seme han ambasai baru hebdeme gisurefi, han i jui abatai de banjiha amba sargan

---

仍依其明國之制度，設大小官屬，交由其原主遊擊李永芳管轄。英明汗因喜好豢養，欲盡心豢養撫順遊擊，令其度日有生趣，汗與諸大臣商議後，以汗之子阿巴泰親生長女

仍依其明国之制度，设大小官属，交由其原主游击李永芳管辖。英明汗因喜好豢养，欲尽心豢养抚顺游击，令其度日有生趣，汗与诸大臣商议后，以汗之子阿巴泰亲生长女

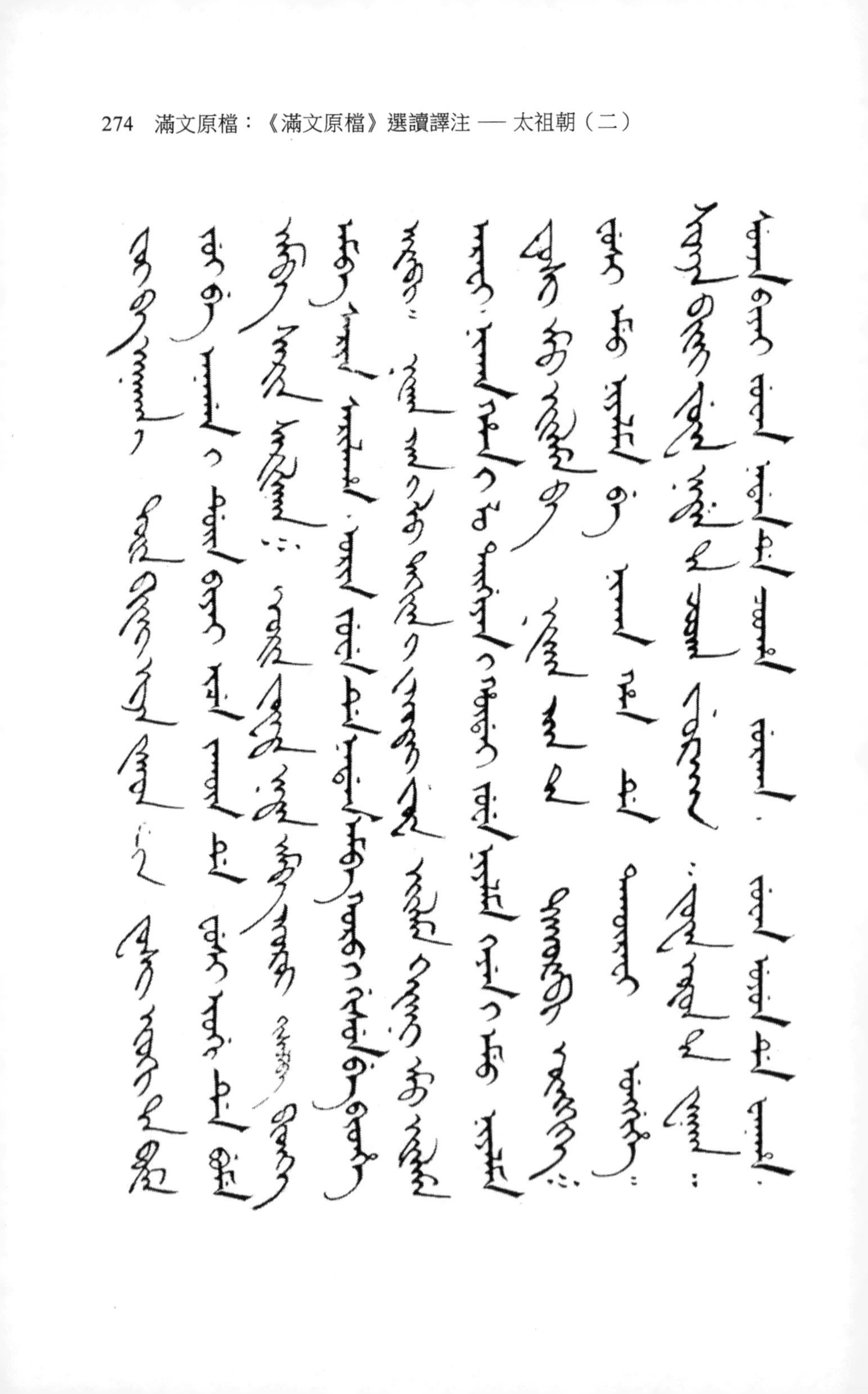

jui be, anagan i duin biyai ice jakūn de, fusi iogi de bume, amba sarin sarilaha. orin juwede, nadan amba koroi gisumbe bithe arafi, nikan han i lo taigiyan i hūdai juwe niyalma keyeni emu niyalma fusi emu niyalma be nikan han de takūrafi unggihe. sunja biyai juwan nadan de cooha juraka, juwan uyun de, fanaha,

---

於閏四月初八日嫁撫順遊擊，設大筵宴之。二十二日，將書寫七大恨之書付明帝魯太監之商賈二人，開原一人，撫順一人遣還，進呈明帝。五月十七日，大兵出發。十九日，攻克撫安堡、

于闰四月初八日嫁抚顺游击，设大筵宴之。二十二日，将书写七大恨之书付明帝鲁太监之商贾二人，开原一人，抚顺一人遣还，进呈明帝。五月十七日，大兵出发。十九日，攻克抚安堡、

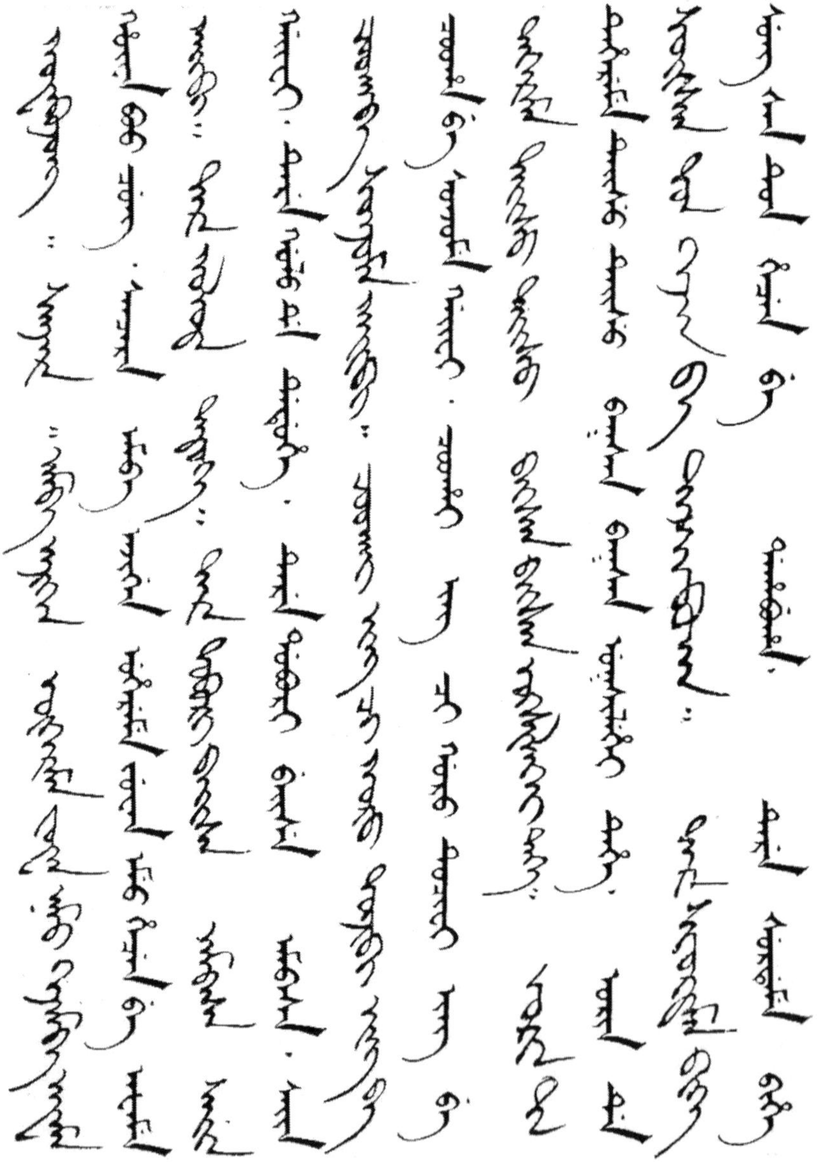

hūwaboocung, sancara, amba ajigen uhereme juwan emu hecenbe afame gaifi, tere golode deduhe, tere dobori beise ambasa, sain coohabe sonjome gaifi, coohai ing ci goro tucifi ing be tehereme teisu teisu baksan baksan uksilehei tehe. orin de sung šan tun hecen be dahabuha, tere šurdeme bihe

---

花豹衝、三岔兒等大小共十一城，即於該路宿營。是夜，諸貝勒大臣率領所選精兵離營遠出，於相等大營處各自編隊着甲駐守。二十日，招服松山屯。圍其周圍

花豹冲、三岔儿等大小共十一城，即于该路宿营。是夜，诸贝勒大臣率领所选精兵离营远出，于相等大营处各自编队着甲驻守。二十日，招服松山屯。围其周围

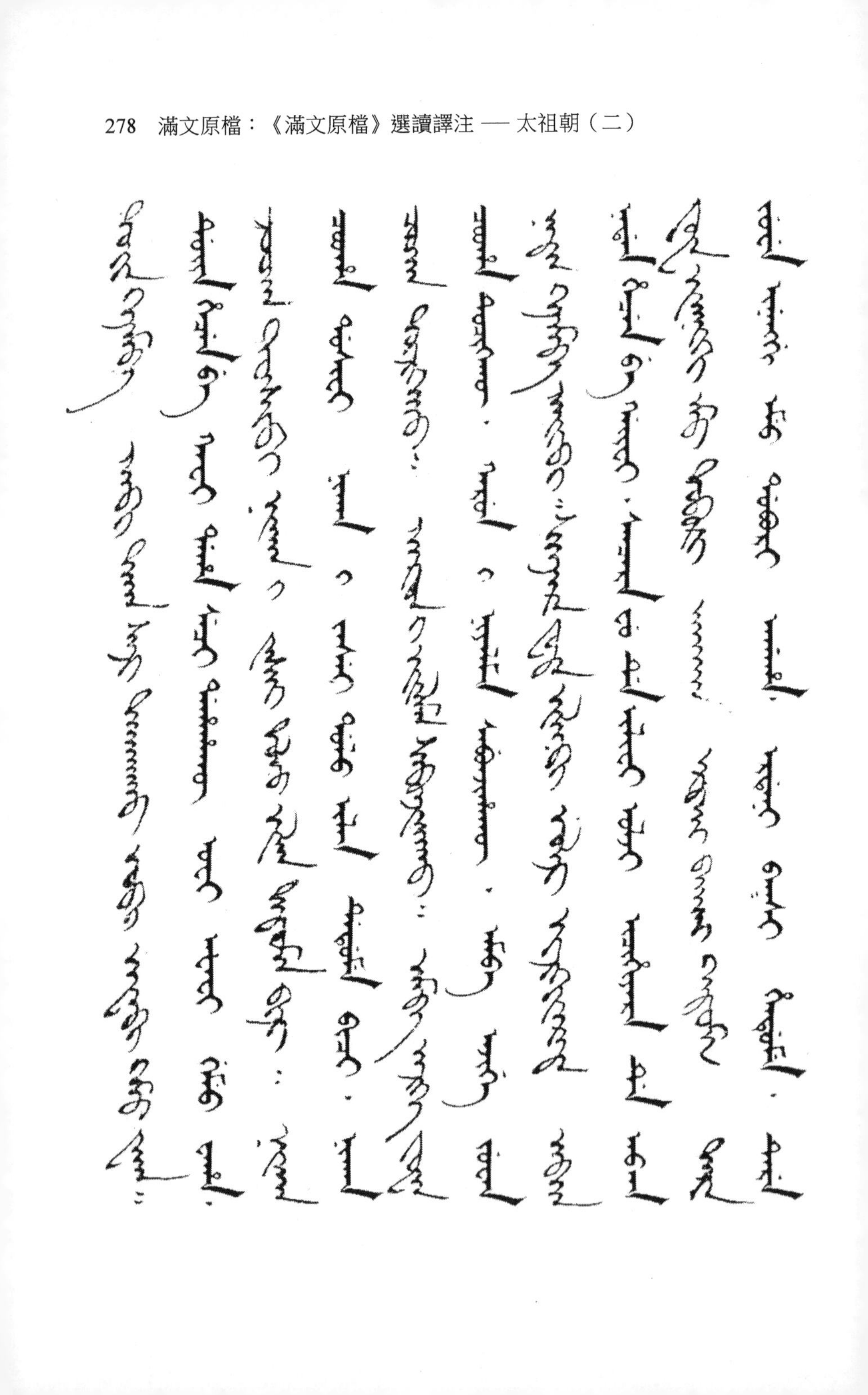

duin hecenbe kafi daha seci dahahakū ofi afafi gemu waha. cooha dosifi nikan i jasei dolo ilan dedume bici, nikan cooha tucikekū, karun i niyalma sabunjihakū. amba ajige juwan nadan hecembe gaifi, sancara fu de ilifi olji icihiyara de abka juwe inenggi emu dobori agaha. erdeni baksi hendume, tere

---

四城因招之不服，攻克後俱戮之。兵入明邊內駐三宿，明兵未出，未見哨卒出來。攻克大小十七城，立營於三岔兒堡處理俘虜時，天雨二日一夜。額爾德尼巴克什曰：

四城因招之不服，攻克后俱戮之。兵入明边内驻三宿，明兵未出，未见哨卒出来。攻克大小十七城，立营于三岔儿堡处理俘虏时，天雨二日一夜。额尔德尼巴克什曰：

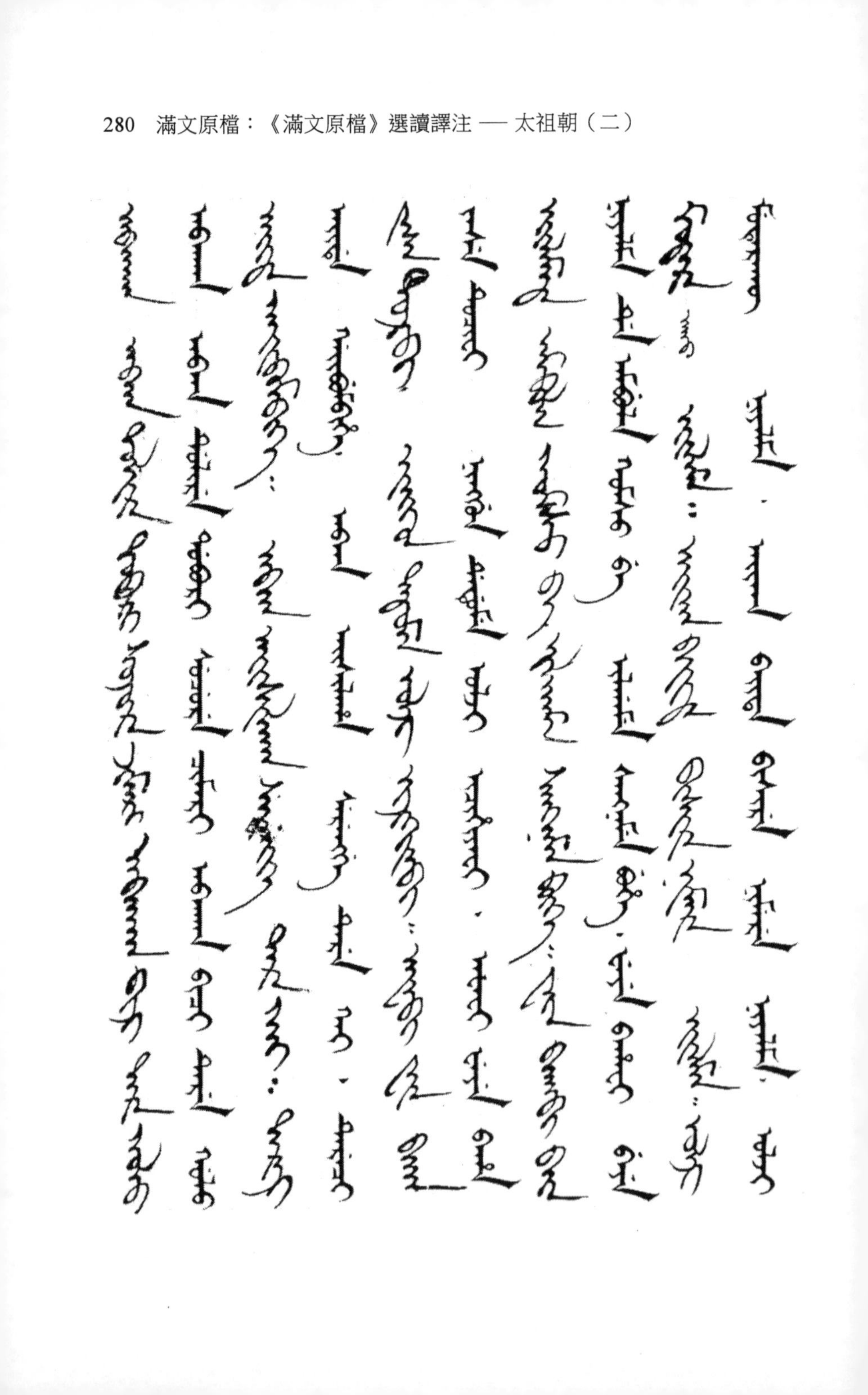

abkaka abka, dulire dobori sucure cimari abkaka bici tere golo aide gaibumbihe. abka aisilaha serengge tere kai. tereci jase tucifi ninggun dedume olji icihiyafi, afafi feye baha niyalmade, ambula komso be ilgame šangname buhe. feye bahafi beye mutere akū niyalma, aika baita bisire, nimere niyalma, olji

---

「若此雨天[50]，自連夜至次日晨進擊之時，何能攻克此路，所謂天助者此也。」遂出邊駐六宿，處理俘虜。其攻戰負傷之人，分別輕重行賞。其負傷不能行動之人，或有事、患病之人及俘虜

「若此雨天，自连夜至次日晨进击之时，何能攻克此路，所谓天助者此也。」遂出边驻六宿，处理俘虏。其攻战负伤之人，分别轻重行赏。其负伤不能行动之人，或有事、患病之人及俘虏

---

50 雨天，《滿文原檔》、《滿文老檔》俱讀作"abkaka abka"，意即「下雨天」。《滿文老檔》簽注：下年老檔已將 "abkafi"圈改為"agafi"。

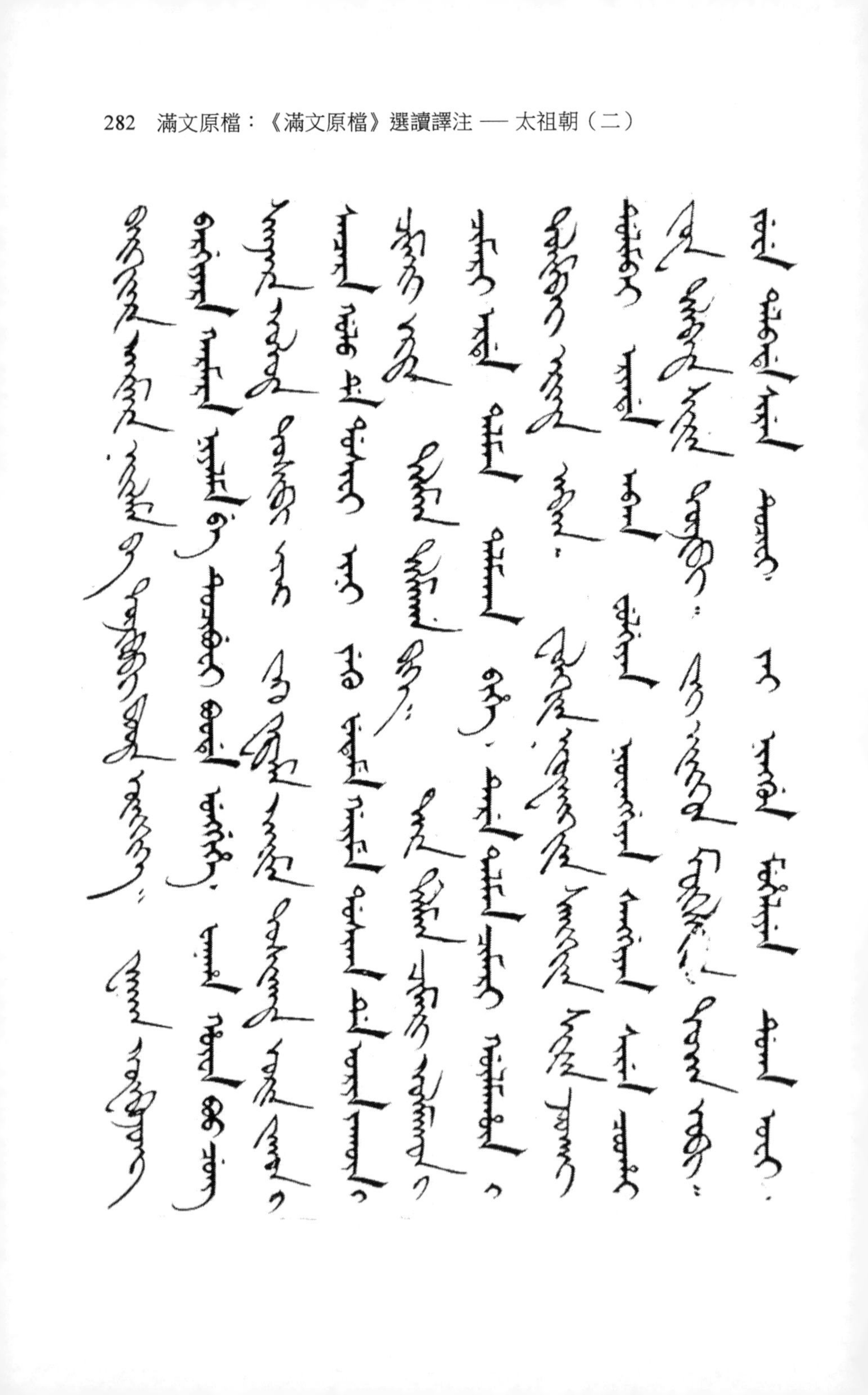

bargiyara karmara niyalma be tucibufi boode unggihe. fanaha, hūwaboocung, sancara golo de dosifi, ini jeku feteme gaime dosikade, orin jakūn i cimari erde talman talmaka bihe, tere talman cimari gūlmahūn i dulimbai erinde abka, fulgiyan niowanggiyan šanggiyan siren coohai juwe dalbade siren tucifi, jai ninggun muheliyen duka ofi,

---

派人聚集護送至家中。又進入撫安堡、花豹衝、三岔兒路，進入掘取其所藏糧食。二十八日晨大霧，其霧於晨卯時中刻，天上有紅、綠、白光線出現於軍兵之兩旁，其上有圓門六座，

派人聚集护送至家中。又进入抚安堡、花豹冲、三岔儿路，进入掘取其所藏粮食。二十八日晨大雾，其雾于晨卯时中刻，天上有红、绿、白光线出现于军兵之两旁，其上有圆门六座，

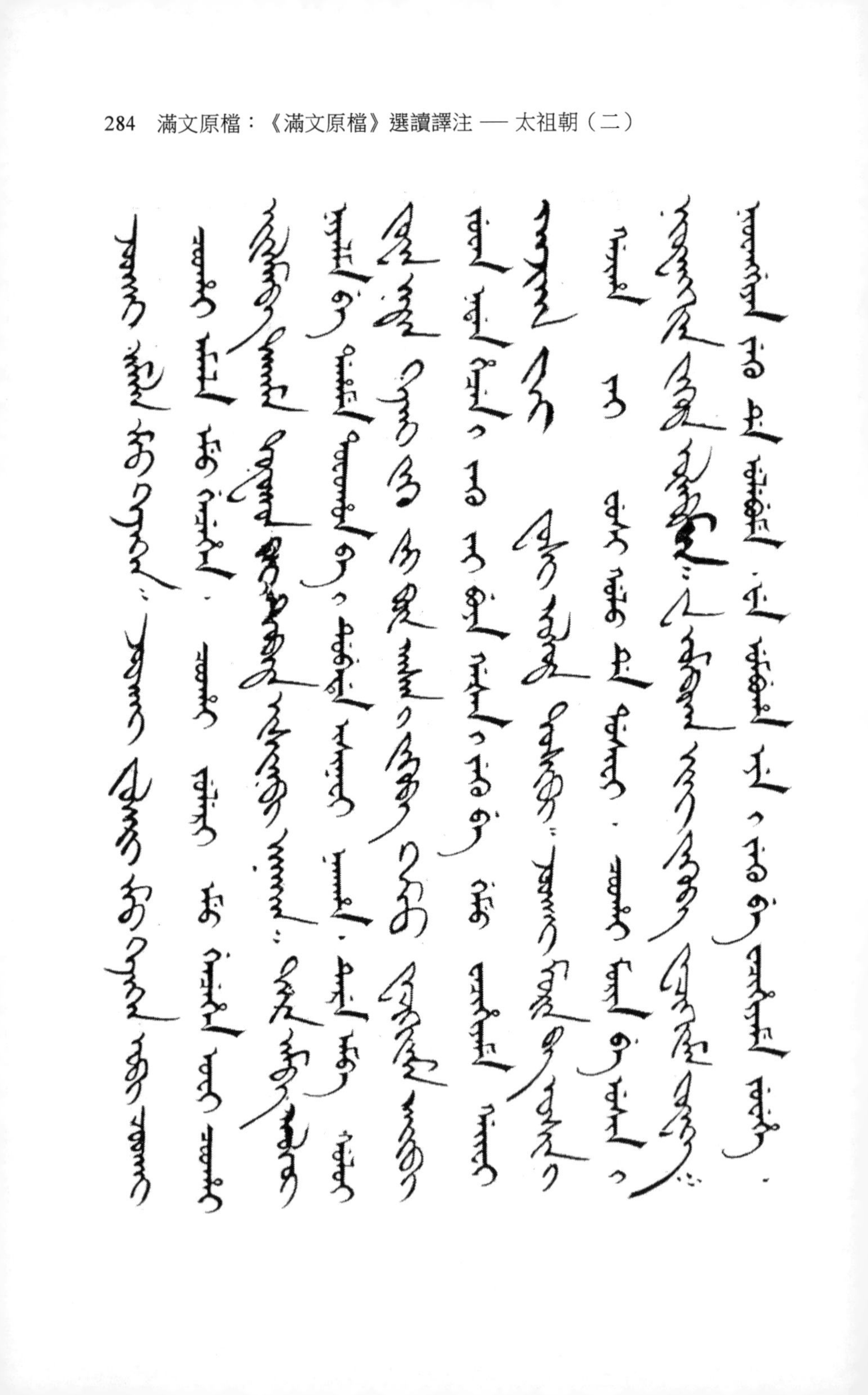

coohai amala emu gencehen, coohai juleri emu gencehen ofi, coohai niyalmabe dahame tofohon bai dubede isinafi nakaha, tere amba goloi juwan nadan hecen i jeku jai buya gašan i jekube gemu wacihiyame gaifi gajiha. jai fusi golode dosifi, coohai morin be usin i niowanggiyan jeku de ulebume, fe umbuha eye i jekube wacihiyame juwehe.

一頭在軍前，一頭在軍後，隨軍士而行至十五里方止，遂將其大路十七城之糧食及小村寨之糧食盡行取回。又入撫順路，以田中未熟綠糧餵馬，將舊日窖藏之糧盡數運回。

一头在军前，一头在军后，随军士而行至十五里方止，遂将其大路十七城之粮食及小村寨之粮食尽行取回。又入抚顺路，以田中未熟绿粮喂马，将旧日窖藏之粮尽数运回。

十六、息戰修好

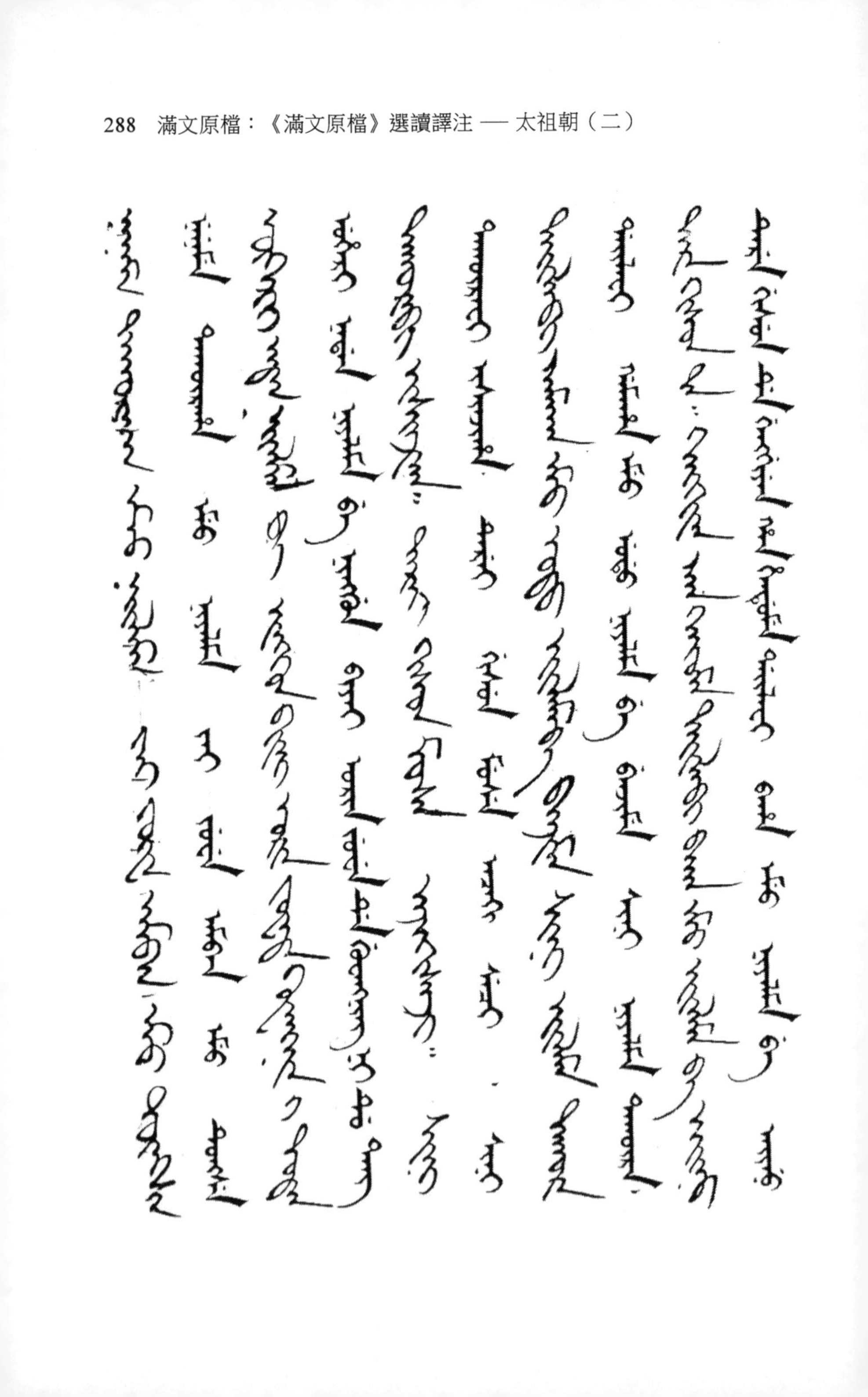

neneme takūraha emu niyalma jai juwe amban emu tungse uheri nadan niyalma be, ninggun biyai orin juwede, guwangnin i du tan takūrafi isinjiha, terei gisun muse acaki seci, sini dailafi gamaha emu udu niyalmabe benjime, sini niyalma takūra. tere gisun de genggiyen han hendume dailafi baha emu niyalma be ainu

---

六月二十二日，先前所遣送書一人及廣寧都堂所遣大臣二人，通事一人，共七人到來言：「你我若欲息戰修好，可將征戰中爾所俘數人送還，並遣人前來。」英明汗聞此言後曰：「征戰中所獲雖一人，

六月二十二日，先前所遣送书一人及广宁都堂所遣大臣二人，通事一人，共七人到来言：「你我若欲息战修好，可将征战中尔所俘数人送还，并遣人前来。」英明汗闻此言后曰：「征战中所获虽一人，

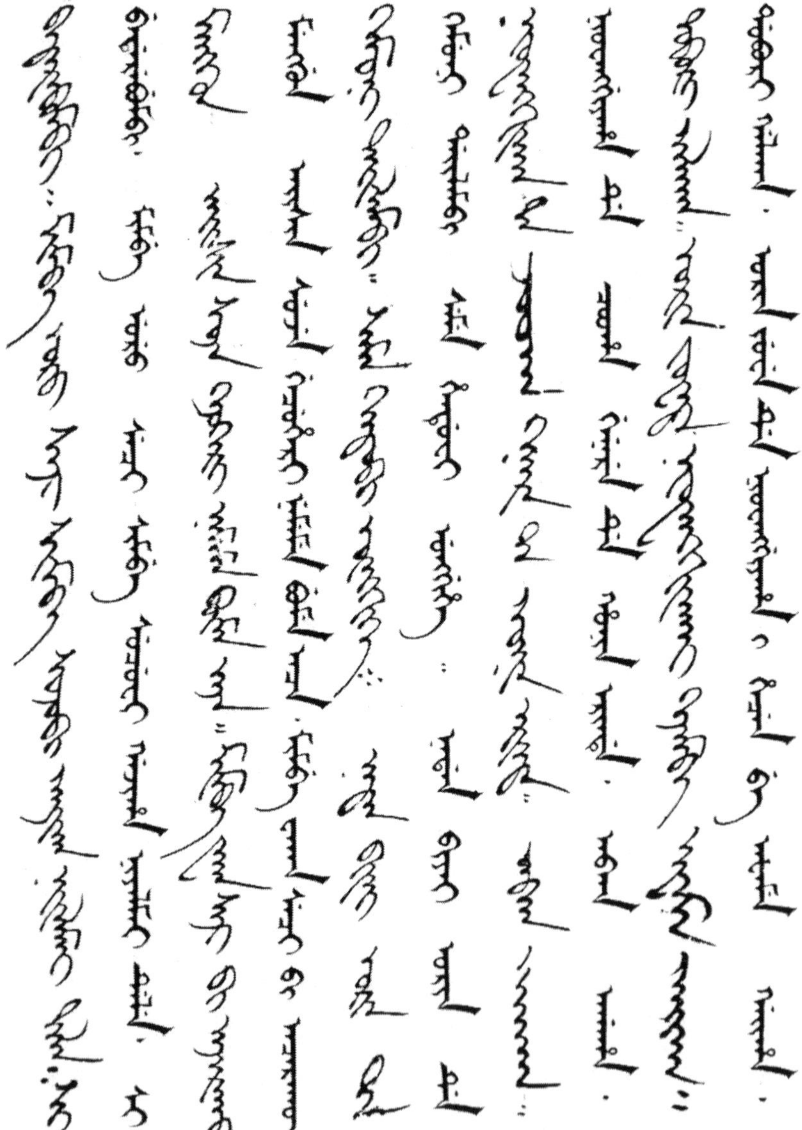

bederebumbi, mimbe uru seci simbe sucufi gajiha niyalmai dele, si menggun aisin suje gecuheri nememe bume aca, mimbe waka seci bi acarakū kemuni dailambi seme hendufi unggihe. nadan biyai orin de, niowanggiyaha de cooha genere de honin erinde, abka agaha, dobori galaka, orin juwede, niowanggiyahai hecenbe afame gaiha,

---

何可送還？倘若以我為是，則除襲擊爾所獲之人外，爾當再加餽銀、金、綢緞；倘若以我為非，則我不言和，征戰如故。」言畢，遣之還。七月二十日，出兵進攻清河。未時，天雨。入夜，天晴。二十二日，攻克清河城。

何可送还？倘若以我为是，则除袭击尔所获之人外，尔当再加馈银、金、绸缎；倘若以我为非，则我不言和，征战如故。」言毕，遣之还。七月二十日，出兵进攻清河。未时，天雨。入夜，天晴。二十二日，攻克清河城。

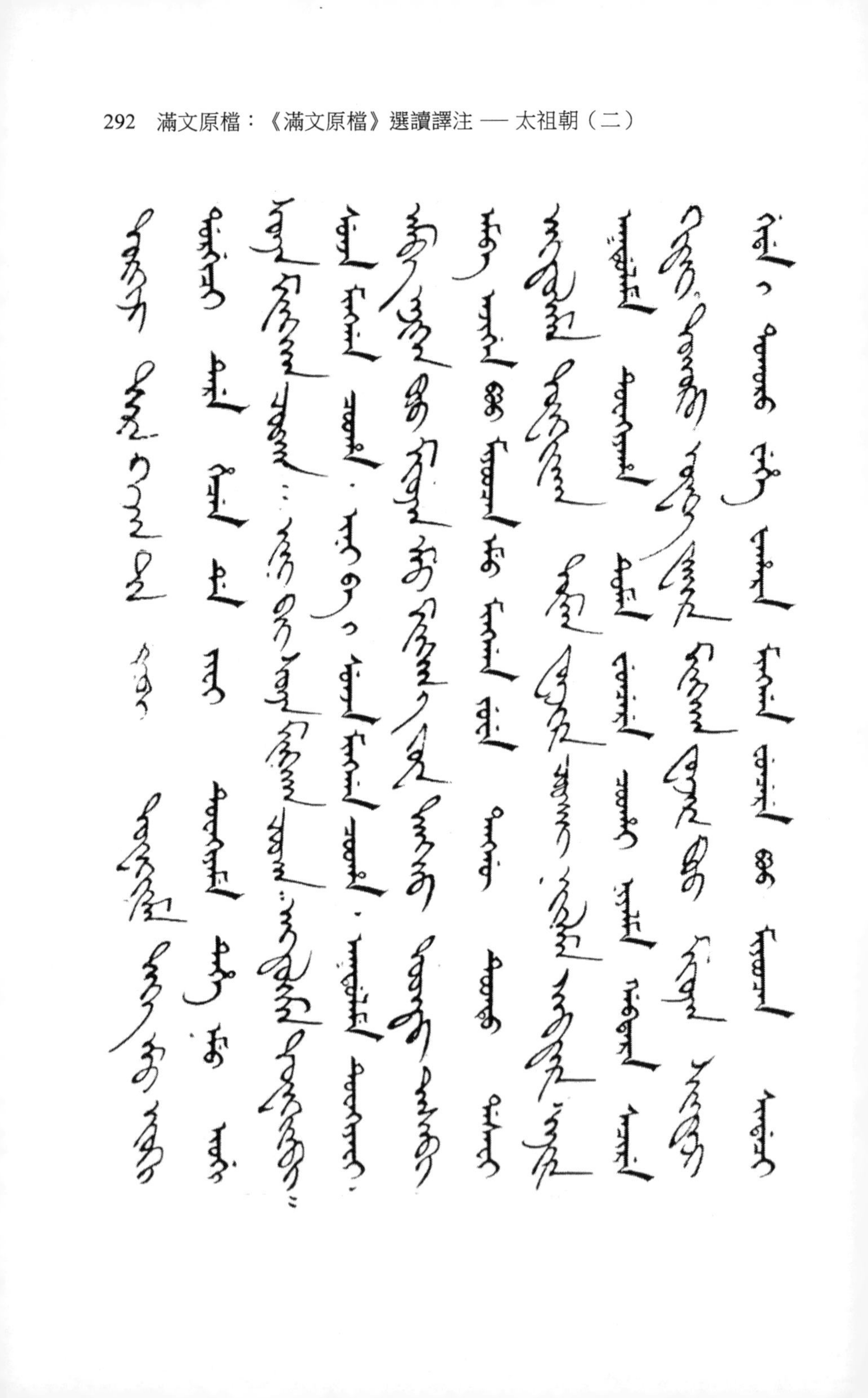

dorgici tere hecen de jifi tuwakiyame tehe emu iogi, sunja minggan cooha, ini bai sunja minggan cooha, akdulame tuwakiyafi, amba ajigen poo miyoocan emu minggan juwe tanggū tuttu dasafi akdulame tuwakiyaha. tumen funcere coohai niyalma gabtara sacire gida i tokoro wehe fahara minggan funcere poo miyoocan sindaci

---

由邊內來至該城駐守遊擊一員率兵五千及當地兵五千固守，整修大小鎗礮一千二百固守。萬餘軍士箭射、刀砍、槍刺、石擲，千餘鎗礮齊發，

由边内来至该城驻守游击一员率兵五千及当地兵五千固守，整修大小鎗炮一千二百固守。万余军士箭射、刀砍、枪刺、石掷，千余鎗炮齐发，

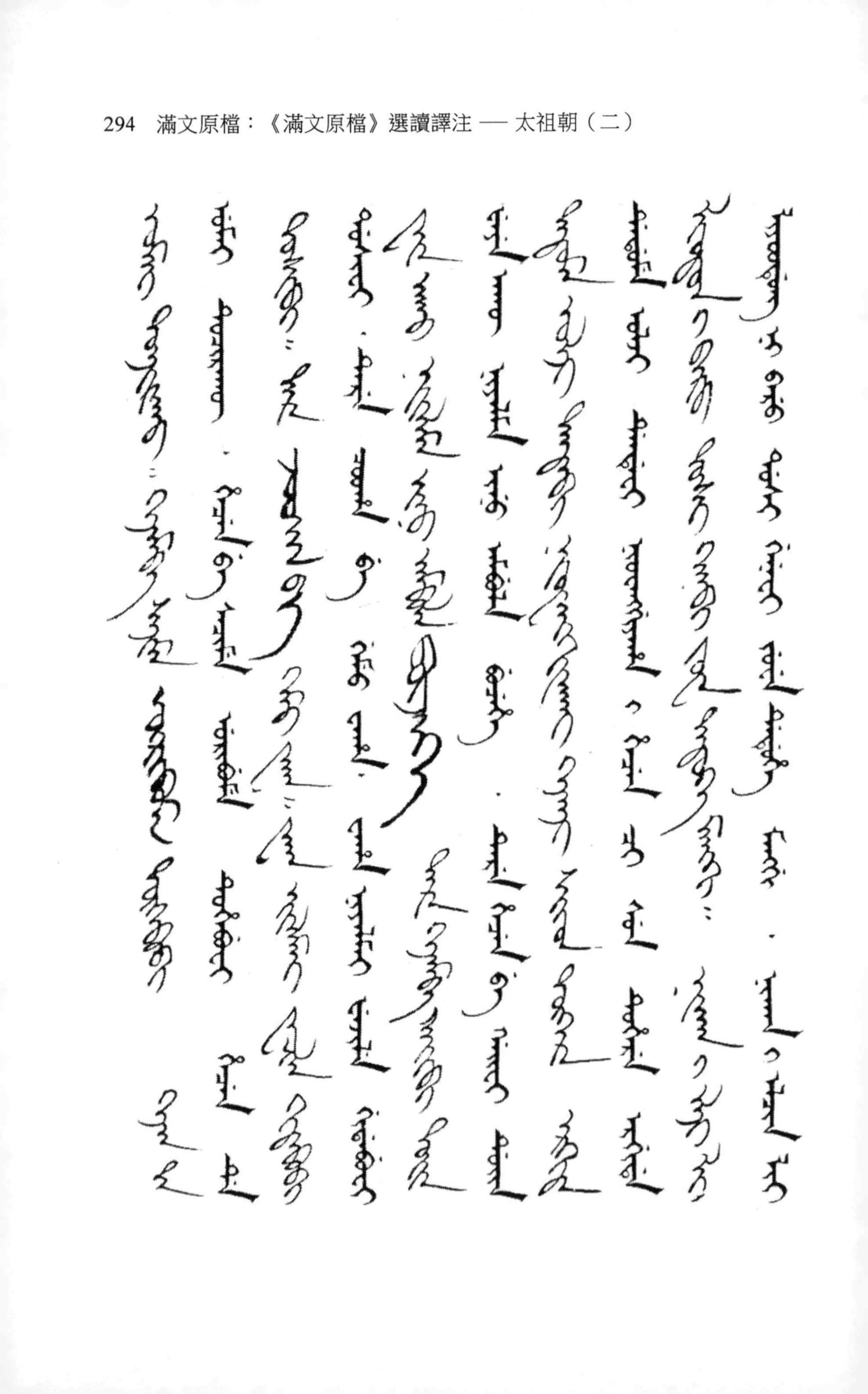

umai tucirakū, hecembe sacime uribume tuhebufi, hecen de dosifi, tere cooha be gemu waha. waha niyalmai fejile gidabufi feye akū niyalma inu ambula bucehe. tere hecembe gaifi duin dedume olji dendefi niowanggiyahai hecenci šun tuhere ergide liyoodun i baru dosi genefi juwe deduhe manggi, nikan i elcin lii

---

並不出城，遂將城破壞崩倒，進入城中，將其兵俱行殺戮。其未負傷而被所殺者下面壓死者亦多死亡。攻克其城後，駐四宿以分俘虜。自清河城向西進入遼東，駐二宿後，明使

并不出城，遂将城破坏崩倒，进入城中，将其兵俱行杀戮。其未负伤而被所杀者下面压死者亦多死亡。攻克其城后，驻四宿以分俘虏。自清河城向西进入辽东，驻二宿后，明使

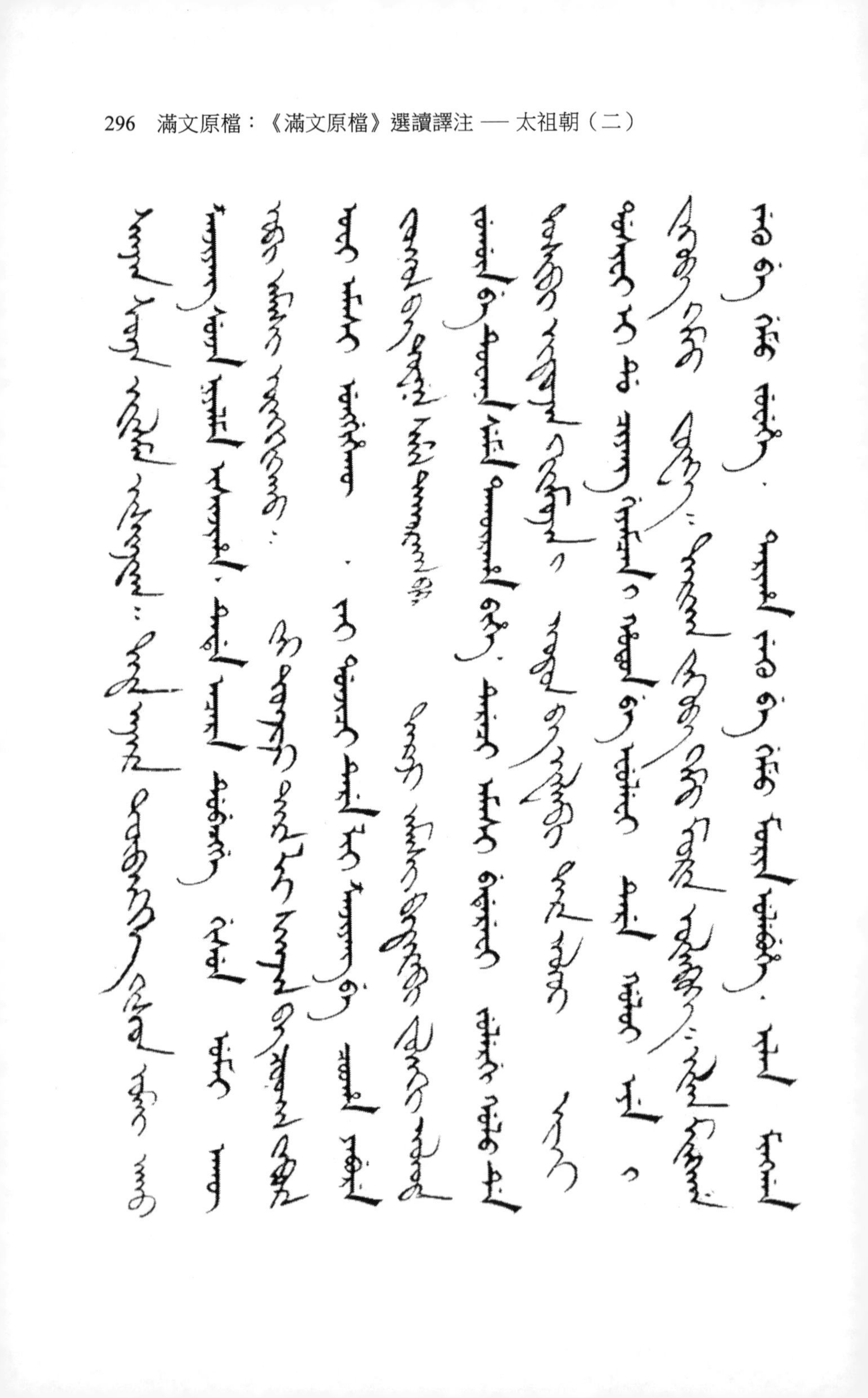

sanjan sunja niyalma isinjiha, tede acara dubengge gisun umai akū ofi amasi unggihekū. jai donjici tere lii sanjan be, cooha yabure jugūn be tuwana seme takūraha bihe, tereci amasi bederefi julergi golode dosifi idujan giyamcan i hoton be efulefi tere goloi eyei jekube gemu juwehe, tariha jekube gemu morin ulebuhe. ilan minggan

---

李參將等五人到來，相會後因彼終無修好之言，並未遣還。又聞，遣李參將，乃遣其來探我進兵之路，於是遣回。進入南路，攻毀一堵墻、鹻場二城，並將該路窖中糧食俱行運回，所種糧食，俱行餵馬，

李参将等五人到来，相会后因彼终无修好之言，并未遣还。又闻，遣李参将，乃遣其来探我进兵之路，于是遣回。进入南路，攻毁一堵墙、鹻场二城，并将该路窖中粮食俱行运回，所种粮食，俱行喂马，

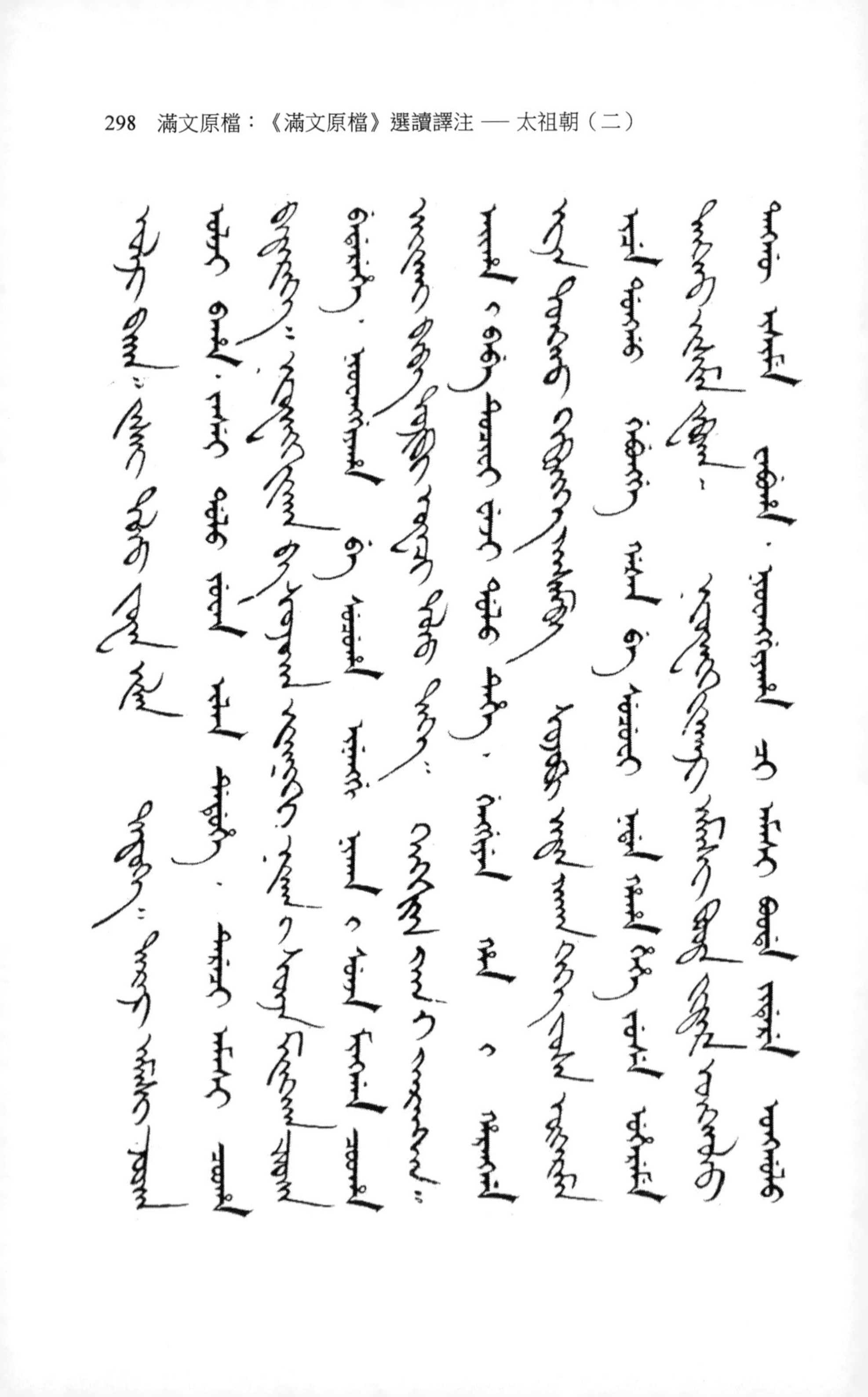

olji baha, jasei dolo juwan ilan deduhe, tereci amasi cooha bederehe. niowanggiyaha be sucuha inenggi nikan i sunja minggan cooha aihai babe tucifi weji dolo tehe, genggiyen han i harangga ice donggo gebungge gašambe sucufi nadan haha hehe juse uhereme tanggū isime wabuha, niowanggiyahaci amasi boode jidere onggolo,

---

獲俘虜三千，於邊內駐十三宿，遂班師。襲擊清河之日，明兵五千出靉陽，襲擊住深林中英明汗所屬名叫伊徹董鄂村寨，男丁七人及婦孺共約百人被殺，自清河班師前，

获俘虏三千，于边内驻十三宿，遂班师。袭击清河之日，明兵五千出叆阳，袭击住深林中英明汗所属名叫伊彻董鄂村寨，男丁七人及妇孺共约百人被杀，自清河班师前，

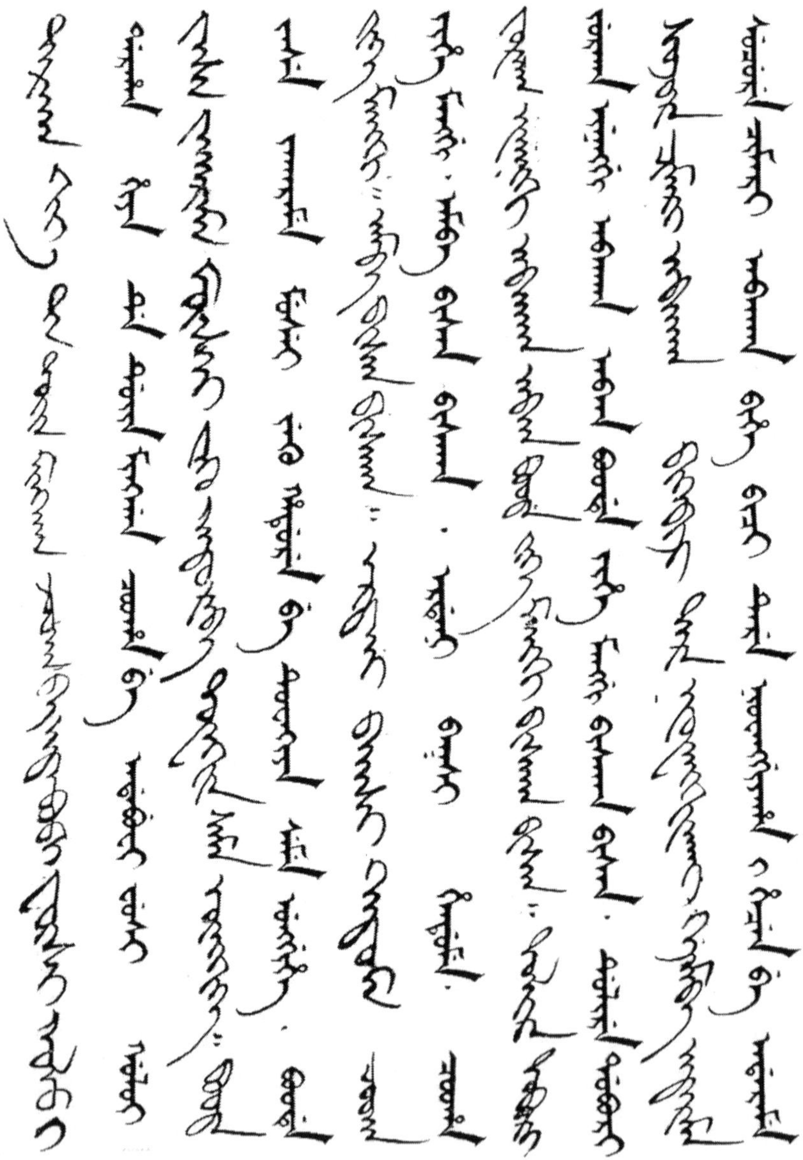

darhan hiya de duin minggan cooha be adabufi fusi goloi jase jakarame musei jeku hadurebe tuwakiya seme unggihe. boode jihe manggi, amba bisan bisaka. erdeni baksi hendume cooha juraka inenggi abkaka abka boode jihe manggi bisaka bisan, dulire dobori sucure cimari abkaka bihe bici tere niowanggiyahai hecembe adarame

---

遣侍衛達爾漢率兵四千，前往撫順路沿邊守護我收割糧食。班師後，洪水泛濫。額爾德尼巴克什曰：「我兵出發之日天雨，班師後，洪水泛濫，倘若連夜天雨至次日晨出兵襲擊之時，則清河城如何

遣侍卫达尔汉率兵四千，前往抚顺路沿边守护我收割粮食。班师后，洪水泛滥。额尔德尼巴克什曰：「我兵出发之日天雨，班师后，洪水泛滥，倘若连夜天雨至次日晨出兵袭击之时，则清河城如何

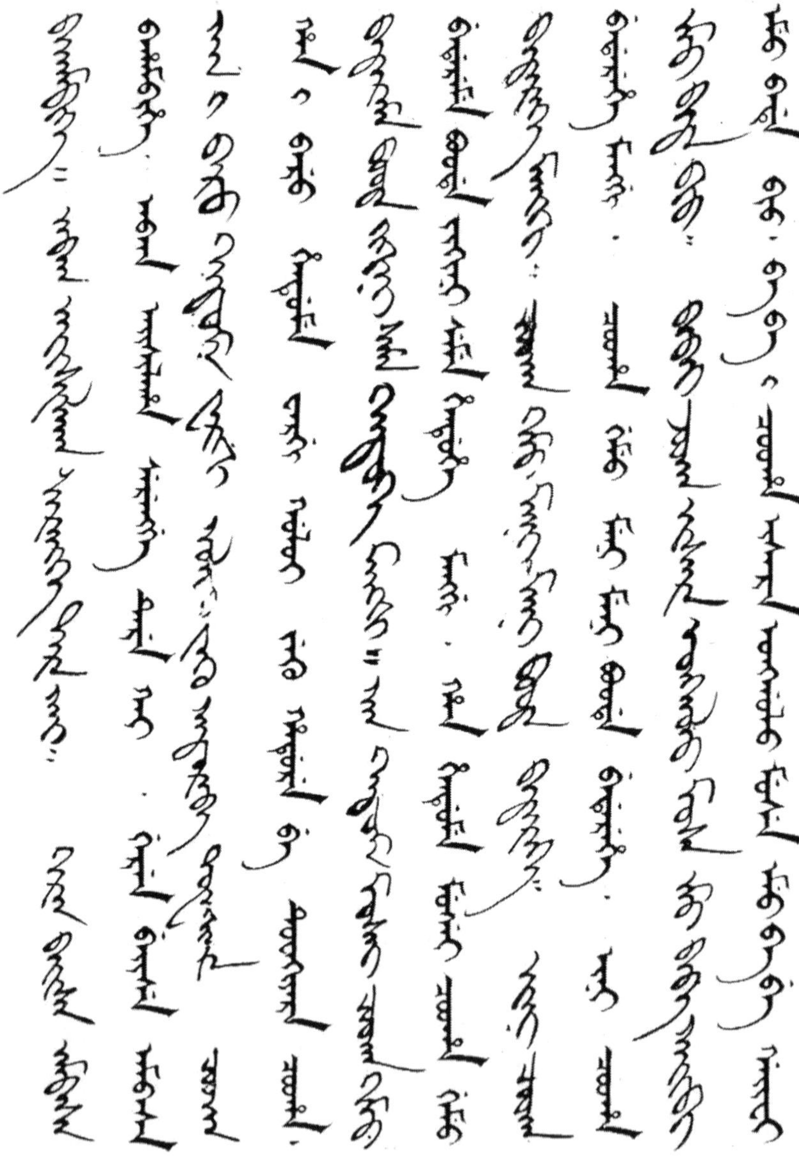

bahambihe. abka aisilaha serengge tere kai. geren beise ambasa han i baru hendume wargi goloi jeku hadurebe tuwakiyara cooha bedereme boode jikini seme henduhe manggi, han hendume musei cooha gemu bederehe manggi, cooha gemu meni meni boode bederehe, ini cooha emu bade bio. babai cooha isara onggolo musei emu babe gaifi

---

可得？所謂天助者此也。」諸貝勒大臣稟汗曰：「西路守護收割糧食之兵，令其返家」。汗曰：「我軍俱返回後，兵皆各自返家，其兵是否在一處？於各處之兵會集之前，取我地一處，

可得？所谓天助者此也。」诸贝勒大臣禀汗曰：「西路守护收割粮食之兵，令其返家」。汗曰：「我军俱返回后，兵皆各自返家，其兵是否在一处？于各处之兵会集之前，取我地一处，

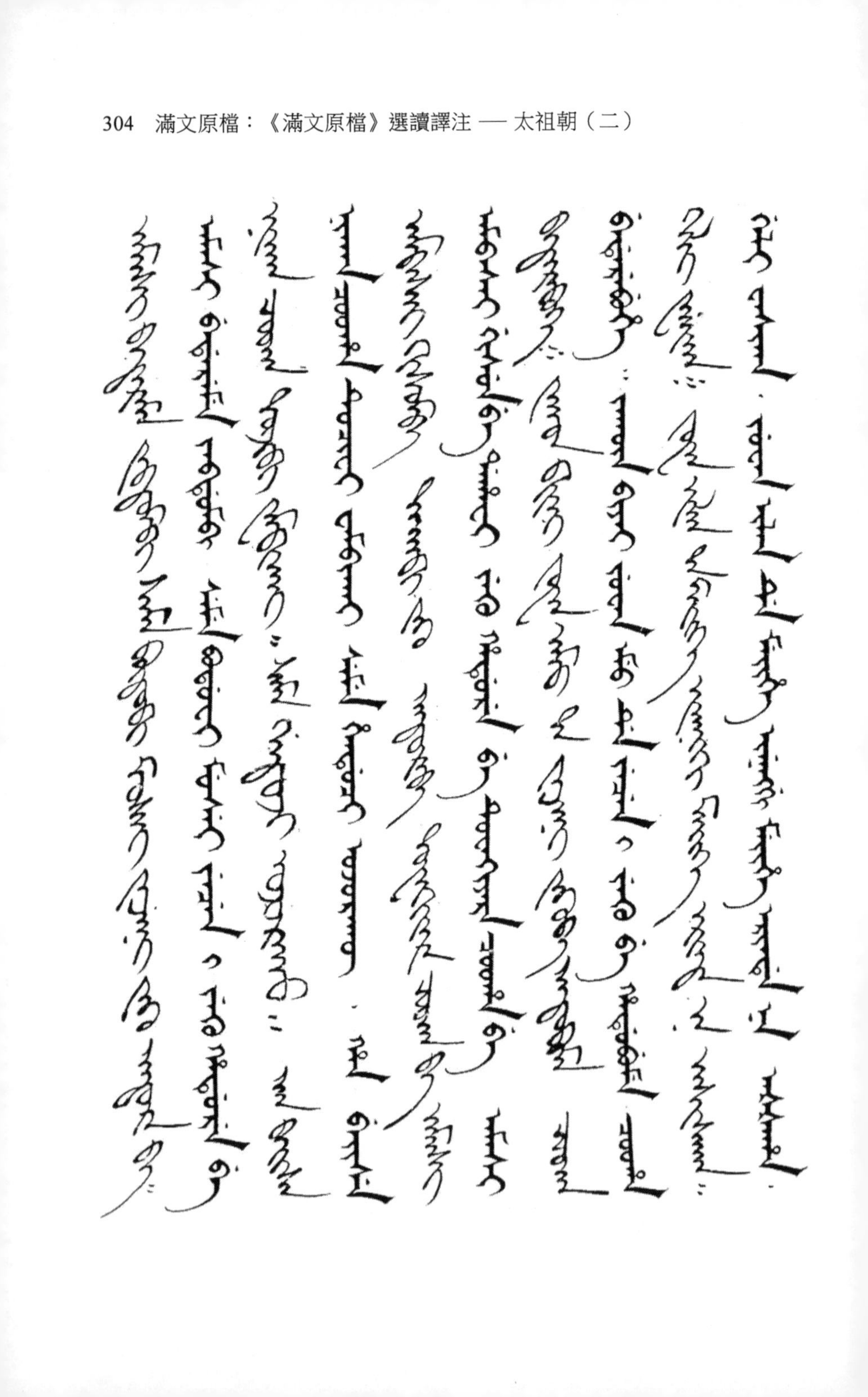

amasi bedereme jabdumbi seme bodofi musei jecen i jeku hadure be, nikan cooha tucifi wambikai, seme henduci ojorakū, han beise ambasai gisumbe dahafi jeku hadurebe tuwakiyara cooha be amasi bederebuhe. jakūn biyai juwan emu de jecen i jeku be hadubume cooha geli wasika, juwan ilan de meihe inenggi meihe erinde na aššaha.

尚有返回之餘暇，以致明兵出邊殺我邊境收割糧食之人也。」諸貝勒大臣皆不以為然。汗聽從諸貝勒大臣之言，將駐守收割糧食之兵撤回。八月十一日，又派兵西去邊境收割糧食。十三日巳日巳時，地震[51]。

尚有返回之余暇，以致明兵出边杀我边境收割粮食之人也。」诸贝勒大臣皆不以为然。汗听从诸贝勒大臣之言，将驻守收割粮食之兵撤回。八月十一日，又派兵西去边境收割粮食。十三日巳日巳时，地震。

---

[51] 地震，《滿文原檔》讀作"na asisaka"，《滿文老檔》讀作"na aššaha"，意即「地動」。

十七、曬打糧食

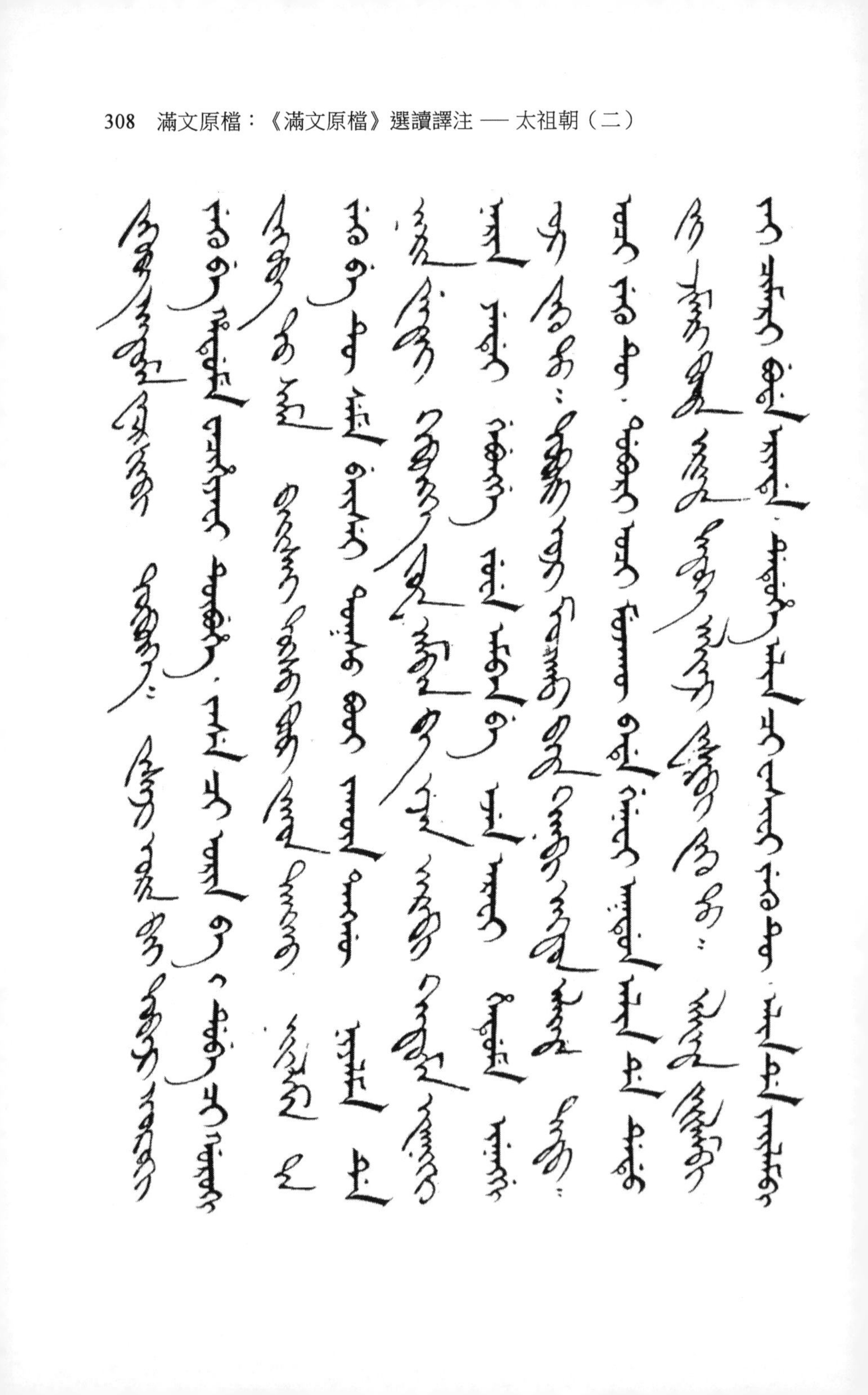

jekube hadume wacihiyafi tūbuhe. jaseci orin bai dubeci, goroki jekube tū seme beisei tokso booi jakūn tanggū niyalma de, narin, yendei gebungge juwe amban be ejen arafi hendume inenggi oci jeku tū, dobori oci mujakū bade genefi akdun alinde dedu. jai cimari buda erinde deduhe alinci wasifi jeku tū. alinde jailambi

---

命曬打收割完後之糧食，運至距離邊境二十里遠之處曬打糧食。派名叫納鄰、音德二大臣為主將率諸貝勒莊屯之家丁八百人前往收割。諭曰：「晝則打穀，夜則宿各地山谷險隘處[52]。，次晨飯時，再自住宿山上下去曬打糧食。其避於山上時，

命晒打收割完后之粮食，运至距离边境二十里远之处晒打粮食。派名叫纳邻、音德二大臣为主将率诸贝勒庄屯之家丁八百人前往收割。谕曰：「昼则打谷，夜则宿各地山谷险隘处。次晨饭时，再自住宿山上下去晒打粮食。其避于山上时，

---

[52] 各地，《滿文原檔》寫作“mocako bade”，《滿文老檔》讀作“mujakū bade”，舊清語，同“babade”。 按此為無圈點滿文“ca”與“ja”、“ ko”與“kū”之混用現象。

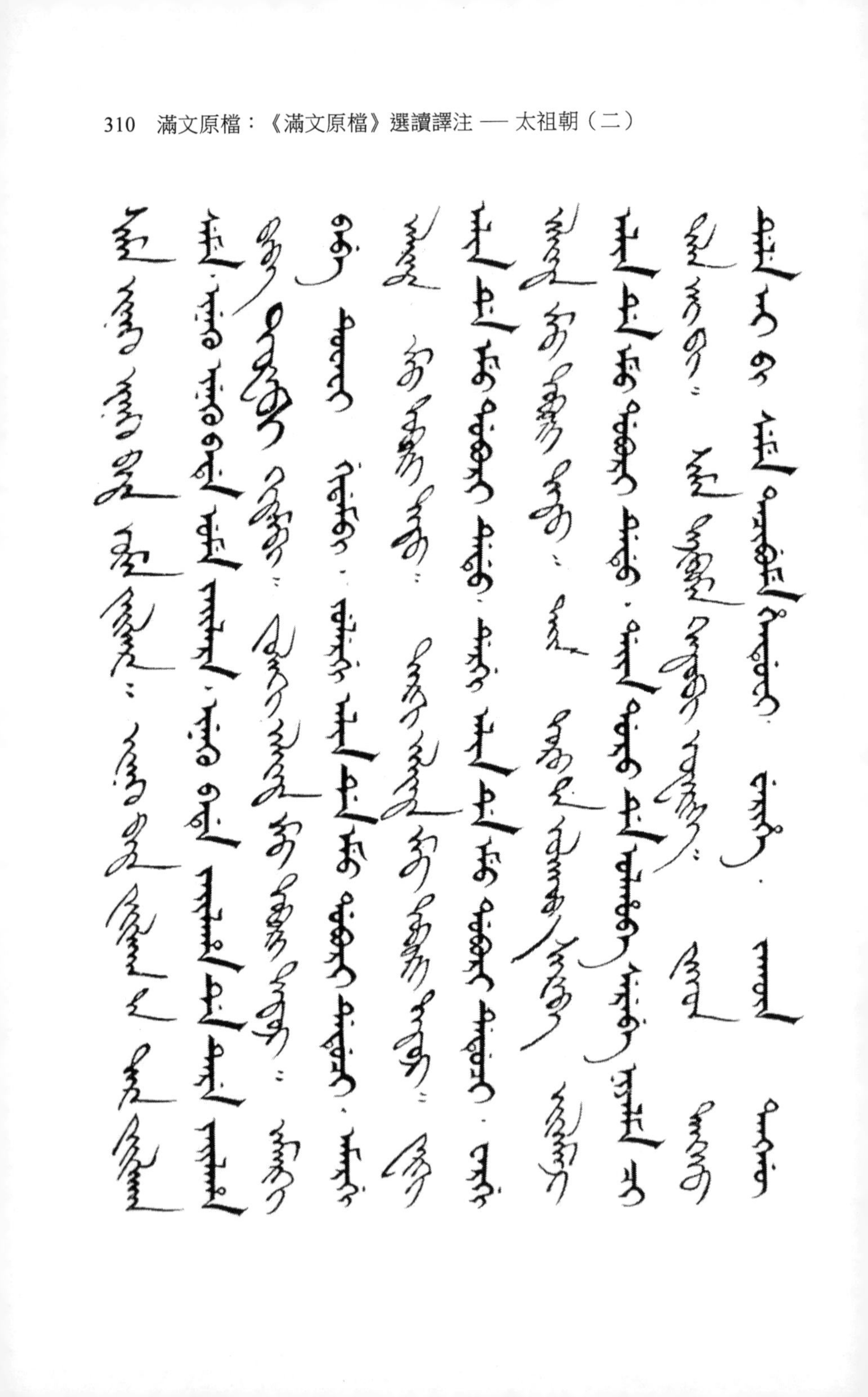

seme ineku ineku bade ume jailara. ineku bade jailaha de, tere jailaha babe tuwafi gidambi, julergi alinde emu dobori deduci, amargi alinde emu dobori dedu, dergi alinde emu dobori deduci, wargi alinde emu dobori dedu, dain doro de olhoba serebe niyalmaci dele ai bi seme tacibume hendufi, werihe jakūn tanggū

勿避宿於同一處，若避宿於同一處，敵人看見避宿處後即來襲擊。南山宿一夜，北山宿一夜，東山宿一夜，西山宿一夜，用兵之道，固當謹慎，然貴於人也。」諭畢，將所留下八百人，

勿避宿于同一处，若避宿于同一处，敌人看见避宿处后即来袭击。南山宿一夜，北山宿一夜，东山宿一夜，西山宿一夜，用兵之道，固当谨慎，然贵于人也。」谕毕，将所留下八百人，

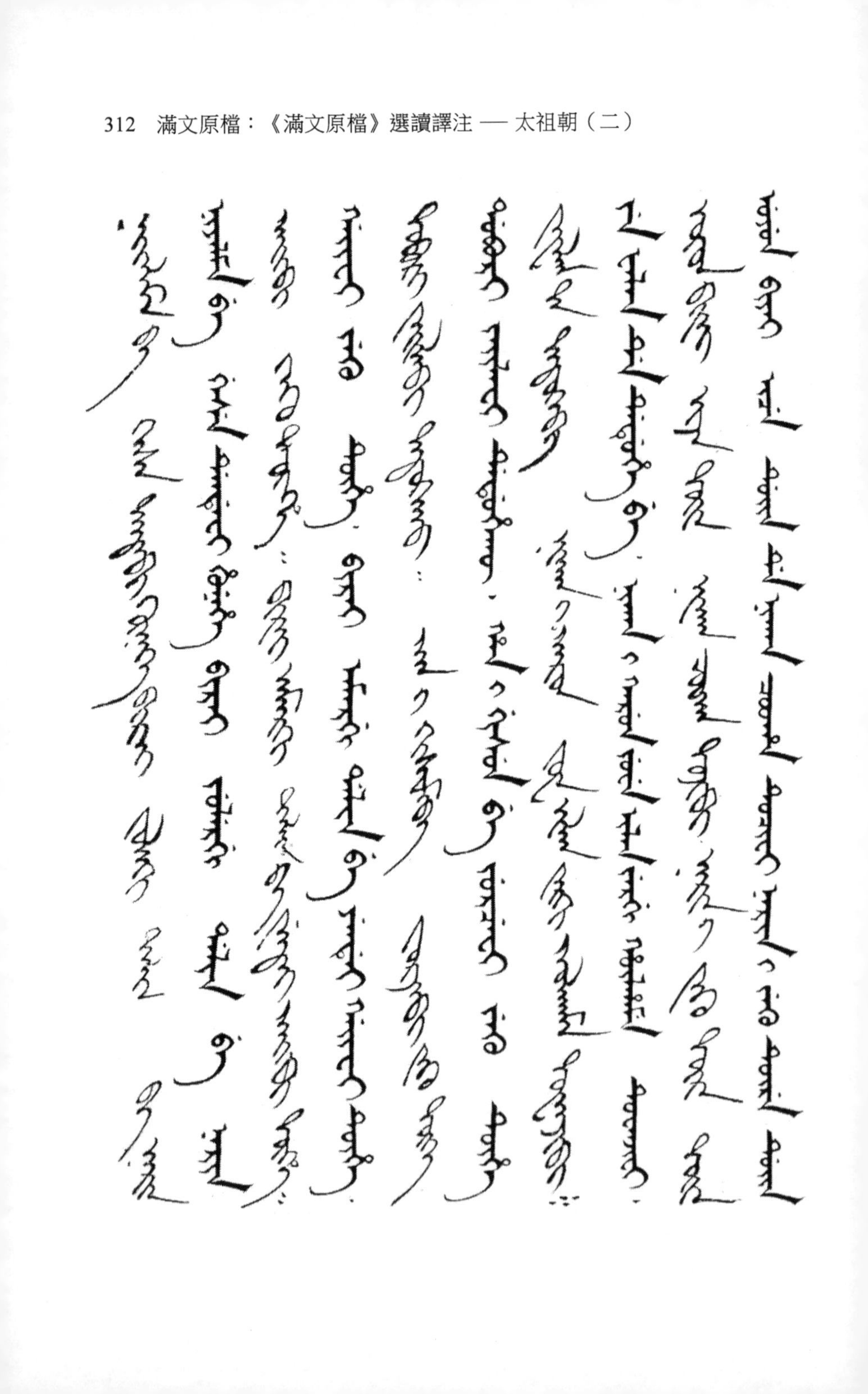

niyalma be gese dendefi hunehe birai julergi dalin be narin gaifi jeku tūhe, birai amargi dalin be yendei gaifi tūhe, dobori jailafi deduhekū. han i gisumbe jurcefi jeku tūhe je falan de deduhebe nikan i karun juwe ilan jergi hūlhame tuwanjifi, uyun biyai ice duin de nikan cooha tucifi narin i jeku tūre duin

---

平分，納鄰率眾於渾河南岸曬打糧食；音德率眾於河北岸曬打糧食。然夜未避宿，違悖汗言，宿於曬打糧食場院[53]。明哨卒二、三次前來窺視，於九月初四日，明兵出邊

平分，纳邻率众于浑河南岸晒打粮食；音德率众于河北岸晒打粮食。然夜未避宿，违悖汗言，宿于晒打粮食场院。明哨卒二、三次前来窥视，于九月初四日，明兵出边

---

[53] 曬打糧食場院，句中「場院」，《滿文原檔》讀作"jewalan" ，《滿文老檔》讀作"je falan"。按此為無圈點滿文"wa"與"fa"之混用現象。

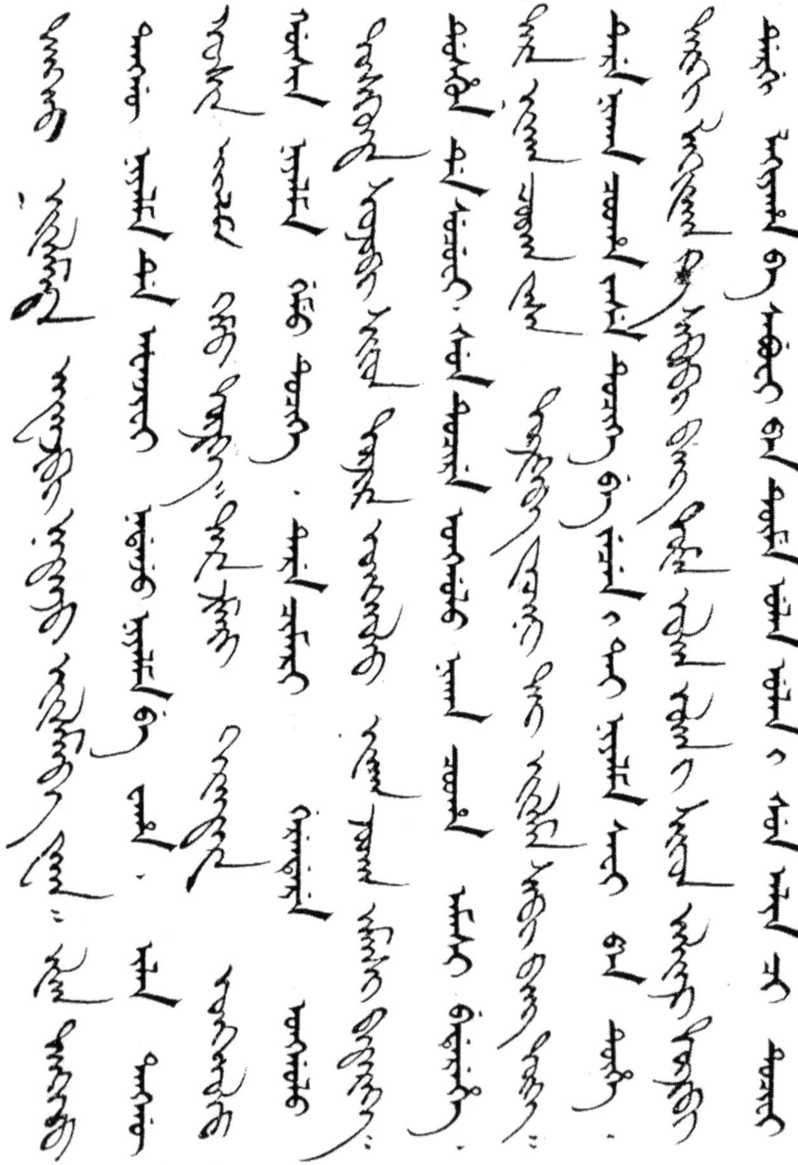

tanggū niyalmade afanjifi nadanju niyalmabe waha, ilan tanggū gūsin niyalma gemu tucike. tere cimari gerendere onggolo dushunde sucufi šun tucire onggolo nikan cooha amasi bederehe. tere nikan cooha jase tucikebe jecen i tai niyalma safi pang tūhe, dergi lakiyaha ba sabufi pang tūme ulan ulan i šun alinci tucifi

---

襲擊納鄰曬打糧食四百人，殺七十人，其餘三百三十人俱脫出。明兵於早晨黎明前天色昏暗時來襲。日出前，明兵退回。邊境臺卒見之，即敲打雲板[54]，東方懸掛雲板處見之，亦敲打雲板輾轉相傳，日出山，

袭击纳邻晒打粮食四百人，杀七十人，其余三百三十人俱脱出。明兵于早晨黎明前天色昏暗时来袭。日出前，明兵退回。边境台卒见之，即敲打云板，东方悬挂云板处见之，亦敲打云板辗转相传，日出山，

---

[54] 雲板，《滿文原檔》讀作“bang” ，《滿文老檔》讀作“pan”。按此為無圈點滿文音譯漢字詞時，“ba”與“pa”，字尾輔音 “ng” 與“n”的混用現象。

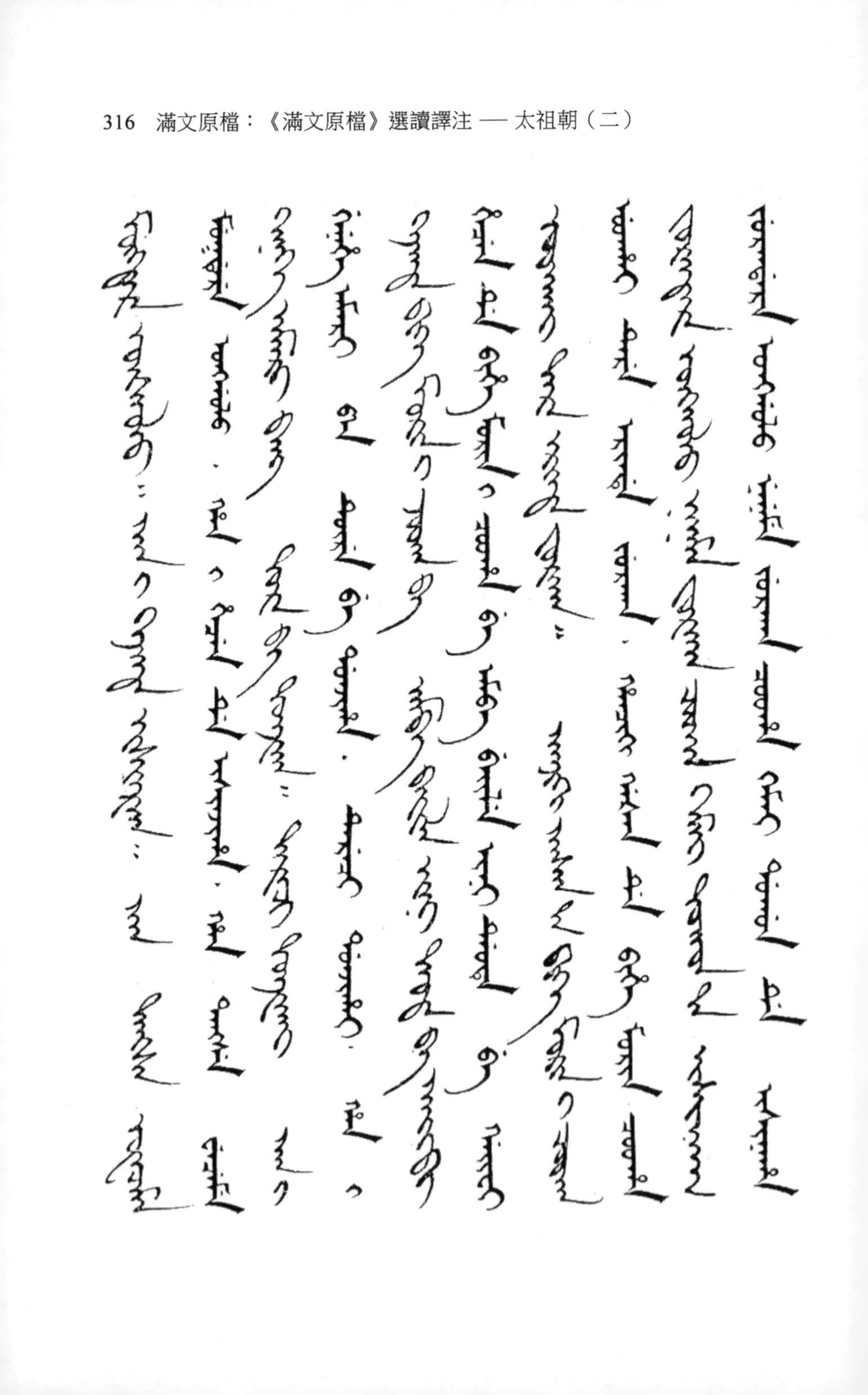

mukdere onggolo, han i hecende isinjiha. han tangse weceme genehe amari, pang tūre be donjiha, tereci donjihai, han i hecende bihe morin i cooha be amba beile ini deote be gaifi uthai tere erinde juraka, hanciki gašan de bihe morin i cooha jurandara onggolo neneme juraka cooha kemai dogon de isinaha

---

尚未高昇以前，即傳到汗城。汗往祭堂子後[55]，聞敲雲板，命大貝勒及其諸弟率領汗城所有騎兵立即出發，在附近村寨所有騎兵出發以前，先行出發之兵已至克瑪渡口，

尚未高升以前，即传到汗城。汗往祭堂子后，闻敲云板，命大贝勒及其诸弟率领汗城所有骑兵立即出发，在附近村寨所有骑兵出发以前，先行出发之兵已至克玛渡口，

---

[55] 祭堂子，《滿文原檔》讀作"tangse uweceme"，《滿文老檔》讀作"tangse weceme"。

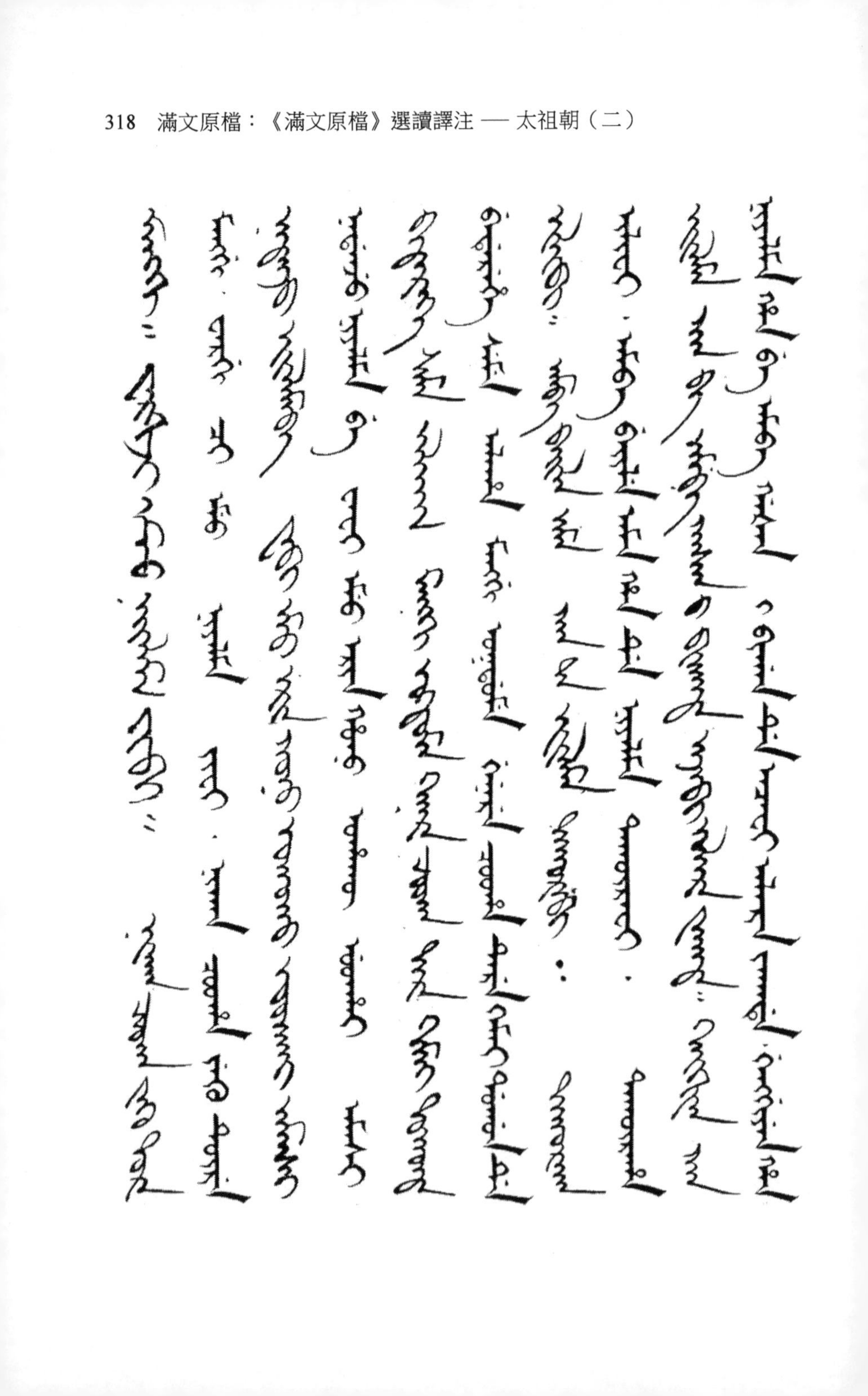

manggi, wargici emu niyalma jifi, nikan cooha jeku tūre nadanju niyalmabe wafi emu erin hono ohakū uthai amasi bederehe seme alaha manggi okdome genere cooha tere kemai dogonde ilifi, amba beile ama han de niyalma takūrafi, takūraha niyalma han be amba gašan i bigande acafi alara jakade, genggiyen han

---

有一人從西邊來告知，明兵殺曬打糧食七十人，未及一時即退回。前往迎敵之兵即於克瑪渡口停下，大貝勒遣人稟報父汗，所遣之人於大村寨之郊野會見汗稟報情形。英明汗

有一人从西边来告知，明兵杀晒打粮食七十人，未及一时即退回。前往迎敌之兵即于克玛渡口停下，大贝勒遣人禀报父汗，所遣之人于大村寨之郊野会见汗禀报情形。英明汗

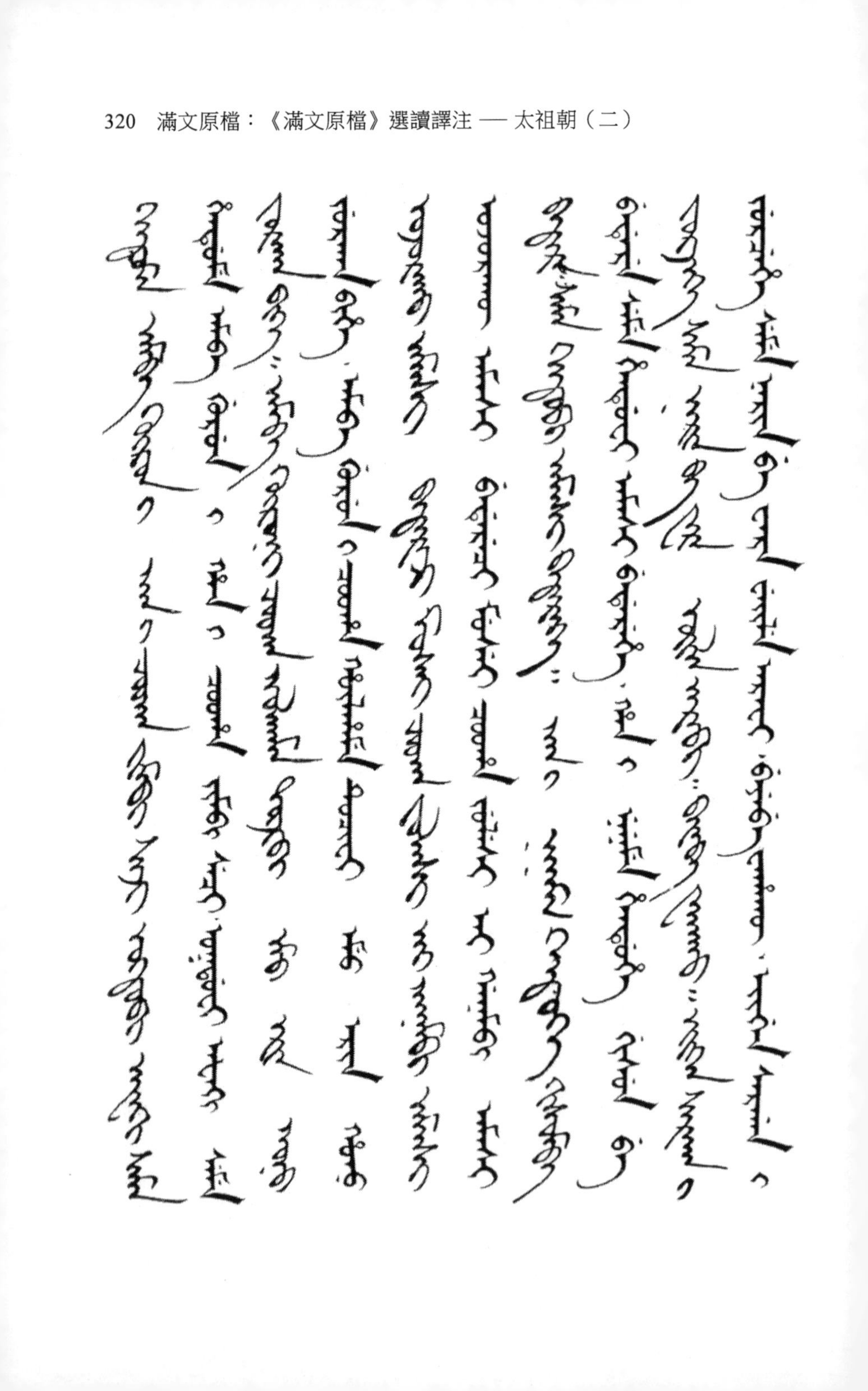

hendume amba gurun i han i cooha jimbi seci okdofi afaki seme juraka bihe, amba guruni cooha hūlhame tucifi emu erin hono ojorakū amasi bedereci musei cooha julesi ai ganambi. amasi bedere seme hendufi amasi bederehe, han i neneme henduhe gisunbe jurcehe seme narin be wara weile arafi, beyebe wahakū, eigen sargan i

---

曰：「據報大明國皇帝之兵前來，方出發迎戰，大國之兵潛出，未及一時即退回，我兵前去何所取？着退回。」諭畢，撤回。因納鄰違悖汗先前之言，擬以斬罪，惟未斬其身，將其夫妻

曰：「据报大明国皇帝之兵前来，方出发迎战，大国之兵潜出，未及一时即退回，我兵前去何所取？着退回。」谕毕，撤回。因纳邻违悖汗先前之言，拟以斩罪，惟未斩其身，将其夫妻

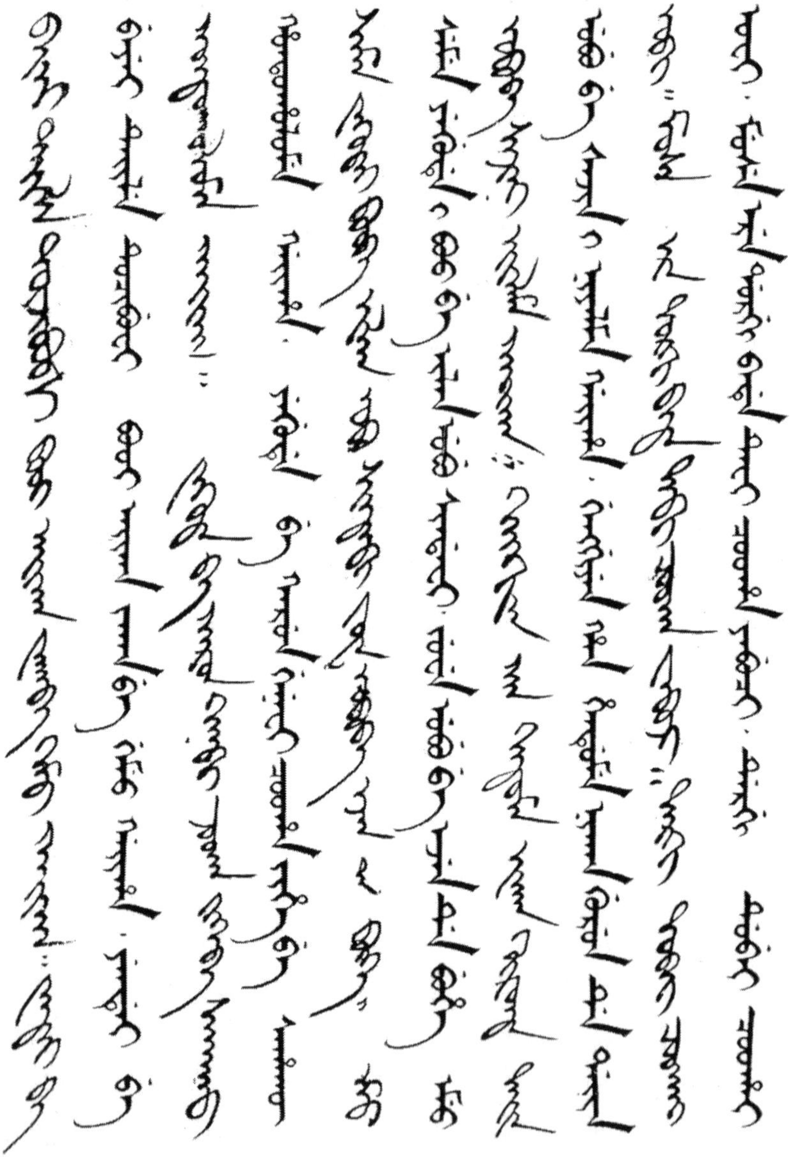

beyei teile tucibufi booi aika jakabe gemu gaiha, yendei be hontoholome gaiha yegude be karun genefi cooha jihebe sahakū seme yegudei boobe ilan ubu sindafi juwe ubube ejen de buhe, emu ubube šajini niyalma gaiha. genggiyen han hendume nikan gurun de dain ofi, muse ere dorgi bade tefi cooha yabuci, dergi dubei coohai

---

孤身逐出，家中一應財物俱行沒收，音德籍沒其半，上哨之葉古德不知兵來，將葉古德家產分為三份，二份給其本主，一份給執法之人。英明汗曰：「因與明國征戰，我在內地駐兵行軍，

孤身逐出，家中一应财物俱行没收，音德籍没其半，上哨之叶古德不知兵来，将叶古德家产分为三份，二份给其本主，一份给执法之人。英明汗曰：「因与明国征战，我在内地驻兵行军，

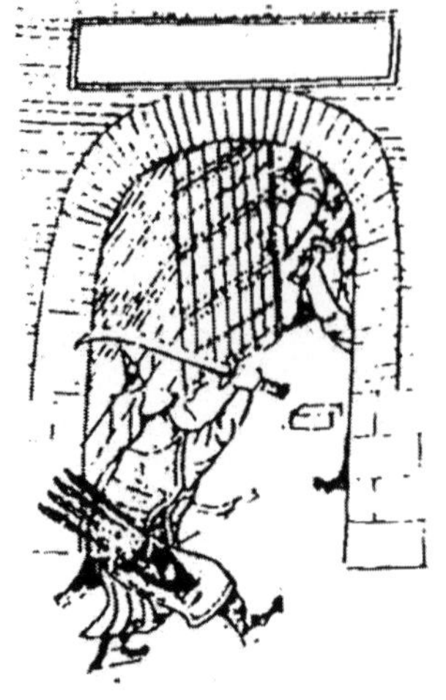

十八、築城駐守

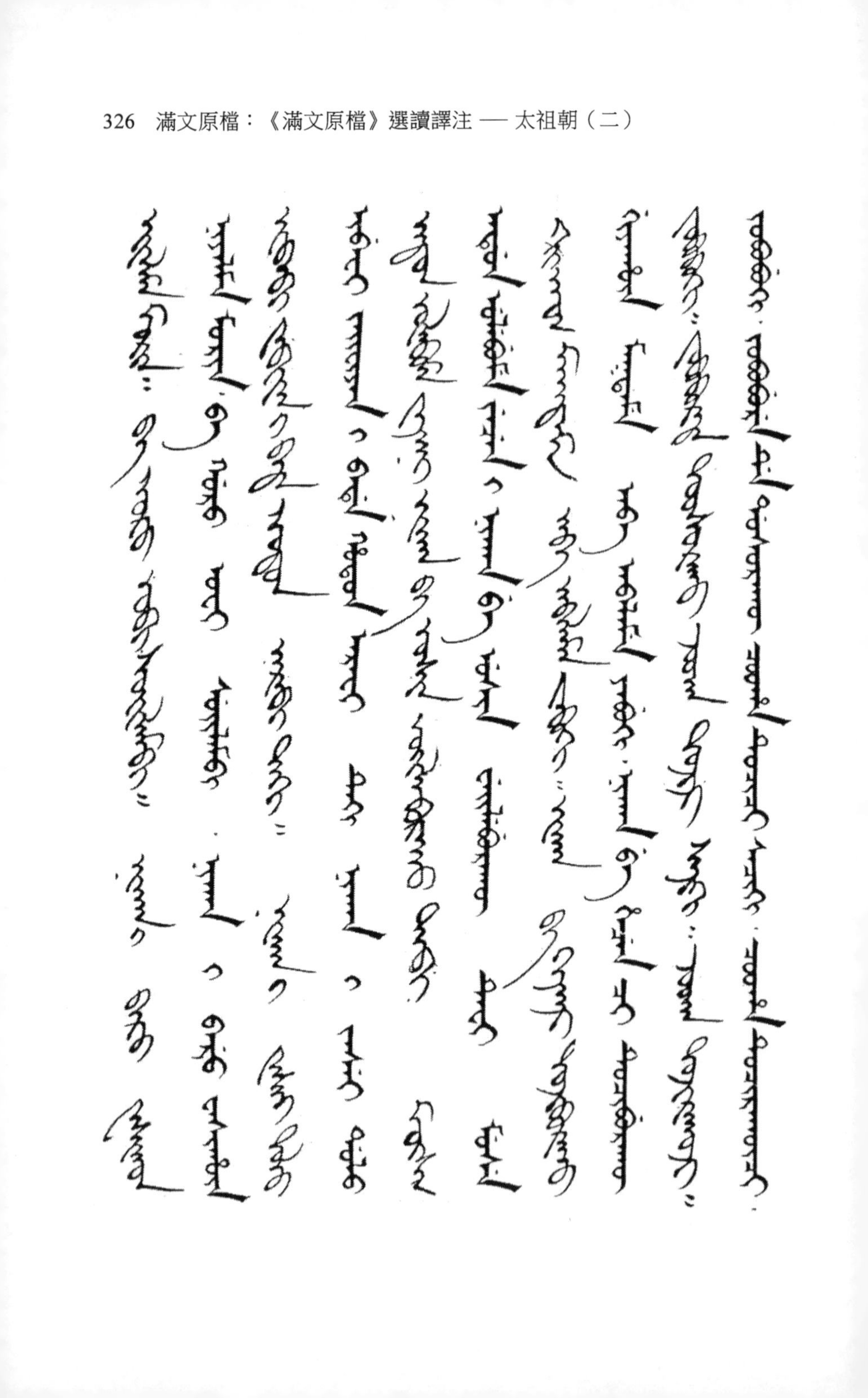

niyalma morin, ba goro ofi suilambi, nikan i baru wasihūn ibefi jaifiyan i bade hoton arafi teki, nikan i jasei dolo adun ulebume, jeceni nikan be usin weileburakū tefi muse giyahūn maktame aba abalame yabuki, nikan be hecenci tuciburakū jobobuki, joboburede dosorakū cooha tucici, saciki. cooha tucirakūci,

---

東邊兵馬，因地遠勞頓，可向明西進，於界藩地方築城駐守[56]，於明邊內牧放牲畜[57]，使邊境明人不能耕田，我則放鷹圍獵，以困明人不得出城，待被困不耐而出兵時，我即砍殺之。若不出兵，

东边兵马，因地远劳顿，可向明西进，于界藩地方筑城驻守，于明边内牧放牲畜，使边境明人不能耕田，我则放鹰围猎，以困明人不得出城，待被困不耐而出兵时，我即砍杀之。若不出兵，

---

[56] 界藩，《滿文原檔》寫作“jabijan”，《滿文老檔》讀作“jaifiyan”。按此為無圈點滿文“bi”與“fi”、“ja”與“ya”之混用現象。

[57] 牲畜，《滿文老檔》讀作“adun”，係蒙文“aduγun”借詞，意即「馬羣」。

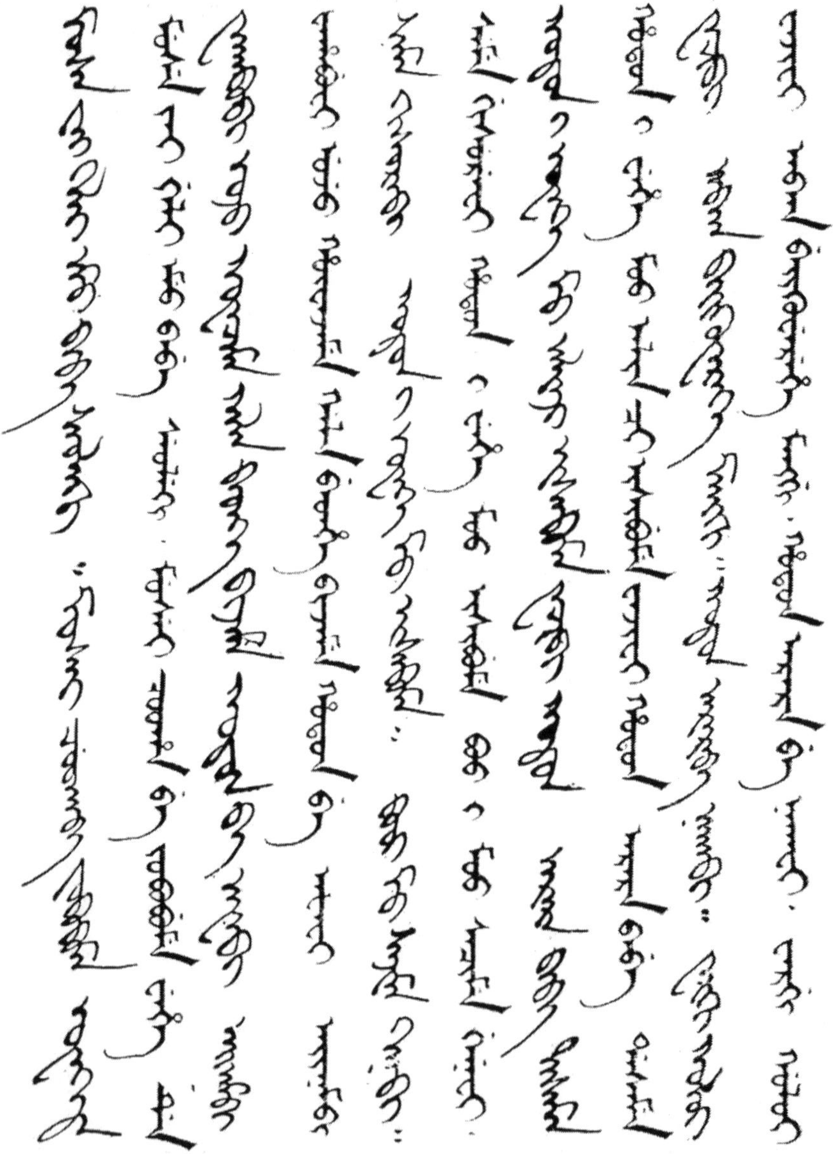

muse jai geli emu babe seoleki, musei cooha be jobobume wehede fahabufi uju hūwajame gala bethe bijame, hoton be afafi ainambi seme gisurefi, hoton i wehe moo isibume, boo i moo sacime genefi, hoton i wehe moo alinci isibume wajifi hoton arara babe dasame wajifi abka beikuwerehe manggi, hoton ararabe nakafi, wargi goloi

---

我再另謀一策，何需勞我兵攻城擲石，頭破，手足斷攻之耶？」議定後，遂採集築城之石木，砍伐造屋之木。將築城石木自山上運完，築城基地整修完竣，因天已寒冷，遂停止築城，將西路

我再另谋一策，何需劳我兵攻城掷石，头破，手足断攻之耶？」议定后，遂采集筑城之石木，砍伐造屋之木。将筑城石木自山上运完，筑城基地整修完竣，因天已寒冷，遂停止筑城，将西路

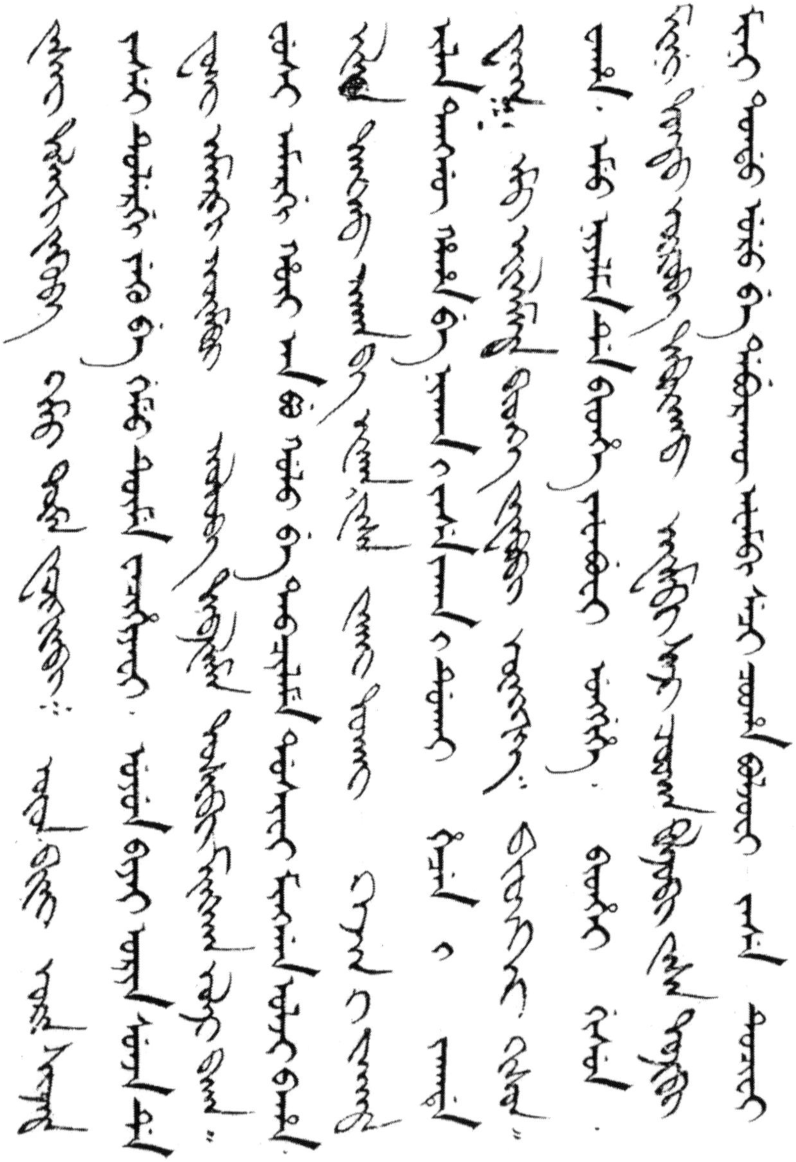

jasei tulergi jekube gemu tūme wacihiyafi, uyun biyai orin sunjade, fusi amargi hūiampui golobe tabcilame dosifi, minggan olji baha, ilan tanggū haha be nikan i jase jakai dukai hecen i jakade waha, emu niyalmade bithe jafabufi unggihe. bithei gisun, mini tondo urube daburakū afambi seci cooha boljofi jase tucifi,

---

邊外糧食俱盡行曬打完竣，於九月二十五日進入撫順北會安堡路擄掠，獲俘虜一千，將男丁三百殺於明邊門城前，留一人齎書遣之。書曰：「若不計我之正直而欲交戰，則約兵出邊，

边外粮食俱尽行晒打完竣，于九月二十五日进入抚顺北会安堡路掳掠，获俘虏一千，将男丁三百杀于明边门城前，留一人赍书遣之。书曰：「若不计我之正直而欲交战，则约兵出边，

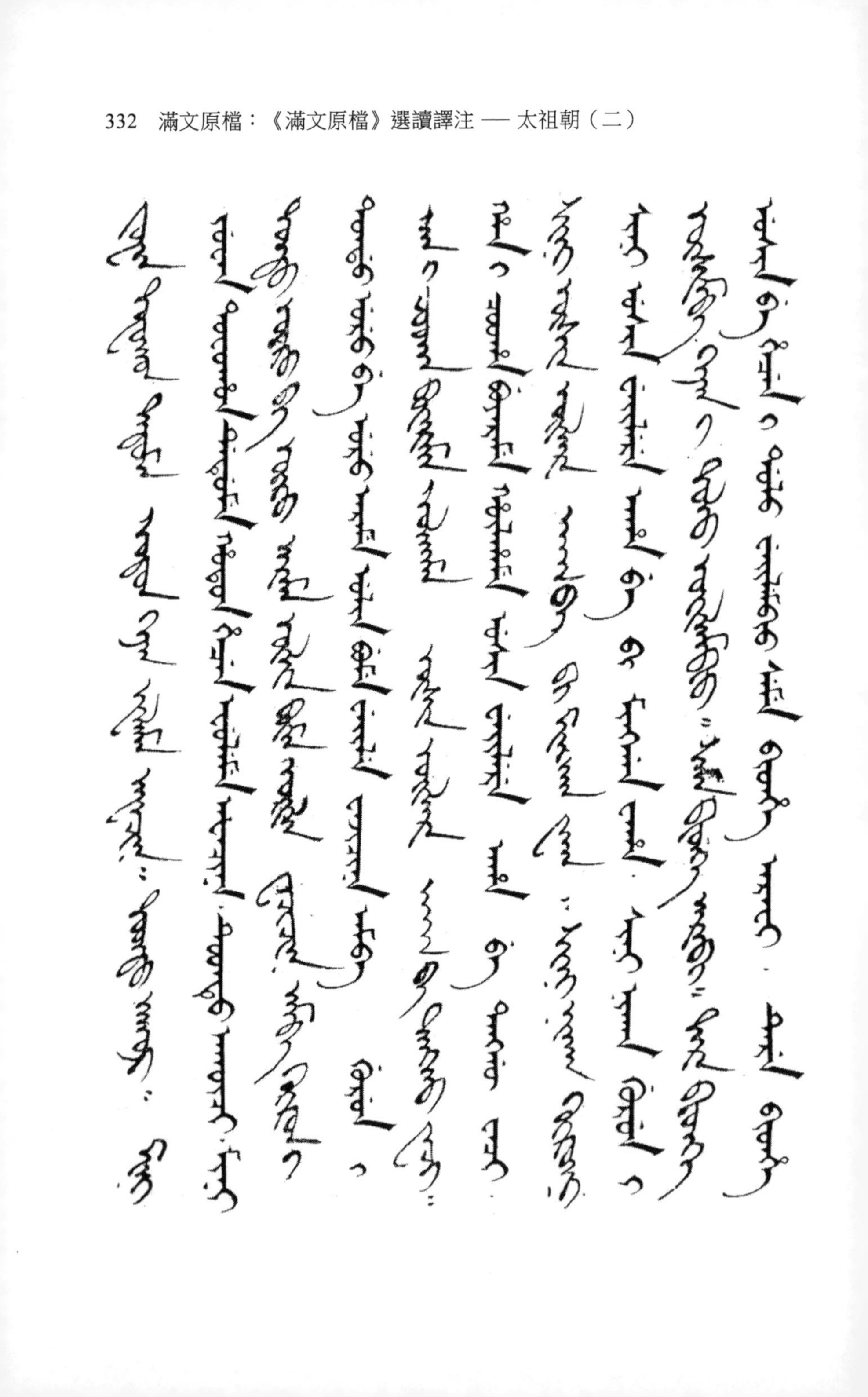

juwan tofohon dedume hoton hecen efuleme afacina, tuttu akūci, mini tondo uru be uru arame, ulin bume weile wajicina amba gurun i han i cooha buyarame hūlhame usin weilere aha be tanggū waci, sini usin weilere aha be bi minggan waha, sini nikan guruni usimbe hecen i dolo weilembio seme bithe arafi, tere bithe

---

或十日，或十五日，毀城交戰，否則，以我之正直為是，輸納財帛以息兵了事焉。大國皇帝之兵若如竊盜襲殺我種田奴僕一百，則我必殺爾種田之奴僕一千，爾明國能於城內種田乎？」

或十日，或十五日，毁城交战，否则，以我之正直为是，输纳财帛以息兵了事焉。大国皇帝之兵若如窃盗袭杀我种田奴仆一百，则我必杀尔种田之奴仆一千，尔明国能于城内种田乎？」

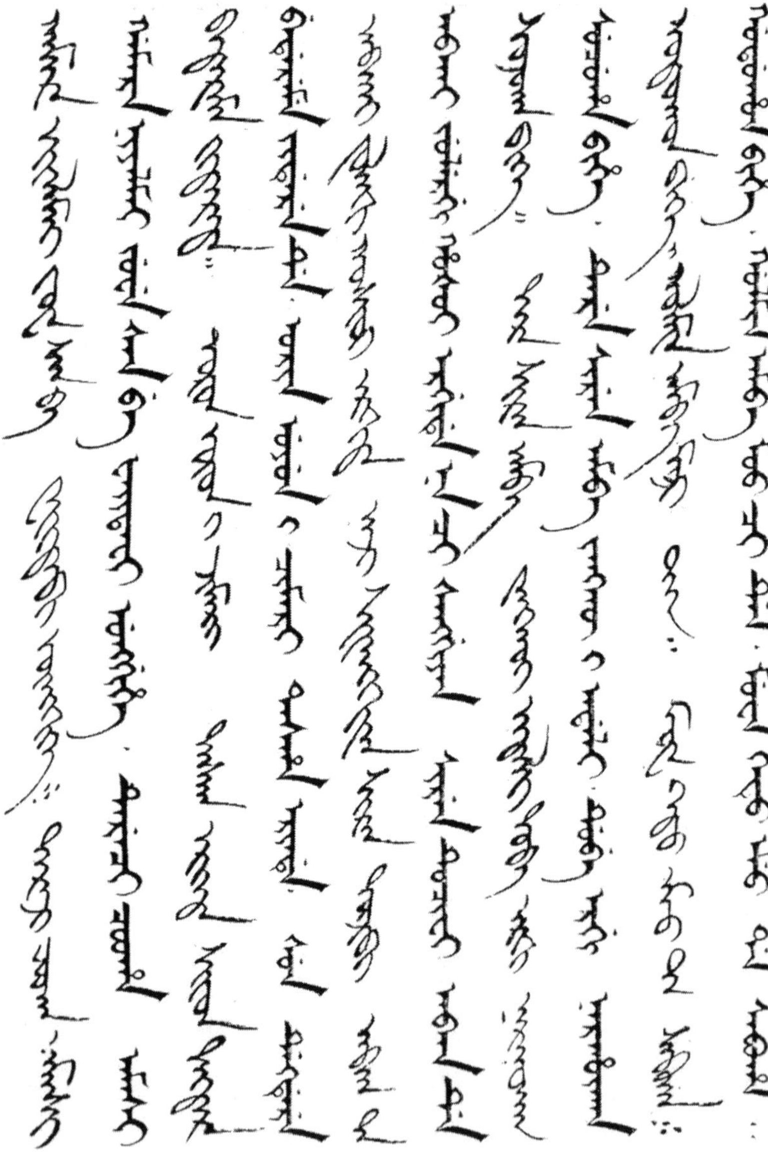

gamara niyalmai juwe šan be faitafi unggihe, tereci cooha amasi bedereme jiderede, orin uyun i cimari tasha erinde šun dekdere abkai julergi hošoi ergide na ci šanggiyan siren tucifi abka de sucuha bihe, tere siren amba jangkū i adali dube ergi narhūkan godohon bihe, golmin amba mooci den, muwa hetu emu da sabuha.

遂將賫書之人割去兩耳放走，乃班師。回兵時，於二十九日晨寅時，東南隅有白氣自地出來，上衝於天。觀之，其氣如大刀，尾細而直立，長比大樹高，橫粗一庹。

遂将赍书之人割去两耳放走，乃班师。回兵时，于二十九日晨寅时，东南隅有白气自地出来，上冲于天。观之，其气如大刀，尾细而直立，长比大树高，横粗一庹。

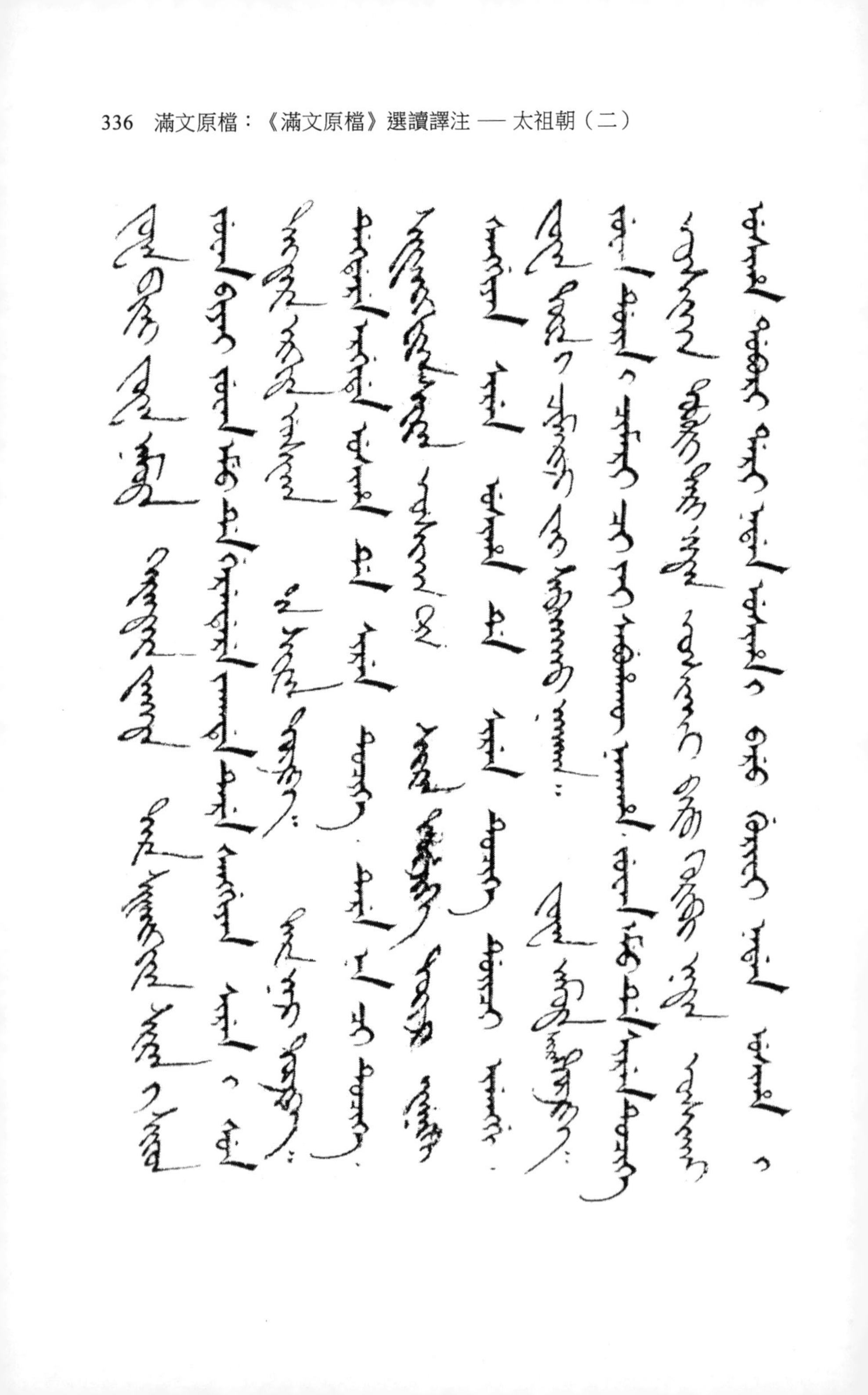

juwan biyai juwan emude gerendere jakade tere šanggiyan siren i šun dekdere ergide usiha de siren tucike, tere naci tucike, šanggiyan siren usiha de siren tucike duici inenggi juwan duin i cimarici jai sabuhakū nakaha. juwan emu de siren tucike, usiha dobori dari nadan usihai baru gurifi nadan usihai

---

十月十一日，天將明時，於該白氣之東方，有星出氣，先前自地出來之白氣，星上出氣後，第四日，即十四日晨起停止，再也未見。十一日，出氣之星，每夜向北斗七星移動，

十月十一日，天将明时，于该白气之东方，有星出气，先前自地出来之白气，星上出气后，第四日，即十四日晨起停止，再也未见。十一日，出气之星，每夜向北斗七星移动，

十九、厚賞降人

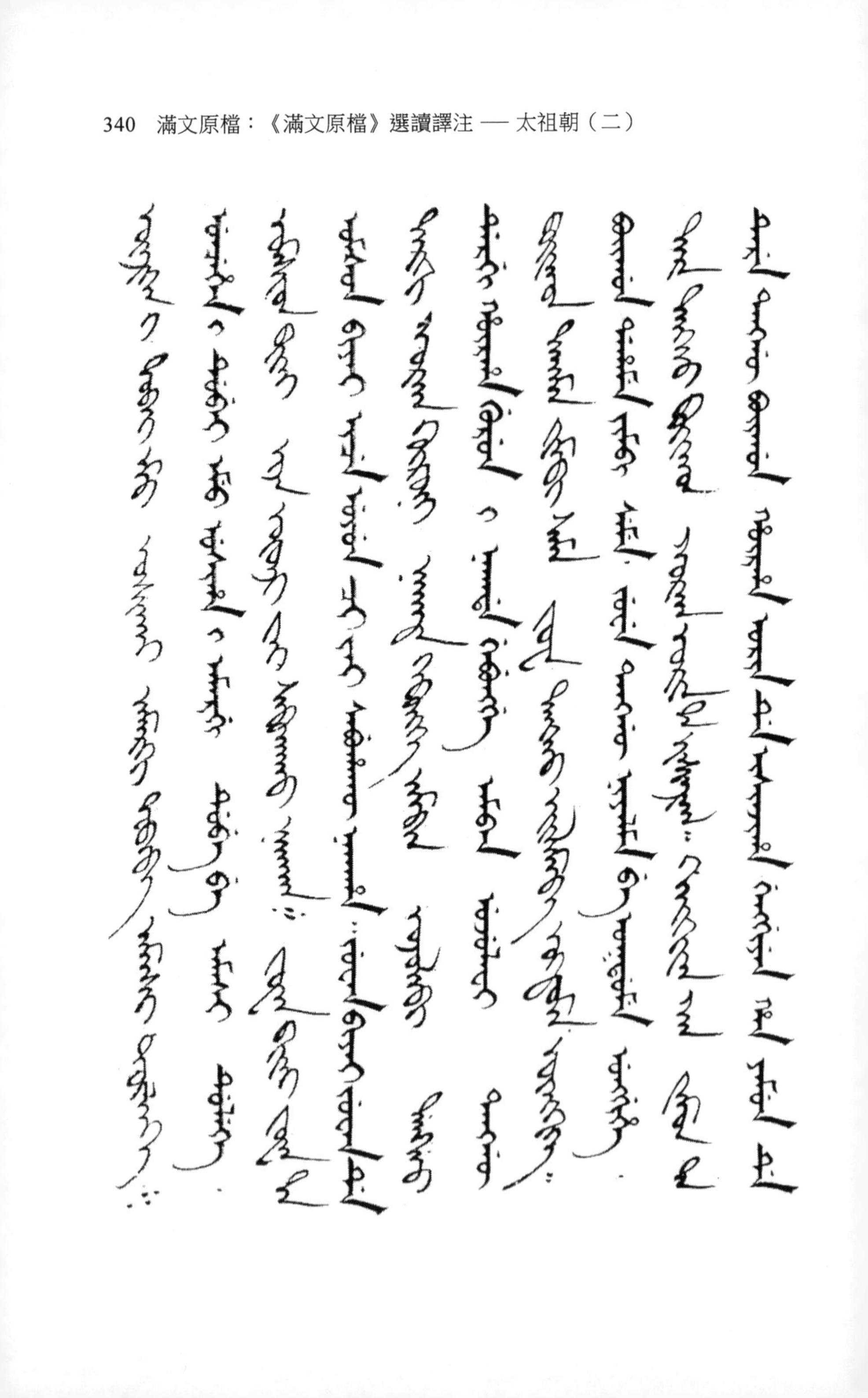

uncehen i dubei emu usihai amargi dubebe amasi duleke, omšon biyai ice uyun ci jai sabuhakū nakaha. juwan biyai juwan de dergi hūrha guruni nakada gebungge amban, ujulafi tanggū boigon dahame jimbi seme juwe tanggū niyalmabe okdome unggihe, tere tanggū boigon hūrha orin de isinjiha, genggiyen han yamun de

---

直越北斗七星尾端一星之北，十一月初九日起停止未再見之。十一月初十日，聞東方虎爾哈國名叫納喀達之大臣為首率百戶來歸，遂遣二百人往迎。其百戶虎爾哈，於二十日到來，英明汗御衙門，

直越北斗七星尾端一星之北，十一月初九日起停止未再见之。十一月初十日，闻东方虎尔哈国名叫纳喀达之大臣为首率百户来归，遂遣二百人往迎。其百户虎尔哈，于二十日到来，英明汗御衙门，

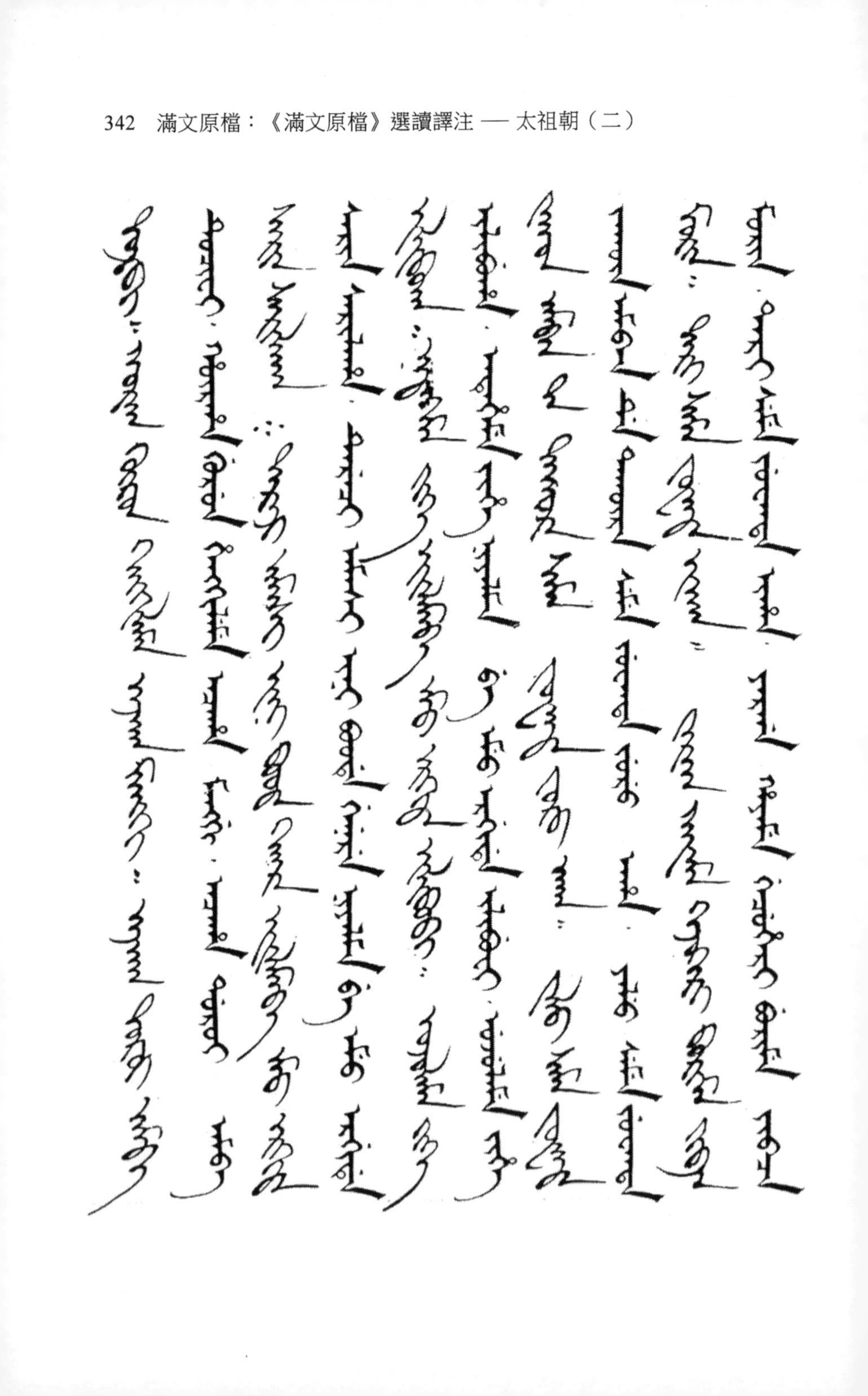

tucifi, hūrha gurun hengkileme acaha manggi, acaha doroi amba sarin sarilaha. tereci amasi ini boode genere niyalmabe emu ergide ilibuha, enteheme jihe niyalmabe emu ergide ilibufi, ujulame jihe jakūn amban de takūra seme juwanta juru aha, yalu seme juwanta morin, tari seme juwanta ihan, yarga hayame gecuheri burime jibca,

---

虎爾哈國人叩見畢，以會見禮設大筵宴之。隨後命返回其家之人站立一邊，永留之人站立一邊，為首前來之八大臣，賜奴僕各十對，以供差遣；馬各十匹，以供乘騎；牛各十頭，以供種田，及豹皮鑲邊蟒緞面皮襖、

虎尔哈国人叩见毕，以会见礼设大筵宴之。随后命返回其家之人站立一边，永留之人站立一边，为首前来之八大臣，赐奴仆各十对，以供差遣；马各十匹，以供乘骑；牛各十头，以供种田，及豹皮镶边蟒缎面皮袄、

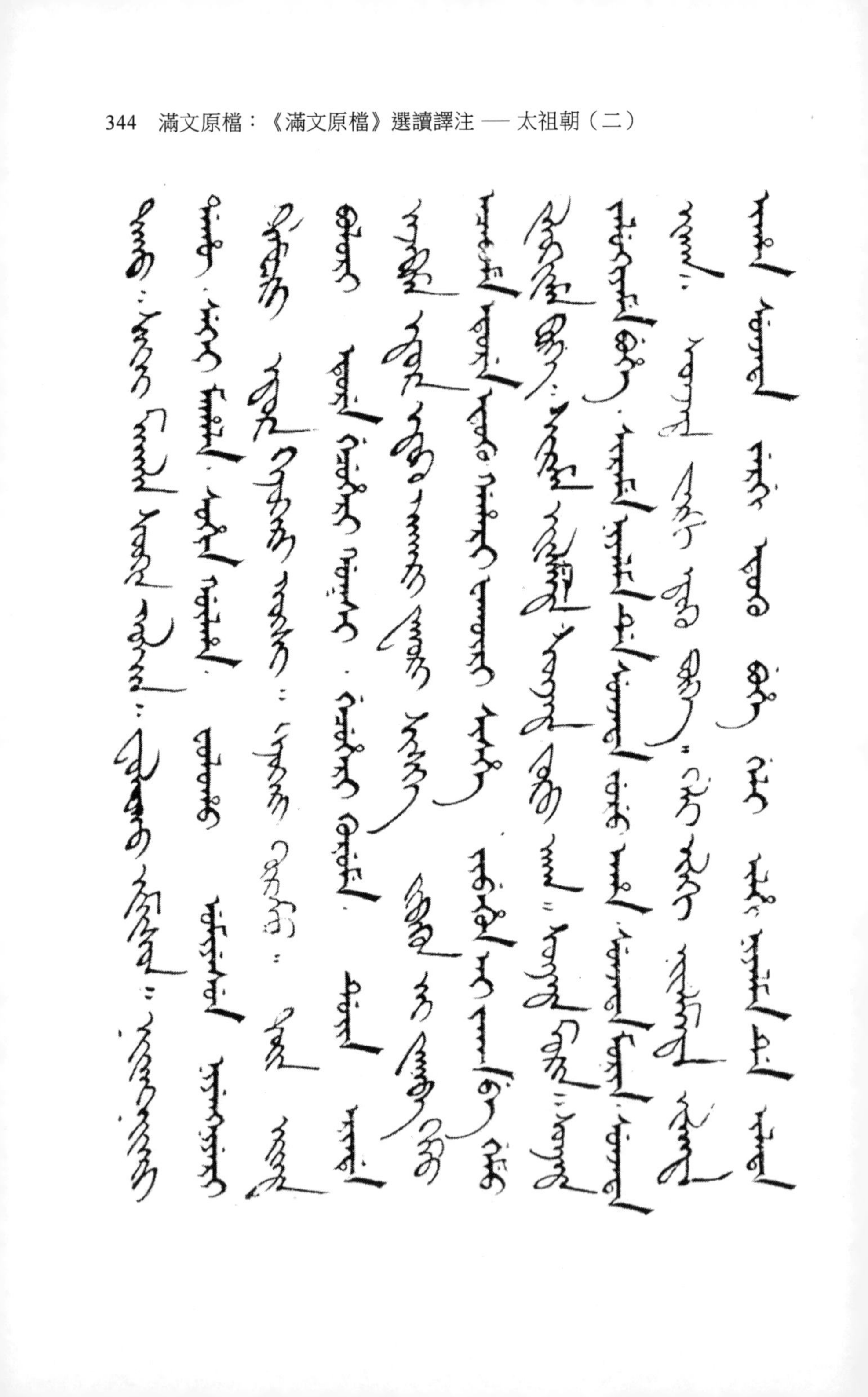

[illegible]

dahū, sekei mahala sohin gūlha, foloho umiyesun, niyengniyeri bolori eture gecuheri, goksi. gecuheri kurume, duin erinde acabume eture etuku gahari fakūri sishe jibehun ai jaka be gemu jalukiyame buhe. sirame niyalmade sunjata juru aha, sunjata morin, sunjata ihan, sunjata jergi etuku buhe. geli ilhi niyalmade ilata

---

皮端罩、貂皮暖帽、皂靴、雕花腰帶、春秋所穿蟒緞、無披肩朝衣、蟒緞褂子，配合四季穿着衣衫、褲、褥、被等一應物件俱充足賜之。其次者賜奴僕各五對、馬各五匹、牛各五頭、品級衣各五襲，再次之人

皮端罩、貂皮暖帽、皂靴、雕花腰带、春秋所穿蟒缎、无披肩朝衣、蟒缎褂子，配合四季穿着衣衫、裤、褥、被等一应物件俱充足赐之。其次者赐奴仆各五对、马各五匹、牛各五头、品级衣各五袭，再次之人

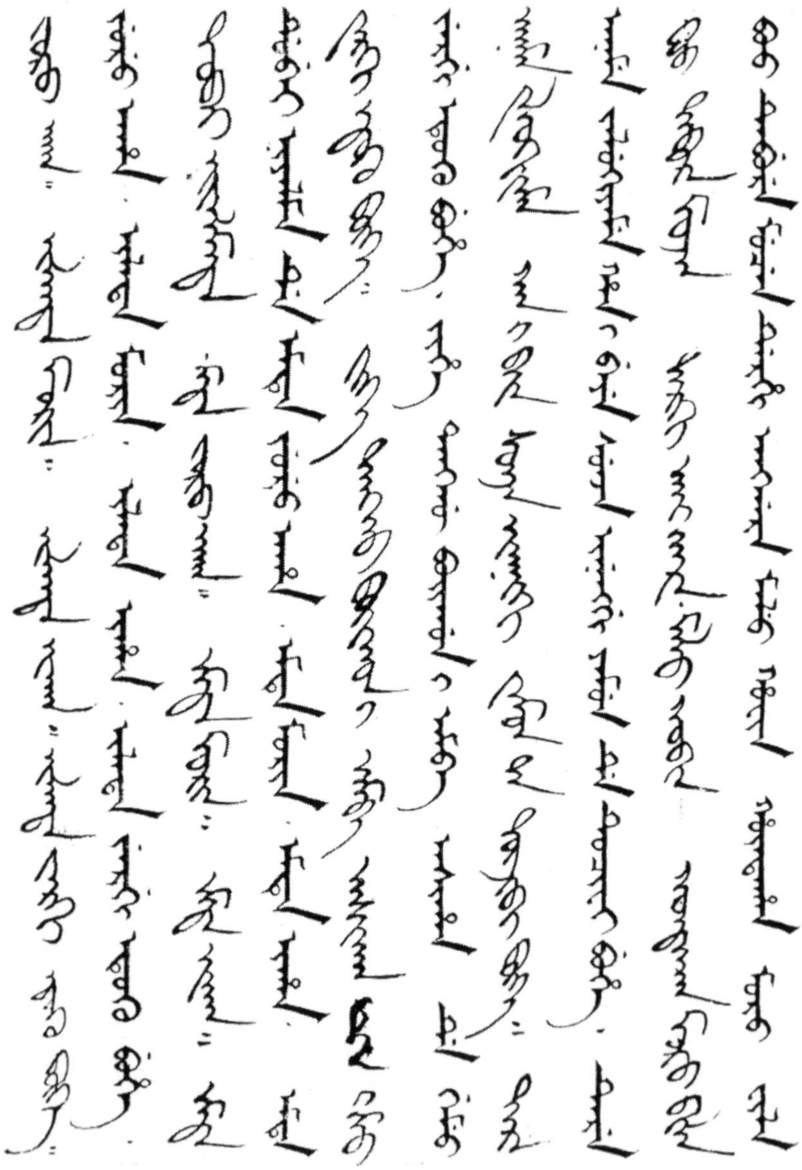

juru aha, ilata morin, ilata ihan, ilata jergi etuku buhe. dubei niyalmade emte juru aha, emte morin, emte ihan, emte jergi etuku buhe. jihe tanggū boigon i amba asihan de gemu aname jalukiyame han i beye sunja inenggi yamun de tucifi buhe. tere boo, tebure mucen derhi anggara malu hofin hontahan moro fila

---

賜奴僕各三對、馬各三匹、牛各三頭、品級衣各三襲。末等之人賜奴僕各一對、馬各一匹、牛各一頭、品級衣各一襲。來歸百戶長幼俱充足依次賜之。汗本人御衙門五日賜之。帳房、裝盛之鍋、席、缸、酒瓶、瓦瓶、酒杯、碗、碟、

赐奴仆各三对、马各三匹、牛各三头、品级衣各三袭。末等之人赐奴仆各一对、马各一匹、牛各一头、品级衣各一袭。来归百户长幼俱充足依次赐之。汗本人御衙门五日赐之。帐房、装盛之锅、席、缸、酒瓶、瓦瓶、酒杯、碗、碟、

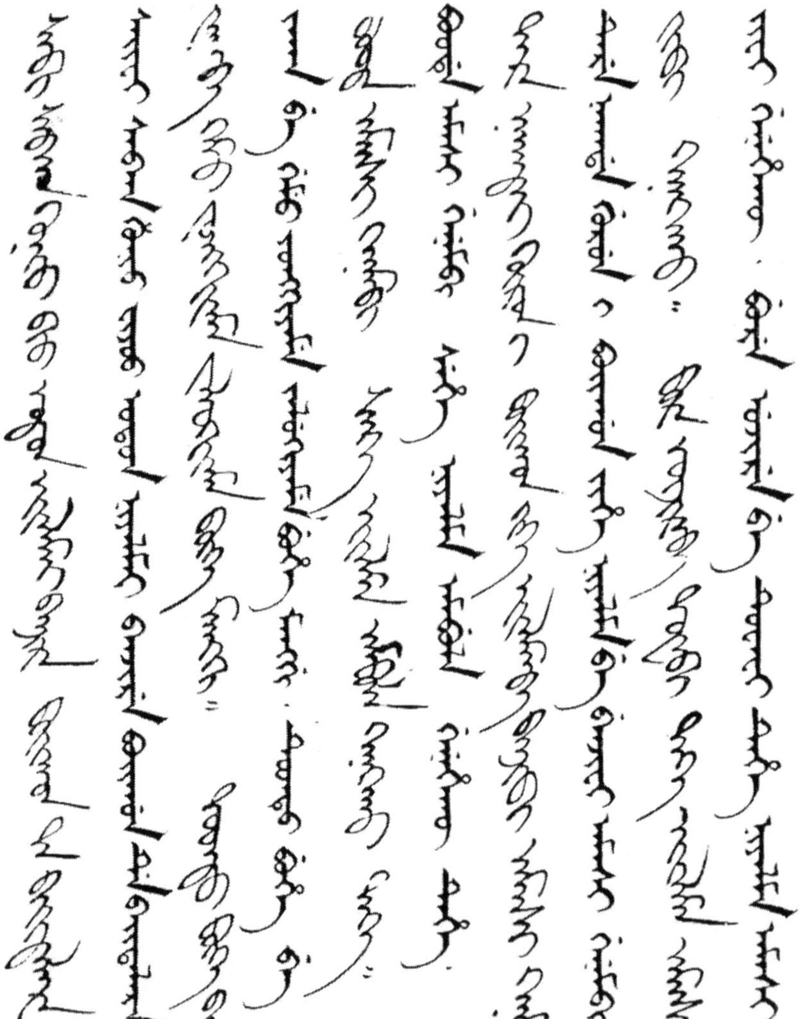

saifi sabka hunio fiyoo oton niyalmai banjire boigon de baitalara aika jakabe gemu yongkiyame jalukiyame buhe manggi, tuttu buhe be safi boode amasi genembi sehe niyalma ambula genehekū tehe, tereci tere nakadai gurun i boigon jihe niyalmabe benjifi amasi genembi seme jifi genehekū, bure ujirebe tuwafi tehe niyalma amasi genere

---

匙[58]、筷、桶、簸箕[59]、槽盆等各人家中生活日常所用一應器物，俱完全充足供給之。其原來要回家之人得知如此賞賜後，而留下居住未去者衆多。於是納喀達送國人戶口前來之人返回而未回去，見厚賞收養而留居之人，

匙、筷、桶、簸箕、槽盆等各人家中生活日常所用一应器物，俱完全充足供给之。其原来要回家之人得知如此赏赐后，而留下居住未去者众多。于是纳喀达送国人户口前来之人返回而未回去，见厚赏收养而留居之人，

---

58 匙，《滿文原檔》寫作“sabi”，《滿文老檔》讀作“saifi”。按此為無圈點滿文“bi”與“fi”的混用現象

59 簸箕，《滿文原檔》寫作“bio”，《滿文老檔》讀作“fiyoo”。

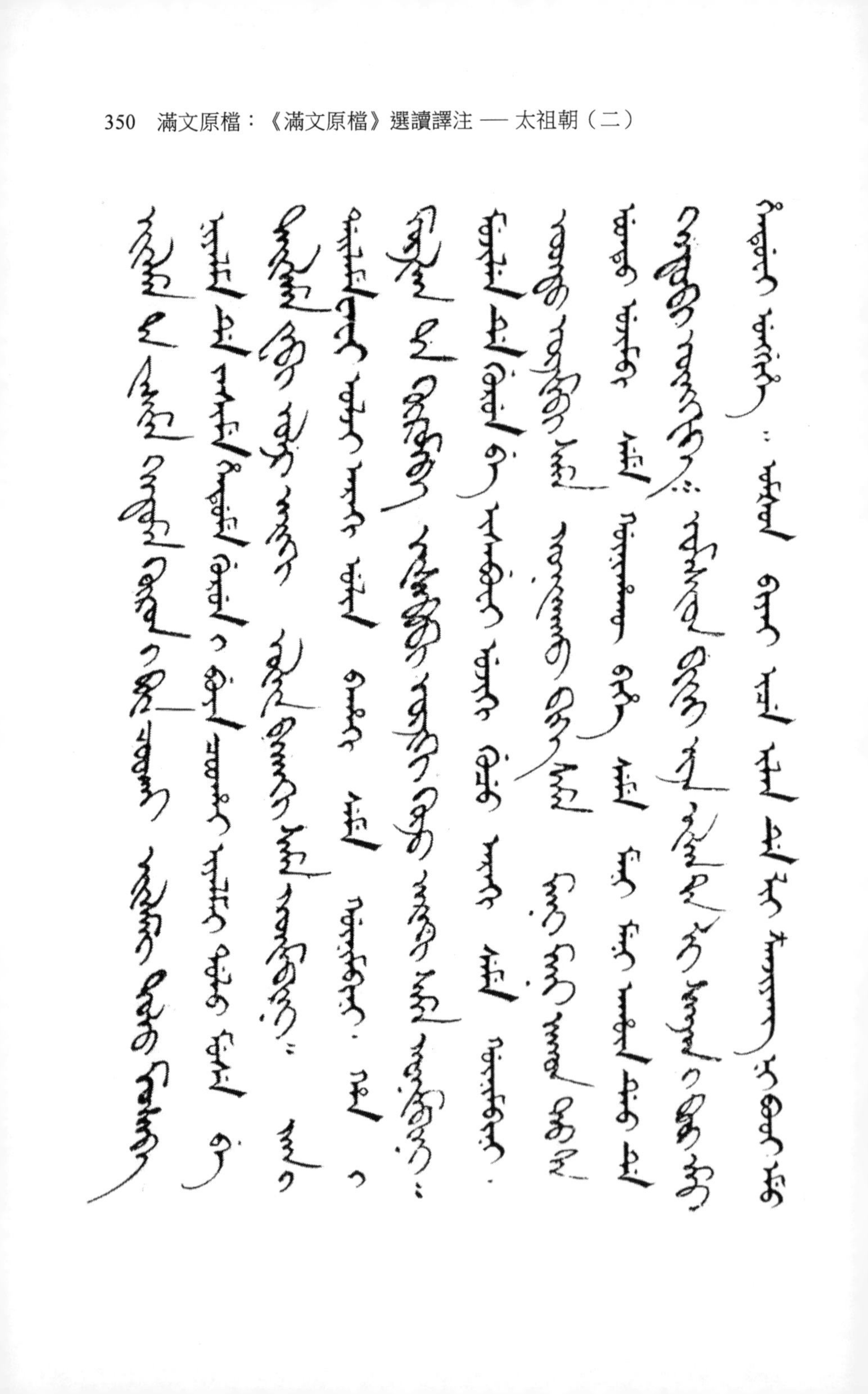

niyalma de jasime hendume gurun i buya coohai niyalmai dolo musebe dailame wafi olji araki ulin bahaki seme gūnimbini, han i mujilen de gurumbe isabufi ujiki, gucu araki seme gūnimbini, uttu ujimbi seme gūnihakū bihe seme meni meni ahūn deo de hendufi unggihe. omšon biyai ice ilan de, lii sanjan i booi emu

---

乃請託返回之人帶信告知各自兄弟曰：「國中小軍士內心中想以為汗要來征討殺害我等，要作俘虜，要來掠奪財物。不料汗之心是以招徠國人加以豢養，待以僚友為念。如此收養，實非始料所及。」十一月初三日，於攻克撫順城時携來李參將家人一口

乃请托返回之人带信告知各自兄弟曰：「国中小军士内心中想以为汗要来征讨杀害我等，要作俘虏，要来掠夺财物。不料汗之心是以招徕国人加以豢养，待以僚友为念。如此收养，实非始料所及。」十一月初三日，于攻克抚顺城时携来李参将家人一口

二十、葉赫告急

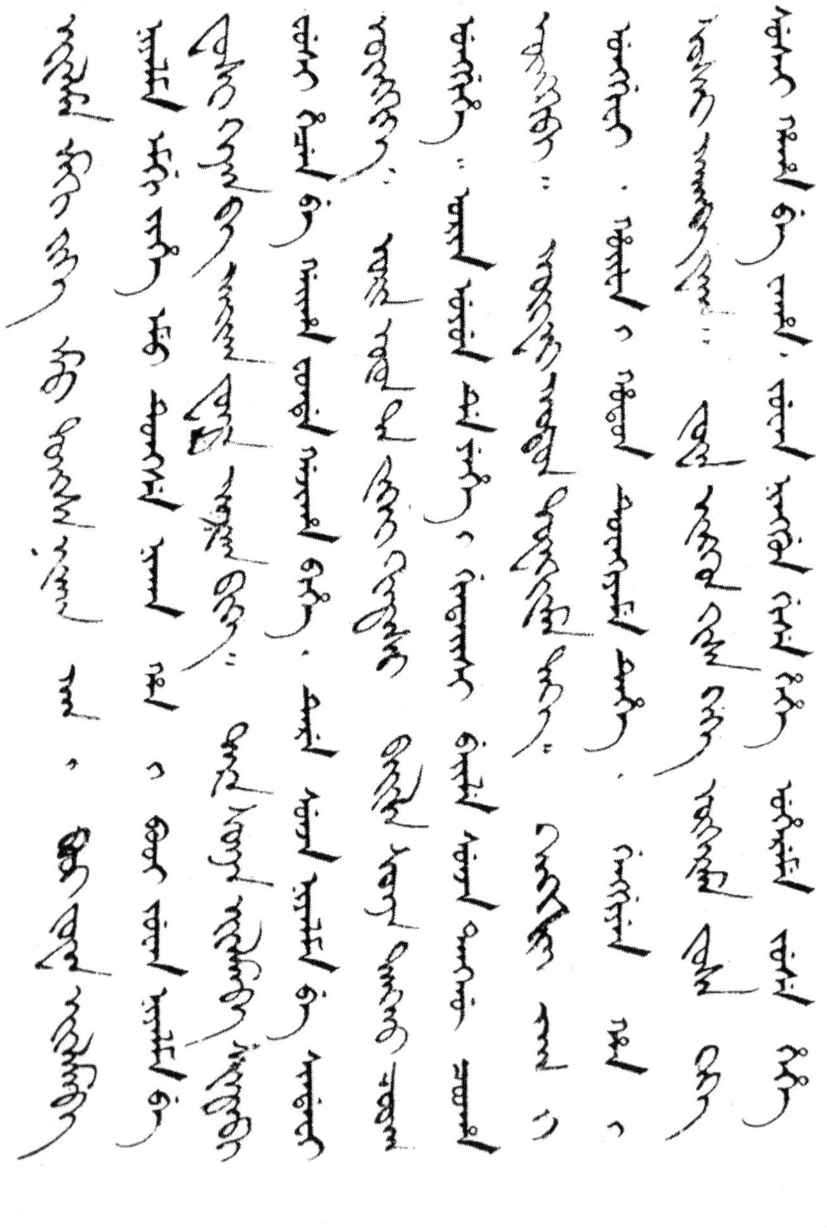

niyalma emgi jihe emu tungse nikan han i booi juwan niyalmabe, fusi hecen be gaiha fonde gajiha bihe, tere sunja niyalmabe sindafi unggihe. orin uyun de yehei gintaisi beile sunja tanggū cooha unggifi, hoifai hoton tuwakiyame tehe, genggiyen han i susai hahabe waha, juwan ninggun gise hehe uhereme juse hehe

---

及同來通事一人，明皇帝家十人，汗將其中五人釋還。二十九日，葉赫貝勒錦台什遣兵五百，將駐守輝發城英明汗男丁五十人殺害，掠去娼妓十六人，總共掠去婦孺

及同来通事一人，明皇帝家十人，汗将其中五人释还。二十九日，叶赫贝勒锦台什遣兵五百，将驻守辉发城英明汗男丁五十人杀害，掠去娼妓十六人，总共掠去妇孺

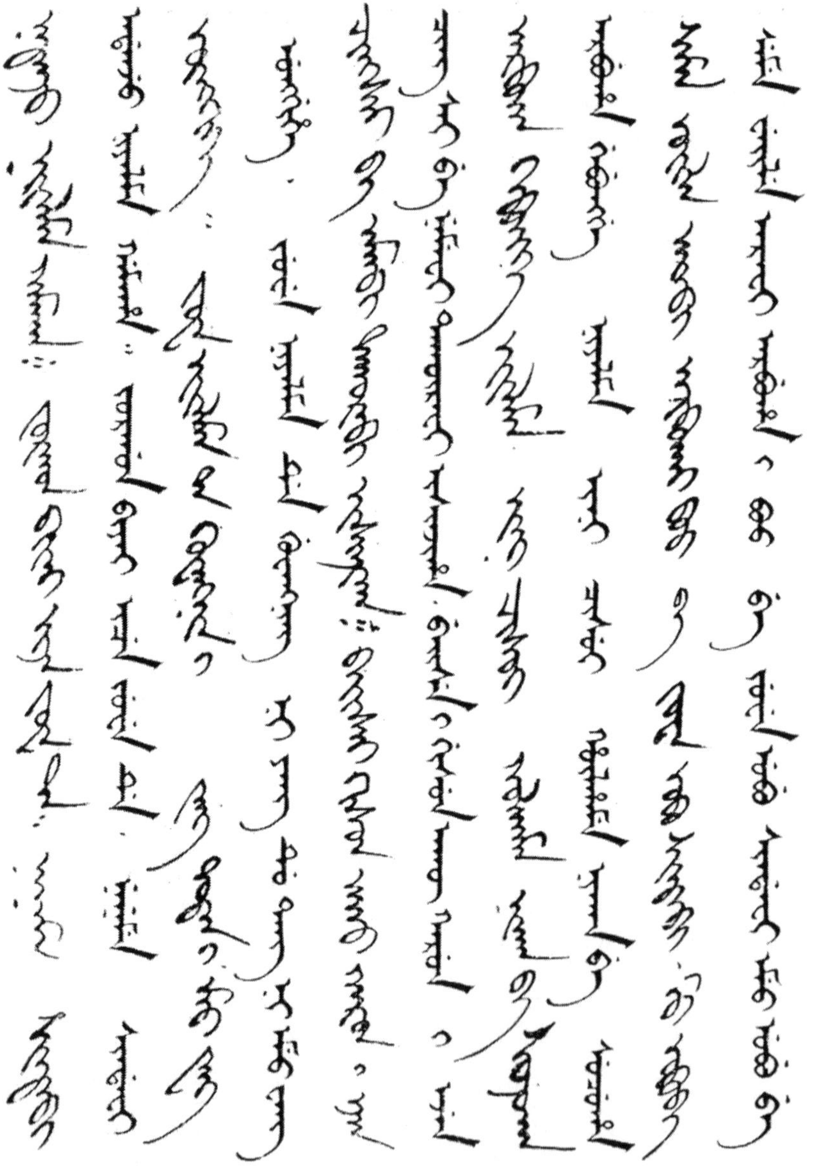

nadanju niyalma gamaha. jorgon biyai ice juwe de, neneme sindafi unggihe, juwe niyalma de guwangnin i yang du tan i emu wang cingsai be nemefi takūrafi isinjiha. beise i gisun akū karun i ejen arbuha gebungge niyalma ini cisui hūlhame nikan be sucuha seme weile arafi arbuhai boo be juwe ubu sindafi emu ubube

---

七十人。十二月初二日，先前釋還二人，廣寧楊都堂加派王慶賽一名到來。卡倫額真名叫阿爾布哈之人，未奉諸貝勒之命，擅自偷襲明人而擬罪，將阿爾布哈之家分為二份，

七十人。十二月初二日，先前释还二人，广宁杨都堂加派王庆赛一名到来。卡伦额真名叫阿尔布哈之人，未奉诸贝勒之命，擅自偷袭明人而拟罪，将阿尔布哈之家分为二份，

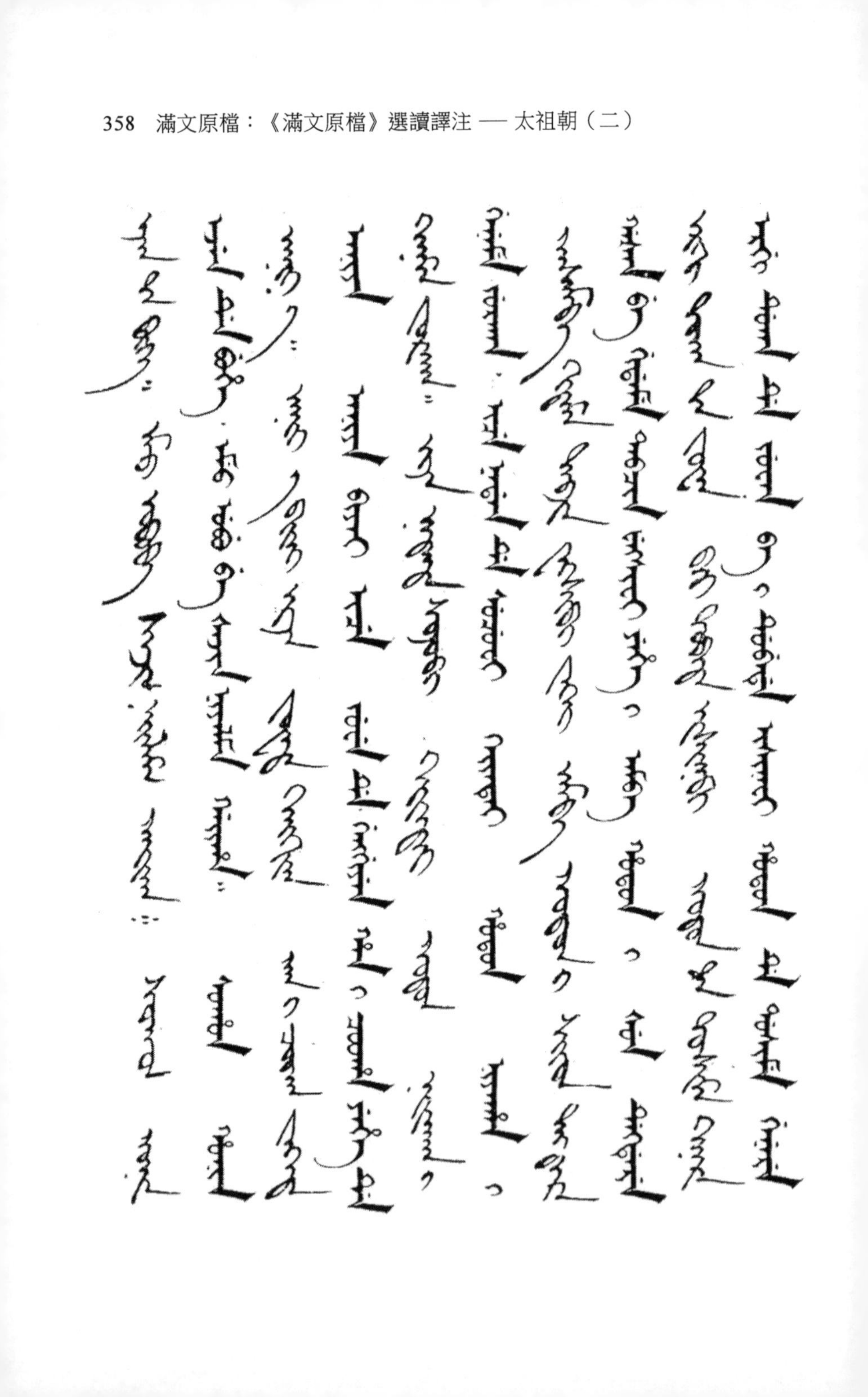

ejen de buhe, emu ubube šajin niyalma gaiha. sohon honin aniya, aniya biyai ice juwede, genggiyen han i cooha yehede geneme juraka. ice nadande sucufi keintei hoton niyahan i gašanbe gidame tabcin feksifi yehe i amba hoton i šun dekdere ergi duka de juwan bai dubede isinafi hoton de dosime genere

---

一份給本主，一份由執法之人取去。己未年正月初二日，英明汗發兵前往葉赫。初七日，自克亦特城粘罕寨略至葉赫大城東門外十里處，掠取進入城中之

一份给本主，一份由执法之人取去。己未年正月初二日，英明汗发兵前往叶赫。初七日，自克亦特城粘罕寨略至叶赫大城东门外十里处，掠取进入城中之

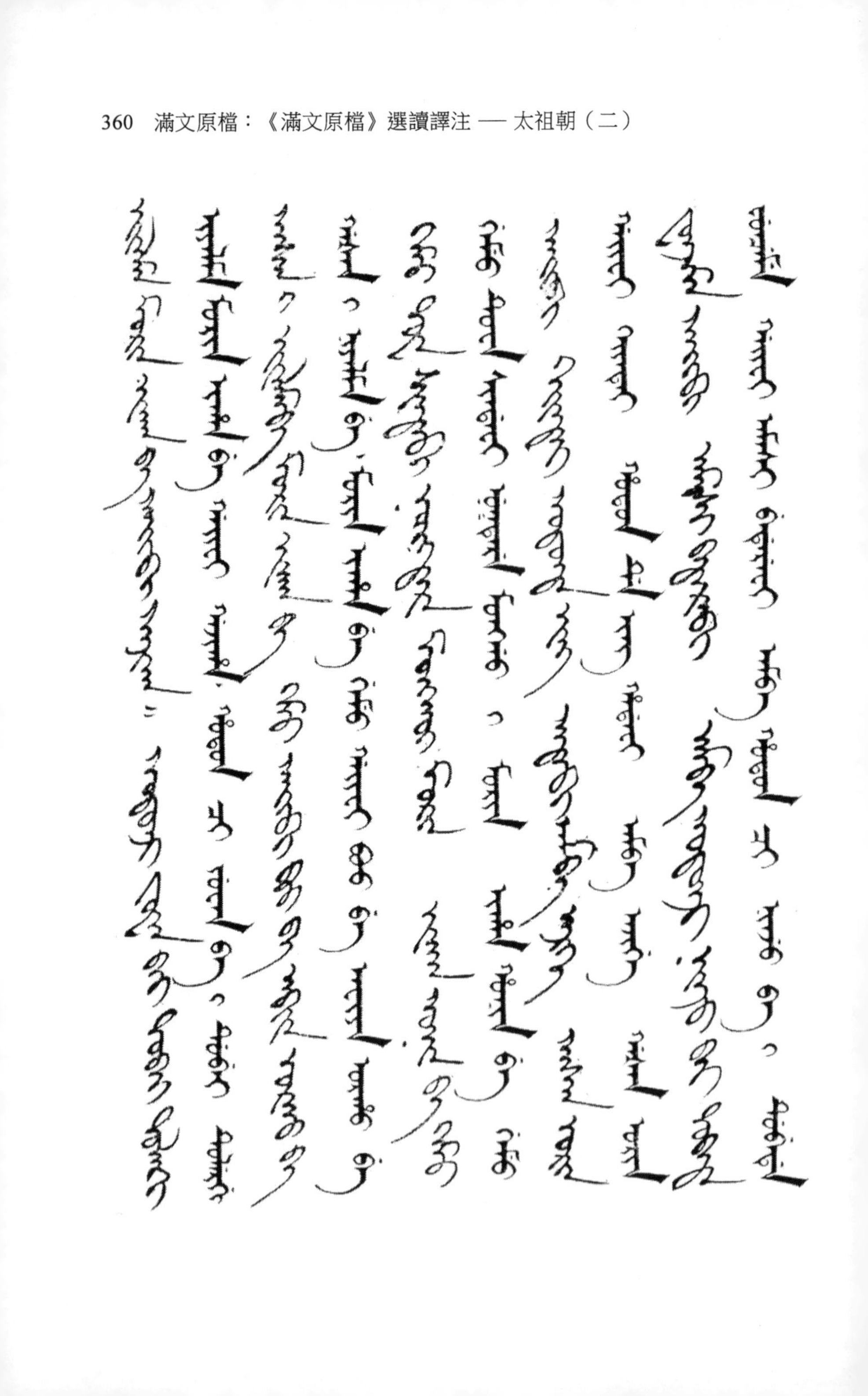

niyalma morin ihan be gaifi gajiha, hotonci juwan bai dubei tulergi gašan i niyalmabe, morin ihan be gemu gaifi boo be afiya orho be gemu tuwa sindafi nuktere monggoi morin ihan honin be gemu gaifi keintei hoton de ing hadafi, amba ajige gašan orin funceme gaifi amasi bederefi amba hotonci ninju bai dubede

---

人馬牛隻，將離城十里外村寨之人馬牛隻俱皆掠取。將屋舍用豆稭柴草俱皆放火焚燬，掠奪遊牧蒙古之馬牛羊隻。立營於克亦特城，攻取大小村寨二十餘處而回，宿營於離大城六十里處。

人马牛只，将离城十里外村寨之人马牛只俱皆掠取。将屋舍用豆秸柴草俱皆放火焚毁，掠夺游牧蒙古之马牛羊只。立营于克亦特城，攻取大小村寨二十余处而回，宿营于离大城六十里处。

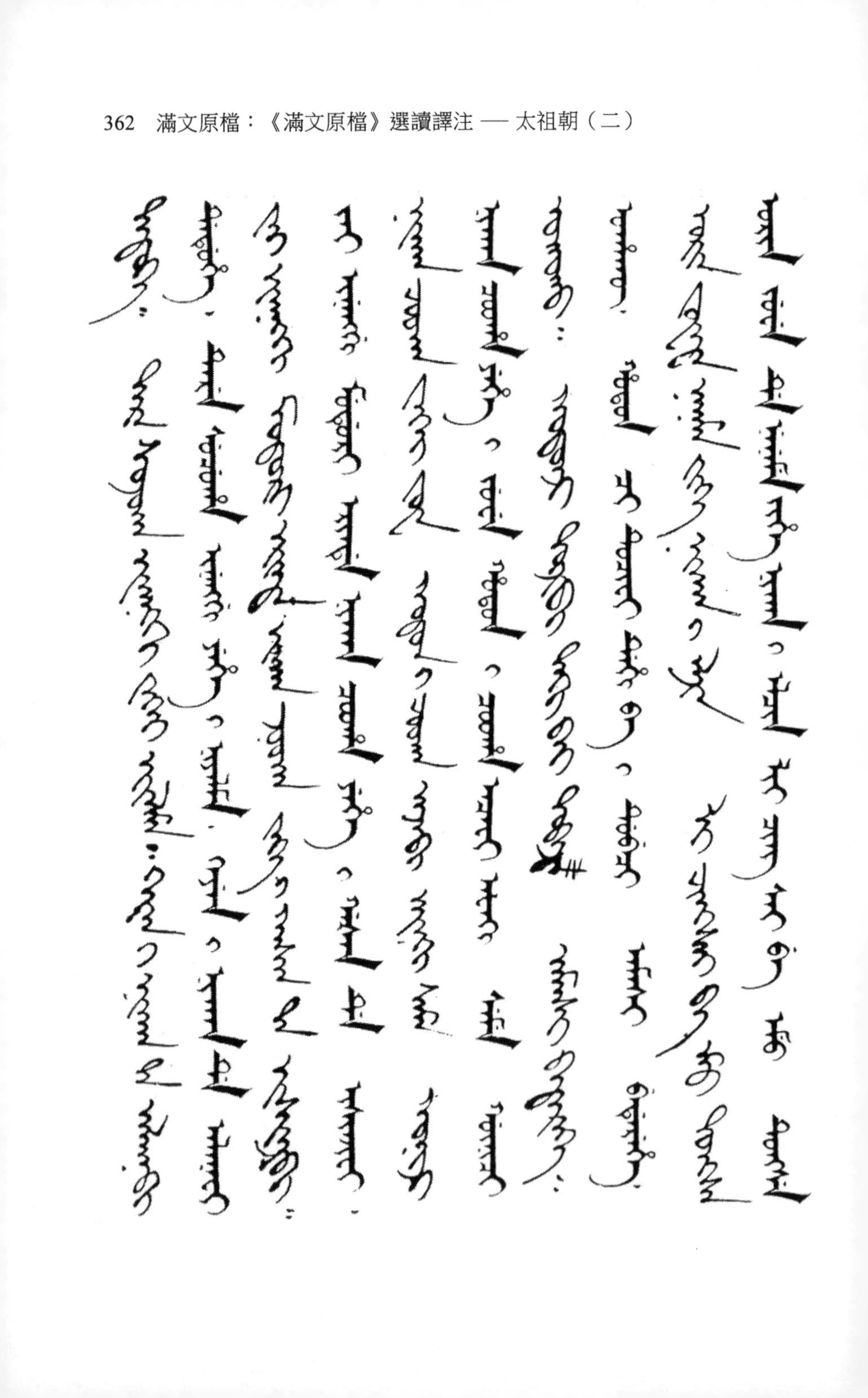

deduhe. tere sucuha inenggi, yehei niyalma keyen i nikan de alanafi jai inenggi muduri erinde, nikan cooha yehe i gašan de isinjifi, nikan cooha yehei juwe hoton i cooha acafi afaki seme gūnici, ohakū, hotonci tucifi dehi bai dubeci amasi bederehe. orin juwede neneme jihe nikan i elcin lii cingsai be emu tungse

---

進兵之日，葉赫人往開原向明人告急。次日辰時，明兵來至葉赫村寨。明兵欲與葉赫二城之兵會合進攻，然未果，出城四十里處即退回。二十二日，將先前到來之明使李慶賽、通事一人，

进兵之日，叶赫人往开原向明人告急。次日辰时，明兵来至叶赫村寨。明兵欲与叶赫二城之兵会合进攻，然未果，出城四十里处即退回。二十二日，将先前到来之明使李庆赛、通事一人

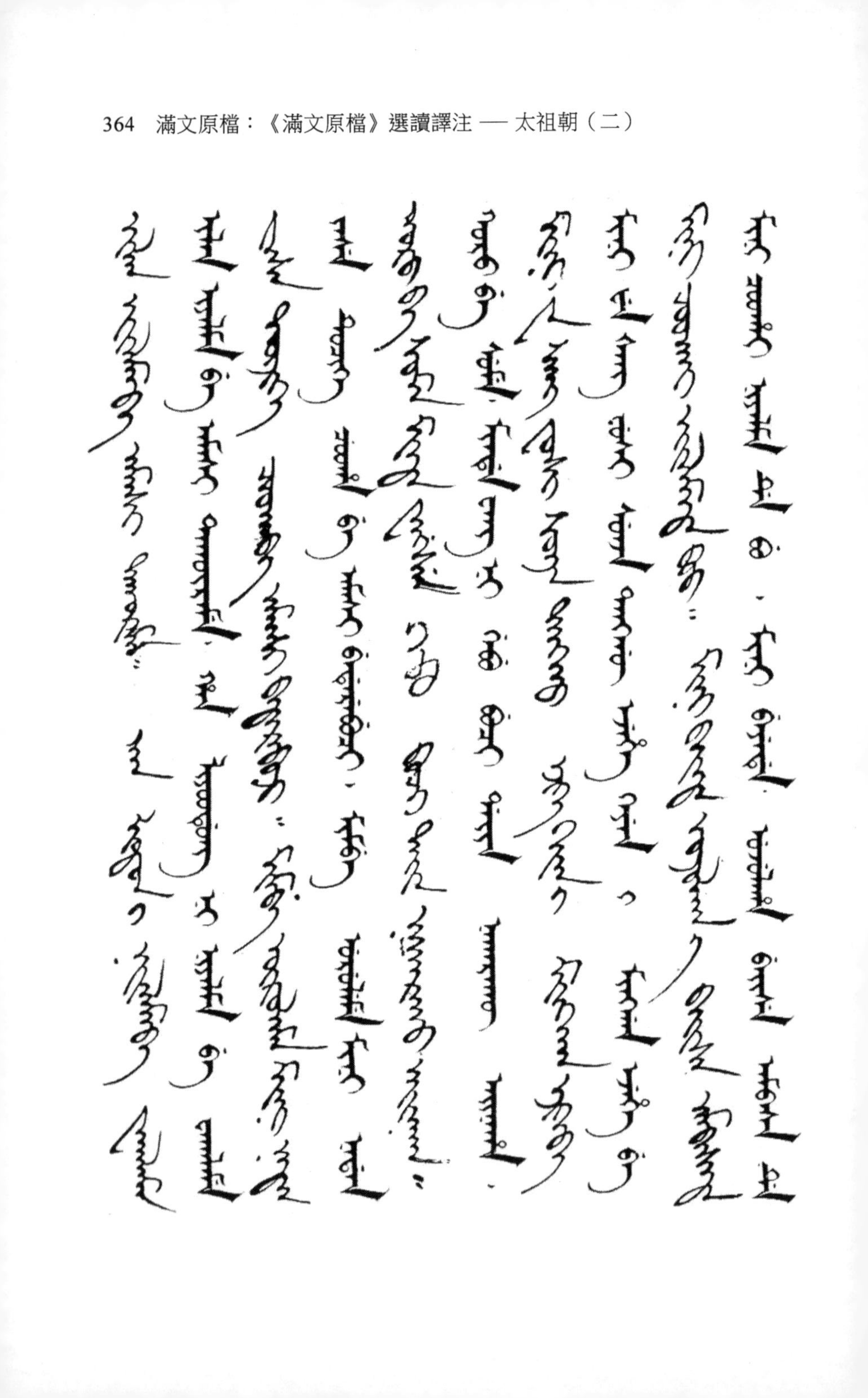

ilan niyalmabe amasi takūrame, han liyoodun i niyalmabe wakalame jase tucike coohabe amasi bederebuci, mimbe uruleme mini nadan koro be sume minde wangse gebu bucise, dain nakarakū ainaha. mini fe šang, fusi sunja tanggū ejehe keyen i minggan ejehebe, mini coohai niyalmade bu. mini beyede ujulaha beise ambasade,

---

及三人齎書遣回。書曰：「皇帝若責備遼東之人，撤回出邊之兵，以我為是，釋我七恨，加我王封，則豈有不罷兵之理？將我之舊賞，撫順敕書五百道，開原敕書千道，給我軍士。給我本人以及為首諸貝勒大臣，

及三人赍书遣回。书曰：「皇帝若责备辽东之人，撤回出边之兵，以我为是，释我七恨，加我王封，则岂有不罢兵之理？将我之旧赏，抚顺敕书五百道，开原敕书千道，给我军士。给我本人以及为首诸贝勒大臣，

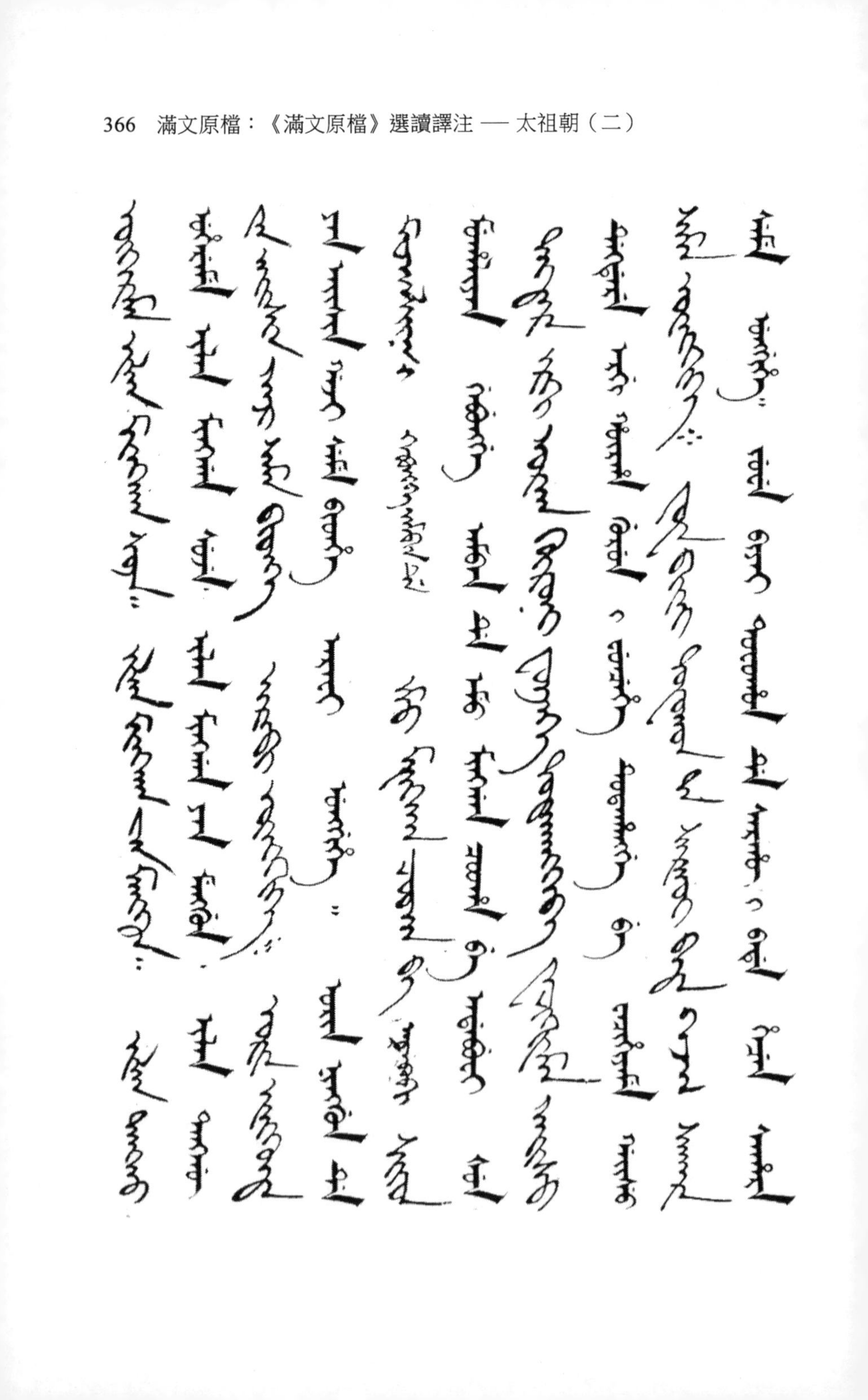

uhereme ilan minggan suje, ilan minggan yan menggun, ilan tanggū yan aisin gaji seme bithe arafi unggihe. orin ninggunde muhaliyan gebungge amban de emu minggan cooha be adabufi šun dekdere ergi hūrha guruni funcehe tutahanggebe wacihiyame gaisu seme unggihe. juwe biyai tofohon de sarhūi bade hecen sahara

---

總共綢緞三千疋，銀三千兩，金三百兩。」二十六日，派遣名叫穆哈連之大臣率兵一千，往東方虎爾哈國盡收所剩遺留人戶。二月十五日，於薩爾滸地方築城，

总共绸缎三千疋，银三千两，金三百两。」二十六日，派遣名叫穆哈连之大臣率兵一千，往东方虎尔哈国尽收所剩遗留人户。二月十五日，于萨尔浒地方筑城，

二十一、聲罪致討

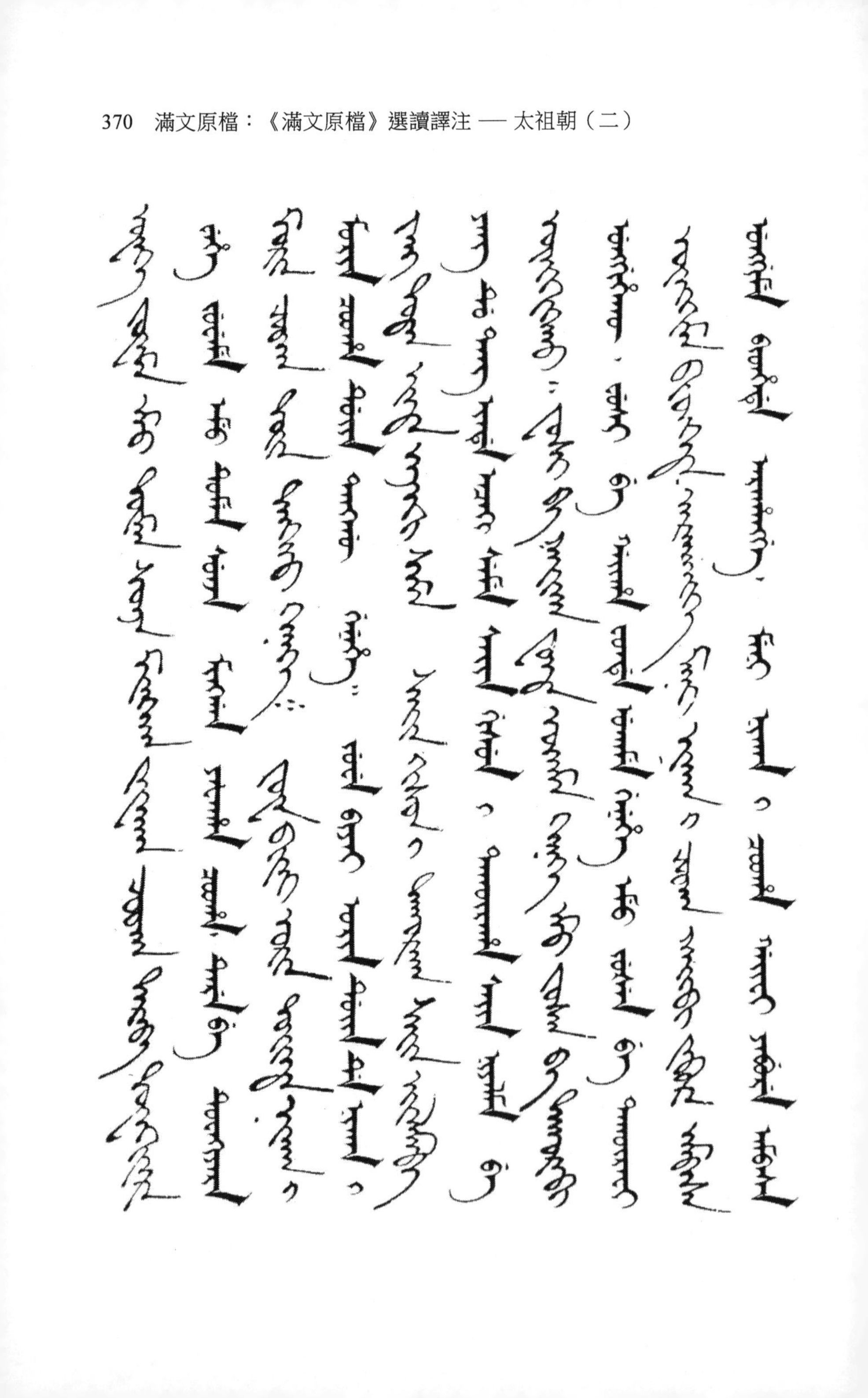

wehe juweme emu tumen sunja minggan yafahan cooha terebe tuwakiyara morin cooha duin tanggū genehe. juwe biyai orin duinde nikan i yang dutan inde acaki seme sain gisun i takūraha sain niyalmabe unggihekū, fusi be gaiha fonde ukame genehe emu jušen be takūrafi unggime bithede arahangge, meni nikan i cooha gaifi yabure ambasa

---

遣步兵一萬五千名前往搬運石料，並派騎兵四百名前往守護。二月二十四日，明楊都堂雖欲修好，但不以善言遣善人，而遣攻取撫順時逃出之一名諸申送書至。書曰：「我明領兵大臣，

遣步兵一万五千名前往搬运石料，并派骑兵四百名前往守护。二月二十四日，明杨都堂虽欲修好，但不以善言遣善人，而遣攻取抚顺时逃出之一名诸申送书至。书曰：「我明领兵大臣，

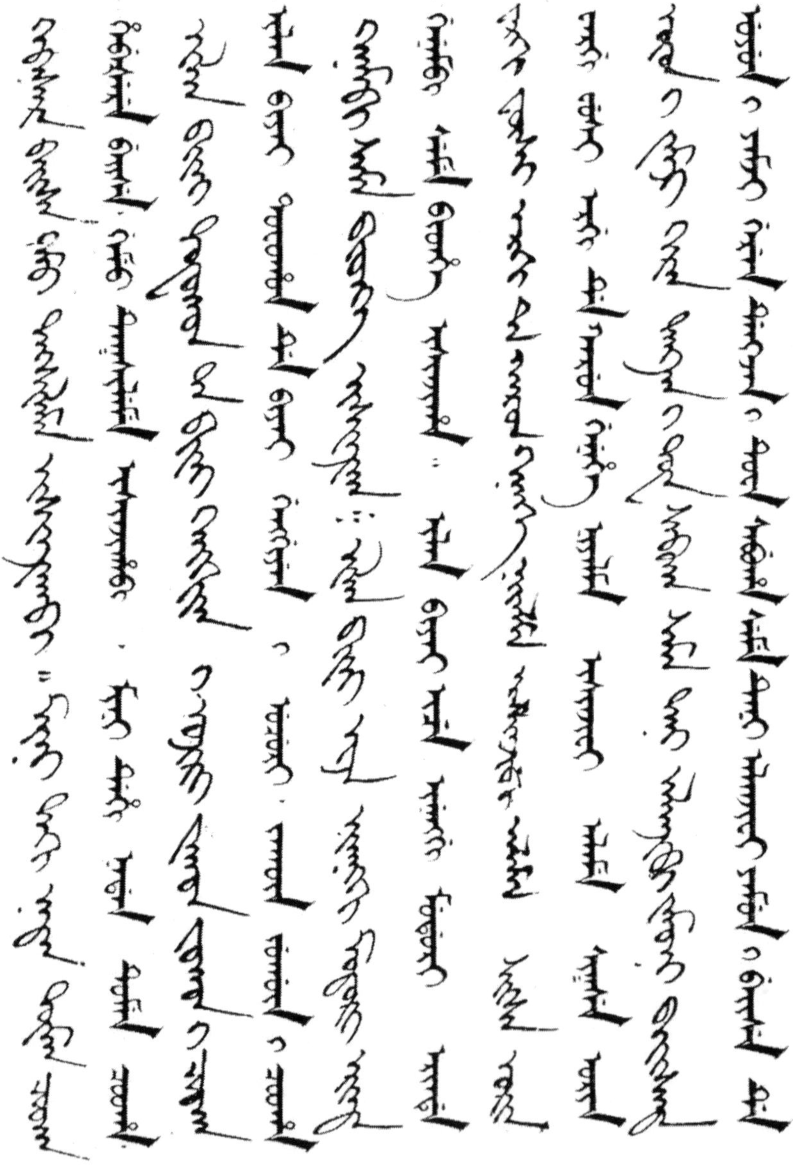

hebešere beise, gemu teksileme isinjihabi, mini dehi nadan tumen cooha, ilan biyai tofohon de biyai genggiyen i ucuri jakūn jugūn i cooha genembi seme bithe isinjiha. ilan biyai ice inenggi muduri erinde wargi fusi ergi de karun genehe niyalma isinjifi alame sikse orin uyun i yamji geren dengjan i tuwa sabuha seme teni alanjifi yamuni beisede

---

及議事諸王皆已齊至，我兵四十七萬，將於三月十五日月明之際，八路之兵前來。」三月初一日辰時，西去撫順哨探前來告稱：「昨二十九日晚見燈火甚多。」馳告坐朝諸貝勒，

及议事诸王皆已齐至，我兵四十七万，将于三月十五日月明之际，八路之兵前来。」三月初一日辰时，西去抚顺哨探前来告称：「昨二十九日晚见灯火甚多。」驰告坐朝诸贝勒，

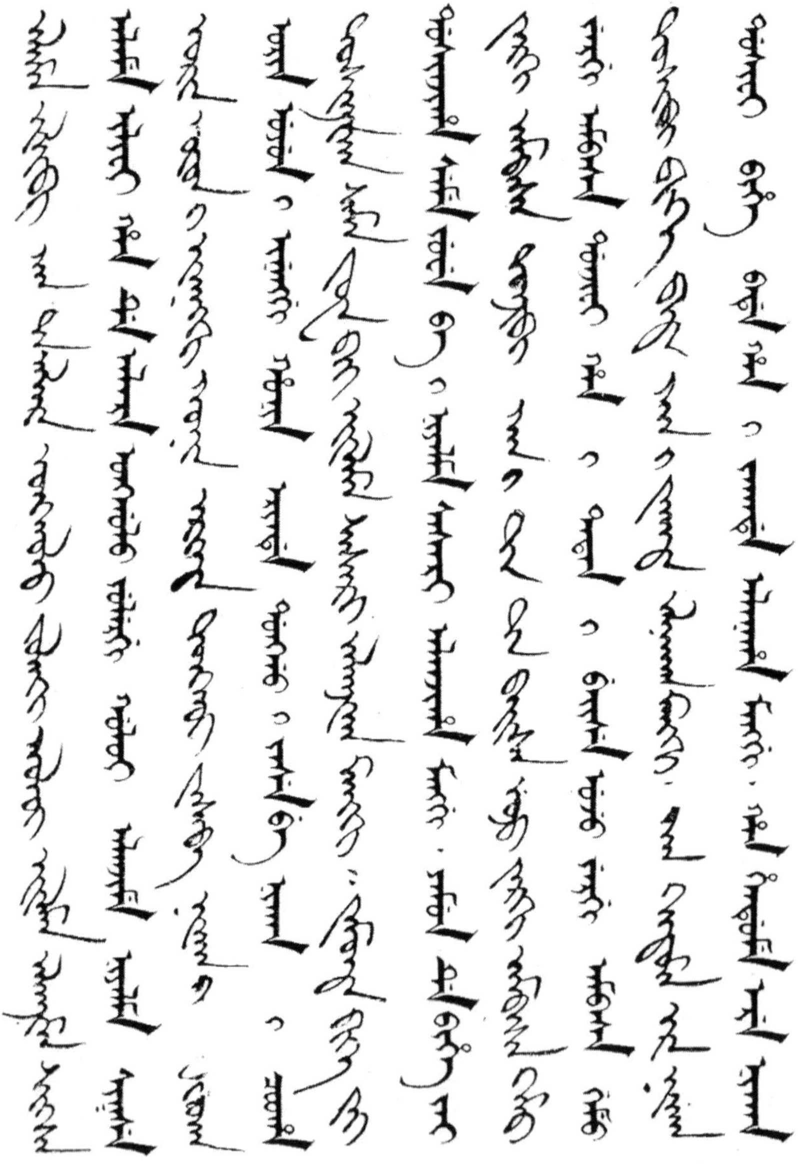

alame ilifi han de alara onggolo julergi goloi niyalma alanjime sikse orin uyun i inenggi honin erinde donggoi jasebe nikan i cooha dosinjiha seme juwe bai niyalma sasari alanjiha manggi, yamunde bihe jai jergi ambasa donjifi han i ta ta beise uju jergi ambasa gemu dosifi bihe bade han i jakade alanaha manggi, han hendume ere nikan

---

尚未及報知汗之前，南路哨探又來報稱：「昨二十九日未時，明兵進入董鄂邊境。」兩地之人一齊來報，坐朝二等大臣聞知後，即與在汗住處之諸貝勒及頭等大臣，俱進入住處一齊到汗跟前稟報。汗曰：

尚未及报知汗之前，南路哨探又来报称：「昨二十九日未时，明兵进入董鄂边境。」两地之人一齐来报，坐朝二等大臣闻知后，即与在汗住处之诸贝勒及头等大臣，俱进入住处一齐到汗跟前禀报。汗曰：

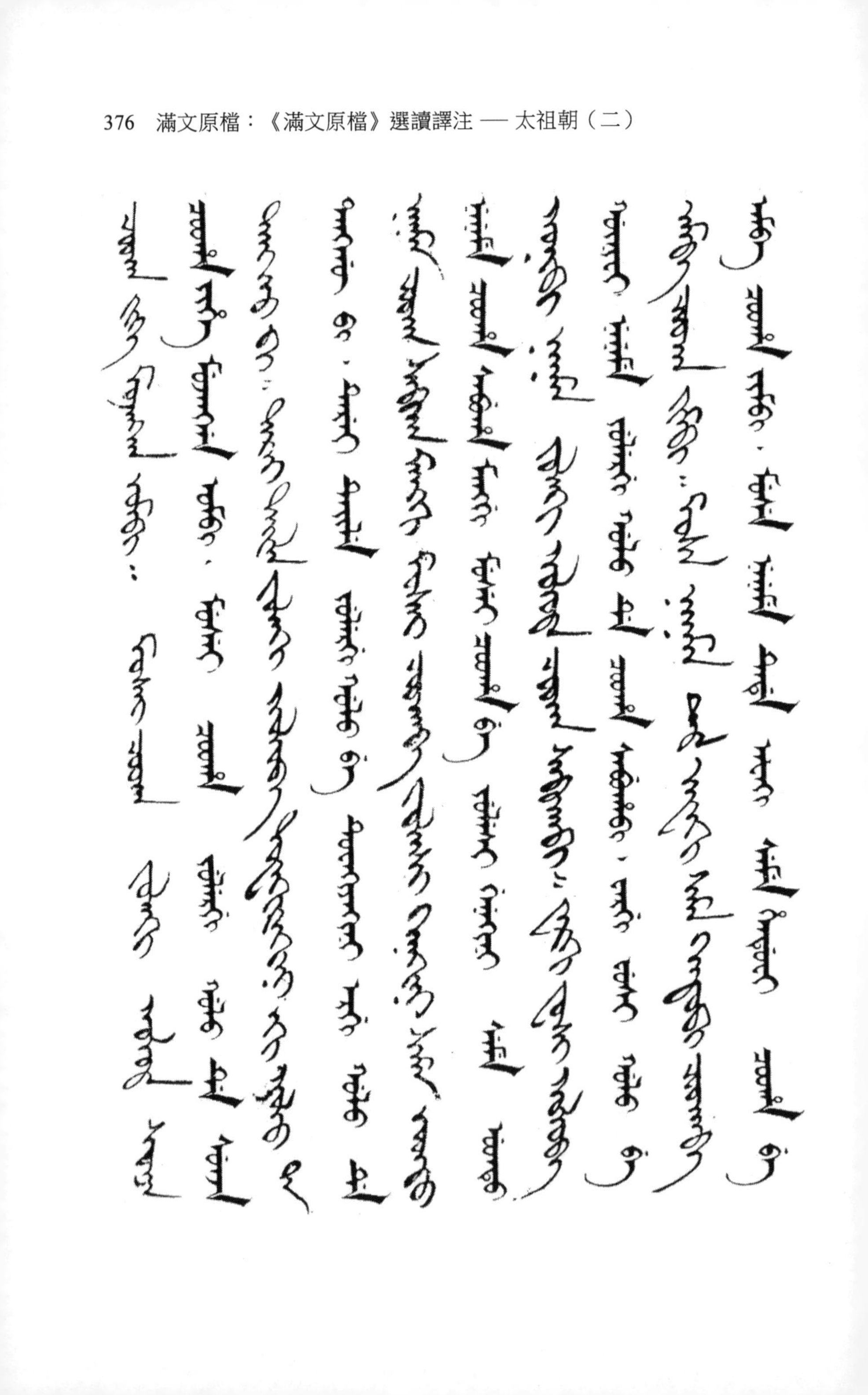

cooha jihe mujangga ombi, musei cooha julergi golode sunja tanggū bi, terei teile julergi golo be tuwakiyakini ergi golo de neneme cooha sabuha manggi musei coohabe julesi genekini seme uttu gūnifi neneme julergi golo de cooha sabuhabi, wargi fusi golo be amba cooha jimbi, muse neneme tede afaki seme hendufi coohabe

---

「明兵之來是實，我在南路有兵五百，即可以彼單獨防守南路。明故令我南路預見其兵者，是料想我兵南去迎拒，故令我先見南路之兵，其大兵必由西邊撫順路而來，我今當先攻此兵。」言畢，遂命兵

「明兵之来是实，我在南路有兵五百，即可以彼单独防守南路。明故令我南路预见其兵者，是料想我兵南去迎拒，故令我先见南路之兵，其大兵必由西边抚顺路而来，我今当先攻此兵。」言毕，遂命兵

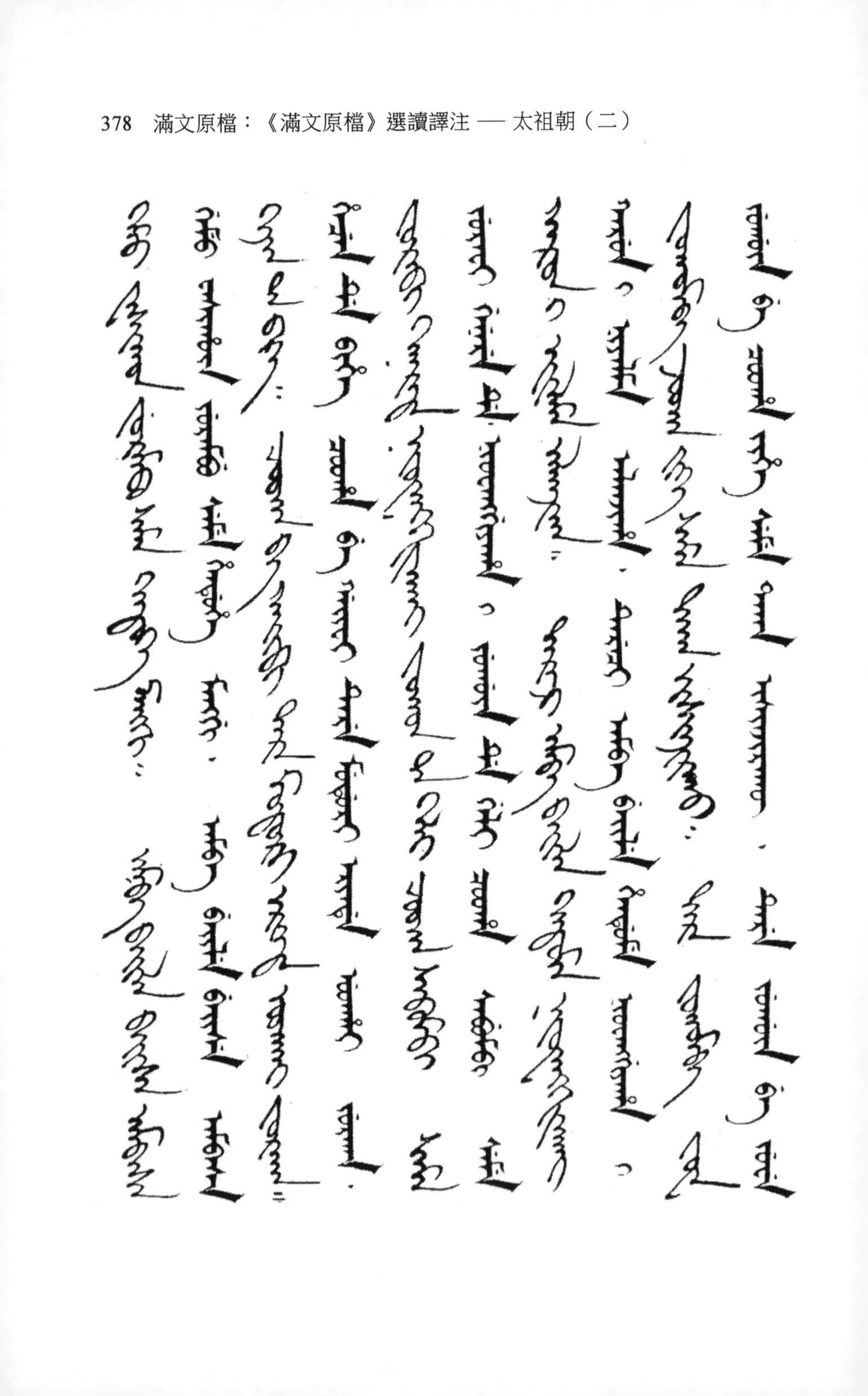

gemu wasihūn jurambu seme henduhe manggi, amba beile beise ambasa hecen de bihe, cooha be gaifi tere muduri erinde uthai juraka. jurafi genere de, niowanggiyahai jugūn de geli cooha sabumbi seme karun i niyalma alanjiha. tereci amba beile hendume, niowanggiyahai jugūmbe cooha jihe seme taka isinjirakū, tere jugūmbe juwe

---

俱西進。大貝勒及諸貝勒大臣率城中兵丁於辰時即刻出發。出發後行進間，又有哨探來報稱，清河路又見敵兵。於是大貝勒云：「清河路來兵，不能遽至，

俱西进。大贝勒及诸贝勒大臣率城中兵丁于辰时即刻出发。出发后行进间，又有哨探来报称，清河路又见敌兵。于是大贝勒云：「清河路来兵，不能遽至，

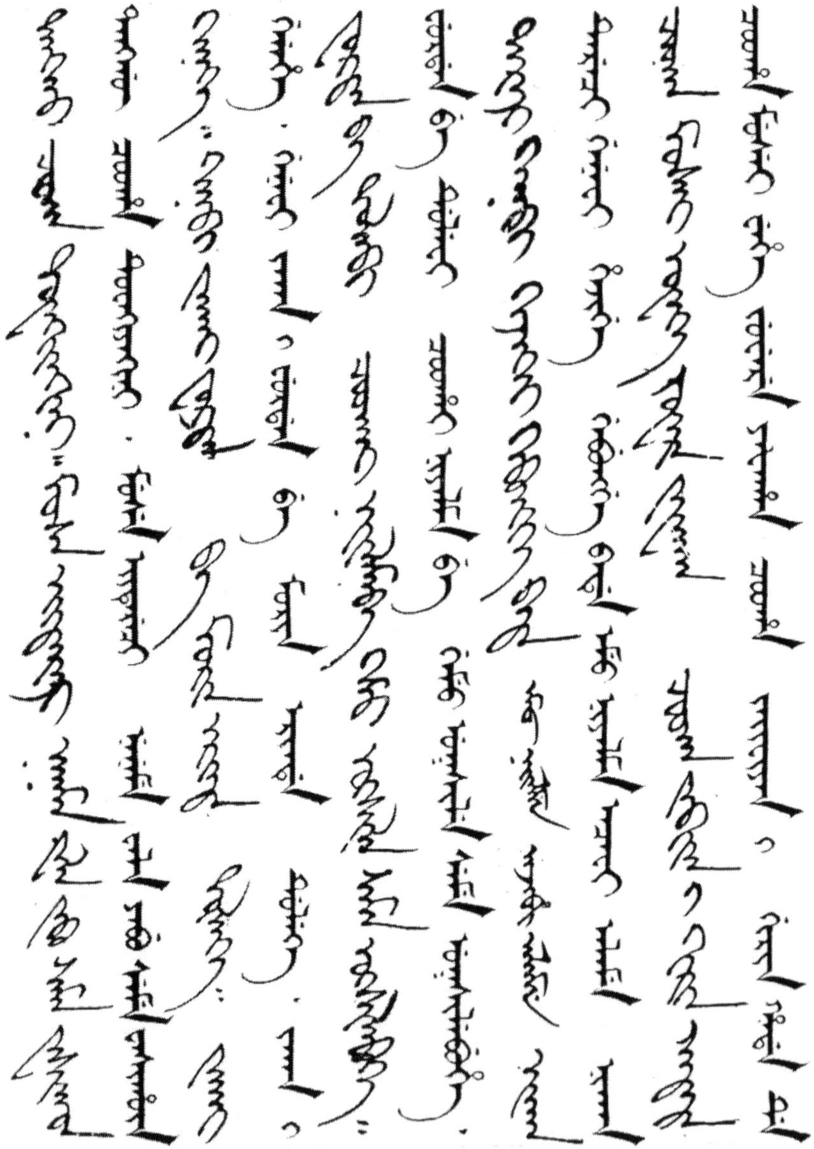

tanggū cooha tuwakiyakini, muse eitereci neneme wala yabu seme wasihūn genehe. genefi jaka i furdan be morin erinde duleke, jakai furdan be dulefi coohai niyalmabe gemu uksile seme uksilebuhe, tereci genefi hejigei gebungge bade emu niyalma acafi alame nikan cooha musei wehe juwere yafahan cooha, jaifiyan i girin hadade

---

命遣兵二百防守此路，我兵惟應先往西邊去[60]。」午時，過扎喀關。既過扎喀關，令軍士盡着甲，行至赫濟格地方，有一人來見，告稱，明兵見我運石步兵登界藩吉林哈達，

命遣兵二百防守此路，我兵惟应先往西边去。」午时，过扎喀关。既过扎喀关，令军士尽着甲，行至赫济格地方，有一人来见，告称，明兵见我运石步兵登界藩吉林哈达，

---

60 惟應，《滿文老檔》讀作“eitereci”，同“eiterecibe”，意即「大抵、總之」。

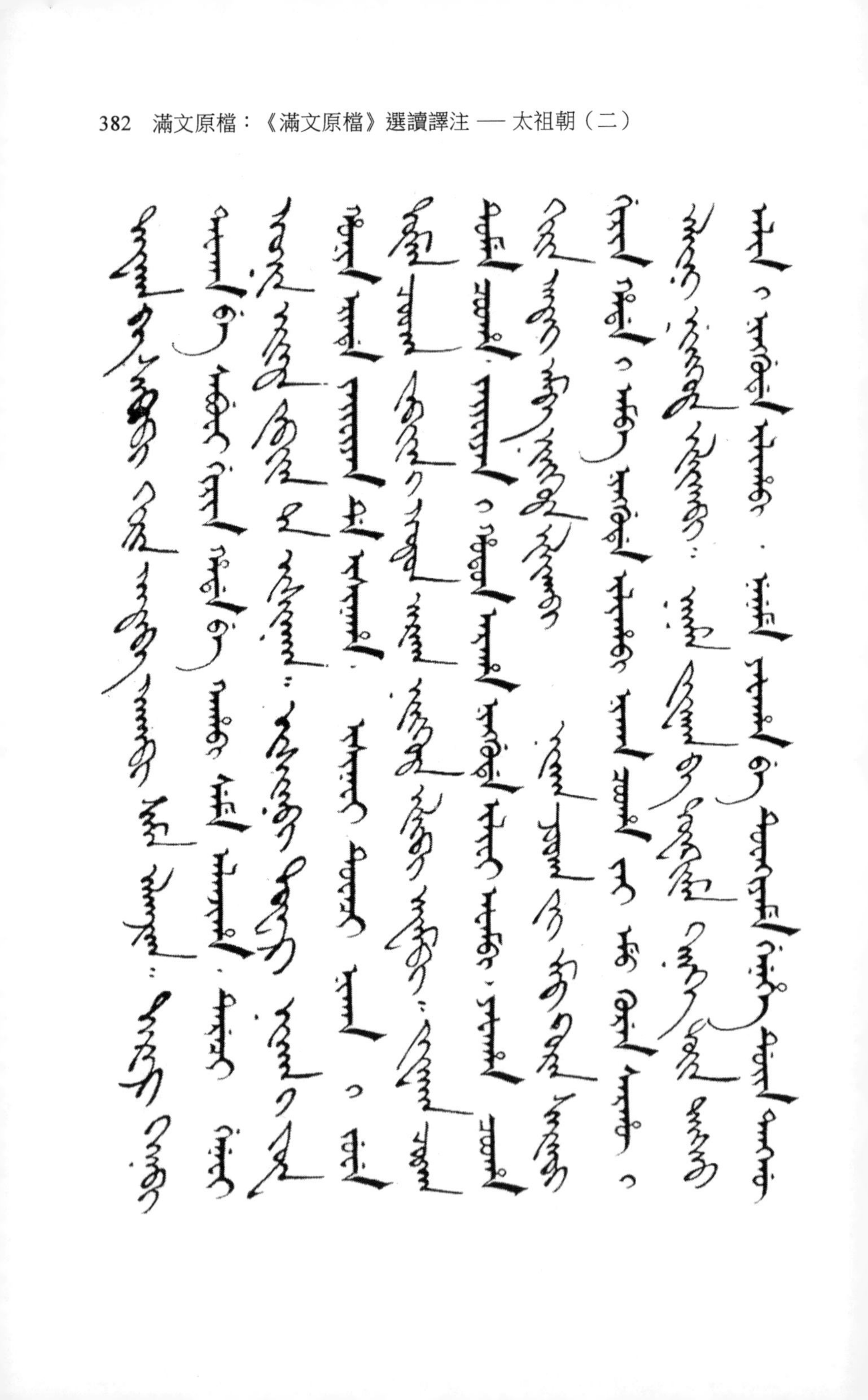

tafaka be sabufi girin hadabe kahabi seme alanjiha. tereci genefi honin erinde jaifiyan de isinaha. isinafi tuwaci nikan i juwe tumen cooha jaifiyan i hoton araha ninggude ilifi afambi, yafahan cooha girin hadai amba ninggude ilihabi, nikan cooha jai emu kuren, sarhūi alini ninggude ilihabi, neneme yafahan be tuwakiyame genehe duin tanggū

即包圍吉林哈達。我兵前行至未時，抵達界藩。抵達後見明兵二萬立於上方攻擊我界藩築城之地，步兵立於吉林哈達大山之上。明兵另一大隊立於薩爾滸山上，先前派往護衛步兵之四百

即包围吉林哈达。我兵前行至未时，抵达界藩。抵达后见明兵二万立于上方攻击我界藩筑城之地，步兵立于吉林哈达大山之上。明兵另一大队立于萨尔浒山上，先前派往护卫步兵之四百

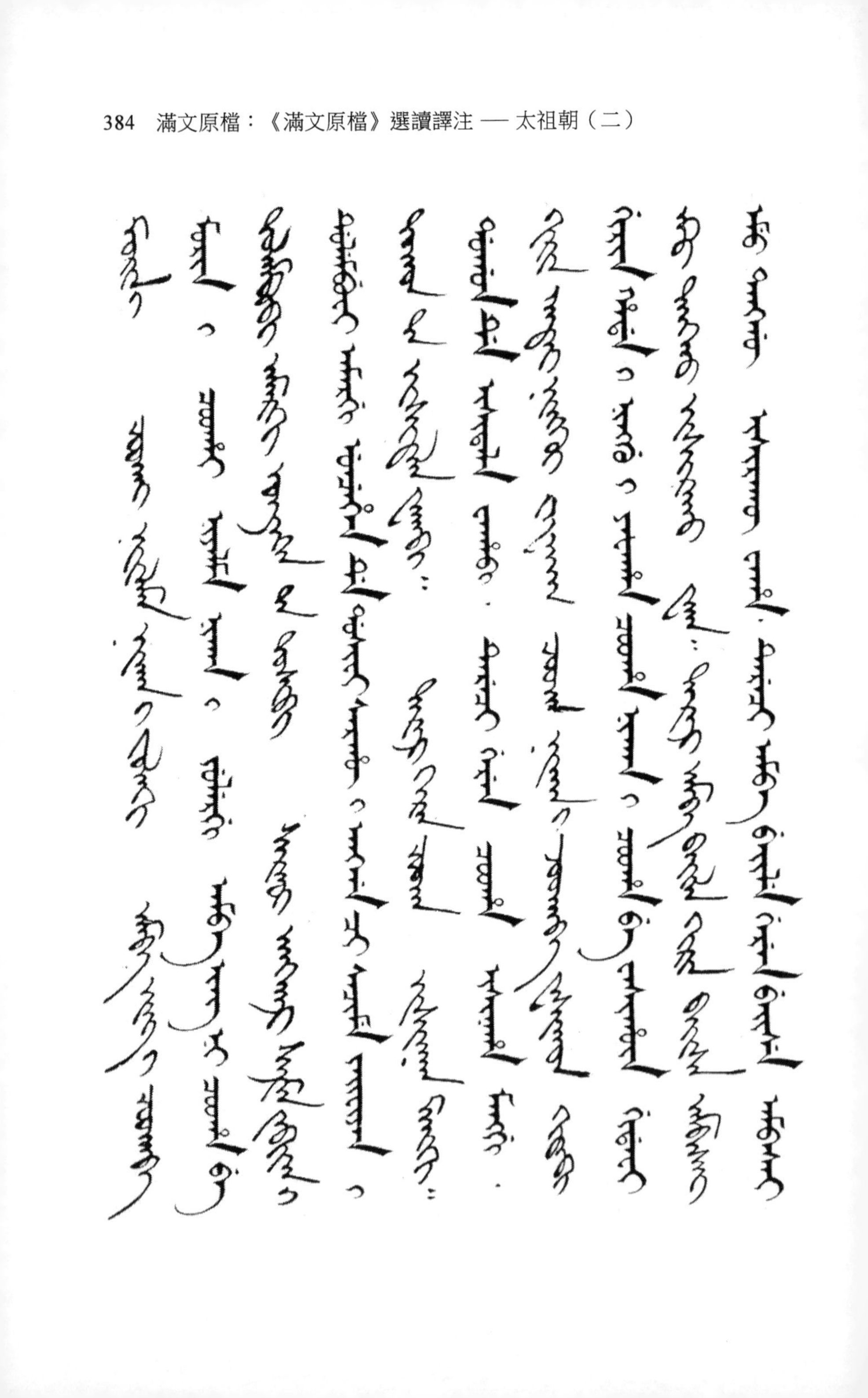

morin i coohai niyalma nikan i julergi amba ing ni coohabe dulembufi amargi uncehen de dosifi sarhūi anggaci sacime jaifiyan i dogon de isitala wahabi, tereci geren cooha isinaha manggi, girin hada i ninggu i yafahan cooha nikan i coohabe wasihūn gidafi emu tanggū isirakū waha, tereci amba beile geren beise ambasai

---

騎兵，待明前鋒大營兵過後，即在後面尾隨而進，自薩爾滸谷口砍殺至界藩渡口。大軍到達後，原在吉林哈達崖上之步兵，下山衝擊明兵，斬殺近百人。時大貝勒謂諸貝勒大臣曰：

骑兵，待明前锋大营兵过后，即在后面尾随而进，自萨尔浒谷口砍杀至界藩渡口。大军到达后，原在吉林哈达崖上之步兵，下山冲击明兵，斩杀近百人。时大贝勒谓诸贝勒大臣曰：

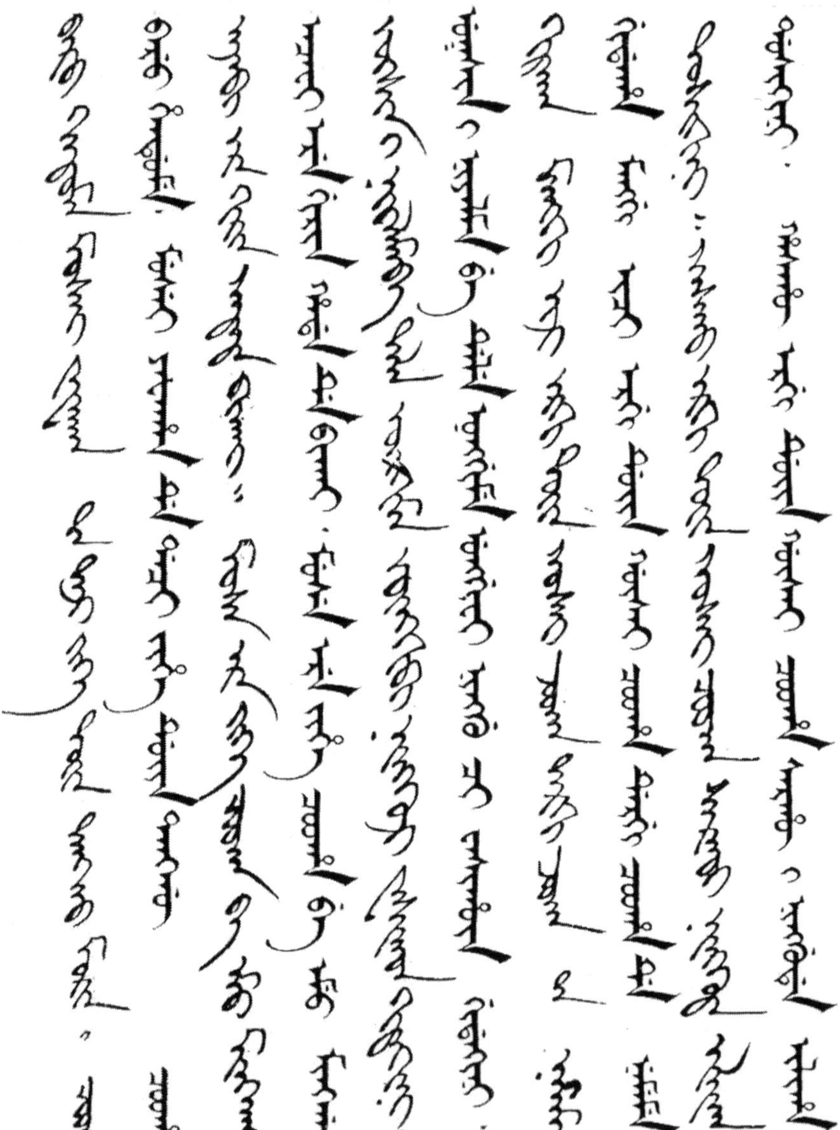

baru hendume, musei yafahan de daci jihe duin tanggū morin i cooha acafi ere girin hadade bikai, muse ere jihe cooha be emu minggan uksin i niyalmabe dele nonggime unggifi ningguci wasihūn gidakini, gidaha manggi ici ergi duin gūsai cooha dergi cooha de nememe dosikini, hashū ergi duin gūsai cooha sarhūi ninggude iliha

---

「我先前所派四百騎兵，已與步兵會合，現在吉林哈達，再將我此來之兵，增派一千名甲兵上山，由上往下衝擊。衝擊時，再以右翼四旗兵增援進攻；左翼四旗之兵，則監視立於薩爾滸山上之敵兵。」

「我先前所派四百骑兵，已与步兵会合，现在吉林哈达，再将我此来之兵，增派一千名甲兵上山，由上往下冲击。冲击时，再以右翼四旗兵增援进攻；左翼四旗之兵，则监视立于萨尔浒山上之敌兵。」

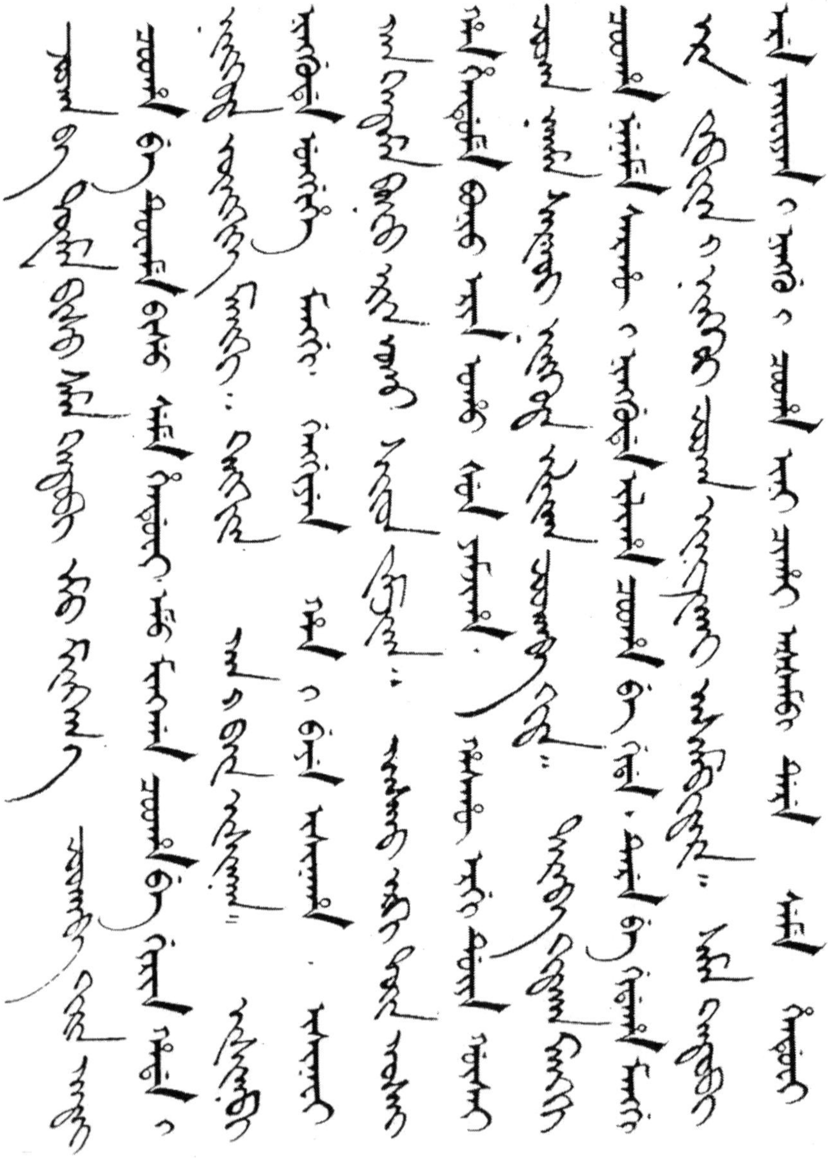

cooha be tuwame bisu seme hendufi emu minggan coohabe girin hada i ninggude unggihe manggi, genggiyen han i beye isinaha, isinafi han hendume bonio erin oho šun yamjiha, hashū ergi duin gūsai cooha neneme sarhūi ninggude iliha coohabe gida, terebe gidaha manggi ere jaifiyan i ninggui cooha inicihai aššambidere seme hendufi

---

言畢，遂派遣兵一千前往吉林哈達山上。英明汗本人親至，到來後，汗曰：「現已申時，天色已晚，命左翼四旗之兵，先行攻擊立於薩爾滸山上之敵兵，將其擊敗後，此界藩山上之敵兵必自行動搖。」言畢，

言毕，遂派遣兵一千前往吉林哈达山上。英明汗本人亲至，到来后，汗曰：「现已申时，天色已晚，命左翼四旗之兵，先行攻击立于萨尔浒山上之敌兵，将其击败后，此界藩山上之敌兵必自行动摇。」言毕，

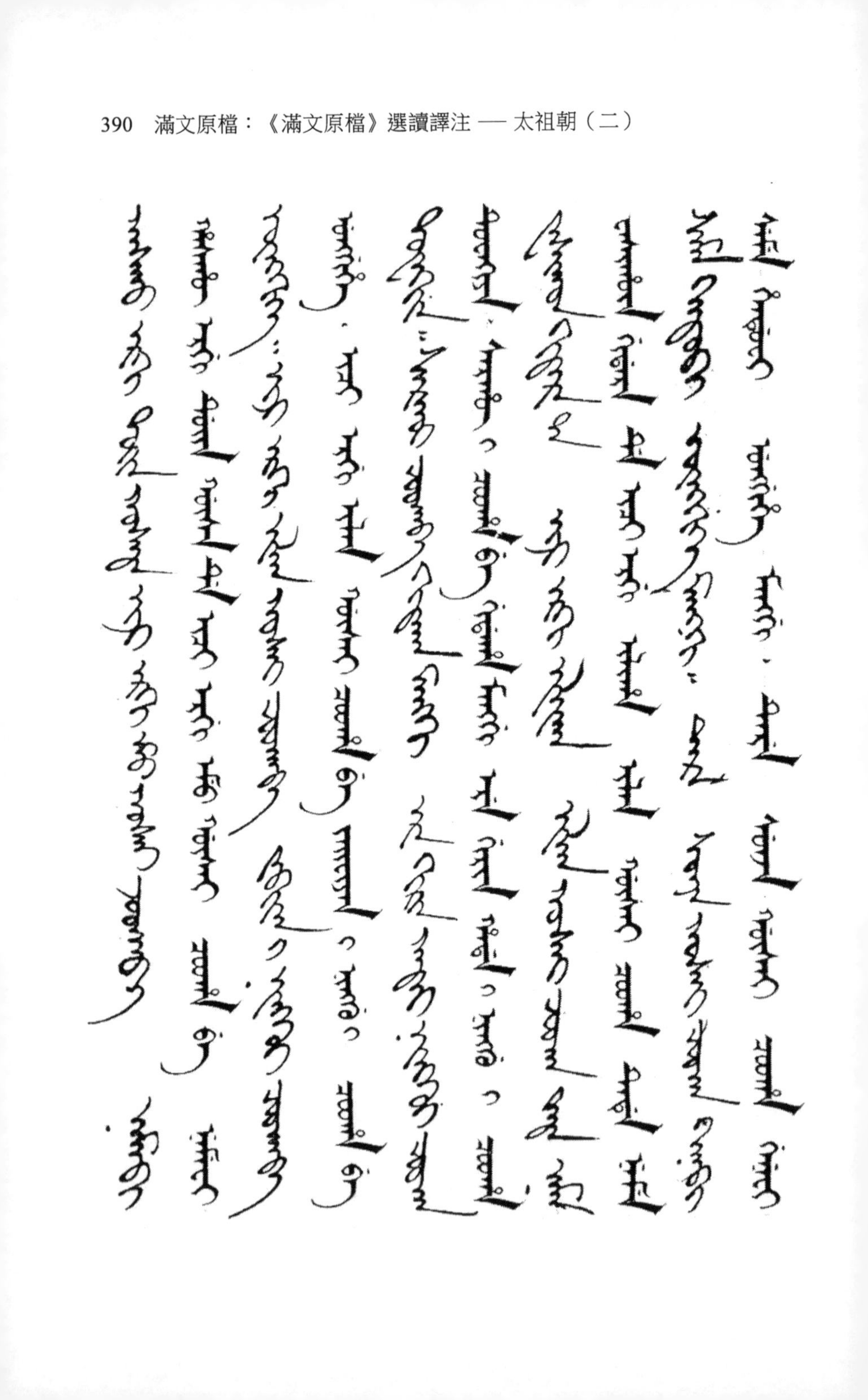

hashū ergi duin gūsade ici ergi emu gūsai coohabe nemefi unggihe, ici ergi ilan gūsai coohabe jaifiyan i ninggui coohabe tuwakiya, sarhūi coohabe gidaha manggi ere girin hadai ninggui cooha wasihūn gidara de ici ergi iliha ilan gūsai cooha tede neme seme hendufi unggihe manggi, tere sunja gūsai cooha genefi,

---

遂遣右翼一旗之兵前去增援左翼四旗。又令曰：「右翼三旗之兵監視界藩山上之敵兵，俟擊敗薩爾滸之敵兵後，我吉林哈達山上之兵往下衝擊時，右翼三旗之兵即前往增援。言畢，遣之，其五旗之兵隨即前進，

遂遣右翼一旗之兵前去增援左翼四旗。又令曰：「右翼三旗之兵监视界藩山上之敌兵，俟击败萨尔浒之敌兵后，我吉林哈达山上之兵往下冲击时，右翼三旗之兵即前往增援。言毕，遣之，其五旗之兵随即前进，

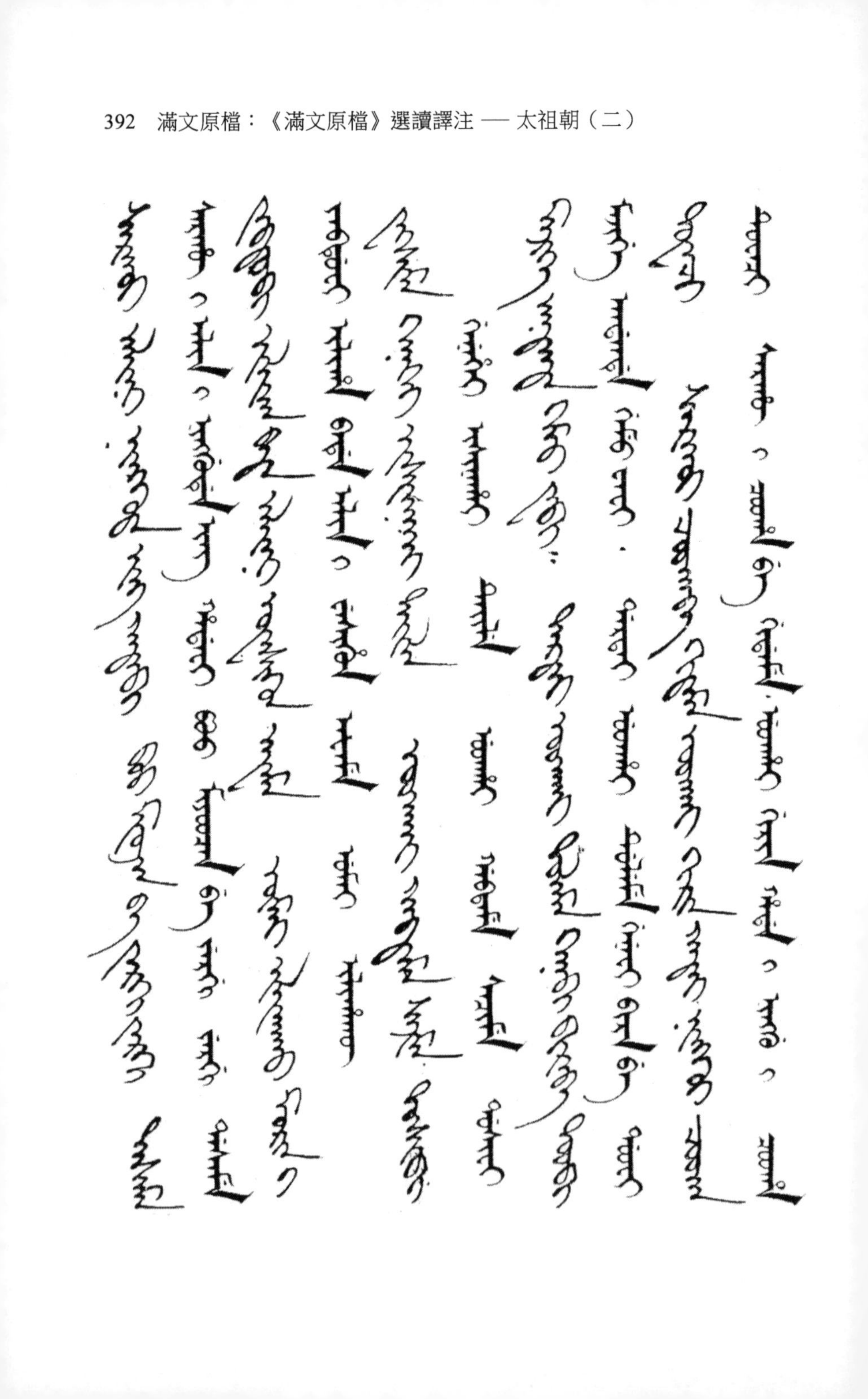

sarhūi alini ninggude ing hadafi poo miyoocan be jergi jergi dasame jabdufi iliha bade alini wesihun afame umai ilihakū morin i feksime genehei isinahai teile uthai gabtame sacime dosifi, majige andande gemu wafi, dartai uthai duleme genefi birabe doofi tuwaci sarhūi coohabe gidame, uthai girin hadai ninggui cooha,

---

明兵於薩爾滸山上紮營，鎗礮層層布陣就緒，我軍向立營之處往上仰攻，馳馬直前不停，箭射刀砍，衝入敵陣，須臾俱殲之，不移時即渡河，見我兵擊敗薩爾滸之兵後，我吉林哈達山上之兵，

明兵于萨尔浒山上扎营，鎗炮层层布阵就绪，我军向立营之处往上仰攻，驰马直前不停，箭射刀砍，冲入敌阵，须臾俱歼之，不移时即渡河，见我兵击败萨尔浒之兵后，我吉林哈达山上之兵，

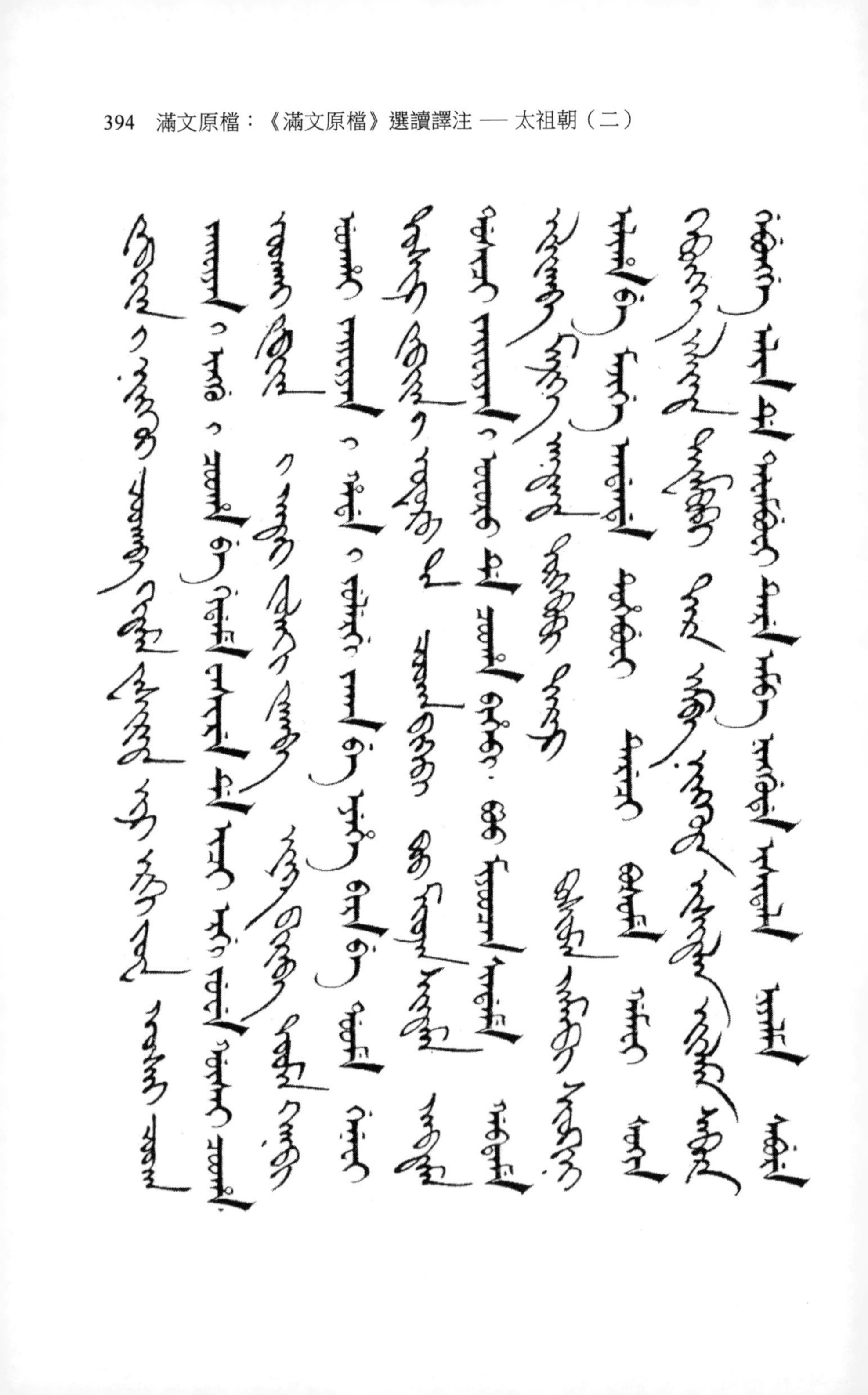

jaifiyan i inggu〔ninggu〕i coohabe gidame wasirede ici ergi juwe gūsai cooha uthai jaifiyan i hadai julergi jakabe eyehe birabe doome genefi dosici jaifiyan i oforo de cooha bihebi, poo miyoocan sindame gabtame ilihabe majige andande tuhebufi tereci bošome gamafi šokin gebungge alinde tafambufi tere amba ninggude isitala niyalma sabure

---

即往下擊敗界藩山上之敵兵，右翼二旗之兵，即渡過界藩嶺南側河流進攻，遇界藩山嘴之敵兵，即施放鎗礮射擊，須臾擊潰敵兵，追逐直至名叫勺琴大山之上[61]，

即往下击败界藩山上之敌兵，右翼二旗之兵，即渡过界藩岭南侧河流进攻，遇界藩山嘴之敌兵，即施放鎗炮射击，须臾击溃敌兵，追逐直至名叫勺琴大山之上，

---

61 勺琴大山，句中「勺琴」，《滿文原檔》讀作"siokin"，《滿文老檔》讀作"šokin"。據《清文總彙》"šukin alin"條：「舒欽山在盛京界藩山北。舊名"šokin 碩欽，（乾隆 — 引者按）四十八年九月特旨改此」。此「勺琴」即「碩欽」，同音異譯。

二十二、壕裏壕外

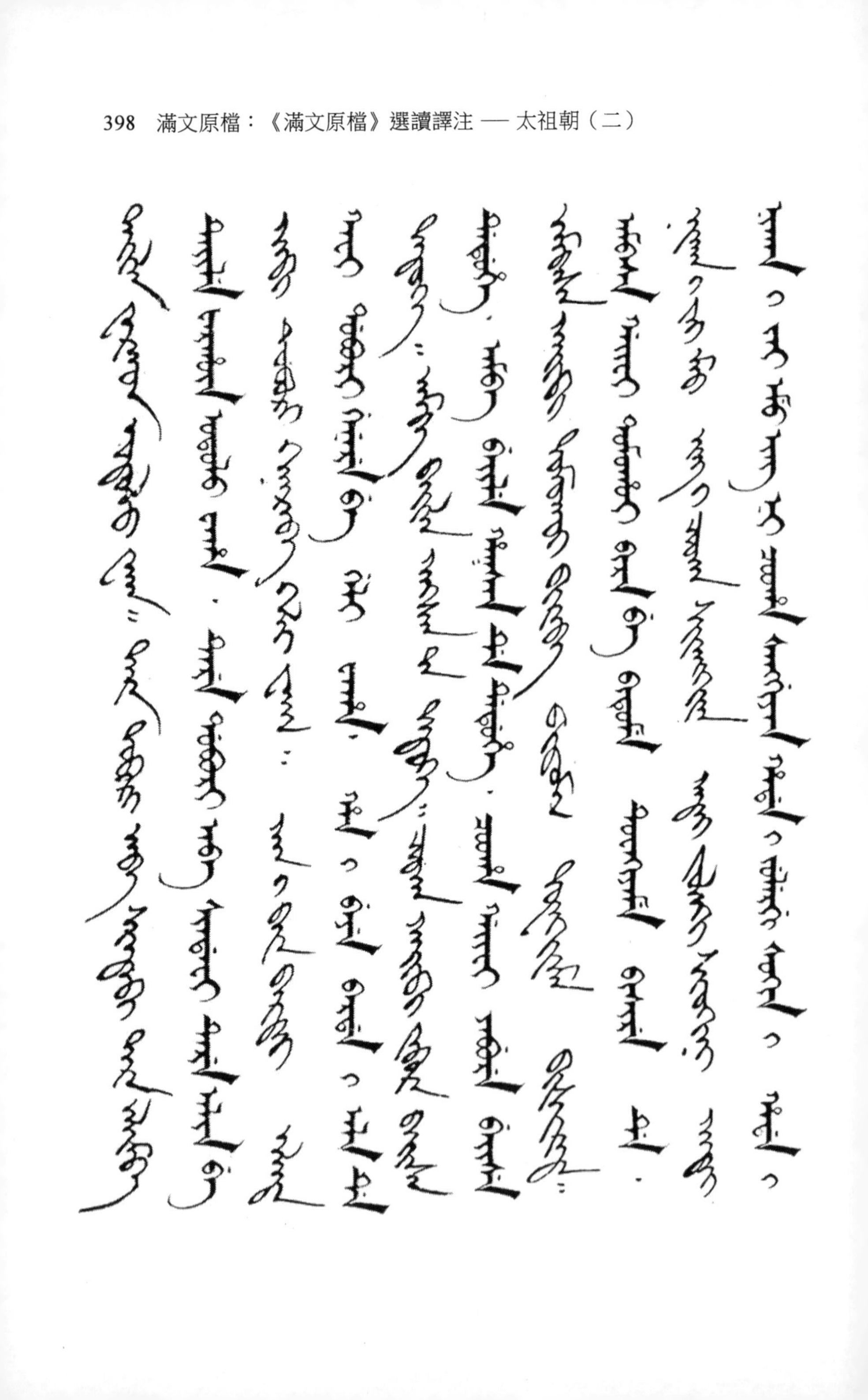

teile farhūn otolo waha. tere dobori aba sindafi, tere alinbe kafi dobori generebe geli waha, han i beye bardai alade deduhe, amba beile haksan de deduhe, cooha gaifi yabure beise ambasa gaifi tomohoi birabe bitume tuwakiyame bisirede, nikan i jai emu ing ni cooha šanggiyan hadai julergi šokini hadai

---

攻殺至天色昏黑。當夜圍山放圍，又截殺乘夜逃竄之敵兵。汗本人宿於巴爾達崗，大貝勒宿於哈克善。領兵前往諸貝勒率大臣們沿托漠惠河邊駐守，見明另一營之兵，在尚間崖南[62]、勺琴崖

攻杀至天色昏黑。当夜围山放围，又截杀乘夜逃窜之敌兵。汗本人宿于巴尔达岗，大贝勒宿于哈克善。领兵前往诸贝勒率大臣们沿托漠惠河边驻守，见明另一营之兵，在尚间崖南、勺琴崖

---

[62] 尚間崖，句中「尚間」，《滿文原檔》寫作 “sijangkijan””，《滿文老檔》讀作 “šanggiyan”，意即「白、煙塵」。按此為無圈點滿文“ja”與“ya”、“ki”與“gi”之混用現象。

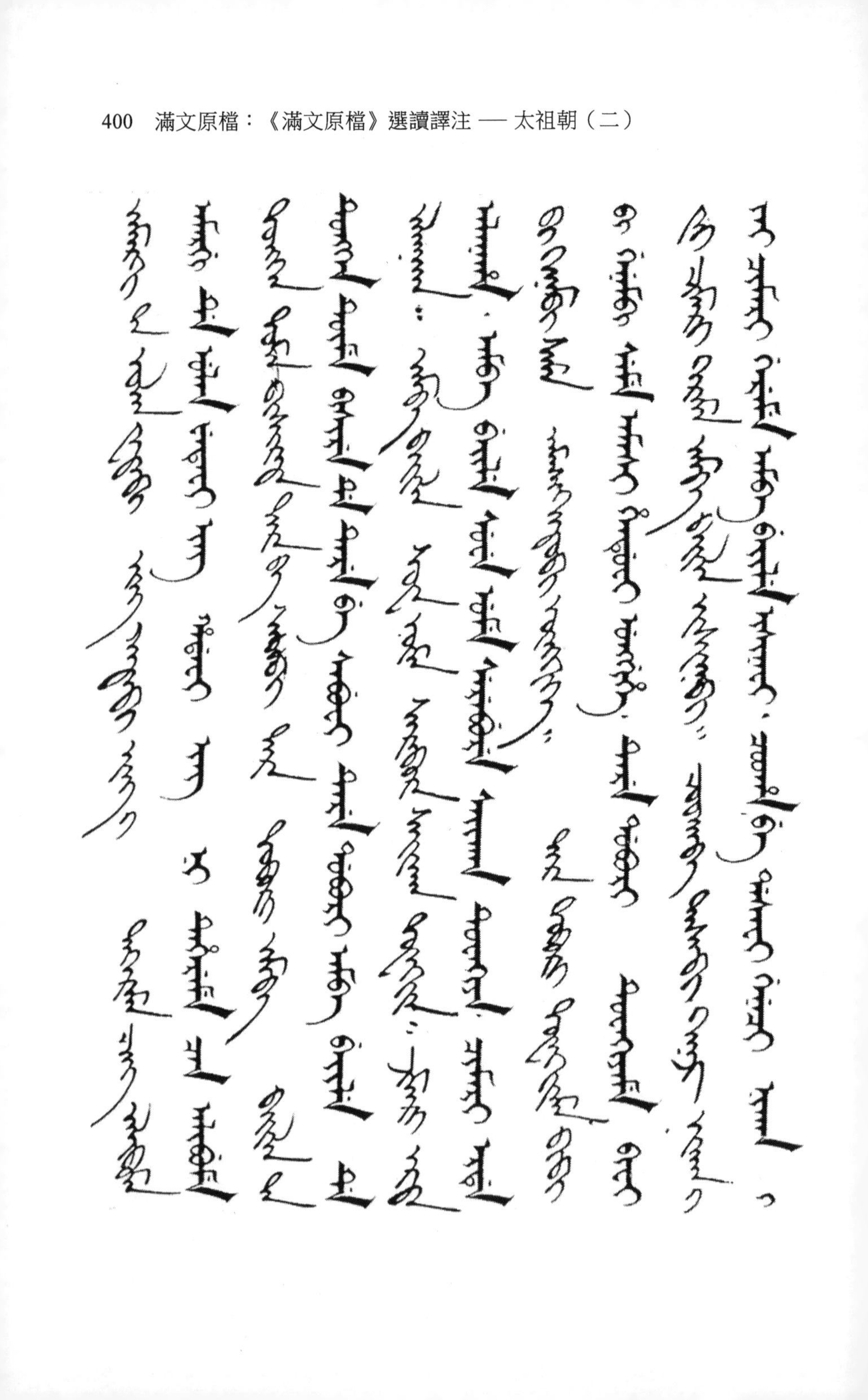

amargi de ulan fetefi ing hadafi ing ni tehereme cang alibume tungken tūme bisirede tere be sabufi tere dobori amba beile de alanaha. amba beile suwe ume serebure saikan tuwakiya, cimari erde bi genembi seme amasi hendufi unggihe, tere dobori tuwakiyame bifi jai cimari gereme amba beile isinafi, coohabe dasafi geneci nikan i

---

北掘壕立營，見各營周轉鳴鑼擊鼓，即星夜馳告於大貝勒。大貝勒曰：「爾等勿令敵人知覺，善加監視，明晨我必前往。」言畢，即遣還。是夜監視敵營。翌日晨天明，大貝勒至，整兵前進時，

北掘壕立营，见各营周转鸣锣击鼓，即星夜驰告于大贝勒。大贝勒曰：「尔等勿令敌人知觉，善加监视，明晨我必前往。」言毕，即遣还。是夜监视敌营。翌日晨天明，大贝勒至，整兵前进时，

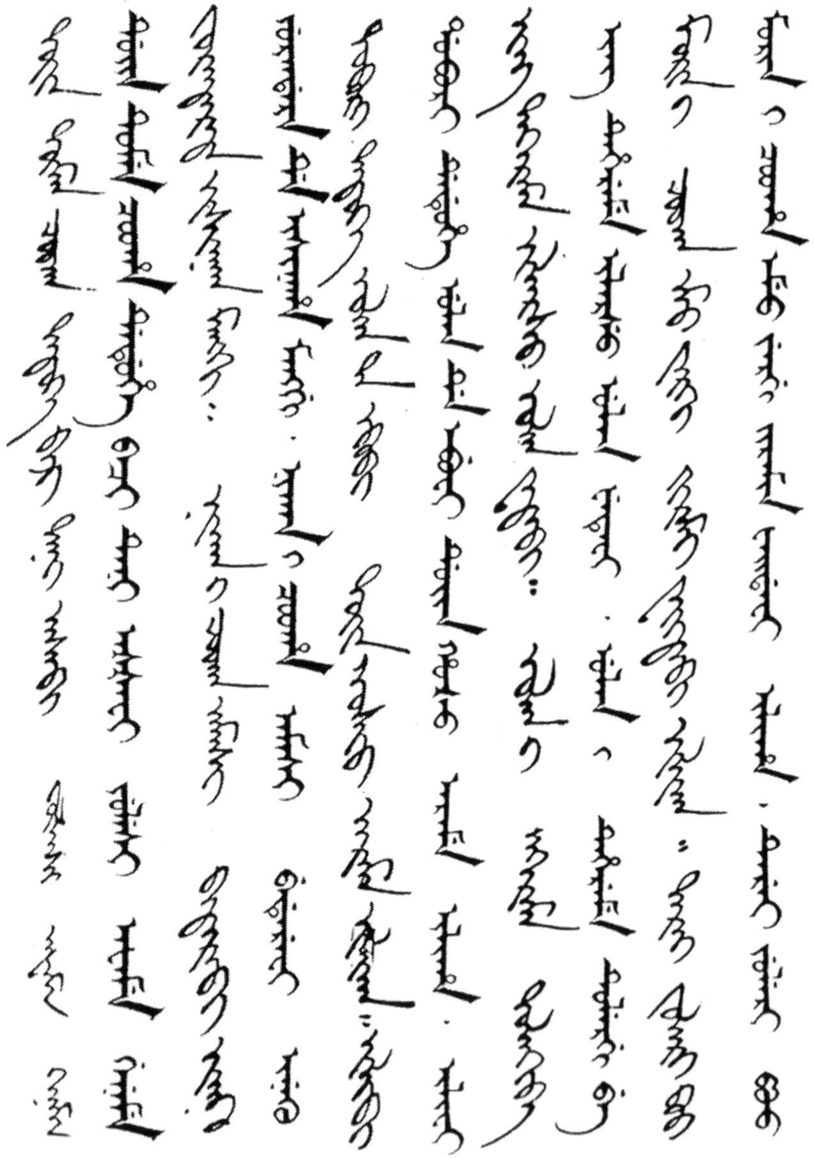

duin tumen cooha deduhe baci teni aššafi julesi afame geneme jurandarade isinaha manggi, nikan i cooha amasi bederefi ineku dobori deduhe ulan de ebufi duin hošo arame iliha, ilifi ing tehereme ilarsu ulan fetefi, ulan i tehereme tulergibe morin i cooha emu jergi jiramin faidafi iliha, terei juleri poo

---

明兵四萬甫自宿營處動身進攻時，見我兵已到來後，明兵即退回，當夜下馬宿營於壕內，排列四方陣勢，各營周圍掘壕三層，在壕外密佈騎兵一層，前列

明兵四万甫自宿营处动身进攻时，见我兵已到来后，明兵即退回，当夜下马宿营于壕内，排列四方阵势，各营周围掘壕三层，在壕外密布骑兵一层，前列

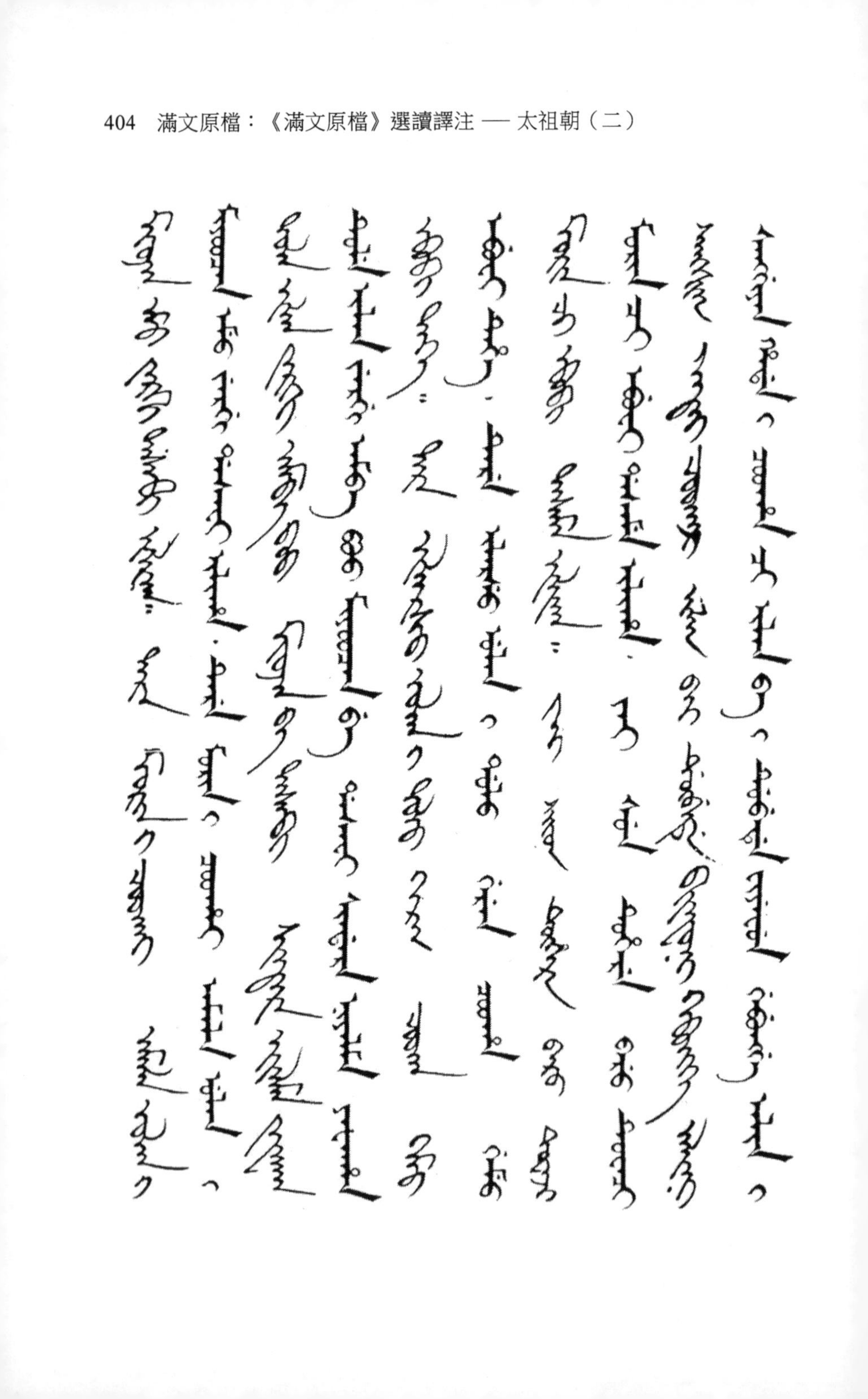

miyoocan emu jergi dasafi iliha, tere morin i coohai amala ulan i tule ilan jergi amba poo miyoocan be dasafi sindara niyalma yafahan ebufi tehe, tere ilarsu ulan i dolo geren cooha gemu morin ci ebufi dasame iliha, jai šun tuhere baru tuwaci šanggiyan hadai coohaci ilan bai dubede fiyefun gebungge alini

鎗礮一排，其騎兵後之壕外，列三排大鎗礮，施放鎗礮之人下馬步行坐待。其三道壕內，衆兵皆下馬整隊以待，又西向監視，距尚間崖敵兵三里處，又於名叫斐芬之山上[63]

鎗炮一排，其骑兵后之壕外，列三排大鎗炮，施放鎗炮之人下马步行坐待。其三道壕内，众兵皆下马整队以待，又西向监视，距尚间崖敌兵三里处，又于名叫斐芬之山上

[63] 斐芬，《滿文原檔》讀作“bijefun”，《滿文老檔》讀作“fiyefun”。

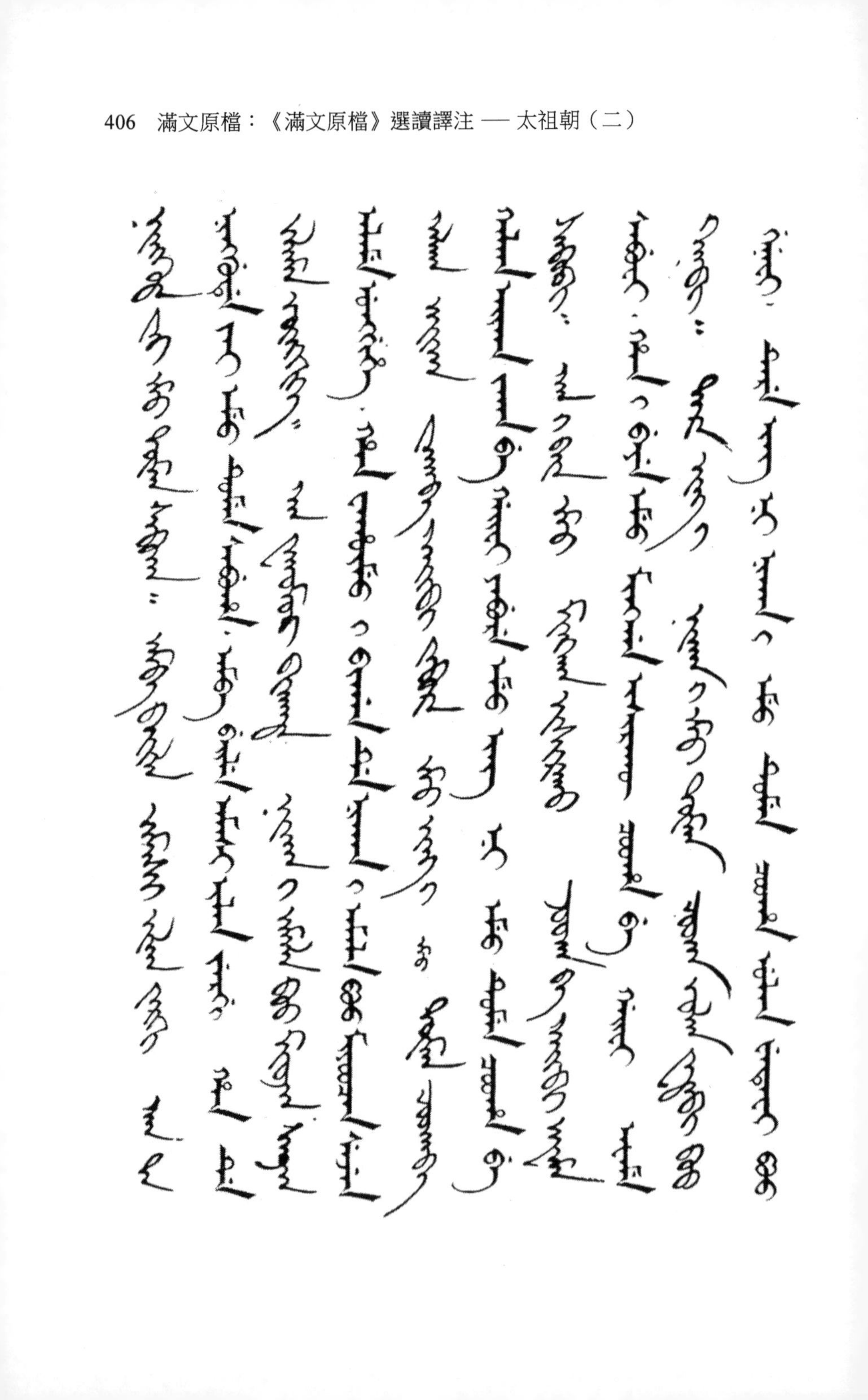

ninggude jai emu tumen sabuha, amba beile amasi ilan jergi han de alame unggihe. han wahūmui bigande nikan i amala poo miyoocan sejen kalka aika jakabe gaifi yabure emu ing ni emu tumen coohabe sabufi, han i beye emu minggan isirakū cooha be gaifi afame genefi, tere ing ni nikan i emu tumen cooha ulan fetefi poo

---

見敵兵一萬，大貝勒三次派人返回馳報於汗。汗於空瑚穆之野，見明後營兵一營一萬携帶鎗礮、車輛、楯牌等一應器械而行。汗本人親率兵不足一千前去攻擊，該營明兵一萬濬壕

见敌兵一万，大贝勒三次派人返回驰报于汗。汗于空瑚穆之野，见明后营兵一营一万携带鎗炮、车辆、楯牌等一应器械而行。汗本人亲率兵不足一千前去攻击，该营明兵一万浚壕

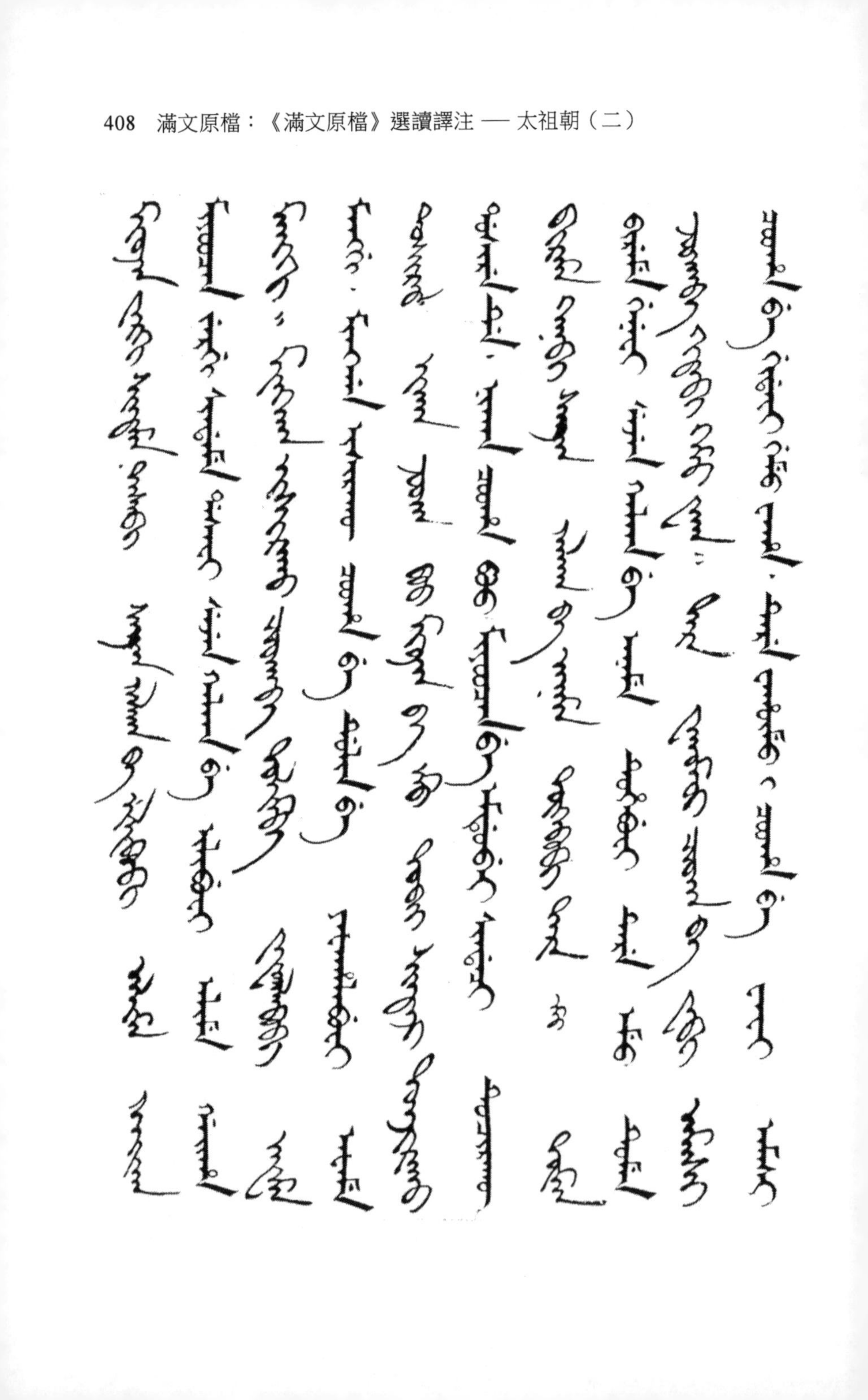

miyoocan jergi sindame dasafi, sejen kalka be ilibufi alime gaiha manggi, minggan isirakū coohabe dulimbe yafahalabufi afame dosire de, nikan cooha poo miyoocan be emu dubei sindaci tucirakū bireme genefi sejen kalka be aname tuhebufi tere emu tumen coohabe gidafi gemu waha, tere wahūmui cooha be wafi amasi

---

置放鎗礮，排列車楯應戰，命不滿千人分其半下馬步行進入攻擊。明兵頻施鎗礮[64]。我兵向前衝擊，將其車楯逐一推倒，其兵一萬俱被我兵擊敗斬殺。將乞瑚穆之兵斬殺後返回時，

置放鎗炮，排列车楯应战，命不满千人分其半下马步行进入攻击。明兵频施鎗炮。我兵向前冲击，将其车楯逐一推倒，其兵一万俱被我兵击败斩杀。将乞瑚穆之兵斩杀后返回时，

---

64 頻施鎗礮，句中「頻」，《滿文原檔》讀作“emu dubei”，《滿文老檔》讀作“emdubei”，意即「頻頻、一再」。

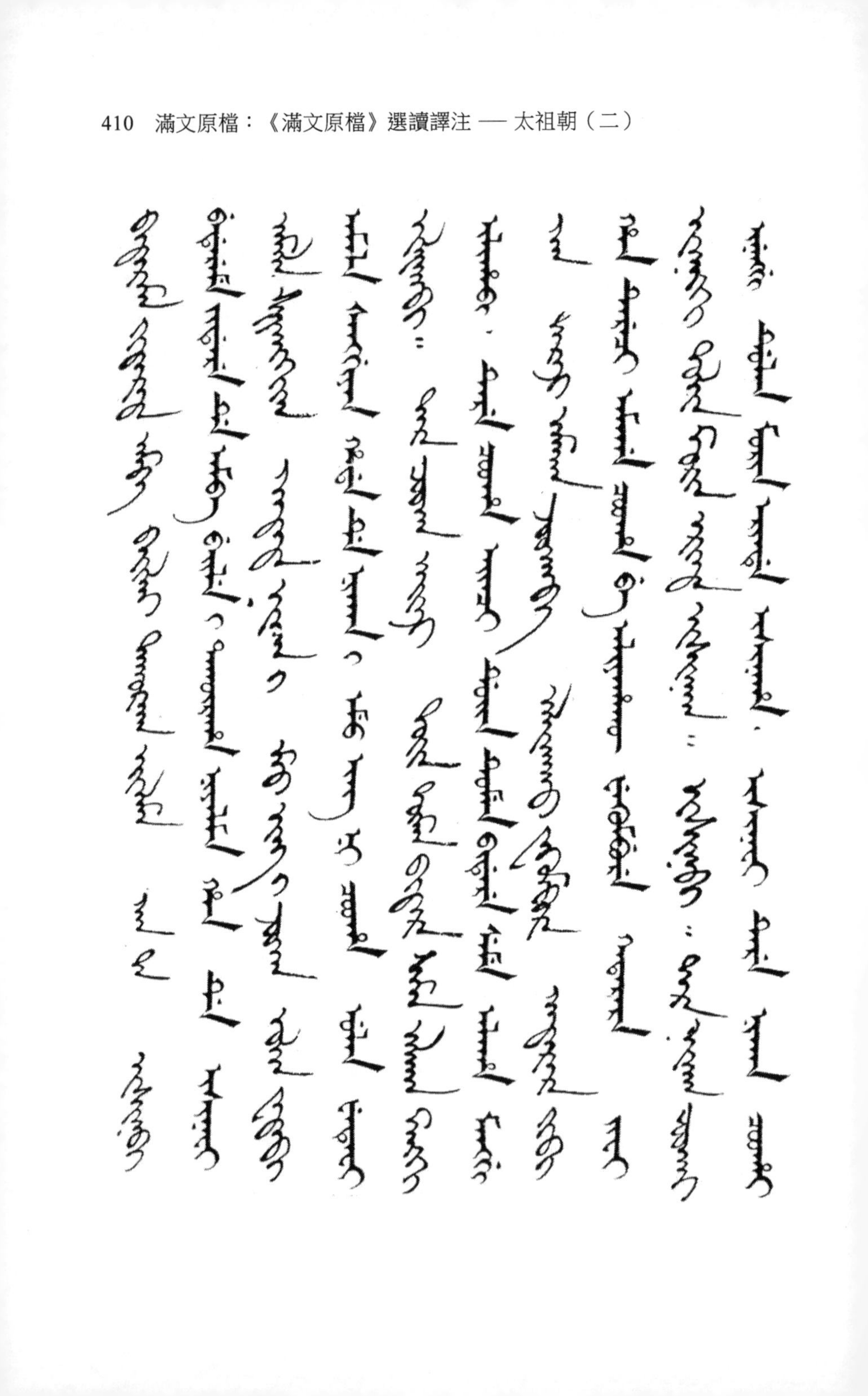

[illegible]

bedereme jiderede amba beilei takūraha niyalma han de isinafi amala šanggiyan hadade nikan i emu ing ni cooha ulan fetefi ilihabi, tere cooha ainci duin tumen bidere seme alaha manggi han tereci amaga coohabe aliyahakū fekumbure katarara jifi inenggi dulin morin erinde isinaha, isinafi, tere nikan coohai

---

大貝勒遣人馳至報汗曰：「尚間崖後明兵一營已掘壕安營，其兵數約有四萬之衆。」汗聞報後不待後兵到來，即躍馬顛跑馳往。於日中午時到達其地，見明兵

大贝勒遣人驰至报汗曰:「尚间崖后明兵一营已掘壕安营，其兵数约有四万之众。」汗闻报后不待后兵到来，即跃马颠跑驰往。于日中午时到达其地，见明兵

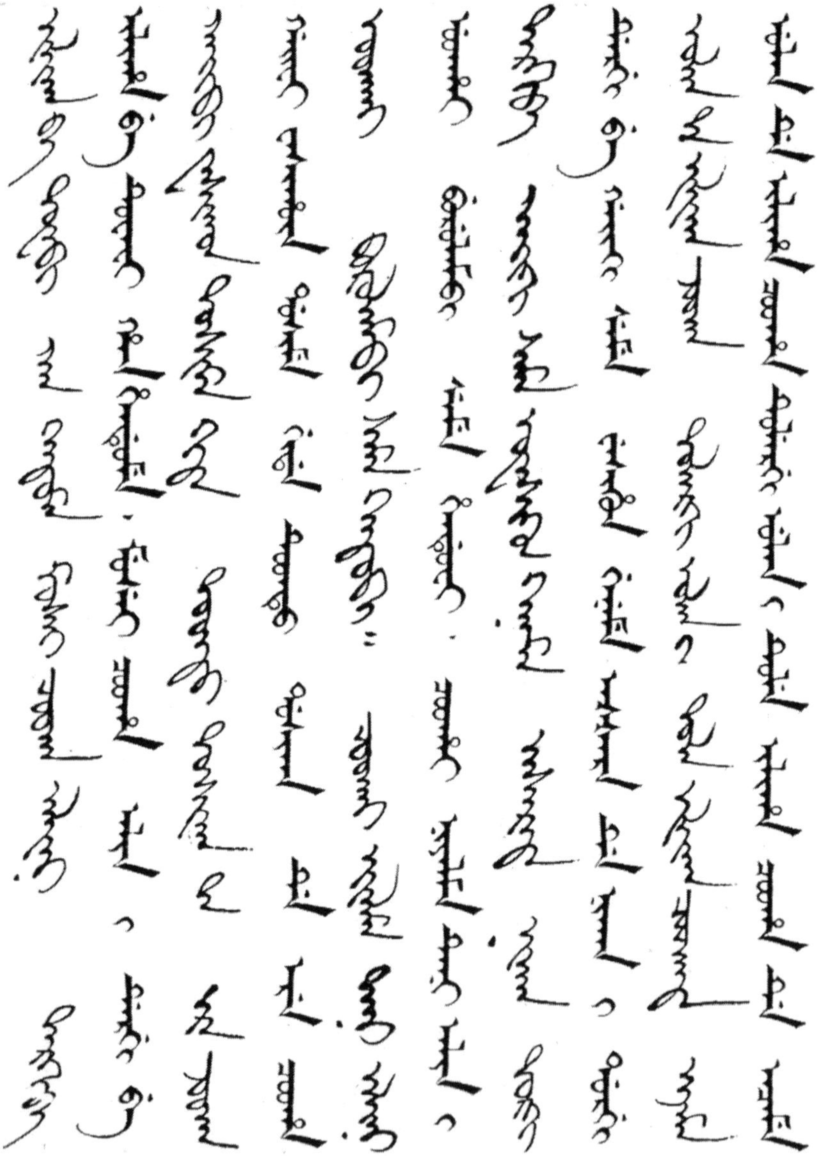

iliha be tuwafi han hendune musei cooha alini dergi be gaifi wasihūn dosime gida tuttu dosika de ere cooha uthai burulambi seme hendufi, coohai niyalma teni alini dergi be gaiki seme wesihun geneme aššarade nikan i dorgi ulan de iliha cooha tulergi ulan i tule iliha coohade acame

---

已佈陣立營。汗曰：「我兵當先據山巔，自上向下衝擊，如此進攻時，則其兵必敗走矣。」言畢，軍士方將向上攻取山巔時，見明壕中營內之兵與壕外之兵會合，

已布阵立营。汗曰：「我兵当先据山巅，自上向下冲击，如此进攻时，则其兵必败走矣。」言毕，军士方将向上攻取山巅时，见明壕中营内之兵与壕外之兵会合，

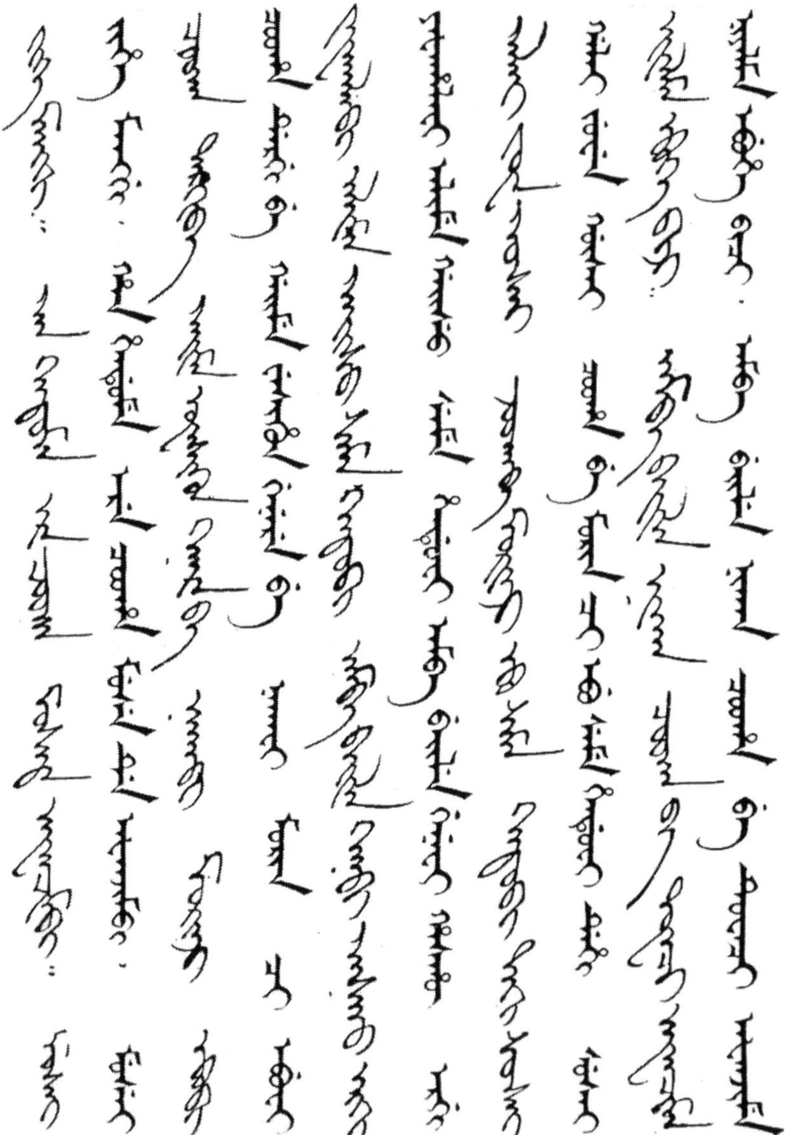

jihe manggi, han hendume ere cooha muse de afanjimbi, musei cooha dergibe gaime wesihun genere be nakafi morinci ebufi yafahalafi alime gaisu seme hendufi amba beile genefi hashū ergi galai juwe gūsai coohabe morinci ebu seme hendufi dehi susai niyalma ebuhe bici, amba beile nikan cooha be tuwaci afanjime

---

汗曰：「此兵來攻擊我也，我兵且勿登山仰攻，宜下馬步行迎戰。」言畢，大貝勒即前往，命左翼二旗之兵下馬。時下馬者方四、五十人，大貝勒見明兵來戰，

汗曰：「此兵来攻击我也，我兵且勿登山仰攻，宜下马步行迎战。」言毕，大贝勒即前往，命左翼二旗之兵下马。时下马者方四、五十人，大贝勒见明兵来战，

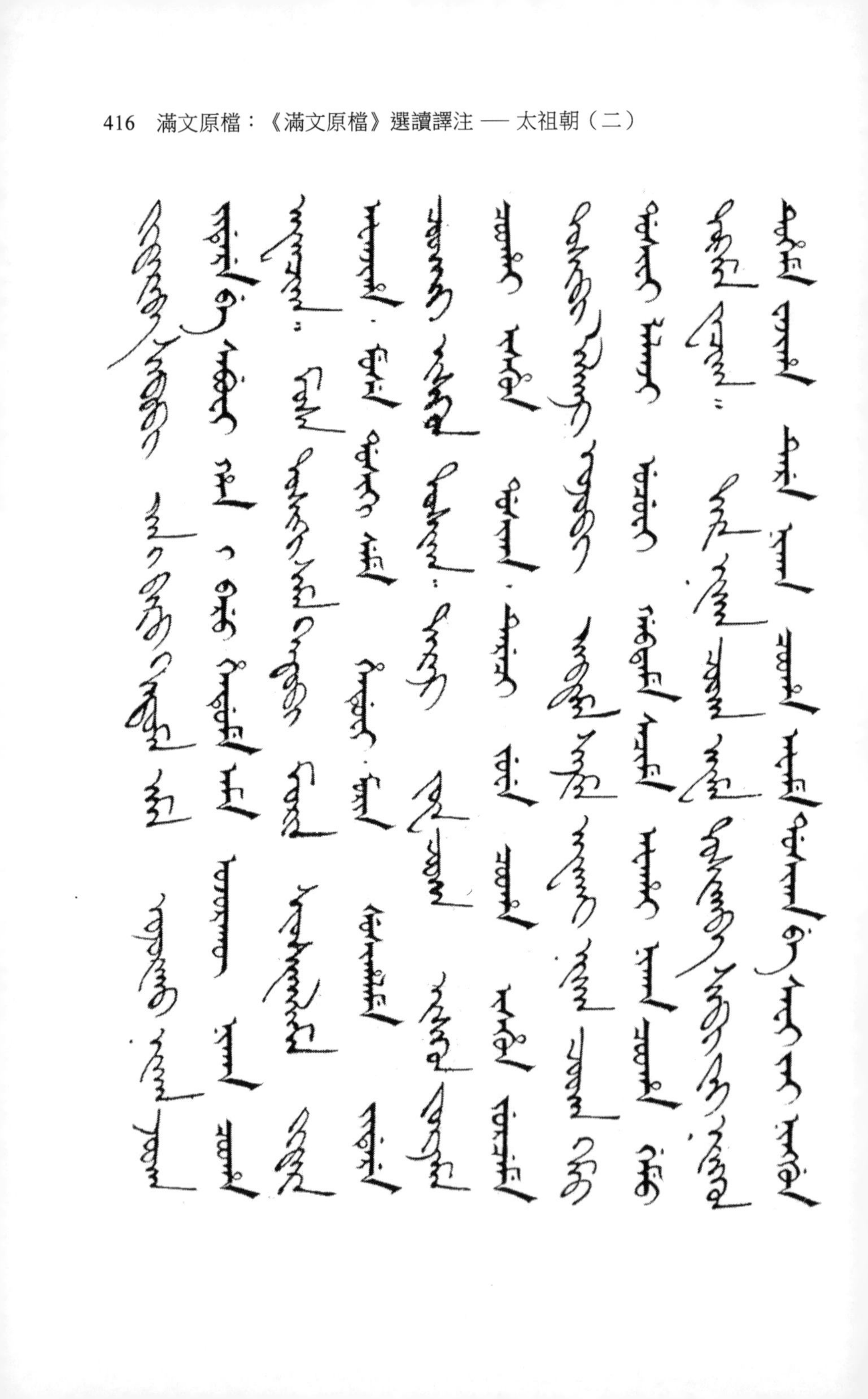

jiderebe sabufi han i baru hendume ama ojorakū nikan cooha afanjiha, muse dosiki seme hendufi, morin šusihalame jidere coohai ishun dosika, tereci juwe cooha ishun jurceme dosifi lalanji ucufi gabtame sacime afahai nikan cooha gemu tuheme wajiha, tere nikan cooha afame dosikabe safi jai ninggun

---

謂汗曰：「父汗，事已不濟矣，明兵來戰，我兵宜進攻。」言畢，遂加鞭策迎戰來兵，直入其陣。兩軍反覆混戰，箭射刀砍，頻頻搏戰，明兵俱被殺倒斃。見明兵進攻後，

谓汗曰：「父汗，事已不济矣，明兵来战，我兵宜进攻。」言毕，遂加鞭策迎战来兵，直入其阵。两军反复混战，箭射刀砍，频频搏战，明兵俱被杀倒毙。见明兵进攻后，

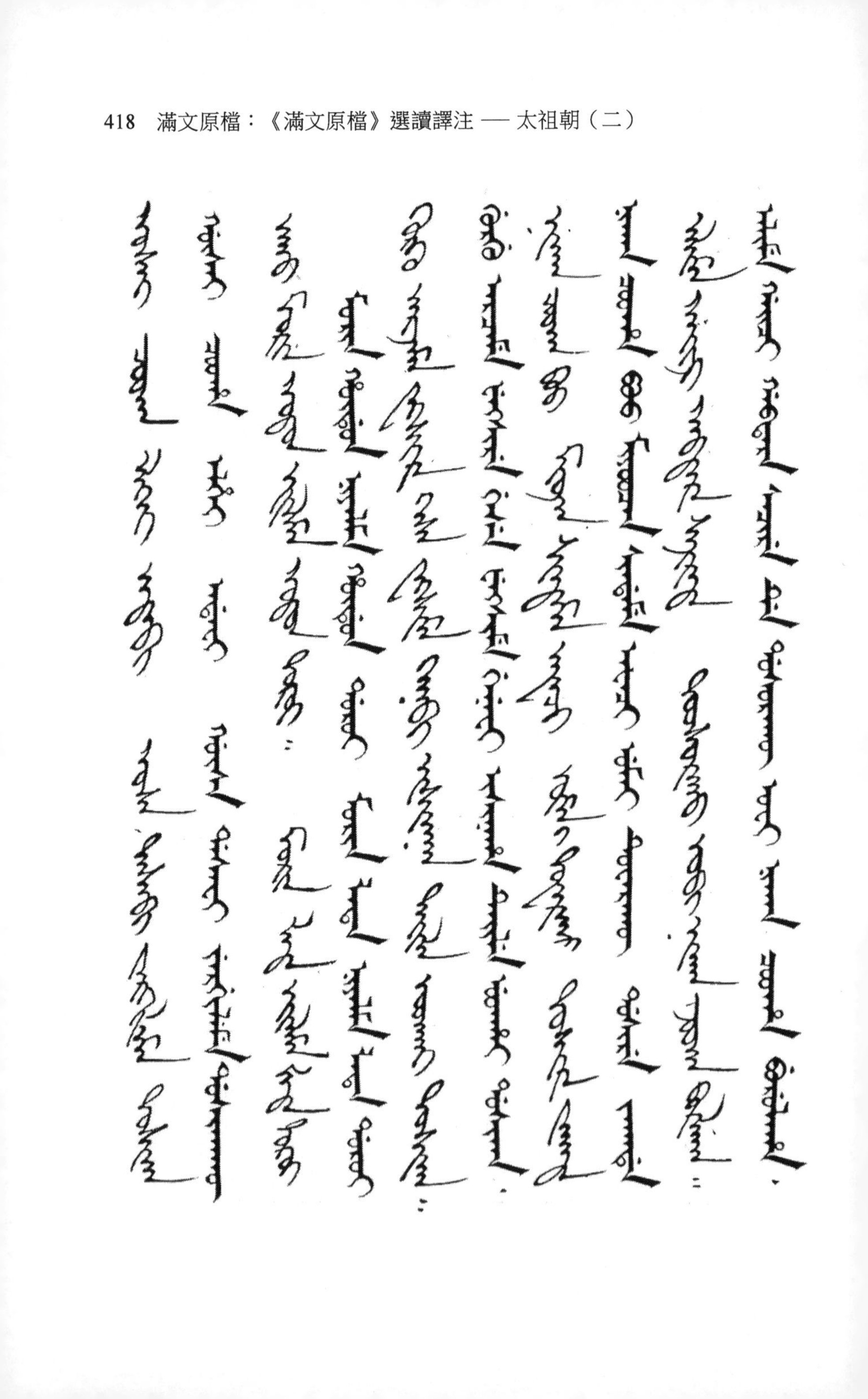

gūsai cooha elhei adafi gūsa dasafi jergileme dosika akū morin hūdun niyalma hūdun doroi morin lata niyalma lata doroi gurgu arcame feksire gese feksime genefi isinaha teile uthai dosika, nikan cooha poo miyoocan sindame afaci uma i tuwarakū dosire jakade alime gaici gabtara sacirede dosorakū ofi nikan cooha burulaha.

另六旗之兵見之，不暇整旗佈陣進攻，馬快之人急馳而進，馬慢之人緩慢而行，如攔截射殺野獸奔馳而往，既至即進攻，並不顧明兵施放鎗礮攻擊，所向無前，勇猛迎戰，箭射刀砍，明兵不支敗走。

另六旗之兵见之，不暇整旗布阵进攻，马快之人急驰而进，马慢之人缓慢而行，如拦截射杀野兽奔驰而往，既至即进攻，并不顾明兵施放鎗炮攻击，所向无前，勇猛迎战，箭射刀砍，明兵不支败走。

二十三、以寡擊眾

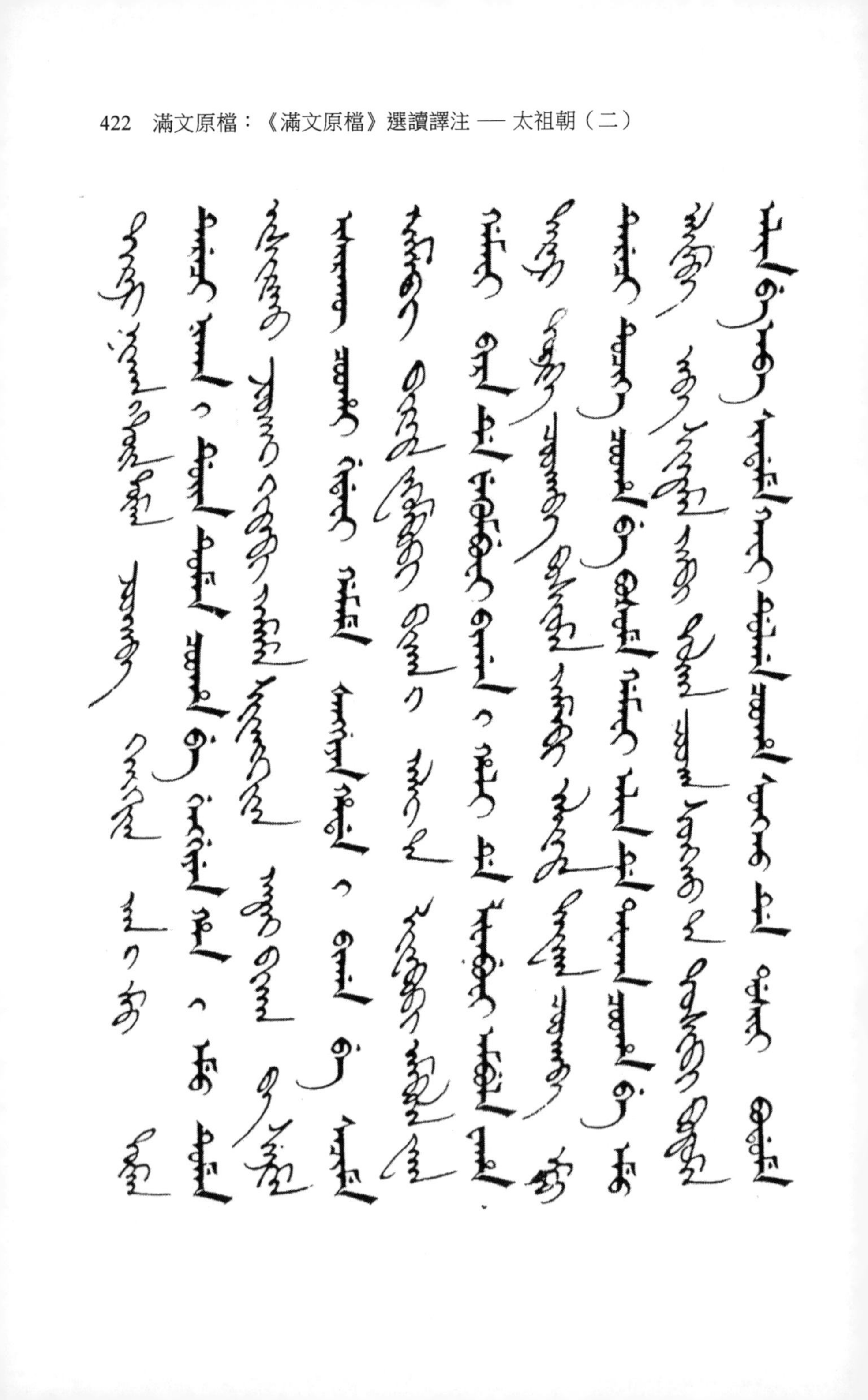

tereci nikan i duin tumen coohabe genggiyen han i emu tumen isirakū coohai gidafi gamame šanggiyan hadai bigan be sacime gamafi birade fekumbufi bigan i hali de lifabufi ambula waha, tereci tucike coohabe bošome gamafi alin de tafaka coohabe emu alimbe aba sindame kafi dulga cooha songko de dosifi bodome

---

英明汗遂以不滿一萬之兵擊敗明兵四萬，砍殺至尚間崖之野，驅趕其投河者，陷於野外泥淖者，被殺衆多。追逐逃出之兵，將登上山之敵放圍包圍其山，分兵一半躡其蹤跡，

英明汗遂以不满一万之兵击败明兵四万，砍杀至尚间崖之野，驱赶其投河者，陷于野外泥淖者，被杀众多。追逐逃出之兵，将登上山之敌放围包围其山，分兵一半蹑其踪迹，

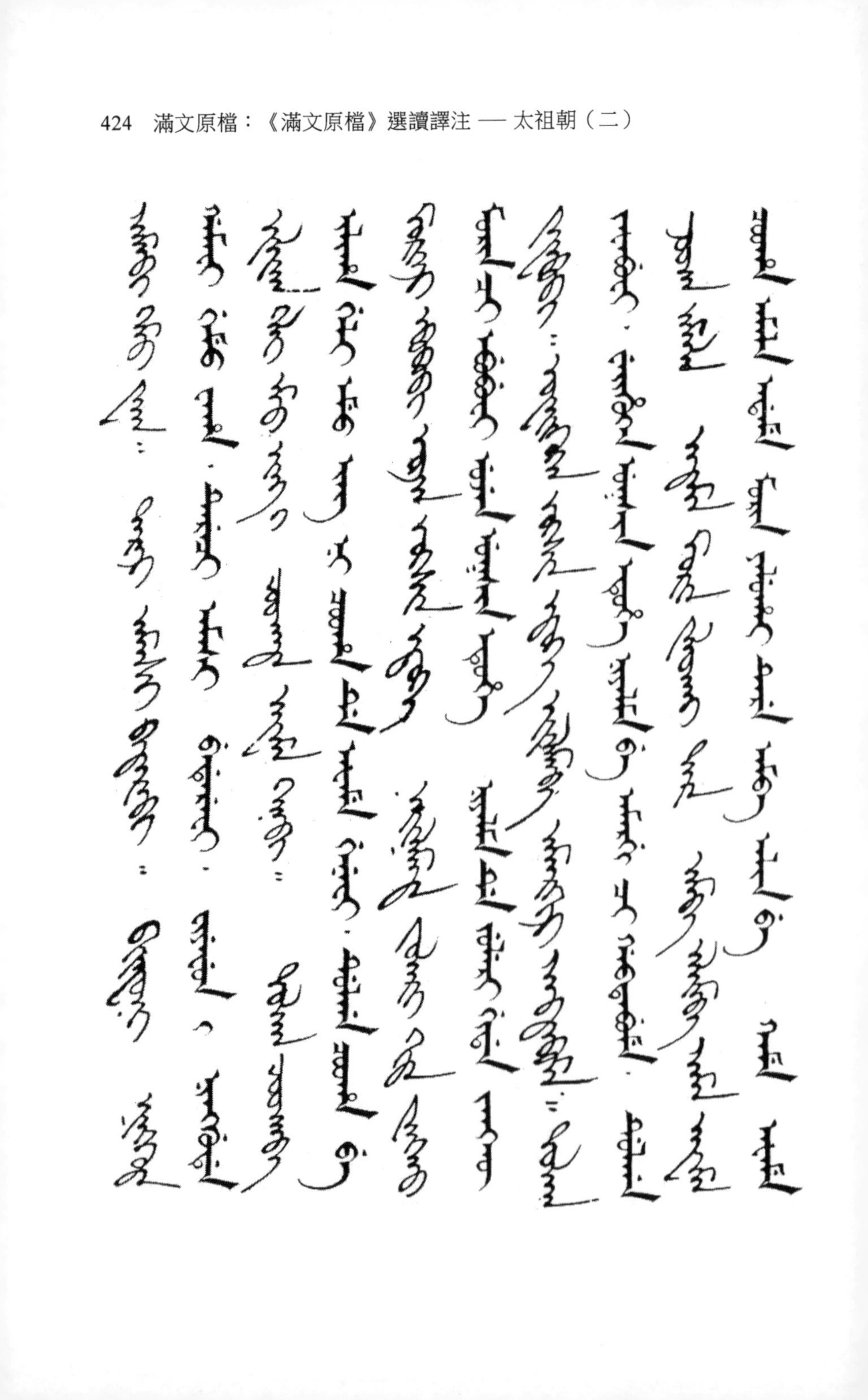

gamafi gemu waha. tereci amasi bederefi, fiyefuni ninggude iliha geli emu ing ni coohade afame genefi, dulga coohabe morinci ebubufi ujen uksin etuhe niyalmade juleri gida jangkū jafabufi, weihuken uksin etuhe niyalmabe amargici gabtabume, dulga cooha amala adame morin yaluhai tere amba alimbe kame afame

---

俱殺之。於是返回，前往攻擊斐芬山上另一營明兵，分兵一半下馬，披重甲之人執長槍大刀在前，披輕甲之人在後射擊；另一半兵騎馬在後相隨，包圍其大山

俱杀之。于是返回，前往攻击斐芬山上另一营明兵，分兵一半下马，披重甲之人执长枪大刀在前，披轻甲之人在后射击；另一半兵骑马在后相随，包围其大山

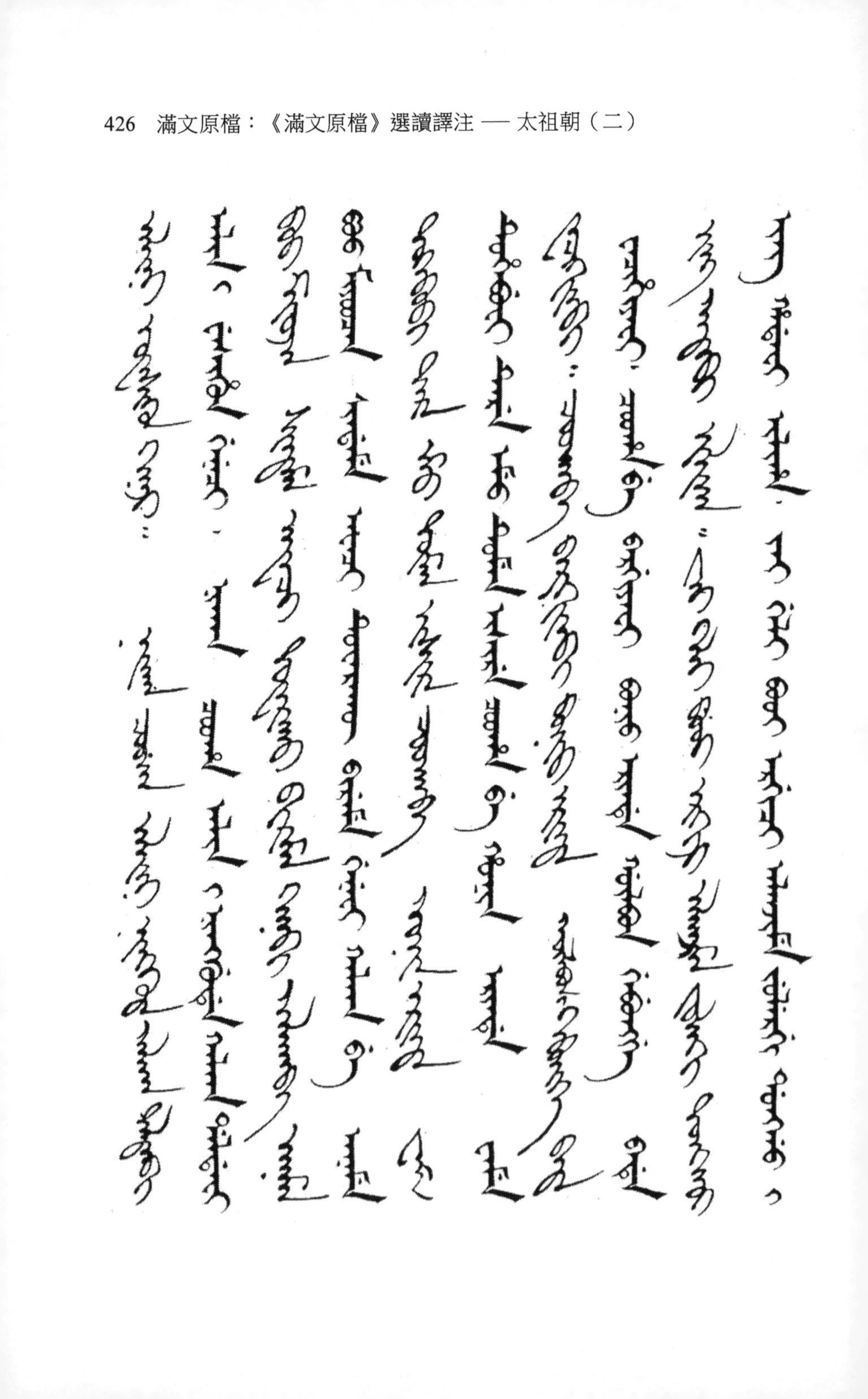

alini wesihun geneci, nikan cooha alini ninggude kalka daldafi poo miyoocan sindame afaci tuwarakū bireme genefi kalkabe aname tuhebufi tere emu tumen isire coohabe honin erinde wame wacihiyafi, coohabe bargiyafi bonio erinde gūlbon i gebungge bade ing hadafi iliha. jai geli booi ergici alanjime julergi donggoi

---

仰攻時，明兵於山上遮楯牌施放鎗礮攻擊，我兵不顧，蜂擁而往，將其楯牌一一推倒，於未時盡殺其多達一萬之兵後，乃收兵。申刻，於名叫古爾本地方安營。再又有人自國中來告稱，進入南面董鄂路之

仰攻时，明兵于山上遮楯牌施放鎗炮攻击，我兵不顾，蜂拥而往，将其楯牌一一推倒，于未时尽杀其多达一万之兵后，乃收兵。申刻，于名叫古尔本地方安营。再又有人自国中来告称，进入南面董鄂路之

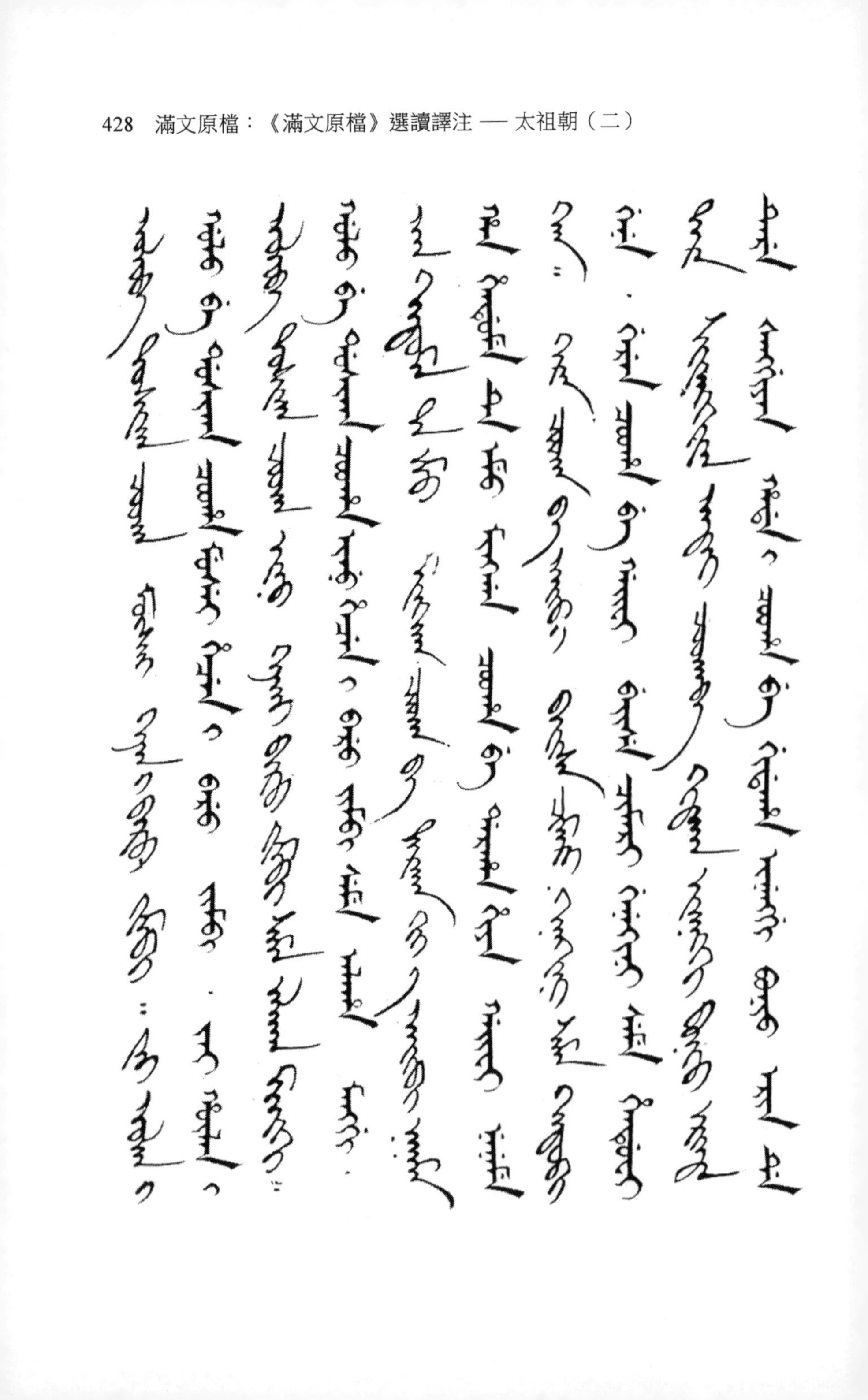

golobe dosika cooha musei hecen i baru jimbi, jai hūlan i golobe dosika cooha inu heceni baru jimbi seme alaha manggi, han hendume te emu minggan cooha be darhan hiya gaifi neneme gene, geren cooha be gaifi beise cimari genekini seme hendufi tere šanggiyan hadai coohabe gidaha inenggi bonio erinde

---

兵，向我都城而來。另由虎攔路進入之兵，亦向我都城而來。汗曰：「命侍衛達爾漢今即率兵一千人先往，明日諸貝勒率衆兵前往。」擊敗尚間崖敵兵當日申時，

兵，向我都城而来。另由虎拦路进入之兵，亦向我都城而来。汗曰：「命侍卫达尔汉今即率兵一千人先往，明日诸贝勒率众兵前往。」击败尚间崖敌兵当日申时，

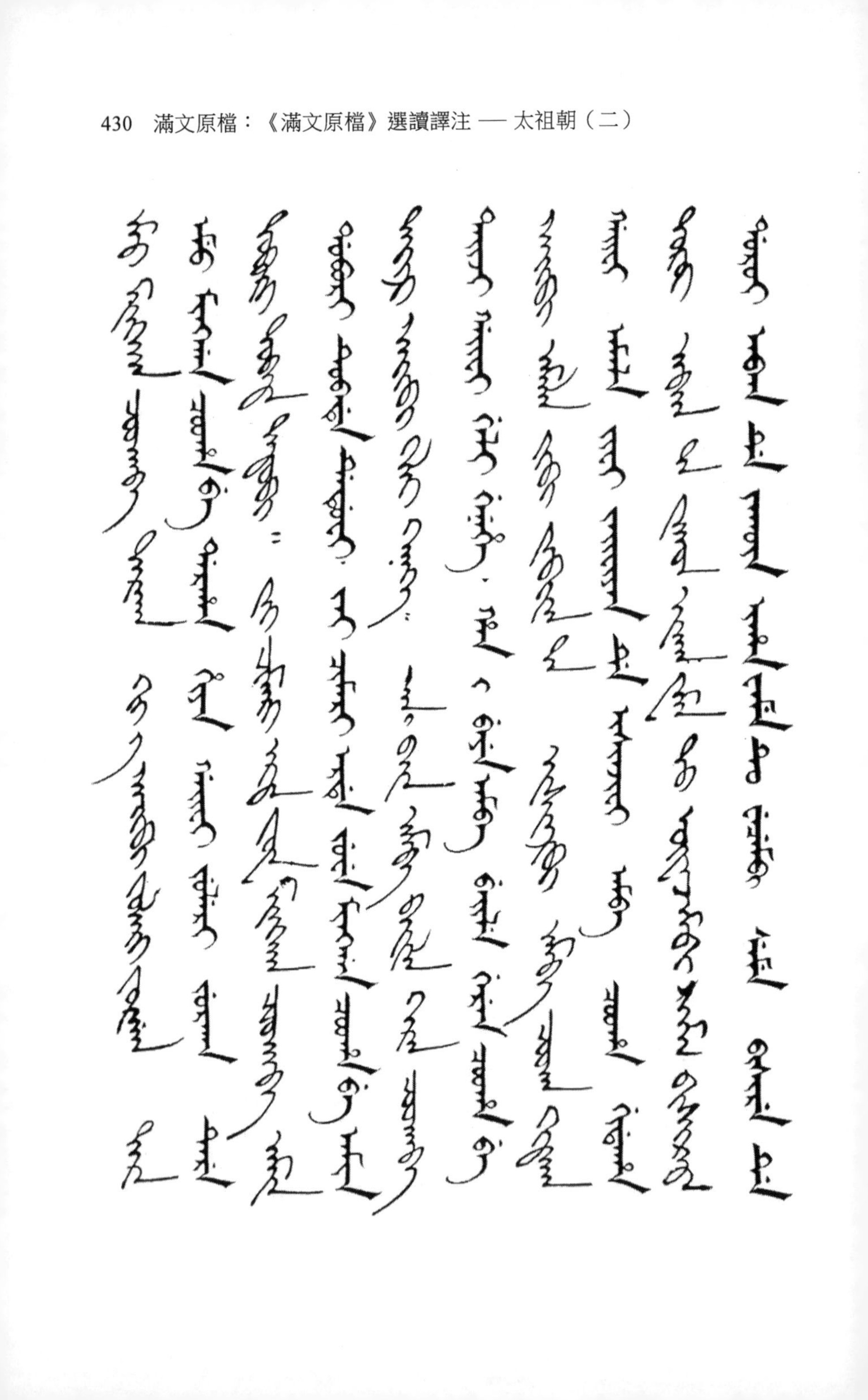

emu minggan coohabe darhan hiya gaifi juleri juraka. tere dobori tubade dedufi, jai cimari erde juwe minggan coohabe amin taiji gaifi geli genehe. han i beye amba beile geren cooha be gaifi amala jifi jaifiyan de isinjifi amba cooha gidaha doroi abka de jakūn ihan wame tu wecembi seme bisirede

---

侍衛達爾漢率兵一千首先出發。是夜，即宿於當地。翌晨，阿敏台吉率兵二千繼往。汗本人親率大貝勒衆兵隨後而來，至界藩，以擊敗大兵之禮，刑八牛祭纛告天，

侍卫达尔汉率兵一千首先出发。是夜，即宿于当地。翌晨，阿敏台吉率兵二千继往。汗本人亲率大贝勒众兵随后而来，至界藩，以击败大兵之礼，刑八牛祭纛告天，

二十四、搶佔山頭

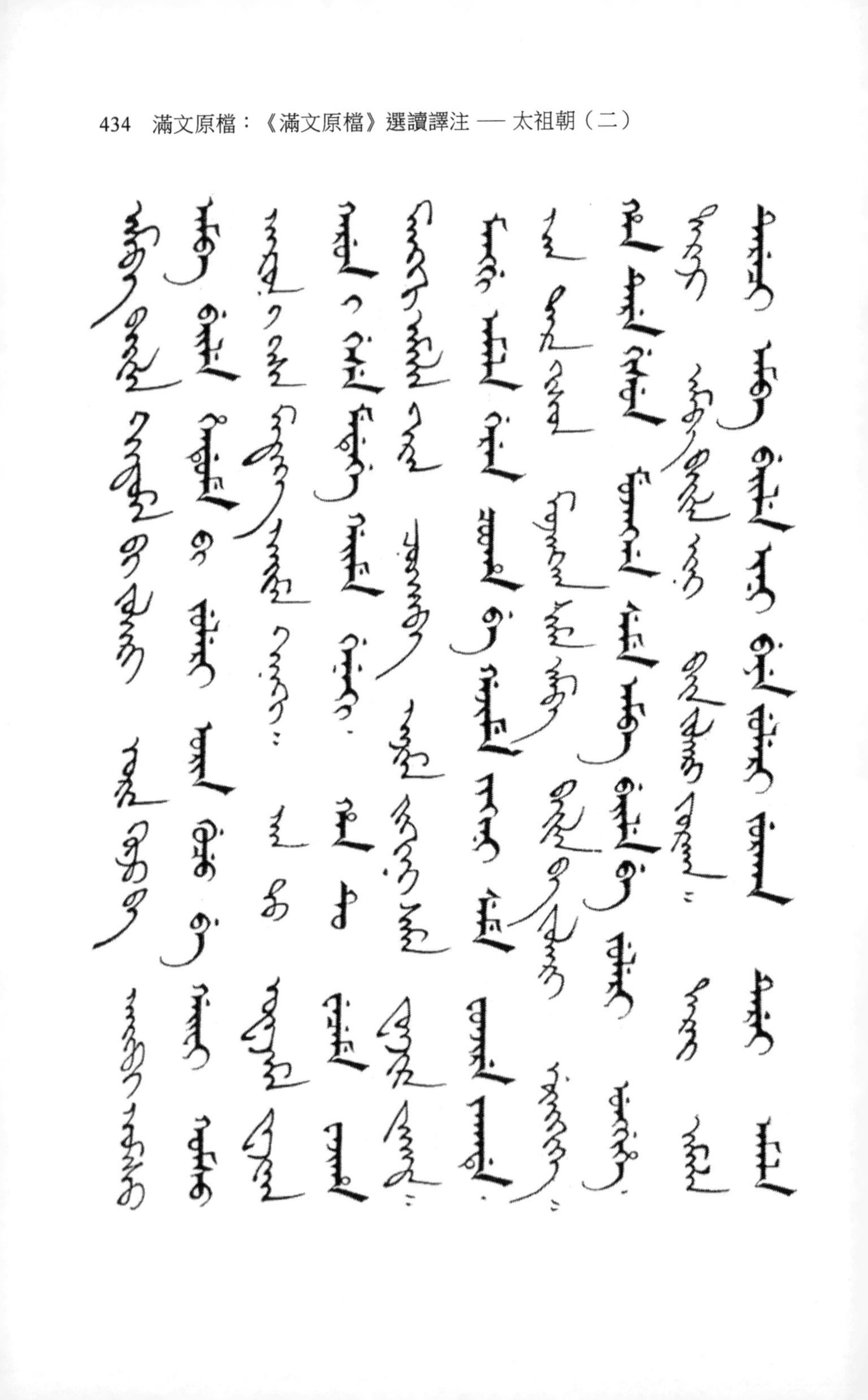

amba beile hendume bi juleri orin gucu be gaifi komso karun i gese medege gaime geneki, han tu weceme wajiha manggi amala geren coohabe gajime jikini seme fonjire jakade, han tere gisun mujangga seme amba beile be juleri unggihe. tereci amba beile ini beye juleri juraka, terei amala

---

時大貝勒問曰：「我欲率僚友二十人扮作小哨兵前往探聽消息，待祭纛禮成後，汗可率衆兵前來。」汗以其所言甚是，遂遣大貝勒先往。於是大貝勒本人當先出後。其後

时大贝勒问曰：「我欲率僚友二十人扮作小哨兵前往探听消息，待祭纛礼成后，汗可率众兵前来。」汗以其所言甚是，遂遣大贝勒先往。于是大贝勒本人当先出后。其后

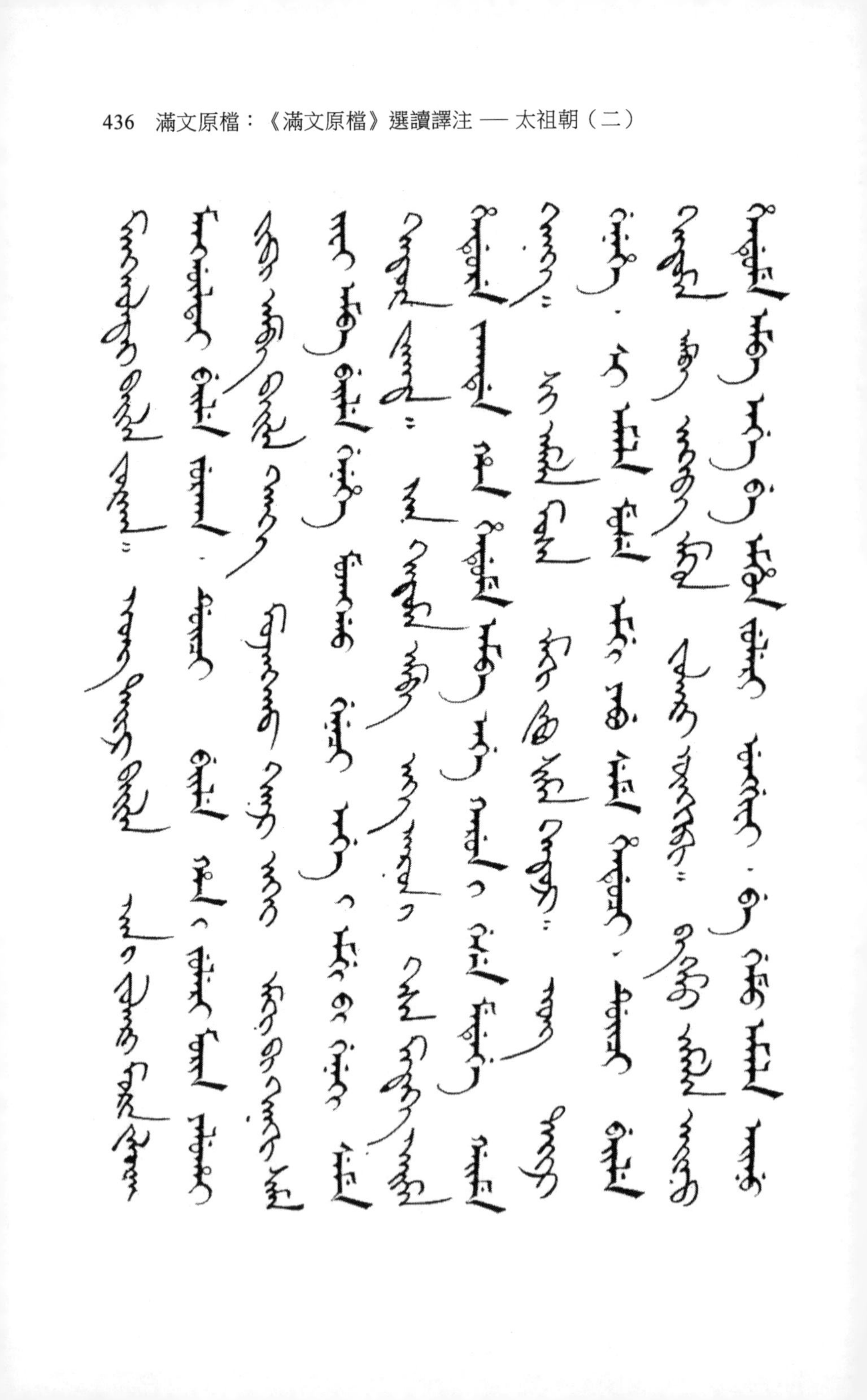

manggūltai beile juraka, hong taiji beile han i juleri morin yaluhai jifi amba beile genehe mujanggao. geneci agei emgi bi geneki seme hendure jakade, han hendume amba age karun i gese medege gaime genehe, si amala muse emgi yabu seme henduci, hong taiji hendume amba agebe emhun juleri unggifi, be gemu amala ainu

---

莽古爾泰貝勒出發。洪台吉貝勒乘馬來至汗前曰：「大貝勒是否前往？若是前往，我欲與阿哥一同前往。」汗曰：「大阿哥扮作哨探前往探聽消息，爾可與我後行。」言畢，洪台吉曰：「既遣大阿哥獨往，我等何故俱留在後？」

莽古尔泰贝勒出发。洪台吉贝勒乘马来至汗前曰：「大贝勒是否前往？若是前往，我欲与阿哥一同前往。」汗曰：「大阿哥扮作哨探前往探听消息，尔可与我后行。」言毕，洪台吉曰：「既遣大阿哥独往，我等何故俱留在后？」

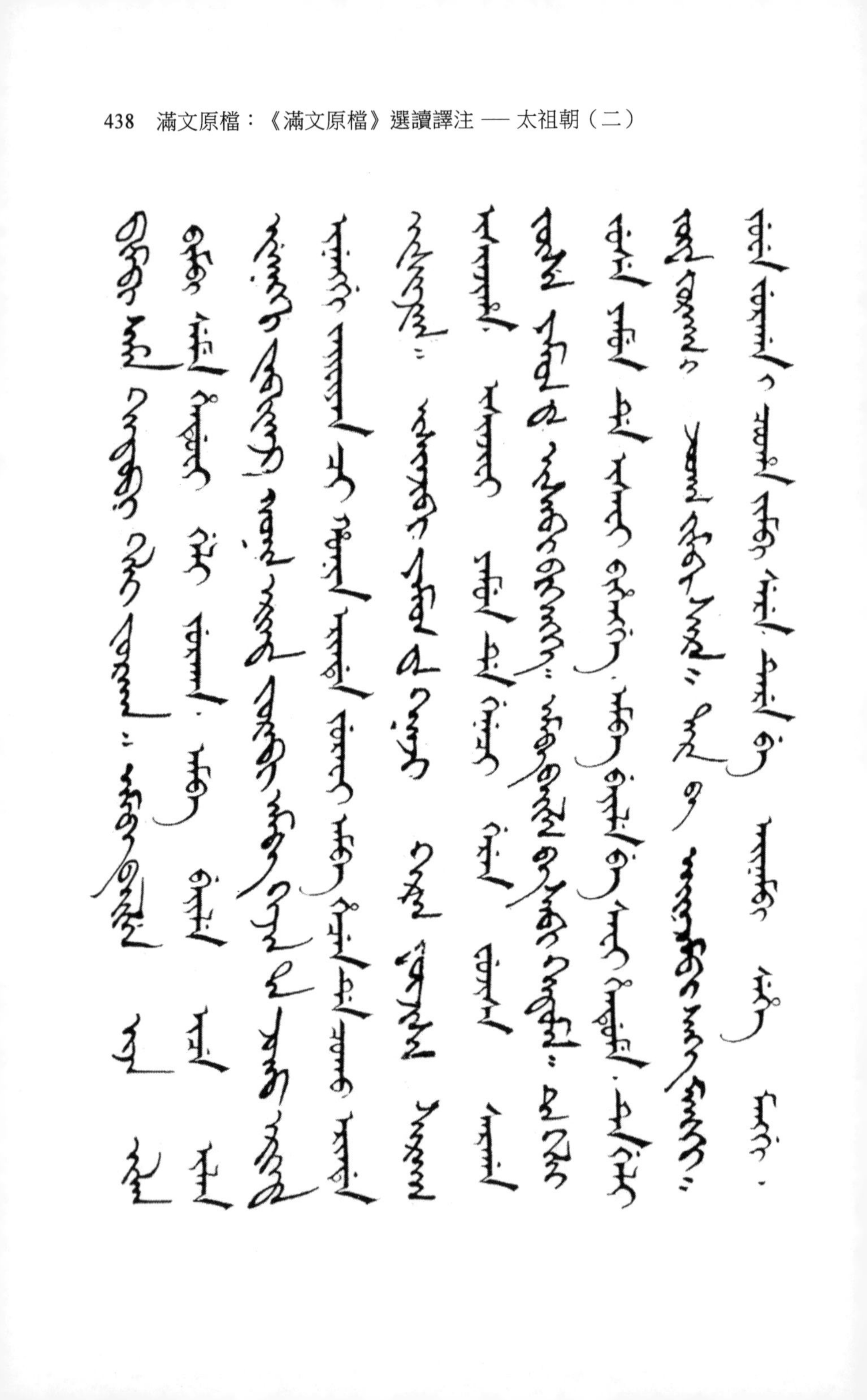

bimbi seme hendufi geli juraka, amba beile ice ilan inenggi jaifiyanci honin erinde jurafi amba hecen de coko erinde isinjiha. isinjifi yamun de geneci geren fujisa sargan juse yamun de isafi bihengge, amba beile be safi hendume, te geli juwe jurgan i cooha jimbi sere, tere be ainambi sehe manggi,

---

言畢，亦啟行。大貝勒於初三日未時自界藩啟行，酉時來到大城。到後即前去衙門。時衆福晉女兒俱聚於衙門，見大貝勒後問道：「今又聞有二路兵前來，奈何？」

言毕，亦启行。大贝勒于初三日未时自界藩启行，酉时来到大城。到后即前去衙门。时众福晋女儿俱聚于衙门，见大贝勒后问道：「今又闻有二路兵前来，奈何？」

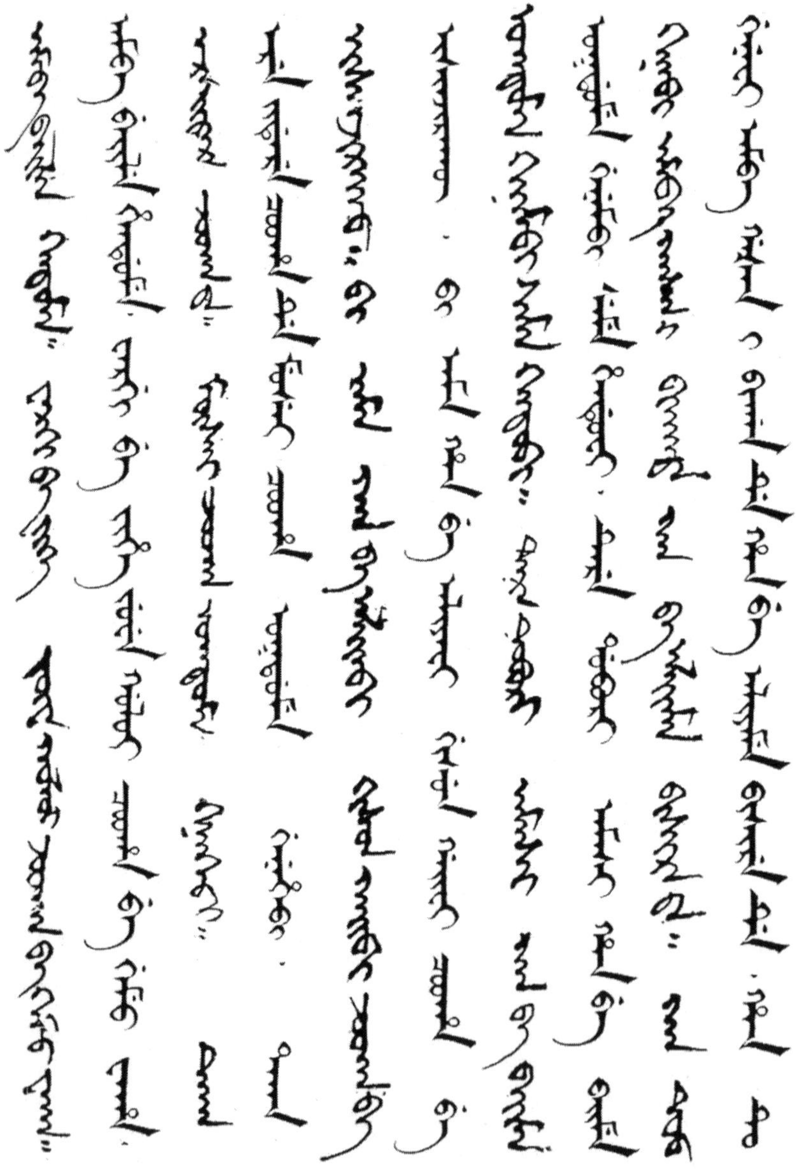

amba beile hendume, wargi be jihe juwe goloi cooha be gemu waha, ere jidere cooha de musei cooha okdome genehebi, taka isinjirakū. bi ama han be aliyafi gisun gaifi cooha be okdome genembi seme hendufi, tere dobori amasi han be baime genefi amba gašan i bigande han be aliyame bisire de, han tu

---

大貝勒曰：「西邊前來二路敵兵，俱已誅戮且盡，此來兵，我兵已前去迎擊，暫不能驟至。我候父汗之命，即前往迎擊敵兵。」是夜，返回前去尋汗，於大屯之野候汗。

大贝勒曰：「西边前来二路敌兵，俱已诛戮且尽，此来兵，我兵已前去迎击，暂不能骤至。我候父汗之命，即前往迎击敌兵。」是夜，返回前去寻汗，于大屯之野候汗。

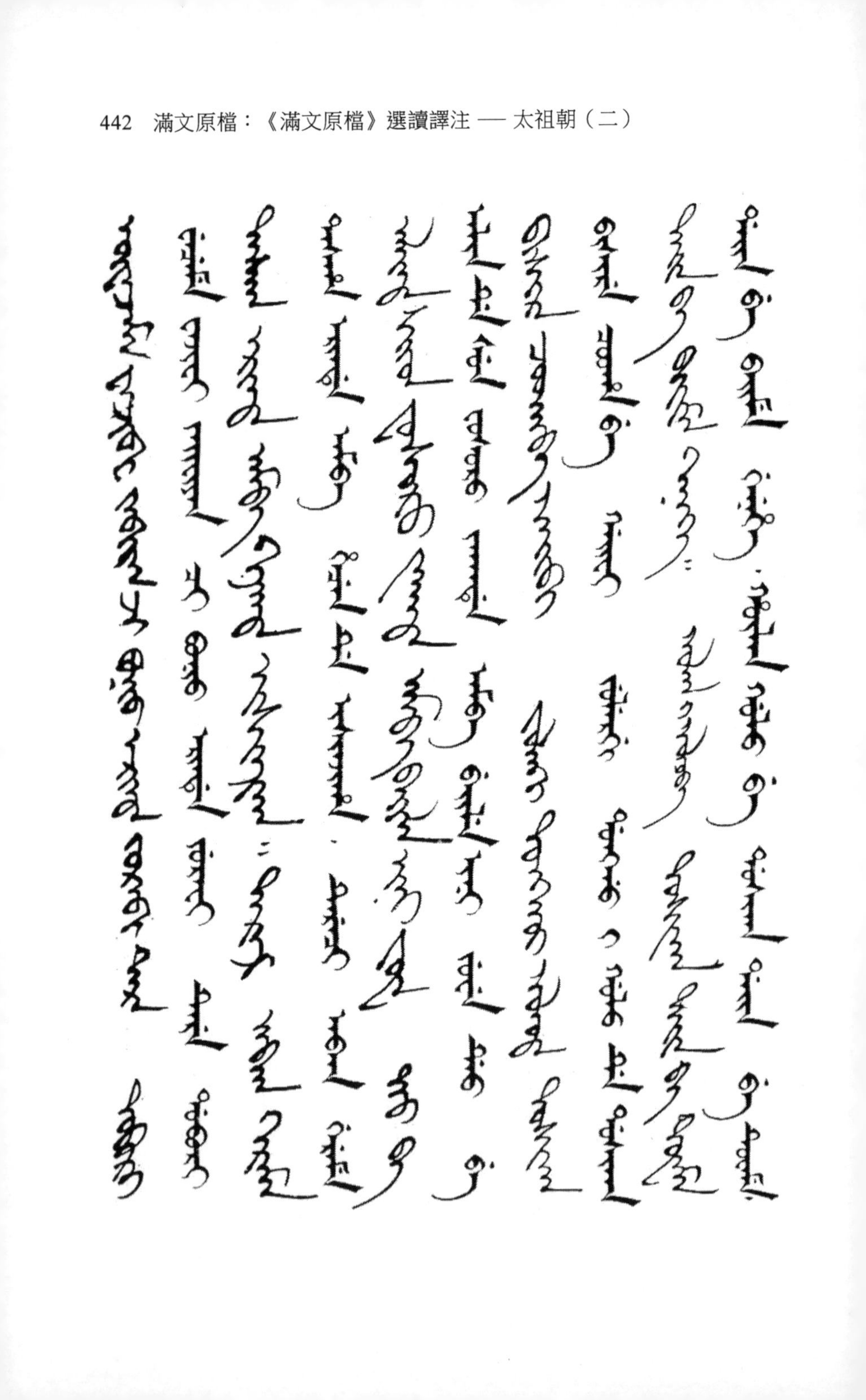

weceme wajifi jaifiyan ci bonio erinde jurafi tere dobori tasha erinde amba hecende isinjiha. tereci abka gereme alinde šun fosoro jakade amba beile ini juwe deo be bisire coohabe gaifi julergi donggoi golode dosika dain be baime genehe, hūlan i golobe dosika dain be tuwame,

---

汗祭纛畢，於申時自界藩啟行，是夜寅時抵達大城。待天明日光照山時，遂命大貝勒即率二弟及所有之兵，進入南面董鄂路前去覓敵，監視由虎攔路而來之敵，

汗祭纛毕，于申时自界藩启行，是夜寅时抵达大城。待天明日光照山时，遂命大贝勒即率二弟及所有之兵，进入南面董鄂路前去觅敌，监视由虎拦路而来之敌，

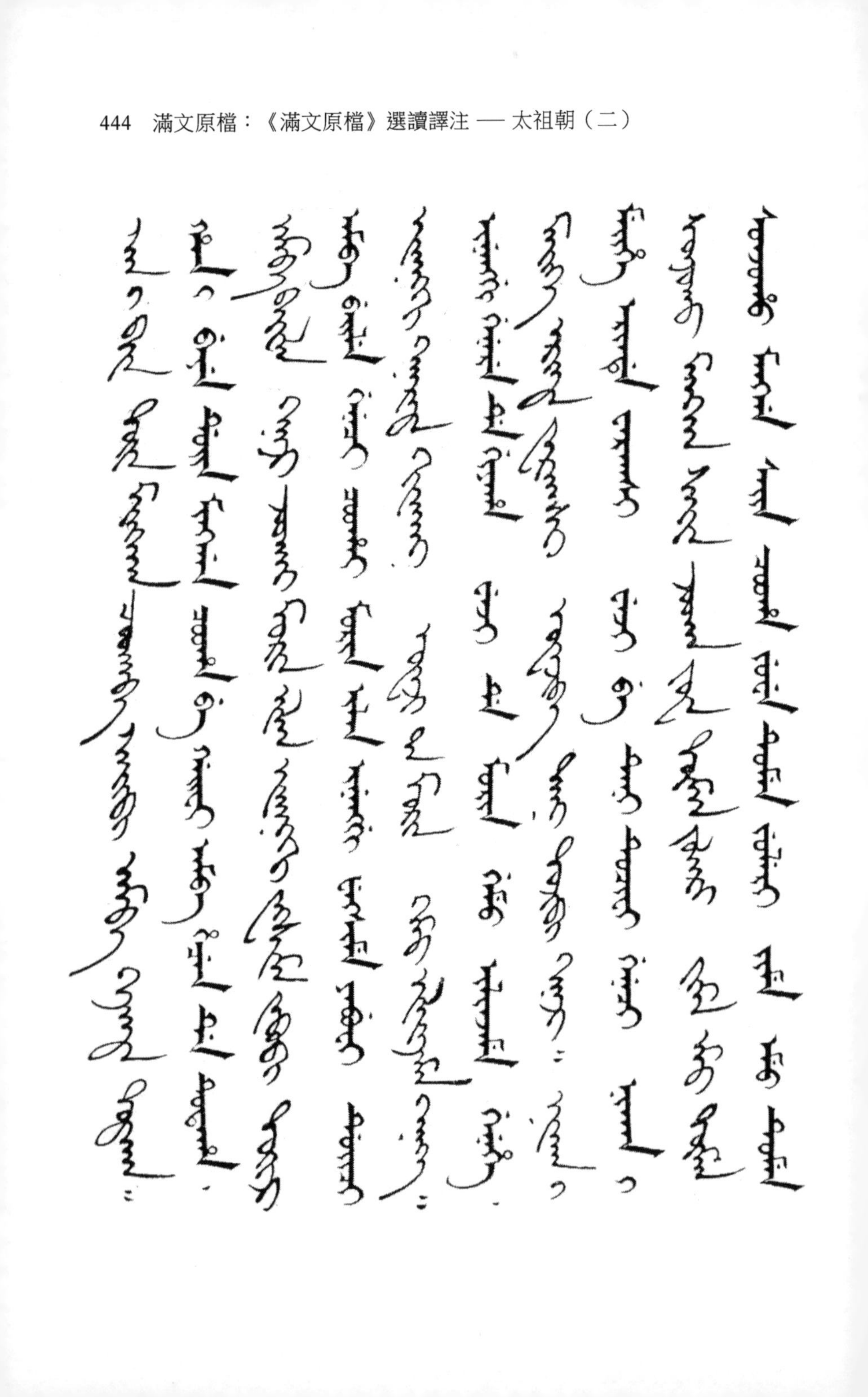

han i beye duin minggan coohabe gaifi amba hecende tutaha, amba beile geneci coohai morin ilan inenggi feksime yabufi duici inenggi generede giyahai weji de morin gemu ilinjame genehe. meihe erinde warkasi wejibe teni tucifi geneci nikan i sonjoho mangga sain cooha juwe tumen juleri jime emu tumen

---

汗本人親率兵四千留守大城，大貝勒前往，率兵縱馬奔馳三日，於第四日行至嘉哈密林，馬皆緩行，於巳時方出瓦爾喀什密林前往時，即遇明精兵二萬前來，

汗本人亲率兵四千留守大城，大贝勒前往，率兵纵马奔驰三日，于第四日行至嘉哈密林，马皆缓行，于巳时方出瓦尔喀什密林前往时，即遇明精兵二万前来，

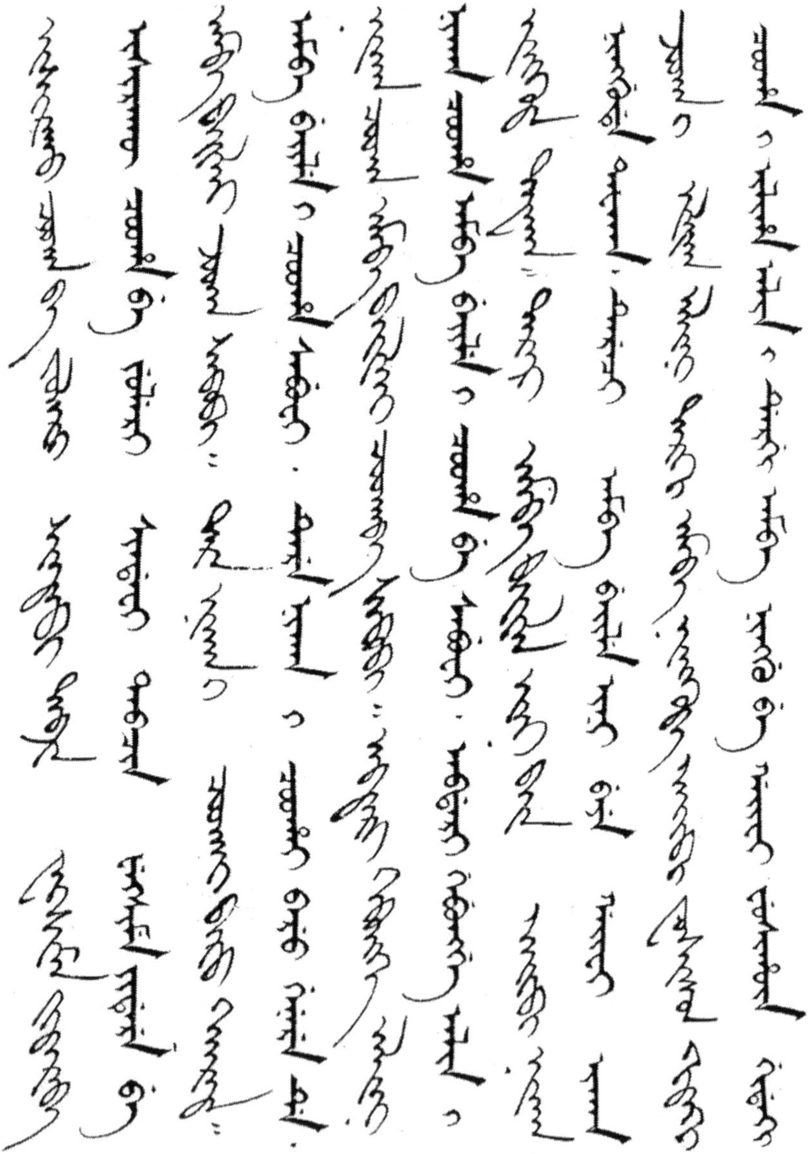

isirakū cooha be juleri sindafi tabcin feksime jiderebe amba beilei cooha sabufi, tere nikan i coohai baru generede, nikan cooha amba beilei coohabe sabufi, abdari gebungge alini ninggude tafaka. tereci amba beile ini beye gaifi nikan cooha i iliha alini dergi amba ninggube gaifi fusihūn gidaki

---

以不滿一萬之兵為尖兵搜索而來，大貝勒之兵見之，即前往迎擊明兵。明兵見大貝勒之兵，即登名叫布達里之山巔，於是大貝勒本人欲親自率兵攻取明兵布陣之大山上，以便向下衝擊，

以不满一万之兵为尖兵搜索而来，大贝勒之兵见之，即前往迎击明兵。明兵见大贝勒之兵，即登名叫布达里之山巅，于是大贝勒本人欲亲自率兵攻取明兵布阵之大山上，以便向下冲击，

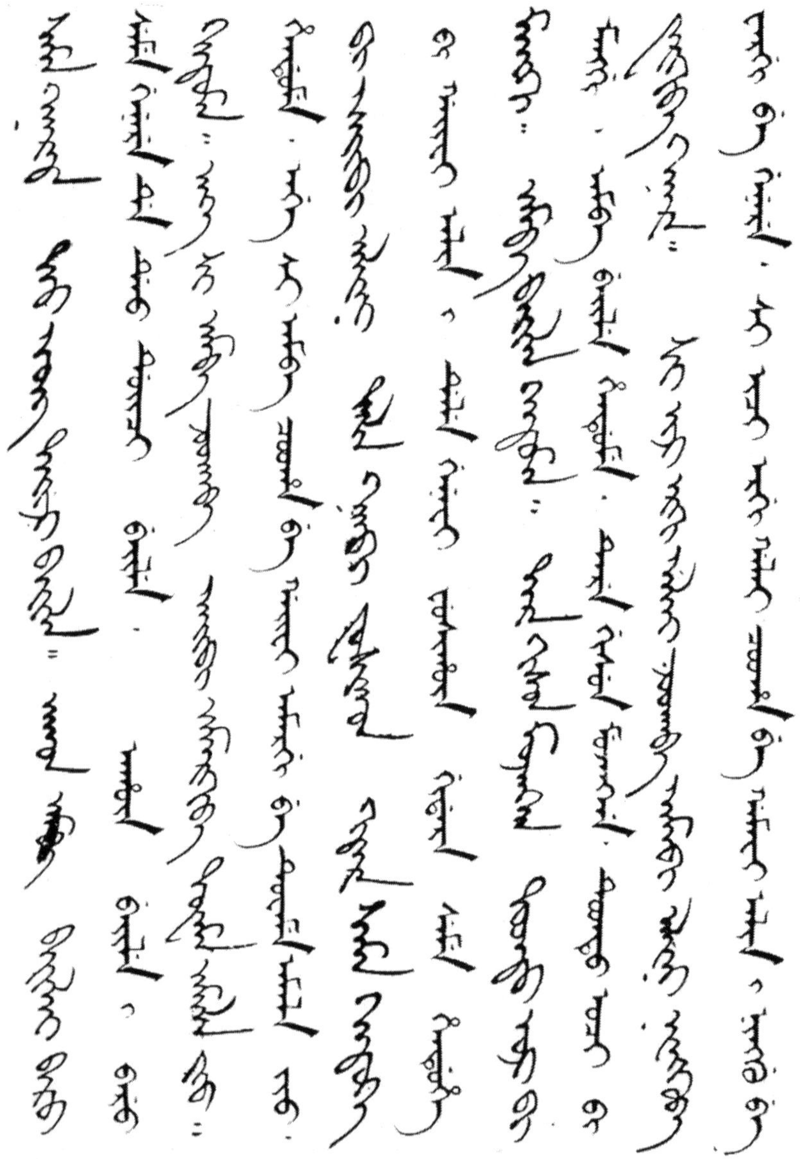

seme generede deo hong taiji beile, ahūn beilei baru hendume, age si amba coohabe gaifi amargibe tuwame amala jio. bi gaifi alin i dele genefi fusihūn gidara seme henduhe manggi, amba beile hendume, tere gisun mujangga, tuttu oci bi wargibe genere, si ici ergi galai coohabe gamafi alini ninggube

---

臨行時，弟洪台吉貝勒向兄貝勒曰：「阿哥你宜率大兵在後守尾殿後，我率兵上山，向下衝擊。」大貝勒曰：「此言甚是。如此，我即前往西邊，爾可領右翼兵往佔山巔，

临行时，弟洪台吉贝勒向兄贝勒曰：「阿哥你宜率大兵在后守尾殿后，我率兵上山，向下冲击。」大贝勒曰：「此言甚是。如此，我即前往西边，尔可领右翼兵往占山巅，

二十五、衝鋒陷陣

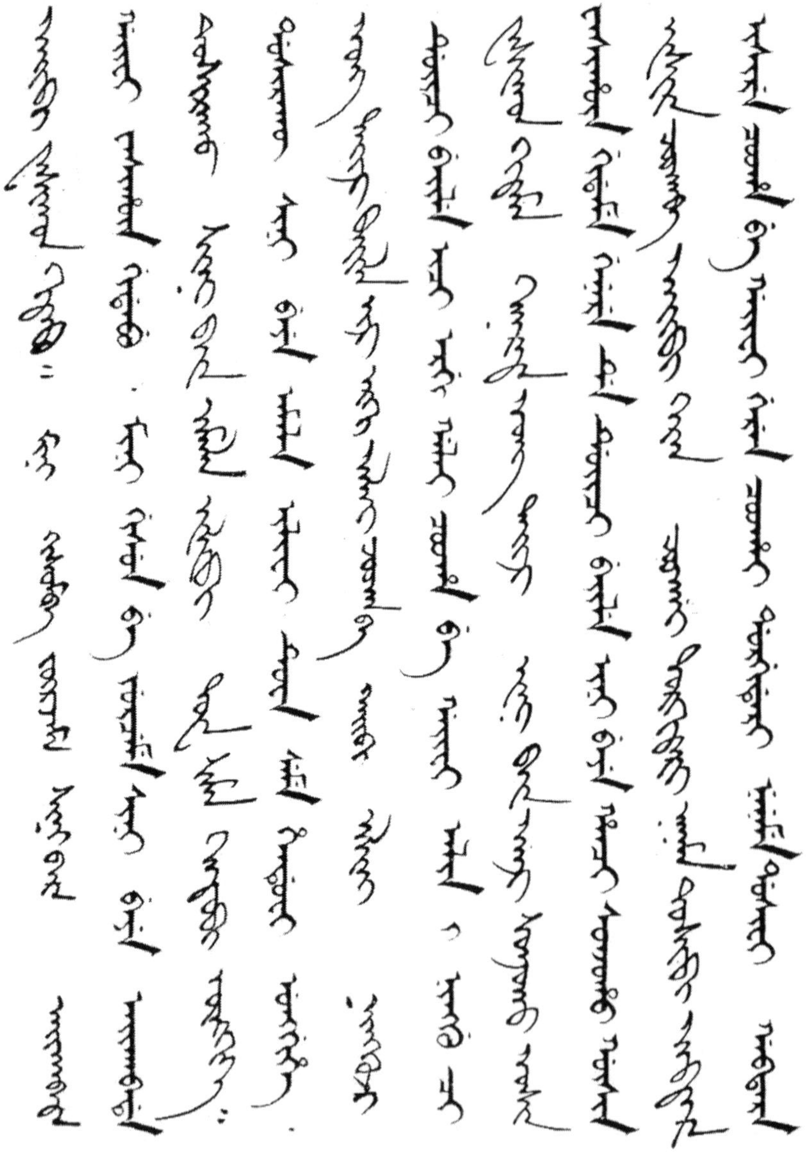

gaifi wasihūn gidabu. mini gisumbe jurceme sini beye aikabade dosirakū sini beye amala ilifi tuwa seme hendufi unggihe, hong taiji beile ici ergi galai cooha be gaifi alini ningguci wasihūn gidame generede hong taiji beile ini beye hanci sonjoho gūsin isire coohabe gaifi geren coohai dorgideri neneme dosifi gabtara

---

向下衝擊。勿違我言，爾本人不可輕身入陣，爾本人可在後觀之。」言畢，遣之。洪台吉貝勒率右翼兵，自山巔向下衝擊時，洪台吉本人率身邊精兵近三十人，先衆兵入陣箭射

向下冲击。勿违我言，尔本人不可轻身入阵，尔本人可在后观之。」言毕，遣之。洪台吉贝勒率右翼兵，自山巅向下冲击时，洪台吉本人率身边精兵近三十人，先众兵入阵箭射

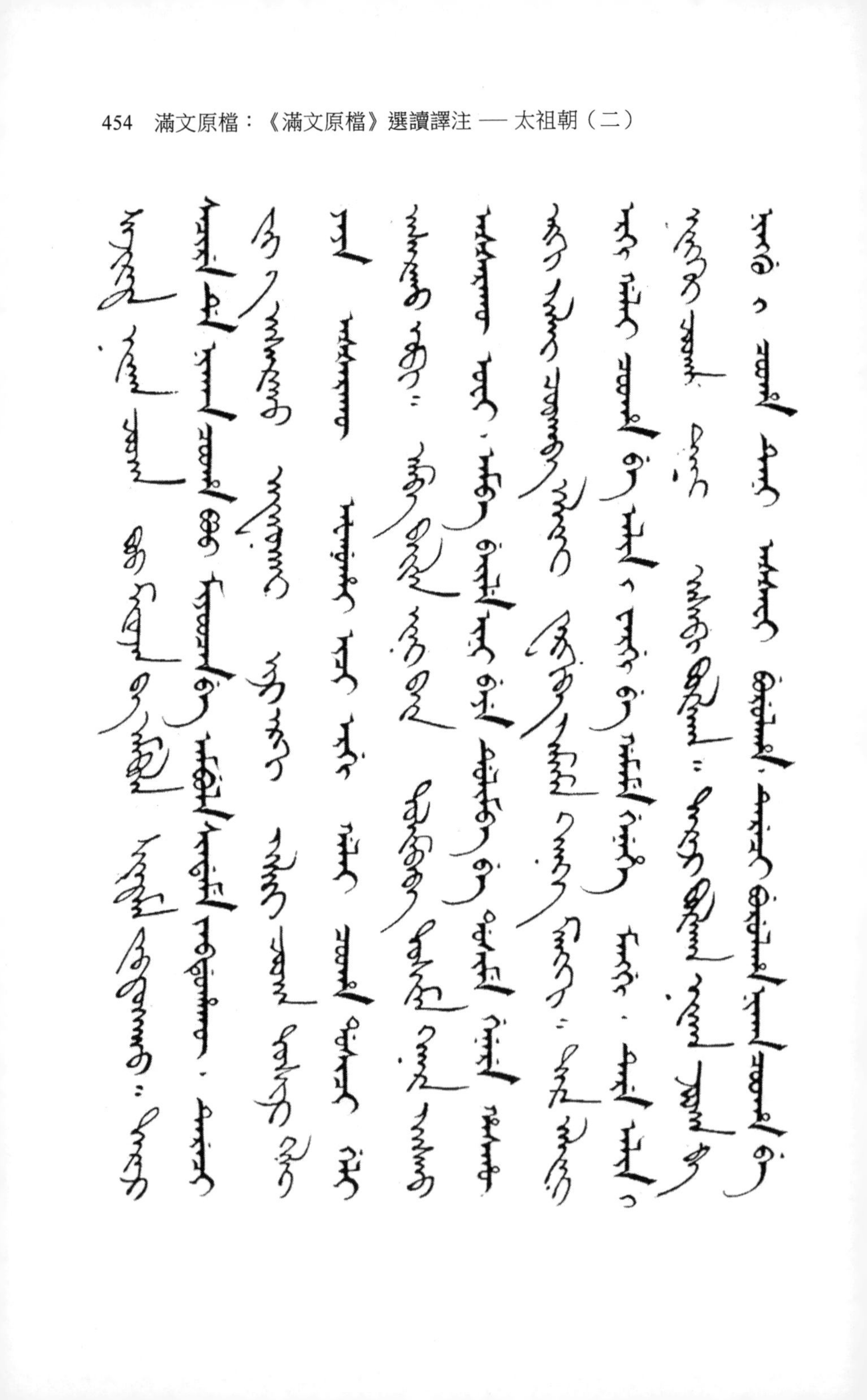

sacirede nikan cooha poo miyoocan be ambula sindame jabduhakū, tereci yaya aššarakū afanuhai ici ergi galai cooha dosici geli aššarakū ofi, amba beile ini beye dulimbabe dosime genere hashū ergi galai coohabe alini wargibe gamame genehe manggi, tere alini ninggui cooha teni aššafi burulaha. tereci burulaha nikan cooha be

---

刀砍，明兵連續多放鎗礮，久攻不下，一無動搖，右翼之兵進攻時，仍不能撼動，大貝勒本人親身由中央進攻，率左翼之兵前往攻取山之西邊後，其山上之兵方始動搖敗竄。由此掩殺敗竄之明兵，

刀砍，明兵连续多放鎗炮，久攻不下，一无动摇，右翼之兵进攻时，仍不能撼动，大贝勒本人亲身由中央进攻，率左翼之兵前往攻取山之西边后，其山上之兵方始动摇败窜。由此掩杀败窜之明兵，

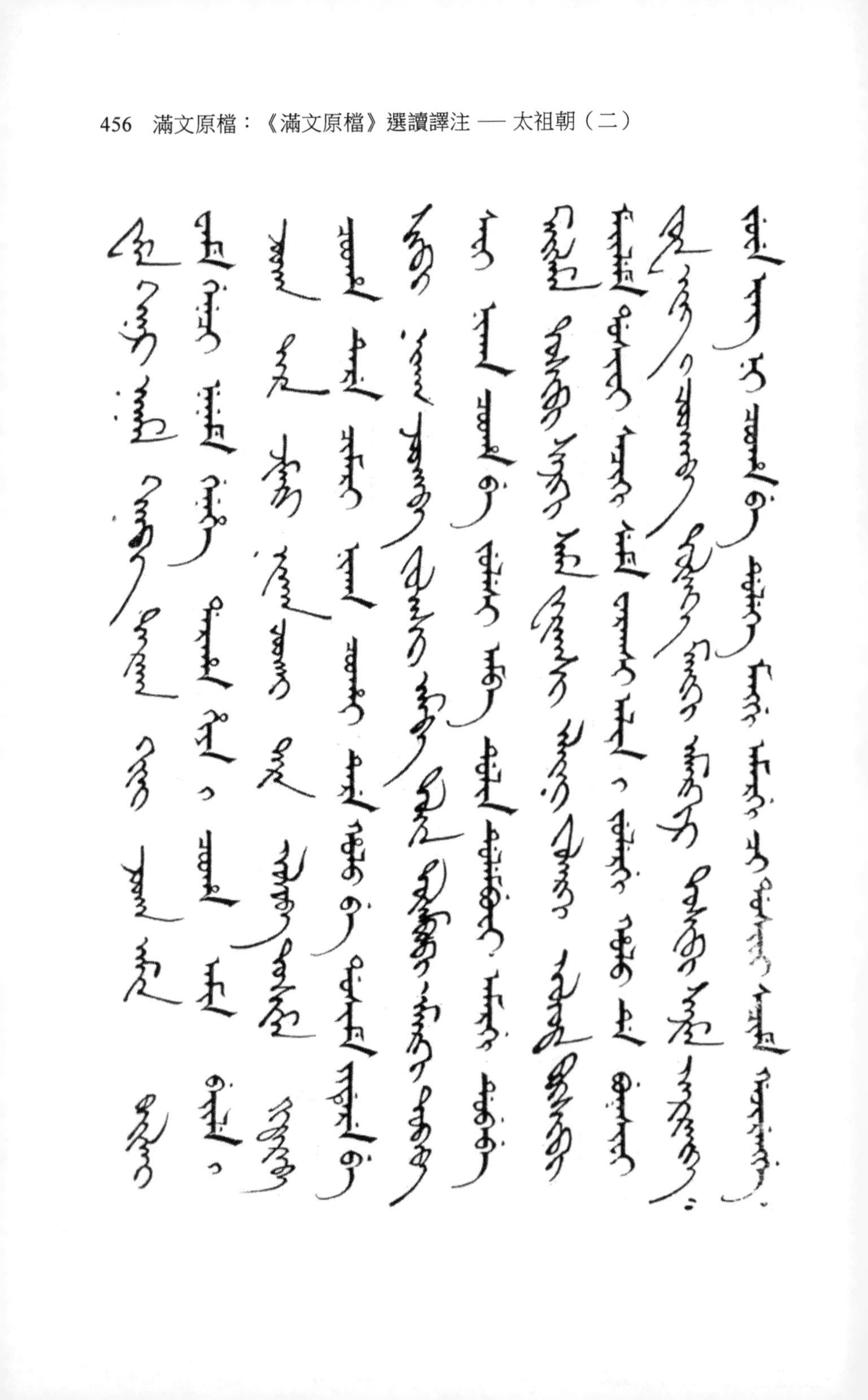

wame geneci neneme genehe darhan hiyai cooha amin beilei cooha tere cimari nikan coohai tere holobe dosime jiderebe safi nikan cooha be julesi amba dulin dulembufi, amargi dubebe meileme dosifi saciki seme warkasi alin i julergi holo de buksifi juwe ing ni coohabe duleke manggi, amargici dosifi sacime gajirengge.

先前去之侍衛達爾漢之兵與阿敏貝勒之兵，於是日晨見明兵進入山谷後。欲俟明兵前面大半過去，即進攻截砍其末尾。遂設伏於瓦爾喀什山南谷中，待其二營兵已過，即由其後進攻砍殺。

先前去之侍卫达尔汉之兵与阿敏贝勒之兵，于是日晨见明兵进入山谷后。欲俟明兵前面大半过去，即进攻截砍其末尾。遂设伏于瓦尔喀什山南谷中，待其二营兵已过，即由其后进攻砍杀。

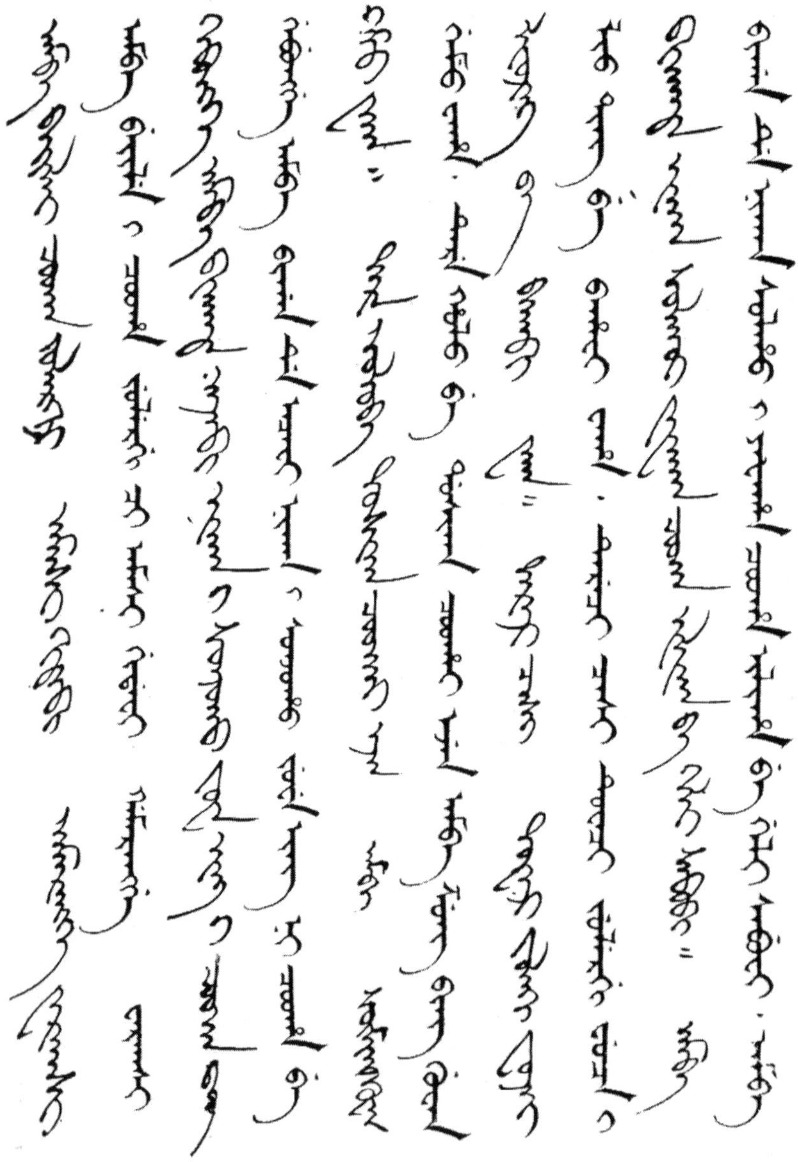

amba beilei cooha julergici amasi gidafi gamarangge warkasi gebungge amba bigande acafi nikan i sonjoho juwe ing ni cooha be gemu waha, tere holobe dosika coohai ejen amba dzungbingguwan lioting be bahafi waha. tereci casi tuwaci julergi fuca i bigande nikan solho i yafahan cooha iliha be geli sabufi, amba

---

大貝勒之兵由前返回向後攻擊，於名叫瓦爾喀什之大曠野會師，將明二營精兵盡行誅戮，將進入山谷明兵主將大總兵官劉綎擒殺。由此觀察敵方，又見富察南方之野，有明及朝鮮之步兵立營，

大贝勒之兵由前返回向后攻击，于名叫瓦尔喀什之大旷野会师，将明二营精兵尽行诛戮，将进入山谷明兵主将大总兵官刘綎擒杀。由此观察敌方，又见富察南方之野，有明及朝鲜之步兵立营，

二十六、煙塵反撲

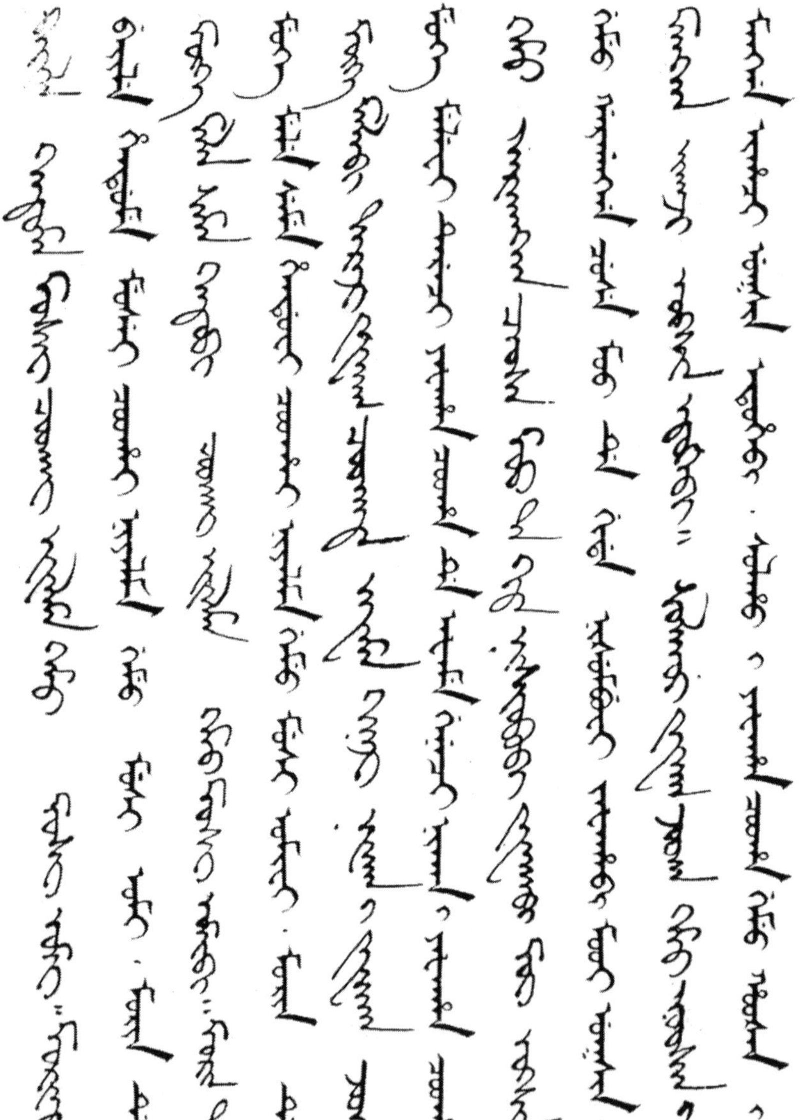

beile hendume musei coohai niyalma gemu musi omi, morinde muke mele seme hendufi coohai niyalma gemu musi omifi, morin de muke melefi tereci yafahan coohade afame geneci nikan i yafahan cooha gemu gargangga cuse moo de gida nišumbufi jafahabi mooi uksin, mangga ihaci uksin etuhebi, solhoi yafahan cooha gemu hoošan i

---

大貝勒曰：「我兵士皆食炒麵，馬匹飲水。」言畢，兵士皆食炒麵，馬匹飲水。隨即往攻明步兵。明步兵皆執裝柄長桿竹竿長槍，身披木甲及硬牛皮甲，朝鮮步兵皆身着紙綿甲。

大贝勒曰：「我兵士皆食炒面，马匹饮水。」言毕，兵士皆食炒面，马匹饮水。随即往攻明步兵。明步兵皆执装柄长杆竹竿长枪，身披木甲及硬牛皮甲，朝鲜步兵皆身着纸绵甲。

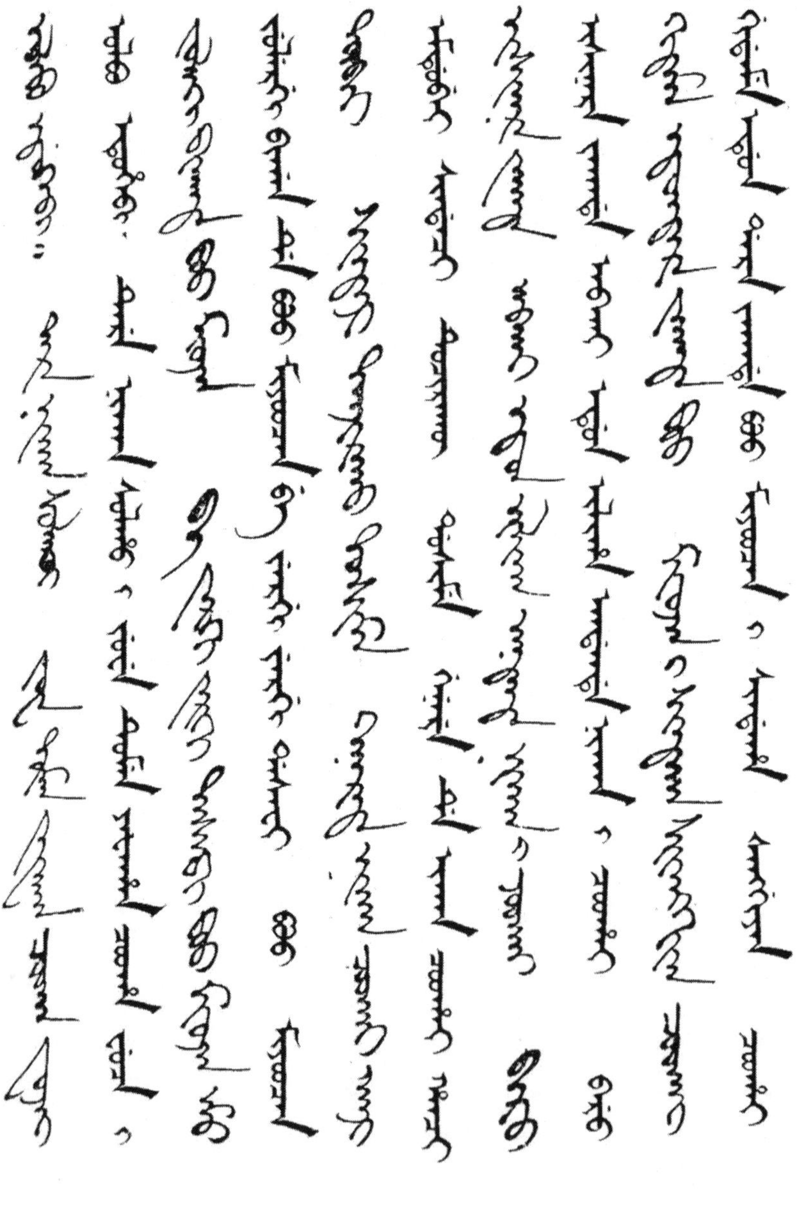

olbo etuhebi. tere nikan solhoi juwe tumen yafahan cooha fucai julergi bigande poo miyoocan be jergi jergi dasafi poo miyoocan emu dubei sindaci tucirakū dosime generede nikan coohai hanci isinara jakade abkai edun iliha andande nikan i coohai baru gidame edundara jakade poo miyoocan i sindaha šanggiyan coohai

---

此明及朝鮮二萬步兵，於富察迤南之野，層層排列鎗礮，不停連續施放鎗礮，前去進攻，迫近明兵時，天風突然轉向反撲明兵[65]，施放鎗礮之煙火，

此明及朝鲜二万步兵，于富察迤南之野，层层排列鎗炮，不停连续施放鎗炮，前去进攻，迫近明兵时，天风突然转向反扑明兵，施放鎗炮之烟火，

---

[65] 突然，《滿文原檔》讀作“ilika an̲dande”，《滿文老檔》讀作“iliha andande”。按規範滿文讀作“ilihai andande”。

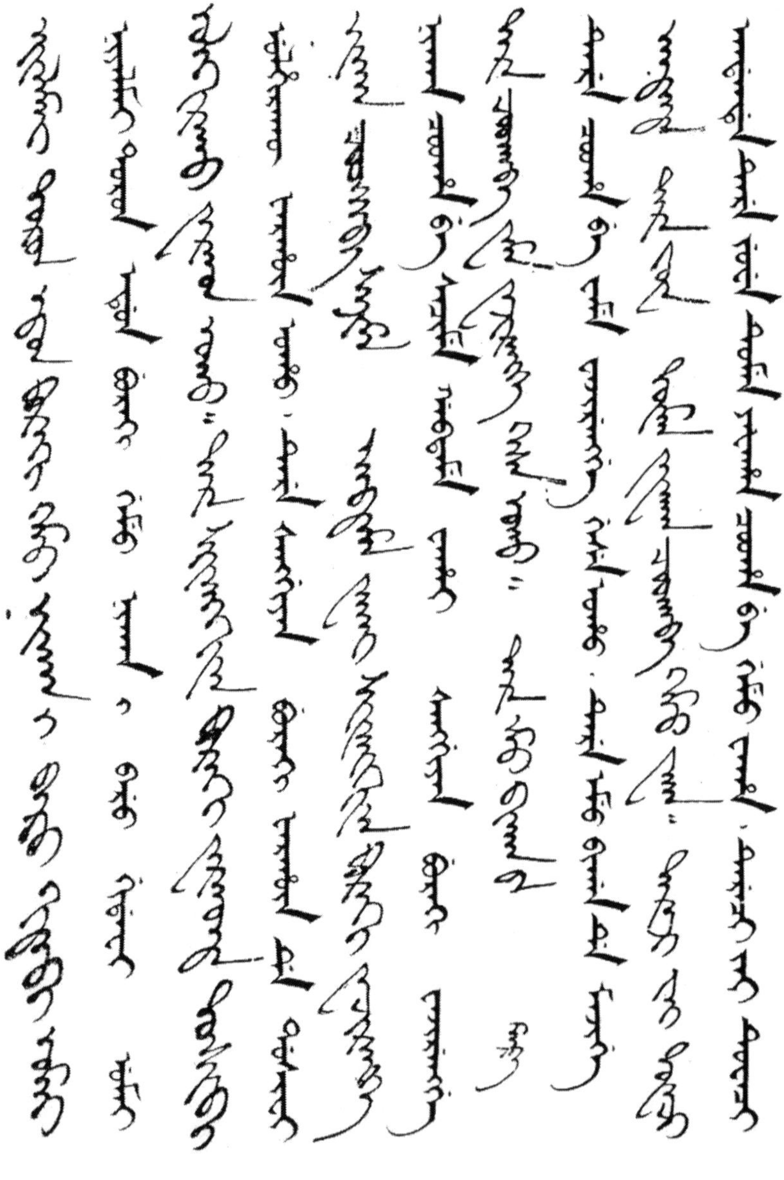

niyalmai toron edun buraki gemu nikan i baru gidafi umai ulhirakū farhūn oho. tere šanggiyan buraki farhūnde dosifi nikan coohabe sacime gabtame wahai šanggiyan buraki wajirengge tere coohabe wame wajirengge gese oho. tere emu bigan de majige andande tere juwe tumen yafahan coohabe gemu waha. tereci jai tuwaci

---

人之飛塵、風之塵埃皆反撲明兵，昏暗莫曉，不辨方向。我兵遂乘其煙塵瀰漫昏暗攻入，刀砍箭射誅戮明兵，煙塵消散，其兵亦被誅戮殆盡。頃刻之間，即將其二萬步兵皆被殺於此一片曠野。又見

人之飞尘、风之尘埃皆反扑明兵，昏暗莫晓，不辨方向。我兵遂乘其烟尘弥漫昏暗攻入，刀砍箭射诛戮明兵，烟尘消散，其兵亦被诛戮殆尽。顷刻之间，即将其二万步兵皆被杀于此一片旷野。又见

二十七、朝鮮降將

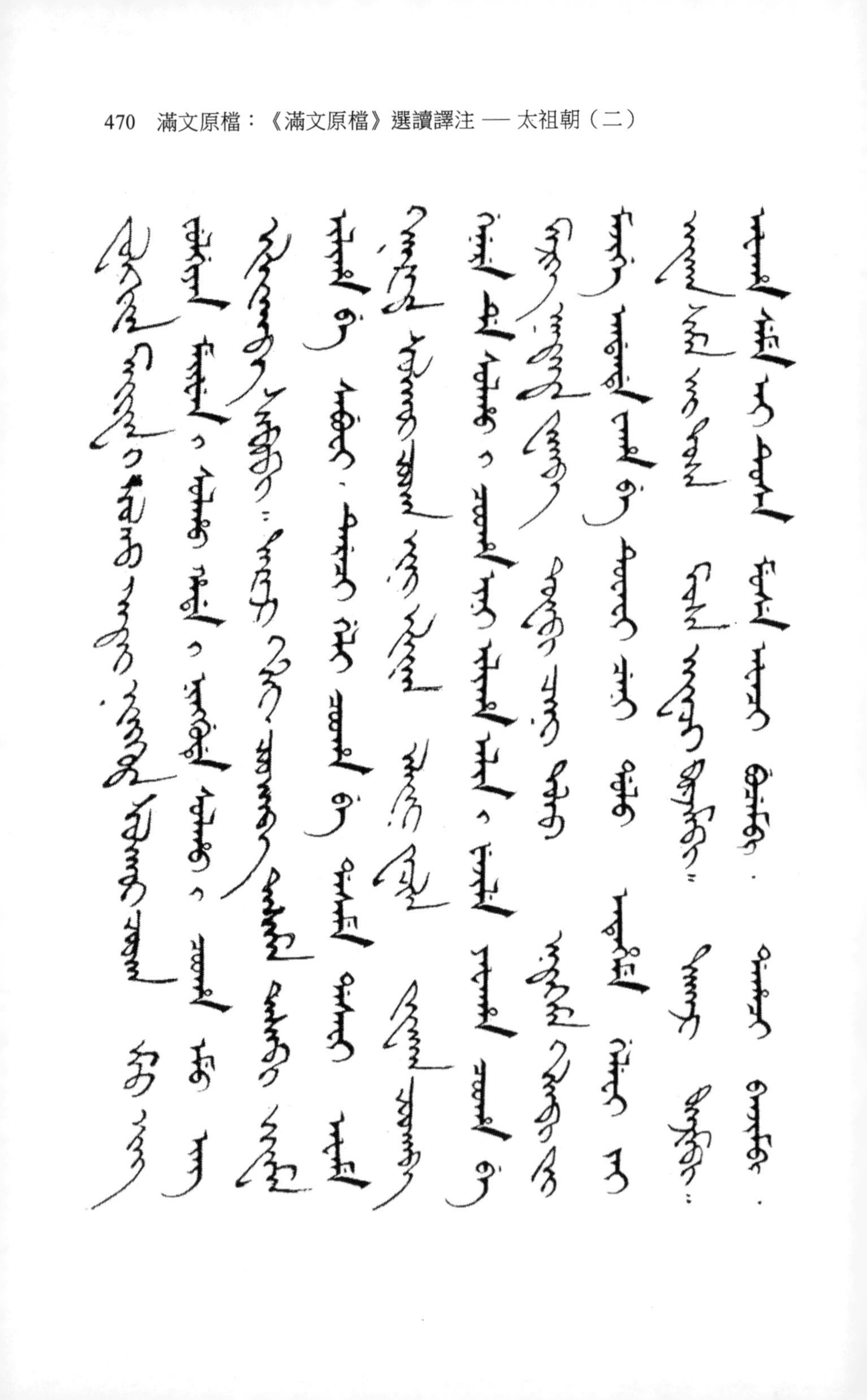

fulgiyan meifen i solho hadai ninggude solhoi cooha emu ing ilihabe sabufi, tereci geli coohabe dasame dasafi afame generede, solhoi cooha ini iliha alini fejile yafahan coohabe majige andande wahabe tuwafi ceni dolo enteheme gelefi jai afaha seme ai tusa muse afaci bucembi, dahaci banjimbi,

---

紅坡高麗峯山上駐有朝鮮兵一營，於是又重整軍隊前往攻擊。朝鮮兵見其山下所駐步兵頃刻之間被殺殆盡，彼等內心甚恐，乃議曰：「再戰何益？我戰則死，降則生，

红坡高丽峯山上驻有朝鲜兵一营，于是又重整军队前往攻击。朝鲜兵见其山下所驻步兵顷刻之间被杀殆尽，彼等内心甚恐，乃议曰：「再战何益？我战则死，降则生，

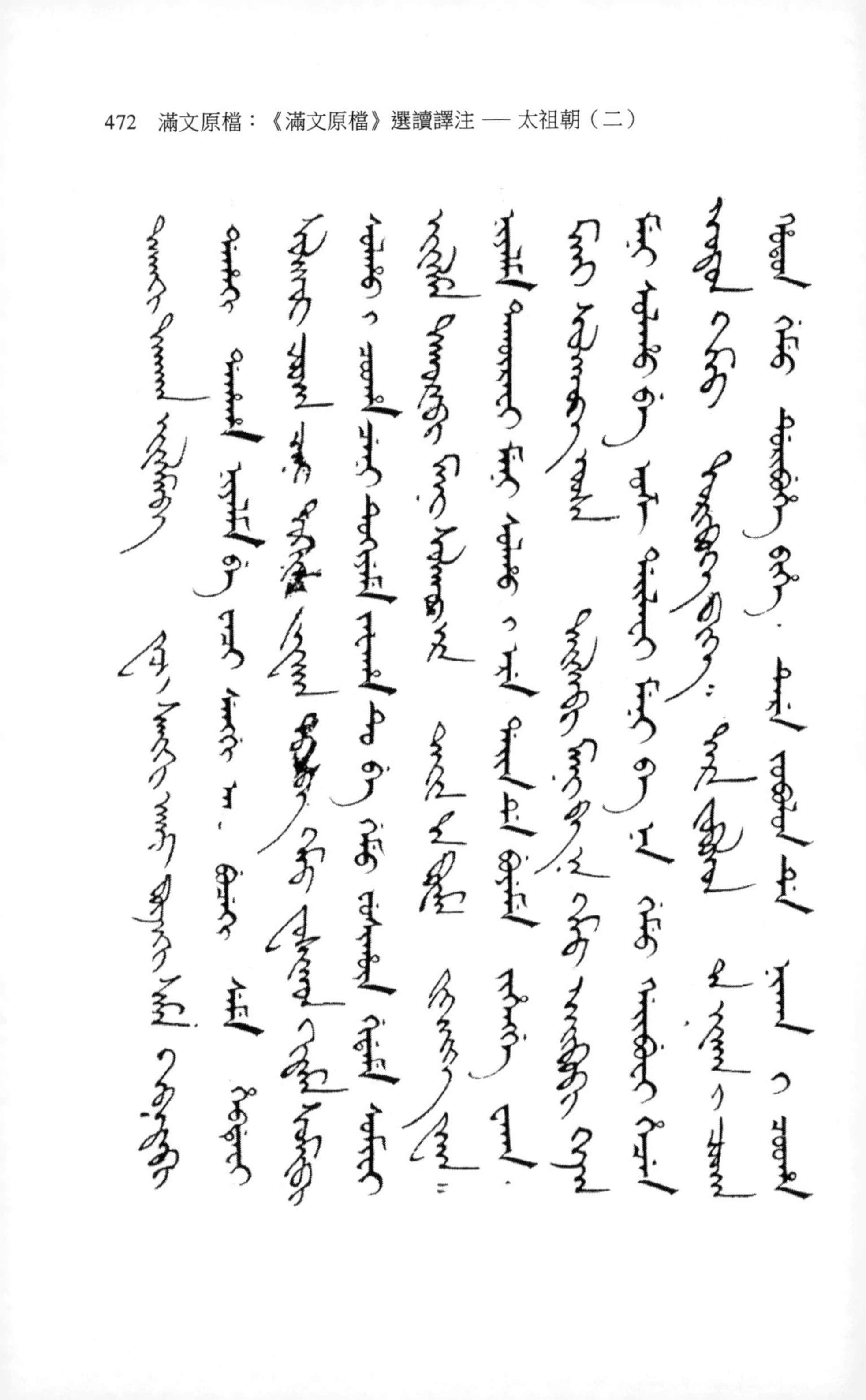

dahaki dahaha niyalmabe waci senggi akū buceki seme hebdefi solhoi cooha ceni tukiyeme jafaha tu be gemu fusihūn gidame somifi niyalma takūrafi meni solhoi ere dain de buyeme jihengge waka, meni solho be odzi dailafi meni ba na gemu gaibufi hecen hoton gemu duribuhe bihe, tere jobolon de nikan i cooha

---

而欲投降。投降之人若被殺，則不見血全屍而死。」議畢，朝鮮兵遂倒掩其旗纛，遣人來曰：「朝鮮此來戰，非我所願。昔日倭子侵我朝鮮時[66]，我土地皆被佔，城郭皆被奪；當此急難之時，賴明兵

而欲投降。投降之人若被杀，则不见血全尸而死。」议毕，朝鲜兵遂倒掩其旗纛，遣人来曰：「朝鲜此来战，非我所愿。昔日倭子侵我朝鲜时，我土地皆被占，城郭皆被夺；当此急难之时，赖明兵

---

[66] 倭子，《滿文原檔》讀作“oosa”，《滿文老檔》讀作“odz”，意即「日本」。

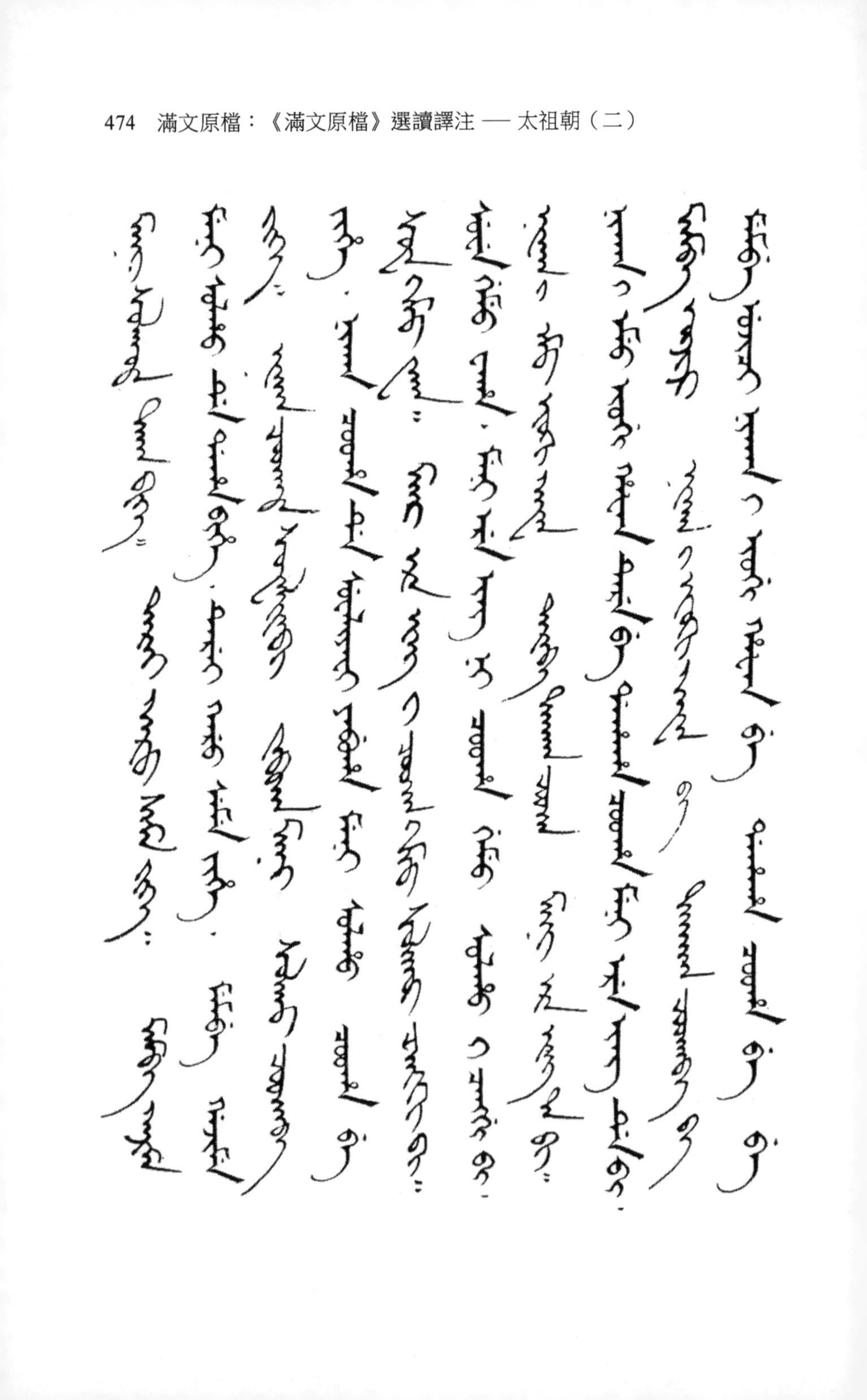

meni solho de daha bihe, terei karu seme jihe, membe gajime jihe. nikan cooha de suwaliyafi yabuha meni solho coohabe suwe gemu waha, meni ere ing ni cooha gemu solhoi canggi bi, nikan i emu iogi hafan terebe dahaha cooha meni ere ing de bi. membe ujici nikan i iogi hafan be dahaha coohabe be

---

曾助我朝鮮，故為報答而來。於明兵內隨從行走之我朝鮮兵，皆已為爾所殺，我此營內之兵皆純係朝鮮兵，僅有一明遊擊官及其隨從兵丁在我營內。若收養我等，即執明遊擊及其隨從兵丁，

曾助我朝鲜，故为报答而来。于明兵内随从行走之我朝鲜兵，皆已为尔所杀，我此营内之兵皆纯系朝鲜兵，仅有一明游击官及其随从兵丁在我营内。若收养我等，即执明游击及其随从兵丁，

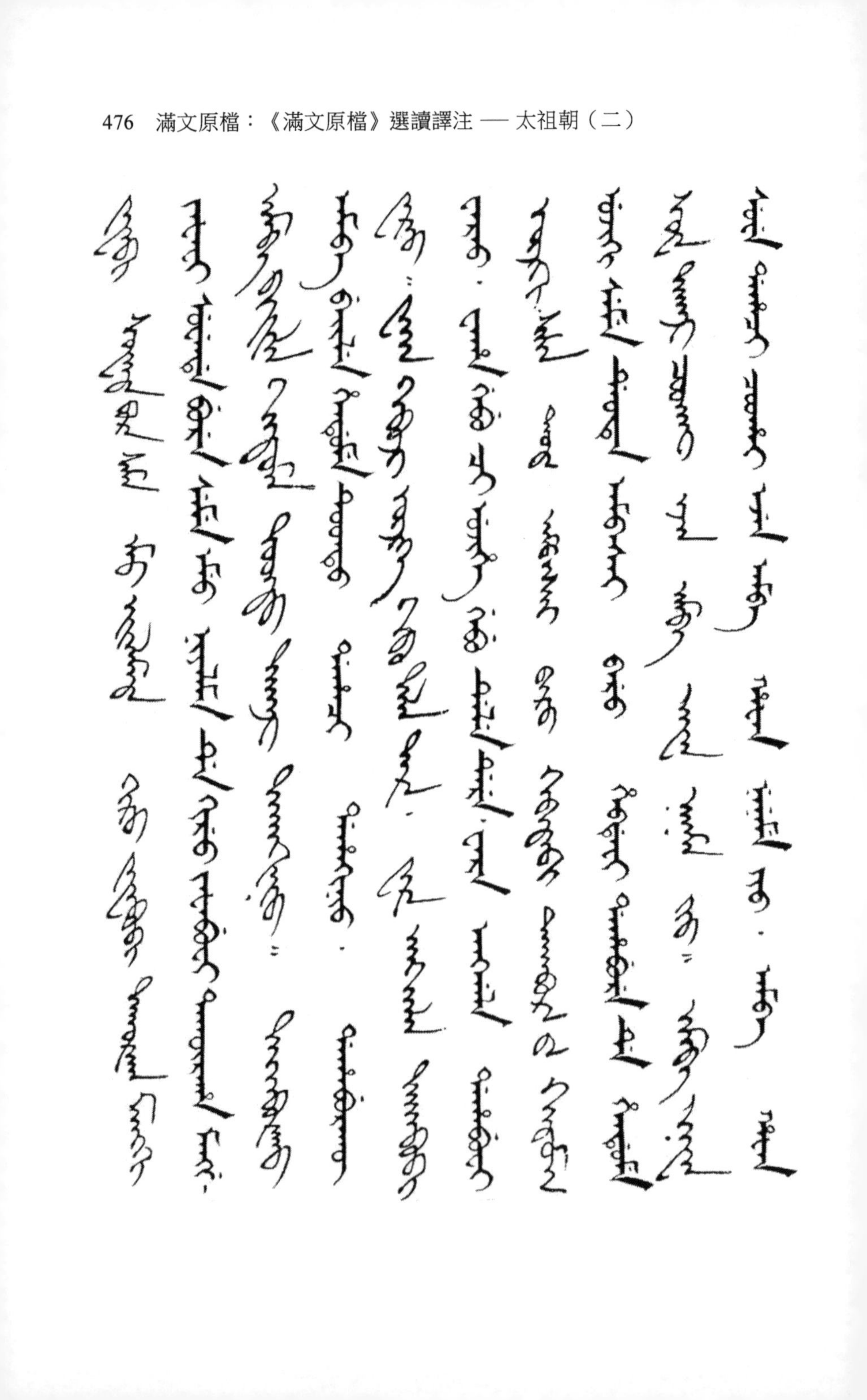

jafafi suwende bure seme emu niyalmade kiru jafabufi takūraha manggi, amba beile hendume tuttu dahaci dahakinio. dahaburakū warao. waha gebuci ujihe gebu dele dere. wara anggala dahabufi ujiki seme deote ambasai baru hebdefi dahabure de hendume suwe dahaci coohai ejen amba hafan neneme jio, amba hafan

---

執獻爾等。」如此遣一人執旗而來。大貝勒曰：「如此或聽其來降，或不令其降而殺之？想是收養之名高於殺戮之名。與其殺戮，不如納降收養。」如此與諸弟衆大臣議定納降。乃對朝鮮來人曰：「爾等若降，可於軍中主將大員先來，大員

执献尔等。」如此遣一人执旗而来。大贝勒曰：「如此或听其来降，或不令其降而杀之？想是收养之名高于杀戮之名。与其杀戮，不如纳降收养。」如此与诸弟众大臣议定纳降。乃对朝鲜来人曰：「尔等若降，可于军中主将大员先来，大员

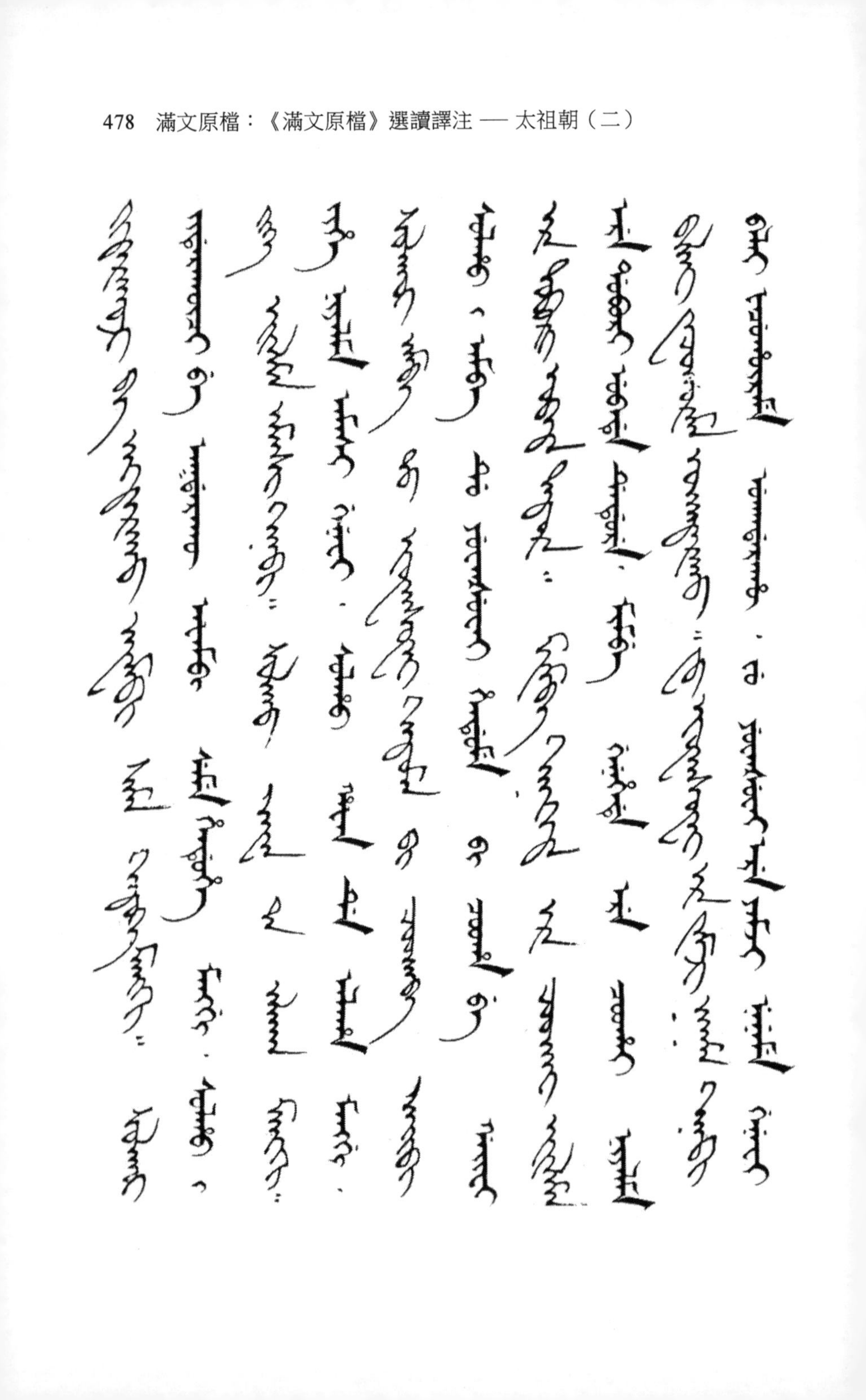

jiderakūci be akdarakū afambi seme henduhe manggi, solhoi jihe niyalma amasi genefi, solho hafan de alaha manggi, solhoi amba du yuwanšuwai hendume bi coohabe gaifi ere dobori ubade dedure. mimbe genehede ere coohai niyalma balai facuhūrame ukandarahū, fu yuwanšuwai ere yamji neneme genefi

---

若不來，則我不相信，必攻擊也。」言畢，朝鮮來人返回，稟報朝鮮官員。朝鮮大都元帥曰[67]：「我領兵今夜宿於此。我若先往，恐士兵妄亂逃走，副元帥今夜先往，

若不来，则我不相信，必攻击也。」言毕，朝鲜来人返回，禀报朝鲜官员。朝鲜大都元帅曰：「我领兵今夜宿于此。我若先往，恐士兵妄乱逃走，副元帅今夜先往，

---

[67] 大都元帥，句中「元帥」，《滿文原檔》寫作 “iowansowai”，《滿文老檔》讀作 “yuwanšuwai”。

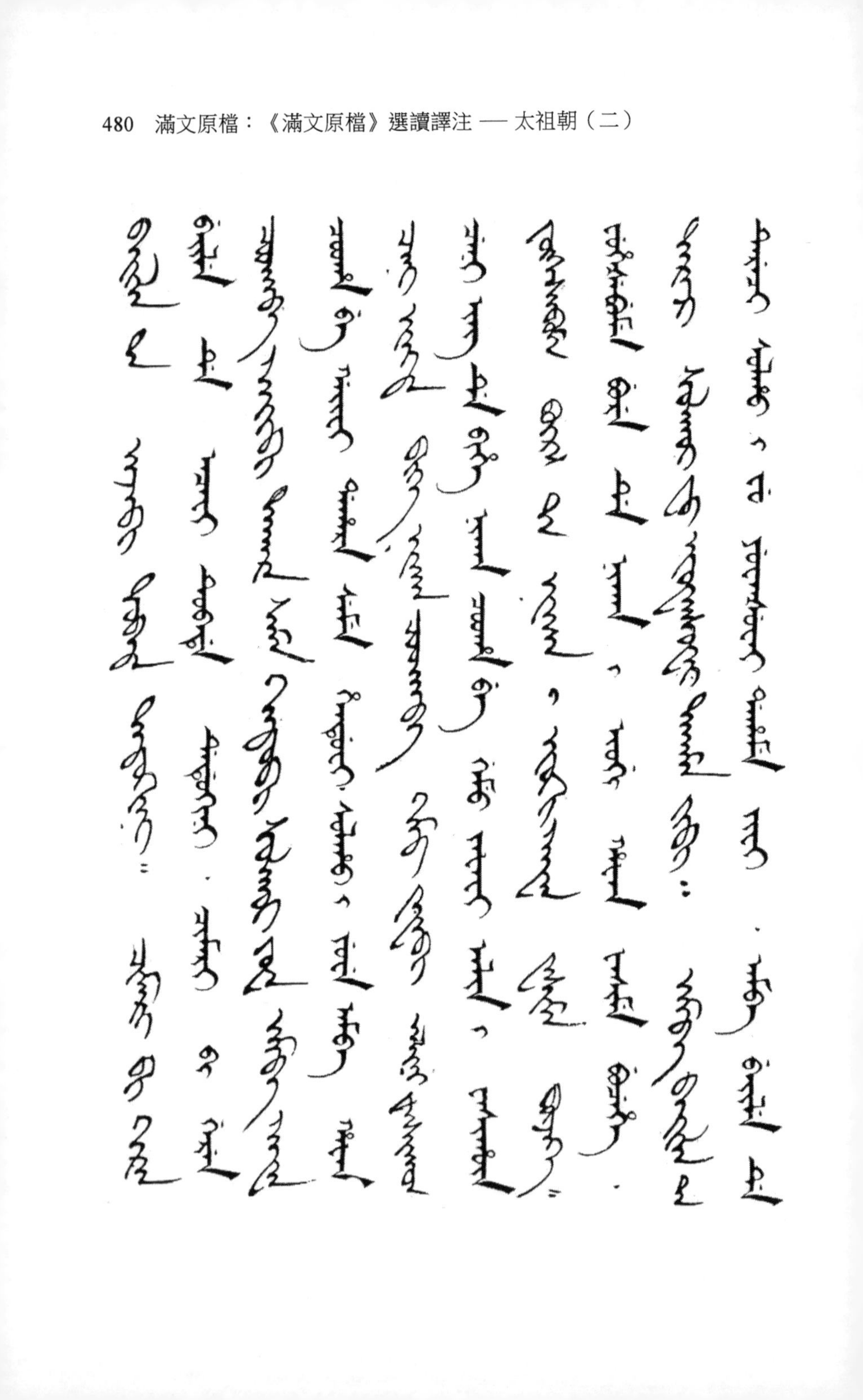

beile de acafi tubade dedukini, cimari bi geren coohabe gaifi dahara seme hendufi solhoi juwe amba hafan ceni ingde bihe nikan coohabe gemu jafafi alini wasihūn fuhešebume bure de nikan i iogi hafan fasime bucehe. tereci solhoi fu yuwanšuwai dahame jifi, amba beile de

---

見貝勒後，即宿於彼處，明日我率衆兵來降。」言畢，朝鮮二大員將其營内明兵盡行捕捉，驅滾下山給我，明遊擊官自縊死[68]。於是朝鮮副元帥來降，見大貝勒後，

见贝勒后，即宿于彼处，明日我率众兵来降。」言毕，朝鲜二大员将其营内明兵尽行捕捉，驱滚下山给我，明游击官自缢死。于是朝鲜副元帅来降，见大贝勒后，

---

[68] 自縊死，《滿文原檔》寫作"wasime būjeke"，《滿文老檔》讀作"fasime bucehe"。按此為無圈點滿文"wa"與"fa"、"je"與"ce"、"ke"與"he"之混用現象。

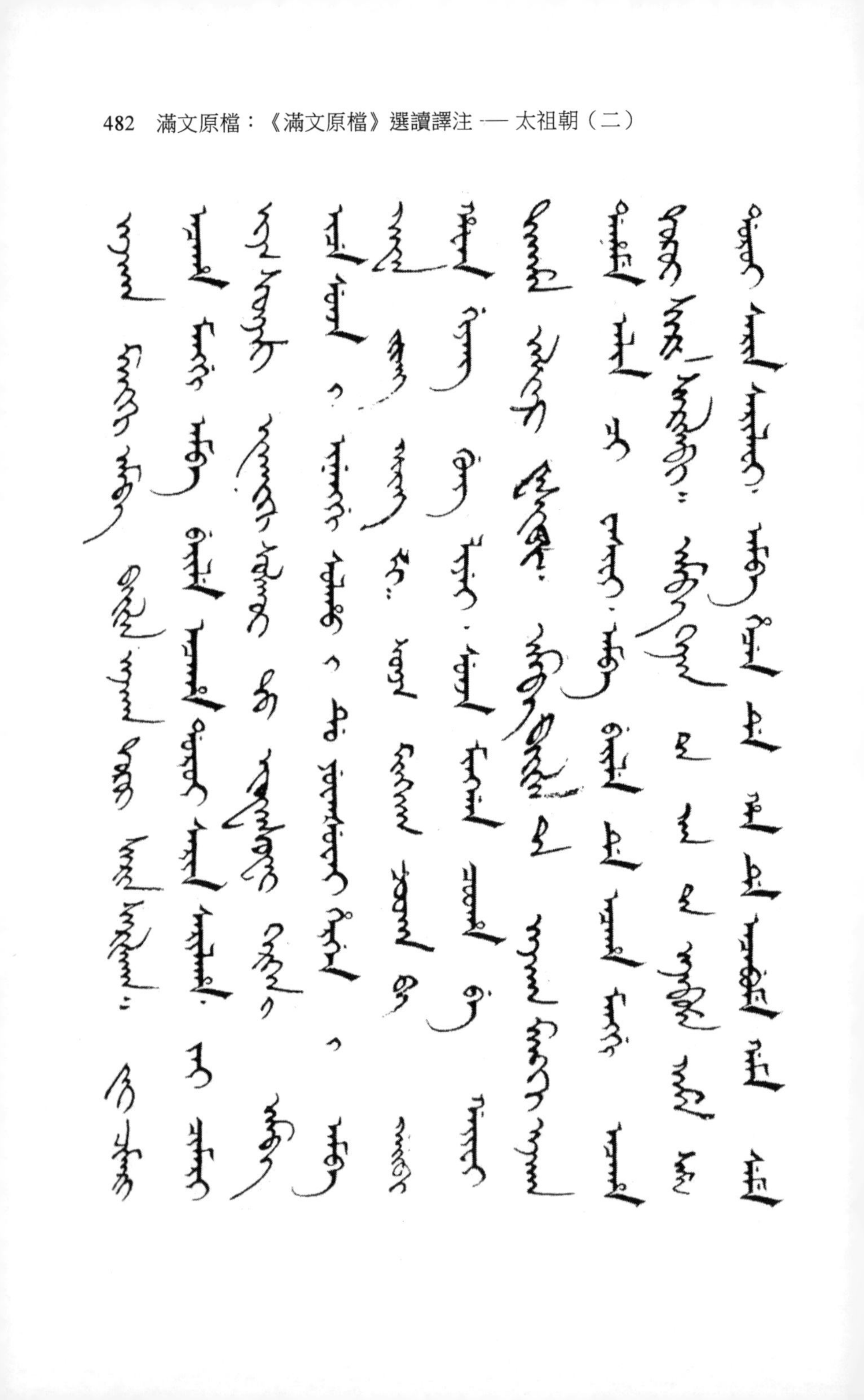

acaha manggi amba beile acaha doroi sarin sarilaha. jai cimari ice sunja i inenggi solhoi du yuwanšuwai hergen i amba hafan giyang gung liyei, sunja minggan cooha be gaifi dahame alinci wasifi, amba beile de acaha manggi acaha doroi sarin sarilafi, amba hecen de han de acabume gama seme

---

大貝勒以會見禮設筵宴之。翌日初五日，朝鮮都元帥銜大員姜弘立率兵五千下山來降[69]，見大貝勒後，以會見禮設筵宴之。宴畢，命送往大城見汗。

大贝勒以会见礼设筵宴之。翌日初五日，朝鲜都元帅衔大员姜弘立率兵五千下山来降，见大贝勒后，以会见礼设筵宴之。宴毕，命送往大城见汗。

---

[69] 姜弘立，《滿文原檔》讀作"jiyang hūng li"，《滿文老檔》讀作"giyang gung liyei"。按崇德四年（1639）十二月立於朝鮮三田渡之滿蒙漢三體《大清皇帝功德碑》滿文作"jiyang hūng li"、漢文作「姜弘立」；滿蒙漢三體《滿洲實錄》卷五，滿文作"giyang gung liyei"， 漢文作「姜功立」。《朝鮮王朝實錄·宣祖實錄》作「姜弘立」，韓文讀作"gang hong lib"。

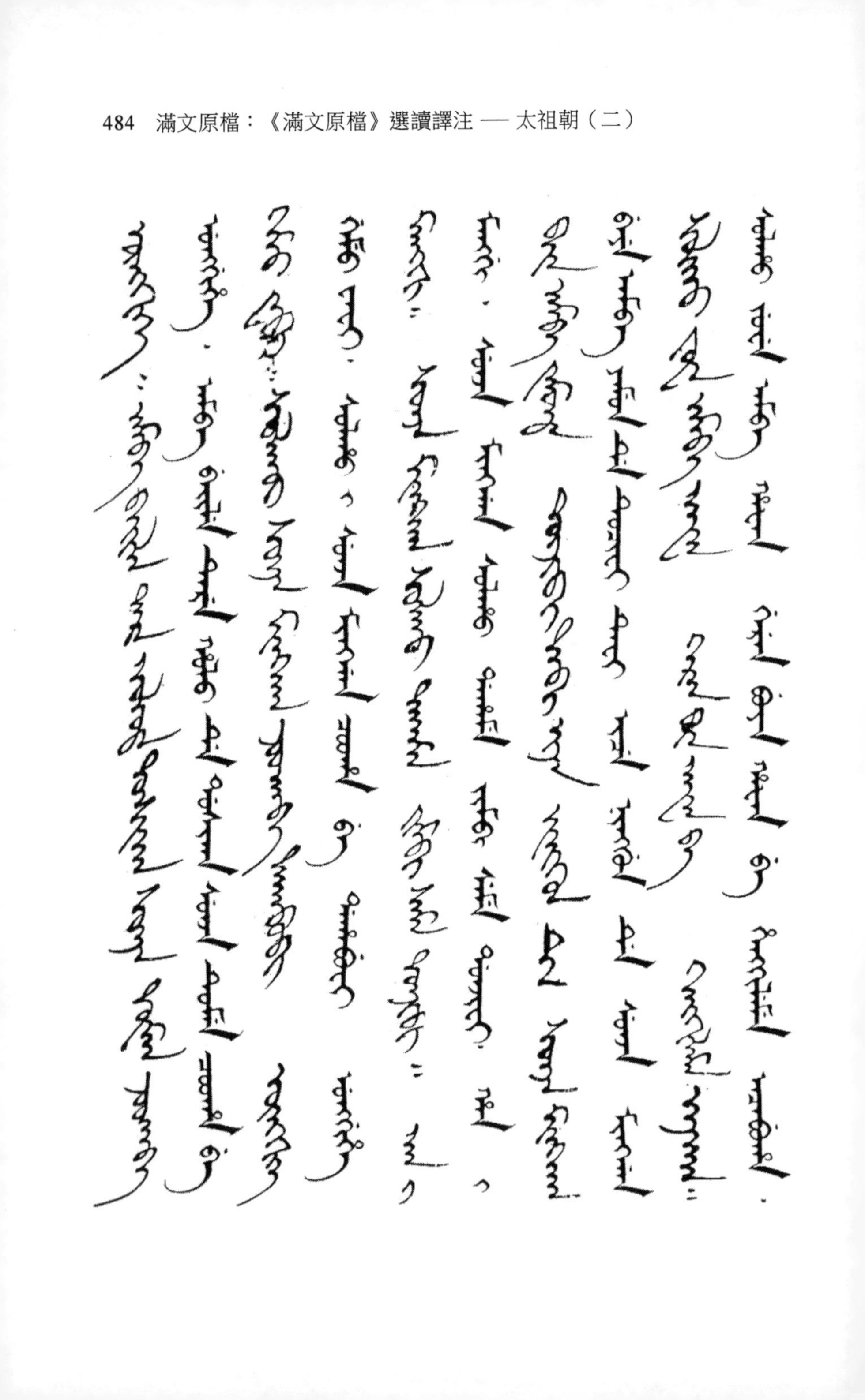

unggihe. amba beile tere holode dosika sunja tumen coohabe gemu wafi, solhoi sunja minggan cooha be dahabufi unggihe manggi, sunja minggan solho dahame jimbi seme donjifi, han i beye amba yamun de tucifi tefi ice ninggun de, sunja minggan solho juwe amba hafan geren buya hafan be hengkileme acabuha.

大貝勒將進入山谷之五萬兵皆誅戮之，並招降朝鮮兵五千送往大城。汗聞朝鮮兵五千來降，即親御大衙門陞座。初六日，朝鮮兵五千、大員二人及衆小官等叩見。

大贝勒将进入山谷之五万兵皆诛戮之，并招降朝鲜兵五千送往大城。汗闻朝鲜兵五千来降，即亲御大衙门升座。初六日，朝鲜兵五千、大员二人及众小官等叩见。

二十八、出奇制勝

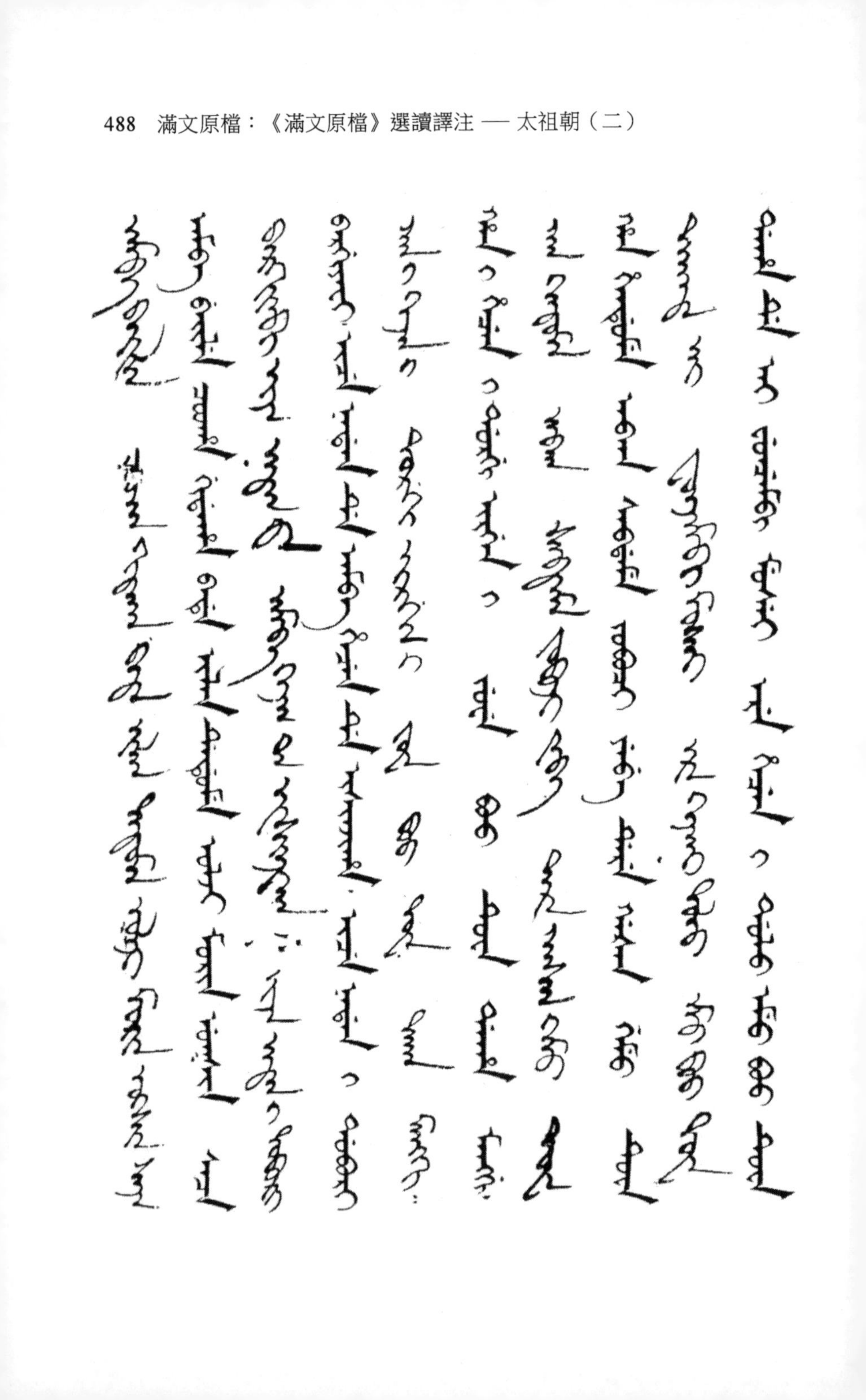

amba beile cooha gidaha bade ilan dedume olji morin uksin saca bargiyafi ice nadan de amba hecen de isinjiha. ice nadan i dobori han i hecen i dorgi irgen i juwe boo tuwa daha manggi, han hendume, abka sabdame joboci yebe dere. gašan gemu tuwa daha de ai funcembi. musei ere heceni dolo emu boo tuwa

---

大貝勒於擊敗敵兵之處駐三宿，收拾俘虜、馬匹、甲、盔後，於初七日，回到大城。初七日夜，汗城內民房二棟失火。汗曰：「天若降點雨，或許好些。若全屯皆着火，則將何所剩？我此城內一家失火，

大贝勒于击败敌兵之处驻三宿，收拾俘虏、马匹、甲、盔后，于初七日，回到大城。初七日夜，汗城内民房二栋失火。汗曰：「天若降点雨，或许好些。若全屯皆着火，则将何所剩？我此城内一家失火，

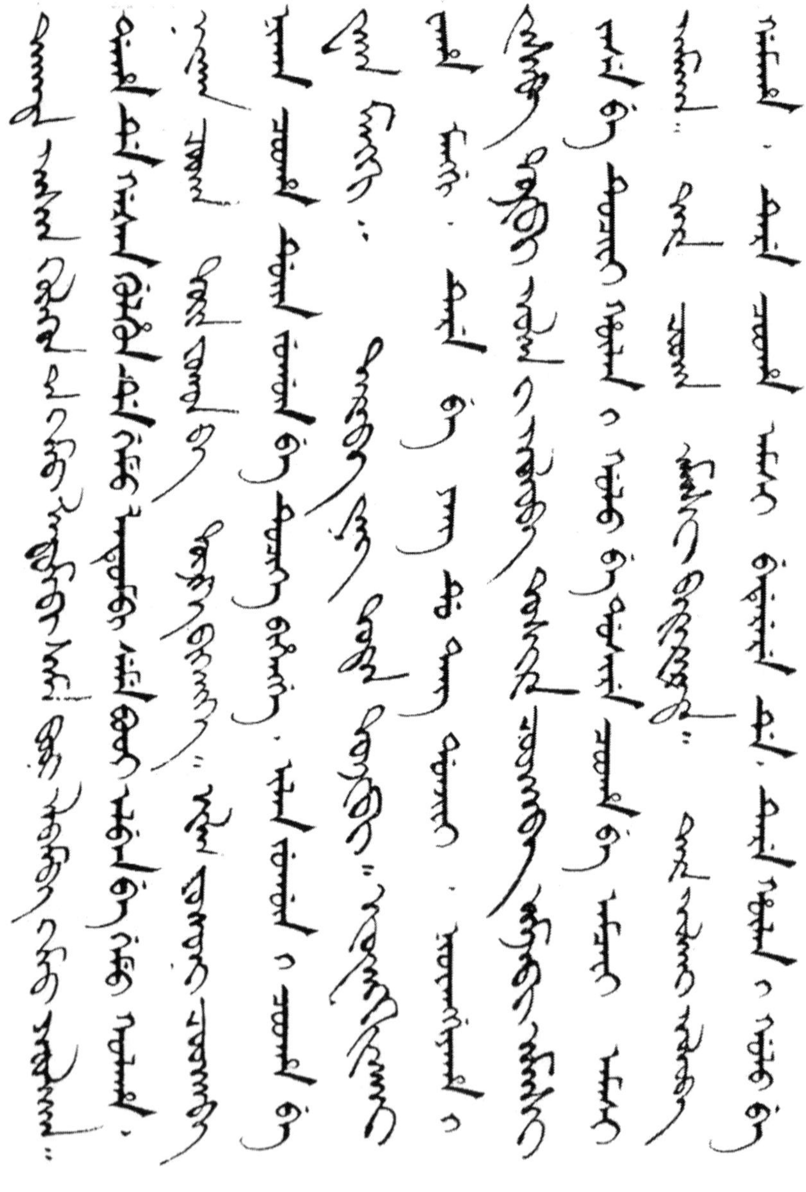

daha de gašan gulhun de gemu latumbi seme booi elbenbe gemu kolaha. nikan cooha duin jugūn be tucike bihengge, ilan jugūni coohabe waha manggi, terebe yang du tan donjifi, niowanggiyahai jasebe tucifi hūlan i golobe dosire coohabe amcafi amasi gamaha, tere cooha amasi bedererede, tere hūlan i golobe

---

則整個村屯皆燃燒也。」遂命將屋頂茅草皆拆除[70]。明兵四路出擊，三路之兵被殺後，楊都堂聞知，急將由清河出邊進入虎攔路之兵追回。其兵退回時，我守虎攔路之

则整个村屯皆燃烧也。」遂命将屋顶茅草皆拆除。明兵四路出击，三路之兵被杀后，杨都堂闻知，急将由清河出边进入虎拦路之兵追回。其兵退回时，我守虎拦路之

---

[70] 拆除，《滿文原檔》讀作 "koolaka"，《滿文老檔》讀作 "kolaha"，意即「揭除」。

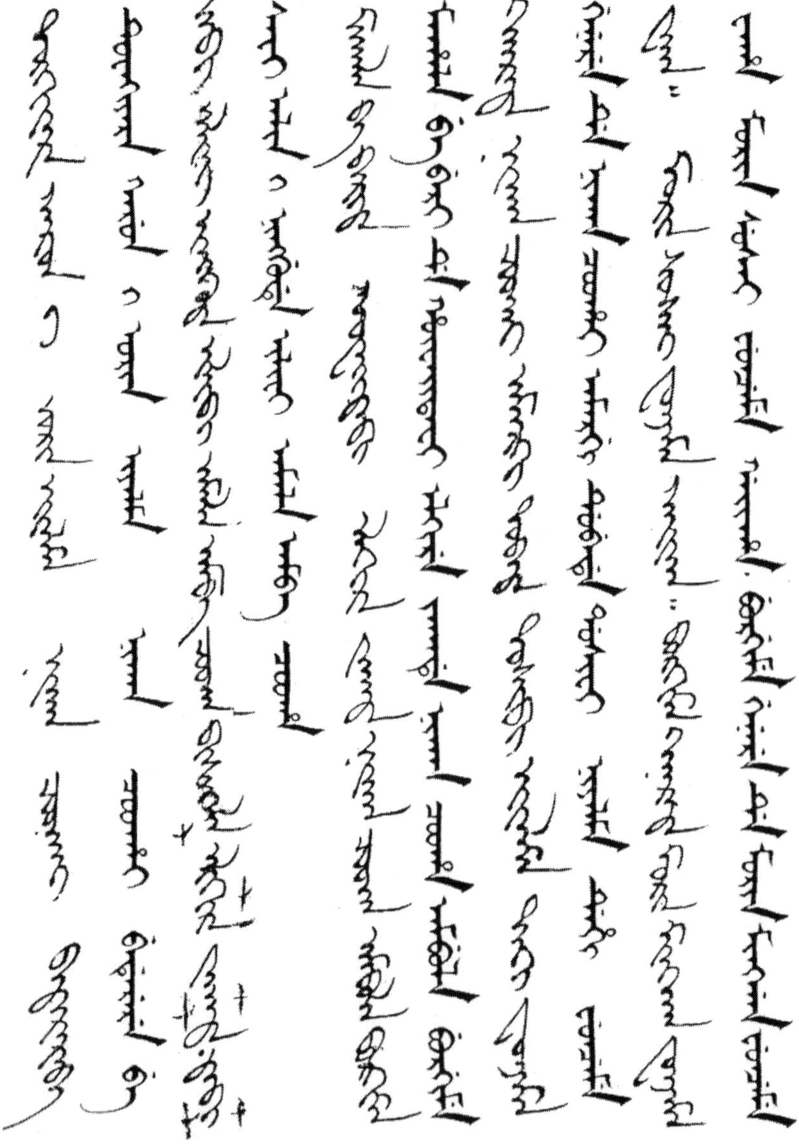

tuwakiyara karun i orin niyalma nikan coohai bedererebe safi alini ninggude ilifi amala amba cooha mahala be beride hūwaitafi elkire jakade nikan cooha ambula burgime generede nikan coohai amargi dubede dosifi niyalma dehi funceme waha, morin susai funceme gaiha. burgime generede morin minggan funceme

---

哨卒二十人，見明兵退回，即立於山上，作後有大兵狀，將暖帽繫於弓弰，揮舞招之。明兵大驚，倉皇遁走，遂進攻明兵後隊，殺四十餘人，獲馬五十餘匹。明兵倉皇遁走時，馬斃千餘匹，

哨卒二十人，见明兵退回，即立于山上，作后有大兵状，将暖帽系于弓弰，挥舞招之。明兵大惊，仓皇遁走，遂进攻明兵后队，杀四十余人，获马五十余匹。明兵仓皇遁走时，马毙千余匹，

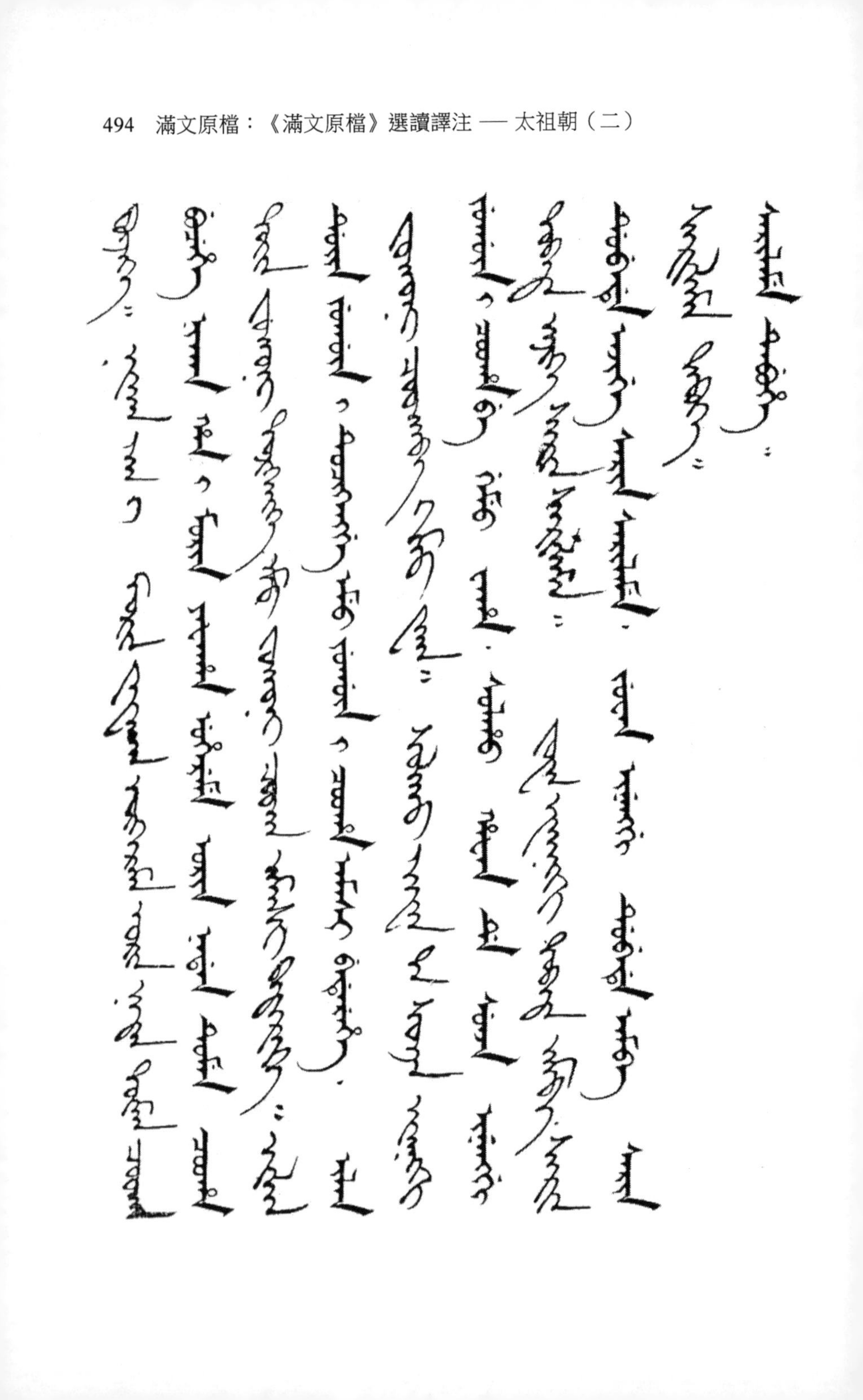

bucehe, nikan han i morin yafahan uhereme orin nadan tumen cooha duin jugūni tucikengge emu jugūni cooha amasi bederehe, ilan jugūni coohabe gemu waha, solho hafan de sunja inenggi dubede ajige sarin sarilame, juwan inenggi dubede amba sarin sarilame tebuhe.

明帝之馬步兵共二十七萬，分四路出擊，一路之兵退回，三路之兵皆被殺戮。朝鮮官員五日設小宴，十日設大宴以待之。

明帝之马步兵共二十七万，分四路出击，一路之兵退回，三路之兵皆被杀戮。朝鲜官员五日设小宴，十日设大宴以待之。

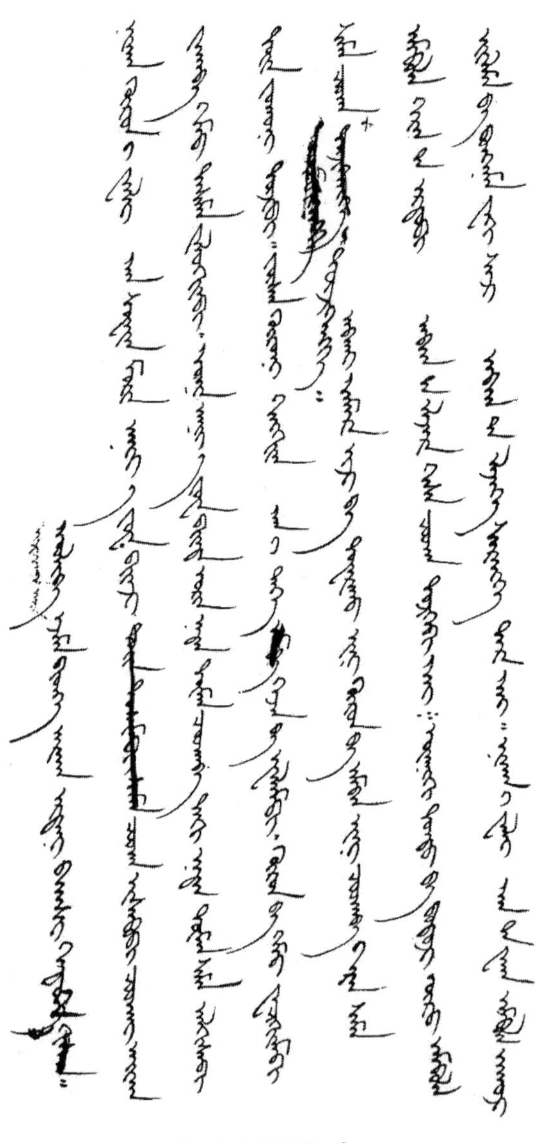

滿文原檔之一

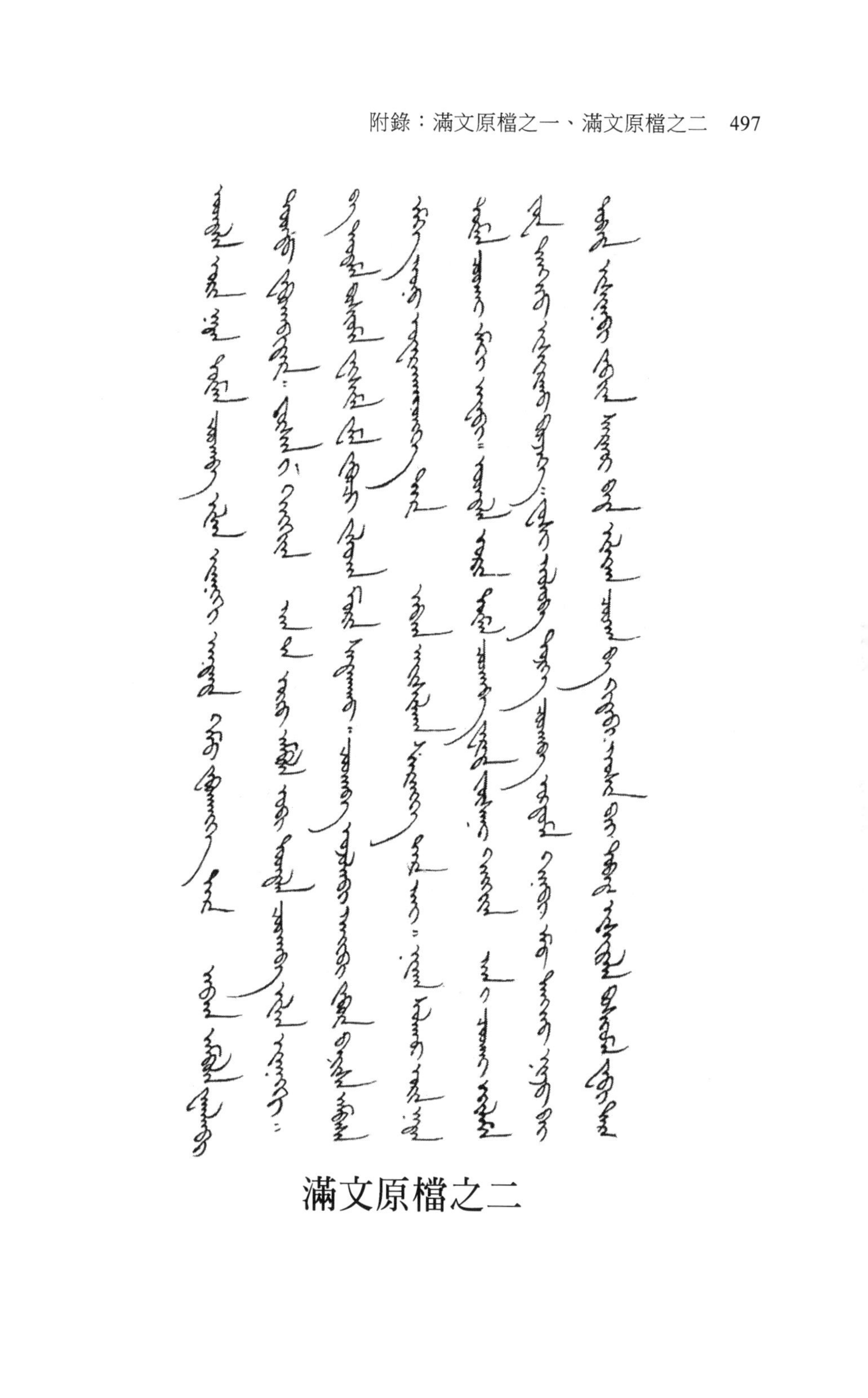

滿文原檔之二

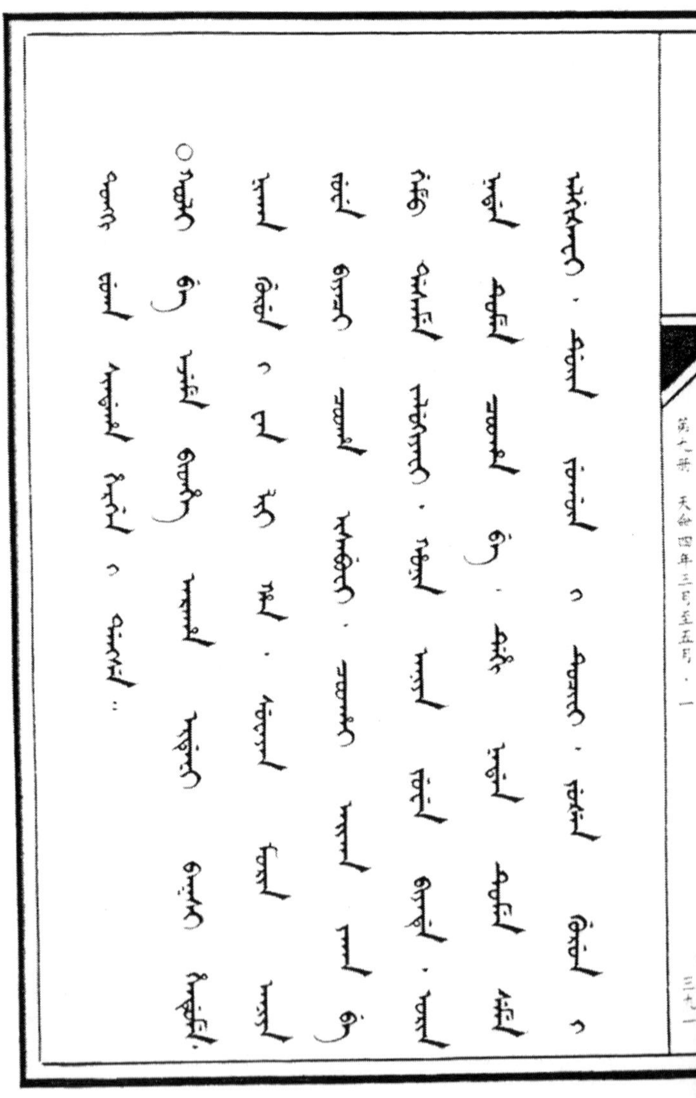
第七冊 天命四年三月至五月 一

三七一

滿文老

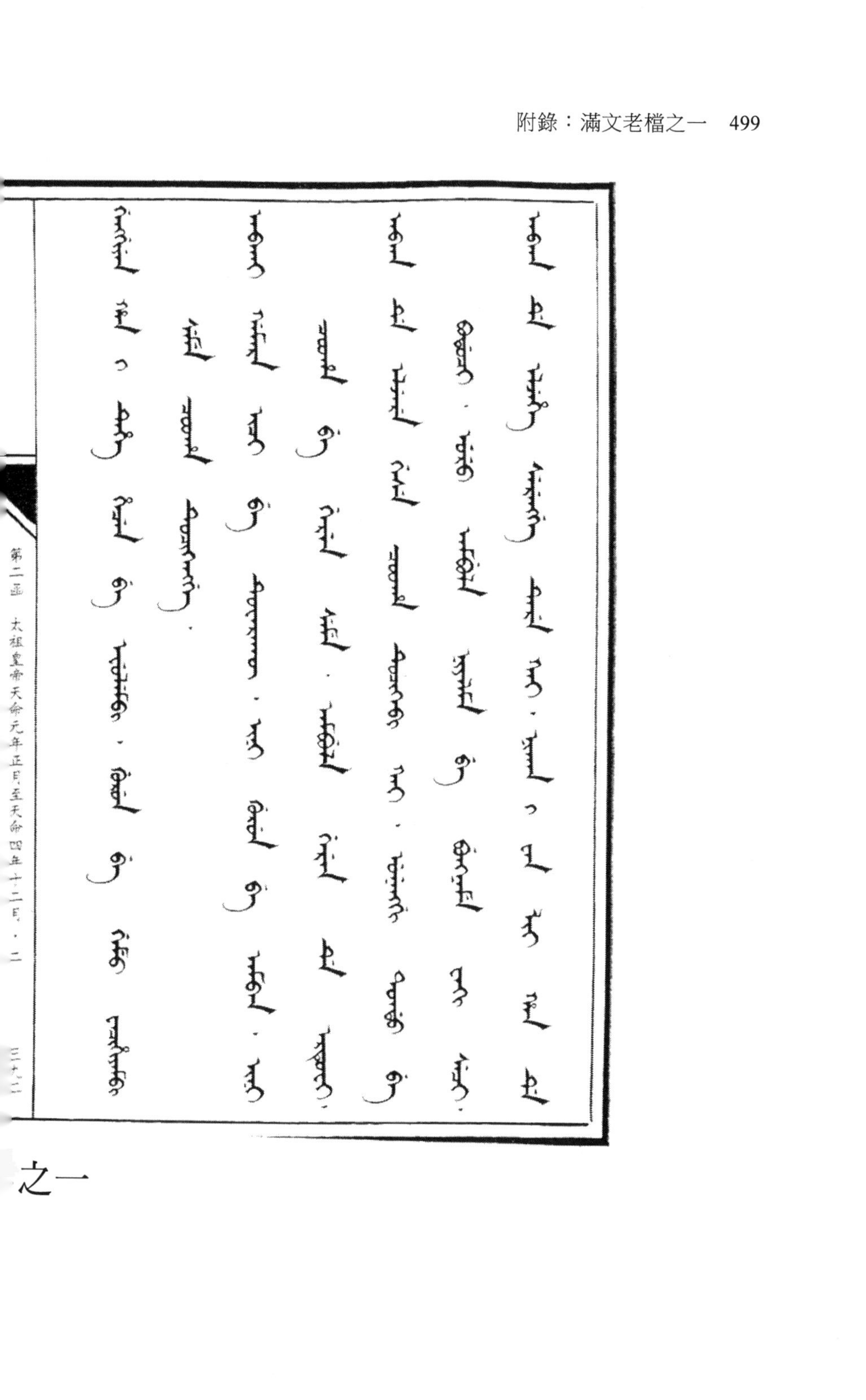

第二函　太祖皇帝天命元年正月至天命四年十二月・二　三十二

之一

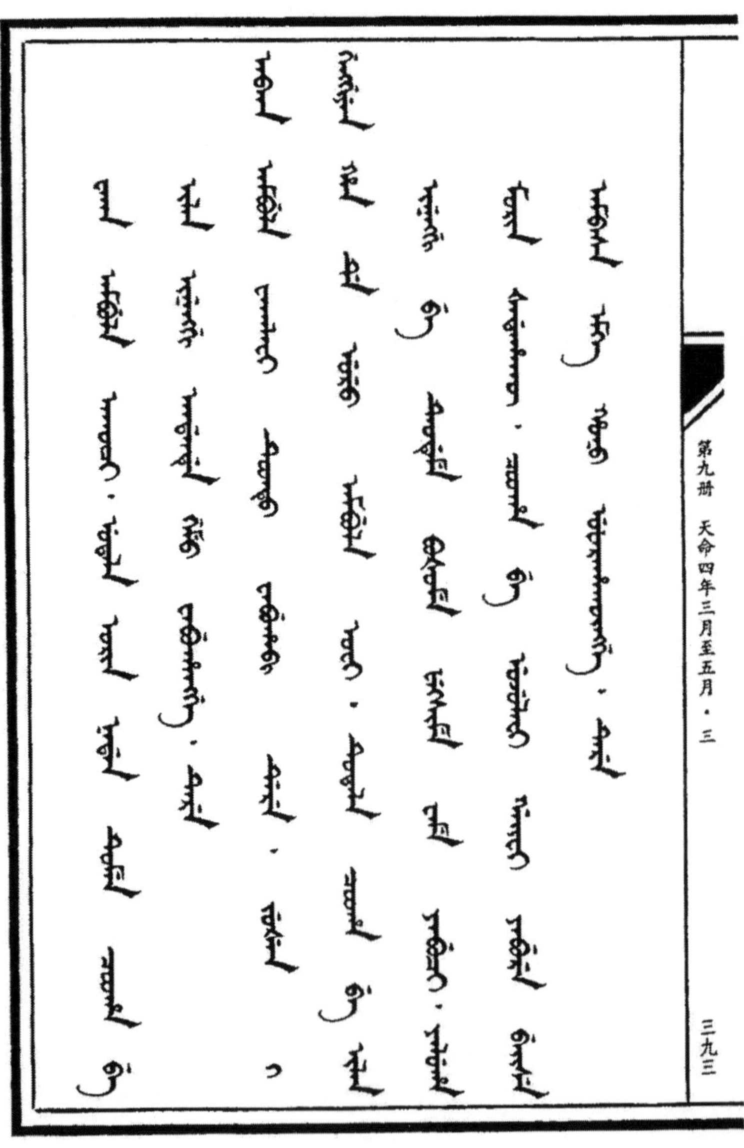

第九冊　天命四年三月至五月・三

三九三

滿文老

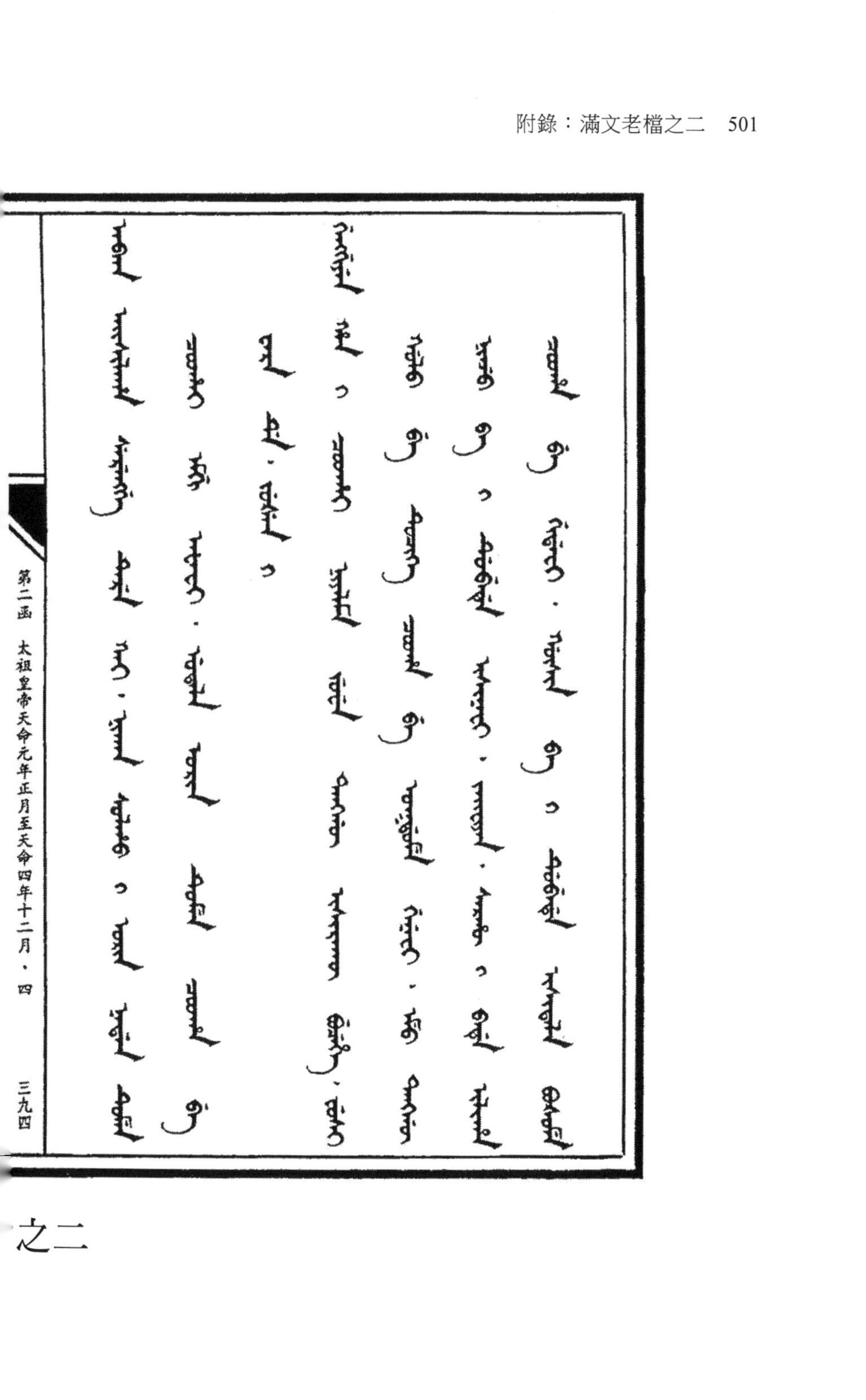

第二函　太祖皇帝天命元年正月至天命四年十二月・四

三九四

之二

致　謝

本書滿文羅馬拼音及漢文，由原任駐臺北韓國代表部連寬志先生精心協助注釋與校勘。謹此致謝。